QUERIDA TIA

VALÉRIE PERRIN
QUERIDA TIA

TRADUÇÃO DE SOFIA SOTER

Copyright © Éditions Albin Michel, Paris, 2024

TÍTULO ORIGINAL
Tata

COPIDESQUE
Mariana Oliveira

REVISÃO
Rachel Rimas

PROJETO GRÁFICO E ILUSTRAÇÕES
Antonio Rhoden

DIAGRAMAÇÃO
Inês Coimbra

Cet ouvrage, publié dans le cadre du Programme d'Aide à la Publication année 2025 Carlos Drummond de Andrade de l'Ambassade de France au Brésil, bénéficie du soutien du Ministère de l'Europe et des Affaires étrangères.

Este livro, publicado no âmbito do Programa de Apoio à Publicação ano 2025 Carlos Drummond de Andrade da Embaixada da França no Brasil, contou com o apoio do Ministério francês da Europa e das Relações Exteriores.

CIP-BRASIL. CATALOGAÇÃO NA PUBLICAÇÃO
SINDICATO NACIONAL DOS EDITORES DE LIVROS, RJ

P522q

Perrin, Valérie, 1967-
    Querida tia / Valérie Perrin ; tradução Sofia Soter. - 1. ed. - Rio de Janeiro : Intrínseca, 2025.

    Tradução de: Tata
    ISBN 978-85-510-1268-0

    1. Ficção francesa. I. Soter, Sofia. II. Título.

25-97016.0
                    CDD: 843
                    CDU: 82-31(44)

Meri Gleice Rodrigues de Souza - Bibliotecária - CRB-7/6439

[2025]
Todos os direitos desta edição reservados à
EDITORA INTRÍNSECA LTDA.
Av. das Américas, 500, bloco 4, sala 303
22640-904 – Barra da Tijuca
Rio de Janeiro – RJ
Tel./Fax: (21) 3206-7400
www.intrinseca.com.br

Para Claude Lelouch

Para meu irmão Yannick

Para os ausentes, Jérôme Chaussin e Jean-Paul Didierlaurent

2010. Samuel Paty, Simone Veil, Milos Forman e Elizabeth II ainda estavam neste mundo. Barack Obama era presidente dos Estados Unidos, e fazia quatro anos que Vladimir Putin ordenara o assassinato de Anna Politkovskaia. Foi declarado o ano França-Rússia. Não sei o que isso quer dizer.

    O talibã não tinha retomado o poder no Afeganistão.

    Kathryn Bigelow foi a primeira mulher a ganhar o Oscar de Melhor Direção, por *Guerra ao Terror*.

    Também foi o ano da décima sexta nomeação de Meryl Streep na categoria de Melhor Atriz. O arranha-céu mais alto do mundo foi inaugurado em Dubai, a produção mundial de CO_2 aumentou em 6%, e foi o ano mais quente já registrado. Este recorde já foi ultrapassado.

    Na França, Nicolas Sarkozy era o presidente.

    Não existia TikTok. Adele ainda não tinha cantado "Someone Like You", nem Clara Luciani, "La Grenade".

    2010 é o ano do lançamento de "J'accuse", de Damien Saez.

    2010 é o ano em que minha tia morreu pela segunda vez.

PRIMEIRA PARTE

1

21 de outubro de 2010

— Alô.
— Bom dia, senhora.
— Bom dia.
— Estou falando com a sobrinha de Colette Septembre?
— Sim, sim.
— Aqui é da delegacia. Da delegacia de Gueugnon. Quem fala é o capitão da polícia Cyril Rampin. Estou ligando para lhe trazer uma má notícia.
— ...
— Sua tia faleceu.
— Minha tia?
— Colette Septembre. Estou aqui com os bombeiros. O corpo dela acabou de ser encontrado na rua Fredins, número 19. Parece que ela faleceu enquanto dormia. Vamos levar o corpo ao Instituto Médico-Legal para verificação.
— Faz três anos que minha tia Colette está enterrada no cemitério de Gueugnon. E ela morava na rua Pasteur.
— Estou com um documento de identidade dela: Colette Septembre, nascida em Curdin, no dia 7 de fevereiro de 1946. Ela está mais nova na foto, mas parece ser a mesma pessoa.
— Certamente é um engano. Sem dúvida é só alguém com o mesmo nome da minha tia.
— Na carteira dela está escrito: "Em caso de emergência, entrar em contato com minha sobrinha Agnès, no número 01 42 21 77 47."
— ...
— Também diz que ela deseja ser cremada. E repousar ao lado de Jean Septembre.
— Jean?

— Isso. A senhora conhece?
— Era meu pai.
— Irmão da sua tia?
— Isso. Mas, como eu disse, já faz três anos que minha tia Colette morreu.
— Onde a senhora mora?
— Em Paris.
— Sua tia tem outros parentes próximos?
— Eu sou… a única que restou. Sou a única… e minha filha… mas…
— Meus pêsames. Quando a senhora poderá vir reconhecer o corpo?

2

Em 2000, minha tia ficou uma semana desaparecida, depois do jogo do FC Gueugnon contra o Paris Saint-Germain. Era a primeira vez que um time da segunda divisão chegava à final da Copa da Liga Francesa. Ela era muito devota do time, apelidado de "les Forgerons" — "os ferreiros" —, a vida toda.

Placar: 2 a 0. Um jogo que era para ter sido apenas uma formalidade. Davi contra Golias. A partida aconteceu no Stade de France e foi transmitida no canal France 3. Richard Trivino, goleiro. Amara Traoré, capitão. Alex Dupont, técnico.

Minha tia tinha pendurado em casa um retrato de Alex Dupont, além de um de Émile Daniel. Tinha todas as fotos do time e circulava alguns rostos de caneta vermelha, como fazem com os sujeitos procurados pela máfia.

Aos vinte minutos do segundo tempo, Trapasso marcou o primeiro gol. Nos acréscimos, o segundo, de Flauto. O Paris Saint-Germain nunca havia perdido uma final da Copa da Liga. Ouviam-se longos gritos e muito choro. A vitória foi brindada de copo em copo. Dezenas de ônibus de torcedores tinham sido organizados para ir a Paris. Minha tia se sentara na frente, sozinha, para acompanhar o trajeto. Nas arquibancadas, milhares de manchas coloridas vestidas com a camisa amarela e o short azul do time entoavam:

— E um e dois!

Na volta, o motorista do ônibus de Colette, um sujeito chamado Éric, a procurou por todo canto. Ela não apareceu. Então, esperaram, chamaram por ela, mas minha tia não voltou. Ligaram para minha mãe, sua única parente.

— Sua cunhada se mandou.

Minha mãe falou para não se preocuparem.

Colette só foi aparecer três dias depois, sentada em sua sapataria, debruçada sobre um par de mocassins tamanho 42 que pertencia a Christian

Duclos, cujo calcanhar direito mostrava um desgaste pronunciado, já que o dono dos sapatos havia caído de bicicleta e mancava um pouco.

Nunca se soube onde ela estivera. Ninguém perguntou. Ninguém perguntava.

No dia da vitória, ouvi pela primeira vez da boca da minha mãe que de vez em quando ela sumia, mas sempre voltava. Minha mãe falou como se Colette fosse um vira-lata que foge, mas volta quando bate a fome.

3

21 de outubro de 2010

Tenho vontade de ligar para ele. Preciso ligar para ele. Imagino o que eu diria. Imagino o que ele responderia. Seu alô.

— Pierre?
— Pois não.
— É o Pierre?
— É. Sou eu.

Sua voz, a entonação, irritada, apressada. Ele sempre atendeu o telefone como se estivesse de saída. Como quem já vestiu o casaco. Como quem volta para atender o telefone já com o pé na rua. Atender para logo desligar.

— Aqui é a Agnès.

Como ele reagiria? Eu não lhe daria tempo para dizer "Agnès?" nem "Agnès". Nem "Está me ligando por quê? Aconteceu alguma coisa?".

— Adivinha só, a polícia acabou de me ligar. A polícia de Gueugnon. Colette morreu.

Não, eu não diria "adivinha só". Diria:

— A polícia de Gueugnon acabou de me ligar. Encontraram o corpo de uma mulher e juram de pés juntos que é a Colette.

Não. Nada de jurar de pés juntos. Eu nunca digo "juram de pés juntos". Ele responderia:

— Mas ela já morreu... Você bebeu, é? Encheu a cara, por acaso?

E eu jogaria na cara dele:

— Você bem que ia gostar, né? Assim, você e a sirigaita da sua namorada poderiam ficar com a guarda exclusiva da Ana.

E desligaria.

Nunca pronunciei a palavra "sirigaita". Quando estou com raiva, grito "vagabunda" ou "piranha". Quem desligaria primeiro? Em que momento a conversa ficaria acalorada?

Três anos sem escutar a voz dele no telefone, mas eis a desculpa. Colette *remorreu*. Essa palavra não existe. Não existe remorrer.

No começo, no começo do meu fim, era Cornélia, a babá, que levava nossa filha para a casa dele. Quer dizer, deles. E era Cornélia que a trazia de volta para minha casa. Hoje minha filha tem quinze anos e vai de metrô, ou de táxi, se estiver tarde.

Meu último filme não foi o que mais arrecadou em bilheteria. Por outro lado, foi o que teve críticas mais entusiasmadas. E o que mais repercutiu mundo afora.

Por que estou pensando nisso? Estava morta, tranquila. Não estava mais nem aí. Eu me contentava com meus dividendos pagos na encolha, semana sim, semana não, e sou forçada a ressuscitar para comprar uma passagem de trem e reservar um quarto em uma cidadezinha no fim do mundo, na Borgonha. Para reconhecer uma velha morta que não conheço.

O último filme que dirigi foi uma história de amor. Eu estava extremamente inspirada.

4

Colette, solteira e sem filhos, é irmã do meu pai, Jean. Desde o dia em que ele se foi, ela viveu em luto. Isso ocupou o espaço todo. Seu espaço atrofiado. O corpo magro e pequeno, os olhões pretos que tomavam o rosto inteiro, a sapataria, a cama, o ar que respirava. Ela nunca aceitou a morte dele, "porque não tem o que aceitar", dizia, balançando a mão no ar.

Até meus dezessete anos, minha tia não conversava comigo. Acontecia de ela trocar uma ou outra palavra com os vizinhos, os comerciantes, os clientes, ou os jogadores de futebol, que a veneravam como os italianos veneram a Nossa Senhora. Mas comigo, não. Comigo, era um silêncio monástico.

Quando criança, eu precisaria me esconder atrás da porta da loja para escutá-la pronunciar outras frases que não fossem "dormiu bem?", "está com fome?", "está com sede?", "não acabou?", "está com calor?", "boa noite". Palavras lançadas na minha direção sempre nas mesmas horas do dia.

Mas nunca fiz isso. Ela não me interessava. Eu achava que ela não tinha nada a dizer, que não tinha nada a me oferecer. Eu detestava as férias, a casa dela, o cheiro da casa. O chão, os móveis, as janelas estreitas, o quarto onde eu tinha que dormir e que cheirava a naftalina.

Aos dez anos, eu recortava fotos de revista e as colava em cadernos quadriculados, fotos de meninas que me faziam sonhar em ter o mesmo corte de cabelo, a mesma boca, o mesmo suéter de lã azul. Como eu me interessaria por uma mulher que nunca se maquiou, que nunca deu a menor importância à aparência? Era o tipo de mulher de quem se dizia: se ela se arrumasse um pouquinho, seria bonita. Ela nadava dentro das roupas. Parecia até que comprava o tamanho errado de propósito, que se confundia intencionalmente para sumir um pouco no meio de todo aquele pano.

Para movimentar o comércio de Gueugnon, ela me dava três cheques em branco antes da volta às aulas. Um para comprar uma roupa na loja

Shopping, outro para comprar na Causard, e o terceiro, para um belo par de sapatos com a dona Bresciani. Para minha tia, belo significava de boa qualidade. Era preciso pagar caro. Modelos de couro que esmagavam meus pés.

Eu tinha direito a esta frase, dita no fim de agosto, sempre a mesma, sem qualquer afeto especial: "Toma, vai se vestir pra volta às aulas."

5

Há três anos, quando eu ainda morava em Los Angeles, Colette morreu enquanto dormia. Ela terá morrido duas vezes durante o sono. Não fui ao velório. Quinze horas de voo. "Não vale a pena", opinou Louis Berthéol, antigo padeiro de Gueugnon e amigo íntimo de minha tia.

Louis cuidou de tudo. Mandei um cheque para pagar o enterro. Que nem quando minha tia me "vestia" para a volta às aulas. Não precisei preencher um documento sequer. Ele organizou o funeral para o dia 13 de agosto de 2007.

Quando voltei, ele me entregou uma caixa com fotos da família, flâmulas com o escudo do time e alguns lenços. As roupas, ele tinha doado para a caridade.

Fui a pé ao cemitério. Era começo de janeiro, e o frio estava glacial. Procurei a sepultura, a encontrei na quadra 7. Nada de flor, de coroa, de placa, instrução que ela já tinha passado a Louis. Apenas um par de sapatos tinha sido deixado no mármore cinza. Um modelo de couro azul-escuro, do tipo botina. Por curiosidade, olhei o tamanho, 37. Minha tia calçava 36. Perguntei a Louis quem havia deixado os sapatos, mas ele não soube dizer.

Em 2007, fazia quatro anos que eu morava nos Estados Unidos. Nesses quatro anos, telefonava para Colette toda terça-feira. Por que terça-feira? Não sei. Tem hábitos que começam sem que a gente lembre por quê. Falávamos sempre dos mesmos assuntos: o tempo, a saúde, a qualidade dos sapatos que ia de mal a pior, fabricados em linha de produção por pobres infelizes, com costuras que de costura só tinham o nome. E minha tia me contava em que posição o time estava na tabela, o que para mim não fazia a menor diferença. A transferência de tal jogador, os promissores, os que exageravam na farra, os corajosos, os completamente inúteis. A morte de um ex-jogador velho, o nascimento do filho de um torcedor. E ela sempre terminava a conversa dizendo a mesma coisa, a voz hesitante: "E seu trabalho, vai bem? Está fazendo um filme? E a Ana? E o Pierre? Tudo bem com eles? Aí não é grande demais?" E eu respondia: "Está tudo bem." No fim da conversa, não tinha beijo nem abraço. Acho que ela nunca pronunciou essas palavras. "Tchau", dizia. E eu: "Até terça." Acho que, com o tempo, devo ter acrescentado um "se cuida" ou "fica bem". Alguma coisa assim.

6

22 de outubro de 2010

Hotel Monge. Quarto 3. Uma mala arrumada às pressas depois do telefonema do capitão Rampin, largada na cama. O Monge, antigo Hôtel du Centre, acaba de ser inteiramente reformado. Frequentava o restaurante do lugar desde pequena. Toda véspera de Natal, com meus pais e Colette. E às vezes almoçava com dirigentes de futebol, mas nem sei quais. Eles iam buscar minha tia na sapataria, sempre com cheiro de algum perfume bom, e diziam: "Sra. Septembre, vamos almoçar lá no Georges, a senhora está convidada." Tratava-se de Georges Vezant, o antigo dono e chef de cozinha. Era bom demais. Ainda me dá água na boca.

Quando eles a convidavam, ela deixava de lado o sapato em que estava trabalhando. Ia me buscar na mesma hora onde quer que eu estivesse, normalmente na praça de l'Église, andando de patins, toda suada, de joelho ralado. Eu lavava as mãos, escovava o cabelo, e a gente ia almoçar. Para mim, era dia de festa. Belas toalhas de mesa brancas, copos de cristal, escalope de vitela com molho branco, batata sauté, gurjão de peixe, presunto cru, escargot da Borgonha. E minha tia devorava o purê com um molho especial preparado por Georges, debruçada no prato, quieta e intimidada. Também orgulhosa por *aqueles homens* a convidarem, a considerarem parte importante do clube.

Atualmente, o hotel e o restaurante foram assumidos por Leslie, uma morena cheia de vida que fala sozinha e faz as vezes de benzedeira. Ela não está, que pena. Se estivesse, pediria a ela que conversasse com minha tia que morreu há três anos e pedisse informações dessa mulher da rua Fredins. Essa que tem sua identidade, seus últimos desejos e meu número de telefone parisiense. Um número que só adquiri depois que Colette faleceu.

Desde ontem, estou tentando falar com Louis Berthéol, mas ele não atende. Ao chegar a Gueugnon, pedi ao táxi que passasse pela casa dele. As cortinas estavam fechadas.

Marquei o reconhecimento do corpo para as duas da tarde. Rampin vai me buscar no Monge. Tenho duas horas livres até lá, então vou andando até a casa onde o corpo foi descoberto. Pego um desvio para passar na rua Pasteur, onde fica a sapataria. Após a morte da minha tia, o lugar foi assumido por um casal.

Colette não era proprietária nem da sapataria, nem da casa ao lado. Ela pagava um aluguel simbólico para Louis. "Uma miséria", dizia às vezes, quando falava com os sapatos e as bolsas que consertava. Ela guardava o dinheiro em uma caixinha. Eu me lembro das notas, que ela esticava na palma da mão. Certo dia, um dos vizinhos me contou que, em Gueugnon, diziam que minha tia possuía um enorme pé-de-meia. Eu respondi "é, claro", fingindo entender. Reparei nas pernas dela na volta à sapataria e vi que usava meia-calça normal. Depois do falecimento dela, Louis me disse que não encontrou nada daquele tesouro imaginário. Devia ter mais ou menos uns duzentos euros na conta-corrente. Pedi a ele que ficasse com o dinheiro pelos serviços prestados. "Ser amigo da sua tia não é serviço nenhum, é um privilégio", disse ele. "Tá bem, mas pode ficar com o dinheiro mesmo assim."

A fachada continua a mesma coisa. Saiu só a placa: "Fechado por causa do futebol." Ela prendia a placa na porta sábado sim, sábado não, se o jogo não fosse à noite.

Os novos proprietários instalaram um letreiro mais moderno. Tiraram as jardineiras de pedra onde Colette plantava gerânios para afastar as moscas e decorar o ambiente. Ainda é o mesmo cascalho no pátio. A moradia contígua, a escada da entrada. A escola a cem metros. Escuto o grito de crianças no pátio. Quantas vezes fui ali imaginar como seria aquele lugar cheio de alunos? Eu só via a escola deserta. Nas férias.

É meio-dia. A sirene ressoa pela cidade inteira. Há um século anuncia a saída dos operários da usina de Forges. Duas saídas são usadas ao mesmo tempo, com barreiras que se abriam, do lado da ponte e da praça Forges. Fascinada, debaixo da ponte, eu assistia ao bando escapar do trabalho de bicicleta, de mobilete ou a pé, a caminho dos carros estacionados ao longo do Arroux, o rio que cruza Gueugnon. Operários, gerentes, técnicos, supervisores, administradores, fiscais. A sirene tocou por quinze minutos no 8 de maio de 1945, dia da capitulação da Alemanha.

Em questão de minutos, chego ao número 19 da rua Fredins. No caminho, constato, desanimada, que as vitrines das lojas do centro agora são de bancos, seguradoras, óticas ou laboratórios médicos. São poucos os comerciantes que resistem.

É impossível entrar no pátio. Uma porta alta de madeira trancada bloqueia o acesso, e sebes imponentes de alfena cercam o jardim de aproximadamente trezentos metros quadrados. Empurro, giro a maçaneta em todas as direções, impenetrável. Dou uns passos para trás, e então vejo as telhas de cimento. Nada de caixa de correio. Não tem mais o que saber. Sinto um calafrio, como se tomada por uma febre súbita.

7

22 de outubro de 2010

Hoje é meu aniversário. Eu deveria festejar minhas trinta e oito primaveras com minha filha, Ana, em um restaurante parisiense, mas o destino não quis.
　O capitão da polícia Cyril Rampin dirige um carro à paisana. Alto, jovem, o cabelo castanho-claro, cortado bem rente. Ele parece levar o trabalho a sério, e fala pouco. Melhor assim. Depois de me cumprimentar, disse que tinha sido transferido para cá fazia dois anos e que era de Somme. Então, ficou quieto. Nunca fui a Somme, só conheço a região pelos campos de batalha nos filmes que vi sobre a Primeira Guerra Mundial. O capitão me olha no fundo dos olhos quando se dirige a mim e tem um aperto de mão firme. Educado e respeitoso com os outros, é simpático e inspira confiança.
　São 14h03 quando entramos no necrotério do hospital. Tudo se desenrola exatamente como nos filmes, inclusive como em um dos meus, que se chama *Os Silêncios de Deus*. É preciso apresentar um documento de identidade e depois atravessar os corredores subterrâneos. Nunca se viu um defunto em salas iluminadas. É como se fosse preciso dissimular a morte nos subsolos.
　— A senhora já almoçou? — pergunta Rampin.
　— Fiz um lanche no trem.
　Ele deve estar com medo de me ver desmaiar.
　Um corpo, coberto por um lençol da cor das paredes, se encontra estendido em uma mesa sob um foco de luz fria, entre o cinza e o azul. Um médico-legista me cumprimenta e puxa o lençol. Sou incapaz de pronunciar qualquer palavra. Seu rosto, seu pescoço, seus ombros. Ela emagreceu um pouco. Ela envelheceu. Ela morreu. Ela esfriou. Seus olhos estão fechados. Sua bela pele é apenas uma máscara de cera. É ela, sem ser ela. Mas é ela. Eu a reconheço. O capitão pergunta se tenho certeza. Eu confirmo.

Penso apenas no par de sapatos azuis. Ainda estaria no túmulo da desconhecida no cemitério de Gueugnon?

Da última vez que vi um morto, foi uma morta, e foi minha mãe.

Anteontem, minha tia Colette estava viva e eu não sabia.

— A senhora se lembra de algum sinal em particular? — questiona o legista.

Faço que não.

Ela tinha tantos sinais, mas nenhum que se veja nessa pobre carcaça descarnada. Ela andava rápido, tinha vigor, era esguia, não se casou, eu nunca soube de nenhum namorado, não teve filhos, guardava segredos como um túmulo, tantos segredos que não sei quem repousa em sua tumba há três anos, ela tinha mãos bonitas, tinha destreza manual, torcia para o FC Gueugnon, amava os livros de Agatha Christie, de Pierre Bellemare e do comissário Maigret. E, então, percebo que sou uma idiota. Eu me viro para Rampin e murmuro:

— Sou uma idiota.

8

Acho que sempre escrevi histórias porque passava todas as férias na casa da minha tia. Quando a vida voltava ao normal, eu estava afastada, distante, em outra cidade, outro local, com outros amigos. Durante toda a infância, fui ausente. Os colegas da minha escola não me viam a partir do primeiro dia de férias, e os que moravam em Gueugnon me encontravam assim que tocava o sinal indicando o início de sua liberdade.

Ela chega amanhã.

Os adultos me chamavam de "a menina das férias", ou "a sobrinha de Colette Septembre". As crianças me chamavam pelo nome.

As pessoas iam passar férias em Fréjus, Quiberon ou na Espanha. No mar, na montanha. E eu, em Gueugnon. Meus pais raramente abriam uma exceção às regras. Mesmo após a morte do meu pai. Até alcançar a maioridade, tive que lidar com a sapataria, a rua Jean-Jaurès, a rua Liberté, a praça de l'Église, a passarela, a piscina municipal, os jogos no estádio Jean-Laville.

— Vai para onde?
— Gueugnon. Saône-et-Loire.
— É longe?
— Não muito.

Eu nunca me afastava muito de Colette. Dava para contar meus amigos de Gueugnon nos dedos. Hervé, Adèle e Lyèce. Filhos de comerciantes, que se encontravam de dia, enquanto os pais se esfalfavam nas lojas. Era preciso matar tempo. Na hora do almoço, nos separávamos. Em meia hora, já ficávamos livres. No fim do dia, tínhamos que voltar para casa às seis da tarde. Tomar banho, às vezes pôr a mesa à espera dos pais. Na casa de Colette, eu só tinha que me lavar na banheira. Depois, mergulhava na coleção dela de *Tintim*, que eu amava. Ela encomendava para mim com o jornaleiro. Eu vivia relendo *As joias da Castafiore*, porque é o único que se passa inteiramente no castelo de Moulinsart. Alguma coisa nisso me tranquilizava, não sei por quê. E, quando estava precisando viajar, quando o tédio e a saudade dos meus pais pesavam demais, eu ia de *Tintim no Tibete*, *O lótus azul* ou *Tintim e os prisioneiros do sol*.

Nas noites de verão, Lyèce, Adèle, Hervé e eu saíamos de novo após o jantar e voltávamos só às nove da noite. Nos dias de muito calor, tínhamos direito a uma hora a mais. Passeávamos pela margem do Arroux, até a passarela. Jogávamos pedrinhas na água. Ouvíamos rádio ou música no meu toca-fitas. Imaginávamos nosso futuro. Eu queria ser repórter. Lyèce, jogador profissional de futebol, para jogar na seleção. Adèle, médica humanitária. Hervé, explorador.

— Quer explorar o quê, Hervé?

— Ainda não sei.

— E por que médica humanitária, Adèle? Por que não só médica?

Às vezes, meus pais iam me buscar no meio das férias e me levavam para uns dois ou três dias de viagem em outro lugar, de última hora. Quando isso não acontecia, Lyèce e eu passávamos agosto juntos. O pai dele não fechava a mercearia, e minha tia achava impensável sair de Gueugnon, exceto quando o time jogava fora de casa.

Hervé e Adèle iam passar três semanas no litoral com os pais, que fechavam a cortina e botavam na porta a placa "Férias anuais". Não iam ao mesmo litoral. Hervé, ao mar Mediterrâneo, e Adèle, ao oceano Atlântico.

— Vocês nem têm como se encontrar nadando — dizia Lyèce.

Em agosto, Gueugnon ficava vazia. Uma cidade morta, quente e deserta, como nos filmes de faroeste, quando o herói ou o bandido chega a cavalo e todo mundo se esconde.

Eles estão aqui. Os três. Sentados na recepção do Monge. Com roupas de meia-estação, porque ainda faz calor, para outubro. Adèle, Lyèce, Hervé. Perdemos contato. Uma mensagem no Facebook de vez em quando, uma curtida ou um comentário com coração numa foto que nos comove.

Fora Hervé, que engordou, e cujo rosto ficou inchado pela idade, os outros dois não mudaram nada. Adèle ainda tem a silhueta juvenil, e Lyèce, a beleza da infância.

É Adèle a primeira a falar. Justo o contrário de quando éramos mais novos. Era ela quem não dizia nada.

— Soubemos que você estava na cidade. As notícias aqui correm rápido.
Ela se levanta e me abraça. Seu cheiro de madressilva é como antigamente. Estou um pouco aérea. Em vez de dizer "bom dia", "boa tarde", "que gentileza vir me ver", "tudo bem?", solto logo:
— Minha tia que está enterrada não é minha tia. Minha tia de verdade morreu faz dois dias.
Os dois homens me interrogam com o olhar ao se levantarem. Eles me abraçam em silêncio, um de cada vez. Lyèce recende a uma fragrância amadeirada, e Hervé, um perfume de vetiver.
— Eu deveria ter adivinhado quando fui buscar os pertences dela, porque não tinha quase nada do FCG. Nem sinal da coleção dela, que chegava a dezenas de cadernos. Ela recortava todas as matérias no jornal. Passou décadas fazendo isso. Vocês acham normal? Que burrice a minha... Estão entendendo que vocês foram ao enterro da minha tia há três anos e não era ela?
— Impossível — respondem eles em uníssono.
— Acabei de ver ela no necrotério!
— Tem certeza?
— Absoluta. Passei anos o suficiente com ela para reconhecê-la... Até morta.
Eles fazem silêncio. Perdidos nos próprios pensamentos.
— Mas então quem é a primeira? No cemitério? — pergunta Hervé.
— Mistério.
— Será que o caixão está vazio?
— Não faço a menor ideia. O policial me disse que vão comparar o DNA de Colette com o meu e que vão exumar "o indivíduo".
— Não se faz isso, perturbar os mortos — murmura Adèle.
— Mas a gente tem que saber a verdade.
Adèle dá de ombros.
— E a verdade vai dizer o quê?
— O que você vai fazer hoje? — pergunta Hervé.
— É o seu aniversário — acrescenta Lyèce.
— Vamos fazer alguma coisa, você não vai ficar sozinha.
— Não estou no clima de festa.
— Mais um motivo para fazermos alguma coisa — replica Hervé, sorrindo.
— Tenho um compromisso amanhã cedo, na rua Fredins. Na casa onde Colette supostamente morou nos últimos anos...

— Rua Fredins? Onde?
— Número 19...
— Mas que loucura.
— E vocês nunca mais cruzaram com ela por aí? Não a viram?
— Nunca — responde Adèle.
— Talvez a gente não consiga ver os mortos. Quer dizer, quando a gente acha que alguém morreu, mesmo que passe pela pessoa em algum lugar, acaba não enxergando. Nosso cérebro não entende.
— Vamos beber alguma coisa? Cansei de ficar plantado aqui.
— Que tal reservarmos uma mesa aqui mesmo? — sugere Adèle.
— Nem precisa reservar, não tem um gato-pingado neste lugar.

Minha primeira paixonite se chamava Jacques Daubel. Era o verão de 1985. Jacques era primo de Hervé. Filho de pai vietnamita e mãe francesa. Tinha um perfil perfeito, nariz reto, traços finos, uma boca bonita e olhos pretos e alongados. De férias, que nem eu. A gente nadava na piscina municipal e andava de bicicleta. Ele ia aos jogos de futebol, como todo mundo. Era o programa preferido de quem morava na cidade. Às vezes, aparecia gente da TV na cabine de imprensa, Canal+, Thierry Roland, o que era um acontecimento a mais.

Sanduíche, refrigerante, linguiça que a gente engolia na barraquinha dos torcedores. Amendoim com casca, que o seu Dollet vendia no cesto, indo de arquibancada a arquibancada no intervalo.

Quando o FC Gueugnon marcava um gol, a gente berrava. Eu via minha tia se levantar, de longe. Sentia que, de repente, ela ficava maior. Diferente dos outros, ela nunca gritava. Um sorriso indecifrável se desenhava em seu rosto, e seus olhos grandes se iluminavam. Em seguida, voltava a se sentar, com as mãos em prece. Às vezes, ela pronunciava palavras inaudíveis, os olhos fixos nos jogadores, como se orasse. Quando o time adversário fazia gol, ela nem se mexia, ficando lívida, como se a vida a tivesse abandonado ali mesmo, na arquibancada de cimento.

Eu via lágrimas em seus olhos quando o FC Gueugnon era derrotado. Lágrimas que não escorriam, ficavam paradas no canto do olho, para não incomodar, nem chamar atenção.

Temos todos idade para ter filhos adolescentes. Portanto, idade para ter um tempinho para si à noite, mesmo que não tão tarde. Nada mais de dar banho, preparar o jantar, ajudar no dever de casa. Nossos filhos sabem esquentar qualquer coisa para comer e se trancar no quarto para fingir que estão estudando.

— E com o celular ficou mais prático, dá para falar com elas a qualquer hora — murmura Adèle. — Dá até para saber onde estão.

Adèle tem gêmeas de dezessete anos, que foram estudar em Dijon. Como não virou médica humanitária, é enfermeira autônoma. "Dá na mesma", ironiza. Ela montou o próprio negócio. Divorciou-se quando as filhas estavam com dez anos, tem namorado, mas não fica com ele todo dia.

— Cada um na sua — brinca.

— É bonita essa expressão, "cada um na sua".

— Vai botar num filme? — pergunta ela.

— O que eu nem imaginaria colocar num filme é... — Minha voz fica embargada. — Por que minha tia me fez acreditar que tinha morrido? Por que ela se escondeu? Aqui tem, o quê, oito mil habitantes? Nem vem me dizer que ninguém sabia! Além do mais, na rua Fredins, tem gente morando em praticamente todas as casas. Ela não tinha como viver reclusa.

— Seu Berthéol! — exclama Hervé. — Ele com certeza sabe de alguma coisa. Sua tia e ele eram unha e carne.

— Ele não está em casa. Não atende o telefone. Passei na porta dele hoje, voltando do necrotério, e não tinha ninguém. É tudo bizarro demais. Parece até um sonho.

— Eu fui ao velório da sua tia — diz Lyèce. — Tinha bastante gente. Menos do que teria normalmente, porque era época de férias. Mas tinha o pessoal do futebol, uns jogadores, uns comerciantes. Vi o caixão descer na cova. Vi com meus próprios olhos.

— Que loucura essa história... Parece até a minha vida, uma perdida, uma reencontrada, outra perdida e depois reencontrada.

Sorriso simpático.

Hervé é corretor de seguros. Ele teve três filhos com três mulheres diferentes. A filha mais nova tem sete anos, mas ele acaba de se separar da mãe dela, "a maior confusão", resmunga. Não adianta, é mais forte do que ele: ele tem que conhecer, amar, trair. Só Lyèce não teve filhos. "Que eu saiba, pelo menos", brinca ele, servindo mais um copo de refrigerante. Ele abandonou a carreira esportiva e foi fazer curso técnico na usina para prestar concurso de encarregado de produção.

— A caçula — conta Hervé — eu vejo fim de semana sim, fim de semana não. A mais velha mora em Lyon, igual a você quando era criança, Agnès. Já tem namorado e tudo. E meu filho mora com a mãe, perto daqui. Tem dezesseis anos. A gente lancha no McDonald's, esse tipo de coisa. Ele curte carro e futebol, desde sempre... Porra, dá vontade até de ir ao cemitério ver quem foi enterrado lá.

— Não é bom perturbar os mortos — insiste Adèle.
— Para com isso, quem morreu morreu. Ninguém perturba ninguém.
— Não vejo a hora de entrar na casa da rua Fredins amanhã.
— Quer que a gente vá junto?
— Acho que não pode — opina Lyèce. — Você vai com a polícia?
— Isso.
— Vai passar quanto tempo em Gueugnon?
— Menor ideia. Vai depender disso tudo. Foi tão... imprevisto. Acho que essa é a palavra.
— Você viu a jornalista?
— Que jornalista?
— Nathalie Grandjean.
— Ah, é? Ela é jornalista?
— É, e você vai ter direito às honrarias da imprensa. Televisão, até! Uma morta que não morreu não vai passar batido. Muito menos tia de uma celebridade da região.
— Vamos rachar uma tábua de queijos?
— Adèle, que tábua de queijos, o quê! É aniversário de uma dama de renome, a gente vai é se empanturrar.
— E você, Agnès? Só na vida boa?

9

23 de outubro de 2010

Acompanhado de dois policiais, Cyril Rampin abre a porta alta de madeira que esconde a propriedade da rua. Encontro uma casinha dos anos 1950, térrea, cercada por um terreno não muito bem cuidado ao longo dos anos. As alfenas não são podadas há séculos, e tem mato engolindo a laje de um antigo terraço. O caminho de cascalho, por outro lado, havia sido ajeitado com um ancinho. Era como se só tivessem cuidado da área mais próxima da moradia. Como imaginar que estamos entrando na casa de uma morta? Botas aguardam tranquilamente à porta, arrumadas. Reparo no tamanho: 36. Da minha tia. O capitão me entrega um par de luvas de látex. "É melhor assim."

Um corredor que cheira a amônia, o aroma de uma sala de aula do ensino fundamental. Está tudo limpo. Um cabide, um casaco impermeável cinza. Não consigo resistir à vontade de fungar a gola, sentir seu perfume de baunilha. Ela comprava a fragrância em vidrinhos com um líquido um pouco denso. O tecido emana um aroma de rosa.

À esquerda, a cozinha, com uma mesa de fórmica, duas cadeiras, uma placa de indução, uma geladeirinha. Chinelos guardados no canto, e a louça lavada, um prato, talheres e um copo secando na beira da pia. Detergente de limão, um pano de prato dobrado com esmero. Os móveis estão em boas condições. Abro a geladeira: manteiga, três iogurtes naturais, três ovos, um pote de geleia, cenouras no compartimento de legumes, um resto de sopa na panela coberta pela tampa de plástico. Cortinas nas janelas. Uma porta à direita, que revela uma sala de estar onde reinam uma televisão, um sofá de dois lugares, três almofadas. Não reconheço nada. Apenas a *France Football 2000*, "Gueugnon, vitória dos Forgerons", como se fosse um troféu na mesinha. Fico abalada. Dou alguns passos para trás.

Sou tomada por calafrios quando nos aproximamos da terceira porta, do quarto em que encontraram Colette na cama. Os lençóis quase não estão amarrotados, como se nem na morte ela quisesse bagunçá-los, fazer gestos amplos. Minha tia nunca foi de gestos amplos, pelo menos até onde eu sei. Percebo, nesse instante, que não a conheço. Ou não a conheço mais. Ela devia desconfiar profundamente de mim para me deixar acreditar que tinha morrido. Não entro no quarto.

No fim do corredor, um último cômodo, onde estão guardadas algumas caixas plásticas. Identifico o velho divã da sapataria. Ao lado dele, uma tábua e um ferro de passar, uma máquina de costura moderna e um armário. O que me desarma é o telefone e uma lista telefônica velha no canto. Pego o fone, escuto o sinal de linha. Ela tinha telefone. Mas quem ligava para ela? Quem sabia? A linha está registrada no nome de quem?

— Devemos começar por isso aqui.

— Isso o quê? — pergunta Cyril Rampin.

— Pela lista de números de telefone. Assim, descobrimos para quem minha tia ligava e quem ligava para ela. Vamos descobrir quem sabia.

— Isso é uma questão privada. A menos que o falecimento seja suspeito, o que não parece ser o caso, não devo ter acesso a esses dados.

Disco o número do meu celular no telefone. Um número aparece na minha tela, e eu o salvo.

— O procurador me ligou. Considerando as circunstâncias desse falecimento, o legista declarou possível óbito por causa externa. Uma autópsia será realizada na sra. Septembre. Será preciso aguardar algumas semanas para reaver o corpo. Em seguida, iniciaremos a exumação do corpo enterrado no cemitério. A investigação deve demorar.

Não escuto mais Cyril Rampin. Sem me dar conta, entreabri a porta direita do armário. Há caixas de papelão empilhadas. Pego uma que está cheia de cadernos volumosos, amontoados. Encapados em papel Kraft, etiquetados como cadernos escolares: 1982, 1983. Eu os folheio, sabendo que descobrirei sua coleção. Ela recortava todas as notícias sobre os jogos, a escalação do time e os reservas. Reconheço o nome dos jornalistas no fim das matérias. O rosto deles me vem à mente. "O bonzinho e os malvados", dizia Colette. "Os ignorantes que morrem de inveja dos jogadores, e aquele que os apoia e sabe do que fala: um ex-jogador."

Na prateleira, os vinis gravados pelos meus pais. Por fim, lá embaixo, placas funerárias e flâmulas com o escudo do clube, que ela deve ter recolhido do "próprio" túmulo.

— Foi por isso que no necrotério percebi que sou uma idiota — comento.
— Perdão?
— Quando Louis Berthéol me entregou os pertences dela, três anos atrás, nem me toquei, embora eu conheça bem essa coleção, que ela amava demais para abandonar. O mesmo vale para os discos dos meus pais.

Encontro uma caixa de fotos. São retratos meus, em todas as idades. Desde quando eu era bebê até os meus vinte anos. Fico profundamente comovida. Pergunto ao capitão se posso levar comigo, e ele responde:

— Depois. Por enquanto, vamos deixar tudo como está.

Uma última porta. "Finalizando a visita", diria um corretor imobiliário. Um banheiro espartano, com uma banheira minúscula e um chuveiro, pia, armário de remédios, máquina de lavar. As paredes têm cheiro de amaciante e sabão de Marselha. Está tudo limpo. Os rejuntes foram esfregados. A impressão é que alguém vai aparecer e perguntar: "O que vocês estão fazendo na minha casa?"

Uma água-de-colônia de rosas, Colette deve ter mudado de perfume no fim da vida. Nada de baunilha. Uma escova de cabelo. O dela, uma cabeleira grossa que caía aos montes se penteasse com força demais. O meu ainda é escuro, e o dela tinha ficado branco. Tínhamos isso em comum, nossa crina. Uma escova de dentes e pasta. Abro o armário de remédios, numa caixa foi escrito à mão: "Para dor nas articulações." É a letra dela.

— De quem é essa casa?

Cyril Rampin consulta um documento que está segurando e responde:

— O proprietário se chama Louis Berthéol.

— Quem contou ao senhor sobre a morte de Colette? A polícia não encontrou o corpo dela por acaso.

— Foi um telefonema anônimo, feito daqui.

— Foi um homem ou uma mulher?

— Um homem. Temos que ir — diz ele.

— Quero ficar. Dar uma arrumada. Organizar. Tentar encontrar um diário, cartas, não sei. Talvez estas caixas acabem revelando...

— Por enquanto, não — interrompe-me o capitão. — A senhora pode voltar sozinha quando o médico declarar a morte natural da sua tia.

— Daqui a quanto tempo?

— Alguns dias.

Estou segurando a carteira de identidade de Colette, emitida em 2000, e um bilhete manuscrito: "Quero ser cremada, e que minhas cinzas sejam depositadas perto do meu irmão mais novo, Jean Septembre, e da minha cunhada, Hannah. Gostaria também que um punhado das cinzas fosse jogado no estádio Jean-Laville. Por favor, entreguem este bilhete a minha sobrinha, Agnès Septembre. Assinado: Colette Septembre."

10

Moro na casa da frente.

Ela chegou com a polícia. Não mudou nada, talvez só o penteado, o cabelo mais curto, mesmo que ainda o prenda em um coque meio esquisito. E eu a vi vez ou outra na televisão, apresentando um de seus filmes. Pelo que li numa revista, ela se separou do ator. Na minha opinião, era muita areia para o caminhãozinho dele.

Quando ela chegou, estava branca como um fantasma. Como quando era pequena e vinha passar as férias. Era transparente nos primeiros dias, mas ia recuperando a cor ao andar por aí com as outras crianças.

A polícia com certeza vai bater à minha porta. Interrogar a vizinhança: "Quem morava lá? Quem a visitava? Não reparou em nada diferente?" E eu responderei: "Absolutamente nada." Não passo o dia na janela espiando os vizinhos. Tenho que cuidar da casa, fazer as compras, completar as palavras cruzadas e, principalmente, preparar as aulas. Esta manhã foi uma exceção. Não é todo dia que três viaturas de polícia estacionam na minha calçada. Hoje, Gueugnon parece até os Estados Unidos que a gente vê na televisão.

Ontem, quando vi os bombeiros e os policiais tirarem alguém de lá na maca e percebi que era um corpo sem vida, chorei muito.

Às vezes, no *Journal de Saône-et-Loire*, o jornal local, ficamos sabendo de histórias horríveis, com manchetes que a gente tem que ler várias vezes para entender, ou melhor, não entender, mas aceitar. Como: "Encontrado no próprio apartamento, estava morto havia meses." E toda vez acho lamentável, realmente lamentável.

Se vierem me interrogar, responderei que não fazia ideia de quem morava atrás dessa sebe que nunca podaram. De quem estava naquela maca. Que acabo de saber que a vizinha da frente era uma mulher.

Uma mulher sozinha, é o que dizem. E, pelo que andam comentando, era Colette Septembre.
    Colette dorme no cemitério há alguns anos. A menos que seja o que estou pensando. O que só eu sei. Que isso tenha alguma relação.
    Aparentemente, minha vizinha faleceu enquanto dormia e ainda estava quente quando constataram o óbito. Sei bem quem chamou a polícia. Quem a encontrou sem vida.
    As pessoas que vi entrarem na casa da frente, nunca direi quem foram. Se me perguntarem, explicarei que não dá para ver o que se passa atrás daquela porta de madeira, e que a casa era silenciosa. Sem cortador de grama, sem gato, sem cachorro, sem música. Sem barulho pela janela. Que, à noite, eu entrevia uma luz através dos galhos muito cerrados. Tão cerrados que pareciam até terem sido fundidos uns aos outros há um século. A não ser que Agnès me pergunte. Para ela eu respondo.

11

1956

— Jean! Jean! Anda logo, senão a gente vai levar bronca.

Ele corre atrás dela, a gargalhada se derramando da garganta, uma chuva de estrelas lançada no céu baixo e escuro. Enfiado em um casaco que já foi de Colette, ele vai cambaleando até ela. Um casaquinho verde que dá para o gasto, para menina ou menino. Jean usa também uma balaclava vermelha que cobre seu rosto e envolve seu pescoço. "Coça", repete para a irmã, a caminho da fazenda. A mãozinha dele na dela, que não é muito maior. As mãos de Colette têm unhas pretas. Por mais que ela esfregue com sabão e escovinha, com força, a terra fica impregnada na pele. Na escola, a chamam de "jeca". Mas evitam falar muito alto, porque Blaise de Sénéchal, filho do proprietário das terras arrendadas para os pais de Colette, tem o dobro da altura de todo mundo. Blaise é o anjo da guarda que costuma acompanhá-la.

Colette tem dez anos, e Jean, seis. Ela ama o menino de olhos verde-esmeralda, fruto da união de seus pais, Robin e Georgette. Uma união que ela considera *complicada*. São dois rostos desagradáveis, e Colette se pergunta por que milagre seu irmão mais novo saiu tão bonito. Um anjo que caiu em uma família que não é sua.

Colette tem apenas um medo: que Georgette, a mãe, engravide de novo. Ela vigia sua barriga como o leite no fogão. Colette já falta bastante às aulas com o pretexto de ajudar na fazenda; com um terceiro filho, então, eles acabariam tirando-a da escola de vez. *Menina de fazenda, burro de carga, sou só isso mesmo.*

Sua fonte de alegria é o irmão. E abraçar os cordeirinhos até eles cochilarem em seu colo. Ela faz isso escondido, porque sempre tem trabalho a fazer. Sempre. As mãos dela são o reforço, a mão de obra gratuita. As mãos dela são da primogênita.

Eles nunca batem nela. Nem o pai, nem a mãe. Mas também nunca a beijam. Nem o pai, nem a mãe. Parece que os pais se conheceram no baile do 14 de julho, em Gueugnon. Colette faz perguntas para entender: "Mas qual era a música? Vocês dançaram juntos? Como Robin puxou assunto com você? O que ele disse?" A mãe dá de ombros, corada, e responde: "Não tem mais o que fazer, não? Essas perguntas não botam comida no prato de ninguém."

Feno no verão, sacos de batata para carregar até o depósito antes do inverno, ajudar o pai a empurrar a carroça puxada por Bijou, o cavalo. Faz um mal danado para as costas. Feijão para preparar conservas, folhas para regar, lavrar, plantar, arrancar, revolver, tirar e trazer os bichos, umas cinquenta cabras e ovelhas, ajudar na ordenha. Isso tudo antes e depois da escola. À noite, como a mãe está cansada, tem que "botar o menino para dormir". Então é Colette que leva Jean para a cama e lhe faz companhia até ele pegar no sono.

— Dorme, irmãozinho, fecha os olhos.
— Me conta uma história?
— Acabei de contar a da Bela Adormecida.
— Conta outra!

Colette dá uma fungada no cangote dele. Sente o irmãozinho rir.

— Jean, dorme, por favor. Ainda tenho serviço.
— Você vai trabalhar, Coco?
— Vou. Coco tem que ajudar.
— Uma historinha?
— A última, e depois você promete que vai dormir? Fechar os olhos?
— Prometo. Do piano?
— De novo?
— É.

Colette vai buscar o caderno de matemática na bolsa. Nas últimas páginas, Blaise escreveu a lápis uma história para Jean, uma história curta que ele adora.

— Era uma vez um pianinho minúsculo, que morava no bolso de um garotinho chamado Jean. Toda noite, o menino pegava o instrumento, levava à orelha e escutava ele improvisar a música mais maravilhosa. Jean fechava os olhos e pegava no sono. A música acompanhava ele nos sonhos, o piano crescia e ia ocupando o espaço todo enquanto a noite avançava. Sonatas suntuosas ninavam a noite de sua infância. Até que, certo dia, ele não encontrou o piano. Revirou os bolsos todos, mas tinha perdido o instrumento. Abriu a porta da sala e encontrou o piano. Ele tinha crescido como nos sonhos e reinava no meio da sala, preto e brilhante que nem um puro-sangue. O piano encontrado. Mas, diferente do pequeno, ele não tocava sozinho. Era preciso encontrar a música nas teclas. Jean abriu a tampa e começou a tocar aleatoriamente. Não aconteceu nada, saíram só uns sons sem qualquer harmonia. O acaso nos dedos não conseguia guiá-lo. As sonatas estavam mortas. Mas, de tanto procurar, se esforçar, escutar o que o piano dizia, ele acabou reencontrando as melodias, as melodias dele. E Jean virou um grande pianista, ainda maior que seu piano. Os dois nunca se separaram e viajaram juntos por todos os países do mundo.

Colette dá um beijo no irmão. Ele está quentinho. Cheira a leite e a amêndoa. Ela sai do quarto e vai até o estábulo. Uma ovelha ergue o olhar em sua direção enquanto ela cuida de seu cordeiro. As mães sabem que, mais dia, menos dia, as mãos humanas roubam seus filhotes. Elas nunca relaxam. A mão que dá é a mesma que tira. Colette afunda os dedos na crina de Bijou e sente o cavalo tremer, então dá um beijo no ombro dele.

Ela atravessa a cozinha, onde Robin ronca, com o jornal sobre o rosto, enquanto a mãe dela dorme no segundo andar. *Melhor assim*, pensa, toda noite a mesma coisa... ela lá em cima, ele ali embaixo. Desse jeito, não tem risco de a mãe engravidar. Ela atiça as últimas brasas no fundo da lareira e faz o dever de casa à mesa. Queria ser professora. Mas, para isso, precisaria continuar os estudos depois do primário. Ir para o ginásio com Blaise e estudar até o científico. E não tomar o caminho que lhe foi traçado, do diploma de primário completo. Esse caminho que determina que alguém, quando chega aos catorze anos, ou entra para a fábrica, ou fica na fazenda. Mas isso parece impossível. Os pais nunca permitiriam.

Blaise a distrai do devaneio, jogando pedrinhas na janela. Ela o encontra em silêncio para dar boa-noite. Ele lhe oferece um exemplar de *Bel-Ami*, de Maupassant. Ele sempre surrupia livros da biblioteca dos pais. Colette não tem tempo para ler mais que alguns minutos antes de dormir, mas gosta de levar as palavras para seu sono pesado. Ela esconde o romance debaixo do pulôver.

— Meu pai disse que é só para adultos.

Colette abafa a risada com a mão.
— Obrigada.
— Até amanhã. Boa noite, minha Colette.
Colette vive dizendo a Blaise que, um dia, ele será um grande escritor, como Victor Hugo.

12

23 de outubro de 2010

— Quer que eu vá?
— Você tem escola e piano, meu bem.
— Mas, mãe, você não pode ficar aí sozinha em Gueugnon.
— Não estou sozinha, amor. Encontrei Adèle, Hervé e Lyèce.
— Aqueles da foto no seu quarto?
— Isso.
— Eles não foram embora daí, não?
— Nem todo mundo vai embora. Tem gente que fica onde nasceu ou cresceu.
— E como eles estão agora?
— Iguais. Estão iguaizinhos.
— Você ainda não achou o Louis?
— Não.
— Mas que loucura essa história, mãe. Sério, por que a Coco fez isso? E por que o Louis sumiu? Será que ela estava sendo procurada ou ameaçada, tipo, pela máfia?
— Ana, minha tia era sapateira.
— Talvez fosse só um disfarce. Talvez ela estivesse no serviço secreto... Por que ela não disse nada pra gente?
— ...
— Estamos em 2010, e nunca mais a vi depois do Natal de 2006, lembra? A gente fez um bate-volta com o papai para passar a véspera com ela... E, oito meses depois, ela morreu...

A menção a Pierre me apavora.
Calma, Agnès, eu imploro, calma.
— Vocês se viram?
Não entendo a pergunta, achei que ela ainda estivesse falando do pai.

— Você viu a Coco?
— Vi... ontem, no necrotério.
— E como ela está?
— Do jeito que você a viu, não mudou muito. Talvez mais envelhecida, mas eu a reconheci. Não tenho a menor dúvida.

Quando apresentei Ana à minha tia, achei que ela fosse desmaiar. Ela estava atrás da máquina de copiar chave. Fazia uma barulheira dos infernos. Ela levantou a cabeça, parou a máquina. Ana estava no meu colo, dormindo, e Pierre empurrava o carrinho vazio logo atrás. Minha tia ficou mais pálida do que quando o FC Gueugnon tomava gol. Vi seu olhar mudar, anuviar. Ela deu alguns passos tímidos para a frente, sem dizer nada. Olhou para a bebê, que despertou na hora, como se o olhar da tia-avó a tocasse. Colette secou as mãos no avental e disse, muito comovida: "Puxou ao Jean." É verdade. Ana se parece com meu pai. Eles têm aqueles mesmos olhos verdes só deles. Olhos com cílios tão compridos que parecem estar com rímel.

— Quer pegá-la no colo? — sugeriu Pierre.
— Quero — murmurou ela.

Colette se sentou no velho divã. Aquele que reconheci na rua Fredins. Acomodei minha filha no colo da minha tia. Eu nunca a tinha visto com um bebê. Lembro que Pierre tirou uma foto. Fiquei surpresa que ele estivesse com a câmera na mão, isso nunca acontecia.

Colette observou Ana em silêncio por muito tempo, com os olhos pretos, perdidos e questionadores, fixos nos da minha bebê. Ana adormeceu de mãos fechadas. Colette não se mexeu mais. Uma cliente entrou na sapataria, e Colette mal ergueu os olhos, murmurando que voltasse depois. Pediu a Pierre que trancasse a porta e fechasse a loja.

Quando recuperou a voz, seu tom tinha rejuvenescido. Como se ela houvesse ganhado forças ao conhecer a sobrinha-neta. Então, se seguiram as perguntas de sempre, como uma ladainha: "Vão dormir lá em casa? Ah, claro, ah, é, realmente, o hotel é melhor mesmo, mais confortável. Vão ficar muito tempo? Ah, voltam amanhã, já? Lógico, o trabalho. Ela dorme bem? No começo, Jean chorava muito à noite. Está trabalhando em um filme novo? Está escrevendo? Isso é muito bom. Escrever. Ana é um nome bonito, que nem o da sua mãe, mas escrito diferente. É simples, um nome é bonito quando é simples. Será que ela vai passar as férias comigo? Vocês vão botar ela para fazer aula de piano?"

13

1957

Blaise toca um fá sustenido. Jean reproduz a nota, de olhos fechados. Qualquer nota, Jean reproduz imediatamente.

Lá fora faz calor. As janelas estão todas fechadas. O verão está no auge. O marquês e a marquesa saíram. Colette ajuda os pais e os trabalhadores na plantação, porque é época de feno. Como Jean ainda é muito novo para o trabalho, Blaise cuida do caçula dos Septembre a pedido dela.

Com a conivência de Colette, desde a primavera anterior Blaise deixa Jean entrar escondido no castelo. Fora os empregados e os alemães durante a Ocupação, ninguém adentra a área interna do castelo. Nos dias de caça, os homens ficam no pavilhão. Robin e Georgette Septembre, que veem com maus olhos a amizade de Colette e Blaise, ficariam loucos de raiva ou vergonha se soubessem que o filho anda tocando piano. Meu Deus, como é difícil suportar a ignorância humana!

Blaise ensina o som do piano a Jean. Acaba de tocar o "Minueto em sol maior", de Johann Sebastian Bach, um minueto simples, para iniciantes. Jean o memorizou, de olhos fechados, e reproduz a peça sem errar.

Blaise nunca tinha escutado falar de ouvido absoluto. Ele leu em algum lugar que, em 1770, o jovem Mozart, aos catorze anos, teria escutado o "Miserere", de Gregorio Allegri, no Vaticano, e conseguido reproduzir a obra em seguida: uma obra para dois coros e nove vozes. Mas isso é Mozart, o maior gênio de todos os tempos. Para quem tem ouvido absoluto, a música é como uma segunda língua, e Blaise acha que Jean já adquiriu e domina essa língua. É como uma reencarnação. Jean talvez tenha sido músico em uma vida passada. "Mas quem vai acreditar em um absurdo desse?", diria o pai dele.

Começou com um rádio que Blaise deu de presente para Jean e Colette no Natal de 1955. Jean escutou peças musicais e as cantarolou para ele. Intrigado, Blaise passou a colocar Jean ao piano quando os pais saíam de casa e constatou que o menino conseguia reproduzir no teclado a música escutada na véspera. Sem nunca ter estudado o instrumento.

O que fazer com esse talento nato? Essa pergunta não sai da cabeça de Blaise. Escondê-lo ou revelá-lo? A quem pode contar, além da mãe? Mas a marquesa tem medo do marido. O que ela dirá ao saber que Jean toca o Steinway do castelo?

14

24 de outubro de 2010

— Daqui a uns dois meses, vamos estar comemorando que se passaram onze anos desde 2000. O tempo voou — digo, esvaziando uma segunda taça de champanhe.

Estamos a sós, Lyèce e eu. Só nós dois no Petit Bar, e, sabe-se lá por quê, estou tomando champanhe. Simplesmente aconteceu, quando o patrão perguntou:

— Agnès, o que vai beber?

De início, não tive coragem de pedir nada alcoólico.

— O de sempre, água com limão — respondeu Lyèce.

— E um café para mim.

Então, sem pensar, acrescentei:

— Com champanhe, por favor.

Vincent, o dono do estabelecimento, foi à adega, dizendo que a última vez que tirara espumante dali havia sido para um evento de bodas de prata. Um grupo que fechara o bistrô para a festa.

— Está comemorando alguma coisa? — perguntou ele, sorrindo.

— Que nada... Estou só com vontade de me embebedar.

— O tempo passa, e não estou nem aí para isso — comenta Lyèce. — Para mim, o tempo parou no vestiário do estádio quando eu tinha sete anos.

— Do que está falando?

— Charpie. Você se lembra dele?

— Não. Quem é Charpie?

— Um técnico. Ele não tinha nada que estar no vestiário, mas vou te contar que ele passava um bom tempo no chuveiro dos meninos. Ele passou umas boas três gerações curtindo a vista, e não foi pouco. Sem falar nos adutores e nas bolas que apalpava nas tardes de quarta-feira.

— ...

— Ele dava uma desculpa, consulta médica, que seja. E saía com um moleque. Só ele e um menino.

— Puta merda, que horror. Ele foi preso?

— Nunca. Abafaram o caso. Charpie era um figurão, tinha cargo alto na usina. Era um homem respeitado. Protegido. E as crianças não disseram nada. Meninos ainda, imagina. Ele acabou sumindo da noite para o dia, que nem ladrão, e foi morar no sul da França. Deve ter começado tudo de novo por lá.

— Tem que denunciar esse homem.

— Ele já morreu. Que Deus nunca o tenha. Morto a gente não denuncia. A gente enterra.

— Os nazistas, mesmo mortos, foram denunciados, Lyèce. Julgados, até.

— E para quê?

— Por que você disse que o tempo parou nos seus sete anos? O que ele fez com você?

— A gente pode mudar de assunto? O que você fez no Ano-Novo de 2000?

— Como é que você quer que a gente mude de assunto, Lyèce? É apavorante isso que você contou. Por que nunca me falou disso?

— Você conhece muitas vítimas que falam dessas coisas, por acaso? Além do mais, eu era o árabe da parada. Imagina se meus pais e minhas irmãs descobrissem? Se bobear, me mandavam de volta para o nosso país... Mas a vida continua. Veja só, eu segui em frente. Você também. Todo mundo seguiu em frente. E eu amei seu último filme!

— Faz um tempão já.

— Não tem problema, cinema é a única coisa que não envelhece nunca. Filme bom dura por toda a eternidade.

Olho para ele e o acho bonito.

— Por que você ficou aqui?

— Aqui ou em outro lugar, tanto faz... Tenho meu emprego na usina. Uma casa boa. Não é imensa, mas é bonita. Você vai conhecer. Um jardinzinho pra fazer churrasco. Minha moto, um carrinho Méhari, meus amigos. Uma mulher aqui e ali. Não tenho do que reclamar.

Ele me entrega um chaveiro antes de se levantar.

— É a chave do meu Méhari, estacionei aqui na rua. É amarelo, não tem como não achar. Fica com ele, eu não preciso. Senão você vai viver pedindo táxi ou andando quilômetros a pé aqui.

— E você?
— Tenho a moto.
Ele me dá um beijo na cabeça.
— Vou trabalhar. Até...
— Qual era o nome completo do Charpie?
— Nunca mais vou pronunciar o nome dele.

15

24 de outubro de 2010

Volto para Paris ou fico mais uns dias aqui? Queria muito dar uma bisbilhotada na casa da rua Fredins. Deitar e dormir entre suas paredes. Sonhar com minha tia. Escutá-la falar comigo em sonho. Encontrar bilhetes que ela deixou para mim. Preciso entender, é uma necessidade visceral. Como ela viveu esses últimos anos? Será que pensou em me procurar? Quis se proteger, ou proteger alguém?

    Fui ao cemitério com o Méhari amarelo. Meu pai amava esse carro. Consigo entender por quê. Tem alguma coisa poética, nostálgica. Como uma sonata de Chopin. Meu pai não teve tempo de comprar um para ele.

Estou diante do túmulo do(a) desconhecido(a). Quem repousa neste lugar? O par de sapatos azuis ainda está aqui. Nem mesmo se desgastou com o tempo, com as intempéries. Parece novo. Como o rosto de Lyèce. Tão bonito. Não paro de pensar no que ele me contou. O que aquele monstro fez com ele? Por que só falou disso agora?

    Meu celular vibra no bolso, um número desconhecido, eu atendo. Nathalie Grandjean, do *Journal de Saône-et-Loire*, quer me encontrar. Sugiro daqui a uma hora, no Petit Bar.

— Você está hospedada no Monge?
— Estou.
— Então prefiro que a gente se encontre lá, é mais tranquilo.

Eu me chamo Agnès Dugain, nome de solteira Septembre. Sou filha de Hannah Ruben, violinista, e Jean Septembre, pianista. Mantive o sobrenome do meu ex-marido, Pierre Dugain. Oficialmente, para não mudar de nome artístico; oficiosamente, para irritar a nova companheira dele. Nasci no dia 22 de outubro de 1972. Estamos em 2010, acabei de fazer trinta e oito anos, tenho uma filha de quinze. Nas urnas, meu coração sempre tendeu para a esquerda. Acredito em Deus.

Poderia dizer que meu ex-marido era ator, magnífico e volúvel. Que fui loucamente apaixonada por ele e não o amo mais, sendo que ele não é magnífico, nem volúvel, e eu o amo, sim, ainda, sempre. Hesito entre esses dois adjetivos. Pierre tem um charme insano, que nossa filha, Ana, chama de "charme de intelectual". Não tenho mais mãe nem pai. Minha tia acaba de morrer pela segunda vez. Não escrevo uma palavra há meses, estou seca. A página em branco. Nenhuma vontade de dirigir filmes, de me maquiar, de montar uma equipe, de arranjar coautores, nada a dizer, nenhuma necessidade. Estou solteira. Divorciada. Sinto que não tenho mais desejos. Que amei tanto, demais, mal, que gastei meu capital sentimental. Que meu coração está puído e furado que nem uma calça jeans velha numa barraca na feira de antiguidades de Saint-Ouen. Que minha única aspiração é ficar sozinha e conversar com um cachorro que passa por mim na rua, um gato que perambula por aí, os pássaros no céu ou uma joaninha que pouse por acaso no meu suéter.

Dirigi cinco filmes, entre eles um curta. Meu primeiro longa foi o que chamam de unânime. Cinco prêmios César, duas indicações ao Oscar, nas categorias Melhor Filme Internacional e Melhor Roteiro Original, três ao Globo de Ouro, e isso é só o começo. Dei a volta ao mundo com *O Banquete dos Anciões*. Meu ex-marido tinha um dos papéis principais, o do filho preferido. Era suntuoso. Sutil. Arrebatador. Levou cinco prêmios internacionais por sua atuação.

O Banquete dos Anciões acontece ao longo de um dia, das dez da manhã às sete da noite, quando quatro gerações se reúnem ao redor de uma mesa para comemorar o aniversário do patriarca da família. Eu poderia ter chamado de *Um Sonho de Domingo*, como o filme magnífico de Bertrand Tavernier, mas esse título já tinha dono.

Precisava ser um dia bonito, então gravei em junho, na região de Giverny.

Obviamente, muito Bach (o compositor predileto dos meus pais). O filme começa com uma manhã iluminada. "O dia vai ser bonito." Todo mundo olha para o céu. Uma paisagem exuberante de cidade do interior.

Empregados se ocupam de suas tarefas ao redor da mesa comprida, algumas ordens dadas pelo "velho", e a esposa, como uma sombra atrás dele, respira o ar que ele respira. Parece ser simpática, mas não é. Uma pessoa submissa pode se tornar monstruosa. A família chega aos poucos, estacionando na frente da casa. E longe, também. É muito importante decidir onde estacionar. O jeito de se posicionar para ficar ou ir embora, talvez até fugir.

Todos, filhos, sobrinhos, primos, chegam, de bom grado ou a contragosto, na tentativa de receber um carinho significativo ou um olhar do "velho". Todos arrastam consigo seus defeitos e suas mágoas, felizes de se encontrarem, mas com um medo evidente do escrutínio, de se sentirem julgados. Os filhos correm para se reencontrar, e finalmente rir, fumar, falar da solidão que sentem, da solidão dos pais, que não admiram mais, e, com a ajuda do álcool, o tom sobe ao redor da mesa, volta a baixar, eles cantam Charles Trenet, Jean-Jacques Goldman, Jane Birkin e Jean Ferrat. Fazem alguns discursos, os sentimentos dão voltas. A queda pode ser alegre, engraçada, atrapalhada ou infeliz.

Aperitivos, entradas, pratos, taças de cristal, vinho tinto, jarros, buquês de peônias rosas e brancas, bolo. O "Parabéns para você" em coro: das cinco semanas de gravação, passei uma inteira filmando cada rosto ao cantar, a expressão, o olhar. Café, toalha de mesa sépia manchada, distribuição dos presentes.

Na época, me compararam a Jane Campion. "A Jane Campion francesa", disseram vários jornais. Achei muita graça. E por que não Michael Jackson? Comparam as pessoas. Separam em caixas, gavetas, gêneros. De toda forma, graças a esse filme, consegui financiamento para outros. Fui cortejada. Eu me diverti imensamente, trabalhei dia e noite com Pierre. Conversávamos sobre tudo, eu escrevia para ele, ele era minha inspiração. Compartilhávamos tudo. Casa, amor, trabalho, nossa filha adorada, férias, projetos. Ele me fazia rir, fazia amor comigo. Não olhava para outras mulheres, mas as mulheres olhavam para ele. Olharam por anos. Passamos a subir cada vez mais a palcos para receber prêmios, eu com vestidos pretos sublimes, emprestados para a ocasião, e ele com fraques magníficos. Estávamos "em alta", como dizem. E meu marido era engraçado. Não só comigo, claro, porque quem é engraçado é assim com todo mundo, está no sangue. Com seu olhar escuro, profundo, seu sorriso irônico mas nunca desdenhoso, ele se tornou irresistível. E eu estava cansada. É o preço da glória, o pavor cada vez mais presente, mais sufocante, de não ter nada a dizer. O que vou contar no próximo filme? A sensação de servir sempre o mesmo prato.

Entre as mulheres para as quais meu marido não olhava, uma foi além de olhar. Ela se jogou nele. Era cheirosa, doce, açucarada. Tinha vontade, dava vontade. E ele, para não contrariar, deixou acontecer, primeiro para conhecer, entender, provar outra pessoa. Apesar da nossa diferença de idade, ele praticamente só tinha estado comigo. Quando há espaço para outra pessoa, é porque tem espaço, e ponto.

Depois dessa primeira vez, ele mudou de padaria rapidinho, ou pelo menos de sobremesa, de vida. Ele foi morar na casa dela. Ana passa semana sim, semana não com eles, e também metade das férias. Foi assim que um bolo gostoso estragou minha vida. Agora, virei uma daquelas pessoas que acham que a gente estraga a própria vida sozinho. Que nunca é culpa de outra pessoa, da pessoa amada. Não dá para permanecer atenta o tempo todo. Senão, a vida seria uma ditadura monstruosa.

16

24 de outubro de 2010

— Passei no cartório, quem trabalha lá é a Noëlle Pic, não sei se você se lembra dela. Pedi para ela ver se, por acaso, sua tia não tinha uma irmã gêmea. Ela nasceu em 1946, logo depois da guerra, e na época às vezes separavam os bebês para terem menos bocas para alimentar.

Sentada na minha frente, Nathalie Grandjean não mudou nada. Não engordou um grama, não tem uma ruga a mais no rosto. Trocou as roupas de adolescente, calça jeans rasgada e camiseta grunge, por um terninho de flanela azul. Alta, ruiva, de pele branca e ombros quadrados, ela segura um bloquinho e, à semelhança do detetive Columbo, anota freneticamente as próprias observações, já que ainda não me perguntou nada. Cheira a laquê Elnett, o mesmo cheiro da minha mãe. Quando Nathalie chegou ao Monge e me abraçou, fiquei até tonta. A fragrância me lembrou minha mãe antes dos concertos. Logo antes de se juntar à orquestra, ela passava laquê no cabelo. Os fios pareciam náilon, endurecidos ao toque. Ela dizia: "Para com isso, Agnès, vai me despentear." E, assim que ela dava as costas, com o violino e o arco em mãos, eu ficava no camarim dos músicos e passava laquê também. Endurecia meus nós. Sempre tive cabelo comprido e todo emaranhado. Minha mãe o penteava todo dia, de manhã e de noite, e eu chegava a gritar. E, quando eu ia para a casa da minha tia, ela ameaçava cortá-lo se eu não o desembaraçasse. Eu morria de medo de ter cabelo curto, de ser confundida com um menino. Depois, ela falava para minha tia: "Por favor, Colette, passa um creme para desembaraçar de três em três dias."

Nathalie vira algumas folhas do bloco e lê em voz alta:

— Colette Septembre, nascida em 7 de fevereiro de 1946; Jean Septembre, nascido em 7 de março de 1950. Nenhum sinal de gêmeos.

Em vez de responder ao comentário, digo:

— Você roubou meu namorado.

Ela não faz ideia do que estou falando.

— Jacques Daubel, um dia na piscina, vocês se beijaram escondidos de mim.

Eu a vejo parar e pensar, e a lembrança lhe vem à mente, a imagem passa pelos seus olhos. Ela, de biquíni vermelho, ele, de sunga azul-marinho com três listras verdes na lateral. Ela, com o corpo escultural de uma nadadora, a pele leitosa, mais alta que ele, e ele, de pele dourada do sol e reluzente. Estão na sombra, atrás do lugar onde a gente comprava bala e sorvete. Apoiaram a casquinha na parede, a framboesa escorreu pelo reboco, como uma pocinha de sangue. Nathalie fica vermelha.

— Já prescreveu — murmura ela.

— Traição nunca prescreve.

— Agnès, está falando sério?

— ...

— Está falando do primo do Hervé? O metido de moto?

— Exato.

— Quantos anos a gente tinha?

— Idade de beijar. Treze anos. Verão de 1985. Achei que ia morrer quando vi vocês.

— ...

— Você sabia que eu estava namorando ele?

— Sabia — confessa ela, sem pestanejar.

— Naquela noite, voltei pra casa arrasada, chorando muito, e minha tia conversou de verdade comigo pela primeira vez. Então obrigada.

Ela fecha o bloquinho, constrangida, porém mais tranquila. Não vou dar uma bronca nela.

— Essa foi a história do meu primeiro roteiro. Três adolescentes em uma piscina. Um menino bonito, uma menina bonita e uma sombra, uma menina magricela como um arame. A história se passa na piscina de L'Isle-Adam. Quer comer alguma coisa? Estou com fome.

Eu me levanto sem esperar resposta e encontro a pessoa que gerencia os quartos e os pedidos fora do horário de funcionamento do restaurante, uma moça jovem e muito magra, com uma trança comprida nas costas, relativamente antipática, que revira os olhos em pânico para qualquer pedido. Como se pedir um chá ou uma taça de vinho fosse uma excentricidade das mais absurdas.

Volto para a salinha minúscula do saguão do hotel onde Nathalie está, e ela não mexeu um dedo sequer. Parece uma boneca de porcelana que foi deixada ali, na beira do sofá.

— Adorei seu último filme — diz.
— Faz um tempão.
— Quanto tempo?
— Quatro anos.
— Está trabalhando em um novo?
— Não. Na sua opinião, quem foi enterrado no lugar da minha tia?
— Temos que investigar o passado para saber.
— O passado de quem?
— Da sua tia.
— Eu adoraria, mas não posso entrar na última casa onde ela morou.
— Por quê?
— Porque a polícia está investigando. Interditaram a entrada.

Ela abre o bloquinho para anotar alguma coisa.

— Você é casada? — pergunto.
— Moro com minha companheira. Depois dessa história da piscina, as coisas ficaram mais claras. Não sou chegada a homem.
— Ah, merda, então dei azar mesmo.

Caímos na gargalhada ao mesmo tempo.

— Pensei aqui numa coisa: será que você, que trabalha no jornal, consegue encontrar o obituário de Colette? De três anos atrás?
— Claro. Quer que eu escreva uma matéria sobre o duplo falecimento da sua tia?
— Quero. A matéria pode ajudar a soltar a língua de alguém... ou não. Veremos.

No dia seguinte, a matéria de Nathalie foi reproduzida no site do jornal *Parisien/Aujourd'hui en France*. E as revistas que publicam notícias curiosas e incomuns especularam, imaginando uma história de roubo de cadáver. Minha tia, tão discreta, que falava baixo para não incomodar ninguém, que não fazia barulho nem para puxar a cadeira, minha tia, tão delicada, que parecia andar e se mexer sempre em silêncio, teria detestado isso tudo. Eu acho, pelo menos. Mas ela devia saber que sua segunda morte não passaria despercebida. Mesmo que, para ela, o que acontecia em Gueugnon ficava em Gueugnon. "Tirando alguns jogadores, ninguém conhece a gente", ela costumava dizer. Ou talvez ela pretendesse morrer mais tarde.

Quando a imprensa descobriu que "a mulher morta há três anos" era parente de Pierre e Agnès Dugain, o ator famoso e a diretora, a notícia saiu em um tabloide. Na coluna "Barra-pesada", com uma foto minha e de Pierre da época de Matusalém para ilustrar três frases: "Eles descobriram que uma parente morta não tinha morrido. Mas quem se esconde em seu túmulo? Uma história de dar calafrios — e ideias para um novo roteiro."

17

1958

Ovelhas dando à luz, Colette já presenciou a cena milhares de vezes. Ela ajuda quando os cordeiros têm dificuldade. Pega e gira o neném, então o puxa para a vida. Os partos são comuns em sua rotina.

Andando pelos corredores da maternidade, ela se lembra do nascimento de Jean, há oito anos. Dos gritos da mãe. As feições deformadas, o rosto vermelho, de dor, com veias azuis sob os olhos saltados. Ela tinha quatro anos quando Jean nasceu, na fazenda, e não em um hospital de paredes brancas e limpas como esse. Ela se lembra de passar panos para a parteira, enquanto o pai fervia água. Ela se perguntava por que tantos panos, tantos litros de água. Com os bichos, não precisa disso tudo.

Ela observava os gestos da mulher curvada entre as coxas de Georgette. Estão todos no quarto dos pais, um quarto sujo, no qual Colette não costuma entrar. Hora de empurrar. O bebê está chegando.

— Faz força, Georgette! Faz força!

Colette estava parada no fundo do quarto para ver melhor o trabalho da parteira com a mãe.

O bebê chora. Os cordeiros nunca choram ao ver a ovelha. Eles a cheiram. Eles a lambem. Colette olha para o negócio grudento e azul.

— Ele vai se chamar Jean, que nem meu pai — murmura Robin.

Uma vizinha chega. Ela pega o bebê e o mergulha em uma bacia de água limpa. Debaixo da merda e do sangue, aparece Jean. Bonito e vigoroso. Colette fica ao mesmo tempo impressionada e fascinada. Um irmãozinho. Robin mal sabe o que fazer diante do bebê. A alegria está estampada em seu rosto, é um menino.

— Meu filho.

Faz oito anos.

O que Colette temia acabou acontecendo: a barriga de Georgette cresceu. A tragédia do terceiro filho, que acabava com qualquer esperança de avançar nos estudos. Foi dada a sentença: no fim do fundamental, certificado e pronto. Estava decidido. Ela nem ousou expor seu desejo de dar aula.

Danièle, sua irmã caçula, chega ao mundo em 13 de março de 1958, e não nasce em casa, mas na maternidade. Ao empurrar a porta, Colette a encontra em um quarto branco. A bebê já está limpa, vestida, na cama, as mãozinhas cor-de-rosa juntas, os olhos fechados. Essa irmãzinha que lembra uma princesa parece moderna. Não nascida no mesmo século que ela, que Jean. Ela usa um pijama novo. A mãe cochila. Jean aperta a mão de Colette.

— Ela se chama Danièle — diz a menina.
— Danièle — repete Jean, encostando na neném com a ponta dos dedos.
— Quer dar um beijo nela?
— Quero.

Ele beija a cabeça de Danièle.

— Ela está fedorenta — cochicha no ouvido de Colette, que cai na gargalhada.

A mãe acorda, a bebê começa a choramingar, e Robin, o pai, os expulsa com severidade.

— Tem que deixar sua mãe descansar com a menina.

Os três sobem na caminhonete. Os três na frente.

Aos poucos, Colette sente o sangue ferver. É muito forte. Por mais que inspire o cheiro do cabelo do irmãozinho, ela tem um estalo e, em um gesto de raiva inédito, logo ela, que nunca insiste em nada, solta:

— Quero continuar a estudar.

O pai, ao volante, olha para a menina como se não fosse com ele. Colette repete, teimosa:

— Quero continuar a estudar. É obrigatório, inclusive.

O pai enfim reage, entendendo que as palavras da filha se dirigem a ele.

— Você vai fazer que nem eu — diz ele, sem raiva, nem tristeza —, já está na idade de ajudar seus pais.

— Eu não sou que nem você.
— E isso é jeito de falar com seu pai?
— Não é uma fatalidade.
— E o que é isso?
— É que nem destino.
— Essa escola enche a sua cabeça de caraminholas... e aquele moleque dos Sénéchal também. Você fala que nem um livro, e eu não tenho tempo pra isso, temos que botar comida na mesa pra todo mundo agora que nasceu a menina, e você é a mais velha, vai trabalhar como todos nós.

Colette contém as lágrimas. Ela sabia que isso ia acontecer. Sabia que essa nova irmã seria seu fim. Que um nascimento pode significar a morte para outra pessoa. No dia em que nasce um novo cordeiro, o mais velho já está a caminho do abate.

18

25 de outubro de 2010

Tenho o privilégio de contar com uma fada que cuida da minha vida, que nunca vê problema em nada, e que eu amo. Dizem que isso não se faz, que cada pessoa tem seu lugar, patroa, empregada. Mas eu a amo, porque Cornélia é meu lar.

Quando Ana entrou na escola, Cornélia, que é formada em puericultura, deveria ser demitida. Solucionamos o problema: ela virou minha babá particular. Por que adultos não podem ter babá?

Compra de papel e tinta para a impressora, consultas médicas, declaração de imposto de renda. Prepara as refeições quando saio de casa, aspira e lava. Cornélia é meu conto de fadas, cuida do meu cotidiano como a Mary Poppins. Um cotidiano que, até quatro anos atrás, se resumia a trabalho, escrita, leitura, gravação, montagem, exibição e viagens.

Quando eu estava em outro país ou em trânsito, Cornélia dormia na minha casa. Embora eu não viaje mais, ela tem o próprio quarto, perto do de Ana. Ela dorme em casa quando quer. Na casa dela, não tem ninguém a esperando. Ela já foi casada, mal, e tem um filho, que mora na Bélgica. Ela costuma visitá-lo. Faz uns meses que desconfio de que Cornélia está namorando, mas ela não diz uma palavra sobre isso. "Cornélia, está toda maquiada assim para quem?", provoco. "Cornélia, para quem comprou esse vestido novo?" "Cornélia, está cantarolando por quê, tem um encontro marcado, é?" Ela bufa, mas não responde. Acho que é tão cortês que prefere não me contar de sua alegria. Mas ela se engana: saber de sua alegria me faria um bem tremendo.

Para facilitar a vida, desde que voltamos para Paris, aluguei para ela um apartamento a dois prédios de onde moro com Ana. Vivemos em Montmartre, em cima do restaurante Villa des Abbesses, no último andar. O pai dela e "a outra" escolheram o bairro do Marais.

Decidi voltar para passar uns dias em Paris. Quero ver Ana, Cornélia, meu quarto, as velas perfumadas na sala, minha cozinha. Preciso lavar roupa e me perder em pensamentos enquanto penduro as peças no varal. No hotel, não tenho que arrumar nada. É o que mais me deprime em hotéis.

Estacionei o Méhari em frente à estação e peguei um trem. Foi tudo muito rápido. Só penso na minha tia. No olhar enigmático que ela me dirigia quando eu chegava na sapataria. Será que ela ficava feliz de me ver? Sentia vontade de me dar um beijo? De falar comigo? De me contar coisas que nunca contara?

Empurro a porta do apartamento e escuto vozes familiares, entre as quais a de Cornélia, e, quando a vejo sentada no meu sofá, ao lado de Louis Berthéol, acho que estou tendo uma alucinação. Não é possível. O Louis da minha tia ao lado da minha Cornélia. Fico de queixo caído. Eles nunca tinham se encontrado. Dois dos meus mundos reunidos.

— Mas, Louis, faz quatro dias que estou te procurando por tudo quanto é lado!

Ele se levanta e se aproxima de mim.

— Naquele dia, quando vi que ela tinha morrido... chamei a polícia. E depois fui embora.

Ele cai no choro. Cornélia também se levanta e toca no ombro dele.

— Então foi você que avisou a polícia? — pergunto.

— Vou fazer um chá — interrompe-me Cornélia, e me dá um beijo no caminho para a cozinha. — Tudo bem, querida? Você está com uma cara... Bebeu, foi?

— Que nem um gambá. Você ficou sabendo?

— Do quê?

— Da minha tia.

— Fiquei. Nena e Louis me contaram.

Cornélia sempre chamou Ana de "Nena". Da primeira vez que ela viu minha bebê, que tinha três meses, disse: "Que linda, neninha."

Ao falar da minha tia, Cornélia faz o sinal da cruz. Desde quando Cornélia é disso? É a primeira vez em quinze anos que a vejo fazer esse gesto religioso.

— Cadê a Ana, Cornélia?

— Na escola. Onde mais?

Eu me sento no sofá, e Louis me acompanha.

Sinto que o que vivi nos últimos quatro dias é surreal. Que nem quando eu confundia meus filmes com a realidade. Penso no que Adèle disse: "E a verdade vai dizer o quê?"

— Louis, você tem muita coisa para me contar.

Tenho vontade de abraçá-lo e de quebrar a cara dele. Como é que ele conseguiu me convencer de que Colette estava morta havia três anos? Como é que conseguiu me entregar aquela caixa de pertences dela, olhar no fundo dos meus olhos? Por que a escondeu naquela casa?

— Foi por isso que vim até aqui — murmura ele.

Ele aponta algo com o olhar. Viro a cabeça e imediatamente reconheço a mala volumosa de Colette ao lado da porta. Ficava guardada na oficina, perto dos martelos. Ocupava espaço demais no armário de casa. Sua única viagem foi de sabe-se lá onde até uma prateleira empoeirada, e ali fez morada. Quando Colette saía da cidade com o time, no ônibus dos torcedores, nunca era para dormir fora. Eles voltavam logo depois do jogo. Eu me pergunto de onde vem essa mala, nunca questionei. Vocalizo a dúvida:

— De onde veio essa mala?

Louis poderia responder: "Da sapataria." Mas ele entende e responde:

— Foi a única coisa que sua tia levou quando foi embora da fazenda. Pior é que, tirando a esperança e a escova de dentes que ela jogou aí dentro, estava vazia. A mãe a proibiu de levar roupas.

— Por quê?

— Porque ela precisava repassar para Jean e, principalmente, para Danièle, a caçulinha... Agora, na mala... o que há dentro dela é para você.

Nem ouso me mexer. Não consigo dizer uma palavra. Que medo todo é esse?

Cornélia volta com xícaras e um bule.

— Açúcar, Louis?

— Não, obrigado. Não sou muito chegado a chá — explica ele, quase pedindo desculpas, puxando as mangas da camisa como se estivessem curtas.

— Quer beber outra coisa?

— Não, não precisa. Tudo bem o chá.

Cornélia se vira para mim, assustada.

— Por que está pálida assim?

Lanço um olhar para a mala.

— O que tem aí dentro? — pergunta ela, inquieta, se dirigindo a Louis.

— Fitas. Muitas fitas. E aquela sua geringonça.

— Que geringonça? — pergunto, enfim.

— Você gravava fitas com as outras crianças, fazia um monte de besteira com esse negócio. Depois saiu de moda, e você ganhou aquela sua câmera. Vivia filmando a gente.

— Com a filmadora?

— Isso, e aí deixou a geringonça com sua tia. E ela continuou.

— Continuou?

— A gravar. Tudo. As pessoas, os passarinhos, o jardinzinho no verão. "Estou escutando a noite, Louis", ela dizia. De vez em quando, ela gravava os jogos, carregava a geringonça para tudo quanto era canto. Ela me pedia: "Fala, Louis, vai, fala." Mas eu não tinha nada a dizer. "Todo mundo tem alguma coisa a dizer", ela respondia. Sua tia falava horas e horas nesse troço, sozinha. Parecia até que tinha uma telha a mais.

— Como assim, uma telha a mais? — pergunta Cornélia.

— Que tinha macaquinhos no sótão.

Cornélia permanece calada. Louis percebe sua confusão.

— Que era meio doidinha, sabe... — acrescenta ele. — Um dia, o negócio pifou. Colette enlouqueceu, ficou possessa. Parecia a Madeleine.

— Quem é essa Madeleine? — pergunta Cornélia.

Dessa vez, sou eu que respondo:

— É uma senhora que perambulava de meias pelas ruas de Gueugnon, com uma camisola manchada e um casaco velho e sujo. Ela falava sozinha. A gente tinha medo dela quando criança e ria que nem bobo quando ela passava. Diziam que ela tinha acessos de raiva e perdia a cabeça. Acho que era mentira. E ainda me sinto mal quando me lembro disso. Ela cheirava mal. Os comerciantes mais zombeteiros escancaravam a porta para arejar o ambiente quando Madeleine entrava nas lojas. Ela brincava de cliente, que nem criança brinca de vendedor, fingindo se interessar pelos artigos diferentes nos mostruários, e nunca comprava nada. Aquela mulher não tinha nada. Eu me lembro perfeitamente dela, das feições, do cabelo fino, do rosto suave, um rosto de criança velha, ela era impressionante. Às vezes, filava uma fruta na vendinha do pai de Lyèce, que fazia vista grossa. Ia à sapataria também, observava as latas de graxa e murmurava palavras que não davam para entender. Minha tia perguntava: "Como vai hoje?" E Madeleine não sabia responder, nem olhava para ela. Eu nem sei se seu nome era mesmo Madeleine ou se foi o povo que resolveu chamá-la assim. Ela vivia num mundo próprio. Que eu me lembre, morava com a irmã. Uma mulher igualzinha a ela, parecia gêmea, mas era "normal". Com roupas de sair, trabalho, carro, casa. Um dia, passei por ela e fiquei de queixo caído. Era como se fosse outra versão daquela mulher que vagava sem rumo, da solidão de Madeleine. Uma versão restaurada. Percebi que eu preferia a primeira, a original, que era mais poética.

Louis confirma tudo meneando a cabeça.

— A gente precisou consertar a geringonça com urgência. Eu conhecia a pessoa certa para fazer isso. Um sobrinho que entende dessas coisas. Ele disse que era só "um problema de bobina".

— Isso que você chama de "geringonça" é meu toca-fitas, Louis. Um toca-fitas gravador.

— Isso, é isso.

Louis pronuncia essas palavras como um acusado que confessa um crime.

— E ela ainda teve a maior dificuldade para achar fitas novas — continua ele. — Já faz muito tempo que não vendem mais. Teve uma época que a gente deixou isso tudo pra lá. Uns dez anos atrás, um cliente da Colette achou na lixeira uma caixa com cem fitas novas e deu para ela. Um estoque inestimável. Inestimável só para Colette. Eram C 120, isso eu lembro! "Duas horas de gravação, Louis", ela me disse, "uma hora de cada lado".

— São doze mil minutos de gravação.

— Como você sabe, Cornélia? — pergunto.

— Bem, eu sei contar. Cem fitas de duas horas são duzentas horas. Então, doze mil minutos.

— Mas e aí, Colette usou essas fitas?

Louis lança um olhar para a mala outra vez.

— Estão aí dentro?

— Estão — diz ele, baixinho.

— Todas?

— Todas.

— Quer dizer que a minha tia, a pessoa mais calada que já conheci nessa vida, gravou... quantos minutos, Cornélia?

— Doze mil.

— Doze mil minutos de fita?

— Isso. Um pouco mais, até.
— Um pouco mais?
— É.
— Por que ela fez isso?
— Para você.
— ...
— Ela dizia que era para você.

Ele chora de novo, repete:

— Me desculpe, peço perdão...

Então, eu me lembro da minha professora de francês do segundo ano do ensino médio, a sra. Petit, que, um dia, respondeu a um aluno atrasado: "Se você mesmo já se desculpou, não tenho mais o que dizer."

Mas por que estou pensando nessa professora? Por que minha cabeça me leva para longe quando me vejo em uma situação aterradora?

— Fui buscar esses dias — comenta Louis, fungando em um lencinho. — Não queria que a polícia achasse.

— Mas o que você está me dizendo, Louis? Que história é essa?

Ele abaixa a cabeça.

— Por que não me contou que ela estava viva?! Por quê?! Por que ela me fez acreditar que tinha morrido?! Três anos de mentira! Três anos de silêncio.

— Eu só respeitei os desejos da sua tia.

— Mas que desejos eram esses?

— Vá falar com Jacques Pieri.

— O dr. Pieri?

— Isso. Foi ele que assinou a certidão de óbito.

19

28 de outubro de 2010

Faz três dias que voltei para Paris, três dias que a mala de Colette dorme ao pé da minha cama. Ainda não abri. Seria como abrir a caixa de Pandora. Dá medo. É imenso. Vertiginoso. É ela. É para mim.

Ana vai passar três semanas de férias nas ilhas Maurício com o pai e "a outra". Durante sua ausência abismal, decidi voltar a Gueugnon. Voltar à infância para escutar as gravações. Preciso fazer isso lá. Lá, onde eu ficava com minha tia.

Pelo visto, doze mil minutos equivalem a uns oito dias de escuta. Mil quatrocentos e quarenta minutos em vinte e quatro horas, pelos cálculos de Cornélia. Deve dar por volta de oito dias e oito noites. Não sei, Cornélia, não sei, nunca fui boa de conta.

O policial Cyril Rampin me ligou, me liberando para ir à casa da rua Fredins. Vou me instalar lá e, se ficar com medo, ligo para Lyèce. Colette Septembre faleceu de ataque cardíaco enquanto dormia. *Tia Colette, seu coração parou. Por quê? Com o quê, com quem, estava sonhando?*

Daqui a pouco receberei a liberação do enterro, pois sou a última descendente. *Mas, antes de organizar o velório, quero falar com o dr. Pieri.* Vou me encontrar com ele amanhã, em Gueugnon, no seu consultório. Liguei para marcar um horário com a secretária, sem me apresentar.

— Não aceitamos novos pacientes — respondeu ela, antipática.

— Não sou paciente. Sou sobrinha de Colette Septembre e quero fazer umas perguntas para ele.

— Não sei se será possível, a agenda dele está lotada.

— Tenho certeza de que será possível, sim, pois há três anos ele assinou a certidão de óbito da minha tia, que ainda estava viva. Estarei aí amanhã, às dez.

E desliguei.

Pedi à minha advogada que me representasse nas audiências de conciliação para o divórcio. Eles me explicaram que isso complicaria a divisão de bens, mas que se dane, eu não queria nada mesmo. Nem indenização, nem pensão, nem... nada. No dia 23 de março de 2009, às onze e meia, no tribunal de Paris VII. Vara de família. Chovia. Fazia frio. Uma primavera de quinta categoria. Para justificar minha ausência, a advogada alegou caso de força maior. Eu tinha acabado de ser atendida na emergência e não desejava adiar a audiência. Às seis da manhã, apareci no hospital, encolhida, alegando dores insuportáveis na barriga, ou no rim, ou no peito, como quiserem. A dor era realmente insuportável. Eu estava prestes a arrancar os cabelos, mas meus sinais vitais estavam bons, minha pressão arterial e minha frequência cardíaca, ok, e a ultrassonografia foi normal. Nenhum veneno detectado no sangue. E eu me contorcia, aos prantos, sob o olhar desconfiado do residente. Dor de cotovelo.

— A senhora tem certeza de que não sofreu um choque emocional?

Em resposta a essa pergunta, senti um espasmo violento no estômago e vomitei nos sapatos dele. Tive direito a um atestado para o tribunal: "Manteremos a paciente sob acompanhamento; ela parece estar confusa." Quando a enfermeira me deu morfina na veia, quis tascar um beijo nela. Fiquei flutuando na tranquilidade até me mandarem embora.

— Está tudo bem, senhora, tudo normal.

Tudo normal, menos eu.

Não quero ver Pierre. É ele quem deve vir buscar Ana, aqui, na nossa casa, daqui a alguns minutos. Ele não me deu escolha: "A gente passa para buscá-la de táxi, é caminho do aeroporto." Cornélia lhe deu o código do interfone e o número do apartamento. É ela quem lida com ele, nunca eu. Eu me tranquei no escritório. Deveria ter saído para dar uma volta antes de ele chegar. Agora, já é tarde. O pior seria trombar com ele na escada.

A campainha toca, e escuto Cornélia atender. Uma pedra no estômago. Por quê, se faz meses que não vejo esse homem, ele ainda me causa esse efeito tsunami? Pierre é a minha ruína. Eu permito que seja minha ruína. Estou trabalhando no escritório desde a manhã. Respondendo e-mails, convites, "não posso ir", "não estou disponível", "estou fora". Faz meia hora que estou imóvel.

Ao ouvir a voz de Cornélia, percebo que alguma coisa estranha aconteceu. Corro até o hall de entrada e dou de cara com Audrey Tudor. A nova confeiteira do meu ex-marido, murmurando que veio buscar Ana. Ana, minha filha. Audrey Tudor, atriz. Um frio inédito se infiltra no apartamento. *Você não tem a menor vergonha de aparecer aqui, hein, querida? Como é que diz mesmo? Tem muito peito, só pode ser.* Já o meu peito está ficando sem ar. Envolta em perfume Guerlain, toda de vermelho, o cabelo preto preso com uma faixa, os olhos e a boca maquiados, parece uma boneca desenhada por Rafael ou Renoir, não sei. Dá para ver a idade dela, dez anos a menos que eu.

Ana chega, com a bolsa de viagem na mão. Compramos juntas, no mercado, é azul-marinho. Eu quis comprar a rosa para ela. "Ah, não, mãe, rosa, não. Barbie já passou", protestou. Ela está de calça jeans, tênis, livre, natural, quinze anos, um toque de brilho labial na boca.

— Achei que seu pai vinha te buscar — comento, com uma pontada de irritação na voz, contendo a raiva.

Um oceano de raiva. Minha cabeça parece até *O Iluminado*. Quando me escuto pronunciar essa frase para Ana, sei que é ela quem vai ficar sem graça. A outra, de vermelho, não está nem aí. E Cornélia está pensando em outra coisa. Cornélia está pensando nas férias da "miúda", que vai nadar com golfinhos. Eu me odeio por ser ridícula assim. Por fazer minha filha refém.

— Bem, vou lá — diz minha filha, dando um sorriso sem jeito.

Ana dá um beijo em Cornélia, que murmura "boas férias, minha Nena" no ouvido da minha filha. Dou um abraço apertado em Ana.

— Aproveita, aproveita, aproveita, te amo, te amo, te amo. Me liga de vez em...?

— Ligo, mãe.

A confeiteira dá um beijo na minha filha. Abraço o ódio. Quero acabar com aquela mulher. Aquele beijo dela na bochecha de Ana. Puta que pariu, vou explodir. Mas meus pais me criaram direitinho. Então calo a boca, curvo os lábios e aperto bem os olhos para forçar um sorriso falso, mas que não pode ser exagerado.

— Boas férias.

Quando as escuto descer a escada, me vejo aos prantos e me jogo no abraço de Cornélia.

— Eu destruí minha vida!
— Quantos anos você tem?
— Trinta e oito.
— E o que está acontecendo?
— Ainda sou apaixonada pelo Pierre. Pierre é o homem da minha vida. E ele está indo viajar com minha filha e com a outra. O quarto deles vai ficar ao lado do da nossa filha. É insuportável.
— É — responde Cornélia —, é insuportável. Mas vai ter que aguentar. Por você e pela Nena.

20

30 de outubro de 2010

Pegar o trem na Gare de Lyon. Saltar na Creusot TGV. Girar só uma vez a chave, e o Méhari liga. Quando Colette faleceu em 2007, tive certeza de que só voltaria a Gueugnon para visitar seu túmulo. Achei que não faria muitas viagens Los Angeles-Borgonha. Não sabia que ela queria repousar com meus pais, e não perto do estádio Jean-Laville, que dá para ver muito bem do cemitério. Viagens de bate-volta ocasionais, que foram diminuindo com o passar dos anos.

Quando ela faleceu em 2007, eu tinha certeza de que passaria a vida inteira ao lado do pai da minha filha, nos Estados Unidos. Que continuaríamos a fazer filmes juntos, até envelhecermos. Também sonhávamos com a Itália, em nos mudarmos para os lados de Nápoles. Não tivemos tempo de envelhecer. Vendemos a casa bonita, com piscina, e as buganvílias do quintal. Eu me mudei para um apartamento em Paris. E cá estou, na frente do consultório da rua Danton, para dar uma palavrinha com o dr. Pieri. Minha mala e a de Colette no banco traseiro puído.

Antes de descer, escuto de novo a mensagem de Ana, só para ouvir a voz dela: "Mami, cheguei bem, aqui é um sonho, lindo, lindo demais, te amo."

É estranho. Quando Ana fica na casa do pai, almoça e janta com *eles*. Respira o mesmo ar que *eles*. Mas saber que ela está de férias com "a outra" me deixa atormentada. Só de pensar nessa mulher molhando a bunda no oceano Índico, com minha filha ao lado, fico arrasada.

Quando entro no consultório, antes mesmo de ser atendida pela secretária antipática, dou de cara com o capitão Rampin.

— Bom dia, sra. Dugain. Tudo bem?

— Vim falar com o dr. Pieri. Foi ele quem assinou a certidão de óbito da minha tia há três anos.

— A secretária dele me informou. A senhora não pode interrogá-lo no meu lugar.
— Mas...
— A investigação está em andamento. Quer uma carona até a rua Fredins?
— Não, obrigada, vim de car... Não posso falar com o médico?
— É melhor que a senhora espere.

Ele me leva até a porta, e saímos juntos do consultório.

— Espero na frente da casa para entregar as chaves à senhora.

Depois de ter certeza de que entrei no carro, o capitão dá partida na viatura para me acompanhar. Um carro de polícia logo atrás de mim, como se fosse uma perseguição. Acabo soltando uma risada apesar da situação; até que eu gostaria de ser perseguida, pelo menos seria sinal de que alguém está interessado em mim.

Percorro as ruas desertas. Penso em Louis Berthéol, que apareceu no meu sofá e sumiu num piscar de olhos, e na mala de Colette deixada na porta. Desde então, o telefone dele cai na caixa postal. Ele avisou a mim e a Cornélia que passaria uns dias viajando.

Quando perguntei como minha tia vivera nos últimos três anos, com que dinheiro, ele me disse que o famoso pé-de-meia não era lenda. E que, a partir de 2002, ela havia trocado aproximadamente dez mil francos por euros todo mês. Ao longo de um pouco mais de um ano. O bancário da rua Liberté, que a adorava, fez vista grossa. Ela também prestava serviços para uma oficina de costura. "Isso a mantinha ocupada, e ela adorava se sentir útil. Colette passou a vida trabalhando." Confeccionava cortinas e fazia todo tipo de conserto. Era Louis quem ia buscar as roupas, os tecidos, as medidas e os moldes em uma oficina nos limites da cidade, quem levava para Colette no "esconderijo" e entregava na loja quando ela acabava o trabalho. Era tudo pago em espécie. Ninguém perguntava nada, pois o acabamento era impecável.

É insano como o desaparecimento da minha tia havia sido bem organizado. Ela podia ter vivido mais tempo ainda sem que ninguém além de Louis soubesse. Eu me pergunto se ela chegava a sair, dar uma volta, visitar o cemitério.

Estaciono na frente do "esconderijo".

Parece que as árvores que cercam a casa cresceram ainda mais. A vizinha da frente ergue a cortina e acena para mim. Tenho que ir conversar com ela. O capitão Rampin me disse que falaram com o bairro todo, e ninguém sabia que a sra. Septembre morava ali.

— Nem a vizinha da frente?

— Ela acabou de se mudar para lá. E seria preciso uma grua para ver o que acontecia lá dentro.

Cyril Rampin me entrega uma cópia das chaves.

— Do portão e da porta. A chave menor é da casinha lá nos fundos.

— Da última vez, não notei, mas não tem caixa de correio aqui.

— Nenhuma. Não encontramos correspondência nem folhetos.

— Não ter caixa de correio é a mesma coisa que não existir.

Um silêncio se estende por alguns segundos.

— Se tiver algum problema, por menor que seja, não hesite em me telefonar.

Odeio esse tom paternalista. Eu me despeço dele e fecho a porta pesada. Assim que giro a chave, a casa exala um cheiro de ar parado, de frio e de água sanitária, e não entendo o que vim fazer aqui. É uma má ideia dormir aqui, na casa de uma mulher morta. Seria mais sensato reservar um quarto no Monge e vir aqui só de dia. Sem dúvida, seria melhor ainda escutar as fitas na minha casa, em Paris, com Cornélia por perto. Eu só tomo decisões equivocadas. Minha filha está nadando com golfinhos, o pai dela, besuntando "a outra" com filtro solar, e eu vou passar a semana em uma casa miserável.

Preciso parar de me lamentar, parar de me diminuir. Tenho que convocar a força alegre que antes me enchia de ânimo. A alegria que morou em mim por tanto tempo. A raiva que me fazia soltar um monte de palavrões também cairia bem. *Vamos lá, Agnès, se anima, caramba.* Não é possível que eu tenha perdido tudo. O que eu tinha em mim com certeza ainda está aqui comigo. É como meus olhos, minhas mãos, minha boca, minha barriga. Não mudou nada. Não posso estar vazia. Tenho que botar uma música para tocar. Abrir as janelas, jogar tudo na máquina de lavar. Esfregar o piso. Falar com minha tia. Em voz alta, antes de escutar a dela nas fitas.

Tenho a sensação estranha de chegar a uma hospedagem decepcionante de férias. O que eu estava esperando ao decidir ficar aqui?

Vamos lá, quando estiver arejada, a casa não parecerá tão distante do mar. Dou um pulo no mercadinho para comprar os produtos de limpeza que sempre uso, vinho, suco de damasco, água com gás, arroz, milho, três tomates, vinagre balsâmico, um saco de biscoito e velas.

Na volta, encontro uma panela de sopa de legumes na soleira. Com o bilhete "Da vizinha do 21" escrito em um pedaço de papel. É a senhora que vi agora há pouco. E se a sopa estiver envenenada? Que besteira. Depois vou lá agradecer. Faço duas horas de faxina em uma casa que não estava suja, mas que, de qualquer forma, recuperou a cor.

Tiro da mala o colchão inflável. Um negócio velho, da época de Noé. Pierre e eu o deixávamos na mala do carro e o enchíamos quando parávamos em algum canto da natureza para passar a noite ou tirar um cochilo. Fizemos tanto amor nesse colchão. Mas não quero pensar nisso. Quero pensar no agora. No futuro também, mas não muito. Pensar no agora já é alguma coisa.

Encaixo o colchão entre a televisão e o sofá. Vou dormir aqui, na salinha minúscula. Lavei lençóis, que estão secando. Os que estavam na cama, joguei fora. E doarei os dois travesseiros e as cobertas ao abrigo de Gueugnon.

Abro a mala de Colette, que deixei no corredor. Encontro meu toca-fitas preto. O botão vermelho para gravar, o de reproduzir, bobinar, rebobinar, esquerda, direita. Foi presente dos meus pais. No Natal de 1985. Como a casa de Colette era muito pequena, nós quatro íamos jantar no Georges Vezant. E, na volta, encontrávamos os presentes na cozinha. Não me lembro de árvore de Natal nem de nenhuma decoração. Só as luzinhas na vitrine da sapataria, que piscavam em apenas dez por cento das vezes que deveriam, como se por acaso.

Quando desembrulhei meu toca-fitas auto-reverse top de linha, cheguei a gritar de felicidade. Passamos a noite fazendo gravações, e Colette riu muito, sem acreditar que era possível escutar a própria voz assim. "Minha voz é engraçada, não é, Jean?", ela comentava com meu pai toda hora.

Ao lado do toca-fitas, as fitas cassete. Todas guardadas nas caixas transparentes e numeradas com caneta azul, de 1 a 119. Sem comentários, nem nomes. Fecho os olhos. Não quero escolher por qual começar. Misturo todas, pego uma. Abro os olhos. O acaso selecionou a 19. Tiro da caixa, encaixo no toca-fitas. E vem a voz dela, leve. As palavras pronunciadas devagar, entrecortadas por silêncios, pela respiração.

21

Fita número 19

COLETTE
Gravação da história de Jean. Para Agnès. Hoje é dia...

Escuto passos, ela abre e fecha uma gaveta, tento adivinhar em que cômodo está, ela volta para o gravador.

COLETTE
... 5 de setembro de 2005.

Uma pausa, uma respiração.

COLETTE
Foi sua mãe que me avisou. Hannah gritava sem parar: "Jean se foi."
Achei que fosse uma acusação. Que meu irmão tinha ido embora com outra mulher. Ele era bonito e sorridente. Além do mais, encantava pianos, então por que não encantaria o coração de alguém? De outra pessoa?
Depois, sua mãe disse: "Não puderam fazer nada."
Foi esse "puderam", no plural, que mais me magoou na vida. Tive uma visão, de gente agitada ao redor dele, debruçada nele, em sua frequência cardíaca. Vi o metrônomo cair no chão. Entendi que essa gente não era você, não era ela. Eram socorristas, ou pessoas de passagem. Ao mesmo tempo, uma voz repetia na minha cabeça: "Ele é muito novo, não pode morrer antes de você. Você só conserta sapato, é menos importante do que ele, que toca música."
Agnès, você já viu os olhos dos espectadores nos concertos? São muito mais bonitos do que os olhos dos meus clientes quando vêm buscar um sapato.

Depois, chorei tanto que eu poderia ter me afogado em lágrimas, elas estavam por todos os lados. E aí pensei em você, Agnès. Eu não ia te deixar sozinha com Hannah, que era muito boazinha, é verdade, muito boazinha, mas, sozinha com você e com o violino, eu realmente não sabia como ela ia fazer. Sabe, os músicos são meio atrapalhados. Sua mãe não sabia fazer muita coisa além de tocar violino, e seu pai ficava perdido sem um piano. Quando Jean se foi, comprei roupas pretas e parei de escutar rádio. Lembra? Antes, na minha loja, sempre havia música tocando. Depois de Jean, parei com isso por um bom tempo. Dei as costas à música.

Um longo silêncio.

Pauso a gravação. É inacreditável o tesouro contido nessa mala. Eu me levanto para pegar um copo de água. Abro o armário da cozinha. Estou entre as coisas de Colette, na voz dela, entre suas últimas paredes. Será que ela sabia que um dia eu ia vir parar aqui? Por que esperar a morte para falar comigo? Pego a esponja no canto da pia. Quantas vezes ela a usou para limpar os farelos da mesa?

Volto para a sala, me sento no colchão e boto para tocar.

Colette

Para você entender, tenho que voltar. O que era bom começou e o que era ruim terminou... quando meu pai morreu. Um ano depois do nascimento de Danièle, a caçula, e um ano depois de ter me tirado da escola. Levou um coice na cabeça. Fui eu que encontrei ele, caído na palha, todo duro, com sangue no cabelo. Foi isso que mais me chocou, o sangue no cabelo claro. Ele estava todo rígido. Frio. Morri de medo. Gritei. Quando minha mãe chegou, começou a gritar, com aquele sotaque engraçado, um pouco regional, um pouco caipira, uma misturada que não sei de onde veio: "O que vai acontecer com a gente? O que vai acontecer?"

O marquês e a marquesa de Sénéchal, os proprietários das terras, cuidaram da viúva e dos três órfãos. Eu, como você sabe, era amiga do filho, Blaise, e gostava da mãe dele. Ela dava balas, cachecóis e limonada pra gente.

Eles contrataram minha mãe, e ela foi morar com Jean e Danièle na dependência. Eu fui mandada para aprender um ofício. Eu queria muito isso. Ir embora assim, eu nunca nem ousava esperar que fosse acontecer. Até porque eu tinha parado de sonhar... Imagina só, virar professora! Por outro lado, fazer qualquer coisa para ir morar na cidade, isso, sim, era um conto de fadas.

Nunca mais bichos, fazenda, bosta, batatas, carroça, aquele trabalho que deixava o corpo todo dolorido. O que havia sobrado do gado de nossa família foi vendido. Ficou apenas Bijou, o cavalo da carroça. Blaise convenceu os pais a ficarem com ele. Eu nunca amei tanto um bicho...
Os sacrificados enlouqueceram quando subiram nas carretas. Cordeiros choram que nem criança. E Jean chorou que nem um cordeiro quando me viu carregar minha mala grande e vazia. Eu o abracei por um bom tempo e expliquei que voltaria para visitá-lo todo domingo. Pelo resto da vida. E que estava indo embora para aprender um ofício. Mas não estou te explicando muito bem... As lágrimas do meu irmão me deram coragem. Pela primeira vez, entrei com ele no pátio do castelo, apesar de minha mãe ter proibido. O castelo era interditado para nós, da família Septembre. Foi o sr. Sénéchal que abriu a porta e nos olhou como se Jean e eu fôssemos dois sacos de estrume ainda quente. Mas não baixei os olhos, dei bom-dia e perguntei se a sra. Sénéchal estava. Ele ia bater a porta na minha cara quando Blaise apareceu. Ele estava me esperando. Parecia até o anjo da igreja de Gueugnon. Aquela escultura da esquerda, no fundo. Pode ir lá ver. Vai ver que parece com ele. Ainda tenho uma foto nossa, de quando tínhamos uns doze anos.

Ela para de falar por alguns minutos, escuto sua respiração no silêncio.

Colette

"Ah, Colette", disse Blaise quando me viu, fingindo surpresa. "Tudo bem?" Respondi que sim e que queria falar com a mãe dele, a marquesa. "Venha comigo", chamou ele. O pai foi embora, com uma careta engraçada. De mãos dadas com Jean, fui atrás de Blaise e subi a escada, o lugar todo cheirando a perfume, um cheiro de jasmim e de cera. Prestei muita atenção no que fazia, nos meus gestos, nos meus passos, cheia de medo de quebrar alguma coisa. Jean não dava um pio, grudado em mim. Aos nove anos, ele era mirradinho, leve como uma pena. Nossos pais às vezes questionavam o que fazer com ele, que não tinha porte de menino de fazenda. A mãe enchia Jean de sopa, veja só. Nesse dia, ele não perguntou nada, porque sempre confiou em mim. Sempre me seguiu.

Escuto o chiado da frigideira. Imagino minha tia sentada na cozinha.

Colette

Blaise entrou num cômodo e disse: "Mãe, Colette Septembre gostaria de falar com a senhora." Ele tratava os pais sempre por senhor e senhora. A mar-

quesa apareceu sorrindo, como se tivesse acabado de acordar ou estivesse com febre, usando um vestido claro e com as bochechas e os lábios um pouco rosados. Ela era meio diferente. Parecia uma personagem de um dos romances que Blaise pegava da biblioteca para me emprestar.

"Bom dia, senhora, perdão por incomodar, mas, como a senhora já sabe, vou para a cidade ser aprendiz e não posso levar meu irmão... Antes de ir, gostaria de saber se... Será que eu poderia ver o piano de cauda?"

Ela arregalou um pouco os olhos e concordou.

"E o Jean também pode?"

"Pode."

Seguimos a sra. Sénéchal e Blaise, atravessamos duas salas bem iluminadas, com quadros na parede, e o vimos. Que nem um rei, todo reluzente no meio da sala imensa. Um Steinway. Uma obra de arte. Mais bonito do que todos os quadros, os tapetes, os móveis. A marquesa disse:

"Os alemães ocuparam o castelo durante a guerra. O piano chegou de caminhão, para alguém do alto escalão. Quando foram derrotados, deixaram aqui... Não sei de onde vem... Nem de quem foi."

Aperto o botão para pausar. Respiro fundo e vou até o quintal. Sou recebida por um raio de sol. Penso muito nos meus pais. Não se fala tanto da dor de perder os pais e ficar sozinho no mundo. Volto para o gravador, tenho que continuar. Tenho que entender.

Colette

Quando vi meu reflexo de camponesa na superfície preta do piano, esqueci a sra. Sénéchal, esqueci Blaise, esqueci os bons modos, e disse para Jean:

"É seu, Jean. Esse piano é seu."

Jean soltou minha mão, chegou perto do instrumento, sem tocá-lo, e caiu na gargalhada. Sempre me dava vontade de guardar o riso dele. Queria reservar em algum canto, em uma caixinha de joias. Nunca esqueci aquelas risadas. Ainda as escuto. Várias vezes ao dia. Elas me acompanham.

A marquesa sorriu. Blaise levantou a tampa e ajeitou o banquinho. Quando ele fez isso, senti uma vontade tremenda de chorar, muito mais do que quando meu pai morreu. Sabe, Agnès, não sei por que algumas pessoas são boas com as outras, por que nasceram para ser generosas, mas Blaise de Sénéchal era uma dessas pessoas. Jean se sentou de frente para o piano. Vi seus olhos brilharem.

"Vamos continuar", disse Blaise para ele.

Em seguida, ele se dirigiu à mãe:
"Mãe, Jean tem um dom. Jean, toque o minueto de Bach, o primeiro que estudamos juntos."
Fiquei até meio tonta quando meu irmão encostou os dedinhos no teclado. Eu me senti ao mesmo tempo bem e mal, invadida pela emoção. É assim. Uma emoção sem igual.
Agnès, pensa bem, era 1959, eu tinha crescido na merda, e meu irmãozinho tinha Bach nas mãos, nos braços, no corpo todo. Blaise disse assim para a mãe dele:
"Ele nunca estudou o solfejo, mas consegue reproduzir qualquer música que escuta."
As crianças dependem dos pais. Se Jean dependesse do marquês, da nossa mãe, do nosso pai, teria virado operário na Metalúrgica de Gueugnon. E não há nenhum problema nisso. Conheci e amei muitos operários da metalúrgica. Mas foi a marquesa que botou Jean debaixo da própria asa. Só os pássaros grandes podem botar alguém debaixo da asa. Não precisei pedir mais nada. Nem pelo meu irmão. Encantada por Jean, foi Eugénie de Sénéchal que decidiu que o garoto aprenderia o solfejo, que teria aulas com Blaise. E que ela cuidaria dele. Custasse o que custasse. Foi o que ela disse: "Custe o que custar."
Fui embora para ser aprendiz. Eu sabia que Jean não sentiria saudade. Que o piano ocuparia toda a sua vida, e não sobraria espaço para mais nada.

Ela para de falar. Eu escuto minha tia se levantar, encostar a agulha do toca-discos em um vinil. A primeira gravação de estúdio do meu pai. Dos "Noturnos" de Chopin. Meu pai deu de presente para ela esse toca-discos Pioneer nos anos 1980 para ela escutá-lo sempre que quisesse.

Meu pai falava muito pouco de Colette. Havia carinho entre eles. Nunca vi uma briga, nem uma indireta, tampouco um gesto agressivo. Eles trocavam muitos olhares, muitos silêncios. Eu não dava atenção. Os caras de moto me interessavam muito mais do que a relação entre minha tia e meu pai.

Minhas mãos tremem. Vou diminuir o ritmo. Escutar as fitas de pouquinho em pouquinho. Como se fossem um presente. Fechar os olhos para escolher ao acaso. Não quero emendar uma na outra. Que nem com um livro que a gente não quer devorar, e sim saborear. Tenho tempo.

Corri atrás de um primeiro sucesso. Depois, de mais um sucesso. Agora, mais ninguém me espera, e eu não espero mais ninguém. Talvez a sorte seja isso. Ou, pelo menos, a liberdade.

22

Fita número 7

Colette
Hoje é dia 7 de janeiro de 2003. Vou falar de Blanche. Da primeira vez que a vi, aos seis ou sete anos. Ela está sentada na cadeira da escola, no fundo. A cadeira que passou o ano vazia. É filha de artistas circenses.
"Esta é a Blanche", diz a professora. E a turma, em vez de olhar para ela, olha para mim, a jeca. Até Blaise.

Colette chama alguém: "Blanche! Blanche! Vem cá!"
Escuto passos, uma voz de mulher: "Já vou, já vou." Uma voz baixa, como a da minha tia. Meu coração acelera, parece que é um sonho. Boto para tocar de novo, e mais uma vez: "Já vou, já vou." Minha tia não está gravando sozinha.

Blanche
Cheguei.

Colette
Estou gravando umas coisas para a Agnès. Quer falar algo?

Blanche
Para Agnès…? Algo?

Parece que o gato comeu a língua dela.

BLANCHE
Não é perigoso?

COLETTE
A gente já vai ter morrido quando ela escutar.

BLANCHE
Tem certeza?

COLETTE
Tenho, sim. Vai, fala.

BLANCHE
Não sei o que dizer.

COLETTE
Conta da primeira vez que você me viu.

Longo silêncio.

BLANCHE
Oi, Agnès, eu me chamo Blanche. Adoraria ter te conhecido. Queria mesmo ter te conhecido.

Ela interrompe a gravação. Por quanto tempo? Não dá para saber.

BLANCHE
Conheci Colette no primário. Na escola Pasteur, que existe até hoje. Em 1953. Tenho certeza do ano, porque Naja ainda estava viva. Ela morreu alguns dias depois, quando a gente foi para Clermont-Ferrand. Não consegui soltá-la da jaula. Libertá-la. Minha leoa vinha da África, estava velha, cansada, abatida. Ela teve torção gástrica. Um sujeito desprezível a vendeu para o meu progenitor por uma mixaria.

Eu paro. Silêncio ao meu redor. Que horas são? Essas fitas são viciantes. Eu me dou conta de que não penso em Pierre desde que comecei a escutar Colette. Então é possível parar de pensar nele.

A voz de Blanche tem o mesmo tom da voz de Colette, o mesmo jeito de pronunciar as palavras. Parece que passaram a vida toda juntas, que nem aqueles casais que acabam falando igual. Tento imaginar o rosto dela.

BLANCHE
Não questionei nada quando te vi. Não achei estranho. Nasci no circo e cresci nos braços de Natalia, a mulher barbada, com Fabrizio, um homem que media 1,02 metro, Nestor, que levantava bigornas, e Vlad, enquanto ele aguentou, pois sofria de macrocefalia... Tinha uma cabeça enorme. Meu progenitor acabou largando ele na porta de um hospital.

No nosso circo, tinha um bando de infelizes que não se pareciam em nada com os outros. Mas a gente se amava. O público vinha aplaudir, ver os "monstros". Quanto mais apavorantes, deformados, mais as pessoas ficavam satisfeitas, mais davam dinheiro. O pobre Vlad sofreu as consequências disso. Mas o monstro de verdade era meu progenitor. Ele falava uma só língua: a da violência. Com os bichos e com a gente.

O estranho fazia parte do meu cotidiano. Então você, minha gatinha, quando te vi, não me impressionei em nada, você será para sempre minha lembrança preferida da infância. Minha única lembrança da infância. Da infância que não tive. Comecei a trabalhar muito nova. A música vigorosa que anunciava nossa chegada era contrária a tudo que sentíamos. Ta, ta, ta, ta, ta. Luzes e acordes. Mas a realidade era terrível. Eu tremia, ficava enjoada, tinha medo desse público ávido por sensações e de sua curiosidade cruel. Gostava apenas do olhar das crianças, porque elas sonhavam comigo. Eu era acrobata, andava na corda bamba.

"Venham, senhoras e senhores, venham!", gritava meu progenitor. "Venham descobrir o inimaginável! O excepcional..."

A voz dela falha.

BLANCHE
Vou parar aqui, por enquanto. Tudo bem? Falei direito?

Interrompo a gravação. "Minha gatinha." Blanche chamou minha tia de "minha gatinha".

Alguém bate à porta. Merda. Eu me esqueci de trancar. Não estou esperando ninguém, não quero falar com ninguém. Não me mexo, mergulhada na penumbra. Encolhida.

— Agnès!
Reconheço imediatamente a voz de Lyèce.
— Está aí?
E a de Nathalie Grandjean.
Não me mexo. O celular vibra no meu bolso, é Lyèce, e eu não atendo. Depois chega uma mensagem de Nathalie, que leio na hora: "Não encontrei o obituário da sua tia." Eu me levanto de um pulo e corro até a porta, com medo de eles terem ido embora. Eles ainda estão ali. Os dois tomam um susto.
— Tudo bem? — pergunta Lyèce.
— Tudo.
Eles nem se mexem.
— Estava dormindo?
— Não, estava concentrada. Escutando uma gravação.
Os dois entram.
— Foi aqui que encontraram Colette? — pergunta Lyèce.
— É aqui que ela morava.
— Cacete — murmura ele.
— Vai ficar muito tempo aqui? — pergunta Nathalie, horrorizada.
— Esse lugar me dá calafrios.
— Tenho vinte dias pela frente.
Nathalie me encara.
— Vem ficar lá em casa.
— Não, está tranquilo. Se começar a ficar difícil para mim, vou para o Monge.
Lyèce observa o colchão inflável no meio da sala, as fitas e o gravador.
— A gente brincava com um negócio desses quando era criança.
— É esse negócio mesmo. Minha tia guardou.
— Depois você ganhou aquela câmera. Você vivia filmando a gente. Guardou as gravações?
— Acho que me roubaram. Com as fitas e tudo. Demorei para dar falta dela. Ou perdi em uma mudança. Que horas são?
Nathalie olha o relógio.
— Seis e vinte.
— Tenho suco de damasco e uns petiscos. Querem?
Nós nos sentamos à mesa da cozinha. Sirvo três copos e ponho os salgadinhos em uma saladeira.

— Procurei nos arquivos, mas não tem nem sinal de obituário, nada — diz Nathalie, pegando um punhado de salgadinho.

— Mas eu fui ao enterro — comenta Lyèce. — Então fiquei sabendo. E não fui sozinho. A gente passou a manhã toda no cemitério. Devia ter umas cinquenta pessoas, no mínimo. Louis Berthéol leu um texto, não lembro qual. Era um texto bonito. E a gente enterrou Colette. Agora, pensando bem, foi Louis que me avisou do enterro dela, me deu a data e a hora. E Pascale.

— Pascale?

— A florista da rua Jean-Jaurès. Não sou de ler o jornal, muito menos o obituário. Você sabe como é a "rádio Gueugnon", num piscar de olhos todo mundo soube que sua tia tinha morrido.

— Louis demorou a me avisar do falecimento por causa do fuso. Ele me contou que o velório aconteceria imediatamente, porque estávamos em pleno mês de agosto e aquele era o único horário da funerária. Ele disse que, só no tempo de eu pegar um voo até a França, Colette já estaria enterrada. Para ser sincera, foi até bom pra mim. Ana ficou chateada por não viajarmos. Falei alguma coisa genérica, do tipo: "O importante é que ela esteja no nosso coração, nos nossos pensamentos." Fomos as duas acender velas na Saint Sebastian Church. Velas estadunidenses para minha pobre tia, morta na Borgonha.

— Outras pessoas logo assumiram a sapataria, e ninguém questionou nada — conta Lyèce. — Na época, você morava fora, te mandei mensagem, e foi isso.

— E agora cá estamos, nesta casa, devorando petiscos. É o que sempre digo, a vida é bizarra — comenta Nathalie.

— Para quem você diz isso? — pergunta Lyèce.

— Para todo mundo, o tempo todo. Sabe, eu sou jornalista, vivo vendo coisas estranhas.

— Não sabia que vocês dois se conheciam — comento.

— Nathalie poderia ser minha irmã — responde Lyèce. — A gente se conhece desde o jardim de infância. Eu não gostava dela antes, achava metida.

— E eu achava o Lyèce um zé-droguinha.

— Pior que eu era mesmo. A gente se reencontrou com uns vinte anos. Em uma festona bem regada. Hora certa, lugar certo. A gente começou a conversar e não parou mais. Ela gosta de mulher, então dá para manter a amizade. Não tem confusão.

Nathalie observa Lyèce com um imenso carinho.

— Fui eu que o levei para a reabilitação. Várias vezes. Até dar certo. Uma hora dá certo.

— Ela é teimosa que nem uma mula, não me abandonou.

— Faz anos que o incentivo a escrever. Lyèce escreve incrivelmente bem, mas não confia no próprio taco. Charpie bagunçou a cabeça dele.

Silêncio, um anjo passou. Minha tia, quem sabe. Ou meu pai. Ou minha mãe. Ou Blanche. Os quatro, de mãos dadas.

— Quando é que começaram a suspeitar desse sujeito?

— Eu só ouvi falarem disso quando ele já tinha se mudado para o sul da França — responde Nathalie. — Os boatos corriam soltos. Entendi que ele foi demitido. Nenhuma vítima se pronunciou, nem prestou queixa. Não que eu saiba, pelo menos. Depois, soube que os moleques brincavam com isso, faziam piada, se provocavam: "Você também recebeu as visitas médicas do Charpie?"

Eu fecho os olhos. Dá vontade de vomitar.

Nathalie está soltando fogo pelas ventas. A raiva a deixou corada. O pescoço está vermelho como sangue.

— Ele treinava o time júnior — diz Lyèce. — O lugar ideal. Mas ele não tinha nada que se meter no vestiário. E, ainda por cima, o mais perturbador nessa história, é que ele nem era médico... Não sei explicar, mas ele era arrogante, convencido. Ninguém teria tomado uma atitude. Era outra época, em que os diretores eram a lei. A hierarquia da usina valia também dentro do clube. Ele mandava no mundinho dele. Dirigia o departamento de informática. Tinha poder sobre o futebol e a usina.

— Hoje é diferente. Os engravatados e os patrões botam menos medo nas pessoas, nas crianças... embora isso ainda seja discutível. Sempre vão existir adultos com poder sobre os inocentes.

— Por quanto tempo ele trabalhou no clube?

— Está preparada?

Faço que sim.

— De 1956 a 1980.

— Vinte e quatro anos — diz Nathalie. — Vinte e quatro temporadas, a maior parte com o time infantil.

— Ele era casado?

— Nunca se casou.

— Tinha filhos?

— Não.

— Quando foi que ele morreu mesmo?
— Ano passado — responde Nathalie. — Fui até lá para investigar.
— Investigar?
— Ninguém soube se foi acidente ou suicídio. Ele estava com parte do rosto lesionada, como se tivesse levado uma pancada, e precisei descobrir. Encontraram o corpo dele na praia de Cannes, três dias depois do desaparecimento. O médico-legista não soube determinar se ele tinha caído por acidente, se tinha pulado ou se alguém o tinha atacado. Será que um barco bateu nele depois da queda? O que se sabe é que ele não morreu antes de afundar. Tinha água nos pulmões. Então se afogou. Provavelmente perdeu a consciência antes de cair na água.
— Você descobriu mais alguma coisa lá?
— Nada.
— A polícia sabia que ele era suspeito de pedofilia?
— Acho que não. Fingi que era uma jornalista do interior que tinha ido lá perguntar por um antigo morador de Gueugnon. Nem mencionei esse caso. Não quis chamar atenção. A polícia concluiu que ele tinha "escorregado" à beira-mar. No dia em que ele desapareceu, teve uma ventania violenta no Mediterrâneo.
— Quem sabe foi o mar que vingou as crianças — opina Lyèce, servindo-se de mais suco de damasco. — É mesmo um horror esse negócio. Estou morrendo de fome. Vou comprar umas pizzas no José.
— O José ainda existe?
— É lógico. O José é eterno. E é bom lembrar que estamos falando do pai de Jesus — brinca Lyèce. — Falam muito da mãe, mas pouco do pai.

José faz pizza na praça de l'Église há muito, muito, muito tempo. Parece que o conheço desde que nasci, que sempre vi a barraquinha dele no mesmo lugar. A cem metros da antiga oficina de Colette. Parece até que o veículo dele, com fogão à lenha integrado, é tão antigo quanto a igreja romana que lhe garante uma sombra nas tardes de verão. Lyèce se levanta e diz:

— Já volto.
— Pega dinheiro na minha carteira, está no móvel da entrada.
— Não precisa, não sou pobre. Tenho dinheiro para três pizzas. Quais sabores?

Essa pergunta me dá vontade de rir. E me lembra a melhor pizza que já comi na vida: na Marinella, em Ajaccio. Pelo menos acho que o nome era Marinella. Posso falar de sabor, de gosto, da sombra na área externa, com vista para o Mediterrâneo, de Pierre, que me devora com o olhar, de nós dois, apaixonados, loucos um pelo outro, da promessa de um cochilo carnal, como dizíamos, e daquela pizza fina, grande, como fazem no sul, fabulosa, que chega à mesa em uma forma enorme de inox. Voltarei para a Córsega. Voltarei para a Marinella. É a primeira vez em três anos que faço um plano.

— Quero aquela de tomate com queijo! Nunca lembro se é marguerita ou napolitana.

— Pra mim também! — diz Nathalie.

— Tá. Não vão aproveitar para falar mal de mim pelas costas.

Lyèce sai e fecha a porta.

— Vocês vieram de carro?

— Viemos — responde Nathalie. — Não gosto de andar de moto com ele, fico com medo.

Ela se levanta.

— Tenho que ligar pra minha namorada, avisar que vou demorar mais um pouco aqui — diz, e vai até o jardim, com o celular na mão.

Como não estou mais sozinha, crio coragem de entrar no cômodo da máquina de costura. Onde ficam a tábua de passar e o armário em que a coleção da minha tia está guardada. A coleção de cadernos que contam a história do FC Gueugnon, de 1965 a 2000. Por trinta e cinco anos, ela recortou todos os artigos, e então parou com isso. Por quê? O que faz alguém parar de um dia para o outro? Uma gripe que deixa a pessoa de cama? Um encontro? Um novo interesse? Exaustão? Curioso, vindo de uma aficionada como ela.

Penso que seria bom doar essa coleção ao clube, aos torcedores que praticamente deram a vida para a história do futebol de Gueugnon. Vou falar com Michel Chaussin, amigo da minha tia. É ele que mantém viva a história do clube no Facebook. Eu sigo a página dele. Vejo as fotos dos ex-jogadores, de partidas antológicas, de eventos esportivos atuais. Gosto da empolgação deles. Eu me pergunto se minha tia esperava que eu fizesse um filme sobre futebol. O melhor é *Coup de tête*, de Jean-Jacques Annaud, com Patrick Dewaere. Isso nunca me ocorreu. Devo tê-la decepcionado. Devo tê-la decepcionado profundamente.

Nathalie volta. Ela vem me encontrar na sala da máquina de costura.

— Lyèce te contou do Charpie?

Saco na hora a pergunta, pelo jeito como ela me olha, pelo tom da voz.

— Contou. A visita médica abominável que virou um pesadelo. Ele tinha sete anos.

— E não foi só ele. Estou investigando na surdina. Não quero contar para ele. Lyèce já falou o suficiente. Tenho encontrado gente, perguntado, todo mundo fica constrangido. Muita gente nem sabia. Quando a gente vive o amor do esporte, nem sempre percebe as maldades que acontecem ao nosso redor. E tinha quem soubesse. Outro dia, fui comprar tinta com um amigo, um cara legal, mais ou menos da idade do Lyèce. A gente foi falando da vida e, sei lá por quê, perguntei se ele jogava futebol, se lembrava de Charpie. Ele ficou lívido e falou: "Era a maior sujeira." "Por que diz isso?", perguntei. E aí ele contou tudo... que Charpie nunca teria mexido com ele, que não era uma criança fácil. Que Charpie escolhia os tímidos, frágeis, as vítimas ideais. E que todo dia um colega nosso, Christophe Delannoy, um cara meio delinquente, meio marginal, passa na frente da loja dele, e todo dia ele se lembra daquele sujeito... Ele falou: "Tá me entendendo, Nathalie? Todo dia, quando vejo Christophe passar aqui em frente, penso em Charpie. Tenho certeza de que aquele homem fez alguma coisa com ele. Na época, Christophe tentou me contar, choramingou: 'Ele tocou no meu saco.' E, na época, não dei a mínima. A gente era imbecil. Não falava dessas coisas... Numa viagem para Manosque com as outras crianças, para um treino de futebol, a gente devia ter uns dez anos, eu fui também. Quando a gente voltou, Christophe tinha mudado, e foi aí que começou a se isolar. Nunca tenho coragem de sair da loja e perguntar o que o cara fez com ele, mas eu sei, sinto que o machucou."

— Quantos passaram pelo mesmo que Delannoy?

— Difícil saber. Tem gente que se recusa a falar comigo. Tentei entrar em contato com um amigo de infância de Lyèce, mas ele se faz de desentendido.

Nathalie dá uma olhada na coleção que espalhei na tábua de passar.

— O que é que é isso?

— Isso é a luz. A luz dos estádios de futebol, que minha tia colecionou por anos. O contrário de Charpie. É a beleza do jogo. A beleza dos times. O que fazia milhares de torcedores do FC Gueugnon irem ao estádio para ver os jogos. O que fazia o coração deles bater mais forte por anos. O que fazia minha tia tremer quando o time marcava ou levava gol.

— Não sabia que você gostava de futebol.

— Nem eu — escuto-me responder.

23

1959

O mestre de quem ela será aprendiz se chama Mokhtar Bayram. Ao abrir a porta da sapataria, Colette descobre um mundo diferente da fazenda e da escola. Um universo de martelos e outras ferramentas, pinças, escovas e panos, pregos e lixas. Cheiro de couro, de óleo, de cola, de cera, de metal, de graxa. Ela carrega a mala enorme e vazia. Mokhtar, com seus belos olhos castanho-escuros e astutos, pergunta o que ela esconde lá dentro.

— Minha escova de dentes — responde Colette.
— Só?
— Não tenho mais nada.
Mokhtar sorri.
— Você é corajosa?
— Acho que sim, senhor — murmura ela, um pouco envergonhada.
— Quantos anos você tem?
— Treze.

Colette nunca tinha visto tantos sapatos juntos. Ela sempre teve um par só, para inverno e verão, um único par que deveria durar o máximo possível. No começo, ela sobrava dentro dos sapatos, que, no fim, esmagavam seus pés de tão apertados. Ela prefere os tamancos dos camponeses velhos. A madeira é dura, mas, no verão, ela os calçava sem meia.

— Você é jeitosa com as mãos?
— Não sei, senhor. Mas sei fazer parto de ovelha.
— Pode me chamar de Mokhtar, minha filha.

Mokhtar aceitou uma aprendiz a pedido da sra. Sénéchal. Ele não recusaria nada à marquesa, pois conserta e reforça as solas e costuras dos sapatos de toda a família dela. A condição é que Colette adquira o certificado técnico com o curso da escola Sainte-Cécile, situada a três minutos da sapataria. Uma escola particular, administrada pela sra. Sénéchal.

Mokhtar respondeu: "Não tem problema, sra. Sénéchal, vou ensiná-la se ela for séria; se não for, não cuidarei dela."

Três refeições por dia, mil francos por mês — enquanto o salário mínimo de um operário é de treze mil —, uma dependência com uma janela, uma cama, um forno, lenha, água encanada, um edredom e dois jogos de lençol limpos. Para Colette, é um luxo sem precedentes. O banheiro fica nos fundos do quintal. Mokhtar já teve vários aprendizes, mas nunca uma menina. Ele não pode recusar a mão de obra e quer transmitir seu conhecimento.

Mokhtar, Blaise e Colette param à porta do que será o "quarto dela" por dois anos.

— Deixe a mala aqui — diz Mokhtar. — Depois, veremos do que você vai precisar. Aqui é sua casa. Não vou nem entrar. É você quem vai cuidar do espaço. Tem que deixar limpo e arrumado para a pessoa que vier depois. Temos sempre que pensar em quem virá depois de nós. Onde quer que estejamos. Se todo mundo fizer assim, tudo fica nos conformes.

Ele aponta para a construção de madeira escura, a poucos metros dali.

— Pode ir quando quiser. Está sempre aberto. Lá dentro, dá para usar o sabonete e o tanque para lavar roupa.

Blaise põe algumas notas no bolso de Colette antes de ir embora e dá um beijo furtivo no rosto dela. Colette não sabe o que dizer, nem ousa se mexer. O dinheiro no bolso pesa que nem uma bigorna. Ela sente as lágrimas lhe invadirem os olhos, pois está de cabelo sujo e Blaise está lindo como um dia de domingo. Seu único apoio nessa vida, a única pessoa com quem pode contar, desde que nasceu. Um único amigo é suficiente para suprir o silêncio e as ausências. Começando pelos pais. A mãe não derramou nem uma lágrima sequer quando ela foi embora com Blaise, levando uma mala, tão vazia quanto o coração da própria Georgette. A mulher apenas verificou se Colette não pegara nada de que Jean e Danièle precisariam mais do que ela, que seria abrigada e alimentada. "E seus mil francos vão ficar pra mim. É assim com os filhos. Principalmente entre a mais velha e a mãe." Alimentada e abrigada, mas precisaria trabalhar que nem adulta, além de estudar. Colette sabe que outras meninas da idade dela brincam depois das aulas, que se encontram aos domingos para rir, dançar, sonhar. Já ela não fez nada além de trabalhar depois da escola — e, se o pai não tivesse morrido, nunca teria voltado a estudar.

— Até domingo — murmura Blaise. — Venho buscar você de bicicleta.

Não preciso ficar triste, pensa Colette. Juntei Jean e o piano. Vai dar tudo certo, vai ficar tudo bem.

— Como você se chama, minha filha? — pergunta Mokhtar.
— Colette. Colette Septembre.
Ele sorri debaixo do bigode.
— Você tem nome de verão.
Colette hesita, mas responde:
— Meu nome está mais para outono.
— Ah, não, minha filha, setembro ainda é verão, pega só o comecinho do outono.

Mokhtar é tunisiano. Quando morava na Tunísia, na infância, procurou aprender um ofício. Foi aprendiz durante as férias. A primeira coisa que aprendeu foi a entregar sapatos nos azoques. Depois foi subindo na vida e começou a confeccionar sapatos, então a fazer acabamentos. Quando Colette chega, ele já é dono da sapataria da rua Pasteur há vinte anos. Chegou à França em 1936, com o irmão. Aos seis anos, ficou doente e perdeu parte da perna. Como usa uma perna de pau, diz que tem uma pequena árvore no lugar do sapato. Ele conta para Colette que é por isso que os sapatos são sua vida. A vida dos outros, daqueles que andam com os dois pés e não sabem a sorte que têm. Ele tem dois pares de sapatos, um de inverno e um de verão, e os pés direitos ficam numa prateleira. É apaixonado por sapataria e pelo trabalho com couro. "Eu amo os sapatos", diz ele a Colette, "respeito os sapatos, que levam a gente para todo lugar na vida, que carregam nossa memória. Vou te dizer a verdade, Colette, eu sou sapateiro, e a primeira coisa que reparo em alguém é nos sapatos. Se estiverem bem cuidados, olho para o rosto da pessoa; se não, paro por aí. Há diferença entre cuidado e conserto, é preciso cuidar antes de consertar. Que nem com seu corpo, minha filha. Não beba álcool, não fume cigarro, não fale maldades. Dá para encontrar um pouquinho de prazer em tudo. Em tudo se encontra prazer".

Colette nem sempre entende o que Mokhtar fala. Quando conversa com ela, porém, o que sai da boca do homem é cheio de gentileza. E é a ela que ele se dirige, a mais ninguém. Nessas horas, Colette se sente um pouco importante. Assim como se sentia com Blaise e Jean. Mokhtar não tem um sotaque nada parecido com os da Borgonha e às vezes confunde masculino e feminino, singular e plural.

— O que acontece com os sapatos quando ninguém vem buscar?
— Eu doo para a Cruz Vermelha e um pouco para a igreja. Mas, sabe, nesses tempos, não é muita gente que esquece. Seu par de sapatos, Colette, é o que você tem de mais precioso.

Ela baixa os olhos e observa as botinas de couro escuro. As mesmas botinas que antes andavam só na terra batida. Agora estão limpas. Quando Colette sai da oficina, é para levar sapatos a alguma pessoa idosa que tem dificuldade de locomoção.

— Aos clientes que não conheço, peço que paguem adiantado. E, por acaso, eles nunca se esquecem de voltar para buscar. Tem outros clientes tão fiéis que nem dou tíquete, você vai ver, tem vários que mandam os filhos: "Foi minha mãe que me mandou." Conheço todo mundo em Gueugnon. Menos os racistas. Esses não deixam sapatos nas mãos de um árabe.
— Por quê?
— A gente não tem o mesmo Deus, e isso assusta.
— Como é o seu Deus?
— Que nem o seu, só que não fala a mesma língua.
— Como o senhor sabe? Deus não fala com ninguém.
— Ah, fala, sim, minha filha. Pare para escutar Deus que ele fala... O que você quer fazer da vida, além de consertar sapato?
— Quero que meu irmãozinho seja músico, pianista.
— E para você, o que quer?
— Que meu irmão seja músico.
— Deus vai te atender, você vai ver, ele vai te atender.

Colette também faz algumas compras para Mokhtar na loja da sra. Courault. Ela chega com uma lista, com nomes de produtos complicados que o sapateiro listou no papel, colas, vernizes, tintas, pregos, rebites.

— Sabe, durante a guerra, a gente tinha direito a um par de sapatos por ano, com um tíquete de racionamento. Eu fazia solas de madeira. Os alemães confiscavam o couro.

A primeira coisa que Colette aprende é a usar a máquina de costura. Antes de trabalhar nas peças de couro, ela costura metros e metros de tecido. Até fazer por reflexo o gesto de passar os dedos dos dois lados da agulha. Até conseguir pensar em outra coisa, até o ato de costurar ser como respirar. Depois, Mokhtar ensina a menina a escolher a agulha para trabalhar no couro. A furar retalhos de couro na máquina. Os pontos diferentes, cruzados, retos, pespontos. A se familiarizar com as linhas, os pregos, os fechos. Para o corte, Colette treina com pedaços de papelão.

— O papelão não se comporta como o couro, mas o que você precisa aprender não é o material, e sim os gestos. A seguir as linhas, os círculos. Você vai passar o dia todo olhando para o que tem na mão, isso, isso, exatamente.

— Com o couro, parece que estou machucando alguém. Escuto o choro na minha cabeça...

— Quem você escuta chorar?

— Os cordeiros. Eles choram quando a gente separa eles da mãe. O couro é a pele dos cordeiros.

— Você é meio desatinada, minha filha.

— O que é "desatinada"?

— São suas ideias. Quando chove, a chuva rega elas.

Antes de Colette, Mokhtar nunca tinha pensado no couro como pele. Para ele, era uma ferramenta, a base do trabalho, um material curtido, de boa ou má qualidade. Ele nunca tinha pensado no ser vivo, no que ele tinha vivido, no que dele restava entre suas mãos. Colette fala bastante da relação dela com os animais, de quando morava na fazenda. É a primeira vez que Mokhtar trabalha com uma menina, e fica impressionado. Ele a acha mais sensível, mais minuciosa. Também mais curiosa. Ela faz mais perguntas.

A irmã mais nova dele, Nadia, mora na Tunísia. Ele não a vê há décadas, mas eles se correspondem na língua materna. Ela se casou e teve dois filhos, um de dezesseis e o outro de dezoito anos, e parece que o caçula lembra ele. Mokhtar está juntando dinheiro. "Para poder viajar", diz ele.

Não tem um dia em que não diga essa frase para Colette enquanto guarda uma moeda ou uma cédula na caixinha de ferro.

— Cadê seu irmão? Aquele que veio para a França com o senhor?

— Ele morreu, minha filha. A família mandou o corpo de volta para a Tunísia.

— Ele morreu na guerra?

— Não. No hospital.

— Eu, se perdesse meu irmão, Jean, ficaria ainda mais desatinada.

Ao meio-dia, Mokhtar fecha metade da vitrine, para ainda entrar luz na sapataria, e serve um almoço frio que eles comem juntos: salada, pão, queijo. De vez em quando, uma boa porção de patê ou ovos cozidos. Cada um come no seu canto. Mokhtar liga o rádio, às vezes solta um palavrão ao escutar um político falar ou uma propaganda de alguma marca que fabrica sapatos em grande escala, depois se deita no velho divã atrás do caixa e fecha os olhos por quinze minutinhos antes de abrir a loja de novo. Enquanto isso, Colette sai para passear, se o tempo estiver bom, lê um pouco seu livro ou estuda. Na turma dela, só há cinco meninas. As outras quatro estudam costura, são aprendizes nas fiações da região. Elas dizem que ela faz um serviço de homem, que não existem sapateiras.

— Existe, sim, está no dicionário. Tudo que está no dicionário existe. É uma prova.

Com o dinheiro que ganhou de Blaise, Colette comprou dois vestidos e dois suéteres na feira. Além de uma fita para prender o cabelo. Alguns clientes deixam para ela uma gorjeta, uns trocados. Ela guarda o dinheiro como se fosse um tesouro, na caixinha de botões que Mokhtar ofereceu. Às vezes, quando ela volta das compras, ele diz: "Fica com o troco, minha filha." Esse dinheiro é para ela. Ou para Jean. Mas não para a mãe. É tão pouco, se contar. Mal dá para comprar uma limonada, mas, para Colette, é um verdadeiro tesouro. Algo que ninguém vai roubar dela.

Mesmo que sinta saudade do irmão, das histórias para dormir, do cheiro dele, da mão dele, os dias dela são muito mais brilhantes do que antes. Ela adora trabalhar e morar no centro, gosta da presença de Mokhtar, que a chama de "minha filha", e de não precisar mais acordar às quatro da manhã para o serviço. Ela sente que os dias dela ganharam cor, como as bochechas da sra. Sénéchal no meio da tarde.

24

30 de outubro de 2010

Hoje pela manhã, quando abri a porta, engoli o frio que vinha do corredor. O silêncio sepulcral no auge do inverno, naquela casa de dois quartos sem alma, como se a morte tivesse desencarnado minha tia para todo o sempre. Como se ela nunca tivesse pisado ali.

Até que ela ressurgiu. Sua voz nas fitas ressoando entre aquelas paredes. A coleção sobre a tábua de passar, as matérias de jornal recortadas à luz da cozinha, a Colette de antes, da sapataria. Lembro muito bem. A tesoura, a cola, a caneta, os cadernos enormes em cima da toalha de mesa encerada, as pilhas de jornais.

Eu olhava para minha tia sem vê-la de verdade. Via sua paixão pelo futebol como a obsessão de uma pessoa marginal. Uma mulher sem filhos nem marido, com um trabalho de homem. Quando eu era adolescente, achava que mulheres sem filho nem marido não eram direitas, muito menos as que adoravam um esporte masculino. É possível ser jovem e reacionária.

Estamos em cinco. As vozes, as mãos agitadas, o perfume inebriante de Hervé, as lâmpadas nuas no teto, o vinho e o suco de damasco esquentam a alma. Hervé trombou com Lyèce na barraquinha de pizza do José. Por isso, Lyèce comprou uma para ele também. Aí ligou para Adèle e a convidou: "Ah, tá sozinha? Já de pijama... Veste um casaco. Pizza de qual sabor? A gente se encontra na casa da Agnès? Na Fredins. É, a da tia, isso, ela pegou as chaves. Até daqui a pouco!"

As caixas estavam espalhadas na mesa da cozinha, molho apimentado nos saquinhos de plástico, e Adèle, Nathalie e eu engolimos nossas fatias feito umas esfomeadas, compartilhando nossa paixão pela série *Sex and the*

City. Nathalie prefere a personagem Samantha, enquanto a favorita de Adèle é Charlotte, e eu gosto das quatro. Mas, sinceramente, Carrie Bradshaw!

No cômodo ao lado, os rapazes devoram a coleção de Colette, comentando cada artigo e cada jogo, soltando um "Oh!", "Ah!", e também: "Que incrível, que sensacional, caramba, Agnès, tem que dar isso aqui para o clube!"

Não tem clichê maior. Meninos de um lado, meninas do outro. O azul no uniforme dos jogadores, o rosa de Carrie Bradshaw nas propagandas dos ônibus nova-iorquinos.

— Minha cena preferida é quando o Big se casa com a Natasha e as quatro se encontram num café perto do cartório.

— A minha é a do aniversário do Brady, quando a Miranda confessa para o Steve que sempre o amou.

— Ah, é, e eu adoro o casamento da Miranda!

— Eu me lembro desse jogador. Ele era o melhor. Já esse outro... Hum, nem tanto. Ele se arrastava em campo, jogava sozinho. Eu invejava mesmo era o Aimé Chauvel, que homem bonito. Além do mais, é um tremendo jogador. Que elegância. Ele ainda mora em Gueugnon, esbarro com ele de vez em quando. Ele se casou com o meu amor da adolescência — solta Lyèce.

Ao ouvir essa confissão, levantamos a cabeça em sincronia, largamos a pizza e corremos para o cômodo ao lado.

— Ah, é? Quem era? — pergunta Nathalie.

Lyèce olha para ela e abre um sorriso.

— Ah, deixa pra lá.

— Deixa pra lá? Ou você falou demais, ou falou de menos...

Ele baixa a cabeça.

— Isabelle Émorine — confessa, já parecendo arrependido.

— Como é que é? Você namorou a Isabelle?

— Não, nunca namorei. A gente só se beijou no Tacot uma vez, e pronto. E foi sensacional. Sempre fui apaixonado por ela... Mas ela se casou com Chauvel.

— Ele era mais velho que ela? — pergunta Nathalie.

— Não, deviam ter mais ou menos a mesma idade. Isabelle é dez anos mais velha que você, Lyèce — comenta Adèle.

— Não dava nem pra competir. O cara é outro nível. Eu ficava em desvantagem.

— Que engraçado — digo —, eu me lembro desse Chauvel. Será que, nas fitas que Colette deixou, ela fala dele?

Todos me olham com a mesma expressão de curiosidade. É Hervé que se arrisca a dizer:

— Tem que escutar para saber.

— Será que minha tia se incomodaria?

— É só perguntar — propõe Adèle, tirando uma moeda do bolso. — Se der cara, sua tia deixa, se der coroa, não deixa.

Eles me olham, esperando minha aprovação.

— Tá bem.

Ela joga a moeda, vira no dorso da mão. Coroa.

— Sua tia não deixou.

Depois de um silêncio, em que dá para ver a decepção estampada no rosto deles, voltamos à cozinha minúscula para acabar com a pizza e a bebida.

— Não vai te dar medo dormir aqui sozinha? — pergunta Nathalie, preocupada.

— Não se eu dormir no meu supercolchão na sala.

— Fala sério, Agnès, você é cheia da grana e prefere ficar aqui? Eu, no seu lugar, pagaria um hotel e ainda aproveitaria o serviço de quarto — diz Hervé.

— Como é que você sabe que ela é cheia da grana? — questiona Nathalie, irritada.

— Por causa dos filmes — retruca Hervé. — Fala sério, Agnès, seus filmes devem render uma nota.

— É. Eu poderia ficar num hotel, sim, mas prefiro ficar aqui. Faz uns oito dias que percebi que nunca prestei muita atenção em Colette. Ficando aqui, reencontro um pouco dela.

Fita número 20

Colette
Aimé. Meu amado Aimé.

São as primeiras palavras. Escuto a hesitação, como se ela estivesse prestes a se jogar no vazio. Colette nunca mencionou nenhum amor da juventude; na verdade, nunca mencionou amor algum. Meu pai nunca conheceu nenhum namorado dela. Nem minha mãe. Um dia, quando perguntei ao meu pai por que ela não tinha marido nem filho, ele deu uma resposta vaga: "É a vida."

COLETTE
Bom, então…

Ela derruba alguma coisa no chão e xinga: "Que desgraça."

COLETTE
A primeira vez que o vi foi logo antes da partida Gueugnon x Louhans. O Gueugnon está jogando em casa. Ele está no banco, do lado de Novo, o técnico. O nome dele era Nowotarski, Casimir Nowotarski, mas todo mundo chamava só de Novo. Você não está nem aí para os técnicos, mas tem dois que eu adorei. Émile Daniel e Alex Dupont. Também teve o Briet, que era bom mesmo, ah, esse era bom. Mas talvez sincero demais.

Você já viu o filme Coup de tête, *Agnès? Nunca falamos disso. Eu vi na TV. Um domingo à noite. É, foi numa noite de domingo. E já vi várias outras vezes depois. Toda vez que passa, eu vejo. Que filme lindo.*

Pauso a fita. Volto para a cozinha e começo a chorar, deixo as lágrimas escorrerem. Assoo o nariz nos guardanapos de papel do lado das caixas de pizza vazias. Meus amigos foram todos embora.

Meu coração se mudou
Só passo as férias em Paris,
Meu projeto é continuar
Meu amor é inventar
Sim, mamãe, sim
Sim, mamãe, sim
Mamãe, se você visse a minha vida.

France Gall e sua música entram na cozinha sem que tenham sido convidadas. Volto ao colchão no meio da sala. A voz dela, de novo.

Colette

Ele espera. Pela primeira vez na vida, não dou atenção ao jogo. Eu o observo, capto todos os seus gestos. Ele se aquece na lateral do campo. Corre, pula, gira os braços. Usa um gorro, ainda não sei que tem cachos castanhos largos. Isso eu vou descobrir depois. Também é depois que descubro que tem a pele marrom-clara. Daqui, não vejo isso.

Ele vestiu um casaco por cima do uniforme. Faz frio. Ele tem dezessete anos. É janeiro de 1976. Eu tenho trinta, mas sei que pareço ter mais. Os jogadores gostam de mim, porque não tenho idade, porque não tenho nada de mais. Se eu fosse bonita, emperiquitada, não daria certo. Eles não confiariam em mim, ou tentariam me levar para a cama. A vida é cheia dessas bobeiras.

Penso na foto que Ana mandou ampliar para pendurar na parede do quarto. Colette posa entre meus pais, que acabam de se conhecer. Os três estão bonitos ali.

Colette

Ele entra no segundo tempo, faltando vinte minutos para o fim do jogo, após ser anunciado no alto-falante: Aimé Chauvel, camisa 11. Curioso, eu nunca tinha ouvido esse nome.

De repente, não entendo o técnico. Por que deixou aquele jogador no banco por tanto tempo? Assim que Aimé entra em campo, dá para ver que ele é diferenciado. Joga pelo coletivo. Está em todos os lugares, tem agilidade, é atento. É bem grande. Ser grande pode ser complicado, o jogador tem que arrastar o corpo pesado, mas não é o caso dele.

Ele acaba dando um passe para Gabriel Duch, que marca um gol no ângulo. A arquibancada fica exultante. É uma estreia e tanto no Gueugnon. Falando com você agora, ainda consigo escutar os aplausos.

Alguém bate à porta, e pauso a fita muito a contragosto. Sem dúvida é um dos amigos, que deve ter esquecido alguma coisa. Mas, não, é o dr. Pieri. Disfarço a minha surpresa. Seu cabelo e sua barba embranqueceram, mas ele ainda tem o mesmo olhar iluminado, suave e confiável. Era ele que cuidava de mim quando eu era criança. Era todo bem-humorado e musical. Assobiava sem parar, parecia que tinha engolido uma orquestra de passarinhos.

— Oi, Agnès, me disseram que você passou hoje lá no consultório. Mas é melhor conversarmos aqui, um lugar mais reservado. Além do mais, a polícia não tira os olhos da gente — diz ele, com um sorriso triste.

— Mas, Jacques, como você sabia que eu estava aqui?

— Vi a luz acesa. Nos últimos meses, eu vinha visitar sua tia aqui com frequência.

25

1960

Faz doze meses que ela é aprendiz de Mokhtar. Doze meses em que, todo domingo pela manhã, Blaise vem buscá-la. São vinte minutos de bicicleta até o castelo, e Colette vai sentada na garupa. A última ladeira é tão íngreme que eles fazem o trajeto a pé, com a bicicleta a tiracolo, apertando o passo.

Enquanto os Sénéchal estão na missa, Colette e Blaise aproveitam para entrar no castelo. Subindo a escada, a garota escuta as notas musicais ao longe. É agradável, o caminho até encontrar Jean no piano. Empurrar a porta pesada que o separa do restante do mundo. Há um ano, ela acompanha o progresso do irmão. Segura o corrimão para as mãos não tremerem. Não é preciso entender de música para reconhecer o talento do menino.

Assim que a vê, Jean corre para abraçá-la.

— Escuta, Colette, é Chopin. "Noturno em mi bemol maior, opus 9, número 2".

Ele abre o caderno, solene, põe a partitura à sua frente, se concentra e começa a tocar. Passa a língua nos lábios, da esquerda para a direita, e não desvia o olhar do papel. Blaise não sabe se ele finge ler a partitura e toca de ouvido. Jean preferia continuar a reproduzir as notas, mas, se quiser seguir em frente, progredir, tem que passar pelo solfejo.

— Como assim, progredir? Eu só quero tocar.
— Quer tocar todo dia? — perguntou Blaise.
— Quero!
— Então lê essa partitura.

Então toda noite, depois da escola, eles ensaiam. Colcheia, sustenido, compasso ternário, semicolcheia, pausa de semicolcheia, semibreve. Quando Jean desanima, cansado, Blaise explica que se trata de uma língua universal e espetacular.

— Como assim, universal?
— Quer dizer que dá para tocar até na lua.
Fascinada, Colette vê as mãos do irmão percorrerem as teclas, que os dedos tocam de leve, como gotas de chuva.

A sra. Sénéchal havia falado várias vezes para a mãe deles:
— Precisamos conversar, Georgette, seu filho é um prodígio.
A mãe entreabriu a boca, sem entender o que a marquesa dizia. Não arriscou perguntar o significado da palavra e se limitou a responder:
— Ele é mesmo um pouco agitado, vou botar ele de castigo.
Então, sem qualquer sinal de zombaria, a sra. Sénéchal abriu um sorriso, mostrando seus belos dentes brancos, todos alinhados, como as pérolas do colar.
— Não, Georgette, Jean tem um dom incrível para a música.
— Ah, isso — soltou ela, envergonhada, contorcendo os dedos, sem saber o que dizer.
Mas por quê?, questiona-se a mãe. *Por que meu filho teria dom para a música? Seria bruxaria, uma praga? O Tinhoso?* Ela tem medo das pessoas de menor condição que se destacam. São os patrões que têm direito a isso, o marquês e a marquesa, e não eles, não os Septembre. E Jean não faz outra coisa além de se destacar. Ela amaldiçoa o piano. Amaldiçoa o fato de o filho entrar no castelo todo dia como se fosse a casa dele, enquanto ela lustra os móveis e a louça, passa sabão nos azulejos, esfrega a cozinha. E ele se comporta que nem um príncipe no próprio lar! Ela queria que o filho fosse quieto, estudasse, se dedicasse a um trabalho manual, como Colette, que ficasse em seu devido lugar, na moradia destinada a eles, do outro lado daqueles muros altos.
— Jean precisa ir para uma escola, Georgette. Viu, a guerra teve essa vantagem: um alemão largou o piano no castelo. Sabe como eu acredito muito em Deus, certo? Seu filho tem o dom de Deus.
Eugénie de Sénéchal vê o pânico na expressão de Georgette. Os olhos da mulher parecem procurar e enxergar alguma coisa apavorante sempre que o assunto vem à tona. Por isso, a marquesa não insiste. Entretanto, não consegue abandonar Jean. Ele tem que se aperfeiçoar, sem dúvida, começar a estudar com um professor, mas como convencer a mãe? Como convencer seu marido, que suporta cada vez menos a presença do pequeno

músico? O marido, cada vez mais triste e taciturno. Furioso sempre que escuta o piano.

— Não vai acabar, esse inferno? — reclama ele. — Não posso ficar em paz, sem ter que aguentar o filho dos outros? Já não basta que o meu, o único que a gente conseguiu, tenha esse jeito, enfim, você sabe... Ele foi mimado demais.

— Blaise só é sensível.

— Sensível até demais...

Quando ele diz isso, ela fica horrorizada.

— Ele é o melhor aluno da turma.

— Não é isso que faz um homem.

Ela pensa no dia do casamento, naqueles belos olhos escuros mergulhados nos seus. Como seu querido marido havia mudado tanto assim? E por quê? Ou será que foi ela que não prestou muita atenção em suas oscilações de humor?

Jean tem que sair do castelo e encontrar um professor de música que vá prepará-lo para o conservatório nacional. Ela deve incentivar o talento do menino, senão seria como matar Deus. Sente que tem uma missão nas mãos. Custará dinheiro, mas ela não precisa pedir ao marido que se encarregue dos estudos de Jean Septembre. Ela tem as próprias economias. Seu contador pode fazer uma transferência para cobrir as despesas sem que o marido saiba.

Em três semanas, a marquesa tem encontro marcado em Lyon com um amigo, um professor extraordinário que conheceu depois da guerra. Ela mentiu para o marquês, disse que precisava fazer alguns exames, e que Georgette e a pequena Danièle a acompanhariam de trem. Ele deu de ombros.

— Como quiser — resmungou.

E então pensou melhor:

— Você está doente?

— São dores de cabeça recorrentes. O médico quer que eu consulte um neurologista, só para deixá-lo tranquilo.

— É essa porcaria de piano que os garotos não largam.

— Que nada, essa música me encanta.

— Se você diz...

O marquês e ela dormem separados desde o nascimento de Blaise. Às vezes, ele bate à porta dela no meio da noite, pedindo carinho com palavras inaudíveis. Então, encontra a doçura da esposa. Eles fazem amor em silêncio, e ele, tão brusco, fica mais suave, beija a boca de Eugénie, a nuca, as coxas, voluptuosamente. Depois veste as roupas e sai do quarto sem olhar para trás, quase envergonhado de ter estado perto de uma mulher. Mesmo que sua esposa.

No domingo, depois de escutar Jean, Colette, perturbada e arrebatada pela genialidade do irmão, procura a mãe. Blaise a acompanha, deixando o menino ao piano, mal reparando na saída deles. O amigo a leva até a cozinha, onde Georgette ajuda a preparar a refeição de domingo. Colette a cumprimenta e descasca legumes, prepara os pratos e talheres, arruma as travessas. Danièle, que tem dois anos, não larga das pernas da mãe. Colette abre os braços para ela.

— Vem dar um beijo na sua irmã.

A menina choraminga. Georgette sorri.

— É esse teu cabelo que dá medo nela.

Mãe e filha não têm assunto. Colette faz um esforço e conta do trabalho, do certificado que logo terá, mas não menciona o temor do tempo que passa. Depois do período de aprendizado, deverá sair da oficina de Mokhtar. E ir para onde? Ele não terá como cuidar dela. Nem como pagar um salário, por menor que seja. Então, ela fala de Jean, se emociona, anuncia que ele tem um grande destino, que dará a volta ao mundo, mas a mãe faz uma careta, como se a paixão e o talento do filho fossem uma doença grave. Danièle puxou ao pai, tem o nariz grande e o queixo saliente. Danièle é muito diferente de Jean. Os mistérios da genética fascinam Colette. Será que algumas crianças são realmente agraciadas?

Na tarde de domingo, Georgette tem folga. Depois da refeição, ela cochila com a filha. É o período em que Jean não tem direito ao piano, por proibição do marquês. Então ele escuta o rádio, maravilhado com os sons. Sonatas, peças, concertos sinfônicos, ao vivo ou gravados. Ou, dependendo do tempo, do frio, Blaise, Colette e ele tomam banho no laguinho ao entardecer, passeiam, colhem flores, catam cogumelos e frutas, andam de bicicleta… É na tarde de domingo que ela pega a mão de Jean, a mão que lhe parece enfeitiçada.

Quando é hora de voltar, Blaise a leva na garupa da bicicleta de volta à sapataria. Quando chove ou neva, é a marquesa que a leva de carro. Antes de ir embora, um beijo na bochecha e as palavras de Jean ao seu ouvido:

— Acho que não amo tanto a mamãe. Isso pode me fazer mal?

— O amor pode ir e vir. Não se preocupe. Até domingo.

26

30 de outubro de 2010

— Há três anos, sua tia me ligou de madrugada. Ela disse: "Jacques, você tem que vir assinar minha certidão de óbito." Reconheci a voz dela. Não parecia estar delirando, mas soou muito angustiada. Fui até a rua Pasteur, e ela estava esperando na calçada, na frente da loja, ao lado de Louis Berthéol. Quando distingui as duas silhuetas no escuro, para ser bem sincero, fiquei de cabelo em pé. Pareciam até dois fantasmas. Entramos na casa sem dizer nada. Sua tia estava pálida. Eu nunca a tinha visto naquele estado. Ela não quis me falar nada da mulher, cujo óbito pude constatar no quarto que você sempre ocupou. Não sei se chamar de "quarto da sobrinha" é adequado. Mas, bem, tinha uma mulher morta ali, na sua cama. Estava debaixo da coberta. Ataque cardíaco, sem dúvida. Nenhum sinal de uma morte suspeita. Não havia sido causada por medicamentos e não havia indícios de lesões. Estou acostumado, sabe. Já assinei muitas certidões de óbito e muitas liberações de enterro. E vi muita coisa duvidosa, muito "tombo da escada".

"Era uma mulher de uns sessenta anos. Da idade da sua tia, eu diria. Mas, acima de tudo... Acho que nunca senti tanto medo na vida. Talvez não seja bem medo, mas um desconforto. E você me conhece. Médico do interior vê de tudo, vive de tudo. Entra na casa de todo mundo. A qualquer hora do dia e da noite. Vê peito, vê bunda, vê febre, vê garganta, vê câncer, vê gravidez indesejada, vê dor de dente, vê ombro deslocado, vê idoso, vê bebê, vê gente desesperadamente sozinha, perdida, enfim. Comecei a trabalhar em 1974, com Giscard. Podia até escrever minhas memórias, mas só iam deixar todo mundo de saco cheio e, além do mais, ninguém iria acreditar. Isso tudo para dizer que o que me deixou incomodado nesse dia foi que a mulher deitada na cama era Colette. E sua sósia me encarava, de pé ao meu lado, com o olhar perdido. Tive que me sentar para não desmaiar. Eu nunca tinha passado por isso. Depois de um momento, a única coisa que consegui dizer para sua tia foi: 'Me explique.' E ela respondeu: 'Não tem o que explicar. Morri esta noite, nesta cama. Louis vai cuidar do meu enterro.' E então ela se aproximou da defunta, deu um beijo carinhoso nela e murmurou: 'Vai ficar tudo bem, não se preocupe.'

"Ela foi para o quarto dela e começou a fazer as malas que nem um robô, viva, mas esvaziada de qualquer substância vital. Eu fui atrás dela. Fiquei um bom tempo observando. 'Colette, você entende o que está me pedindo?' Ela se virou para mim e me olhou em súplica. Então, pela primeira vez na vida, assinei um atestado de óbito e uma liberação do corpo para o enterro sem perguntar mais nada. De qualquer modo, e conto isso com sinceridade, nesse dia, não soube se estava assinando o atestado de óbito de Colette ou de uma desconhecida. Lembro que perguntei: 'Você tem uma irmã gêmea?' E ela me olhou como se eu tivesse enlouquecido. O mundo estava de ponta-cabeça. Era eu o doido. Passei um ano sem novidades. Depois do 'enterro de Colette', ao qual eu fui e no qual chorei, para você ter ideia do delírio, telefonei várias vezes para Louis Berthéol atrás de notícias. Ele acabou admitindo que ela continuava em Gueugnon. Morando em um endereço novo. Achei uma loucura sem igual. Parecia uma dessas histórias de testemunhas que mudam de identidade para desaparecer porque estão marcadas para morrer. Mas era Colette Septembre, a sapateira de Gueugnon, torcedora fanática... 'E Agnès, ela sabe que a tia está viva?', eu perguntei a Louis. Ele me disse que ninguém nesse mundo sabia, além de nós dois. Parecia que essa desconhecida morava com Colette fazia um bom tempo."

— Por que você diz isso?

— A mulher tinha pendurado fotos nas paredes do seu quarto. Fotos de circo, retratos de pessoas estranhas, desfiguradas. E de um leão. Quando sua tia pendurava fotos nas paredes, eram dos jogadores de futebol, ou de você e dos seus pais. E vi também, pela porta entreaberta do seu armário, roupas guardadas lá dentro. Vestidos coloridos. Colette nunca usou vestidos coloridos... E outra coisa atraiu minha atenção. Tenho certeza de que retiraram algumas fotos do quarto da mulher antes de eu chegar, para esconder de mim. Havia retângulos um pouco mais claros no papel de parede. Sua tia definitivamente levou seu mistério com ela. Por que esconder uma morte? Podemos esconder uma pessoa ameaçada, procurada, mas por que escondê-la depois de morta? Ela já se foi e pronto.

O dr. Pieri se levanta e entra na sala, onde as fitas e o gravador repousam sobre o colchão inflável.

— O que é isso?

— Fitas que Colette gravou para mim.

Ele arregala os olhos, e então abre uma espécie de porta disfarçada debaixo do móvel da televisão, tirando dali uma garrafa de uísque.

— Meu preferido. Ela guardava para mim — admite ele, sorrindo.

O doutor volta à cozinha e se serve de um copo.

— Um ano sem notícias — continua ele. — Até que ela me ligou, certa noite, quando eu estava no consultório. "Jacques, estou mal." Ela me deu o endereço daqui, lembrando que estava morta. Portanto, o endereço deveria ser mantido em segredo. Eu não podia anotar. Só lembrar de cor. Francamente, naquele momento achei que ela estava desandando de vez. Foi assim que vim parar aqui certa noite, umas oito horas. Estava escuro. Colette estava passando por um verdadeiro martírio. Cólicas renais. Dei uma injeção para aliviar a dor. Alertei que podia ser necessário ir ao hospital para remover os cálculos, caso ela não os expelisse. Ela respondeu: "Você vai ter que me anestesiar que nem bicho, porque não piso num hospital de jeito nenhum." Consegui tratar dela. E passei a visitá-la regularmente. Eu a observei por muito tempo, me questionando se era Colette ou sua sósia. Você não precisa que eu te conte que ela nunca foi de falar muito, para dizer o mínimo. Até que, certo domingo, passei aqui de surpresa. Ela estava vendo *Téléfoot*. Nessa hora, soube que Colette estava mesmo viva, e que era dela que eu estava tratando. Então, foi mais forte do que eu. Servi um dedinho de uísque, que nem hoje, vimos juntos o fim do programa, e perguntei: "Colette, que história é essa? Quem é essa mulher enterrada no seu lugar? Por que você está escondida, que nem bandida?" "Jacques, quanto menos se conta um segredo, mais valor ele tem", ela me respondeu. "Tá, mas só me conta uma coisa: você está sendo ameaçada por alguém?" Ao que ela disse: "Não posso ser ameaçada, porque já morri." E não acrescentou mais nada. Então, como de costume, aferi a pressão dela antes de ir embora e fui encontrar minha maravilhosa Hélène.

— Hélène?

— Minha amada. Guarda a garrafa naquele lugar? Volto para te ver depois. Como você está? Precisa de alguma coisa, aproveitando a visita do *dottore*?

— Não, tudo bem.

— Vai ficar muito tempo por aqui?

— Até a liberação do corpo para o enterro... Passei a vida contando histórias. Quer dizer, menos nos últimos quatro anos. Mas descobrir que minha tia não morreu no ano em que meu marido me largou de vez, e ainda por cima por outra... isso, sim, é inacreditável.

— Talvez ele não tenha ido embora para ficar com outra, talvez esteja te esperando.

— É, enfim, ele está nas ilhas Maurício com a nova ninfeta dele e nossa filha... Então acho que não está me esperando, não.

— Você não tem como saber.

— Para com isso, Jacques, que não tenho mais dez anos para você dizer "só vai doer um pouquinho"...

Ele me dá um beijo e se dirige à saída.

— Jacques, por acaso você não tirou nenhuma foto de Colette nesses últimos anos? Um dia, quem sabe, com o celular?

— Ela nunca deixaria. E confesso que eu não tiraria nem escondido. Eu me convenci de que estava protegendo sua tia ao não dizer nada a ninguém, nem a você.

— Como você fazia com os remédios?

— Sempre tenho amostras dos laboratórios. Eu sempre trazia esses remédios para cá. Ela não tinha problemas específicos. Um pouco de hipertensão, já perto dos últimos dias. Artrose, inevitável. E eu dava um tratamento para o sangue fluir bem, um pouco de paracetamol também, enfim, você sabe como é.

— Sei, sim. Mas, dessa vez, ela morreu de verdade.

Ele abre um sorriso triste.

— Me ligue quando tiver a liberação para o enterro.

— O que você vai dizer para a polícia?

— Que, quando cheguei à casa de Colette Septembre em 2007, constatei seu falecimento no quarto, na cama. Mas nunca contarei que ela também estava de pé, ao meu lado. Nunca.

27

Guardei na caixa plástica a fita número 20, na qual escrevi "Aimé Chauvel", o jogador de futebol com cachos de ébano.

No fundo, Colette passou a vida toda dedicada às coleções. Primeiro, de futebol, e depois, dessas fitas. Ela tinha uma necessidade visceral de transcrever o presente e os acontecimentos em algum lugar.

Não fechei os olhos para escolher a próxima fita. Quero escutar a que vem depois da número 7. A que fala de Blanche. Porque aquela desconhecida, aquela mulher que faleceu no meu quarto lá na casa de Colette, é ela. As fotos nas paredes, o retrato do leão — sem dúvida a Naja mencionada por Blanche — e os "monstros" são a prova. Ponho a fita para tocar.

COLETTE
Hoje é dia 9 de janeiro de 2003.

Ela esperou dois dias para voltar a gravar. Blanche ainda estaria com ela?

COLETTE
Sabe, Agnès, as pessoas não nos olham de verdade. Na maioria das vezes, quando alguém pergunta como você está, não dá a mínima para a resposta. E, se uma garota se parece muito com outra, tudo bem, é mera coincidência. Essa é a explicação perfeita para tudo.

O telefone toca. Ela deixa tocar, sem parar de gravar. Imagino seu rosto. Me pergunto se sou eu tentando ligar dos Estados Unidos, e se ela pensa: *Agnès liga de novo depois, agora estou gravando essas palavras para ela.* O dia 9 de janeiro de 2003 caiu em uma terça-feira? Como eu poderia imaginar que, toda vez que eu telefonava, havia outra mulher morando com ela, no "meu" quarto?

COLETTE
Então, as pessoas não dão muita bola para o que pode ser extraordinário na vida, não são curiosas. Elas fazem o que podem. Blanche e eu sempre fomos parecidas. Da cabeça aos pés. Aos dez anos, tínhamos o mesmo porte, a mesma altura, o mesmo cabelo castanho-escuro e levemente cacheado. E o mesmo penteado. Rabo de cavalo. Na escola, as meninas eram obrigadas a prender o cabelo, e os meninos, a manter o cabelo curto. Temos a mesma pele clara, os lábios grossos, os olhos castanhos e amendoados, os cílios e sobrancelhas pretos. Nunca entendi a beleza do meu irmão. De onde vinha. A feiura dos meus pais e da minha irmã Danièle, e muito menos essa minha cara, que sabe-se lá de onde vem. Depois da morte de Jean, como eu vivia de preto, algumas pessoas em Gueugnon começaram a me chamar de "a Corsa".
Nunca achei, por um segundo sequer, que minha mãe tenha pulado a cerca, nem no meu caso, nem no de Jean. Quando? Onde? Ela não saía da fazenda nunca naqueles anos de exploração. Apenas para ir ao mercado, com meu pai. O único outro homem que ela conhecia era Sénéchal, que era um antipático, não tinha nada de sedutor. E, vamos admitir, minha mãe não era muito atraente. Nem nunca parecia atraída por ninguém. Nem pelo meu pai. Nunca vi os dois se beijarem, dizerem uma palavra carinhosa. Nada. Lá em casa, a gente economizava em tudo.

Ela para de falar por alguns segundos. Será que está chorando? Não identifico nenhuma emoção em particular em sua voz.

COLETTE
Aos dez anos, Blanche já tinha no olhar alguma coisa muito mais dura do que eu, ou melhor, como dizer, a parte de cima do rosto, a testa e o olhar já eram marcados, que nem os de uma... (ela procura a palavra) ... mulher. Diferente de mim, não parecia uma menina. Minha infância na fazenda, comparada com o que ela viveu no circo, é bobagem. E eu fui salva, tive Blaise e Mokhtar. Sem falar do que meu pequeno Jean me proporcionou. Eu tive sorte, e Blanche, não: o pai dela não morreu.

Ela se ajeita um pouco na cadeira e continua, com a voz mais baixa.

Colette

Ainda está vivo. Então é isso, eu a encontro de novo três anos depois de sua primeira passagem na escola de Gueugnon. Estamos na quarta série. O circo da família dela se instala na praça de Gaulle, que nem da última vez, e Blanche vai passar duas semanas na nossa turma. O professor a apresenta aos outros alunos e, exatamente como três anos antes, todos olham para mim. Mas por que a cigana é igualzinha à jeca?

Coloque-se no meu lugar, Agnès. Não sei se já encontrou alguém tão parecida com você, mas posso dizer que, depois de certa apreensão, você se aproxima dela, porque se reconhece. A outra a atrai, como se você estivesse diante de um espelho. É outra você. Eu queria encostar nela. A primeira coisa que Blanche e eu fizemos foi comparar as mãos. Ver se tínhamos pintas parecidas ou manchas idênticas. Ela tem uma marca em forma de estrela no joelho. Eu, não. Quase ficamos decepcionadas. Como explicar... Eu nunca fui bonita, mas ela, sim. Se desse um close em cada parte do nosso rosto com sua câmera, veria nossas diferenças. Era só o conjunto. Aos dez anos, Blanche já atraía a atenção dos meninos, que nem me olhavam. Os repetentes já observavam Blanche, os movimentos dela, cheios de desejo no olhar. Até o professor. Isso me marcou. Na aula, ele se comportava com ela de um jeito diferente. Falava com Blanche como se ela tivesse quinze anos, sendo que ela não era mais alta do que o restante, nem tinha mais corpo. Afinal, tudo depende do olhar das pessoas. E dos sapatos. Mas essa já é outra história.

O telefone toca de novo, e, diferente de antes, escuto Colette se levantar e atender: "Alô, ah, é você, Pierre?" Um breve silêncio. Alguma coisa muda na voz dela, percebo alegria. "Um minutinho", diz Colette a Pierre, "já volto".

Eu a escuto vir saltitando até o gravador. Está de meias. Ela interrompe a gravação.

Pierre. Que Pierre? Meu Pierre? Meu marido? Meu marido ligava para minha tia? Não, sem dúvida é outro Pierre, um cliente. Não. Ela não era tão casual com os clientes. Ela não era assim com ninguém. Que Pierre?

Ligo para Jacques Pieri, que me deu o número de celular dele antes de ir embora. Vejo que horas são: onze da noite. Depois de tudo que o doutor me contou, não tem como ele já estar dormindo como uma pedra, com certeza deve estar repensando nisso tudo. Nossas lembranças geram as noites em claro. Ele atende imediatamente:

— Pois não.

— Me diz uma coisa, Jacques, minha tia tinha algum amigo chamado Pierre?

Longo silêncio.

— Seu marido, o ator.

A resposta me irrita. Pierre, amigo de Colette? Era seu sobrinho-genro. Não sei que nome se dá ao marido da sobrinha.

— Tirando meu marido. Aqui, em Gueugnon.

Um momento.

— Tem que ver entre os jogadores.

— Ela nunca trataria um jogador com tanta intimidade — falo.

— Um dos juniores?

— Talvez.

— Um cliente?

— Ou uma criança.

— Outro torcedor?

— É. Pode ser.

— Tirando Louis Berthéol, os filhos dos comerciantes que passavam para desejar felicidades no Ano-Novo e os seus amigos antigos, acho que ela não falava com muita gente. Ela saía da sapataria sábado sim, sábado não, para ir ao jogo... Pierre é um nome comum, não é nenhum Amalric... E, visto o mistério que ela criou, acho que tudo é possível.

— É, o mistério... Que horas você acha que são nas ilhas Maurício?

— Hum... Diria que uma, duas da manhã. Não sei mais se são duas ou três horas de diferença daqui.

— Você já esteve lá?

— Já.

— Ah, é?

— Na lua de mel com Hélène.

— Ah, claro.

— Boa noite, Agnès.

— Boa noite, Jacques.

Lua de mel. Eu passei a minha em uma ilha de edição, montando quilômetros de filme.

Pierre e eu nos casamos no fim de *O Banquete dos Anciões*, em 1993. Demos uma festa com os atores, os técnicos e os produtores para comemorar o fim das gravações. Ainda não sabíamos que o filme faria um sucesso daqueles. Na época, Pierre já era conhecido, tinha atuado em alguns filmes famosos. Eu, nem um pouco. Primeiro longa-metragem, aos vinte e um anos. Fazia dez que eu escrevia roteiros. Aquele tinha atraído a atenção do produtor.

Cercada de uma equipe técnica incrível, consegui "cometer" o milagre do primeiro filme, que, por sua vez, virou também milagroso. Ao dirigi-lo, ganhei um tapete voador.

Um ano antes, eu tinha gravado um curta, *Ao Piano*. Ele participou de vários festivais importantes. E, com uma sorte sem precedentes, ganhou diversos prêmios. Recompensas dão confiança.

Foi para fazer *Ao Piano* que conheci Pierre. Um amigo de um amigo o conhecia e marcou por mim um café com ele em Paris. Na época, eu ainda morava em Lyon.

Eu o tinha visto nos filmes, em que ele nem parecia estar atuando, e gostava de seu rosto, de um estilo judeu errante, como canta Georges Moustaki. Sua sinceridade, seu sorriso, seu fraseado. Não tinha ninguém igual a ele. Eu não queria um ator da moda. Apesar da minha absoluta falta de experiência, eu sabia o que queria. Procurava um homem que transmitisse o que meu pai transmitia, uma coisa boa, sincera. Uma fantasia escondida por trás do rosto quase austero. Eu queria ser arrebatada. Tinha escrito a história de um pianista de bar que se apaixona por uma cliente que festeja com as amigas em sua despedida de solteira. É Mathilde Seigner que interpreta o papel da noiva. A maravilhosa Mathilde, ainda desconhecida, que descobri em um papel minúsculo no teatro. Não há papéis pequenos para grandes atores.

Encontrei Pierre certa manhã, perto da casa dele, na área da Champs--Élysées. Pedi uma batida de morango para parecer autêntica, até hoje nem sei por quê, e ele, um espresso curto duplo. Ele era educado, mas estava emburrado. De cara fechada. Disse que tinha ido dormir tarde. A primeira coisa que me perguntou foi: "Mas quantos anos você tem?" Como se desse para desconfiar da minha juventude.

Fiquei impressionada com ele logo de cara. Contei a história do meu pianista, para me fazer parecer mais importante e convencê-lo, mostrar que ele podia confiar em mim. Exatamente como se eu o pedisse em casamento, pela duração de um filme. A mim, a ilustre desconhecida, não faltava ousadia.

— Então, meu pianista, quer dizer, você, se aceitar o papel, assim que vê essa moça entrar no bar onde ele toca toda noite e onde ninguém escuta de verdade, muda completamente o repertório habitual. Como se de repente estivesse enfeitiçado, assombrado por canções populares, ao vê-la passar pela porta. Normalmente, meu pianista, ou seja, você, toca os sucessos do jazz sem nunca ligar o microfone, é um purista, só vê valor em Coltrane e Fitzgerald.

Quando pronunciei esses dois nomes, entrevi seu sorriso pela primeira vez.

— E, quando vê essa moça, cheia de amigas, começa a cantar as paradas de sucesso da rádio, as músicas nostálgicas. Deixa o patrão furioso e espanta um pouco o grupo de moças que tomam champanhe. A que chamou sua atenção está toda maquiada, com uma camiseta que diz "Futura noiva, última farra". E você, enfim, meu pianista, se apaixona perdidamente. Como Dustin Hoffman em *A Primeira Noite de um Homem*.

Quando falei das músicas nostálgicas, vi que ele desanimou pela primeira vez. Mas acho que o perdi de vez ao mencionar Hoffman. Eu o escutei pensar: *Lá vem mais uma metida, que acha que é da velha onda e imagina ser original*. Ele chama de velha onda a *nouvelle vague* e sente aversão por Godard, com exceção de dois filmes: *O Demônio das Onze Horas* e *Acossado*. Já eu gostava de *O Desprezo*. Ele brigava comigo porque eu gostava desse filme. "É ele quem despreza você", dizia.

Pierre continuou fingindo que me escutava, me olhando com simpatia. Consultou o relógio e pagou a conta, com o roteiro na mão. "Não estou muito livre, mas vou ler e te ligo", murmurou. Ele tinha certeza de que não ia me ver nunca mais, como depois me contou. Só que ele me ligou na mesma noite. "Vou fazer seu filme." A inocência da juventude impediu que eu chegasse a considerar a loucura que era aquele ator reconhecido aceitar fazer um curta meu.

Gravamos por três dias em um bar pelos lados da Opéra, com Pierre e Mathilde. Sem dúvida, é a lembrança mais bonita da minha vida profissional. Acho que meu sucesso vem de ter sempre estado bem acompanhada. Só trabalhei com ótimos profissionais. Meu diretor de fotografia, Guillaume Schiffman, que também foi meu técnico de som e meu câmera em *Ao Piano*, é um cara genial. Hoje, é muito conhecido. Sempre entendia as cenas que eu tinha em mente. É meu melhor tradutor de luz, emoção e movimento.

Pierre depois me confessou que riu tanto lendo meu roteiro que decidiu que não podia ignorar uma moça capaz de escrever uma coisa tão maluca. Consegui até fazê-lo cantar "Le Coup de soleil", de Richard Cocciante, e "Si j'étais un homme", de Diane Tell. Sorte de principiante.

Graças à minha engraçada comédia romântica, consegui financiamento para *O Banquete dos Anciões*, e eu, filha de um pianista e de uma violinista, conheci o homem da minha vida…

Foi depois de ler o roteiro de *Banquete* que Pierre pediu minha mão em casamento.

— Meu amor, se a gente fizer esse filme, se a gente conseguir, eu me caso com você no dia da comemoração do fim das gravações — disse ele.

— Mas tenho direito a vestido de noiva?

— Tem direito a todos os vestidos.

— Mas a gente vai se casar de verdade?

— A gente vai se casar de verdade, morar junto de verdade, e talvez, se não ficar insuportável, até envelhecer juntos de verdade.

O prefeito de uma comuna perto de Giverny, local da gravação, deu um jeitinho no regulamento, pois não éramos residentes, e obteve uma derrogação. Ele nos casou em um sábado de manhã. Louis Berthéol acompanhou Colette, minha mãe veio com seu melhor amigo, maestro. Tenho certeza de que era seu amante, mas ela nunca me contou. "Mãe, é seu namorado?", às vezes, eu provocava. Ela olhava para cima e sorria, e eu não insistia.

Alugamos uma casinha no interior, montamos um bufê que nem o do filme, e bebemos e dançamos o dia inteiro. Misturamos nossas vidas, as verdadeiras e as fictícias. Todos esgotados depois das semanas intensas, os membros da equipe pareciam não saber se ainda estávamos em plena gravação ou em pleno casamento. Eu via Pierre como meu ator, que me dera muito mais do que eu esperava como protagonista da minha história? Ou como meu marido, meu ideal, aquele a quem eu me unia para sempre? Um pouco dos dois, certamente. Sem sombra de dúvida, eu amava os dois, amava tudo naquele homem.

Foi a primeira e única vez que vi Colette dançar. Ela valsou com minha continuísta e meu diretor de fotografia. Também foi a primeira vez que a vi de vestido. Azul, com borboletas. Um pouco comprido demais, largo demais. E sapatos brancos. Seriam de Blanche? Ela já a teria reencontrado em 1993?

Colette e minha mãe pareciam felizes por nós. Elas devem ter se sentido um pouco excluídas, isoladas, mesmo que todo mundo as tratasse com simpatia. Encontrar uma equipe no fim de uma gravação é encontrar um grupo que acaba de viver a mil por hora em um parênteses de tempo, uma vida que os outros não têm como compreender.

— Alô?
— Sou eu.
— Eu sei. Agora os nomes aparecem nos telefones.
— Como é que aparece o meu? Só Agnès? Agnès Septembre? Agnès Dugain? Mãe da Ana?
Eu o escuto suspirar.
— Já ouviu falar de fuso horário?
— Já. Depois de você me largar.
Ele se mexe, vai para outro lugar. Eu me pergunto se ele dorme nu com "a outra".
— Tenho uma pergunta.
— Fala.
— Quando a gente morava nos Estados Unidos, você ligava para a minha tia pelas minhas costas?
— Por que pelas suas costas?
Ele reforça a palavra "costas", irritado.
— Bom, porque a tia era minha, não sua.
Eu o escuto acender um cigarro.
— Sim.
Sinto um calafrio.
— Como assim, sim?
— Sim, eu ligava para Colette pelas suas costas.

28

Fita número 7
Continuação da gravação "Blanche"

Por quanto tempo Blanche e Colette moraram juntas? No começo do namoro com Pierre, nós dormíamos na casa de Colette. Depois, passamos a ficar no hotel para não incomodá-la, mas nunca chegávamos a incomodar de fato. Muito pelo contrário, acho que ela ficava feliz de nos receber, só não demonstrava. A verdade era que queríamos conforto, então fugíamos da cama estreita do meu quarto de adolescente.

Quando nos mudamos para os Estados Unidos, Pierre ofereceu algumas vezes à minha tia uma passagem de avião para que nos visitasse. Ela sempre recusou. Ele chegou até a oferecer duas passagens: uma para ela e outra para Louis, para que não viajasse sozinha. Ela nunca aceitou, por causa da sapataria. "Não pode fechar?" "Ah, isso não, nem pensar!" "Encontre alguém para ficar na loja." "Quem?" "Um sapateiro, Colette." Eu me lembro de uma de suas respostas extraordinárias, que fez Pierre rir: "Eu não faço o mesmo trabalho que você, Pierre. Você pode ser substituído por outro ator, mas no meu caso é impossível."

BLANCHE
A segunda vez que vim para a escola Pasteur de Gueugnon foi na quarta série. A escola é obrigatória, e meu progenitor temia se meter em encrenca. Senão, ele nem se daria ao trabalho de me colocar para estudar. Quando passamos pela placa de Gueugnon, logo pensei: "É aqui que mora a menina parecida comigo... aquela dos olhos doces." Esperei reencontrar você, Colette. Fazia três anos... e você estava lá. Sentada no meio da sala, que nem uma irmã à minha espera, com roupas folgadas demais. Você sorriu quando me viu. Lembra? Eu

ficava do seu lado no almoço. Adorava ficar contigo. A gente passava horas conversando, sentadas juntas.

COLETTE
Como seus bolsos estavam sempre vazios, os meus estavam cheios de maçãs para te dar. E minha bolsa, cheia de pão e ovos cozidos, que a gente devorava.

BLANCHE
Você fazia mil perguntas sobre as minhas acrobacias. Sobre o olhar da plateia. Se eu tinha medo de cair. Com que idade tinha aprendido a dar cambalhota, a abrir espacate, a fazer malabarismo. Você imaginava minhas fantasias, minha maquiagem. Eu dava a impressão de ser uma princesa cintilante.

COLETTE
É, e eu nunca tinha visto uma princesa de verdade.

Pauso a fita para ferver um pouco de água. Abro o armário e encontro dois saquinhos da infusão de Colette — Noite Tranquila—, o açúcar, os coadores e as duas canecas, uma delas rachada. Imagino minha tia morando aqui. Reclusa. Separada de Blanche. Que tristeza, e que solidão apavorante... No que ela estava pensando? Em nós, nos Estados Unidos? Em Pierre, que ligava para ela escondido antes de sua suposta morte? Nos jogos da terceira divisão? Nos jogadores? Será que Louis trazia o jornal para ela todo dia?

Deve ser uma ou duas da manhã, e Ana certamente está dormindo lá na ilha. Pierre voltou para a cama com "a outra" depois de desligar. Não consegui pronunciar mais uma palavra depois de ele confessar que ligava para Colette sem eu saber. Pasma. Estupefata. Furiosa. Intrigada. Eu hesito. Sobre o que um ator que morava na Califórnia e uma sapateira de Gueugnon podiam conversar?

Volto para o toca-fitas, com o chá na mão, e o ligo. De novo, as vozes de Colette e Blanche reverberam entre as paredes. Escuto as duas rirem pelo nariz ao mesmo tempo. O perturbador é que elas têm o mesmo jeito de engolir a alegria. Seus risos são praticamente silenciosos. Eu as imagino lado a lado, diante do gravador, com a mesma silhueta, o mesmo rosto.

BLANCHE
A princesa de um reino cujo rei era um ogro. Por isso eu deixava você o mais longe possível do circo. Até o dia em que... Conta.

COLETTE
Na segunda semana, quatro dias antes de ir embora, você disse: "Colette, vou te mostrar minha família. Já aviso que ela é esquisita, pode ser que fique com medo. Mas ninguém é malvado, muito pelo contrário. O mais importante é que meu progenitor não te veja nunca. Ele não vai estar lá durante o dia."

BLANCHE
Eu não queria que ele te visse jamais. Seria capaz de te roubar dos seus pais para nos exibir juntas. Dois fenômenos circenses: parecidas, mas sem nenhum grau de parentesco.

COLETTE
Se não fosse por Jean, eu iria com você... Quando chegamos, encontramos Nestor, um gigante com um sorriso lindo. As mãos dele pareciam duas raquetes, de tão grandes. "Essa é minha amiga Colette." Ele respondeu: "Parece até sua irmã." "É, eu sei, mas não é. E não diz para Soudoro que viu a gente." Aí ele brincou: "Eu não vejo é nada aqui do alto." Perguntei quem era Soudoro. Você cochichou no meu ouvido: "Meu progenitor."

BLANCHE
Eu não teria deixado que ele levasse você. Quem ficava com ele sofria muito.

COLETTE
Eu perguntei onde você morava. Você abriu a porta de um trailer, e lá dentro tinha uma cama desfeita e uma cafeteira, louça e um armário no canto. Tinha também um cartaz imenso de um leão. Esse cartaz tomava conta do espaço todo. Você mostrou a cama e disse: "Essa é a nossa casa."
Depois, tirou do bolso três bolas coloridas e começou a fazer malabarismo. Fiquei encantada. Mas o mais extraordinário foi quando você me mostrou as fantasias. Um collant azul com saia de tule e mangas de renda, outro igual, mas branco, e um vestido rosa com purpurina. Meias-calças, sapatos brilhantes e uma jaqueta de lantejoulas. Morri de inveja! Pare-

ciam roupas de boneca... Que nem as da vitrine daquela loja chique na rua Jean-Jaurès... Você calçou umas meias esquisitas e me levou para debaixo da lona. Um círculo imenso, amarelo-forsítia e vermelho-papoula. Você trepou em uma escada com a agilidade de um gato e começou a caminhar na corda bamba. Fiquei com medo de você cair. Eu nunca tinha visto uma acrobata de verdade. As outras meninas da minha idade não eram simpáticas, mas você era única, com uma vida única. Acho que, nesse momento, eu já te amava. Você era meu reflexo, que vivia uma outra vida, diferente da minha. E sorria o tempo todo, mesmo que seus olhos mostrassem o contrário. Estavam sempre sérios.

Fiquei ali te observando, equilibrada na corda. Uma menina equilibrista. Uma menina-pássaro. Tirando Jean, eu nunca tinha visto nada tão lindo.

Depois você deslizou até o chão e perguntou qual das fantasias eu queria. Demorei para entender. Você insistiu: "Escolhe uma, eu te dou de presente. A gente tem o mesmo tamanho."

Silêncio.

BLANCHE
Você escolheu o collant azul. Sei que o que você queria mesmo era o vestido de balé cor-de-rosa, mas não teve coragem de pedi-lo. Vi nos seus olhos.

Silêncio.

BLANCHE
Minhas fantasias eram usadas. Remendadas várias e várias vezes. Elas chamavam a atenção do público, mas o tecido não era de qualidade. Mas você olhava para elas como se fossem tesouros.

COLETTE
Dormi com essa roupa até os meus catorze anos. Para guardar você comigo. Depois de ir embora, você mandou dois cartões-postais para o endereço que eu te dei. O endereço de Blaise. Depois, mais nada. Ninguém sabia que eu estava usando o collant por baixo da roupa quando cheguei na oficina de Mokhtar.

Silêncio.

Colette
Um dia, Agnès encontrou a roupa. Quando era pequena, ela revirava minhas gavetas, na esperança de descobrir alguma coisa, mas sempre se decepcionava. Menos no dia em que encontrou o collant, embalado em papel de seda. Eu dei de presente para ela.

Elas interrompem a gravação. E eu interrompo a escuta. Eu me lembro de usar essa roupa. É uma lembrança distante. Achei que era um vestido de fada, que tinha aparecido magicamente na casa de Colette. Porque nunca poderia ter sido dela. A roupa ficou muito tempo na minha mala de fantasias.

Blanche
Ao sair do trailer, você viu Fabrizio de mãos dadas com Noé.

Colette
Um homem pequeno e um macaco siamês... Sua vida era um conto de fadas.

Blanche
Uma fábula com dois lados. Um muito bonito e outro muito sombrio... Depois da morte da leoa, ficamos no sul da França. Meu pai queria comprar um bicho novo, "alguma carcaça velha em promoção", dizia. Ele ia a zoológicos clandestinos e circos itinerantes, mas não conseguia fechar negócio com ninguém. Até o dia em que finalmente soube de um macaco siamês chamado Noé. Imagina só! Ele sacudiu um saco de dinheiro na cara do proprietário, e nós levamos o bicho. Mas como eu já te disse: os animais são só uma fachada.
Aonde quer que fôssemos, meu progenitor procurava carne fresca. Ele vagava pelos hospitais ou asilos para encontrar gente com doenças raras, congênitas ou genéticas. Pessoas desfiguradas que poderia exibir para ganhar dinheiro. E, quando elas já haviam sido bastante usadas, ele as largava na beira da estrada.
Certo dia, em 1959, alegando que ela estava velha e não interessava mais a ninguém, "você está ficando calva, mulher", ele mandou Natalia embora, a mulher barbada. Eu a amava como uma mãe, e ele sentia ciúme do amor que eu tinha por ela. Não sei quando, nem onde, ele "se livrou" dela, escondido de todos. Nunca mais tive notícias do ser mais carinhoso que conheci na infância.

Silêncio. Escuto Colette se levantar, sair da sala e voltar para perto de Blanche, que continua falando. Eu me pergunto o que ela foi fazer. Ou buscar.

Blanche
Estou contando essas coisas apenas para Agnès saber que elas existiram de verdade. Era proibido fazer "shows de aberrações". Os zoológicos humanos foram banidos antes da guerra. Mas Soudoro conhecia a curiosidade mórbida de seus pares. Ele escondia "seus monstros" atrás de cortinas pesadas e cobrava por baixo dos panos a entrada de quem quisesse ver "o horror com os próprios olhos".
Não estou exagerando. Eles ficavam trancados em um trailer isolado, onde ninguém podia entrar. Eu me lembro das seringas no lixo, acho que ele os enchia de calmante. Assim que a história chegava aos ouvidos da polícia, a gente dava o fora.

Colette
Antes de voltar para a escola, a gente passou por uma barraca fechada. Você levantou uma tampa e roubou duas bengalas doces, com um sorriso malicioso... Eu nunca tinha visto nem comido aquilo.

Blanche
Você guardou para seu irmão.

Silêncio. Eu as imagino se entreolhando, sorrindo.

Colette
Na rua da escola, perguntei: "E sua mãe, onde está?" E você me respondeu: "Minha mãe está bem, lá onde ela está." Eu insisti: "Ela não mora com vocês?" Você pegou suas bolas coloridas e voltou a jogá-las. Uma delas caiu, quicou pela calçada. Eu corri para pegar. Era macia, parecia de veludo. "Ela está lá em cima." "Ela é trapezista?", perguntei. "Não, lá em cima no céu, ela morreu."

Blanche
Eu era filha de um fantasma. Não tinha nada dela. Apenas essas frases, que Soudoro me disse no meu aniversário de quatro anos: "Ela morreu em um acidente... nem lembro onde foi enterrada. Nunca mais fale comigo sobre isso."

29

31 de outubro de 2010

Peguei no sono, com a fita ainda rodando. São nove horas. Tenho que tomar um banho e dar um jeito na casa. Volto à realidade, neste pavilhão dos anos 1950, e sinto como se estivesse fazendo a viagem mais incrível de todas.

Calço os tênis e atravesso a rua para bater na porta do número 21, da vizinha que trouxe sopa. Bato, dou a volta no quintal: ninguém. Deixo a panela limpa na soleira.

Tento de novo depois.

Na volta, olho o celular pela milésima vez, e não tem nenhuma chamada perdida. Pierre não me ligou.

Depois de filmar *Ao Piano*, depois dos três dias loucos compartilhados naquele bar perto da Opéra com Pierre, Mathilde e equipe, depois de fazê-lo cantar *"J'ai attrapé un coup de soleil, un coup d'amour, un coup de je t'aime"*... não tive mais notícia dele. Tentei ligar, em vão. Caixa postal: "Aqui é o Pierre, deixe seu recado." Sem oi, obrigado, por favor, ligo de volta. Uma mensagem fria e distante.

Primeira semana:
— Oi, Pierre, bom, é a Agnès, Agnès Septembre, tomara que esteja tudo bem por aí. E que tenha gostado da filmagem. Me liga. Estou trabalhando na montagem. Ia adorar te mostrar as imagens. Acho que vai ficar legal.

Segunda semana:
— Oi de novo, Pierre, aqui é a Agnès, não sei se você recebeu o último recado, me liga quando der... Quero te mostrar umas imagens do filme.

Terceira semana:
— (Bêbada) Oi, Pierre, aqui é a Agnès, estou perto da sua casa, na Champs-Élysées, com umas amigas. Caso você escute, me liga, você está incrível no meu filme. Incrível.

Depois parei. Fiquei com vergonha. Meu ator, do qual dependiam minha primeira história, minhas primeiras imagens, me detestava.
Liguei para minha tia. Mas por que liguei para Colette, se minha mãe ainda era viva? Ela, sem dúvida, estava em algum concerto. Eu chorava copiosamente quando ela atendeu.
— Meu ator não fala comigo! Sou péssima, quero morrer, parar de escrever histórias de merda, parar de trabalhar no cinema, ir criar cabras em Larzac.
— Onde é que fica Larzac? — Foi a primeira coisa que Colette respondeu, atordoada.
— Titia!?! — gritei, irritada.
A ligação caiu. Achei que ela havia desligado na minha cara porque eu a tinha chamado de titia. Mas logo Colette me ligou de volta:
— Seu filme ficou bom?
Eu pensei por três segundos.
— Ficou. Acho que sim... Ainda não está finalizado.
— Então ele vai voltar. Ele é ator. Os atores voltam quando fazem um filme bom com eles.
— Como é que você sabe?
— No futebol, quando um técnico treina bem o jogador e ele deslancha a marcar gol, o jogador fica no time. Todo mundo fica onde o trabalho é bem-feito. Pense nos meus clientes: eles sabem que, quando conserto seus sapatos, vão durar um tempão. Então eles voltam. A vida é simples assim.
— Mas o que eu faço? Ligo para ele? Ele não está mais atendendo.
— Deixa pra lá essa história de ligar. Pra quê? Você não me escutou? Ele vai voltar... As ondas sempre vêm e vão.
— Você já viu o mar?
— Já. Qual é o nome desse seu ator?
— Pierre. Pierre Dugain.
Pareceu que ela estava pensando por um instante.
— Que nem um jogador do Saint-Étienne. Ele jogou pelo menos quatro temporadas lá.

— Ah. E depois? Fez o quê?
— Depois foi jogar no Sochaux. E nunca fez mais nada.
— Por quê?
— A vida é assim, como te disse. Às vezes um jogador é bom em um time e, em outro, não faz nada. Seu Pierre vai voltar. Vai continuar com você. Estou sentindo. E se um dia ele fizer um filme com outra pessoa, você vai ver, ele vai se sair pior.

Logo depois, liguei uma última vez para Pierre: "Aqui é o Pierre, deixe seu recado."

Eu disse:
— Aqui é a Agnès, deixe seu recado.
E desliguei.

Terminei a montagem da imagem e do som, a cor e a mixagem, tentando não pensar nele. Mas como fazer isso se em toda cena era o rosto dele que eu via, a voz dele que eu ouvia, a luz sobre ele que eu ajustava?

Eu me tranquilizei pensando que, no fundo, Pierre era um grande babaca. Que eu precisava urgentemente aprender a separar o homem do personagem. Isso me ajudou a ser mais forte. A me convencer de que eu precisava seguir em frente.

Meu produtor disse que era impossível entrar em contato com Pierre. Ainda assim, ele organizou uma projeção para as atrizes e os profissionais da área, que ficaram superempolgados com o evento. *Ao Piano* foi selecionado pelo Festival Internacional de Curta-Metragem de Clermont-Ferrand, o festival francês mais importante depois de Cannes. Comemoramos sem Pierre.

Então, voltei para Lyon, para minha quitinete pertinho da praça Bellecour. Para pagar as contas, eu trabalhava três dias por semana em uma filial da livraria Maison de la Presse. Assim, tinha tempo para escrever, e eu gostava de viver cercada de jornais, revistas, livros e cartões-postais.

Certa manhã, antes de abrir, eu estava sozinha, arrumando os jornais e as revistas no mostruário, quando o vi pela vitrine, atrás dos livros. Pierre me observava. Parecia até um fantasma. Ele tinha emagrecido. Sorriu, acenou discretamente. A porta ainda estava fechada com a grade. Girei a fechadura para abrir. A grade rangeu tão alto que parecia estar gritando, fez um estardalhaço daqueles. Mas eu só escutava as batidas do meu coração. Estava preparada para o pior. Ele estava ali para dizer que a filmagem havia sido ruim, por causa da minha falta de experiência. Tão ruim que ele decidiu sumir. Tinha ido até ali para me contar a verdade.

— Quantos anos você tem mesmo?
— Vinte?
— Está em dúvida?
— ...
— Oi.
— Oi.
— A que horas você sai?
— Três.
— Vai fazer alguma coisa... depois?
— Não.
— Então vou voltar. Às três.
— Combinado.
— Até mais.

Ele deu meia-volta e sumiu da mesma forma que apareceu. Terminei de arrumar a loja, toda me tremendo. Nesse dia, as manchetes tratavam do caso do sangue contaminado e da acusação de Laurent Fabius, Georgina Dufoix e Edmond Hervé, votada pelo Senado. Dali a alguns dias, seria Natal. Portanto, em breve eu me encontraria com Colette e minha mãe em Gueugnon. Mesmo com a morte do meu pai, não perdemos o hábito de jantar no Georges Vezant no dia 24 de dezembro.

O dia passou em câmera lenta. Toda vez que eu vendia um jornal cuja manchete falava do "caso do sangue contaminado", pensava que Pierre tinha envenenado meu sangue também, e que, se todo ator com quem eu trabalhasse me deixasse naquele estado, as cabras em Larzac não seriam má ideia mesmo. E que eu nunca mais poderia dirigir um filme. Mas eu já sabia que o único ator com quem eu gostaria de trabalhar era Pierre, daí meu desespero.

Às 14h55, ele me esperava na calçada da frente. Usava um casaco azul-marinho e tinha quinze anos a mais do que eu. Atravessei a rua. Parei na frente dele, sem tocá-lo. Ele era extremamente tímido, gaguejou, me pegou pelo braço, e entramos em um restaurante.

— Já almoçou?
— Não. Mas estou sem fome.

Nós nos sentamos frente a frente, a uma mesa mais afastada, junto à janela que dava para a rua.

— Batida de morango, né?

— Não, obrigada.

— Ah, é? Então quer beber o quê?

— Suco de damasco. Ninguém sabe disso, mas, daqui a dezessete anos, um garoto chamado David vai escrever a história de uma garota chamada Nathalie, que toma suco de damasco.

— Você é vidente?

— Roteirista.

Ele sorriu, relaxado.

— É seu próximo roteiro?

— É. É a história de um garoto chamado David, que acabou de fazer dezoito anos e será um autor famoso.

— Então não tem papel para mim.

— Não.

— Que pena.

— Achei que... Por que você sumiu por quatro semanas e meia?

— Porque você tem vinte anos.

Chegou o garçom. Pierre pediu um suco de damasco, e outro suco de damasco.

— Vamos brindar a David.

— Achei que você tinha detestado filmar *Ao Piano*.

E então caí no choro. Assim, sem aviso. Pierre ficou desolado. Pegou minha mão entre as dele, como se fosse um passarinho que tinha acabado de trombar em um vidro.

— Peço perdão... Eu nunca...

Ele apertou minha mão com muita força, para me fazer encará-lo, e, quando meus olhos encontraram os dele, continuou:

— Eu nunca, nunca, amei tanto uma filmagem quanto a do seu filme.

— Está zombando de mim?

Ele respondeu como se tivesse levado um tapa:

— Tenho muitos defeitos. Eu me deixo levar pelas emoções, sou medroso, estourado, nervoso, mentiroso, egocêntrico, orgulhoso, ator, né. Mas nunca zombo de ninguém. Isso não sei fazer. Não tenho isso em mim.

Passamos uns quinze minutos sem dizer nada. Sequei as lágrimas com a toalha de mesa de algodão. Era quadriculada, azul e preta. Eu nunca tinha visto uma toalha assim, e até hoje me lembro dela. Quem quebrou o silêncio fui eu:

— A verdade é que, no meu próximo filme, o papel principal é seu.

Ele caiu na gargalhada. Tive uma vontade enorme de beijá-lo.

— Você aprende rápido. Todo diretor faz os atores acharem que têm o papel principal.

— ...

— E agora, a gente faz o quê?

— Amanhã eu ainda terei vinte anos.

— A gente está na merda.

— Minha mãe diz que, quando se está na merda, a gente tem que ir ao cinema. E, depois da sessão, encontra soluções.

— O que sua mãe faz da vida?

— Ela é violinista.

— Então vamos ao cinema.

Andamos até o C. N. P. Bellecour. Estava passando *Um Coração no Inverno*, de Claude Sautet.

— Sautet é bom — comentou Pierre.

— Sautet é sensacional — respondi.

— Você não é meio nova para gostar dos filmes dele?

— Acho que você está obcecado pela minha idade.

— Pode ser — respondeu ele, com uma careta.

Durante toda a sessão, fiquei abalada por Emmanuelle Béart, uma violinista, como minha mãe. Chorei ao ver meus pais no palco, majestosos. Fiquei abalada pela presença de Pierre ao meu lado. Era difícil respirar. Me concentrar. Eu só pensava no que ele tinha dito: "Eu nunca, nunca, amei tanto uma filmagem quanto a do seu filme." Eu me perguntava se ele ia me beijar. E, se sim, quando. Ele não se mexeu nem um milímetro sequer. Eu me concentrei em Daniel Auteuil, que até hoje é, fora meu ex-marido, meu ator predileto. Esse filme magnífico trata magistralmente da impossibilidade do amor. Quando saímos da sala, não pronunciamos uma palavra. Caminhamos sem rumo por um bom tempo, olhando para o chão. Em um sinal vermelho, Pierre parou e murmurou:

— Não é possível perder o amor da sua vida.

— Não — respondi.

O sinal abriu, mas não atravessamos, e ele me beijou.

Confiro minhas mensagens de novo, nada de Pierre. Por que ele ligaria? Por outro lado, Lyèce sugere um café no Petit Bar.

Tenho que descobrir o sobrenome de Blanche, e se esse pai que ela chama de progenitor, ou de Soudoro, ainda está neste mundo. Na gravação de 2003, Colette dá a entender que sim. Mas já faz sete anos. Tenho que falar com Nathalie. Como ela trabalha no jornal, talvez tenha acesso a alguns arquivos.

30

1960

O trem chega a Lyon. Eugénie de Sénéchal desce de mãos dadas com Jean. Ela está acompanhada de Georgette, que leva Danièle no colo. Diante da multidão que os envolve, Georgette revira os olhos, duas esferas apavoradas. Jean realmente só inventa moda. Seria melhor para ela ter ficado no castelo, polindo a prataria.

Georgette nunca andou de trem. Nunca viu nenhuma cidade além de Gueugnon, Digoin e Montceau-les-Mines, a uns vinte quilômetros do vilarejo onde nasceu. O local mais distante que conhece.

Eles pegam um táxi e se dirigem ao Conservatório Superior de Música. Em silêncio, Jean ensaia em pensamento. Ele precisa tocar um noturno de Chopin para o professor que talvez o prepare para a prova do conservatório, quando ele tiver catorze anos. Um professor com o qual ele morará ali, em Lyon. É amigo da marquesa. "Você receberá uma partitura para ler em alguns minutos antes de tocar a música para ele", explicou Blaise.

Faz semanas que ele estuda o solfejo. No piano dos Sénéchal e, à noite, no quarto, em um teclado que Blaise desenhou em um pedaço de papelão para Jean treinar os dedos.

Eugénie de Sénéchal pediu a Georgette que mentisse.

— Não diga ao marquês que Jean veio fazer uma audição. Se ele perguntar quando voltarmos, responda que vocês me acompanharam numa consulta médica. Hoje, Jean será avaliado.

O que é uma audição? Georgette odeia a ideia de mentir para o patrão.

O táxi passa ao longo do Rhône, e Georgette vê os pedestres andarem apressados de um lado para outro, bem-vestidos. A gente da cidade. O perfume da sra. Sénéchal é inebriante, e Danièle choraminga, então a mãe a repreende com uma beliscadinha.

— Se comporta, filha, não me faz passar vergonha.

O filho já lhe faz passar vergonha suficiente. Ela o observa de rabo de olho. Ele tem a postura reta como a de um príncipe, mas de onde tirou isso? Jean acha que nasceu em berço de ouro. No fundo, ele só é apegado a Colette e a toma por mãe. A filha mais velha é a primeira que enfiou essas ideias na cabeça dele. É culpa de Colette, isso tudo.

O mundo conspira contra ela, que só queria ficar quieta com sua infelicidade de viúva. À noite, roga à Nossa Senhora para Jean não ter ideias ruins na cabeça. Que nem Lulu, um cachorro que só cheirava a bunda dos machos. As cadelas podiam abanar o rabo na cara dele, mas o bicho só corria atrás de macho. O marquês diz que é coisa de desviado, quando reclama do tonto do filho dele. Ela já o escutou dizer isso para a mulher, que chorava em um lenço com as iniciais dela bordadas. Desviado. Ela reprime um mal-estar ao pensar nisso. Seu pobre Robin acabou sacrificando o miserável do cachorro. Não vale de nada, nem consegue dar filhote. Eles enterraram o cadáver bem fundo, cobriram de cal e fingiram que Lulu tinha fugido. Colette o procurou por tudo quanto era canto, gritando o nome dele no campo e na mata. Jean, pequenininho, chorou. "Um pirralho que cai no choro assim que morre um bicho e a irmã sai pela porta não é bom sinal", dizia Robin.

O táxi estaciona na frente de uma construção grandiosa. Os quatro entram, e aí sim é o cúmulo. Salas três vezes maiores que as do castelo. Pinturas colossais nas paredes. Georgette inspeciona o pó nos móveis, hábito da profissão. A sra. Sénéchal se identifica, e também a Jean. Sobre Georgette e Danièle, diz apenas: "Elas vieram nos acompanhar." *Mas a mãe do moleque sou eu*, pensa Georgette, ofendida.

Eles sobem três andares, escada de mármore, não deve ser fácil fazer faxina nisso tudo. Ela repara na sujeira e nas manchas dos lustres e não consegue conter um sorriso — isso nunca aconteceria no castelo.

O diretor do estabelecimento se curva para a marquesa, pergunta como ela vai. Observa Jean e passa a mão na cabeça de Danièle como se fizesse carinho num bicho. Ele aperta a mão de Georgette quando a marquesa anuncia: "A mãe de Jean." E lá vem a vergonha que a invade de novo, sobe pelo rosto e a deixa corada. O que ela está fazendo ali? O que esse homem que a olha vai achar de sua aparência, de suas mãos de serviçal, de sua roupa? A marquesa emprestou a Jean uma roupa antiga de Blaise para a ocasião. Ele parece até filho dos Sénéchal. Está com a postura bem reta, calmo, como se tivesse crescido ali, entre aquelas paredes. O diretor o chama para apresentá-lo ao sr. Levitan, que talvez seja seu futuro professor de piano.

— Ele primeiro vai te escutar e te entrevistar. Vi seu histórico escolar, e você precisa melhorar em algumas matérias se algum dia fizer prova para o conservatório.

O diretor se vira para Georgette e a marquesa.

— Eu levo o Jean. Podem aguardar na sala de espera, primeira porta à esquerda. Vão servir bebidas para as senhoras.

Georgette segue a marquesa, com Danièle dormindo no colo. Elas se sentam em um banquinho, uma ao lado da outra. É a terceira vez que se sentam juntas no mesmo dia, trem, táxi, conservatório, coisa que nunca havia acontecido. *Se Robin visse isso, ficaria uma fera. Ele sempre dizia: "Cada um tem seu lugar."*

De repente, Georgette fica tensa, porque escutou o piano. Piano maldito. Colette maldita. Instrumento miserável. História para boi dormir. A marquesa sorri com os lindos dentes à mostra, abre as mãos, corre os dedos pela saia, parece tocar com Jean. O diamante do anel cintila como um sol. É a música que causa isso nela?

Danièle de repente se agita furiosamente e começa a berrar. Os dedos da marquesa paralisam no mesmo instante, e ela fecha a cara. O desconforto acaba de mudar de lado. Georgette levanta de um pulo, como um brinquedo de mola, sai pelo corredor principal e desce os três andares. Por que a marquesa a levou até ali? Ela poderia ter ido sozinha com Jean. Que ideia! Ela vai parar na calçada que nem uma pedinte, com a menina aos berros no colo. Olham feio para ela e sua pequena, mas, curiosamente, foi só ter se afastado do filho que a vergonha passou.

Antes de pegar o trem de volta, eles vão "se restabelecer", como diz a marquesa, toda alegre. Ela falou com o futuro professor de Jean, um homem incrível, muito entusiasmado com a habilidade dele...

— Mas não devemos perder tempo, o melhor é começar logo. O que acha, Georgette? Não se preocupe com o dinheiro, vou cuidar de tudo.

Nossa, que incômodo para Georgette, almoçar à mesa da senhora. Como ela vai sair dessa? Piano maldito, menino maldito... seu único menino. E ela e o marido tinham ficado tão felizes com o nascimento de Jean! Um filho para cuidar da lavoura, com braços fortes para aliviar o dia a dia deles! Ela sente os olhos se encherem de lágrimas. E ela? Quanto ela vai ganhar ao perder o filho?

Imagine se Robin visse os quatro ali, sentados juntos! Ela queria se esconder debaixo da mesa, dar uma palmada em Jean, que está todo orgulhoso. Ele praticamente não abriu a boca desde que saíram do conservatório, mas seu olhar diz muito, esse menino já mudou.

A marquesa dá uma bronca leve nele:

— Você escutou o que o professor falou: sua nota de matemática precisa melhorar. Blaise vai te ajudar.

Georgette, por sua vez, nunca disse que ele precisava estudar, porque o importante na vida é aprender um ofício. Pouco importa se somos bons ou não em matemática.

Eles pegam o trem. Que alívio... Esse longo dia finalmente vai acabar. Georgette se tranquiliza. Danièle está comportada. Jean observa as nuvens com a marquesa, imagina com ela formas de animais.

Ao chegar, a marquesa dá folga para Georgette. Ela não está com fome, e o senhor foi jantar com os amigos na cidade.

Amanhã, Georgette contará tudo para o sr. Sénéchal. De Lyon, do piano, do professor, do conservatório. A vergonha precisa mudar de lado.

Eles jantam sopa à mesa. Danièle está no colo da mãe. Georgette dirige a palavra ao filho pela primeira vez naquele dia, mergulhando um naco de pão na tigela. Essas emoções todas lhe deram fome.

— O que aquela gente te falou?

— Que de manhã vou ter aulas normais e, à tarde, de piano e solfejo. Vou ficar em um quarto na casa deles. Meu professor se chama David Levitan, ele é casado.

Georgette não consegue disfarçar a cara feia. Que nome esquisito, Levitan...

— E isso vai durar quanto tempo?

— Muito. Até eu ficar grande. Até eu passar na prova do conservatório.

— Você disse que eu era sua mãe?

— Disse.

— O que você falou?

— Que meu pai morreu e minha mãe trabalha no castelo. E que Colette conserta sapatos.

— Mas onde essa história vai parar? Como você vai ganhar dinheiro?

Jean coça a cabeça. É uma mania que ele tem desde pequeno. Parece que os pensamentos lhe causam coceira.

— Tocando em uma orquestra que dá concertos.

— Como assim, dá? Não pagam?

— Pagam.

Na verdade, o menino não faz ideia. Nunca parou para pensar nisso. Ele toca piano como se respirasse.

— Parece que você não sabe direito.

— Sei, sim.

— Mas quem toca nessas orquestras?

— Músicos.

— Moças ou rapazes? — insiste ela, desconfiada.

— Acho que os dois.

— E como você vai arranjar trabalho nessas orquestras?

Ele dá de ombros, pois não sabe a resposta.

— E onde você vai morar?

— Com os Levitan. Em Lyon.

— E quando acabar essa palhaçada, vai morar onde? Seu piano não vai servir de teto. Acha que eu tenho como te sustentar?

Jean parece perdido. Ela está enchendo a cabeça do menino de dúvidas. Os olhos da mãe dizem o contrário dos de Colette, de Blaise e da marquesa. Olhinhos desconfiados e assustados.

— Você tem dez anos, e eu ainda sou sua mãe. Para mim, essas histórias não querem dizer nada. Amanhã, vou falar com o marquês. Vou contar o que a marquesa anda fazendo escondida.

— Mas, se você contar, não vou mais poder tocar piano! — responde ele, à beira das lágrimas.

— Para de choramingar. Homem não chora.

Jean fica desamparado. Ele tem medo do marquês. Anda de cabeça baixa no castelo, bem rente às paredes, para não encontrar o olhar dele. Se o homem souber, ele estará perdido.

— Quero a Colette.

Ele pronuncia essa frase em voz alta, como uma prece.

— Ela vem domingo, como sempre — declara Georgette, descascando a maçã.

— Você é malvada.

— Para quem é pobre como a gente, a vida não é de brincadeira, é de trabalho! Vai deitar.

— Mas eu trabalho muito no solfejo!

— Vai deitar, já mandei!

Jean se levanta e vai para o quarto. Como sempre, Danièle vai dormir na cama da mãe. Ele tira a roupa que a marquesa emprestou como se tirasse uma pele que não é sua a palavra, e que precisa devolver no dia seguinte.

"Pobre" é a única palavra que a mãe sabe dizer, como se fosse uma maldição. Toda vez que ela a pronuncia, Jean sente que a palavra afunda a cabeça dele com todas as forças, para afogá-lo. No entanto, eles dormem em um lugar aquecido, comem à vontade. Não lhes falta nada. E ele vê que Colette dá envelopes de dinheiro para a mãe, que os esconde no quarto.

A vida de antes parecia mais difícil, mas, desde que a mãe começou a trabalhar no castelo dos Sénéchal, nada no cotidiano lhe parece miserável.

Era para ser uma bela noite, porque ele não errou uma nota sequer na frente do sr. Levitan, que, diferentemente de Colette, de Blaise e da marquesa, ficou observando o menino sem nenhum sorriso no rosto. Mas Jean só sente uma tristeza infinita. Está com saudade da irmã, de ficar de mãos dadas com ela. Aperta o papelão que Blaise arranjou para ele, o teclado desenhado, que ninguém tirará dele. É sua única companhia nessa casa.

31

31 de outubro de 2010

Sentado no fundo do salão, ele parece estar sonhando. Leva a xícara de café à boca em um gesto distraído. Quando me vê chegar, parece que a alma volta para o seu corpo.
— Estava sonhando, Lyèce?
— Estava.
Dou um beijo nele.
— Sua cara está gelada.
Peço um espresso duplo a Vincent, que lava copos atrás do balcão, falando com um cliente sobre a próxima trifeta.
— Escutou as fitas? — pergunta Lyèce, antes mesmo de eu me sentar.
— Escutei as que Colette e Blanche falam juntas.
— Quem é Blanche?
— A pessoa que está dormindo no cemitério no lugar de Colette. É o que eu acho, pelo menos.
— Que loucura!
— Pois é. Resta saber por que elas fizeram isso.
— Era uma mulher de Gueugnon?
— Não. Estava só de passagem. Ela nasceu em um circo que parou em Gueugnon em 1953 e 1956. Blanche estudou durante um tempo na escola Pasteur. Foi lá que conheceu Colette. Depois, não sei se aquele circo horroroso voltou. A atividade deles era mais ou menos ilegal. Por fora, era só doces, engolidores de fogo e acrobatas. Só que, para quem pagasse mais, o pai de Blanche, um tal de Soudoro, exibia "monstros" mantidos em condições apavorantes. Pessoas que tinham deformações, deficiências mentais...
— Como em *O Homem Elefante?*
— Isso, só que essas atrocidades já eram proibidas nos anos 1950.
— Nunca ouvi falar de algo assim em Gueugnon.

— Algumas pessoas mais velhas devem lembrar.
— É, com certeza.
— Não sei o sobrenome de Blanche. Pode ser que alguma delas mencione em outra fita, mas acho muito difícil.
— Fala com a Nathalie. Ela pode procurar matérias da época nos arquivos do jornal.
— É, vou ligar para ela.
— Como é estranha a vida. Se sua tia não tivesse morrido pela segunda vez, a gente não teria se visto de novo. Você não teria vindo para cá sem um motivo. Ninguém vem para cá sem um motivo. Ou viria para o enterro de algum de nós.
— Caramba, está alto-astral hoje, hein?
Ele abre seu belo sorriso triste.
— Estamos todos de passagem, mesmo quem não está de viagem.
— Por que nunca me contou que era apaixonado por Isabelle Émorine?
— Porque você nunca me perguntou. Quer outro café?
— Quero.
— Às vezes encontro com ela no mercado. A gente se fala por trinta segundos. Quando a gente perde uma oportunidade assim, uma vida possível com alguém, não resta nada a dizer. Morreu tudo. E ela teve filhos, um bom casamento, um cachorro. Já eu só tenho minha moto.
— Nathalie está certa, você deveria escrever.
Ele começa a rir.
— Já tem muito escritor nesse mundo. As editoras não precisam de mim.
— Não são as editoras que precisam de você, são os leitores.
Ele franze a testa.
— Ninguém precisa de mim.
— Todo mundo precisa de alguém. É próprio da humanidade.
— E você? Quando sai o próximo filme?
— Pode ter certeza que nunca.
— Está de brincadeira?
— Pareço estar brincando?
— Mas por quê?
— Pierre, meu marido. Quer dizer, meu ex-marido.
— Existem outros atores no mundo.
— É lógico. Como existem outros maridos. Mas eu agora sou uma página em branco, e tudo bem.

— Não acredito. Uma mulher que nem você é capaz de muita coisa. Basta ver seu último filme.
— ...
Vincent volta com um terceiro café na bandeja.
— Cortesia da casa!
— Obrigada, Vincent. Vou acabar ficando agitada.
— Melhor agitada do que morta.
O comentário dele me faz rir, e a Lyèce também.
— Vou te fazer uma proposta — diz Lyèce. — Eu escrevo um livro, e você, um roteiro. A gente combina para daqui a... — Ele reflete. — Um ano, e vê a quantas anda. Hoje é... Vincent, que dia é hoje mesmo?
Vincent olha o relógio.
— Dia 31 de outubro.
— A gente marca de se encontrar em 31 de outubro de 2011, bem aqui, no Petit Bar, com Vincent.
— E se meu roteiro não tiver nem uma palavra?
— E se meu livro não tiver? A gente vê.
Levantamos a mão e damos um tapinha.
— Você quer escrever sobre Charpie?
Ele nem pensa antes de responder. Como se tivesse uma história dentro de si, a sua história, há muito tempo.
— Entre outras coisas. Toda a graça e a alegria do futebol, mas também a infelicidade do silêncio. Meus pais imigrantes, minhas asas cortadas em uma quarta-feira à tarde, meus pés que continuam me sustentando. O medo de viver um amor. Não, não medo, o terror de viver um amor. Achar sempre a pessoa errada, a loira falsa, a casada, a apaixonada por outro, a abusiva, a mentirosa... A solidão da abstinência. Como é viver sem beber, voltar a estar sóbrio o tempo todo. Sem flutuar permanentemente no vapor do álcool. Voltar a ser bonito. Não é pouca coisa voltar a ser bonito. Não estar mais magricela, ou não ter mais barriga de chope, cara inchada quando acordo. As primeiras manchas que aparecem no rosto, no nariz, o cabelo caindo. Beijar alguém na boca sem pensar que está fedendo a bebida. Querer beijar alguém na boca, porque, antes, só dava vontade de beijar a boca da garrafa. Encontrar psicólogos e psiquiatras ainda mais fracassados do que eu. O desprezo no olhar de certos médicos, enfim, um caminho muito, muito longo até encontrar a equipe certa, a escuta certa, que ajuda a encontrar respostas.

Submersa no que ele acaba de me confessar, não consigo dizer mais nada. Nathalie chega, e fico quase aliviada, pensando que Lyèce já começou a escrever. Ela cumprimenta o cara sentado ao bar. "Tudo bem, meu bem?" Depois cumprimenta Vincent: "Tudo bem, querido?" E então vem nos encontrar, toda sorrisos. Hoje ela cheira a praia, a gardênia, apesar do frio que o casaco emana e do gorro que tira. Observo seu cabelo, todo arrepiado. O perfume dela me transporta para as ilhas Maurício, Ana não me ligou desde que chegou. E Pierre deve estar se perguntando se eu estava bêbada quando telefonei de noite. É mais provável que um homem que abandona a mulher a imagine embriagada do que desfalecida nos braços de outro.

— Aquela noite de pizza me fez bem. Vocês têm que ir jantar lá em casa. E aí, pessoal, quais são as novidades?

32

1960

São onze da manhã. Mokhtar desce para buscar o jornal que esqueceu no balcão da loja e leva um susto ao ver Colette. É domingo, ela não deveria estar ali. Ela chora diante da máquina de costura, com a cabeça apoiada nos antebraços. Mokhtar fica na soleira da porta, sem coragem de se mexer. Ele achava que Colette não chorava. Por quê? Todo mundo chora, até quem não chora nunca. Parece ser uma tristeza, uma tristeza profunda. Ele, quando sofre, se esconde que nem um bicho ferido. Porque sente muita saudade da irmã, porque sua família está longe, porque seu irmão não está mais ali. Colette sente sua presença, levanta a cabeça e seca as lágrimas em um gesto brusco.

— Por que você está aqui, minha filha? — pergunta ele, enfim. — Você se machucou?

Colette se levanta, com uma expressão severa, uma expressão que ele nunca tinha visto, e ajeita a dobra da saia antes de responder:

— A mãe delatou Eugénie de Sénéchal.

Ela pronuncia essas palavras como se as cuspisse. Mokhtar franze as sobrancelhas e passa os dedos no bigode... Delatar é uma palavra que o lembra da guerra. A Gestapo, a polícia francesa, os traidores. Sem poder fazer nada, ele assistiu à detenção de uma família judia em 1942. No mesmo ano, ele, o estrangeiro, foi espancado por três homens com o rosto coberto que invadiram a sapataria. Depois o deixaram ali, à espera da morte. Com duas costelas quebradas, hematomas no corpo inteiro, traumatismo craniano. Foi um milagre ter sobrevivido. Nunca contou desse dia para Colette. Por que contaria?

— Jean não pode mais tocar piano. O marquês proibiu... O senhor sabe xingar?

Mokhtar pensa.

— Em francês?

— Isso, em francês.
Ele hesita, antes de dizer:
— Merda, filho da puta, cretino.
— O que é um cretino?
— Acho que é um idiota, mas muito pior — arrisca ele.
— A mãe é a rainha dos cretinos.
— Sua mãe?!
— Não, "a" mãe. Detesto aquela mulher. A partir de hoje, não quero mais nem ver a cara dela! Ela nunca me deu um beijo. Quantas mães você conhece que não beijam os filhos? Até as novilhas e as ovelhas fazem carinho nos filhotes. Só a caçula, a Danièle, que ela mima o dia todo. Mas eu não tenho ciúme. Nem quero que ela encoste em mim, ela fede a alho! E a pele dela parece uma lixa.
— Talvez ela não saiba falar certas coisas com você... talvez não seja de propósito.
— Não, acho que não é isso. Jean fez uma audição em Lyon para estudar música com um professor importante. A mãe é tão malvada que contou tudo para o marquês. Foi ideia da marquesa apresentar Jean ao professor. Ela sabia que, se o marido soubesse, proibiria... por causa do dinheiro! Era o melhor professor para preparar Jean para o conservatório! O velho perdeu a cabeça quando descobriu. Ele chamou a esposa de mentirosa, de ladra. Foi Blaise quem me contou. Depois disso, ela não saiu mais do quarto, e meu irmão não pode nem entrar no castelo. Parece que Sénéchal está à procura de um mestre de aprendizagem para Jean, que só tem dez anos, mas o marquês e a mãe querem botar meu irmão para trabalhar para se livrarem dele! Mas Jean nasceu para o piano, não pode fazer outra coisa. Ele é pianista, assim como o senhor é sapateiro. Como Deus é Deus, como François é carteiro!
— E como você deveria ter sido professora...
Ela se joga na cadeira, desanimada.
— Estou bem com o senhor. Blaise me disse que meu irmão não sai da cama desde quinta-feira. Ele se recusa a ir para a escola... Ele vai morrer... Tenho certeza!
Mokhtar se senta atrás do balcão. Ele passa os dedos no bigode de novo, pensativo.
— Se entendi bem — diz —, seu irmão precisa de um piano novo... Bom, é só trazer Jean para cá, para ficar com a gente, e ele poderá tocar todo dia na igreja ali da frente.

— Mas como vamos viver?
— Como todo mundo.
— ...
— Como qualquer um, minha filha. Vamos nos virar. Além do mais, tenho o dinheiro que juntei para a viagem.
— Mas esse dinheiro é...
Colette nem tem tempo de terminar a frase antes de Mokhtar sair.

Sentada à mesa, Georgette engole a sopa no automático, olhando para o vazio. É um bom dia, o serviço do almoço foi bom. O marquês adorou o ensopado de coelho que ela preparou. Desde que a marquesa começou a fazer birra, foi a primeira vez que ela quase o viu sorrir. Ele repetiu três vezes e molhou uns bons nacos de pão no molho, dizendo: "Bom demais." Quando descobriu que ela havia contado para o sr. Sénéchal tudo de Lyon e do piano, Colette havia se recusado a visitá-la. Mas é domingo! O que ela fez para o bom Deus para merecer filhos assim? A mais velha, um poço de reclamações, e o filho querendo uma vida de quem nasceu cheio de ouro. Ela faz carinho na cabeça de Danièle, que mastiga um pedaço de pão e brinca com as migalhas. Que bom que ela tem essa também.
Toma um susto ao ver a silhueta de Mokhtar à porta. Eles já se encontraram no centro.
— Colette fez alguma besteira? — pergunta ela, antes mesmo de cumprimentá-lo.
— Bom dia, senhora. Colette nunca faz besteira. É uma menina séria.
Ela franze as sobrancelhas, desconfiada, como se ouvir elogios à filha fosse suspeito.
— Cadê o Jean? — pergunta Mokhtar, sem rodeios.
— No quarto.
— Ele está mal?
— Vai passar.
— Tem certeza?
Georgette torce a boca, se sente forte. Vê-se que o marquês tem consideração por ela, depois de ter contado toda a verdade a ele. Mokhtar observa a mulher à mesa, a menina em seu colo, inquieta com sua presença. *Colette não lembra nada essa menina*, pensa ele. É o contrário da mais velha.

— Soube que a senhora estava procurando um mestre para Jean — comenta ele.

Um brilho surge nos olhos da mulher. Não um grande fogo de alegria, mas uma brasa em extinção. Sem dúvida, é o máximo que seu olhar é capaz de expressar.

— Paga quanto?

— Não tenho permissão de contratar uma criança, senhora. Por enquanto, ele vai continuar estudando.

— E quanto eu vou ganhar?

— A senhora terá uma boca a menos para alimentar. E, quando ele tiver idade para ser aprendiz, a senhora pode acertar com ele.

— Colette concorda com essa ideia?

— Concorda.

— E o piano? — pergunta ela, desconfiada.

— Jean pode tocar na igreja, o pároco é meu amigo.

Georgette o observa, com um pé atrás. O marquês não aguenta mais Jean. É insuportável. A implicância começa pelo menino, mas pode acabar sobrando para ela. O patrão poderia demiti-la, mandá-la embora com Danièle, por causa dele. Por outro lado, sem ele... Essa história poderia ser uma bênção. Sem o piano. Esse é realmente um dia bom.

— Jean virá visitá-la todo domingo, com Colette — garante Mokhtar, com a voz doce.

Colette está certa, pensa ele. *Essa mulher é uma cretina, parece uma idiota, mas muito mais grave.* Ele pensa na própria mãe, carinhosa e doce. Como ela era cheirosa. Nem todo mundo nasce com a mesma mãe.

Ele queria falar com Jean, para confortá-lo, mas não ousa dizer mais nada, pedir mais nada. Teme que a "cretina" mude de ideia. Ele não conhece o menino, o imagina apenas pelo amor que a irmã tem pelo pequeno. Mokhtar quase se envergonha. Ele, o tunisiano, na porta dessa casa, diante dessa desconhecida que o encara.

— Bom domingo, minha senhora. Se estiver de acordo, será ótimo.

Georgette se despede bem baixinho, quase não dá para escutar. *Antes de deixar Jean ir embora*, pensa ela, *talvez seja bom conversar com o marquês.*

Ela não tem tempo. Uma horinha após Mokhtar ir embora, Colette e Blaise entram na casa como uma corrente de ar. Georgette sente-se fraca. Do quarto, escuta Colette entrar no quarto de Jean, pedir a ele que junte as poucas coisas que tem e dizer:

— Você vai morar comigo e com Mokhtar!

A mãe, que não chegou a concordar, também não se opõe. Não levanta da cama, não vai vê-los, como se fossem dois pestilentos que deve evitar. Como se um grande mal a abatesse sempre que respira o mesmo ar que eles.

Seus filhos saem da casa sem dizer mais nada. Sem chamá-la, nem bater à porta de seu quarto. Ela escuta a voz deles. Blaise, amarrando a bolsa de Jean no bagageiro da bicicleta.

— É temporário — diz Colette ao irmão. — Um dia, você vai estudar com aquele professor, para entrar no conservatório. Enquanto isso, pode tocar na igreja.

— Lá tem piano?

— Tem órgão. É parecido.

— É parecido?

— É.

Então, ela se dirige a Blaise:

— Diga para sua mãe que estou levando Jean para a casa de Mokhtar.

— Direi.

Os três vão embora. Georgette não escuta mais nada. Apenas a respiração de Danièle, assim como um passarinho na árvore que fica entre o castelo e a casa onde ela mora.

33

31 de outubro de 2010

— Como é que é? Soudoro?

Nathalie anota no bloquinho.

— É, é assim que Blanche chama o pai nas fitas. Por enquanto, tenho duas datas, 1953 e 1956. Ela estudou na Pasteur. E, segundo as fitas, o circo se instalou na praça de Gaulle.

— Vou procurar nos arquivos do jornal e perguntar para Steph, meu amigo que trabalha na prefeitura. Ele conhece os comerciantes da praça e o responsável por organizar as feiras, e toda ocupação itinerante, e por alugar o espaço.

— Preciso do sobrenome desse tal Soudoro… Quero saber se ele ainda está vivo.

— Assim, vamos saber também o sobrenome de Blanche.

— Isso. Não encontrei nada na casa da rua Fredins. Colette talvez tivesse escondido seus documentos de identidade, as correspondências enviadas para ela, outro documento qualquer, ou sei lá. Mas não tem nada.

— Talvez você encontre alguma coisa no caixão. Talvez Colette tenha guardado lá essas coisas, porque ninguém pensaria em procurar num lugar desses.

O comentário me deixa sem palavras. De onde ela tirou essa ideia? Nathalie sorri.

— Não me olha assim. Se você soubesse o que se encontra nos caixões por aí, ficaria chocada.

— Como você sabe disso?

— O melhor amigo do meu pai foi coveiro por trinta anos no cemitério de Gueugnon. Já ouvi ele contar umas histórias cabeludas, principalmente de exumação.

Eu nunca tinha pensado nisso. Quando minha mãe se foi, não pus nada em seu caixão. Dei seu violino de presente para Ana. Doei seus pertences para instituições. Guardei apenas seu perfume, seus lenços e fotos de família.

— Mas... o que encontram nos caixões?

— Discos, joias, livros, fotos, cartas, carteiras, balas, cigarros, fósforos, amuletos.

— ...

— Em que pé está a liberação do corpo para o enterro?

— Tenho que ligar para Cyril Rampin. Colette queria ser cremada... E, se for Blanche, não tenho mais a menor vontade de exumar o cadáver.

— Você não vai ter escolha, Agnès.

— Adèle diz que é melhor não perturbar os mortos, acho que ela tem razão.

— Também acho. Mas o procurador com certeza vai pedir para identificar o corpo. Para estabelecer as circunstâncias da morte. O que aconteceu foi grave.

— É, foi grave...

Olho para a xícara vazia de Lyèce. Os grãos de açúcar que ele recolheu da mesa com a mão formam um montículo minúsculo.

— Você me disse que foi para Cannes quando Charpie morreu, não foi? — pergunto.

— Fui. Aqui é como se houvesse uma lei do silêncio. Ninguém quer nem falar disso. É só pronunciar o nome dele que um silêncio sepulcral se instaura. Estou convicta de que ele causou muito mal. Que certas pessoas sabiam. Inúmeras testemunhas me certificaram de que ele era pedófilo, mas não me dão o nome de nenhuma vítima. Além de Lyèce, tenho só mais uma testemunha, umazinha...

— Quem?

— Um amigo do meu irmão, dez anos mais velho que Lyèce. Charpie supostamente não o tocou, mas pediu a ele que tirasse a cueca. Ele não me contou se obedeceu. Acho que sim, mas, quarenta anos depois, ao telefone, ele nunca teria admitido. Sendo que quem deve admitir qualquer coisa é o culpado, e não a vítima.

Sinto um calafrio.

— Talvez seja necessário fazer um chamado às testemunhas no jornal... — continua Nathalie. — Mas como o agressor morreu... Além do mais, nesse chamado, eu não poderia revelar sua identidade.

— E o que você acha que poderia acontecer?

— Eu? Acho que quem sabia, quem desconfiava de que ele era estranho e perigoso para as crianças, hoje já está morto ou com o pé na cova. Por outro lado, é preciso dizer que isso aconteceu. Trazer isso à tona. Certas investigações são abertas cinquenta, cem anos após os fatos.

— Você acha que ele foi capaz de matar?

— Fazer algo assim com uma criança é matar uma parte dela. Em Cannes, ele morava num prédio azul, de frente para o mar. O vovô tarado morava em um pequeno paraíso. No último andar. Sabe por quê?

— Não.

— Pela vista. Mas não a que você imagina.

Ela respira fundo, como se prestes a mergulhar. Ainda estamos no Petit Bar. Já perdi a conta dos cafés e dos litros de água que bebemos. Nathalie dá um gole na água. "Nunca da torneira, porque está envenenada, você sabe, né, Agnès?" Ela apoia o copo e fecha as mãos, como se quisesse enfiar as unhas na pele.

— Ele passava o dia todo com o binóculo colado nos olhos.

— Binóculo?

— Para olhar os menininhos na praia.

34

1960

Mokhtar se senta em um banco na frente da igreja. A praça está deserta. Ele escuta. Prefere ficar na entrada. Todo dia de manhã, se encontra com o padre Aubry na praça Forges para tomar um café, mas nunca entra no "trabalho" dele. Há quatro domingos é assim. Mokhtar conta as semanas em domingos. Faz sete domingos que Jean mora com eles, e quatro desde que o vigário pediu ao menino que tocasse uma obra de Bach para órgão, a que ele preferisse, após o sermão.

Na primeira vez que escutou o órgão, o padre Aubry estava em casa, cortando alho-poró para a sopa. Ele achou que fosse um milagre, uma intervenção divina. Eram seis da tarde de segunda, e a sra. Feuillée nunca tocava naquela hora. Ele voltou correndo para a igreja, subiu a escada às pressas e encontrou um menino. Concentrado. Em êxtase. Colette o avisara, mas ele esquecera que o menino iria até lá treinar suas escalas. Em pé ao lado dele, a sra. Feuillée, organista da igreja desde 1937, se virou para o padre, ergueu as mãos ao céu e murmurou a seu ouvido: "Não dá para enfrentar essa concorrência."

Mokhtar escuta a música de Jean. O garoto deve ser uma espécie de *djinn*, uma criatura sobrenatural que veio à terra para espalhar beleza. Para restaurar os vivos. Dentro da igreja, Colette fica perto de Blaise. Os pais dele estão sentados na primeira fileira, no lugar reservado à família Sénéchal há um século.

Blaise observa a nuca da mãe. Ela parece orar. O que suas preces escondem? Quais são seus desejos? O que ela espera da vida?

Ela parece muito infeliz desde a viagem a Lyon. Como ser feliz com um marido tão bronco e autoritário? O que ela pensa ao escutar Jean tocar como se dominasse essa arte há mil anos? Blaise podia se orgulhar de ter sido seu professor, mas na verdade o mérito não é dele. Jean nasceu músico. Ele só o ensinou a decifrar as notas da partitura.

A marquesa acabou saindo do quarto depois que Jean foi morar na sapataria. Voltou a comer à mesa e a se dirigir ao marquês e a Georgette como se nada tivesse acontecido, como se esta última não a tivesse traído. Georgette, cujo almoço de domingo Colette não ajuda mais a preparar, Georgette, que Colette não visita desde a partida apressada de Jean.

Para manter a paz, Colette entrega o envelope com seu salário para Blaise, que o leva à empregada dos pais. A tranquilidade se compra, principalmente quando se trata da mãe, que tem todo o direito sobre os filhos. Inclusive o de tirá-los da casa de Mokhtar, se assim decidir.

Quando o povo sai da igreja, Jean toca as últimas notas do hino "Gloire à Dieu dans le ciel". Colette é a primeira a sair, com Blaise logo atrás. Ela avista Mokhtar, de chapéu nas mãos, e se dirige a ele, alegre.

— Ele está tocando cada vez melhor, não acha?

— É impressionante, minha filha.

Colette não sorri, mas Mokhtar vê um brilho de orgulho em seu olhar.

— Como é a música na sua igreja? — pergunta ela, de repente.

— É na mesquita. E não tem música. Lá, fazemos silêncio durante a oração.

— Silêncio?

— É.

— Isso tudo é graças ao senhor, Mokhtar. Foi o senhor que teve a ideia do órgão da igreja.

— Sim, às vezes tenho umas ideias geniais — brinca ele.

Colette e Mokhtar se despedem de Blaise e voltam sorrateiramente para a sapataria, de cabeça baixa. Ela não quer encontrar o marquês. Acha que ele vai acabar esquecendo os dois, o irmão e ela, se não os encontrar. E a marquesa não lhe dirige a palavra desde que foi delatada pela mãe. Apenas acenos amigáveis pelas costas do marido. "Ela tem medo dele", disse Blaise, o ódio ao pai aferrado ao corpo.

Jean se encontrará com a irmã dali a meia hora. Para não incomodar Mokhtar, que tem apenas o domingo de descanso, eles comerão no quarto de Colette.

Ela caminha ao lado de Mokhtar e sente vontade de pegar a mão dele, como pai e filha. Sente vontade, mas não tem coragem, pois sem dúvida ele ficaria constrangido. Colette sabe que os elos sanguíneos são "uma merda", bem como prageja Mokhtar ao consertar um sapato de má qualidade. "Essa costura é uma merda, esse couro é uma merda… Não dá para fazer milagre."

Quem vai fazer um milagre por Jean?, pergunta-se Colette. Desde que chegou à sapataria, seu irmão tem tudo que mais deseja: a presença da irmã e um teclado. É um piano de som estranho, mas ainda assim tem um teclado, embora não haja mais pedais direito, esquerdo e tonal. O único modo de tocar mais ou menos fraco é escolhendo o registro dos tubos que vão receber o ar para produzir o som.

Jean segura a mão de Colette para fechar os olhos à noite e mergulhar num sono profundo. Ele não se preocupa mais com nada. Sua irmã cuida de tudo. Ele mal pensa na prova do certificado profissional que ela deve fazer dali a algumas semanas, e muito menos no que acontecerá depois, quando Colette deverá ceder o lugar a um novo aprendiz. Aonde ela irá? O que fará com ele?

Ela nunca falou do assunto com Mokhtar. Ele é muito justo. Quando um aprendiz seu tira o certificado, ele sempre dá oportunidade a outro jovem. Seu lema é: "Sem carteirada, sem privilégio, é preciso ser justo e equilibrado, como um bom par de sapatos. Veja bem, minha filha, é raro ter um salto mais alto do que o outro."

No domingo seguinte, eles vão ao rio, pois Colette prometeu a Blaise que iria com ele à margem do Arroux. Ele adoraria que a amiga distraísse um pouco a mente. Levá-la para nadar e cochilar na grama alta do mês de maio.

Ela se pergunta como e onde vai viver após o verão. E, depois, Blaise irá embora. É normal ter tantas preocupações assim aos catorze anos?

Fita número 11

COLETTE
"É para desanuviar a mente", dizia Blaise.
Mas minha mente só pensava em encontrar um professor que treinasse Jean para entrar em uma escola de música. Era a única coisa na minha mente. Uma ideia fixa. Como se minha própria existência não tivesse a menor importância. Eu nunca pensava em mim, apenas em Jean. Então, em 1960, para ficar com ele, na casa de Mokhtar, fiz o impensável. Fui fazer a prova do certificado e entreguei todas as páginas em branco. Na avaliação oral, não disse nada. Para qualquer pergunta, eu respondia: "Não sei." A professora insistiu, se irritou. Ela tentou de tudo, mas a única resposta que recebeu foi: "Não sei." Acabou me mandando ir embora, resmungando um "então que se dane".

Eu achava que, se não tirasse o certificado, Mokhtar seria obrigado a me manter na casa dele por mais um ano. Quando recebeu o resultado, achei que ele fosse me matar.

Ela para de falar por um instante. Eu a escuto suspirar. Então, começa a gritar, imitando Mokhtar.

Colette
"Você me traiu, minha filha! Me fez passar vergonha! Vão achar que não aprendeu nada comigo! Que sou um patrão ruim! Você deveria ter confiado em mim! Eu nunca teria mandado você embora! Quem acha que eu sou? Um alemão? E para de fazer essa cara de idiota! É! Isso mesmo! Isso! Cara de idiota! Você merecia umas boas palmadas! É! Isso! Umas boas palmadas! Você é uma irresponsável!! Zero em tudo! Zero em tudo! Escutou?"
Ele se virou para os sapatos e começou a falar com eles: "Zero em tudo! Ela me faz passar vergonha! Eu passei vergonha! Vocês passaram vergonha! Minha loja passou vergonha! Minha família, meus ancestrais! Até minha máquina de costura passa vergonha!!! Olhem só! Olhem! Minha máquina ficou vermelha de vergonha!"

Colette começa a rir sozinha.

Colette
Enquanto isso, Jean tocava tranquilamente o órgão da igreja, sem saber que Mokhtar estava me dando uma bronca. Ele me mandou para o quarto: "Sai daqui! Não quero ver sua cara nunca mais!"

Ela faz outra pausa.

Colette
Nunca mais fiz a prova. E nunca saí da casa de Mokhtar. Até 2007, não saí da sapataria. Passei a vida inteira me chamando de Colette Septembre, mas Mokhtar me adotou legalmente na prefeitura de Gueugnon em 1967, quando eu tinha vinte e um anos. Mantive meu sobrenome, mas, se olhar meus documentos, verá que está registrado Septembre Bayram. A adoção simples une dois vínculos. O da família biológica com o da família adotiva. Eu escolhi minha família. E quis manter o sobrenome igual ao de Jean. Mokhtar entendeu. E

depois me disse que algumas pessoas, cheias de maldade na cabeça, pensariam que ele tinha se casado comigo. Continuei sendo sua funcionária, quando, na realidade, eu era sua filha.

Meu celular toca, e eu pauso a fita, totalmente atordoada. Até quando descobrirei segredos de Colette, que eu achava que praticamente não tinha mistério, não tinha história? Uma vida que eu imaginava ser simples e linear, no ritmo das partidas de futebol de sábado ou domingo. E meu coração para de bater quando olho a tela do celular. Tudo fica estranho. Tudo perde o rumo. É Pierre.

35

Após o sucesso internacional de *O Banquete dos Anciões* e nosso casamento, voltei a trabalhar. Não parei de trabalhar desde que conheci Pierre Dugain. Escrevi e dirigi *A Janela*. Eu queria mais leveza, parar de falar de famílias neuróticas. Não repetir a mesma história no meu segundo filme, embora eu acredite que fazemos o mesmo filme a vida inteira.

Então imaginei a história de um bandido fracassado, mas não malvado, com dor de cotovelo e barba por fazer, um tanto idealista, de quarenta e poucos anos. Um malfeitor que havia passado uns bons meses na cadeia, mas teve a pena suspensa. No verão, enquanto Paris está vazia, ele vaga noite afora por Montmartre, onde os prédios são baixos e os apartamentos e casas ficam lado a lado. Espreita as janelas entreabertas e aproveita para invadir, roubar uma carteira, um maço de cigarros, um cinzeiro de cristal ou uma correntinha de ouro que ele logo revende.

O filme começa com uma cena de roubo. O lote do dia é o cofrinho de um menino, que ele tenta desesperadamente quebrar enfiando uma faca na abertura. Ele não consegue, joga o cofrinho no chão, mas a coisa segue intacta. Com a forma de porco sorridente, o objeto parece provocá-lo. Ele pisa no cofre, mas não consegue quebrá-lo, e acaba arremessando o porquinho na parede, onde estoura com um barulho assustador. Finalmente, o cofrinho está reduzido a cacos.

Ao recuperar as poucas notas e moedas que a criança deve ter ganhado no Natal e nos aniversários, economizadas com toda a paciência, o ladrão encontra um bilhetinho dizendo: "Te amo, vovó." Ele encara o papel por um bom tempo. Então, ao recolher os cacos, corta o dedo e vai lavar o machucado. Improvisa um curativo com algodão. A cena é tão patética que ele nem sofre com a vergonha. Apenas constata, indiferente, o fracasso da vida.

Até que, certa noite, ao empurrar a janela de um quarto e sala, encontra o retrato de uma mulher pendurado na parede. Fica perplexo diante do rosto dela. A mulher posa na praia, sorrindo para a câmera.

Ele revira o armário e encontra um álbum de fotos que conta a vida, a história daquela mulher. Ela aparece com os pais, com os amigos, em todas as idades, todas as estações do ano. E, em várias das imagens, ela está abraçada com nosso ladrão. Lado a lado, muito apaixonados. Eles têm uns vinte e poucos anos.

O homem guarda tudo. Até arruma um pouco a casa, recolhe migalhas do chão, lava dois pratos e dois copos deixados na pia, e sai pela janela por onde entrou.

Depois da visão desse fantasma do passado, sua vida não será mais a mesma. Ele decide, então, montar um negócio de segurança privada para vigilância de propriedades. Contrata dois antigos bandidos, ladrões fracassados e perdidos que nem ele, e vai com eles de porta em porta para oferecer o serviço. Bingo. Eles são as pessoas certas para transformar qualquer casa em uma fortaleza.

Certa noite, revigorado e cheio de coragem, ele empurra de novo a janela de seu antigo amor, entra, com um buquê de flores na mão, senta no sofá e a aguarda ali no escuro, muito nervoso. Quem aparece não é ela, e sim a polícia, alertada pelos vizinhos, que por meses o viram rondar por ali, parando sempre na mesma janela.

— Genial, é genial — repetia Pierre ao ler cada sequência.

Fiquei sentada do lado dele, com o coração a mil. Sempre sentia um medo indescritível de ele não gostar da minha proposta. De rejeitá-la. Quando terminou de ler o roteiro de *A Janela*, ele disse:

— Agora só me resta fazer muitos filhos com você! Eu moro com uma mulher brilhante. Se a gente tiver pelo menos quatro filhos, você nunca vai conseguir me largar, vai morrer de culpa.

— Alô?
— Tudo bem?

— E a Ana?

Uma dor repentina na barriga. Se ele me ligou, é porque aconteceu alguma coisa com minha filha.

— Está na praia.

Espero um pouco antes de pronunciar outra frase:

— Então ela está bem?

— Está pegando sol. Eu dou bronca todo dia porque ela não passa filtro solar, aquele com fator sei lá o quê.

— ...

— Está fazendo o quê?

Faz três anos que ele não me faz essa pergunta boba que todo casal sem dúvida se faz todo dia.

— Escutando Colette.

— ...

— Ela deixou fitas para mim.

— Fitas?

— Ela gravou fitas. Antes de morrer. Para me contar coisas.

A voz dele muda.

— Que coisas?

— Coisas da vida dela.

— Então é verdade?

— O quê?

— Que ela não morreu há três anos?

— Colette morreu na semana passada.

— Que merda. — Escuto Pierre acender um cigarro. — Quem morreu, então? — pergunta.

— Certamente uma amiga de Colette, que ela quis proteger. Não sei mais nada além disso.

— Onde você está?

— Em Gueugnon.

— Nossa, que programão...

— Antes você não dizia isso. Você gostava de vir pra cá.

— Isso foi antes. E não, não, nunca gostei muito de *vir pra cá*, como você disse. Eu gostava era de Colette. E não é como se Gueugnon fosse as Bahamas.

— Nem todo mundo recomeçou a vida com uma sereia que o leva para passear no oceano Índico... Aposto que ela nunca molha a cabeça, para não estragar a escova.

— Não começa, Agnès.

— Ah, começo, sim, e continuo. Pois não acabei. Ou melhor, não vi acabar. É isso, eu não vi o fim chegar.

— ...

— Por que você me ligou, Pierre?

— Sendo bem sincero, não sei. Sabe, me perguntei: por que, por que te liguei? Para saber de você? Mas saber o quê? Você nunca tem nenhuma novidade, Agnès! Você só relembra! Você só repete! Fica presa no passado!

— No passado? Que passado?! É recente esse passado, né? Faz só três anos que você me abandonou que nem lixo! Três anos!!! — Desligo na cara dele, com um grito: — Me deixa em paz!

E jogo o celular na parede. Que nem o cofrinho no meu filme. O telefone cai atrás da TV que eu nunca ligo.

A Janela fez um sucesso estrondoso. Pierre mais uma vez recebeu vários prêmios de atuação, e eu ganhei reconhecimento e troféus pela direção. Estouramos a bilheteria. Era o que Pierre dizia: "Minha esposa faz a bilheteria estourar!"

Tive Ana alguns meses depois de o filme sair. Com ela, foi embora qualquer esperança de ter outro filho. Mas não importa, porque Ana é todos os filhos que já esperei.

36

1º de novembro de 2010

Estou na casa na rua Fredins há três dias, mas parece que cheguei tem muito tempo. As fitas fazem as horas passarem mais devagar, me levam para longe, para antes. Perdi a referência. Não paro de me perguntar que dia é. *É domingo de manhã, e você passou a noite chorando sem parar.* Em vez de pegar meu celular, que caiu atrás da TV ontem, abri e terminei de beber o uísque do dr. Pieri, chorando como um bezerro separado da mãe. Estou sofrendo de uma tristeza e uma ressaca monstruosas.

Da primeira vez que minha tia falou comigo direito, depois de eu ver Nathalie beijar Jacques Daubel na piscina, ela perguntou: "Por que você tem essa tristeza?" Para Colette, uma pessoa tinha tristeza, assim como tinha alegria, angina, dor de cabeça ou recebido uma boa ou má notícia. Ela dizia que eram resquícios do jeito de falar de Mokhtar. Colette me contou pouco dele. Eu sentia que era um assunto delicado. Ela ficava muito séria quando algum cliente o mencionava, imediatamente se fechava. Ainda não acredito que ele adotou minha tia! O que mais vou descobrir com essas fitas?

Procuro o celular. Puxo o móvel com muito custo, é mais pesado do que eu esperava. Eu me abaixo para recuperar o que resta do aparelho — a tela está quebrada. Tento ligar, mas agora ele não passa de um retângulo frio, morto. Foi presente de Pierre nos Estados Unidos em 2007, logo antes de me abandonar: "Top de linha." Ele nunca dizia esse tipo de coisa: top de linha, tecnologia, virtual, sistema, progresso, técnico. Ele não estava nem aí para essas coisas. Anotava tudo em cadernos com uma caneta-tinteiro e cartuchos que encomendava de uma papelaria do oitavo *arrondissement* de Paris. Ele me entregou o aparelho.

— Toma, é top de linha. Dizem que tira fotos e vídeos com uma qualidade única.

Eu pensei: *De onde Pierre tirou "com uma qualidade única"?* Pensei, mas não escutei. Se tivesse de fato escutado, entenderia que parte dele já tinha ido embora.

— Mas ainda assim vou conseguir fazer ligações? — brinquei.

Ele não achou a menor graça da piada.

— Sua besta, esse troço me custou os olhos da cara — respondeu ele.

E ele me disse o preço em dólares. Desde quando a gente revela o preço de um presente? Outra pessoa, sim. Qualquer outro, sim. Mas ele, não. Não Pierre. Não "o meu" Pierre. Além do mais, ele nunca tinha me chamado de besta.

Meu celular "top de linha" anunciou minha perda de linha. Meus gritos. Uivos. Miados. Mugidos. Nem lembro como me expressei nos meses que se seguiram. Que nem um animal fatalmente ferido.

Quinze dias depois, ele fechava as malas. Tirei algumas poucas fotos dele com esse aparelho, na primeira noite, quando acabei de configurar o smartphone com Cornélia e Ana. E não gravei vídeo nenhum. Dirigi longas estreladas por Pierre, que deram a volta ao mundo, mas não tenho nenhuma imagem amadora dele. Que ironia, essa vida.

Em 1º de setembro de 2007, ele voltou para casa como sempre. Eu tinha acabado de escrever um novo roteiro. Lembro como se fosse ontem, embora preferisse lembrar como se fizesse um século. Mal olhei para ele, mal o beijei, saí do escritório e — para agradá-lo? Seduzi-lo? Mantê-lo comigo para sempre? Porque era uma regra subentendida entre nós, porque funcionávamos assim desde que tínhamos nos conhecido — declarei:

— Senta, vou te contar nosso próximo filme.

Eu estava usando um vestido vermelho de algodão, um pouco decotado, comprido, que joguei fora na mesma noite, como se estivesse coberto de sangue. O vestido do azar. Que eu não suportaria ver de novo. Nem em outra pessoa. Nesse dia, Pierre estava de calça jeans, camisa preta de manga comprida e seus tênis preferidos, os cinza. Ele se sentou na minha frente, e eu comecei. Empolgada, hesitante, apavorada, febril:

— É a história de um viticultor na Califórnia. Ele herdou um vinhedo. É filho único. Nenhum casamento dele deu certo. Todos os seus romances foram um fracasso. Não teve filhos. Então não tem herdeiro. Um dia, recebe uma carta anônima. De quem? Por quê? Essa carta incrimina seu sócio, seu braço direito, seu amigo de longa data. A pessoa em quem ele mais confia. E ela traz tantos detalhes que o viticultor vai investigar e descobrir coisas inacreditáveis! Vai perceber como fechou os olhos para o resto do mundo, porque, entre ele e o mundo, está esse homem... Quis me lançar em uma história como a de Daphne du Maurier, mas ao contrário. Não é Rebecca, a esposa, mas o viticultor. E o sócio é o contrário da sra. Danvers... Ele é legal, engraçado, simpático... Falando assim, fica confuso... Não estou explicando direito, mas quis escrever um filme um pouco diabólico, como *As Diabólicas*, de Clouzot, inclusive... Estou morrendo de sede, quer beber alguma coisa?

Não escutei a resposta e fui para a cozinha servir chá gelado para nós dois. Eu preparava uma jarra todo dia, com rodelas de limão. Pierre me seguiu sem eu notar. Ele colou o corpo nas minhas costas, apoiou a mão na minha barriga e murmurou:

— Eu vou embora.

Depois, nada aconteceu. Não me virei com um sorriso bobo para pedir que ele repetisse aquilo, para olhar nos olhos dele, interrogá-lo em silêncio. Aquelas palavras me paralisaram. Como se ele tivesse atirado na minha nuca ou me acertado com uma flecha envenenada. Como os animais que são neutralizados para receberem cuidados. Fiquei por muito tempo com a mão na geladeira, sem me mexer. Ele deu meia-volta assim que pronunciou as palavras. E então sumiu. *Eu vou embora.*

De repente, como em um surto, como uma tempestade, eu o vi beijar a atriz que tinha contratado para o último filme. Um papel pequeno. Vi Pierre, o ator, beijando a outra, uma atriz. Não vi meu marido beijando uma moça bonita. Não, não vi quando filmei, vi ali, com a mão esquerda segurando a porta da geladeira, e a boca seca. Uma moça bonita que eu mesma selecionei. "É um papel pequeno, Audrey, querida. Mas é importante, você vai ver. Eu faço questão de que todos os meus papéis secundários existam." E a contratei. Apertamos as mãos. A filmagem foi boa. Ela foi à festa de encerramento. Assim como o beijo que filmei, não vi nada.

Quando voltei para a sala, ele já não estava. O carro tinha sumido do estacionamento lá embaixo. As buganvílias resplandeciam, derramando a cor cintilante em todas as paredes da propriedade. Subi para nosso quarto como um zumbi. Ele tinha pegado coisas no closet como se fosse passar alguns dias viajando.

Sinto vontade de ir à igreja, encontrar o fantasma do meu pai ao órgão, ao fechar os olhos, ou o de Colette. Depois tenho que ir ver o anjo que fica no fundo, à esquerda, e que, segundo o que Colette disse na fita, parece Blaise de Sénéchal.

Alguma coisa cai no meu pé quando empurro de volta o móvel da TV. É um envelope. Eu me ajoelho para ver de onde veio. Estava encaixado por baixo da última gaveta, com outro envelope que não se soltou quando puxei bruscamente o móvel. Pego o segundo também. Minhas mãos estão tremendo.

— O que é isso, Colette? — pergunto em voz alta.

Dois envelopes de papel pardo. Sem identificação. Abro o primeiro. Um choque. O segundo. Outro choque. *Puta merda. Não acredito.*

Vou até o telefone fixo, disco o 118, o novo número do serviço de informação, consigo o número que quero e faço a ligação. Nathalie atende na hora. Eu estava com medo de ela ter saído para cobrir algum evento nessa manhã de domingo com seu fiel bloquinho.

— Oi, é a Agnès. Meu celular quebrou. Quer ir comigo à missa?

37

1º de novembro de 2010

    Prefeitura de Savoie
    Carteira nacional de identidade
    Número 98761
    Sobrenome: _____
    Nome: *Blanche*
    Data de nascimento: *7 de março de 1946*
    Naturalidade: *Flumet*
    Departamento: *Savoie*
    Domicílio: *Flumet*
    Descrição física:
    Altura: *1,43 m*
    Cabelo: *castanho*
    Olhos: *castanhos*
    Nariz: *médio*
    Formato do rosto: *oval*
    Pele: -
    Sinais marcantes: -
    Digital (dois polegares)
    Assinatura do titular:
    Chambéry, 3 de janeiro de 1958,
    o Prefeito

— Mas por que rasuraram o sobrenome?
    De olhos arregalados, Nathalie lê e relê cada palavra, analisa os carimbos, o selo, passa o dedo de leve. Ela não tira os olhos do papel em suas mãos, e acaba dizendo:
    — Viu a assinatura? É um xis.

— Ela tinha doze anos quando tirou o documento.
— Não tinha mais nada no envelope?
— Nada.

Não menciono o outro envelope, no qual encontrei um artigo sobre o pai de Blanche. Contarei depois.

Ela estuda o retrato da menina.

— Não tenho lembrança da sua tia quando era mais nova.
— Olha — digo, deixando na mesa uma foto de Colette.

Ela tem mais ou menos a mesma idade de Blanche na carteira de identidade. Minha tia segura os ombros do meu pai, e dá para ver o castelo de Sénéchal no fundo. Imagino que tenha sido uma foto tirada por Blaise, que tinha uma câmera. Sempre levei esta foto na carteira. Minha mãe me deu quando eu tinha a idade de Colette na imagem. Meu pai é tão lindo que dá vontade de morder.

— Caramba — solta Nathalie, arquejando.
— Falei a mesma coisa quando encontrei esse documento escondido embaixo do móvel agora há pouco. É uma loucura mesmo.
— Dá para confundir uma com a outra. Parecem até gêmeas.
— Dizem que todo mundo tem um sósia na Terra.
— É, pois é.
— Você já viu *A Dupla Vida de Véronique*?
— Qual é esse? — perguntou Nathalie, franzindo as sobrancelhas, em dúvida.
— É um filme do Kieślowski, com Irène Jacob. Filme espetacular, devastador. É a história de Weronika e Véronique. Uma é polonesa, a outra, francesa, elas não têm nenhum grau de parentesco, nunca se conheceram, mas são idênticas em tudo. E sentem as mesmas emoções, ao mesmo tempo.
— Vi, sim! Também tem um marionetista.
— É... Interpretado por Philippe Volter.
— Você ficou vermelha, Agnès.
— Eu amava esse ator. Queria trabalhar com ele, mas ele se foi pouco antes de eu abrir meu último processo de casting. Sabe, preciso amar alguém para conseguir filmar. Ainda mais um homem. Por isso... Bom. Não interessa.
— Interessa muito! Me conta das suas conquistas.

Conquistas, que conquistas?

— Estamos desviando do assunto.

Nathalie fica decepcionada por eu ter cortado a conversa.

— Por que Colette se fingiu de morta quando Blanche faleceu? — insisto. — O que as conectava?

Ela levanta a mão e pede dois espressos. Estamos num café na frente da igreja, que vai enchendo conforme as pessoas saem da missa.

— Acha mesmo que todo mundo tem um sósia? — questiona ela.

— Bem, espero que algumas pessoas só existam em exemplar único.

Ela começa a rir.

— É uma doideira que sua tia tenha guardado esse documento. Até porque não tem o menor valor jurídico há décadas.

— Sem dúvida, Colette queria que a gente o achasse na hora de desocupar a casa da rua Fredins. Para deixar um rastro da existência de Blanche, mas sem que ninguém encontrasse esse documento antes da morte dela. Estou convencida de que ela a protegia do pai.

— Por que diz isso?

Não tenho tempo de pegar o segundo envelope na bolsa. Lyèce, Adèle e Hervé aparecem.

— E aí, meninas, hora do passeio na igreja?

Lyèce imediatamente repara na carteira de identidade velha em cima da mesa.

— O que é isso?

— A descoberta do dia. Minha tia escondeu debaixo do móvel da TV.

Nathalie entrega a ele.

— É a garota do circo que você mencionou outro dia? — pergunta ele.

— É.

— Apareceu na hora certa — diz ele.

Lyèce vai buscar alguém nos fundos do café, enquanto Adèle e Hervé se acomodam ao nosso lado. Adèle me pergunta se é a mulher enterrada no lugar da minha tia, e eu respondo que praticamente não há mais dúvida sobre isso. O documento amarelado passa de mão em mão. Hervé parece cansado. "Dormi pouco", comenta ele, com uma piscadela. Adèle me pergunta se vou falar com a polícia. Não sei. Não tive notícias do capitão Rampin desde que voltei. E não tenho coragem de ligar. Tenho medo de ele me dizer que estou liberada para buscar o corpo da minha tia. Será que eu tenho forças para organizar seu velório? As palavras de Pierre ecoam na minha cabeça como o ruído de uma furadeira, lancinante, dolorido, permanente.

Lyèce volta, acompanhado de um senhor que anda com o auxílio de uma bengala.

— Agnès, te apresento o sr. Aubert, uma das memórias ambulantes de Gueugnon. Ele trabalhou em vários departamentos da prefeitura.

Eu me levanto e aperto a mão dele.

— Agnès Dugain, prazer.

O senhor é bonito, com rugas de sorriso ao redor da boca e dos olhos. Seu olhar azul ainda é vívido. Lyèce puxa uma cadeira para ele se sentar conosco. Ele apoia a bengala na mesa.

— Acabei de perguntar ao sr. Aubert se ele se lembrava do circo do pai de Blanche. E parece que sim. Pode nos contar sobre ele?

— Faz um pouco mais de cinquenta anos — começa o sr. Aubert —, eu tinha acabado de entrar no departamento de registros civis. Certo dia, substituí uma colega na recepção. A sra. Fernandez ligou para o atendimento. Eu a conhecia bem, era amiga da minha mãe. Ela estava em pânico, demorei a entender o que dizia. Um animal tinha fugido do circo montado na frente da casa dela e se escondido no jardim. Quando perguntei que tipo de animal era, ela respondeu: "Um monstro. Está na minha cerejeira."

"Liguei para a polícia, em vão. Então decidi ir lá. Encontrei a sra. Fernandez completamente desesperada, de camisola, deviam ser umas dez da manhã. E ali, no jardim, vi o inimaginável: uma espécie de macaco de duas cabeças nos galhos mais altos da árvore. O animal urrava. Era um grito de apertar o coração, até o de uma pedra. Achei que ele estivesse machucado. Resolvi ir ao circo, a uns duzentos metros dali, e no caminho encontrei uma menina. Na mesma hora vi nos olhos dela que aquela menina era do circo. Não me perguntem o motivo. Ela só tinha um olhar diferente do das outras crianças. Quando expliquei que um animal tinha fugido, ela respondeu: 'É, eu sei, é o Noé. Fui eu que abri a gaiola dele. Queria que ele fugisse para bem longe.' 'Mas para onde? Ele não tem como sobreviver na natureza, é impossível.' Ela concordou com a cabeça e respondeu: 'O senhor está certo.' A garota ficou ali por um bom tempo, parecia refletir, até me dizer que ia buscá-lo, e entrou comigo no jardim da sra. Fernandez. Briguei com ela e insisti que não podia mais soltá-lo, que os pais dela podiam se encrencar se aquilo acontecesse de novo. 'Não tenho pais, senhor', foi o que ela disse. Ainda me lembro vividamente dessa frase: 'Não tenho pais, senhor.'

"Bastou ela chamar o primata com algumas palavras que pareciam de uma língua eslava, e ele logo desceu para se esconder no colo dela. A sra. Fernandez gritou como se estivesse vendo o próprio demônio. A menina a acalmou: 'Ele é sujo, mas não é malvado. Não precisa ficar com medo.'

"Eu a acompanhei. Nunca esquecerei essa imagem, ela de costas e as cabeças do primata apoiadas nos ombros dela, uma de cada lado, que nem dois nenezinhos. Foi até um trailer mais afastado e colocou o animal lá dentro. Um homem veio correndo até nós, espumando de raiva. 'O que você aprontou com o bicho?!', berrava ele, sacudindo uma chibata para todo lado. A menina não reagiu. Nem pareceu ter medo. Falei para ele se acalmar. Eu era jovem, mas tive coragem de me meter entre esse bruto e a criança. 'Quem é você?', ladrou ele, roxo de raiva, pronto para me bater com seu açoite pavoroso. Ele era baixo, parrudo, muito musculoso, e seus olhos transbordavam de ódio. Sua boca era fina, o nariz comprido. A pele era sardenta. Tinha muitas tatuagens nos braços, punhais de tamanhos variados. Na época, isso não era comum. Apenas os marinheiros se tatuavam antes de partir para o mar. A tatuagem era a identidade deles. Mas aquelas facas todas na pele dele me deram um calafrio. Gaguejei meu nome e falei que era da prefeitura. Ele imediatamente se acalmou. Pareceu ficar com medo, ou desconfiado. 'O senhor é o diretor do circo?', perguntei, com a voz ridiculamente grave, para me fingir de importante, sendo que, na verdade, e me perdoem a expressão, eu estava me cagando de medo daquele homem. Ele emanava... muita violência. Agressivo, ele respondeu: 'Sou eu, sim. E essa endemoniada aí atrás do senhor, que não perde por esperar, é minha filha.'

"Eu me virei para ela, que me olhou com um sorriso estranho. Ao mesmo tempo duro, bem-humorado e triste. Como alguém que já passou por tudo, mesmo daquele tamaninho. 'Não tenho pais, senhor.' Perguntei ao bruto onde estava a mãe da criança. Certamente porque saber que a menina tinha mãe me tranquilizaria. Ele respondeu que a mulher tinha morrido fazia muito tempo, e que era ele quem dava um jeito naquela garota, que não era mais criança, e sim uma safada que aprontava na encolha. O que ele queria dizer com 'dar um jeito'? Prefiro nem saber. Depois, ele disse que ia embora dali naquele dia mesmo. Que nunca mais ia botar os pés 'nesse buraco, não tem nem gente direito'. O sujeito não falava, só insultava.

"A história podia parar por aí. A menina fugiu para sabe-se lá onde, o pai foi encontrar os homens que desmontavam a lona, ainda com a chibata na mão, e eu voltei para a prefeitura. Mas, dois dias depois, recebi um cartão-postal de Gueugnon na caixa de correio da prefeitura. Em letras maiúsculas, tinham escrito: 'A mãe da menina está viva. Ela nasceu em

Flumet e se chama Marie Roman.' Marie Roman. Nunca esqueci o nome completo. A carta não estava assinada. Demorei alguns minutos para ligar a mensagem à menina do circo. Quem é que me mandou esse cartão, com uma imagem da igreja romana de Gueugnon sob o céu de verão? Nunca descobri. Voltei para a praça de Gaulle, e eles tinham sumido. Nunca mais os vi. Nem o pai, nem a menina. Liguei para a prefeitura de Flumet no mesmo dia. Falei que precisava verificar a identidade de uma pessoa e procurava uma tal Marie Roman, que morava em sua jurisdição. Eles disseram que retornariam no mesmo dia, mas não ligaram. Telefonei no dia seguinte. Fui atendido por uma mulher muito antipática que também ficou de ligar de volta, mas não ligou. E depois esqueci, abandonei, deixei pra lá. Pensei: *Do que adianta contar para essa Marie Roman que talvez, um dia, eu tenha encontrado a filha dela em Gueugnon? E depois?* Isso faz uns cinquenta anos. Guardei o cartão-postal no escritório por um tempo, mas acabei jogando fora, ou perdendo. Não sei mais."

38

1º de novembro de 2010

O rádio transmite um programa sobre Simone Valère. Simone conheceu seu futuro marido, Jean Desailly, em uma filmagem em 1942. Eu adorava esse casal, tão carismático. Eu os vi três vezes em cena. Nas três vezes, pura alegria. O amor dela partiu há dois anos? Quando ela irá a seu encontro? E eu, que amor encontrarei aos quarenta anos? Pierre e eu não envelheceremos juntos. O que dirão de nós quando morrermos? Quem de nós partirá primeiro? O ator ou a cineasta? Qual de nós falará do outro no noticiário?

— Posso te perguntar uma coisa? — indaga Lyèce.

Achei que ele tinha pegado no sono no banco do carona, mas pelo visto não.

— Lógico.

Desligo o rádio.

— Por que você ainda usa o sobrenome do seu ex-marido?

Pressiono as mãos no volante. Estamos a cinquenta quilômetros de Annecy. O sol ainda está alto. Quero chegar antes de anoitecer. Pegamos emprestado o carro de Adèle. "Galera, tenho um Citroën parado na garagem. Saio com ele uma vez por ano e olhe lá." "E eu lá tenho cara de quem anda de Citroën?", brincou Lyèce, antes de ir pegar o carro com ela.

No bar, Lyèce me falou:

— Pronto, vamos para Flumet. Já arranjamos o carro!

Argumentei que não ia servir de nada, que fazia cinquenta anos, que Marie Roman certamente já teria falecido. Mas não adiantou.

— Alguém deve se lembrar dela, e, além disso, estou com vontade de mudar de ares, vamos lá. Tenho três dias de folga. E você também.

— Lyèce, estamos no início de novembro, a montanha nessa época é o fim do mundo.

— Vamos lá, Agnès! A gente corre, passa em casa para pegar uma muda de roupa e uma escova de dente e vai. Não são nem trezentos quilômetros. Você viu que na carteira de identidade a naturalidade é Flumet?! E viu a cara do sr. Aubert quando olhou a foto? Achei que ele fosse ter um treco.

Largamos Hervé e Nathalie na calçada.

— Liguem pra gente — pediu Nathalie.

— Óbvio. A gente não está de mudança nem nada — respondeu Lyèce —, vamos passar só uma, duas noites fora, no máximo… Te amo.

Fiz a mala rapidinho. Saí e, tomada por uma intuição repentina, voltei para buscar o toca-fitas e a mala. Esperei Lyèce na frente da casa da rua Fredins, pensando que essa viagem atenuaria minha dor. A mulher da casa da frente abriu a cortina e acenou discretamente para mim.

— Bom dia! — quase gritei. — Obrigada pela sopa! Estava uma delícia!

— Vou fazer mais para você!

E ela fechou a cortina. Decidi que, na volta, eu bateria de novo na porta dela. Talvez ela tivesse visto Colette. Talvez saiba alguma coisa, mesmo que tenha acabado de se mudar para cá. Toda vez que penso em atravessar a rua ou é cedo demais, ou tarde demais. As fitas me absorvem, devoram meus dias e minhas noites.

Lyèce chegou no Citroën cinza de Adèle, que cheira a couro novo, eu pus a mala no banco de trás, e partimos.

— Você sabe mexer nesse negócio?

Liguei o GPS e vi a lista dos últimos destinos marcados, antes de digitar o endereço do hotel com calma.

— Dirijo nos primeiros duzentos quilômetros, e depois a gente troca?

— Combinado.

Peguei no sono na saída de Gueugnon e só acordei quando Lyèce parou para abastecer, depois de duzentos quilômetros. Estava com sono acumulado.

Acabo respondendo à pergunta de Lyèce sobre meu sobrenome.

— Para irritar a outra.

— E você não acha que quem mais se irrita nessa história é você?

— É possível.

— Pronunciar o nome dele toda vez que você se apresenta, mesmo que esteja separada.

— É possível.

— Eu gostava quando você se chamava Agnès Septembre.

Deixo passar um momento de silêncio, então mudo de assunto:

— Olha na minha bolsa.

— Quê?

— Pega minha bolsa. Tem um envelope, abre. Você tem que ler antes de chegarmos a Flumet.

Ao puxar o zíper da minha bolsa, Lyèce vê meu celular detonado.

— Atropelou o telefone, foi?

— Foi uma conversa que desandou... Joguei na parede. Mas foi por causa disso que encontrei os dois envelopes escondidos debaixo do móvel da Colette.

— Mas por quê? Um troço desses custa os olhos da cara.

— Eu sei. Foi o que meu ex-marido, do sobrenome que ainda uso, disse quando me deu de presente...

— Parece que os dados ficam todos no chip.

— É. Os contatos, a memória. Só tenho que trocar de aparelho. É que nem quando a gente morre, tem que trocar a carcaça, mas a alma continua intacta.

— E você acha que nossas almas contêm nossas lembranças?

— Acho.

— Bom, espero que não. Se um dia eu voltar, prefiro resetar... E nascer loiro de olho azul. Cansei da minha cara de árabe.

— Lyèce, você é um espetáculo.

— Até parece... Por que você quebrou seu celular?

— Foi Pierre. Ele me ligou. A conversa começou tranquila, mas virou um drama só. Principalmente para o meu celular. E para a garrafa de uísque do dr. Pieri, que virei toda... Perdão.

— Pelo quê?

— Por falar de uísque.

— E daí? Pode falar de vodca, de cerveja, de porre. Pelo contrário: quem não tem coragem nem de tomar um aperitivo na minha frente me magoa muito mais do que quem não está nem aí. Quem não pode beber sou eu, não os outros.

    Lyèce não diz mais nada. Minha bolsa continua no colo dele, meu celular, na mão direita. Ele encara a estrada, perdido em pensamentos. O céu está azul-claro. A luz está branca. Os cumes estão nevados, mas o campo, ainda verde. A grama está começando a ganhar um toque amarronzado. Daqui a algumas semanas, devem cair os primeiros flocos de neve. Sempre tive horror aos esportes de inverno. Quando morava em Lyon, minha escola fez excursões para lugares de neve várias vezes. Arrumar a mala era um pesadelo. Tenho medo de altura e de velocidade. Odeio as botas de esqui, os esquis, que sempre acabo cruzando ou soltando, as roupas sufocantes e o frio penetrante, a pele rachada, os teleféricos, as crianças tremendo e chorando, e as pistas. A vertigem já no sangue. Na montanha, no inverno, gosto apenas de chocolate quente e fondue. Lembro que eu me escondia atrás das pilastras para não acompanhar o grupo. "Onde é que você estava, Agnès?", me perguntavam quando, à noite, acabavam me encontrando na parte de baixo da pista, com o nariz escorrendo, branca que nem um fantasma, enquanto os outros estavam com a cara rosada. "Eu me perdi", eu respondia.

— Eu me perdi — digo agora, em voz alta.

— Não. A saída é essa mesmo, a gente chega em meia hora, por aí — responde Lyèce.

— Quis dizer que me perdi nessa história de amor… Enfim, de amor antigo.

Sinto seu olhar de dúvida.

— Você ainda está apaixonada por ele?

— Mais e mais a cada hora… Eu acho. Olha o envelope.

Lyèce obedece, percebendo que não direi mais nada. Ele tira o envelope da bolsa, abre e começa a ler.

— Puta que pariu, é ele!

O artigo foi recortado de um exemplar do jornal *Dauphiné*. Alguém riscou a data de publicação. Vê-se a foto de um homem (de cabeça baixa) cercado por dois guardas no banco dos réus de um tribunal. Na legenda, o nome do sujeito foi riscado com a mesma caneta vermelha, assim como o nome da cidade:

"Desde ontem, ——————— comparece ao tribunal de ———————.
Ele pode ser condenado a uma pena de dez anos de reclusão."

A matéria começa assim:

"O senhor ——————— abandonou sua ex-esposa à beira da morte em ——————, na comuna de ———————. A polícia, advertida pela vizinhança, descobriu o corpo de uma mulher caída em uma poça de sangue em seu domicílio. O agressor fugiu, mas uma testemunha o identificou como o ex-marido da vítima. Após ter invadido a casa de Florence,* o agressor a atacou com golpes de uma violência sem igual e lhe desferiu diversas facadas. Determinando-se seu prognóstico, a vítima foi transportada por helicóptero ao hospital de ———————. Ela passou muitos meses em coma, apresentando fraturas múltiplas de extrema gravidade, inclusive na coluna vertebral. A vítima perdeu de maneira definitiva o movimento das pernas devido à agressão. Ela não deseja estar presente no processo, no qual é representada pelo senhor ———————."

* Nome alterado por motivo de confidencialidade.

39

2 de novembro de 2010

Há respostas que geram ainda mais dúvidas. Por que rasurar os nomes e a data da matéria? Por que escondê-la debaixo do móvel? Por quê, por quê, por quê? Para proteger quem a encontrasse? Para não chegar a *ele*? Contudo, hoje ele é idoso. Um homem dessa idade seria inofensivo. Pensar nisso me lembra de Klaus Barbie, um oficial da Gestapo, durante seu julgamento em Lyon. Era um velho com um olhar macabro como o inferno e um sorriso impassível. Nunca esquecerei. Era a expressão do diabo.

Depois de passar a noite no hotel perto do lago de Flumet, Lyèce e eu passeamos pelo pequeno cemitério atrás da igreja.

— Por que tantas flores? É normal?

— Ontem foi Dia de Todos os Santos, Lyèce. Dia de botar flores nos túmulos.

Lyèce está convencido de que, se Marie Roman tiver falecido, jaz aqui. Se Blanche nasceu em 1946, como Colette, como estipulado na carteira de identidade, sua mãe deve ter nascido no entreguerras e teria entre oitenta e noventa anos. Lyèce lê os nomes inscritos nas lápides, observa os diferentes retratos desbotados pelo tempo, se abaixa para endireitar vasos caídos. Alguns nomes sumiram da superfície das pedras. O musgo cobre, o vento carrega, a chuva apaga, o sol e a neve desgastam. Nenhum sinal de uma família Roman.

Abrimos a porta da prefeitura e nos dirigimos ao departamento de registro civil, onde encontramos a seguinte placa: "Nascimentos, casamentos, falecimentos."

— A vida resumida em três palavras — murmura Lyèce, ao pé do meu ouvido.

Uma moça de sorriso simpático aparece, e seu olhar doce dá a entender que ela é daquelas que tornam tudo mais simples.

— Tem dias em que acredito em Deus — declara Lyèce diante dela, antes mesmo de cumprimentá-la.

O comentário parece abalar os dois. Lyèce, normalmente tão tímido com quem não conhece, nem entende direito o que deu nele.

— Posso ajudar?

Ele relata o telefonema do sr. Aubert, ocorrido há mais de cinquenta anos, quando o homem ainda era funcionário da prefeitura de Gueugnon, em Saône-et-Loire, e procurava uma mulher chamada Marie Roman. Lyèce não poupa detalhes: fala da minha tia, de Blanche, que sem dúvida jaz no cemitério de Gueugnon, do circo, do diretor do circo, do artigo rasurado. A moça presta atenção em todas as suas palavras, de olhos arregalados. Seu olhar brilha, e ela cora conforme meu amigo de infância conta o caso. Será que Lyèce a abalou assim, ou é a história em si? Ou as duas coisas? Vale dizer que ele é lindo, com sua pele marrom, o olhar penetrante e os cachos castanho-escuros. Ele tem a postura altiva de um ex-atleta. Usa um perfume almiscarado e uma jaqueta de couro. Se eu não o considerasse um irmão, gostaria dele. Mas é Lyèce, então não tenho como gostar. Para mim, é um ser desprovido de *sex appeal*.

Lyèce acaba perguntando à funcionária se ela se lembra de uma mulher gravemente agredida, talvez tenha sido um crime famoso na região, uma mulher que usava cadeira de rodas.

— Aqui na comuna, impossível — responde ela, categórica. — Eu lembraria, nasci aqui. Cresci aqui. Estudei em Sallanches, depois em Chambéry, mas sempre voltei para cá. Venham comigo.

Nós a acompanhamos até uma sala afastada, com cheiro de papel, naftalina e amônia. Na nossa frente, ela liga para a mãe.

— Mãe, você se lembra de alguma mulher que foi agredida por um ex-marido violento, em Flumet ou na região, que quase a matou?

A resposta é: "Não, não me lembro de nada disso. Vou perguntar para o Robert." Robert é o tio da funcionária, policial. Em seguida, ela se senta diante do computador e pesquisa no arquivo, ato proibido, visto que não temos nenhum parentesco com Marie Roman, mas ela, decidida a nos ajudar, parece não estar nem aí para as regras.

— Tudo foi digitalizado vinte anos atrás — explica ela. — Achei! Roman, Marie Madeleine, nascida em Flumet no dia 24 de julho de 1929. Pode ser ela?

Nem tenho tempo de responder. Um calor insuportável me invade, e sinto o chão afundar sob meus pés e as paredes caírem sobre mim.

Recobro a consciência deitada no chão, com a cabeça apoiada na jaqueta de Lyèce.

A moça e ele estão curvados por cima de mim, e um desconhecido afere minha pressão.

— Você desmaiou, Line chamou um médico.

Entendo que Line é a moça radiante que nos recebeu.

— A pressão está boa — diz o médico. — Não vejo nada de atípico. Quando foi a última refeição da senhora?

— De manhã, no hotel. Comi umas frutas... tomei dois cafés.

— A senhora tem andado muito estressada?

Não consigo responder. As imagens todas ecoam na minha cabeça, me impedindo de articular qualquer palavra: minha tia no necrotério, sua voz nas fitas, a adoção de Mokhtar, Louis Berthéol, o dr. Pieri, a casa da rua Fredins, Pierre ao telefone, Blanche, Marie Roman sobre uma poça de sangue, o cemitério. Sinto as lágrimas subirem e o calor voltar à cabeça, ameaçador. Com o olhar, suplico a Lyèce que responda por mim.

— Sim — diz ele. — Ela está passando por um momento difícil.

— Vou prescrever uma coisa, mas venha ao meu consultório depois para tirar sangue e fazer um exame. Aqui, fique com o meu endereço.

Não, doutor, meu coração não está normal, nunca foi normal. E, no momento, está partido. Sim, doutor, meu coração não aguenta mais, porque se enganou. Meu coração é um traidor.

— Certo — digo, me levantando que nem uma senhora de idade.

— Sem dúvida é um caso de síncope vasovagal. Ou então foi uma crise séria de espasmofilia. A senhora sofre disso?

— Não que eu saiba.

— A senhora é aquela diretora de cinema, né?
— Isso.
— Seus filmes são muito bons. E seu marido, que ator genial.

Não contenho o sorriso diante da expressão angustiada de Lyèce, que fuzila o pobre médico com o olhar. Parece até que é ele quem vai desmaiar. Fazemos um belo par de corações partidos.

Lyèce sugere jantarmos com Line, que aceita antes mesmo de ele terminar a frase.

Line nos leva ao único restaurante da rua principal, e nos sentamos no salão dos fundos, com vista para o Arly. O lugar é bonito, aconchegante. As mesas estão todas ocupadas.

— É tudo gente daqui mesmo. Estamos na baixa temporada. Os turistas voltam nas férias de Natal — explica Line. — A comida daqui é boa.

Ela imprimiu o registro de Marie Roman na prefeitura, então tira o papel da bolsa e me pergunta se está tudo bem, se não vou desmaiar ao falar no nome dela.

— Estou bem, já passou. Foi só exaustão.
— Mas a senhora conhece essa mulher?
— Até ontem, eu nem sabia que ela existia.

Line começa a ler em voz alta:

— Sobrenome, Roman, nome, Marie Madeleine, nascida em 24 de julho de 1929 em Flumet, filha de Alphonse Roman e de Pascale Mangel.

— Mangel! — exclama Lyèce. — Vi esse nome no cemitério!

— O campo "marido" foi riscado — continua Line — e substituído por "Divorciada de Soudkovski". Não tem nome, apenas o sobrenome: Soudkovski.

— Soudoro... Soudkovski! — exclamo. — Pronto, finalmente sabemos o sobrenome dele! Do pai de Blanche e torturador de Marie...

Pego as mãos de Line e agradeço.

— Graças a você, demos um salto imenso.

— Então isso quer dizer que o sobrenome de Blanche, que foi rasurado na carteira de identidade, também é Soudkovski?

— É. Lyèce, quando voltarmos para Gueugnon, você vem comigo falar com o capitão Rampin?

— Lógico.

— Vocês são casados? — pergunta Line.

— Amigos — respondo, achando graça.

— Nunca me casei — confessa Lyèce.
— Por quê? — questiona Line.
— Porque nunca surgiu a oportunidade. E você, Line, é casada?
— Vivi um romance infeliz, que terminou há mais ou menos um ano.
O rosto de Lyèce se ilumina.
— Então posso convidar você para jantar?
Nunca o vi assim. Conversador, descontraído, quase sedutor. Line ruboriza e me olha, envergonhada.
— Não se preocupem comigo. Tenho que passar no consultório médico, e depois vou para o hotel descansar.

Eu os deixo na calçada. Lyèce quer acompanhar Line até a prefeitura, e eu dou uma escapulida. Volto ao cemitério. Um vento glacial começa a soprar, e eu levanto a gola do casaco.

Percorro os mesmos caminhos e acabo encontrando os pais de Marie. Alphonse e Pascale, Mangel por nascimento. Que estranho, o sobrenome "Roman" não aparece. Apenas o sobrenome de solteira da mãe. Outros nomes estão gravados ali: Ernestine, Martin, Léontine. O de Marie, não.

Enquanto estou perdida em pensamentos, alguém esbarra em mim e para a meu lado, em frente ao túmulo. Eu levo um susto, me segurando para não dar um grito. É uma senhora idosa, vestida toda de preto. Do chapéu aos sapatos. Pequena. Magra. Quase uma sombra. Exatamente como era Colette. Ela se abaixa para tirar o musgo de uma placa mortuária que consigo ler daqui: "Para minha tia amada." Tremendo de frio e medo, consigo pronunciar estas palavras:

— Perdão, a senhora sabe me dizer o que aconteceu com Marie Roman?

40

2 de novembro de 2010

— Venha — disse ela.
Acompanhei a mulher de preto até a casa dela, a duas ruas do cemitério, em silêncio. Ela mora em um casarão de fazenda que foi dividido em apartamentos. Cheira a madeira, vaca e café. A senhora pegou a cafeteira e me serviu em uma xícara suja um resto de café insosso e morno, que não tive coragem de recusar. Ela tirou o chapéu e o casaco, pôs os óculos e apontou para o envelope amassado de um catálogo: "Éloïse Cardine, r. des Écoles, 47, Sallanches." Então, me entregou o envelope, olhando bem nos meus olhos. Ela me lembrou Suzanne Flon, por causa dos traços finos e do sorrisinho que ilumina seu olhar.
Em seguida, não me perguntou nada, apenas me desejou bom-dia. Será que sabia quem eu era? Teria entendido minha pergunta? Qual era a relação entre Marie e essa tal Éloïse? Entre nós, tudo aconteceu em silêncio.
Sallanches fica a vinte quilômetros de Flumet, e eu não quis procurar Lyèce para buscar a chave do carro. Ele não me deixaria ir sozinha. Devia estar com Line, e pensei que finalmente ele estava em paz com uma mulher simpática, então era melhor deixá-lo quieto. Portanto, voltei ao restaurante onde tínhamos almoçado e perguntei à garçonete se ela conhecia alguma cooperativa de táxi. Ela ligou para um amigo, que chegou em cinco minutos em um carro parecido com uma Range Rover.
— É um asilo — comentou ele, quando lhe passei o endereço. — Eu faço muitas corridas para lá.
— O senhor pode me esperar lá e depois me levar a alguma loja de celular, por favor?
O taxista está certo. O número 47 é um lar de acolhimento para pessoas idosas chamado Todos os Sóis, nome que lembra algum título de série antiga de televisão. Lá dentro, porém, não é lá muito radiante. Na recep-

ção, pergunto por Éloïse Cardine, que demora a aparecer. A moça é jovem, na faixa dos trinta, loira e de olhos azuis, sorridente e simpática, e usa uma blusa rosa e um perfume de flor de laranjeira. Eu me apresento. Ela faz uma cara estranha quando explico que uma mulher que não conheço me deu seu nome e endereço. Que eu conheci a mulher no túmulo da família Mangel, porque procuro algum rastro de Marie Roman. Ela me responde com a mesma palavra enigmática dita pela mulher de preto:

— Venha. — Então, no elevador: — Já te vi na televisão. O que você faz mesmo?

— Filmes. Sou cineasta. Quer dizer, era.

— Então foi isso — conclui ela, sem dizer mais nada.

Chegando ao terceiro andar, percorremos alguns corredores, passamos por moradores agarrados a andadores, outros pendurados no braço das cuidadoras, e enfim Éloïse abre uma porta, atrás da qual uma mulher idosa se encontra sentada, perto da janela. Imediatamente reparo na cadeira de rodas no canto do quarto. Pela segunda vez no dia, sinto um calor insuportável, então me sento na cama e murmuro:

— Perdão, é a emoção.

O cheiro de hospital e de couve-flor me deixa enjoada. Éloïse me oferece um copo de água, e a senhora olha para mim.

— Esta é a Marie. Ela não está registrada aqui com o sobrenome Roman. Ela vive sob proteção judicial. Aqui, seu nome é Amélie Andrieux. Sou a única que sabe sua identidade verdadeira. Além da polícia, claro, e de Jeanne, irmã dela. Foi ela que a senhora conheceu no cemitério de Flumet.

— É a irmã dela?

Éloïse anda até Marie/Amélie e se abaixa para falar em seu ouvido:

— Esta pessoa veio procurar a senhora. Acho que tem relação com sua filha.

O rosto de Marie Roman se ilumina.

— Mas como você sabe? — pergunto, perplexa, a Éloïse.

— Line, a moça que trabalha na prefeitura de Flumet, ligou para a mãe, que ligou para Robert, da polícia, para perguntar sobre o caso, e Robert me avisou. Aqui, sabemos de tudo. E Marie, quer dizer, Amélie, ainda está sob proteção judicial.

— Mas ele já deve estar morto!

— Quem? — pergunta Éloïse, surpresa.

— Soudoro... Soudkovski.

A senhora entra em pânico ao ouvir o nome. Fica agitada, começa a gemer. Emite sons aflitos e inaudíveis. Ela me encara, apavorada. Como ousei pronunciar o nome de seu algoz? Como pude cometer esse erro? E o que vou dizer para ela? O que vim dizer? Que sua filha morreu e foi enterrada há três anos no lugar da minha tia? Meu Deus do céu, o que vim fazer aqui? Eu pego a mão dela.

— Peço perdão. Perdão por assustar a senhora. Sinto muitíssimo.

Ela se acalma aos poucos, me encara por um bom tempo e, enfim, murmura:

— Blanche, é você?

— Blanche?

— É você, minha filha? Você veio, meu anjo?

Ela estende as mãos e acaricia meu rosto, a testa, as bochechas, o nariz. Ela se perde em pensamentos, e eu também.

— Não se preocupe, Blanche mora com minha tia, que a protege há anos.

Marie/Amélie sorri. Seus olhos se enchem de lágrimas.

— Eu sabia que minha filha era protegida por alguém. Mas não sabia por quem... Você lembra ela. Eu acho.

Éloïse sai do quarto e nos deixa a sós. O silêncio reina por um bom tempo. Observo a senhora. Seguro a mão dela. A mão fria e fina. Por que os idosos sempre sentem frio? Ela usa roupas limpas, de boa qualidade. Está penteada, perfumada. O cabelo branco está arrumado, com uma presilha preta. Marie/Amélie tem oitenta e um anos, de acordo com sua certidão de nascimento. Percebo que Blanche morreu prematuramente. Colette também. Nenhuma das duas terá direito a um tempo extra. Muito menos meus pais. As pessoas na minha vida morrem jovens.

— Onde sua tia mora?

Sua voz me arranca do devaneio.

— Gueugnon. É em Saône-et-Loire. Blanche a conheceu na escola. Quando o circo passou pela cidade.

— Então ela tinha uma amiga?

— Tinha.

Aliviada, ela fecha os olhos. Duas lágrimas escorrem por seu rosto magro, deslizando pelos sulcos da pele. Não ouso falar mais nada. As lágrimas de uma pessoa idosa são insuportáveis e paralisantes.

— Quando os franceses foram libertados dos alemães, vivi o contrário... O inimigo ocupou meu território. Conheci Levgueni no fim da guerra.
— Levgueni?
— Soudkovski. Levgueni Soudkovski. Mas todo mundo o chamava de Soudoro.

Quando pronuncia o nome daquele homem, ela aperta minha mão com muita força. Uma força que me surpreende. Vindo dela, tão frágil, só pele e osso.

— O que atrai o azar? Da primeira vez que o vi, ele fazia acrobacias absurdas, pendurado em uma corda. Eu o achei bonito, incrivelmente talentoso e corajoso. O holofote que o iluminava me enganou. E também a música emocionante que acompanhava suas peripécias. Depois dos espetáculos, trocamos olhares, e eu me senti desejada, fiquei toda boba porque um artista como ele tinha se interessado por uma moça como eu. Soudoro me seguiu até em casa para ver onde eu morava. Eu estava com duas amigas, e achamos graça. E ele voltou no dia seguinte, e no outro. Até eu dar bola para ele. Não sei se o amei. Nem no começo. Eu tinha medo. Temer alguém não é amar. Eu tinha dezesseis anos, e ele, dezessete.

Fico desconcertada com o jeito dela de se expressar. Tudo parece tão nítido em sua memória.

— Eu morava com meus pais — continua. — Nós nos encontrávamos à noite. Ele passou mais de um ano com o circo na região. Annecy, Albertville, Chamonix e arredores. Sempre dava um jeito de me encontrar no meu quarto, de madrugada. Ele não tinha habilitação, mas ainda assim dirigia. Na época, eu trabalhava de lavadeira, ficava muito cansada, mas não achava ruim. Eu gostava muito das minhas colegas. Ele tinha acabado de perder o pai e precisava cuidar de tudo. Com ele, todo mundo andava na linha. Pensei em escapar, contar tudo para minha irmã e para meus pais e desaparecer, mas não falei nada. E, acredite, o silêncio pode matar. Soudoro continuou a aparecer toda noite. Ele dormia por algumas horas e ia embora antes do amanhecer, que nem um ladrão. Engravidei. Escondi a gravidez dos meus pais e dos meus amigos. No dia 7 de março de 1946, dei à luz uma criancinha em meu quarto de menina. Nunca vou esquecer a cara dos meus pais quando me viram com a bebê no colo ao amanhecer. Eu tinha parido sozinha. Em silêncio. Eles acordaram com o choro de Blanche. Àquela altura, Soudoro tinha desaparecido, quando descobriu que eu estava "de barriga", como ele dizia. Ele me chamou de vagabunda, disse que a filha não podia ser dele.

Que eu era uma vadia e merecia ser abandonada. Voltei a trabalhar. Deixava Blanche com minha irmã, Jeanne, que era babá, e toda noite eu ia buscar a bebê. Meus pais aceitaram que ficássemos as duas sob seu teto. Nessa época, eu estava quase feliz, mas isso não durou. Sabe-se lá por quê, Soudoro voltou quando Blanche tinha seis meses. Minha vida teria sido muito diferente se ele tivesse seguido seu caminho maldito e nos deixado para trás. Ele fez todo um teatro para meus pais, pediu minha mão, disse que não conseguia viver sem nós duas, que estava arrependido, que me cobriria de ouro... e eles nos entregaram àquele homem. Eu e a criança. Nós nos casamos em Flumet, diante dos meus pais e da minha irmã. Eu achava que seria bom para minha filha ter um pai, não ser vista como a bebê bastarda de uma mãe moça. Como pude ser tão ingênua? No dia seguinte, Blanche e eu nos mudamos para o circo, para as estradas, para o frio do inverno e o calor sufocante no verão, para o inferno na Terra. Soudoro rapidamente me fez de escrava, e não hesitava em me dar tapas ou até me espancar, como fazia com os trabalhadores e animais do circo. Eu temi pela menina. Detestava vê-lo andar ao redor dela com a chibata que vivia em sua mão. Ainda hoje, me dói só de pensar. As chibatadas que ele dava queimavam e deixavam vergões na pele. Conforme os meses se passavam, ele fazia reinar o terror. Ele se orgulhava de ser respeitado, temido. Pensando agora, acho também que ele começou a me odiar quando entendeu que eu nunca seria artista. Soudoro tentou me treinar, mas meu corpo não era capaz. Toda a esperança que ele nutriu em relação a mim virou decepção, e ele começou a me chamar de "inútil". Eu aguentei dois anos, oito temporadas, até fugir com Blanche. Roubei dinheiro do caixa e peguei o primeiro trem. Estávamos em Reims e, como uma idiota, uma idiota ingênua, em vez de ir para onde ele nunca nos encontraria, voltei para a casa dos meus pais com minha filha e implorei a eles que nos abrigassem. No dia seguinte, Soudoro apareceu, chorando lágrimas de crocodilo para meu pai, prometendo que se esforçaria para garantir nosso conforto. E meus pais cederam novamente. Minha irmã tinha se mudado, e às vezes penso que, se ela estivesse ali quando voltei, não nos teria deixado ir embora com ele. Quando mostrei minhas cicatrizes, meu corpo martirizado, meus pais me disseram que eu deveria ter coragem. No caminho de volta para o inferno, Soudoro jurou que me mataria na próxima fuga e me entregaria para a leoa comer. Disse que eu podia até morrer, mas que ele nunca deixaria a criança comigo. Que a filha era dele. Que ele tinha planos para ela. Que planos? Eu tinha que protegê-la.

Ela pede um copo de água, que eu sirvo, e então continua o relato assustador:

— No circo, trabalhava Natalia. Uma mulher forte, que Soudoro exibia ao público porque ela tinha barba. Natalia me disse para ir embora antes que fosse tarde demais. Ela sentia que meu marido descontava todo o ódio em mim. E que sua loucura só aumentava. Ele passava horas se exercitando na frente do espelho, estava cada vez mais musculoso. Tinha uma faca tatuada no antebraço. Aquele punhal me aterrorizava. Ele foi tatuando outros ao longo dos anos, que só fui ver muito depois. Eu obedecia como um animal adestrado, mas tudo era pretexto para corrigir a "inútil". Até o dia em que ele me vendeu. Exatamente, ele me vendeu, para um cafetão. E foi embora sem olhar para trás. Sem escutar minhas súplicas. Passei vários meses trancada em uma casa perto de Estrasburgo. Me lembro dela como se fosse ontem. Os colchões nos quartos do tamanho de celas, os lençóis, o sexo, o banheiro, os cadeados, o sabonete, a água-de-colônia, as outras garotas, os cheiros de corpo e comida. Éramos todas alimentadas juntas, como cachorros em um canil, sem nem nos olharem. Davam comprimidos para não menstruarmos, e sem dúvida para não engravidarmos. O que era aquilo que faziam a gente engolir? Éramos uma dezena de garotas, todas jovens. Algumas não falavam uma palavra de francês. Os clientes eram pedreiros, e não eram malvados, nem cruéis. Até que consegui fugir. Certa noite, o carcereiro estava tão bêbado que se esqueceu de trancar a porta. Nunca corri tão rápido. Levei uma faca comigo. Prometi que me mataria se ele me encontrasse e que não voltaria à casa do diabo. Não procurei a polícia, mesmo tendo sido sequestrada e estuprada. Eu pensava apenas em duas coisas: fugir de Soudoro e encontrar Blanche. Duas coisas opostas, impossíveis. Estava desesperada, mas eu sabia que Natalia estava cuidando de Blanche. O que eu não sabia era se "o monstro" já havia descoberto que eu tinha escapado do cárcere. Eu saí apenas com um vestido de prostituta, sapatilhas e um pano para cobrir os ombros. Era pleno inverno, e fazia muito frio. Fui encontrada por uma mulher na rua, uma mulher chamada Aline, que trabalhava no Exército da Salvação. Não falei nada, não contei nada da fuga, dos meses de prostituição, mas aceitei as roupas de frio e a refeição que me ofereceram. Fingi que queria voltar para a casa dos meus pais, em Savoie. Onde mais eu poderia encontrar refúgio? Sempre acabamos voltando para casa. Ela me ajudou, me botou no trem com uma passagem, um saco de comida e alguns francos. Cheguei em Sallanches no dia 5 de janeiro de 1949, às oito da noite. Mas não fui a Flumet procurar meus pais, que me traíram duas vezes. E eu não sabia onde minha irmã estava. Bati na porta de uma colega antiga da lavanderia. Ela me recebeu, apavorada com meu estado. Por um tempo, me deu abrigo. Eu morria de medo de Soudoro estar me esperando na casa dos meus pais. Ele ou o sujeito para quem tinha me vendido. Minha amiga implorou para que eu prestasse queixa e tentasse recuperar minha filha, mas nunca tive coragem. Ir à polícia seria assinar meu atestado de óbito. Encontrei emprego em uma livraria-papelaria no centro. No estoque. Eu só queria me enfiar em porões ou estoques. Queria que ninguém me visse. Eu só abria a boca para falar de trabalho com meus novos colegas. Mentia para todo mundo, fingia ser órfã, que era de Mans, solteira e sem filhos. Se eu pudesse, ficaria invisível e desapareceria. Eu desembalava as caixas de livros e cadernos, guardava tudo, cuidava do abastecimento e das encomendas. Morava no quartinho ao lado da loja. Eu sempre pagava o aluguel certinho, e em espécie. Sem atraso. Sem dívida. Aprendi a me misturar à multidão. A passar despercebida. Fiz minha antiga colega e amiga prometer que nunca falaria de mim, e ela cumpriu com o combinado. Passaram-se os anos. Mergulhei nos livros. Nas histórias dos outros, para nunca mais pensar na minha. Quando fechava os olhos, via Blanche e morria de saudade da minha filha. Onde ela estava? O que fazia? Sofria a violência do pai, ou ele a poupava? Soudoro nunca tinha sido agressivo com Blanche, mas ela ainda era muito pequena quando ele a tirou de mim. Eu sabia, sentia, que aquele homem devia ter dito a minha filha que eu tinha morrido. Passaram-se dez anos, e não voltei à casa dos meus pais, mesmo morando a vinte quilômetros deles. Eu não saía. Ia da livraria para o meu quarto de cabeça baixa, seguindo sempre o mesmo caminho. Não convivia com ninguém e não tinha nenhum passatempo além da leitura. Vivia reclusa, apavorada com a ideia de ele me encontrar. Acabei me convencendo de que precisava esperar Blanche crescer para recuperá-la. Tentar fugir com ela para algum lugar fora do país. Será que ela iria comigo? Nesses anos de solidão, o diabo teve tempo de sobra para se infiltrar nos meus pensamentos. Eu acordava suando, no meio da noite, com uma voz terrível que me dizia: "Sua filha é igual a ele, Blanche e Soudoro são um só. Ela nunca te amará." Eu via minha menina, cujos traços deformados eram os mesmos do pai. No dia 7 de março de 1958, aniversário de doze anos dela, fui a Flumet. Meus pais acreditavam que eu tinha morrido em um acidente de carro. Foi o que Soudoro dera a entender na última visita. Mas antes ele costumava ir até lá para me procurar. Ele os ameaçava, mas acreditava quando meus pais diziam que não sabiam onde eu estava. Depois, passou a mandar capangas para verificar. Dois meses antes de eu chegar na casa deles, aquele monstro tinha voltado a Flumet para pegar os documentos de identidade de Blanche. Era preciso ir até o local onde ela nasceu para conseguir sua certidão de nascimento. Soudoro não levou a menina. Ele contou aos meus pais que eu tinha voltado ao circo certa manhã e que, um pouco depois, eu havia me matado na estrada. Que estava enterrada na região de Ardennes... mas ele nem se lembrava direito do nome da cidade.

Tiro da bolsa a carteira de identidade de Blanche.

— Aqui, pode ficar com a senhora.

Marie/Amélie me encara por um instante, antes de apontar para um estojo.

— Pode me passar meus óculos, por favor?

Com as mãos trêmulas, ela troca os óculos que está usando pelos do estojo que lhe entrego. Então, encontra o rosto da filha aos doze anos. Aproxima o retrato dos olhos para observá-lo e lhe dá um beijo. As lágrimas voltam a correr. Noto alguns lenços de papel na mesa de cabeceira e entrego um monte para ela, que se seca com delicadeza, como se fosse uma carícia.

Em seguida, lê e relê em voz alta, obsessivamente, como se procurasse um significado escondido:

— Prefeitura de Savoie, carteira nacional de identidade, número 98761, nome, Blanche, data de nascimento, 7 de março de 1946, naturalidade, Flumet, departamento, Savoie, domicílio, Flumet, descrição física, altura, 1,43 m, cabelo, castanho, olhos, castanhos, nariz, médio, formato do rosto, oval, pele, sinais marcantes, digital, assinatura do titular, Chambéry, 3 de janeiro de 1958, o Prefeito. Viu, ela riscou o sobrenome... Ela riscou o sobrenome do pai. Viu, ela não se parecia com ele. Nunca pareceu.

— A senhora chegou a reencontrar sua filha?

— Eu a escutei — murmura ela. — Ela falou comigo.

Esgotada, Marie/Amélie repousa a carteira de identidade no peito e fecha os olhos. Percebo que faz mais de duas horas que estou aqui. Ao pé do ouvido dela, digo baixinho:

— Eu volto.

Ela assente. E eu repito, várias vezes:

— Eu volto, prometo. Prometo.

Antes de ir embora, deixo um recado para Éloïse na recepção e meu número de telefone.

Na saída, peço mil desculpas para o taxista, que passou duas horas me esperando.

— Não tem problema — responde ele —, fiquei ouvindo rádio.

Ele me leva a uma loja de celular em um shopping, onde uma pessoa de menos de vinte anos tira o chip do meu aparelho em tempo recorde.

— Morreu mesmo, tia — diz ele, encaixando o chip em um "modelo top de linha" (com certeza). — É o smartphone mais fino do mundo, o seu já estava ultrapassado, já chegou a quarta geração.

— Entendi, obrigada.

— Quer garantia estendida, para caso quebre esse aqui também?

Uma voz anuncia que tenho sete recados:

Sábado, 23h10
Aqui é o Pierre. Fui um pouco grosso com você. Peço perdão. Até mais. Beijo.

Recado apagado.

Domingo, 15h23
Agnès, é a Cornélia. Estou ligando para saber como você está. Nada de especial em Paris. Está tudo bem em casa. Recebi uma mensagem da Nena. E você? Como está? Gostaria de ouvir sua voz, se possível.

Recado apagado.

Domingo, 23h12
Oi, mãe, sou eu. Liguei só para te mandar um beijão. Te amo.

Recado armazenado.

Segunda-feira, 8h40
Oi, oi, Agnès, aqui é a Nathalie. Me liga para contar o que achou em Flumet, estou curiosa. Vim tomar um café no Petit Bar com Hervé e Adèle antes de ir para o jornal. Liga pra gente, beijo.

Recado apagado.

Segunda-feira, 11h10
Bom dia, sra. Dugain, aqui é Laurence Davis, do Festival de Beverly-Wood. Nós nos encontramos há alguns anos em Los Angeles. Gostaríamos de fazer uma retrospectiva de seus filmes e que a senhora seja nossa convidada de honra. E, é lógico, na companhia de alguns de seus atores. Nosso festival acontece todo ano no mês de maio. Pode entrar em contato neste número para conversarmos. Muito obrigado.

Recado apagado.

Segunda-feira, 14h08
Bom dia, sra. Dugain, aqui é o capitão Rampin. Cyril Rampin. Acabei de receber a liberação de inumação da sua tia. É preciso que a senhora passe na delegacia de Gueugnon. Ligue quando puder, por favor.

Recado armazenado.

Segunda-feira, 15h
Ei, Agnès, aqui é o Lyèce, cadê você? Voltei para o hotel e não te achei. Passei no médico, mas ele não te viu. Ah, merda, verdade, você tá sem telefone.

Recado apagado.

Segunda-feira, 15h50
Ei, Agnès, Lyèce de novo. O que você tá aprontando?

Recado apagado.

41

3 de novembro de 2010

Moro na casa da frente. Fiz uma sopa de legumes comprados na feira. Está uma delícia. Como Agnès voltou de noite, vou deixar uma panela na porta dela, como da última vez. Desde que ela chegou, fica horas trancada naquela casa, não é muito saudável. Ela deveria sair, caminhar. Bater na minha porta. Por que ela não atravessa a rua e vem falar comigo?

Anteontem, fiquei contente quando a vi sair de carro com Lyèce. Sempre gostei desse menino. É um querido. Quando criança, era tímido, reservado. Nunca nem falava alto. Era bonito. Ainda é. Conheci bem os pais dele, que eram donos do hortifrúti.

Fiz minha carreira na prefeitura de Gueugnon. No registro civil, de 1956 a 1996. Eu cuidava dos registros oficiais. Nascimentos, falecimentos, adoções, certidões de estado civil familiares e individuais. Conheço quase todo mundo em Gueugnon.

Lyèce acompanhou o pai para registrar sua irmãzinha, Zeïa, que nasceu em casa. O parto foi tão rápido que a mãe nem teve tempo de ir à maternidade. Ela foi atendida pelo dr. Pieri.

A vida toda, na segunda-feira à noite, depois do expediente na prefeitura, organizei cursos de francês gratuitos para adultos em uma sala disponibilizada pelo município. Lyèce ia com os pais. Eu sempre preparava um bolo de chocolate e dava para ele. Dei cursos de apoio para argelinos, marroquinos, portugueses, tunisianos, espanhóis, poloneses, nos anos 1970, 1980, 1990. Depois, nos anos 2000, recebi muitas tailandesas. Operários da usina de Gueugnon foram para uma filial na Tailândia para capacitar trabalhadores em Pattaya. Alguns voltaram acompanhados. Se apaixonaram e se casaram por lá. Por isso há uma comunidade tão significativa de tailandeses em Gueugnon. Essa é a maior força das cidades siderúrgicas. Pedaços do mundo migraram para o coração da Borgonha, para se instalar e ancorar aqui.

Eu adorava o meu trabalho, exceto pelos dias em que vinham registrar um falecimento. Ao longo dos anos, a funerária passou a cuidar desse trabalho triste, mas, no início, era eu quem recebia as famílias enlutadas.

Após a guerra, quando as mulheres começaram a dar à luz no hospital, os nascimentos em Gueugnon eram raros, menos no período de 1968 a 1971, quando havia uma maternidade no castelo de Fourrier. Ela fechou logo em seguida. As mulheres foram para outro lugar. Admito que, certas vezes, alguns nascimentos me deixavam desconfiada ao ver a cara do pai...

Eu também recebia famílias que queriam adquirir um lote no cemitério. Era engraçado quando, ao verem o mapa, diziam: "Do lado dessa família, não, que a gente não se bica. Não quero um lugar que pegue muito sol; nem muito à sombra; na entrada, não, faz barulho demais."

E eu acolhia todos os noivos que vinham requisitar a certidão de casamento.

Cheguei a apostar comigo mesma quem iria embora primeiro. Às vezes ganhava, e às vezes perdia. Nunca se deve confiar nas aparências. Aconteceu até de assistir a uma cerimônia em que a noiva não apareceu. Quando vi os convidados irem embora, pensei que, às vezes, a vida pode ser brutal.

Ainda dou aula de francês para adultos. Atualmente, sou professora de duas esposas de jogadores de futebol, um senegalês e um nigeriano. Nós nos divertimos muito. O município ainda me empresta a sala. Tenho setenta e dois anos, reumatismo no corpo todo, mas vou de bicicleta toda segunda à noite. Faz bem para a saúde.

42

1961

O padre Aubry nunca faz sermões compridos. Ele prefere se expressar com uma espátula de pedreiro. Esse padre-operário divide seu tempo entre os empreendimentos de obras públicas e o exercício sacerdotal. Alveneiro, filho de arquiteto, ele participa da construção de moradias sociais, auxiliado por outros voluntários. Por muito tempo, trabalhou em Flacé, um bairro de Mâcon. Atualmente, serve em Gueugnon.

No catecismo, Pierre Aubry diverte as crianças com suas histórias. Suas lembranças dos canteiros de obra, a guerra em que foi prisioneiro, antes de ser convocado ao serviço de trabalho obrigatório. Graças a ele, mais de cem moradias viraram realidade. Elas são construídas pelos futuros moradores, que se ajudam de casa em casa.

Para as crianças, esse vigário construtor, tão próximo das famílias modestas, é um adulto fascinante e respeitável. Não tem ninguém igual. Tê-lo por perto é melhor até do que a hora do recreio. Entre o ensinamento de um dogma e outro, ele pede aos alunos que participem, que nunca hesitem em intervir ou questionar, sem fazerem bagunça, que ilustrem passagens bíblicas com os lápis de cor que distribui e depois guarda em caixas de papelão. E, depois do pai-nosso e da ave-maria, no pátio anexo à paróquia, organiza partidas de queimado. Não divide os times entre meninas e meninos, são todos iguais nos dois lados. Com o padre Aubry, a palavra é livre como um pássaro cuja gaiola finalmente foi aberta. O homem é um raio de sol para todos. Se a religião for isso, então realmente se trata de algo fantástico.

Esse ano, Jean Septembre está entre seus alunos. O padre o catequiza desde que ele passou a morar com Mokhtar e a tocar órgão na igreja todo dia depois da aula, e também no domingo, após o sermão. Jean Septembre sensibiliza profundamente o padre Aubry, que, contudo, está acostumado a tratar de situações delicadas e doloridas. É ele quem escuta os paroquianos no confessionário. Quem acolhe o sofrimento e o cotidiano frequentemente difícil de seu rebanho. Ele sabe escutá-los. E, às vezes, responder. No entanto, nunca ficou tão abalado com um caso individual. Porque há algo de divino no menino. Porque ele não tem nada que estar aqui, seu lugar é outro. Ele sente cada silêncio de Jean como o triunfo do diabo.

O padre Aubry abre a porta da sapataria de Mokhtar em uma manhã de terça-feira de 1961. Há dois lugares onde se sente à vontade: nos canteiros de obra, lanchando com os portugueses, e no bistrô da praça Forges com Mokhtar, quando debatem sobre o mundo, bebendo uma terceira xícara de café.

Sentada à máquina de costura, a jovem Colette trabalha em um cinto sob a agulha. Mokhtar segura um sapato entre os joelhos e prega alguma coisa com o martelo. O rádio toca uma música suave, e o cheiro é de couro e cola. O sol de junho reflete nas prateleiras e no balcão. Os dois param de trabalhar ao verem o vigário.

— O senhor não quer mais que Jean toque na igreja? — pergunta Colette, rompendo o silêncio. — A música incomoda o senhor?

— Como incomodaria? — responde o padre, quase ofendido. — Só se eu fosse idiota. Ou ateu.

— Ela incomodaria Sénéchal.

— O marquês é insensível à beleza. Prova disso é que mata cervos. Não, a questão é: o que faremos com Jean?

Colette se vira para Mokhtar.

— Não sou pai do menino — declara. — Não posso fazer nada além de abrigá-lo sob meu teto para que ele possa tocar com você, na igreja.

O padre olha de um para o outro e anuncia, com a voz solene e a expressão travessa:

— Hoje cedo, ao rezar o pai-nosso, tive uma ideia para financiar os estudos dele.

Fita número 12

COLETTE

A usina de Gueugnon se modernizava, e a cidade logo se tornaria a capital mundial do inox! Imagina só, Agnès? Nossa cidadezinha do interior da França ia ganhar destaque mundial! Isso salvou as finanças de Mokhtar e as minhas também. Tínhamos tanto a fazer com os sapatos de toda aquela gente que chegava na cidade que precisamos trabalhar o triplo, e fui efetivada, deixando de ser aprendiz. Eu pagava a Mokhtar uma quantia para cobrir minha hospedagem e a de Jean. A usina logo empregaria quase quatro mil assalariados e viveria seus anos dourados. Foi assim que surgiu a ideia do padre Aubry para ajudar Jean. A cidade precisava de novas moradias. Estavam construindo um novo bairro operário, financiado pela usina: o bairro de Gagères. Casas conjugadas na parte baixa da cidade. Seriam moradias modestas. Nosso vigário foi conversar com o diretor da usina, cujo nome não lembro, e fez uma proposta: organizar uma rifa na região, para a usina e a igreja patrocinarem um menino prodígio. Parece que o homem caiu da cadeira. "Um menino prodígio aqui em Gueugnon?" O padre teria respondido: "Meu senhor, se fosse à missa, o senhor saberia."

Cada pessoa poderia comprar um bilhete, e quem ganhasse a rifa receberia uma casa. Pois é. O prêmio era uma casa. Era preciso recolher muito dinheiro, pois Jean ainda era novo. Ainda tinha muitos anos de estudo pela frente.

A casa ainda existe. Vá visitá-la um dia, Agnès. E agradeça. Fica na estrada de Toulon-sur-Arroux, no sentido do castelo de Presles. Lembra? Fomos lá com Louis Berthéol.

Colette faz uma pausa, mas não interrompe a gravação. Em que cômodo da casa será que ela estava? Que horas eram? O que estava vestindo? Essas fitas demandam de mim uma reconstituição mental.

COLETTE

A usina deveria fornecer terreno e material, e nosso vigário, auxiliado pelos colegas pedreiros, cuidaria do resto. O padre Aubry suou a camisa. Pedreiros, escavadores, eletricistas, telhadistas, bombeiros. Todo mundo o acompanhou, inclusive a usina. A construção brotou da terra em questão de meses. É uma casa simples. No estilo dos anos 1960. Mas tem três quartos e uma garagem. Eu só entrei lá uma vez. No dia em que os vencedores buscaram as chaves... Eles se chamavam sr. e sra. Été... Antoine, filho deles, que eu conheço bem, ainda mora lá.

Ela interrompe a gravação. Escuto o barulhinho do botão de pausa. Em seguida, ela continua.

COLETTE
O padre Aubry dizia que era preciso correr. Que o estudo musical de Jean não podia mais esperar. Ele era pior do que eu. Virou a missão da vida do padre. Muito depois, soube que a marquesa havia compartilhado confidências com ele. Ela era vigiada de perto pelo marido, mas contribuiria com o projeto. Éramos todos obcecados pelo talento do meu Jean. Menos a mãe... Duas semanas antes do início da rifa, a história tinha se espalhado pela cidade: havia um pequeno gênio entre os moradores de Gueugnon, filho de camponeses, cujo pai tinha morrido... A população precisava se mobilizar para que o menino estudasse em Lyon. E, ainda por cima, o prêmio da rifa era uma casa.
No domingo anterior ao grande lançamento, que foi o evento da década, a igreja de Gueugnon lotou. Tinha um mar de gente lá dentro. Os moradores da região foram escutar o menino, e certamente aproveitaram e rezaram para que ganhassem o grande prêmio. Uma multidão daquelas. Até a mãe apareceu, séria, pálida que nem uma hóstia. Eu a cumprimentei, Danièle aproveitou para chorar, e eu, para ir falar com Blaise. O marquês estava carrancudo, mas presente. Ele passou por mim e por Blaise sem nos olhar, impassível.

Eu a escuto rir.

COLETTE
A sra. Sénéchal não teve coragem de expor sua alegria. Onde ela havia fracassado, talvez alguém tivesse sucesso. Blaise passou a missa inteira de mãos dadas comigo. Quando as primeiras notas de Johann Sebastian Bach fizeram as paredes vibrarem, eu soube que era o fim da dor, da injustiça de ser malnascido. Íamos vencer. Meu motivo para estar na terra se concretizaria: seu pai não seria separado do piano. Mokhtar, como sempre, ficou na frente da igreja, sentado no banco.
Alguns dias depois, o prefeito, o diretor da usina e o vigário iniciaram a operação diante do povo e da imprensa local. Inúmeras famílias compraram vários números para concorrer ao grande prêmio: uma casa nova. Era preciso

ir à prefeitura para pegar os bilhetes. Havia um cofre na recepção. Toda noite, o dinheiro era recolhido de lá e depositado no banco. Na época, ainda eram os francos antigos. Cada bilhete custava dez mil francos... Equivale a menos de um euro hoje em dia. Vendemos 6.757 bilhetes. É, eu me lembro do número até hoje. Muitas vezes sonho com ele: 6.757.

Foi a usina que imprimiu os bilhetes. Primeiro imprimiu mil, e depois não parou mais. A rifa recolheu 67 milhões de francos antigos. Uma fortuna na época. A direção da usina depositou o dinheiro em uma conta à qual ninguém tinha acesso. O diretor financeiro da usina era encarregado de transferir a pensão correspondente durante sete anos, até Jean atingir a maioridade. Transferia também o valor necessário para suas roupas e seus deslocamentos de trem. Em 1968, quando Jean acabou os estudos com o sr. Levitan, ainda sobrava dinheiro. Por consenso entre a usina, a igreja e a prefeitura, uma votação decidiu que o restante iria para uma ONG de combate à pobreza.

Pausa. Retoma a gravação.

Colette
O sorteio aconteceu no dia 14 de julho de 1961, na praça Forges. Na ocasião, a equipe da prefeitura montou um tablado. Jean, de pé entre o padre Aubry e o prefeito, me procurava na plateia com o olhar. Ele não entendia muito bem o que estava acontecendo. Sempre estava imerso em seu mundinho repleto de música. "É importante agradecer direito quando te derem o microfone", expliquei a ele mais cedo naquele dia, "dizer obrigado pela ajuda de todos. Nunca vou esquecer o que fizeram por mim e, graças a vocês, vou realizar meu sonho. Repita, Jean, repita até decorar essas palavras".

"Obrigado pela ajuda de todos. Nunca vou esquecer o que fizeram por mim e, graças a vocês, vou realizar meu sonho."

Um longo silêncio.

Colette
Foi o sr. Duclos que fez o sorteio e anunciou os ganhadores. O sr. e a sra. Été, como falei.

Toca o telefone fixo. Eu tomo um susto. É a primeira vez que isso acontece. A ligação é para quem? Para mim ou para minha tia? Será que a

pessoa do outro lado sabe que minha tia faleceu? Eu me levanto, hesitante. Pode ser engano. Olho para o relógio: oito e meia. Interrompo a fita.
— Alô?
O telefone fixo toca quatro vezes. Quatro vezes, eu atendo, e ninguém diz nada. Escuto uma respiração do outro lado. Seria Marie Roman, tentando me dizer alguma coisa?
— Marie? É a senhora?
Acho que escuto vários "sim" cochichados.
— Foi Éloïse quem deu esse número para a senhora?
E nada. Um longo silêncio, e desligam. Toca de novo. Atendo. Escuto a mesma respiração.
— Alô?
Um som indistinguível. Angustiante. Parece alguém com dificuldade de respirar.
— Marie?
Então lembro que, no Todos os Sóis, ela é chamada de Amélie.
— Perdão, Amélie? É a senhora?
E começa de novo, toca mais três vezes. Desligam.
Passa-se uma hora em silêncio. Não tenho mais coragem de sair de casa, mas preciso estar na delegacia às onze. Vou me encontrar com o capitão Rampin para buscar a autorização de inumação de Colette. Lyèce vai me acompanhar. A amizade é uma coisa estranha. Somos, eu e ele, eu com ele, exatamente como éramos quando crianças e adolescentes, apesar dos vinte anos longe um do outro. Um grande percurso, ao longo do qual fiz uma filha e alguns filmes, enquanto ele comeu o pão que o diabo amassou. Foi barra pesada. A agressão que ele sofreu afetou o homem que ele virou. Quando criança, Lyèce era alegre. Adolescente, também. Ainda o vejo na mobilete, com o sorriso inabalável, cercado por um monte de garotas. Ele era pura alegria. Com os anos, desmoronou, como o efeito de uma bomba-relógio.

Tenho quase certeza de que dei para Éloïse Cardine o número do celular, não do fixo. Fico na dúvida. Não sei se anotei esse número, que sei de cor, sem nem me dar conta. Não lembro. Acabo ligando para a recepção do lar de idosos para falar com Éloïse. Se Marie/Amélie estiver à minha procura, a moça certamente saberá. Os atendentes me transferem de um ramal para outro, até finalmente me informarem que hoje é o dia de folga dela.
— Posso então falar com a residente Amélie Andrieux, por favor?

— Fique na linha.

Após mais de trinta toques sem resposta, acabo desligando, desanimada.

Na saída, me deparo com outra panela de sopa na soleira. Tenho mesmo que falar com a vizinha.

43

3 de novembro de 2010

O capitão Rampin me entrega o documento de liberação do corpo de Colette.

— Sua tia não sofria de doença contagiosa, nem usava nenhum aparelho que continha pilhas. Não havia contraindicações à doação de órgãos. Não havia sinal de câncer, nem de gravidez. A causa da morte foi infarto do miocárdio, que costumamos chamar de ataque cardíaco, e ela faleceu enquanto dormia. O fluxo sanguíneo do coração deve ter ficado bloqueado, destruindo parte do músculo cardíaco. O coração não teve força suficiente para bombear o sangue para o resto do corpo, o que levou a uma insuficiência cardíaca fatal. É preciso declarar o óbito na prefeitura do local de falecimento, na funerária... e na prefeitura do local onde ela vai ser sepultada, se não for em Gueugnon... Enfim, aqui está a autorização para enterrar o cadáver. É preciso que o prefeito... Mas...

Cyril Rampin empalidece enquanto eu gaguejo:

— Perdão, não consigo... Desculpa... Desculpa mesmo... Peço perdão... Perdão.

Sou acometida por uma crise de riso perturbadora. Escondo o rosto com as mãos e, quanto mais penso em me acalmar, mais a palavra "gravidez" quica pela minha cabeça que nem uma bolinha de pinball que tomou ecstasy.

Ao meu lado, Lyèce não diz nada. Sinto seu olhar chocado em mim. Não consigo nem levantar a cabeça. A última vez que tive uma crise de riso dessas foi... nunca. A barriga chega a doer.

Impassível, o capitão continua:

— A liberação do corpo não é equivalente à certidão de óbito e à autorização para fechar o caixão fornecidas pelo departamento de registro civil da localidade do falecimento.

Cyril Rampin me entrega o milésimo formulário, que eu aceito. Em seguida, tudo parece durar uma eternidade. É Lyèce quem fala, quem faz as perguntas, enquanto eu mal consigo respirar ali ao lado deles. Qual é a primeira coisa que devemos fazer? Quem vai transportar minha tia? A partir de quando? Colette vai ficar na funerária de Gueugnon enquanto aguarda a cremação? O corpo é embalsamado antes de ser cremado? Os pedidos que Colette Septembre registrou naquele papel têm validade legal? O que acontecerá com a pessoa que há três anos jaz no lugar de Colette? Quando ocorrerá a exumação? Na presença de quem?

E eu, sentada ao lado de Lyèce, na frente do capitão, não consigo nem falar. Meu corpo está tão paralisado quanto alegre. Que estranha sensação de felicidade, a da crise de riso. Quanto mais eles dois conversam, mais gargalhadas eu dou. Como se eu não participasse mais do mundo deles, apenas assistisse a uma cena que não me diz respeito.

Em certo momento, escuto o capitão dizer a Lyèce:

— Essas coisas acontecem, é uma reação nervosa, muito comum em enterros.

E entendo que está falando de mim.

Meu pai morreu na beira do mar, às dez da manhã, em Cassis. Não há paisagem mais bonita para morrer do que a dessa cidade. Eu preferia que ele falecesse no inverno, no final de um concerto, velho e cansado, em uma cidade feia, cinzenta, onde venta bastante. Ele fechou os olhos no domingo, 21 de junho de 1987, primeiro dia de verão, aos trinta e sete anos, sob a maravilhosa luz do sul.

O dia da Festa da Música levou embora um de seus maiores expoentes. Fazia vinte graus à sombra na parte externa do bistrô onde ele tomava um chá e lia uma revista musical. Minha mãe, sonhadora, segurava a mão dele e observava os pedestres. Ele soltou a mão dela de um jeito estranhamente agitado. Bateu a cabeça na xícara, que quebrou no chão, e morreu sentado, com a cara na mesa. Ele nem sequer morreu na frente do piano.

Um turista que era médico tentou reanimá-lo, mas não conseguiu. Os socorristas tentaram o impossível, mas fazia tempo que meu pai já não respirava.

Meus pais tinham acabado de passar dez dias tocando os prelúdios de Bach na ópera de Marselha, com a Grande Orquestra de Paris. Estávamos os três hospedados em um hotel no porto. Eu tinha ido passar o fim de semana com eles, que me deixaram matar aula na segunda-feira, pois minhas aulas do primeiro ano do ensino médio estavam quase no fim. Acabei só voltando à escola no início do ano letivo seguinte.

Eu ainda estava dormindo quando minha mãe entrou no quarto. Ela se sentou na minha cama, fez carinho no meu rosto. Abri os olhos e encontrei seu rosto encharcado de lágrimas, sua expressão já transformada, como se algo em seus olhos claros e grandes tivesse subitamente desaparecido. O brilho, sem dúvida. Ela nunca o recuperou.

— O papai se foi — disse ela.

Fiz uma careta, acordando de mau humor.

— Foi aonde?

Como minha mãe era muito sensível, e chorava só de ver uma planta seca, demorei a entender. Mas, entre dois soluços, apertando minha mão, ela conseguiu sussurrar:

— Ele morreu.

Algumas palavras levam tempo para alcançar e penetrar nosso cérebro. Às vezes são segundos, às vezes, minutos, às vezes, anos.

Na véspera, eles tinham se arrumado para o último concerto. Saíram do hotel vestidos de preto no fim da tarde e me deixaram sozinha, porque eu não queria ir, apesar da insistência dos dois. Eu estava de saco cheio da música clássica deles. Em 1987, escutava "Duel au soleil", "Blue Hotel" e "T'en va pas". Por muito tempo, me perguntei se meu pai tinha ido embora por causa dessa música que eu declamava com vontade no meu quarto bagunçado. Como um castigo, uma sentença:

Papai, não vá embora
Não podemos viver sem você
Não vá embora na calada da noite
Noite, você me assusta
Noite, não acabe
Que nem um ladrão
Ele partiu sem mim
Nós três não iremos mais ao cinema juntos.

Em vez de ao concerto, fui ao cinema de Cassis assistir a *L'Été en pente douce*. Adorei. Comi uma musse com chantilly no porto e voltei para o hotel. Estávamos em quartos vizinhos. Ainda me lembro dos números: o 7 e o 8. Eu estava no 7. Mais tarde, pensei que, se eu tivesse ficado no 8, meu pai não teria morrido. O número 7 o teria protegido. Na volta do concerto, eles bateram na minha porta. Eu estava vendo *Champs-Élysées* na TV e dei um beijo neles, distraída pelo programa de Michel Drucker, que naquele dia tinha Jean-Jacques Goldman como convidado especial.

Minha mãe perguntou se o filme tinha sido bom, e eu respondi com um sim distraído, sem dar detalhes. Meu pai perguntou se a trilha sonora era boa. Eu disse que "demais", sem fazer a menor ideia do que eu estava falando. Eu queria ser Pauline Lafont. Queria ser loira, doce e desejável, apesar de ter o cabelo preto, uma irritação constante, e ser reta que nem uma tábua. Eu não tinha dado a menor bola para a trilha sonora do filme.

Meu pai sentou do meu lado e assistiu ao fim do programa, hipnotizado pelas imagens. Em casa, não tínhamos TV. Meus pais viviam em outro planeta. Não conheciam o mundo dos clipes, do Top 50, do *Enfants du rock*. Meu pai convivia com Mozart, Bach e Chopin. Nada de Étienne Daho, Chris Isaak, Madonna ou Elsa. Ao escutar Jean-Jacques Goldman, várias vezes ele sorriu e comentou: "É bem escrito."

Eu o amava de longe. Ele era bonito, grandioso, refinado, sonhador. Eu o amava como se ama um ser que nunca está exatamente presente. Por um lado, porque ele vivia viajando com minha mãe; por outro, porque, quando voltava, se concentrava no piano. Eu não entendia por que meu pai tocava com tamanha obstinação, já que o instrumento era basicamente uma extensão dele mesmo.

— Porque é possível perder tudo, meu bem.
— Perder tudo?
— É preciso trabalhar todo dia para não perder o piano.

Quando minha mãe e eu saímos do hotel, tinha gente nas calçadas, risadas, crianças, sorvete e café nas mesas, mar, sol e barcos. Na nossa cabeça, chovia. Que nem um cartaz antigo do Snoopy que eu tinha na infância: "Sempre chove na nossa geração." Uma nuvem soltava gotas de chuva unicamente no cão, enquanto ao redor dele fazia sol.

Era preciso tomar uma decisão: onde meu pai repousaria pelo resto da eternidade? Em Gueugnon, perto da irmã. Era evidente. Lá, onde tinham permitido que ele estudasse música. Ele, porém, morava em Lyon. Tinha estudado naquela cidade, onde também fez seus primeiros concertos. E em Lyon, se seus amigos e admiradores quisessem visitar o túmulo, seria mais simples do que em Gueugnon. Minha mãe não dizia mais nada. Eu estava meio que hipnotizada por algo que me impedia de avançar, de enxergar mais de um metro à minha frente. Precisava me agarrar a um braço qualquer para caminhar. Foi Alain Terzieff, diretor do Conservatório de Música de Lyon e melhor amigo do meu pai, que cuidou de tudo. Ele até se prontificou a encontrar uma vaga no cemitério de Guillotière e a transportar o corpo da funerária de Cassis até a de Lyon.

Colette foi de trem, acompanhada de Louis Berthéol. Quarenta minutos de trem até Lyon-Part-Dieu. Lá, um carro os aguardava. Colette queria estar presente no velório. Eu demorei a reconhecê-la. Foi só quando chegou a vinte centímetros de mim que percebi quem era. Primeiro, porque ela estava superarrumada, e, segundo, porque tinha envelhecido dez anos, vinte, talvez. Ficou inteiramente grisalha da noite de 21 para a manhã de 22 de junho de 1987.

Nevou em Yesterday
Na noite em que se despediram
Penny Lane já está longe
Mas nunca ficará de cabelo branco
Nevou em Yesterday
Este ano, até no verão
Ao colher as flores
Lady Madonna tremeu
Mas não foi de frio.

Durante a cerimônia inteira, essa música de Marie Laforêt ficou na minha cabeça. Não escutei os discursos, nem do padre, nem de Alain. Não escutei a música que os colegas do meu pai tocaram para ele no violino. Escutei apenas essa música de Marie Laforêt tocando em minha mente. Por causa do cabelo branco da minha tia.

Para se despedirem do meu pai, irmão da Colette Septembre "deles", muitos residentes de Gueugnon compareceram. Todos quietos, recolhidos. *Não se morre aos trinta e sete anos.*

Eles estavam lá por Colette. Pouca gente se lembrava do meu pai em Gueugnon. Ele era apenas o menino da foto exposta no saguão da prefeitura e no centro comunitário, que fora embora da cidade ainda muito pequeno para virar um jovem prodígio, que era visto raramente na televisão e que voltava vez ou outra ao interior para um concerto de música clássica de pouco interesse.

44

4 de novembro de 2010

— Paul, tenho duas perguntas. Você consegue me passar os dados de quem ligou para um número de telefone fixo em Gueugnon, em Saône--et-Loire? E consegue localizar um homem chamado Levgueni Soudkovski, também conhecido como Soudoro?

Soletro duas vezes o nome.

— Não sei a nacionalidade dele. Ele teria nascido em 1928, um ano antes da esposa, que tentou matar... Ela se chama Marie Roman e nasceu em 1929, em Flumet, na região de Savoie. Ela ainda está viva, sob proteção judicial. Soudkovski foi condenado à prisão por ter agredido Marie. Não sei em qual tribunal. Ele era nômade, dirigia um circo, então é difícil ter certeza sobre a data de nascimento dele e onde vivia.

— Você está trabalhando em um filme novo? — pergunta ele, enfim.

Paul é delegado, atua na sede da polícia de Paris.

— Não. Estou tentando entender os mistérios da vida da minha tia.

— Da sua tia?

— É. Ela era sapateira. E, acredite, são muitos os mistérios da vida dela... Como a vida de qualquer pessoa, sem dúvida.

— Então você vai fazer um filme sobre isso?

— Não.

— Tá. Fora isso, tudo bem?

— Tudo indo, e você?

— Tudo bem. Aquela rotina sem rotina, a vida normal de policial. Soube da sua separação. Você voltou para a França?

— É. Voltei para Paris há três anos. Com minha filha. Pierre também voltou, mas mora com a nova mulher.

— ...

— Agora estou na Borgonha, na casa que era da minha tia. Mas, quando eu voltar, a gente podia sair para tomar um chope.
— Combinado. Qual é o número do telefone que você quer rastrear?
— 03 85 85 65 93.
— Quer as chamadas recebidas e feitas?
— Se der, sim. Seria ótimo.
— De quantos meses?
— Sei lá... os últimos seis?
— Vou ver o que descubro e te ligo. A lista de números vai sair rápido. O homem do circo vai demorar mais.
— Obrigada, Paul.
— A seu dispor, patroa.

Paul sempre me chamou de patroa. Eu o conheci no começo dos anos 2000, quando estava trabalhando no filme *Os Silêncios de Deus*, o retrato de um detetive particular misantropo que, a contragosto, acabava envolvido na investigação de assassinatos em série. Eu tinha perguntas técnicas. Precisava de informações específicas sobre o desenvolvimento dos fatos, a investigação e as etapas necessárias. "É só falar com Paul Seran, ele é supersimpático e acho que já fez esse serviço de consultoria para Bertrand Tavernier", alguém, de quem não consigo me lembrar, sugeriu na época.

Bastou um telefonema para eu ir parar na sala dele, no Quai des Orfèvres, 36, com um bloquinho na mão e uma bebida amarga — que em teoria era café — em um copo longo com o brasão do Olympique de Marselha.

— Então, o que posso fazer pela senhora? — perguntou ele. — Seu filme é sobre o quê?

Paul é baixo, careca e parece mais velho do que de fato é. Nada do policial bronzeado e fortão de calça jeans que aparece nas séries de televisão. Não é nem um pouco atraente e sempre está vestindo uma roupa que parece que pegou do armário dos avós. Entretanto, algo nele mexia comigo. Talvez fosse a voz. Tem uma voz tão bonita que poderia ser dublador. E aquele olhar também, ao mesmo tempo inteligente, malandro e perspicaz. Dois olhos azuis que nem lagoas.

Respirei fundo antes de contar o roteiro e, sabe-se lá por quê, falei:
— Está vendendo botões?

— Como assim?
— Pulou uma casa.

E indiquei a camisa quadriculada de colarinho inglês, que estava abotoada errado.

— Uma detenção que durou uma eternidade. Não tive tempo de passar em casa para me trocar de manhã, só joguei uma água no corpo no vestiário.

Ele desabotoou a camisa a abotoou do jeito certo na minha frente. Fiquei vermelha. Por que havia falado uma coisa dessas? Que liberdade eu tinha?

— Bem, agora que corrigi o erro, como posso ajudar?

Segurei meu bloquinho e meu lápis ridículos com força e comecei a falar, gaguejando. Estava profundamente impressionada por me encontrar naquele endereço lendário, diante de um policial importante para o qual eu tinha feito um comentário inadequado, e minhas mãos chegaram a tremer, suando.

— Estou criando um personagem, um detetive particular, que vive de tocaia para investigar casos desinteressantes, como adultérios e divórcios complicados. Sua rotina é uma novela... Maridos ciumentos, mulheres traídas, interesseiras, doutores Bovary.

— Não acho que o dr. Bovary teria contratado um detetive — interrompeu-me ele, com um jeito malandro.

Devo ter sorrido que nem boba antes de continuar. Na época, qualquer coisinha me desestabilizava, sempre tinha um pé atrás com tudo, mas, quando falava dos meus filmes, dos meus projetos, eu era inabalável. Hoje, não sei como conseguia entrar no set como se fosse minha casa, trabalhar com meus técnicos, organizar o projeto com minha assistente e minha continuísta. Conversar com a figurinista, a montadora, o cabeleireiro, a designer de produção. Como conseguia gritar, várias vezes por dia, sem nem hesitar: "Silêncio! Ação!"

Será que eu era outra pessoa quando Pierre era meu marido? Contudo, a necessidade indiscutível de ser cineasta veio muito antes de conhecê-lo. Eu devia ter pouco mais de dez anos quando descobri o que queria fazer da vida. Estava no Danton, um cinema em Gueugnon, com Lyèce, Adèle e Hervé, quando me dei conta. Vimos um filme de terror que me deixou apavorada, *Amityville 2: A Possessão*. Não tínhamos idade para estar ali, mas Hervé tinha dado um jeito de nos colocar lá dentro, e ficamos esperando o filme começar. Durante a projeção, Lyèce cochichava sem parar no meu ouvido: "É cinema, é só um filme, não é verdade." Nesse dia, eu soube que queria fazer filmes que não apavorassem os espectadores, e sim que lhes dessem prazer por estarem sentados na frente da tela. Que nem os desenhos de Sempé nos quais eu gostaria de morar. Uma roupa caída na praia e a cabeça de um menino alegre pulando na água; um prédio imenso, a neve caindo e, numa janela, uma só entre tantas, uma criança sorrindo para os flocos. Foi diante desse filme que me aterrorizou que decidi virar cineasta.

"Como você definiria os filmes de Agnès Dugain?", um jornalista perguntou para Pierre em uma entrevista, alguns anos atrás. "São leves, com fundo social. São sátiras. São inteligentes, sem serem didáticos. Entretanto, não contam só coisas engraçadas sobre os homens e as mulheres. Há certa compaixão, ela não julga. Tem um olhar carinhoso, mas sem ingenuidade."

Ele disse essas palavras antes de só atuar nos filmes dos outros.

Eu continuei falando do meu filme para o delegado, que olhava fixamente para mim.

— Certo dia, um menino de catorze anos, Samy, entra na sala do detetive. O garoto explica que um amigo dele, chamado Martin, desapareceu e que, diferente dos outros, ele não acha que Martin tenha fugido. Samy tem certeza de que algo aconteceu com o amigo, que ele não teria decidido ir embora. O detetive manda o garoto ir procurar o que fazer. Não tem interesse algum em história de criança. Além do mais, Samy não tem dinheiro para pagar pelos serviços dele. Os meses se passam. Um dia, o detetive lê no jornal que Samy desapareceu no dia seguinte à visita a seu escritório. A culpa leva o homem a investigar. Ele descobre, então, que Samy mentiu: que nenhum garoto chamado Martin foi declarado como desaparecido na região. Mas o detetive não desiste da história, e começa a rondar o colégio para descobrir se existe mesmo esse tal de Martin... Para isso, preciso do senhor, delegado Seran, para entender a relação entre a polícia nacional, a polícia municipal e a polícia militar. As formações, quem cuida de quê, se têm acesso aos mesmos arquivos, e, se sim, quem tem acesso a quê, quem registra as queixas, quem administra, quando cada departamento intervém, por quê etc. E, principalmente, como é o trabalho com os detetives particulares, se há uma colaboração.

— Estou à disposição, patroa. Como acaba essa história? E por que se chama *Os Silêncios de Deus*?

— Isso o senhor vai saber só na pré-estreia...

Escrevi o roteiro em questão de meses. Liguei muitas vezes para fazer perguntas a Paul Seran. Apesar da agenda cheia, ele sempre me atendeu, ou ligou de volta assim que podia. Às vezes, o encontrei em cafés. Durante a montagem, ele me ligou várias vezes para saber se eu precisava de algo. Ele foi à pré-estreia do filme em Paris. Eu o chamei para subir no palco depois da exibição, para agradecer comigo e com os atores. Depois, perdi contato com ele. A gente se deseja feliz Ano-Novo todo dia 1º. Ele me mandou mensagem quando viu meu último filme, para elogiar. E o tempo passou. E, enquanto passava, minha tia morreu duas vezes.

Agora, preciso organizar seu velório. Cremá-la, espalhar um pouco das cinzas no estádio Jean-Laville e deixar a urna ao lado dos meus pais em Lyon. Uma montanha a escalar.

45

5 de novembro de 2010

— Ninguém acorda um belo dia e pensa: "Legal, hoje vou encher a cara e cheirar tudo que eu vir pela frente."

Não sei por que nossa conversa deu essa guinada. Lyèce e eu estamos no crematório de Creusot. O caixão de Colette, em madeira "sublimável", está sendo consumido na câmara de incineração a 850°C. O agente funerário nos disse que levaria no mínimo uma hora e meia para o corpo virar cinzas, tempo que podia variar de acordo com o tamanho do defunto. No caso da minha tia, não deveria demorar.

Combinei com Ana que não faria uma cerimônia de velório no crematório, e sim no cemitério de Lyon em meados de novembro, para dar tempo de publicar uma nota de falecimento e de ela voltar bonita e bronzeada do paraíso. O agente com quem escolhi o caixão me deu o contato da "pessoa certa" para dar um jeitinho e recolher uma pequena parte das cinzas, no intuito de, seguindo os desejos de Colette, espalhá-las pelo estádio Jean-Laville. A urna oficial permanecerá no crematório até a cerimônia em Lyon, quando será disposta no túmulo onde jazem meus pais. O nome de Colette será gravado na lápide decorada com um violino e um piano. Antigamente, eu queria repousar junto a Pierre quando *não estivesse mais aqui*. Se bem que, há três anos, eu já não estou tanto aqui. A maior parte de mim adormeceu. Algumas pessoas nunca superam o fim de um relacionamento amoroso. Isso existe mesmo.

Ainda há alguns anos, Ana perguntava "mãe, e isso, existe mesmo?" para tudo. Ela tinha uma necessidade visceral de saber a verdade. Sem dúvida, por causa das profissões que o pai dela e eu escolhemos, já que nós dois contávamos histórias que não existiam de verdade.

Sim, quando eu não estiver mais aqui, ficarei com eles: Jean, Hannah e Colette. Talvez uma câmera venha a ser gravada ao lado do violino e do piano dos meus pais. Voltaríamos a ficar os quatro juntos, como quando passávamos as festas no restaurante de Georges Vezant. Talvez seja preciso gravar um sapato ou uma bola de futebol em homenagem a Colette. O que será que ela preferiria?

Eu queria guardar a lembrança dela trabalhando na sapataria, atrás de sua velha mesa manchada de cera, óleo e tinta. De seu olhar quando o time dela marcava um gol, ou de quando viu Ana pela primeira vez.

Para me despedir de minha tia, pedi ao agente funerário que a mantivesse coberta antes de ser acomodada no caixão. Antes de ele fechá-lo, murmurei: "Obrigada pelas fitas, obrigada pela confiança. Eu te amo."

Lyèce e eu tomamos um café da máquina que bota açúcar em tudo. Até nas sopas. O corredor onde esperamos as cinzas dá para um jardim interno. As árvores estão sem folhas, e o céu, carregado. O piso branco de uma feiura acinzentada dá o toque final à cena lúgubre.

— Como é que um dia dá certo? O que te ajudou a parar de beber?

— O olhar dos cuidadores. Basicamente, toda vez que a Nathalie conseguia me internar, quando eu não me aguentava mais em pé, quando tinha passado semanas misturando bebida forte e comprimidos, me botavam para fora no dia seguinte. Nathalie só queria que me mandassem para a ala psiquiátrica, para me proteger de mim. Nenhum médico de emergência quis me tratar. Ao longo dos anos, todos avaliaram que eu estava apto a tomar decisões sozinho, que eu estava em condições de abandonar o álcool e as drogas por conta própria. Eles só queriam saber de se livrar de mim. Eu levava os médicos no papo, e em dois segundos estava liberado. Nathalie telefonava para eles, xingava, implorava, explicava que eu corria risco de vida, mas não era problema deles. No começo, quando você chega na emergência, ainda jovem, todo bonitinho, as enfermeiras te olham cheias de compaixão. Mas, com trinta e cinco anos na cara, você percebe que virou o bêbado vagabundo. No hospital público, um alcoólatra não é considerado uma pessoa doente, e sim uma aporrinhação de que querem se livrar rapidinho. Em Garches, o cara responsável pelo serviço de adictologia se chama Valentin Avenir. E ele não está para brincadeira. Não dá para levar aquele cara no papo, não. Ele sempre dizia que não está ali para salvar ninguém. Que eu ia precisar me salvar sozinho. Eu estava nas últimas quando Nathalie raspou as economias e conseguiu me transferir para lá. Custa os olhos da cara, mas ela diz que nunca fez investimento melhor. Ninguém para de beber para agradar os outros, isso nunca dá certo. Lá, entendi que ia precisar parar por mim mesmo. O mais difícil desses tratamentos é voltar para casa. Você recuperou certo grau de saúde, ganhou um pouco de energia, conversou com psicólogos, contou ou deixou de contar coisas para eles, dependendo da cara dos terapeutas e de quanto confiava neles... Quando você está metido com droga ou com bebida, em geral as duas coisas, não confia em mais ninguém, muito menos em si. Enfim, o mais difícil é voltar para casa. A primeira coisa que muita gente faz é comprar uma garrafa de uísque no mercadinho da esquina, de cabeça baixa. Na volta de Garches, comprei limão e limonada. E estou aqui na sua frente, sóbrio e magnífico, esperando as cinzas da sua tia em um lugar que dá vontade de morrer. A vida não é linda?

— Quando foi a última vez que você viu Charpie?

A "pessoa certa" nos interrompe e me entrega uma urna pequena, como se me passasse droga ou dinamite.

— Aqui está.

Não sei nem o que responder. *Aqui um pedacinho da sua tia, aqui uma vida, aqui, acabou.*

A gente é coisa pouca,
E minha amiga rosa
Me contou isso hoje cedo.

Murmuro um agradecimento, e seguimos caminho. Lyèce pegou o carro de um colega emprestado. Não quis ir de Méhari, nem no Citroën de Adèle. Para homenagear Colette, escutamos um CD de solo de piano do meu pai, a peça "Ária na corda sol" da *Suíte número 3 em ré maior*, de Bach.

Enquanto Lyèce dirige, seguro a urna firmemente, de olho na estrada. Voltam a mim as avenidas de Los Angeles, que eu percorria de carro, com Ana na cadeirinha. O crescimento de Ana que eu testemunhava pelo meu retrovisor. Os quilômetros que atravessávamos naquela cidade imensa. A luz. Morávamos em uma bolha, em Pacific Palisades, eu tinha meu lar, meu ninho para Pierre e Ana, um escritório enorme, só meu, com vista para o mar. Fazia ioga, nadava na piscina, tinha uma vida saudável e muito dinheiro, bunda durinha e barriga sarada, mas perdi a alegria e o marido. E, em algum lugar entre a Sunset Boulevard e Melrose Studios Hollywood, perdi também a vontade de filmar. Era tudo *fake*. Eu tinha virado motorista da minha filha. Era tudo longe, e eu insistia em levá-la à escola, à aula de dança, à aula de piano, aos aniversários. Não queria deixar essa tarefa para a Cornélia. Para o piano, acabei mandando entregar um instrumento em casa e contratei um professor particular. Ana já estava num nível tão avançado, tinha tanta paixão, que não pensei duas vezes. Volta a mim a hora do rush, o horror dos engarrafamentos entre sete e dez da manhã e quatro da tarde e sete da noite. Em Los Angeles, é para comer bem, respirar bem, mas só quem tem dinheiro; senão, você morre, mora em um carro empacado no meio de outros carros.

 O sonho americano... falar inglês, treinar o sotaque, ver um monte de filmes sem legenda, conversar com o agente mil vezes por dia para finalmente conseguir fazer um filme, todo mundo recebe você calorosamente, em todo encontro parece que você moveu montanhas, mas não dá em nada. Por que a gente inventou de se mudar para lá mesmo? Nem lembro quem de nós dois fez a seguinte pergunta: "E se a gente se mudar para Hollywood?" Na praia de Malibu, nem dá para mergulhar no mar, só admirar.

Lyèce estaciona na frente da casa da rua Fredins, me arrancando imediatamente do devaneio. Oi, Gueugnon, adeus, Santa Monica.

 No papel, é chique dizer que a gente mora em Los Angeles, principalmente para quem é do cinema, mas qual é a dimensão da vida no tapete vermelho?

 — Quer que eu entre com você? — pergunta Lyèce.
 — Não. Obrigada por vir comigo.
 Eu o abraço.
 — Vou continuar escutando Colette, a voz dela nas fitas. Assim, ela fica um tempo comigo. Às vezes, é meia hora de pássaros cantando, especialmente melros, no quintal dela... Às vezes, quinze minutos de jogo de futebol. Como se ela gravasse os dias, a vida. Queria terminar antes da cerimônia. Tenho uns dez dias pela frente.

 — Tá, me liga se precisar, que eu venho — oferece ele.
 — Pensa só — digo, abrindo a porta. — Se Colette não tivesse morrido duas vezes, com certeza a gente não teria se visto de novo. Que coisa...

— E eu nunca teria conhecido Line — declara ele, sorrindo.
— Vai sair com ela de novo?
— Vou até me casar com ela.
— Sério?
— Óbvio que é sério. Já passou da hora de começar a viver.

Lyèce me vê sair, com a urna na mão. Antes de ir embora, ele abaixa o vidro do lado do carona.

— A última vez que vi Charpie foi ano passado, em Cannes.

Ele dá a partida, e, imóvel, vejo seu carro sumir rua afora.

A voz de Colette inunda a sala outra vez. Deitada no colchão inflável, de olhos fechados, deixei a urna contendo um pouquinho dela na frente da porta do quarto. Vou amanhã bem cedo ao estádio, para não encontrar ninguém. Será a última vez que minha tia vai acordar cedo. Quando eu aparecia na sapataria, ou na cozinha aos domingos, lá pelas nove, dez da manhã, parecia que ela já tinha começado o dia fazia muito tempo.

Colette

É importante lembrar que o verão de 1976 foi muito quente. Ainda não se falava de aquecimento global, e quem ousava tocar no assunto na televisão era visto como doido varrido. As pessoas andavam pelas ruas de Gueugnon sem camisa ou só de roupa de banho e camiseta. Fiquei impressionada.

No fim da rua, acabava de abrir uma franquia da Eram, que não estava ajudando em nada os negócios... Se Mokhtar visse uma coisa daquelas! Foi nessa época que as pessoas começaram a deixar pra lá os sapatos de qualidade e a calçar qualquer porcaria. Porcarias que jogavam fora depois de usar, em vez de mandar o sapateiro consertar. De qualquer forma, quando esses sapatos se danificavam, ficavam mesmo inutilizados. Não tinha mais o que fazer. E as pessoas logo corriam para comprar um par novo, para a maior decepção da sra. Bresciani, dona da loja de sapatos. Lembra que ela sempre olhava para os pés da gente antes de dizer "oi", para verificar se os sapatos eram da loja dela?

Ela ri. Uma risada abafada. Murmura alguma coisa indecifrável e continua.

COLETTE
Felizmente, ainda me restavam os cintos, as bolsas, as carteiras e os saltos. Os casamentos, os batismos, as comunhões e os enterros. E muitos homens que usavam sapatos de qualidade. Homens que trabalhavam nos escritórios da usina. A venda de cadarços, palmilhas e cera, que incrementava o saldo no fim do mês, diminuiu. Imagine só: esses vendedores de sapatos ordinários também ofereciam essas coisas. Vendiam até meia-calça de náilon, Agnès, veja bem! E impermeabilizante! Tinham até inventado um cartão de fidelidade! A cada quatro pares comprados, dez francos de desconto no quinto!

Escuto Colette beber. Minha tia bebia apenas *água está bom*. Nunca refrigerante, cerveja, vinho. "O que você quer tomar, Colette?" "Água está bom."

Até na barraquinha do estádio. Na derrota ou na vitória, nada de brinde. A única exceção era a véspera de Natal, porque o irmão sempre servia uma taça de champanhe que ela nunca teve coragem de recusar. Mas Colette apenas molhava os lábios.

COLETTE
Foi nesse ano que aprendi a usar a máquina de cópia de chaves. Foi bom. Senão, precisaria jogar ela fora. Foi presente do seu pai. Ele sempre queria me dar dinheiro, nossas únicas brigas eram por isso.

Ela se cala. Como toda vez que menciona uma lembrança do irmão. E, quando continua o relato, é com a voz mais baixa, como se tivesse perdido parte da força.

COLETTE
Acabei com uma máquina novinha em folha na loja. Uma máquina que ocupava a mesa inteira. Tenho certeza de que Jean escolheu a mais cara. A mais eficiente. Ele tinha uma mania de grandeza. Com certeza era por causa da música.

Silêncio.

COLETTE
Parecia até uma nave espacial. Se Mokhtar visse uma coisa daquelas... e ainda por cima era laranja. E pesada, mas que peso! Pra tirá-la do lugar, a

gente sempre precisava de no mínimo três homens. E fortões. Nada de magricelas. Com a máquina, vieram um estoque incalculável de chaves virgens e um quadro para exibi-las penduradas. De repente, minha lojinha ficou moderna. Chegaram novos clientes. Clientes que usavam sapatos toscos vinham apenas para fazer cópias de chaves. Se Mokhtar visse uma coisa daquelas... Nunca me livrei dessa máquina. Até quando surgiram outras com tecnologia mais avançada, fiquei com a minha primeira. Alguém de Chalon-sur-Saône fez a entrega e, no dia seguinte, um moço bem simpático veio me ensinar a usar. Não era difícil, era que nem fazer um decalque, mas a máquina fazia tudo sozinha. Bastava selecionar o formato correto de chave, que ela fazia todo o resto. Eu só tinha que ficar de olho. Verificar, no fim do trabalho, se tinha dado tudo certo. Eu apertava o on. Quando acabava, apertava o off. Era inglês. Eu nunca tinha visto uma palavra em inglês. Foi assim que, em plena onda de calor, no verão de 1976, comecei a vender chaves. Quando o moço de Chalon-sur-Saône que me deu aulas saiu da loja, outro homem chegou. Eles se encontraram.

Ela muda de voz.

COLETTE
"Bom dia, sra. Septembre, posso chamá-la de Colette?"

Silêncio.

COLETTE
Ah, como ele era lindo. Nunca vi ninguém tão lindo! Eu me segurei na minha máquina laranja. Eu me orgulhava dela, de possuir aquela modernidade, mas minhas pernas ficaram bambas.

Um longo silêncio.

COLETTE
Ele voltaria a treinar no dia seguinte. Estava de bermuda e regata azuis e alpargatas pretas. Os braços dele eram esbeltos e musculosos. A pele marrom brilhava por causa do calor. Eu nunca tinha olhado daquele jeito para um jogador. Nele, eu via o homem. Não o lateral-esquerdo. Os cachos dele não estavam mais escondidos pelo gorro. Ele estava suado. Todos nós estávamos. Fazia um calor inacreditável. Era difícil até de respirar. Todos que não tinham

viajado nas férias estavam na piscina ou no rio Arroux. Ou melhor, em bolsões de água aqui e ali, porque o rio estava seco. Na minha oficina, um ventilador velho soprava o ar abafado e quente. Eu respondi que sim.
"Sim, pode me chamar de Colette."

Ela muda a voz para imitá-lo.

COLETTE
"Eu me chamo Aimé."
"Aimé Chauvel", falei, sem nem pensar duas vezes. "Camisa onze. Lateral-esquerdo." Tudo aquilo simplesmente saiu da minha boca. Ele sorriu.
"Todo mundo diz que você é a maior torcedora do time. E que sabe tudo de futebol."
"Todo mundo, quem?"
"Os jogadores, as torcidas organizadas, os técnicos, os jornalistas, os vendedores."
"Ah, é gente à beça mesmo... Está gostando da nossa cidade?"
"Estou."
Perguntei onde ele estava morando, embora já soubesse. Eu o tinha visto entrar e sair de casa. Ele me contou que tinha alugado um apartamento pequeno, acima do café Thillet, na praça Forges. Se ficasse ali mais tempo, porém, talvez arranjasse uma casa. Mas uma casa para morar sozinho, aos dezoito anos, era má ideia.
"Hoje é meu aniversário", ele disse.
Fingi surpresa outra vez. Eu sabia a data de nascimento de todos os jogadores. A idade deles tem mesmo muita importância... São carreiras tão curtas.
"Feliz aniversário, então..."
Dei de presente para ele um par de cadarços pretos.
"Sempre acaba servindo para alguma coisa", murmurei ao entregá-lo para ele. Aimé aceitou, surpreso.
"Obrigado. Colette. Obrigado."
Depois, perguntei como podia ajudar. Ele me entregou um saco plástico contendo um par de mocassins velhos de couro marrom. Precisava trocar as palmilhas. As solas. Tratar o couro. E acertar parte da costura. Pensei em Mokhtar, porque era o tipo de conserto que ele gostava de fazer.
"Eram do meu avô, calçamos o mesmo número. Não é urgente. É para o outono, quando a gente não estiver mais morrendo de calor."

Segurando os sapatos de inverno dele, me perguntei por que ele os estava trazendo para mim no dia 19 de julho. O que esse grande rapaz fazia na minha sapataria? Foi pensando nisso que falei:

"Tem quem seja muito bom atacante, e outros, bem melhores na zaga... O futebol é coletivo, como é a vida. Cada um tem que achar o seu lugar. Não existem estrelas no futebol, apenas os jogadores que encontraram o lugar certo... e que se dão bem. Com coesão, juventude, garra e jogadores bem posicionados pelo técnico, um grande time é formado. Se botar o Pelé no gol, ele certamente não vai fazer grande coisa. Você, Aimé, é lateral-esquerdo. Mas, na minha opinião, e é só minha opinião, sua maior força seria bloqueando a passagem dos atacantes. Seu lugar sem dúvida é na zaga. Você deveria perguntar para o técnico... mas com certeza seria melhor impedindo o atacante de ultrapassar a defesa."

"Você não me acha bom?"

"Acho. Muito bom. Mas acho que está no lugar errado."

"Mas eu sempre fui lateral-esquerdo."

"Todos nós podemos mudar nossos hábitos."

"Acha mesmo?"

"Acho."

"O que você vai fazer hoje à noite?"

Precisei me segurar na máquina nova mais uma vez. Por que aquela pergunta? À noite, depois de fechar a sapataria, eu costumava fazer uma refeição leve e ler, ou recortava artigos para minha coleção, ou via Maigret na televisão, ou escutava Pierre Bellemare no rádio. Sabia, Agnès, que Pierre Bellemare foi um dos idealizadores do Paris Saint-Germain?

Escuto Colette beber um gole de água, como se esperasse minha resposta. Ela idolatrava Pierre Bellemare. Eu desconfiava até que fosse meio apaixonada por ele.

COLETTE

Mas era verão, ainda não tinha começado o campeonato... Eu não tinha nenhuma matéria para recortar. E, em 1976, você ainda não tinha idade para passar as férias comigo. Seus pais te levavam nas turnês. Eles deviam ter alguma babá... Como fazia um calor de matar, à noite, depois do trabalho, eu comia tomate com melão à sombra, no pátio, com os pés na bacia de água, esperando anoitecer. Às vezes, Louis Berthéol vinha me fazer companhia.

Mas, sabe, nunca achei chato ficar na minha própria companhia. Nunca achei desagradável ficar sozinha.

Silêncio. Eu a imagino na solidão da casa. Na solidão da vida, diante do gravador dos meus tempos de adolescente.

COLETTE
"Por que a pergunta?", eu quis saber.
"Você pode vir jantar na minha casa."
"Eu?"
"É, você", ele respondeu, sorrindo.
Eu nunca mais vi um sorriso igual àquele.
"Mas eu…"
Não encontrei desculpa. Então respondi:
"Tudo bem."

Aperto o *stop*. Estou exausta. Perdão, tia, por interromper sua fala. Sua fala inesperada. Seu entusiasmo, sua vida. Descubro sua vida, nessa sua voz tão bonita.

46

6 de novembro de 2010

Colette tinha rido disso. Pelo menos, tinha me contado rindo: "Agnès, estamos todos contaminados. Como em Chernobyl, mas é menos grave... eu acho, pelo menos. Mas, veja só, a trilha de Gueugnon é radioativa!"

Eu me lembro dessa trilha, na qual eu caminhava com Lyèce, do lado do estádio. O estádio Jean-Laville foi inaugurado em 14 de julho de 1939. Logo antes da guerra. O mais absurdo é que era vizinho de uma usina de tratamento de minérios, inclusive urânio, que esteve em atividade de 1955 a 1980. O solo onde foram construídos parte da arquibancada e o estacionamento contém resíduos radioativos. Doze hectares foram contaminados, sem falar do rio que corre entre a antiga usina e o estádio. Desde o ano passado, a Areva tem financiado obras de enterramento da poluição radioativa.

"À custa do rei", ironiza Nathalie quando perguntam sobre isso no jornal. "E qual é o nome do rei? O contribuinte!" No entanto, não foi isso que impressionou minha tia. Para ela, radioativo ou não, era nesse estádio, nessas arquibancadas, que ela sentia, e sem dúvida vivia, os momentos mais impactantes da sua vida.

— É lógico que também tem a música do meu irmão — disse ela a Louis Berthéol quando eu tinha uns dez anos —, mas, quando o FCG joga, eu tremo que nem vara verde.

— Por que você treme que nem vara verde? — perguntei, um pouco irritada.

Ela ficou surpresa com o meu questionamento, logo eu, que nunca lhe perguntava nada. Então, respondeu:

— É como uma fogueira de São João. Já viu uma fogueira grande assim?

Eu fiz que sim, para acabar logo com o assunto, porque, aos dez anos, meu objetivo era falar o mínimo possível com ela.

— É assim, só que no corpo todo — acrescentou ela, impassível, como se dissesse: "Passa o sal."

Fiz que sim de novo e lhe dei as costas, pensando: *Cacete, além de ser um saco e morar nessa casa fedorenta, ela ainda é meio lelé.*

Estou sozinha no escuro, com a urna na mão, a caminho do estádio. Já vi isso no cinema, mas nunca na vida real. Está garoando, mas não venta. Onde jogo as cinzas? Onde é que seria importante para ela?

Eu me preparo para escutar o restante da gravação sobre Aimé. Pus a fita em um walkman. Um de verdade. Auto-reverse. Um modelo desses que a gente tinha na adolescência. Foi Hervé quem deixou para mim, na soleira da casa. Com um bilhete: "Assim também vai dar para escutar as fitas da sua tia andando por aí. Beijo grande. Hervé."

Para criar coragem e escutá-la, dou *play*. A voz dela nos meus ouvidos, a imensidão do estádio mergulhada no escuro ao meu redor. Será que o fantasma de Colette me acompanha? Dança à minha volta? Meu pai, minha mãe, Blaise, Mokhtar, Blanche?

COLETTE

Reencontrei o sorriso de Aimé às sete da noite. Ainda devia fazer uns quarenta graus na rua. E eu não sabia nada de nada. Aos trinta anos, não sabia me vestir, não sabia o que levar de presente. Eu tinha telefonado para Jean, mas ele sabia ainda menos do que eu sobre esses assuntos, então passou o telefone para a sua mãe: "É a Colette, ela está com uma dúvida." Hannah atendeu e me perguntou: "Vão quantas pessoas?"

Eu não tinha pensado nisso. Mas, realmente, quantas pessoas iriam? Só nós dois ou mais gente? Era o aniversário de Aimé. Ele sem dúvida tinha organizado uma festa.

"Sempre é uma boa ideia levar uma bebida", aconselhou Hannah. "Uma garrafa de vinho ou de champanhe. E, de presente, como ele está fazendo dezoito anos, o melhor é escolher um disco na loja da sra. Bedin. Um LP ou um compacto. Ou um duplo. Depende de quanto você quer gastar."

"Mas que disco?", perguntei, em pânico.

"Pede à sra. Bedin os maiores sucessos do ano."

"Pode deixar."

A sra. Bedin tinha a loja mais bonita de Gueugnon. Era uma loja de decoração que, no fundo, vendia vinis. Estantes inteiras de discos, incluindo todos os gravados pelos meus pais. Ficavam todos lá, na prateleira mais alta.

COLETTE
"E o que eu visto?", perguntei para sua mãe.
"Vá à Causard, que o sr. Soussand vai te orientar."
"Como você sabe que ele se chama sr. Soussand? E a sra. Bedin? De onde você conhece ela, Hannah?"
Ela riu e me respondeu:
"É porque a gente visita os dois todo dia 24 de dezembro desde que me casei com seu irmão."
"Ah, verdade. Obrigada, Hannah."
Ela riu mais. Sua mãe era de rir. Ria muito. Por nada, por tudo. Eu a amava muito, você sabe. Jean a amava também. Amava do jeito dele, no mundo dele, mas amava... Eu não fui à loja do sr. Soussand. Encontrei um vestido. Um vestido velho, mas, como eu não tinha ganhado um quilo desde os dezoito anos, talvez desde os dezesseis, dezessete, ainda cabia. Era um vestido de verão que eu tinha ganhado de Blaise. Tinha botões na parte da frente. Eu não ia comprar um vestido. Francamente, não estava indo para um casamento nem nada! Agora, a sra. Bedin me recomendou "Daddy Cool", de Boney M., e "Dancing Queen", do ABBA. Nunca tinha ouvido falar. Mas ela disse que conhecia o gosto dos jovens que iam na loja dela, "e, srta. Septembre, se ele já tiver, é só dizer ao menino que dá para trocar".
Ela achava que eu ia ao aniversário de uma criança. Não de um jogador de futebol de dezoito anos. Não sei por quê, mas comprei também uma lixeirinha de mesa. A sra. Bedin perguntou se precisava embrulhar para presente ou se era para mim, e não tive coragem de responder que era para "o menino", então disse que era para mim. E embrulhei sozinha.

Silêncio.

COLETTE
Ele estava sozinho, Agnès. Achei que fosse encontrar o time todo do FCG ali para comemorar o aniversário dele... o técnico, os jogadores, a família. Imediatamente, perguntei:
"Quantas pessoas você está esperando?"

"Mais ninguém, só você", ele respondeu, distraído.
Como se isso fosse só um detalhe.
"Vou esquentar uma comida pronta... mas passei também na delicatéssen. E comprei champanhe... Escolhi na sorte, nunca bebo."
"Nem eu", respondi. "Água está bom."
"Está bom? Mas estou fazendo dezoito anos! Virei adulto, maior..."
Ele olhou fixamente para mim com seus olhos escuros, e devo ter gaguejado:
"Lógico, pode ser, se você quiser."
"Fiquei feliz que você veio, Colette."
Ele me disse isso como se cantasse... estava feliz, leve. Era o contrário em campo. Como todos os grandes jogadores, cada ação em jogo era questão de vida ou morte. Ele era alto. Eu sei, já falei isso. Mas era gigante. E eu, toda pequenininha na frente dele. Se eu o abraçasse, minha cabeça ficaria na altura de seu peito, do coração.

Eu me lembro de Aimé Chauvel. Um dia, passei por ele quando fui fazer compras na loja dos pais de Lyèce. Como sempre, entreguei o papel com a lista escrita pela minha tia. Aimé entrou. Parecia ter uns trinta anos, e eu era adolescente. É verdade que ele era especialmente bonito. Corei quando ele me cumprimentou, porque sabia meu nome.

COLETTE
Ele abriu um armário e tirou amendoins, que serviu em uma tigela, e dois copos simples para tomar champanhe, pedindo desculpa por só ter aqueles copos.
"Mas, se preferir, posso ir lá no café Thillet e pedir taças!"
Um dos copos tinha uma imagem do Popeye, com o cachimbo na boca. Antes de me convidar a sentar a uma mesinha baixa, ele abriu uma última porta e me mostrou um pacote de ravióli, um de cassoulet e outro de cuscuz, guardados perto dos talheres.
"O que você prefere? A gente escolhe depois?"
"Tudo bem", murmurei.
Imagine, eu não sentia a menor fome... E devia estar uns quarenta graus na casa dele. Eu me arrependi de ter colocado aquele vestido, que grudava na pele. Eu ainda estava segurando os discos e a lixeira. Ele abriu a garrafa e soltou um grito alegre, porque metade da bebida derramou no chão quando a rolha estourou com um barulho assustador e fez uma lâmpada do teto explodir. Ajudei Aimé a secar com papel-toalha, porque ele não tinha pano de chão nem

esfregão. Ele deixava a louça secar na pia. Lavava a roupa dele e da cama uma vez por semana na cafeteria do térreo. O preço era incluso no aluguel.

Trocamos a lâmpada. O sol ainda batia na parede. Sugeri que abríssemos todas as janelas para arejar, porque continuaria quente por uma ou duas horas, mas depois certamente ficaria mais fresco. Ao dizer isso, pensei que, de qualquer modo, dali a duas horas eu estaria em casa e...

Paro de escutar a fita. Estou sonhando, ou alguém acabou de encostar no meu ombro? Atrás de mim, uma sombra. Solto um grito de susto. Apavorada, a pessoa que acabou de me tocar pula para trás.

— Não se assuste! Te assustei, ai, desculpa, desculpa.

Reconheço a voz no escuro.

— Meu Deus do céu, Louis! Onde você se meteu? Vai me explicar, afinal?! E que hora para dar as caras, hein?! Às seis da manhã, no estádio! Cacete!

— Me perdoe, Agnès... Estou voltando de Lyon e, passando pelo estádio, reconheci o carro amarelo de Lyèce no estacionamento... Eu estranhei.

— Você estranhou? Mas, sinceramente, Louis, não está estranhando tudo nesses últimos quinze dias? Hein?! Não está achando *tudo* muito estranho?!

Abro o berreiro, como dizem. Começo a chorar que nem bezerro desmamado, como também dizem. "Chorar que nem bezerro desmamado." Minha mãe usava essa expressão. Louis fica afastado, não tem nem coragem de chegar mais perto.

— Por onde você andou? — pergunto.

Ele hesita, muda o peso do corpo de um pé para o outro.

— Tentei encontrar o pai de Blanche, mas perdi o rastro dele em Valence. E depois passei em Lyon para visitar o túmulo dos seus pais.

— Tentou encontrar o pai de Blanche? Em Valence? Você sabe o nome dele?

— Ele se chama Soudkovski... — murmura, como se o homem fosse nos ouvir. — Levgueni Soudkovski — acrescenta.

Fico pasma.

— Como você sabe?

— Escutei uma conversa entre Colette e Blanche... um dia. Blanche já morava na casa da sua tia, e eu estava consertando a máquina de lavar pela milésima vez, uma porcaria que nunca funcionou direito. Elas devem ter esquecido que eu estava no cômodo ao lado. "Olha!", Colette gritou para

Blanche. "Olha! Estão falando dele aqui na revista!" Colette leu a matéria, articulando palavra por palavra. Era em uma revista que uma amiga dela tinha pegado em uma sala de espera. A revista em questão era a *Nouveau Détective* de agosto de 2003. Eu me lembro da capa, uma foto de Marie Trintignant, que tinha acabado de ser assassinada. A França inteira estava em choque. Elas encontraram a matéria sobre Soudkovski pouco menos de um ano depois da publicação da revista.

— Você acha que ele ainda está vivo? — pergunto.
— Acho.
— Por que achou que fosse encontrá-lo em Valence?
Eu o escuto fungar.
— Um ano antes de Colette morrer, morrer de verdade, decidi investigar esse homem. Achei um detetive particular em Mâcon. Mas não deu em nada... só me custou os olhos da cara... Mas aí... acabam de encontrar uma mulher em Valence. Não há dúvida de que foi assassinada pelo vizinho, um tal de Viktor Socha. Era amante dela. A polícia publicou no jornal uma foto de Socha. O detetive o reconheceu. Era uma foto de celular tirada pela vítima... O famoso Socha não era Socha.
— Como é que é?
— É Soudkovski... Ele fugiu da noite para o dia depois que a amante foi encontrada morta.

Perco a força dos braços, as cinzas quase caem no chão, mas recupero a urna no último segundo.
— O que é isso? — pergunta Louis.
— É a titia... minha tia. Parte dela. Um pouquinho. Algumas cinzas. O resto será enterrado com meus pais em Lyon.

Desta vez, quem cai no choro é Louis. Que situação, nós dois no frio, no escuro e na garoa, no meio do estádio, um do lado do outro. Eu, com o fone do walkman pendurado no pescoço, abraçada na urna. Nem pensaria em botar uma cena dessas em um filme... ainda mais sem luz... E o dia teima em não nascer. Não tenho coragem de mandar Louis embora. Contudo, gostaria de ficar sozinha. Preciso viver este momento sozinha. Por outro lado, estou morrendo de curiosidade para saber da matéria, e de Blanche. Sobretudo de Blanche. E para ver a foto do velho Soudoro.

— Vai voltar para casa, Louis?
— Vou.
— E dessa vez vai ficar por lá?

— Vou. Para sempre.
— Quando eu terminar o que tenho que fazer aqui, passo lá para tomar um café.
— Combinado — murmura ele, encostando a mão na urna. — Até logo.
Ele se afasta, mas eu logo grito:
— Você tem ideia de onde ela gostaria de ficar, nesse campo?
Ele para um momento, então o escuto voltar, pronunciando nomes de times como se enxergasse uma série de jogos na madrugada.
— A maior vitória do Gueugnon, que de fato levou o time ao Stade de France, foi nas quartas de final da Copa da Liga Francesa, Strasbourg contra Gueugnon... Nosso time ganhou de 2 a 0 em 19 de fevereiro de 2000... Xavier Collin marcou o último gol, bem ali.
Com um gesto, ele aponta para o gol.
— Achei que Colette ia cair dura. Como sempre, ela não gritou. Nada. Ficou em pé. Rígida. Branca que nem um fantasma. As mãos fechadas. Um toque de orgulho no olhar. E o sorriso que ninguém nunca entendeu... Colette tinha dois sorrisos, o de tristeza e o de alegria, mas nunca dava para saber qual era qual... No dia 3 de abril, jogamos a semifinal contra o Red Star, mas não foi aqui. Foi em outro estádio. Fomos de ônibus, com Colette e todos os torcedores da época. Terminou 2 a 2. Foi para os pênaltis. Imagina a gente, nosso coração a mil. Um gol, dois, três, quatro... e, a cada cobrança defendida pelo nosso goleiro, o do outro time agarrava também. Última chance: nosso goleiro, Richard Trivino, defendeu o chute do Red Star, e o próprio Richard Trivino saiu do gol, cobrou o último pênalti, e o goleiro deles não pegou. *Pimba*, bem no canto do gol! O Gueugnon ganhou por 9 a 8... Dessa vez, quando caiu a ficha de que íamos para a final, Colette soltou um grito. Um grito engraçado. Que nem de um bicho pego na armadilha. Uma voz aguda. Mas foi só isso. Logo estava de novo em pé, rígida, as mãos fechadas. Mais branca ainda, transparente.
Abraço a urna como nunca abracei Colette na vida. Em carne e osso, com um de seus vestidos esvoaçantes.
— Fora isso, tem a primeira vez — murmurou Louis.
— A primeira vez?
— A primeira vez que ela veio aqui, ao estádio, para ver um jogo, o dia em que, por assim dizer, ela se casou com a bola... Nos vemos depois.
E ele some na escuridão. Será que as bolas de certas vitórias têm alma?

47

Colette foi a um jogo de futebol pela primeira vez em uma tarde de domingo, no dia 7 de outubro de 1956. Estava nublado, caía uma chuva fina que ia e vinha, o gramado estava escorregadio. Eram oitocentos e vinte torcedores, incluindo ela, Blaise e o marquês. Colette e Blaise estavam na quarta série. Ela tinha um pouco de medo de ir, medo ou talvez pouca vontade. Só haveria meninos lá, acompanhados dos pais. Fraternidades inteiras.

Em Gueugnon, o futebol já era um esporte muito conhecido, estava na boca do povo. Para Colette, porém, era outro mundo. Só os ricos tinham TV, e os pais dela não se interessavam por esportes. Só que, pela cidade inteira, as pessoas falavam dos placares dos jogos do time como se comentassem sobre o tempo.

O recreio da escola estava começando a ser misto, mas as salas de aula, não. O encontro entre meninas e meninos era sempre cheio de desconfiança. Nos intervalos, Colette e Blaise não se falavam, embora fosse permitido dentro da escola.

Blaise implorava a Colette que fosse com ele ao estádio. O marquês sentaria longe, e no intervalo eles comeriam amendoim e beberiam refrigerante! Uma bebida gasosa de laranja que ela nunca tinha provado. Daria até vontade de voltar para ver jogos por toda a eternidade.

— Mas tem certeza de que meninas podem ir?
— Francamente, Colette, em que mundo você vive?
— Vou com que roupa?
— Com a roupa que você vestiria para a escola. Mas é bom colocar um casaco. Às vezes faz frio na arquibancada.

O pai e a mãe deixaram a garota ir. Desde sua memória mais distante, Colette vivia com Blaise, e Blaise, com Colette. Eles deram os primeiros passos juntos. Ela, de botinas velhas, e ele, com sapatinhos bonitos. Para encontrá-la, ele calçava um par de botas de caça que o marquês usava quando era menino. Blaise sempre ficava chocado ao pensar que o pai já tinha sido criança; logo ele, que parecia o mais adulto dos adultos. Ele sentia uma coisa estranha ao calçar as botas. Será que viraria uma pessoa como o pai? Seca e rígida?

No caminho que separava a entrada do castelo e a fazenda, Blaise e Colette sempre acabavam se esbarrando. O soberano dominava a exploração. Eles necessariamente se viam todos os dias. Blaise nunca tinha visto uma menina fazer um trabalho tão penoso. Já vira homens debruçados sobre a terra, trabalhando arduamente, carregando fardos pesados, mas nunca uma menina. Vez ou outra, ele a ajudava, sem que os outros soubessem, a colher batatas ou a pastorear as ovelhas. Assim ela poderia brincar um pouco.

Por volta dos seis anos, Blaise a ensinou a nadar de peito na lagoa da floresta. E, depois, a andar de bicicleta. Colette, por sua vez, o ensinou a cuidar de girinos em uma bacia antes de devolvê-los à água natural — quando começavam a se transformar —, a reconhecer os cogumelos boleto, porcini e cantarelo, a diferenciar chapins de pintassilgos, ou a identificar o cheiro das tílias, faias e carvalhos.

Como presente de aniversário de sete anos de Blaise, Colette pôs no colo dele um cordeiro, para que ele sentisse o calor da pureza. O animal pegou no sono no colo do menino. Blaise disse, do fundo do coração, que aquele foi o aniversário mais maravilhoso que ele já havia tido. Até a morte de Robin Septembre, ela fez com que menino e cordeiro se encontrassem várias vezes.

De manhã, eles iam juntos à escola. Fosse com a marquesa, fosse de bicicleta. Antes, Colette ia a pé, mas a marquesa estacionava o carro no acostamento para ela ir com Blaise no banco de trás. Depois, Jean também passou a ir com eles.

Colette e Blaise eram bons alunos. Haviam entendido que, para terem paz, precisavam tirar boas notas. Principalmente Blaise. Para Colette, era aquilo, e pronto. Os pais dela não estavam nem aí para o boletim. Por outro lado, o marquês não admitiria que o filho andasse com uma má aluna. Essa era a condição.

Blaise sabia que iria para a universidade, para virar uma pessoa importante. Importante como? Ele não fazia ideia.

Muito cedo, Blaise confessara seu segredo a Colette, um segredo infeliz que crescia dentro dele conforme ele também crescia, e que o condenaria se um dia os pais e o restante do mundo ficassem sabendo.

Colette fingiu espanto, embora sempre soubesse que Blaise gostava de meninos. Esse tipo de atração não era algo raro entre animais. Ela não entendia por que o amigo via aquilo como uma doença vergonhosa. Confiava mais no que aprendia com os bichos e a natureza do que naquilo que as pessoas diziam. A menina procurou um segredo para confessar a ele em troca, mas não encontrou nenhum. Poderia inventar algum, mas Blaise não merecia ouvir uma mentira.

Blaise, por sua vez, tinha horror a futebol, mas era obcecado por um jogador três anos mais velho que servia bebidas e sanduíches na lanchonete nos dias de jogo.

— Não me deixe ir sozinho, preciso de você! — suplicara ele. — Meu pai deixa todo mundo com medo, e minha mãe e o futebol...

Por fim, Colette soltou apenas um: "Tá bom."

O jogo era entre o Gueugnon e o Fontainebleau. Era o Gueugnon que receberia o time adversário no estádio Jean-Laville.

Colette se surpreendeu ao ver meninas e mães nas arquibancadas, famílias inteiras juntas. Ela achou o gramado imenso, ainda mais do que os pastos aonde levava os rebanhos. Chegou até a se perguntar se aquela grama seria boa para as ovelhas.

Dava para sentir o cheiro de comida. Uma mistura curiosa de salgado e doce. Era como no parque de diversões itinerante, mas o odor de carne predominava.

— São as linguiças... — explicou Blaise.

Ele usava um casaco azul-marinho e sapatos novos. Vez ou outra, soprava nas mãos largas para se esquentar e se esticava para procurar a lanchonete, indistinguível do lugar onde estavam. Blaise se parecia com a mãe. Os mesmos traços finos, o mesmo cabelo loiro e olhos de um verde imperial. Ele sempre havia sido imenso. Era a única coisa que tinha em comum com o pai. A alguns metros deles, o marquês estava cercado de outros homens. Pela primeira vez, Colette o via sorrir.

Então era isso, o futebol deixava as pessoas sérias felizes. As músicas das torcidas, a alegria, as gargalhadas, a descontração. Aquela multidão que se encontrava para festejar um acontecimento conquistou o coração de Colette.

Quando os dois times apareceram, ela ficou impressionada com a aclamação dos espectadores a sua volta. Nunca tinha visto aquele entusiasmo coletivo. Ficou toda arrepiada. O coração acelerou. Ela encostou no pulso: batia forte sob a pele. Blaise tinha explicado algumas regras básicas, mas, no fim, o importante era marcar gol. Como no recreio, quando os alunos jogavam bola e o gol era delimitado por casacos embolados no chão.

Marcar gol e não tomar gol. Também era preciso incentivar os jogadores. Os outros gritavam "vai!" quando um jogador dominava a bola com os pés. Até o marquês. Especialmente o marquês. O único lugar onde os homens se permitiam se emocionar era num estádio.

Nos primeiros vinte minutos, o Gueugnon foi dominado pelo Fontainebleau. O goleiro deles teve que esperar até o minuto vinte e um para tocar na bola. O do Gueugnon já tinha defendido três chutes fortíssimos, nos minutos doze, treze e dezesseis. E, toda vez, suspiros e gritos abafados de alívio se espalhavam pela arquibancada. Palavrões também. Ali, não era proibido. "Escanteio", certos torcedores repetiam. *O que é escanteio?*, perguntou-se Colette, sem coragem de perguntar em voz alta. Ocupado demais com a espera do intervalo, Blaise mal olhava para o campo.

Passados trinta e três minutos de jogo, depois de mais uma defesa do goleiro do Gueugnon, que começava a ser aclamado como herói, sortudo ou milagreiro, o time dele tomou as rédeas do jogo, marcando um gol. Um gol de cabeça. Quando a bola acertou a rede, o ar vibrou. Todo mundo se levantou no mesmo instante. Até o marquês. Especialmente o marquês, que, de novo, gritou mais do que os outros. Alguns balançavam bandeiras e outros, faixas. Então Colette fez como todo mundo, se levantou e aplaudiu. Sem coragem de gritar, mesmo morrendo de vontade. Na arquibancada norte, os torcedores esmurravam as chapas de metal. Era uma confusão dos infernos. Depois, ela viria a saber que essa arquibancada norte, coberta de chapas de metal, levava muitas pancadas a cada gol.

Quando o árbitro apitou o fim do primeiro tempo, ela sentiu um aperto no peito. Queria que continuasse. Blaise a pegou pela mão e a arrastou até a lanchonete, deixando o pai com os outros. Todos os torcedores pareciam ter marcado de se encontrar no mesmo lugar. O gol tinha eletrizado os homens, as mulheres e as crianças. Ela escutava a esperança na boca de todos. No começo, sentiram medo, mas, agora que o Gueugnon estava na frente, tinham que marcar outro gol logo no início do segundo tempo para deixar a vitória bem encaminhada.

Na fila, quanto mais se aproximavam da barraca, mais a mão de Blaise ficava quente e suada na dela. Ele acabou se aproximando do vendedor para pedir dois sanduíches e dois refrigerantes de laranja. Enquanto procurava o dinheiro no bolso, balbuciou para o garoto:

— Tudo bem? Quando você vai jogar de novo?

— Quarta-feira, contra o Saint-Marcel, no estádio da cidade nova — respondeu o rapaz. E lhes entregou duas garrafas e dois sanduíches.

— Obrigado. Tchau.

Blaise deu meia-volta como se tivesse visto o diabo, e os dois retornaram para a arquibancada, se acotovelando para abrir caminho.

— Qual é o nome dele? — cochichou Colette no ouvido de Blaise.

— Alain — sussurrou Blaise, ainda abalado por ter trocado três palavras com o outro.

— Bom, Alain exagerou na mostarda dos sanduíches. Está picante demais.

Eles deram uma risadinha, saboreando a mistura de laranja, pão quente e linguiça besuntada de mostarda.

O segundo tempo começou, e Colette ficou feliz imediatamente. Não graças à companhia de Blaise, nem à bebida mágica, mas porque tinha acabado de se apaixonar pelo que os jogadores faziam ali, na frente dela, no frio e naquela alegria generalizada.

Como se o futebol quisesse seduzi-la, fechar com chave de ouro esse amor incipiente, o time dos Forgerons marcou um segundo gol aos quarenta e sete do segundo tempo. E, nesse dia, Colette aprendeu o que significava soltar a bola no meio de campo, descer o campo, dar um passe, chutar a bola na rede, destino, sorte, entregar na mão de Deus.

48

6 de novembro de 2010

São oito horas quando empurro a porta da casa de Louis Berthéol. Ele mora no meio da rua Saint-Pierre, a aproximadamente duzentos metros da sapataria. Um frio úmido penetra todos os poros da minha pele. O céu está baixo, como se congelado. Mas o dia finalmente nasceu. Conheço esta casa como a palma da minha mão. Não mudou nada. Os canteiros, a pérgola perto do bicicletário, um pequeno moinho de pedra que Louis fez para a filha, cujas pás ainda giram, um barracão de jardim pintado todo ano. Tudo é minuciosamente organizado.

Quando eu era pequena, a esposa de Louis me dava medo de tão magra. Ela vivia doente, muitas vezes de cama. Louis tinha uma tigela cheia de balas na entrada e uma filha mais velha do que eu, que me fascinava. Ela estava na faculdade, cheirava bem, era alta, elegante e, acima de tudo, noiva. Para mim, ter sucesso na vida era estar prometida a um príncipe encantado. Minha nossa.

Na rua Saint-Pierre, a maioria das casas é idêntica, e quase todas geminadas. Elas pertenceram por muito tempo à usina, que as revendeu a proprietários particulares nos anos 1990. Que eu saiba, Louis sempre morou aqui. Acho que os pais dele já moravam na casa quando ele nasceu.

Bato à porta, ele grita para eu entrar. O chão do corredor está úmido e com cheiro de desinfetante de eucalipto. Dá para perceber que ele acabou de fazer faxina. As cadeiras estão viradas de ponta-cabeça, apoiadas na mesa da sala de jantar, mergulhada no escuro. Sentado à mesa da cozinha, Louis toma um café. Na frente dele, o *Journal de Saône-et-Loire* está aberto no caderno esportivo. É mais forte do que eu: aperto o interruptor, e a luminária do teto emana uma luz amarelada que aquece o ambiente. Nas

paredes, um relógio e duas fotos de casamento: o dele, e o da filha, trinta anos depois.
   O príncipe encantado envelheceu. Sorrio por dentro. *Já viu a cara do seu, Agnès? E mesmo assim ele deu no pé.* Sorrio por dentro de novo. Colette remorreu e, graças a ela, eu sorrio por dentro mais uma vez.
   — Pega um café — oferece Louis, apontando a cafeteira.
   Detesto água suja. Estou acostumada demais a tomar espresso.
   — Louis, acho que quero comprar de você a casa da rua Fredins, onde Colette morava.
   — Para quê?
   — Não sei.
   — Tem que fazer obra, se quiser modernizar.
   — Não tenho intenção de modernizar. Gosto como está, original.
   — Mas uma moça como você pode comprar até um castelo por aqui.
   — Não quero castelo nenhum, quero uma casa.
   — Ela não vale nem um centavo...
   — Bom, então não vou te pagar nem um centavo.
   Ele dá de ombros, como se dissesse: "Você é quem sabe."
   — Falando em casa — comento —, você conhece a pessoa que mora na da rifa do meu pai?
   — Antoine Été. Ele era médico, trabalhava no pronto-socorro de Chalon. Agora, conserta carros velhos. Principalmente desse tipo do Lyèce. Deve ter uns dez no quintal dele. Brancos, azuis, laranja. Parece até um campo florido. Ele comprou um terreno de um agricultor para deixá-los estacionados lá. Chega a ser bonito...
   — Só Méharis?
   — Isso.
   — Que engraçado, é o meu carro predileto... Meu pai também adorava. Ele ficaria feliz de saber que a casa da rifa tem tantos.
   — Onde você deixou as cinzas?
   — Espalhei por aí. Principalmente para os lados do lateral-esquerdo — respondo, sem saber onde essa posição atua no campo de futebol, além de, talvez, à esquerda.
   — Do lateral-esquerdo?
   — Aimé Chauvel.
   — Está falando de Aimé por quê?
   — E você está vermelho por quê, Louis?

Ele dá de ombros de novo, como quem diz: "Ah, deixa pra lá."

— Já selecionou a música da cerimônia de Lyon? — questiona, mudando de assunto.

— Ainda não. Certamente vou escolher alguma sonata interpretada pelo meu pai.

Ele me olha por um bom tempo. Parece triste e cansado. Passa a ponta dos dedos no jornal. Vejo que procura as palavras certas, e eu tenho tempo de sobra. Eu me sirvo de uma xícara de água suja.

— Escutou as fitas? — pergunta, enfim.

— Todas, não. Ainda não. E você, Louis, escutou alguma?

Ele fica chocado com a pergunta.

— Não. Eu não me daria essa liberdade. Essas fitas eram para você. No fim, viraram uma obsessão.

— Obsessão?

— Colette só pensava nisso. Quando eu ia visitá-la, ela estava sempre sentada na frente do toca-fitas gravando alguma coisa.

— Por que você não me ligou? Por que não me contou que ela estava viva?

— Você morava nos Estados Unidos. E, depois da morte de Blanche, Colette me fez jurar pela vida da minha filha que não falaria nada. Ela dizia que, se não soubesse nada, você não corria riscos. E eu ficava irritado, porque esse sujeito, esse tal de Soudkovski, acabava ditando as regras.

— Encontrei a mãe de Blanche há três dias. Ela mora em um lar para idosos em Sallanches, usa uma identidade falsa.

— Ela está viva? — pergunta ele, estupefato.

— Está.

— Como você a encontrou?

— É uma longa história… Mas começou com uma carteira de identidade escondida na casa de Colette, embaixo do móvel da TV.

— Que identidade?

— De Blanche Soudkovski, nascida no dia 7 de março de 1946, em Flumet. Dei o documento para Marie. É esse o nome dela. Marie Roman.

— Marie… Blanche… Colette nunca soube que eu tinha procurado um detetive. Teria brigado comigo e me chamado de irresponsável.

Ele abre um envelope em cima da mesa e me entrega uma matéria com a foto de um homem de casaco cinza, puxando um carrinho de feira. Curvado, baixo, de cabelo branco.

— Como é que esse velhinho ainda aterroriza tanta gente?

— Isso é o que eu queria saber... — responde Louis. — Era o vizinho perfeito. Discreto, quieto. Fazia compras de manhã e depois sumia de vista. Até o dia em que a pobre coitada que tirou essa foto da janela foi encontrada morta. Ela se chamava Mathilde Pinson. O fato de ele desaparecer logo após o assassinato despertou suspeitas. Ele tinha esvaziado a casa alugada, tirado tudo de dentro. E ido embora sem deixar rastro... De acordo com a investigação, a vítima era sua companheira.

— Quantos anos ela tinha?

— Era mais nova do que ele. Sessenta e três. Coitada.

— Ele foi preso depois de quase matar a mãe de Blanche. Tenho um amigo policial em Paris que está investigando o Soudkovski agora mesmo. Tenho que falar com ele sobre Valence... Por que Blanche tinha tanto medo dele? Você acha que ele teria agredido a filha?

— Ela nunca me contou nada. O terror ficava subentendido.

— Você guardou a matéria da *Nouveau Détective*?

— Eu decorei... Quando acabei de consertar "a maldita", como chamava a máquina de lavar de Colette — continua ele, esboçando um sorriso —, dei um jeito de ir ao banheiro com a revista, que elas esconderam na gaveta da mesa da cozinha. Eu sabia que elas logo iam queimar ou rasgar a revista e jogar no lixo. Colette tinha descido para a sapataria, e Blanche, ido para o quarto. Era um milagre aquilo ainda estar ali, na gaveta. Roubei e fui me trancar, que nem um ladrão. Se Colette me pegasse no flagra, talvez nunca mais me dirigisse a palavra. Juro que estava com as mãos tremendo, mas precisava entender aquilo. Se ponha no meu lugar! Procurei e encontrei a manchete que Colette tinha lido em voz alta: "Suspeito em fuga." O começo da matéria era um horror. Soudkovski tinha espancado a companheira, que queria abandoná-lo. Tinha um retrato dele, uma dessas fotos que a polícia tira de um suspeito detido. Devia ser um pouco antiga. O homem havia fugido depois de espancá-la e estava sendo procurado pela polícia. Segundo o artigo, ele já tinha enfrentado problemas na justiça por agressão e sido preso.

— Quer dizer que, depois de sair da prisão, ele continuou?

— Exato.

— E acabou matando.

— Sim. A matéria contava que a vítima, que era de Marselha, tinha se salvado por um milagre. Mas que levaria anos para voltar a viver normalmente, de tantas sequelas que teve.

Ele fecha os olhos.

— Lembra de mais alguma coisa, Louis?

— Não. Guardei a revista no lugar e fui embora sem pedir meu pagamento. Ele tinha fugido da polícia, estava foragido, então, a partir desse dia, não parei de me preocupar com elas. Ficava de patrulha na frente da sapataria... a qualquer hora. Era 2004, logo antes do verão. Eu queria ir à delegacia para avisar que Colette e a amiga sem dúvida estavam em risco, mas, para Blanche se esconder na casa de Colette, não devia confiar na polícia.

— Como ela era, a Blanche?

— Boazinha. Discreta. Igualzinha à sua tia, mas ao mesmo tempo completamente diferente. Dava para ver que as duas não tinham a mesma vida, a mesma história, e Colette sempre se camuflou na paisagem, enquanto Blanche, mesmo se quisesse, não conseguiria...

Ele olha para a foto do casamento, como se pedindo perdão à cara-metade.

— Na primeira vez que vi Blanche, ela devia ter uns sessenta anos... Na época, eu fiquei na minha, mas para você posso confessar, eu sonhava em levá-la para a cama. Beijá-la. Hoje em dia, não se diz mais essas coisas, mas, se eu pudesse dormir com ela... teria sido o mais feliz dos homens.

A conversa está tomando um rumo mais do que inusitado. Louis, padeiro aposentado, com quem a gente comprava *pain au chocolat* de manhãzinha ao sair do Tacot, com sua camisa quadriculada, diante da foto do seu casamento, me confessa a última coisa que eu poderia esperar.

— Você se apaixonou por ela?

Ele me encara, perplexo. Então, responde, direto:

— Era impossível não se apaixonar por ela. Impossível. Ela era bonita demais, mulher demais, tudo demais. O mundo inteiro se apaixonaria por ela. Até uma pedra, um pedregulho do rio.

— Mas... você acha que ela sentia o mesmo por você?

— Óbvio que não. Dava para ver que Blanche, em Gueugnon, queria era paz. Não uma aventura com um velho gagá que nem eu. Colette e Blanche eram amicíssimas. Era bonito de ver.

— Eu adoraria ver uma foto delas juntas.

— Ah, acho que não tem nenhuma.

— Mas elas saíam? Faziam alguma coisa fora de casa?

— Não que eu saiba.

— Que loucura... Você acha que uma já fingiu ser a outra?

— Acho que não. Não sei.
— Quando você soube de Blanche? Quer dizer, que Colette a escondia?
— Na Copa da Liga.
— Na vitória do Gueugnon no Stade de France?
— Isso.
— Em 2000?
— Isso.
— Quando Colette passou vários dias desaparecida?
— Isso.
— Ela estava com Blanche?
— Estava. Foi então que sua tia voltou com ela.
— Blanche passou sete anos morando em Gueugnon?!
— Sim. Sete anos.

49

6 de novembro de 2010

— Alô?
— Essa sua história não está me cheirando bem.
— Oi, Paul. Um segundo, estou dirigindo.
Viro na praça Forges, onde estaciono de qualquer jeito. Marquei de me encontrar com Lyèce, que saiu do trabalho ao meio-dia. Ele começou o turno às quatro da manhã e sugeriu de almoçarmos no Monge antes de ir cochilar.
— Tudo bem, patroa? — pergunta Paul.
— Tudo. Pode falar.
— Esse cara, o do circo, é procurado.
— Acabei de saber. Por causa de uma mulher que ele assassinou em Valence. E outra que agrediu em Marselha.
— E não é só isso. Também por falsificação e uso de documento falso. Falsidade ideológica há anos. Viktor Socha, um sujeito que desapareceu da noite para o dia. Nunca foi encontrado. Soudkovski se apropriou da identidade dele. Se mudou para a casa desse homem, pegou seus documentos, seu cartão de crédito, seu talão de cheques, acesso à conta-corrente, sua pensão militar. E se mudou de novo às pressas, antes que os vizinhos começassem a desconfiar. Esse cara sempre dá um jeito de se safar... Ele ficou em cana de 2000 a 2002. Foi condenado a cinco anos por lesão corporal grave contra a ex-mulher, mas liberado em dois por bom comportamento.
— Você sabe onde ele foi processado?
— No tribunal de Annecy, em 2000. Depois, foi mandado para Fresnes, onde cumpriu a pena. Não causou nenhuma confusão e saiu pianinho em 2002. Então em Marselha, em 2003, perdemos o homem de vista. Ainda não sei se ele conhecia Viktor Socha, um cara que não tinha residência fixa também, que nem ele. Nossa teoria aqui na polícia é que ele o encon-

trou, que Socha o acolheu, e que Soudkovski deu cabo dele para roubar sua identidade. Estamos começando a revistar a casa onde Socha morava na época, e o jardim.

— Onde isso?

— Em Urmatt, perto de Estrasburgo. O sujeito era solteiro, sem filhos. Sem família próxima. Um marginal que lutou na Argélia. A sorte grande para Soudkovski.

— Você sabe alguma outra coisa sobre o Soudkovski?

— Fiquei sabendo da ficha dele hoje cedo. Ele teria interrompido a atividade circense em 1970. Depois, fez uma série de bicos, como em almoxarifado, principalmente na região de Lyon. Tem apenas uma filha, que não parou de procurar.

Sinto um calafrio. Perco o ar. De novo. Sinto que vou desmaiar, que nem na prefeitura de Flumet. Desligo. *Meu Deus do céu*, tenho tempo de pensar, *o que está acontecendo comigo?* Sou despertada pelo toque do celular. Paul deve achar que desliguei na cara dele. Atendo, com dificuldade, no terceiro toque.

— Como você sabe? — consigo dizer.

— Do quê?

— Da filha dele. Que ele está procurando ela?

— Está tudo bem mesmo com você?

— Foi só uma onda de calor.

— Onda de calor em novembro, é?

Não digo nada. Paul não insiste.

— Foi um detento em Fresnes que contou. Soudkovski é um cara muito esperto. Não é de se abrir com ninguém, nem de desabafar. Mas, de acordo com esse detento, ele falava bastante da filha, dava uma de pai rejeitado, dizia que ela o tinha traído.

Não consigo pronunciar nem uma palavra. Estou de boca seca, com um nó na garganta. Acabo contando para Paul que a filha dele é a mulher que morreu. A que foi enterrada no lugar da minha tia no cemitério de Gueugnon.

— Essa história está indo de mal a pior. Vou aí na sua área para entender melhor a situação. Quanto tempo você ainda fica aí?

— Uns dez dias. Depois, vou para Lyon, para o velório da minha tia, onde devo encontrar Ana, que terá voltado das ilhas Maurício. Ela está de férias com o pai e...

Ele demora um momento para responder:

— Estou em Urmatt. Vou ver no que dá a revista na casa de Socha, depois sigo para aí. Quem é que está cuidando do caso em Guegne... Como é mesmo o nome do lugar?

— Gueugnon. O capitão Rampin, Cyril Rampin.

— Preciso que você me conte tudo que sabe, tudo que descobriu aí. Não podemos deixar esse doente solto.

— Tem uma coisa que ainda não entendi, Paul. Esse assassino deve ter mais de oitenta anos, como pode ainda ser um perigo para as pessoas?

— Ódio e loucura não têm idade, patroa.

— Você está com uma cara...

Lyèce está sentado perto da janela. Nathalie, ao lado dele. Um aroma delicioso envolve o salão iluminado do restaurante. Fico feliz de encontrá-los e cumprimento os dois com beijos antes de me sentar.

— Desculpem o atraso.

— Está de brincadeira? Aproveitei para contar para Nat do encontro com Line. E queria que você viesse porque... tenho uma coisa para falar... Mas primeiro você. Que cara de defunto é essa?

Respiro fundo, sorrindo para não cair no choro, mas, paradoxalmente, estou feliz, sem saber por quê. Não queria estar em nenhum outro lugar que não fosse este restaurante, em Gueugnon, com eles. Nem com Pierre, nem nos Estados Unidos, nem nada. Quero estar aqui, agora, entender o que levou minha tia a deixar a vida de lado para proteger uma mulher. E, depois deste almoço, reencontrar a voz de Colette e escutar como terminou o aniversário de Aimé Chauvel. Como posso agradecer minha tia por me dar este presente, suas confissões em fitas cassete? Logo dela, que era tão reservada.

— Então, comecei o dia espalhando as cinzas de Colette no estádio Jean-Laville, por volta das seis da manhã... Estava um gelo... Depois, passei na casa de Louis Berthéol, que voltou! Aleluia! E que me falou um monte... E, ainda por cima, acabei de falar com meu amigo delegado do Quai des Orfèvres, 36, que nem nos filmes, e que vai aparecer por aqui, porque o pai de Blanche, a mulher enterrada no cemitério no lugar de Colette há três anos, é um puta maníaco assassino procurado pela polícia na França inteira!

— Que loucura! — comenta Nathalie.
Lyèce fica sem palavras.
A garçonete de trança comprida que revira os olhos para qualquer pedido deixa o cardápio na mesa.
— Vão querer um aperitivo?
— Uma vodca pura, por favor.
Olhamos para Lyèce, que cai na gargalhada.
— Estou brincando! Schweppes, por favor.
A garçonete quase tem um treco. Ela não tem isso, não.
— Um Ice Tea, então.
Ela anota o pedido, mas avisa que vai precisar confirmar se tem.
— Água está bom — digo, em homenagem a Colette.
— Com ou sem gás?
— Sem. De garrafa, não da casa — especifica Nathalie.
— Estou com fome — comento. — Na verdade, morrendo de fome.
— Também me bateu a larica — brinca Lyèce.
— O que você queria me contar, Lyèce?

Os pais de Lyèce nunca souberam do vício dele. Ou, pelo menos, fingiam não saber. Ele sempre se drogava escondido. À noite, de madrugada, no escuro, no fim de semana, de janela fechada. "Ele tem o estômago frágil", a mãe dizia dele, "é um menino sensível." "É um garoto bonzinho", dizia o pai. "É do bem. Ficou em Gueugnon para cuidar da gente." Depois de venderem a loja, os pais ficaram na casa onde moravam desde que chegaram à França, em 1964. Lyèce tem uma irmã mais velha, Fatiha, e uma mais nova, Zeïa. A primeira é piloto comercial, e a outra, advogada. Elas são o orgulho da família tanto na França quanto na Argélia. Graças às bolsas de estudo, tiveram uma formação fantástica, enquanto Lyèce passava pelo ensino médio com dificuldade, detestava estudar, não dava a mínima. As meninas sempre com a cara enfiada nos livros, e Lyèce, com uma bola de futebol nos pés, até abandonar o esporte. "Você está cometendo um grande erro, garoto", lamentou o técnico. "Um grande erro. Você podia ir longe, virar profissional." "Não, técnico, não vou a lugar nenhum. Olha bem pra minha cara, não consigo nem sair do lugar." Lyèce cantava para quem quisesse ouvir, especialmente para si: *"Mes circuits sont niqués / Puis y a un truc qui fait masse* [...] *L'coeur transi reste sourd / Aux cris du marchand d'glaces."* "Entrei em curto-circuito, e tem alguma coisa emperrada."

A carreira dele foi na usina, nas linhas de produção. Nas esteiras das máquinas, e não do aeroporto, como a irmã mais velha. Ela vivia indo de Paris a Nova York; ele vivia de bobinas de inox. Aos dezesseis anos, Lyèce já dividia um quarto e sala com um colega para poder beber em paz depois do serviço.

Fatiha se casou. Quando ele virou titio, sentiu uma alegria sem tamanho. No entanto, pouco depois de Sohan nascer, Lyèce desenvolveu uma obsessão enlouquecedora. De perder o sono. Começou a ligar sempre pedindo notícias à irmã, e logo passou à agressividade: "Quem é que está cuidando dele? Quem é essa babá? Ela é casada? Tem filhos? De que idade? Você confia nela? Quem é ela? Ele nunca fica sozinho, né? Tem certeza? Tudo bem com ele? Nada de estranho? Você está de olho? Como é que é?! Sozinho em um aniversário?! Mas quem é que vai nessa festa?! Você perdeu a noção!" Até o dia em que Fatiha desligou na cara dele. Porque ela não sabia, não tinha como entender. Ninguém teria. Lyèce nunca contou do abuso para as irmãs, nem para os pais. Por muito tempo, Nathalie foi a única a saber do segredo dele.

No ano passado, Nathalie levou Lyèce para tirar umas férias. "Vem! Vamos escapar para Nice! Vamos aproveitar!" Eles alugaram uma quitinete com vista para o mar, no centro histórico. Passaram as férias devorando pizza e *pan bagnat*, comprando óculos escuros, perdendo os óculos escuros, comprando lavanda e cartões-postais sem destinatário, tomando banho de mar. O clichê perfeito. Êxtase puro. Pela primeira vez, Lyèce viveu com leveza. Nathalie ia ficando vermelha, Lyèce, bronzeado. As mulheres olhavam para ele, e Nathalie olhava para essas mulheres.

Às vezes é assim, nosso cérebro não faz a conexão. A gente vai parar em uma cidade e esquece que, nessa cidade, mora alguém. Um amigo de infância, uma namorada de escola, um antigo colega, uma prima, um tio, um pedófilo.

No dia 7 de julho de 2009, eles foram ao Palais des Festivals de Cannes para ver uma projeção de *La Tournée des grands espaces*, um tributo a Alain Bashung, cantor predileto de Lyèce. Nathalie tinha conseguido lugares na primeira fileira. "Você é uma irmã pra mim, sério", disse Lyèce, comovido. Eles saíram flutuando em um tapete mágico, passearam pelas calçadas de Cannes, emendando café descafeinado, sorvete, copos de água e músicas. Passaram por todo o repertório de *Fantaisie militaire*, o álbum preferido de Lyèce.

Foi cantarolando "La nuit je mens" que Lyèce o viu. Primeiro, uma sombra chamou sua atenção, depois, uma pessoa. É o que acontece antes de nos darmos conta. Entre a multidão, uma presença, um perfil se destaca. Enfim, Lyèce percebeu que *ele* estava ali. Que era *ele*, a aproximadamente sessenta metros. Estava sozinho. Perambulando pela avenida Croisette. Esguio, seco, de nariz empinado. Não era do tipo de olhar para baixo, não. Parecia estar voltando para casa, um cara normal, andando a passos rápidos regulares, serenos, sob os postes de luz. Ele sempre se safou, nunca passou pelo hospital psiquiátrico, nem sentiu o medo no estômago ou teve uma vida de fracassos, nada disso. Ele se aposentou em Cannes, na Riviera, passou despercebido... Prazo de prescrição. Prescrição. Prazo previsto pela lei, quando a justiça não pode mais ser feita.

Quando Nathalie viu o rosto de Lyèce, seguiu seu olhar, reparou nele e exclamou:

— Ele mora em Cannes!

Ela não o conhecia, mas tinha visto as poucas fotos dele que ainda se achavam na internet na época. Depois, ela moveu céus e terra atrás daquele homem, a ponto de fazerem desaparecer qualquer rastro da passagem dele por Gueugnon. Não tinha dúvida. Estava mais velho, mas era ele.

Nathalie viu o rosto do amigo se desfigurar à sua frente. Seu olhar transparecia terror, incredulidade e desamparo. Depois do dia do vestiário, Lyèce tinha cruzado com ele. De longe. No estádio, nos jogos, na rua Liberté, no supermercado. Depois do dia do vestiário, Charpie o cumprimentava educadamente, e Lyèce respondia "bom dia" com igual educação.

— Vamos atrás dele? — propôs Nathalie.

Como Lyèce ficou calado, ela insistiu:

— Lyèce, quer ir atrás dele?

— Para quê?

— Sei lá. Não quer falar com ele?

— Para quê?

— Para ele se desculpar... não sei.

— Se desculpar... — repetiu ele, com os olhos arregalados.

Eles se encararam e se levantaram ao mesmo tempo. Em questão de segundos, estavam logo atrás do homem. Nathalie pegou a mão de Lyèce, que apertou a dela. Pareciam um casal na avenida, à meia-noite, em um dia de verão, caminhando lado a lado despreocupados, embora estivessem tensos e nervosos como nunca. Ainda tinha gente passeando, mas as ruas iam ficando mais vazias.

— De onde você acha que ele está voltando, a uma hora dessas? — perguntou Lyèce.

— Talvez de um jantar na casa dos amigos.

— Ele não deve ter muitos amigos.

— Em Gueugnon, ele tinha um monte.

Depois de uns dez minutos, Lyèce soltou a mão de Nathalie e correu até ele. Pegou o homem pelo braço.

— Licença, o senhor tinha um cachorrinho. Cadê seu cachorro?

Charpie se virou para Lyèce e o olhou como olharia para qualquer indivíduo, ainda por cima árabe, que o interpelasse agressivamente à meia-noite. Lyèce sentiu as pernas bambas, mas se manteve firme.

— Não esqueça nunca que no seu mundo eu pareço um bandido, mas, no meu, o criminoso é você — declarou Lyèce.

O homem ficou lívido. E, contra todas as expectativas, se desvencilhou de Lyèce e desferiu um soco no ombro dele, um golpe surpreendentemente violento, antes de sair correndo. O choque fez Lyèce cair para trás.

— Seu arrombado! Arrombado! — Nathalie berrou na direção de Charpie.

Algumas pessoas que passavam por ali pararam e os abordaram:

— Tudo bem com vocês? O que houve?

Alguém perguntou para Nathalie se o senhor tinha roubado alguma coisa dela.

— Vidas, meu senhor — respondeu ela, chorando —, esse homem roubou foi vidas.

— Quer que eu chame a polícia, senhorita?

— Não, tudo bem, meu senhor, obrigada.

Nathalie e esse homem ajudaram Lyèce a se levantar. Ele estava em choque, mas não tinha quebrado nada.

— Só estou com o corpo um pouco dolorido — disse ele.

— Quer que a gente tente alcançá-lo? — perguntou Nathalie.

— Não. Viu, ele deve ter no mínimo uns setenta e cinco anos, e você viu aquela força? Imagina só vinte e cinco anos atrás! Como é que a gente ia escapar?

Depois, ele chorou sem parar nos braços de Nathalie. Eles passaram uns bons minutos assim, antes de voltarem de carro para Nice.

A amiga propôs que retornassem no dia seguinte para procurá-lo. Lyèce não quis.

— Para quê? Falei o que tinha para falar. Agora, se me encontrar com ele, vou matá-lo. E aí? Vou morrer na cadeia por causa de um lixo que acabou comigo? Ele vai queimar no inferno, e sabe muito bem disso. Será que ele me reconheceu?

— Reconheceu. Ou, pelo menos, entendeu do que você estava falando. A reação dele foi uma confissão.

— Nat, quantas você acha que foram?

— Quantas o quê?

— Quantas vítimas?

— E aí?

— Aí a gente passou os últimos dias de férias em Nice, sem pisar em Cannes outra vez. Eu cheguei a voltar lá sozinha, depois da morte de Charpie.

— Você não teve vontade de fazer justiça com as próprias mãos, Lyèce?

Falei um pouco alto demais. Os clientes da mesa ao lado, um casal, ou pelo menos acho que são, se viram para mim. Lyèce me sorri. Nesse momento, me lembro do que Louis disse, dos dois sorrisos da minha tia. Lyèce faz a mesma coisa.

— Ter vontade de matar alguém é uma coisa. Matar é outra. Não sou assassino, Agnès… Bom, amigas, vou deitar, que estou exausto. Amanhã começo a trabalhar às quatro de novo. O que vocês vão fazer hoje?

— Vou daqui para o jornal. Tenho três matérias para entregar.

— Vou voltar para casa, escutar o fim de uma das fitas. É sobre um jantar de aniversário entre Aimé Chauvel e Colette, em cima do café Thillet.

— Um jantar de aniversário! — exclama Nathalie.

Dessa vez, foi ela quem falou alto e pareceu incomodar o pessoal da mesa ao lado.

— É. Em 1976.

— Será que eles viveram um romance, sua tia e ele? O aniversário era de quem? — questiona Nathalie.

— De Aimé. Dezoito anos. Ainda não sei se ele descongelou ravióli, cassoulet ou cuscuz, nem se eles viveram um romance... Não vejo a hora de descobrir.

— Se eu fosse você — diz Lyèce —, transformaria essas gravações em filme. Essa história toda.

— Talvez eu escreva um livro.

— Um livro? É como fazer um filme? — pergunta ele, em voz alta.

Ele já está em pé, me dá um beijo. Eu respondo, porque quero mantê-lo aqui.

— Fazer um filme é escrever para personagens reais ou fictícios, com luz, imagens, palavras e sentimentos...

— Verdade — acrescenta Nathalie. — E quando um livro é extraordinário, contém luz, imagens, palavras e sentimentos. E os personagens viram reais, porque a gente se apega a eles.

— Fico feliz de ter reencontrado vocês. Amo vocês dois.

— A gente também te ama — respondem eles, em coro.

— Na verdade, estou pensando em comprar a casa da rua Fredins.

— Por quê?

— Para voltar mais vezes.

50

Rebobino um pouco a fita número 20. Do aniversário de Aimé, só para escutar.

COLETTE
[...] *O sol ainda batia na parede. Sugeri que abríssemos todas as janelas para arejar, porque continuaria quente por uma ou duas horas, mas depois certamente ficaria mais fresco. Ao dizer isso, pensei que, de qualquer modo, dali a duas horas eu estaria em casa e que não podia ficar sozinha com aquele rapaz. Havia algo estranho ali. Por que ele não tinha convidado nenhum amigo da idade dele? Ele nem me deu tempo de perguntar, pegou logo os presentes embrulhados que eu tinha deixado na mesa. "São para mim?"*
"São."
"Que gentileza."
Hoje, tenho sessenta e um anos e já era para eu estar morta. Então não estou nem aí para o que acham de mim, para o que é bom ou ruim. Quando abriu os presentes, Aimé falou que nem uma criança: "Caramba, ABBA, amei... Ah, Boney M., é muito legal para dançar. Bonito, isso aqui, é o quê? Um vaso com tampa?"
Nunca fiquei tão feliz. Era por causa da presença dele. Era como se, ao lado dele, tudo tivesse um cheiro bom, fosse agradável. O rosto dele, os olhos, o cabelo, as mãos, a camiseta branca, as pernas imensas, a pele marrom.

Silêncio.

COLETTE
A felicidade surge em lugares e níveis diferentes na vida. Minha vida é simples. Passei a vida toda aqui, consertando sapatos e copiando chaves. Ao

contrário de você e de Jean, nunca me mudei. Quando seu pai foi estudar em Lyon, com David Levitan, fiquei feliz. Quando escutei a primeira gravação dele de Chopin em vinil, fiquei feliz. Quando consertei sozinha meu primeiro par de sapatos e entendi que eu tinha um ofício, fiquei feliz. Quando peguei você e Ana no colo pela primeira vez, fiquei feliz. Quando vi seu primeiro filme, fiquei feliz. Quando vi o mar, fiquei feliz. Mas nunca fiquei tão feliz quanto nesse dia 19 de julho de 1976. Ele, que não tinha um pano de prato, tinha um toca-discos novinho em folha. Vários compactos ficavam empilhados no chão. Eu não conhecia os artistas nas capas. Conhecia apenas a música do seu pai e os cantores franceses que tocavam no rádio. Ele colocou o disco do ABBA para tocar, e eu escutei "Dancing Queen". Adorei.

Falei para Aimé que meu irmão, Jean Septembre, era um grande músico.
"Eu sei", ele respondeu.
"Ah, é?"
"Conheço a história dele. A sua história."
"Quem te contou?"
"Perguntei por aí."

Não tive tempo de responder: ele pegou minha mão, ficou bem encostadinho em mim, colocou a outra mão na minha cintura, e dançamos juntos. Aquela proximidade. Pensei em Blaise imediatamente. O único garoto com quem eu tinha dançado na vida. "Para treinar, por via das dúvidas", dizia ele.

Deu vontade de chorar, mas eu tinha alegria. A tristeza tentou invadir, mas não conseguiu, porque aquele instante era diferente de todos que eu já tinha vivido. A luz, o calor, a presença dele, a música, o champanhe. A beleza é, e será sempre, mais forte.

Silêncio.

Colette

Eu nunca tinha me divertido com algo que não fosse o futebol, nunca com alguém. Nunca tinha ido a um baile. Era tímida demais. Ninguém havia me cortejado. Eu não tinha amigas. Blanche estava longe quando eu tinha dezesseis anos, vinte, quarenta, cinquenta. Tinha um rapaz, sim, um cliente da minha idade. Mokhtar dizia que ele vivia arranjando motivo para ir à sapataria. Que mandava consertar os sapatos dos vizinhos todos só para me entregar um par novo, na espera de um sorriso.

(Ela ri.)
"*Olha só, minha filha, ele nunca traz sapatos do mesmo tamanho, deve estar revirando os armários da família inteira!*"
Eu não gostava dele. Mokhtar me incentivava a sair, ver o mundo, mas eu preferia ficar sozinha. Depois que Blaise e Jean foram embora, a verdade é que fiquei muito sozinha.

Ela toma alguns goles de água e continua a narrativa.

Colette
O ritmo de "Dancing Queen" é lento, mas a gente estava ensopado de suor. Bebemos os copos todos, o champanhe foi parar no meu nariz. Comecei a tossir, e Aimé, a rir. Ele botou ABBA para tocar de novo e, no fim da segunda dança, senti um mal-estar. Fui tomada pela dúvida. E se ele tivesse feito uma aposta com alguém? Se sim, para quê? Levar para a cama a solteirona? Beijar a sapateira só por beijar? Por que eu estava sozinha na casa dele? Por que ele me tirou para dançar? Me ofereceu champanhe? Mas, na terceira dança, o mal-estar passou. Aimé transmitia muita simplicidade, muita doçura. Ele era puro. Tinha alma de criança e corpo de adulto. Parecia mais velho do que era. E, pela primeira vez na vida, decidi aproveitar. Eu nunca tinha feito isso. Aceitar, usufruir. Nem sei quantas vezes ele botou a música para tocar. Vinte, talvez. Mais, quem sabe. No fim, a gente sabia de cor, sem entender nem uma palavra. Aimé comentou: "Não entendi nada além de 'dancing queen'." A gente cantarolava qualquer besteira. Ele tinha acabado de se formar na escola e entrar na usina. Trabalhava de manhã e treinava à tarde. Na época, era assim, os jogadores eram semiprofissionais. Os invejosos viam isso com maus olhos. Chamavam os atletas de metidos, de inúteis. De mimados e preguiçosos. "Tem quem trabalhe e tem quem jogue futebol."
Ele foi à cozinha para descongelar o ravióli em uma panela laranja. O mesmo laranja da minha máquina de copiar chaves. Aimé demonstrava prazer por tudo que fazia, onde quer que estivesse. Ele era leve. Continuou cantando, enquanto pegava dois pratos descombinados e talheres. Eu fui ao quarto dele. Abri várias gavetas e finalmente encontrei o que procurava, uma camiseta. Tirei meu vestido justo demais e vesti a camiseta, que batia nos meus joelhos. Entrei no banheiro minúsculo dele, tão pequeno quanto o meu na rua Pasteur... Lembra, Agnès, que você reclamava da minha banheira apertada? Você detestava aquela casa. Enfim. Me perdi. Quando vi meu reflexo no espelho, tive

um choque. Eu nunca havia vestido roupa de homem, muito menos camiseta. Minhas roupas também te irritavam. Você achava que eu me vestia que nem uma velha. Uma vez, você devia ter uns doze anos, escutei você comentar com Lyèce: "Minha tia se veste como se estivesse no século passado! Parece até que ela nasceu há cento e cinquenta anos. Pra que fazer de tudo para ficar feia? Não aguento." Não é que eu não quisesse ser vista, Agnès, é que eu não podia. Já falei: eu queria me camuflar na paisagem. Era tranquilo, prático. E, apesar das minhas roupas, da minha aparência, do meu penteado que nem merece ser chamado assim, Aimé me viu.*

Um longo silêncio. No que ela estava pensando? Por que me contou isso tudo? Que confissão inesperada. Que confiança em mim. A culpa me sufoca. Felizmente, eu mudei com os anos. Felizmente, ao crescer, ao envelhecer, mudei minha opinião sobre ela. Passei a ver Colette com outros olhos.

COLETTE
Naquela noite, na casa de Aimé, ao me ver no espelho, não sei se foi por causa do champanhe, da música, do batimento cardíaco dele no meu ouvido, eu rejuvenesci. Parecia ainda mais nova do que no dia em que fui virar aprendiz de Mokhtar. Molhei o rosto, a nuca. Na época, ainda tinha o cabelo um pouco mais comprido. Eu o tinha prendido para ir até a casa de Aimé. Soltei a presilha.

Ela para de falar. Resta apenas o silêncio. Que frustração. Soltou o cabelo, e depois? Eu a escuto na cozinha, o barulho de pratos. Depois de uns vinte minutos, ela fala com algum bicho. Sem dúvida, um gato que passou pelo quintal. Enfim volta para o gravador — será que percebeu que não pausou a gravação?

COLETTE
Aimé mora em Gueugnon. Eu gostaria que você o encontrasse, Agnès. Sempre quis que vocês se conhecessem.

Fim da gravação. Deixo o outro lado tocar. Nada. E eu choro que nem uma criança deixada pelos pais no primeiro dia de aula.

51

1961

— Esse dinheiro todo, esse dinheiro todo... — rumina Georgette, pressionando a bochecha.

Ela não seca as lágrimas, ela as esmaga. Por que pensa nisso agora, no hospital? Ela estava na multidão para ver o sorteio, em julho. Danièle choramingava. Tinha visto uma barraca de doces.

— Eu quero! Eu quero! — insistia a menina, puxando a barra da saia da mãe.

— Depois, já falei. Depois.

Tinha que ver Gueugnon. Uma feira de gado na praça Forges! E um palanque para Jean e para o prefeito, como se ele fosse o presidente da República! Era tanta, mas tanta gente... E o vigário do lado dos dois, metido no esquema... Parecia até um pavão... tinha armado tudo... Uma casa de prêmio... só faltava essa. Para a família Septembre chamar atenção, para falarem dela, fofocarem por aí, era o cúmulo. O sobrenome dela apareceria em manchetes do jornal, e por muito tempo. O sobrenome dela, transformado em uma loteria gigante para mandar aquele menino para Lyon! Uma arrecadação, como se eles fossem mendigos! Logo eles, que não faziam mal a ninguém. O que tinham feito para merecer uma coisa daquelas?

Georgette tinha certeza de que era a marquesa quem estava por trás daquela confusão toda, daquela catástrofe. Não tinha outra explicação. Era sua vingança por Georgette ter contado ao marquês sobre a viagem para Lyon. O vigário estava às ordens de Eugénie de Sénéchal. A família tinha até um banco reservado na igreja.

Georgette foi tomada por um acesso de loucura quando escutou Jean dizer ao microfone: "Obrigado pela ajuda de todos. Nunca vou esquecer o que fizeram por mim e, graças a vocês, vou realizar meu sonho." Viu todo mundo se virar e olhar para ela. Ela, a mãe do garoto. Não olharam para o prefeito, o diretor, o vigário, Jean. A multidão olhou foi para ela. De novo, a vergonha. Georgette soltou um grito que ninguém escutou, abafado pelos aplausos. Ninguém escutou seu urro, além de Danièle, que ficou com medo da mãe, recuou bruscamente e caiu sentada.

O que ela se lembra desse instante não é do nome de quem ganhou a casa, nem do olhar de desprezo de Colette, nem mesmo do beijo que Jean deu na marquesa como se fosse a mãe dele... O que ela lembra é de um número: 67 milhões. Foi o diretor que anunciou, orgulhoso: a rifa recolheu 67 milhões. Seu filho ficou rico por obra do Espírito Santo. Da noite para o dia. Como era possível?

Ela ainda está ruminando quando Colette chega ao pronto-socorro para ver a irmã. Foi Blaise quem ligou para a sapataria, para avisá-la: "Danièle está no hospital. Minha mãe disse que é grave."

— O que ela tem? — pergunta a garota a Georgette. — O que os médicos disseram?

— Meningite, parece. Mas não têm certeza. Disseram que é incompreensível. A febre subiu, subiu... E a menina não suportou — responde ela, esmagando outra lágrima no rosto.

Colette observa Danièle, que dorme profundamente. A respiração dela parece rápida. As pálpebras fechadas se agitam, nervosas.

— Se ela morrer, eu também vou. A vergonha, eu já tenho... Esse dinheiro todo para Jean. O bom Deus não gosta de mim. O bom Deus me detesta. Vai levar minha filha embora.

Colette fica chocada. A mãe mistura tudo. Jean, Danièle, a rifa, a doença. A garota não a suporta mais desde que Georgette denunciou a marquesa.

— Mas do que você está falando? — pergunta Colette, mais alto do que gostaria. — Esse dinheiro não é para Jean, é para pagar a pensão dele, os estudos. O dinheiro não é dele!

— Enterre nós duas em Curdin, na estrada Bois.

— Danièle não vai morrer... Não fala essas coisas perto dela. Ela está escutando...

— Eu sinto que ela vai morrer. E tem só três anos. Acha que ela entende alguma coisa?

— Para!

— Você é grossa comigo. Sempre foi.

Colette não responde. Dá um beijo na testa de Danièle. Quantas vezes beijou a irmã, desde que ela nasceu? Uma? Duas? Elas sempre foram distantes. Deve ter dado a mamadeira para Jean mil vezes, mas nunca nem pegou Danièle no colo. A menina está ardendo em febre. Colette desaba assim que encosta no cabelo da irmã. Chora lágrimas quentes, pega a mãozinha na sua. Olha para a pequena adormecida, muito doente, e percebe que sentia mais empatia quando um cordeiro ia ser degolado.

Ela não sente nada, parece que está a anos-luz da menininha. Mas, ao mesmo tempo, é uma criança. Inocente, frágil. Colette não ama nada naquela criança. Será ciúme do amor que a mãe tem por ela?

Ela conclui que é como a genitora: insensível com algumas pessoas. Fica arrasada diante da constatação. As lágrimas se avolumam. A mãe continua a esmagar as dela, em silêncio. De repente, a mãozinha de Danièle se mexe na de Colette. Ela está acordando. Reconhece a irmã, e Colette se sente um monstro.

— Você ficou doente, mas agora já passou, vai sarar.

A mãe corre até a menina, que geme ao vê-la. Georgette já se esqueceu da mais velha e lhe dá as costas. Enfermeiras passam por lá e um médico informa que aparentemente a vida de Danièle não está mais em risco, mas que vão mantê-la internada por alguns dias, sob observação. Colette vai embora sem se despedir de ninguém.

Duas horas depois, ela compartilha com Mokhtar um jantar rápido na cozinha. Foi com o mestre sapateiro que encontrou o acolhimento do lar.

Ao fim da refeição, Colette conta o que aconteceu no hospital e diz a ele que, no domingo, vai visitar a irmã no castelo para tentar ficar mais próxima dela e construir uma relação. E que vai aproveitar para falar com a marquesa, que tanto fez por Jean.

Enquanto isso, em Lyon, Jean se sente sozinho. Desesperadamente sozinho. Ele não tem coragem de confessar isso a ninguém. Não está prosperando com os Levitan, apesar de tudo que as pessoas fizeram por ele. Além disso, o olhar do vigário e de Colette pesa nele, o persegue. Um olhar repleto de confiança, uma confiança que ele perde a cada dia. Lamentar-se ou decepcioná-los está fora de cogitação. Mas sua rotina é tão austera. Triste e solitário. Ele não gosta nada do apartamento que divide com o casal. Nem do cheiro, nem da cor amarelada. Muito menos do peixe recheado que servem no sabá. Entre si, David e Élia Levitan conversam em iídiche, uma língua que vem do alemão, mas os dois raramente falam. Élia vive calada. Parece bem mais velha do que o marido, e alguém poderia até pensar que são mãe e filho morando juntos. Não há nenhuma criança para fazer barulho. Jean vê algumas fotos de família nas paredes, mas não arrisca perguntar nada. Ali, ninguém diz "bom dia", "boa noite", "durma bem", "como está?", apenas se olham e dividem o espaço em silêncio. Como em um templo ou em uma biblioteca, a respiração sempre contida.

David Levitan fala apenas para ensinar música. E Jean detesta as aulas. Sente que perde a capacidade de tocar piano a cada aula com o novo professor, supostamente extraordinário. Assim que fecham a tampa do piano, um véu de silêncio cobre todos os cômodos. Até por baixo dos lençóis gelados do quarto. Há dois meses, o frio caiu sobre a cidade de Lyon, e o apartamento parece a Sibéria.

Jean vai a pé para o colégio. David Levitan analisa seu boletim como um médico examinaria o eletrocardiograma de um paciente moribundo. Só aceita notas bem acima da média, pois o conservatório recruta apenas bons alunos.

Quando volta para casa, ao fim do dia, Jean pratica com o professor. Apenas o dedilhado. Por horas e horas a fio. O dedilhado se constrói de acordo com o tamanho das mãos, mais precisamente a envergadura, o espaço entre os dedos. Levitan o faz treinar cada dedo, privilegiando os exercícios que fazem o menino decorar o teclado, com deslocamento de cinco em cinco notas, sempre efetuados pela mesma mão.

— Mais tarde — impõe ele —, você treinará a distância entre o polegar e o indicador. Temos tempo! Apenas o exercício diário fará você alongar as mãos e desenvolver a fluidez de punho necessária para tocar... a agilidade, a independência e a força de cada dedo. E, quando finalmente estiver à vontade, treinaremos com os dois dedos mais fracos. Apenas eles. Com a prática, com os anos, você vai memorizar os intervalos e espaços, e todos eles vão estar no sangue. Vai tocar apenas com as posições corretas, e quase não vai mais precisar olhar as partituras.

Por que não olhar mais as partituras?, pensa Jean. *Para quê?* Levitan o faz treinar como se fosse um atleta, e não um artista. Daí seu desespero. Ele não entende o que está fazendo ali, e está cheio de dúvidas. Em Gueugnon, ele era ouvido, admirado. Ali, mora em uma geladeira de sentimentos, uma antessala da existência, depois de se esforçar tanto para chegar àquele lugar. Ele quer vibrar, e arrisca dizer isso ao professor quando não aguenta mais treinar seu maldito dedilhado:

— Professor, eu quero vibrar.

Ao que Levitan responde, estreitando os olhos — pois ele nunca sorri —, que, antes de vibrar, é preciso aprender a se destacar. A levitar. E, assim, a vibração será ainda mais intensa. Para o jovem pianista, é incompreensível.

Os três jantam às nove da noite. Na sala, soa apenas o ruído dos talheres. Jean tem direito a um dedo de vinho tinto, que acha repugnante, mas que o ajuda a dormir. Após a refeição, Élia se enfurna no quarto, David se instala na poltrona para ler e Jean se refugia nos próprios aposentos. Antes, para dormir, ele adorava decifrar as partituras, mas, de acordo com o professor, começar a tocar piano assim é que nem aprender a escrever antes de saber falar. "Leia livros, será muito mais importante para formar sua sensibilidade de concertista", declarou, e guardou as partituras na gaveta. "Depois eu devolvo. Pode escolher um livro na biblioteca da sala. Temos muitas opções. Mas cuide bem deles."

Jean gostaria de desabafar com alguém. Está sufocado pelo tédio e pela solidão. Tanto esforço, tanta luta, para acabar ali. Na rua Joseph-de--Maistre, número 3, onde deverá passar sete anos, se, dali a quatro, entrar para o conservatório.

Parece intransponível. Ele enxerga esses anos como uma montanha impossível de escalar. O que fazer? Fugir? Desaparecer? Se resignar? Com quem pode falar?

Sua mãe? Impensável. Sua irmã? Inimaginável. Blaise, é lógico. Jean escreve para ele sobre todo o seu desespero e suplica para que não conte a ninguém. É segredo. O amigo de infância responde que vai visitá-lo no domingo. Ele conhece bem os Levitan. David e Élia são amigos íntimos da marquesa.

Como é possível? Como esse casal austero pode ser íntimo de Eugénie de Sénéchal, tão solar, tão doce? Mas ela se casou com o ser mais rígido e antipático do mundo, afinal. Como são estranhas a vida e as pessoas.

52

Journal de Saône-et-Loire, 25 de outubro de 2010

"Mistério em Gueugnon: quem jaz no cemitério? O enterro de Colette Septembre ocorreu em Gueugnon no dia 13 de agosto de 2007 e contou com a presença de diversos amigos e membros do FC Gueugnon, do qual ela era torcedora fanática.

Irmã do célebre pianista Jean Septembre e tia de Agnès Dugain, cineasta igualmente famosa, Colette Septembre era também muito conhecida na cidade por ter trabalhado em uma sapataria na rua Pasteur, de 1960 a 2007.

Ninguém esqueceu a gentileza, a discrição e o profissionalismo da simpática sapateira. Entretanto, a mulher, que parecia não ter história, levou consigo um grande segredo. Mas isso ocorreu em 2007 ou alguns dias atrás? Pois o corpo sem vida de uma mulher encontrada na manhã de terça-feira na periferia da cidade pode ser o de... Colette Septembre. Ela teria falecido dormindo, na noite do dia 21 para o dia 22 de outubro. A polícia está trabalhando para identificar o corpo. Se for confirmado que se trata da sra. Septembre, deverão exumar e identificar o corpo que repousa no cemitério, sob seu nome, há três anos.

Mas por que Colette Septembre teria vivido no anonimato desde 2007, sem dar sinal de vida a amigos e familiares?

O jornal manterá os leitores informados do progresso da investigação."

Nathalie Grandjean

31 de outubro de 2010

Ele leu e releu o jornal. Dez vezes. Mais, talvez. Verificou a data de publicação. E olhou a foto que acompanhava a matéria, datada de 2003. Os homens posando alinhados, de uniforme. E essa mulher perto deles. De calça e suéter pretos. Cabelo preso. O contrário *dela*. Sempre com roupas coloridas, com o olhar atrevido, o cabelo solto. Que ele lembre, ela nunca o prendia. Contudo, o rosto parece o dela. Mas ela teria se vestido assim, desse jeito tão estranho? Ela, uma sapateira? Não. Uma torcedora de time de futebol? Impossível. Além do mais, ela não passara a vida toda naquele buraco. Morta, sua filha? Impossível. Ele teria sentido. Desaparecida, sim. Fugida, com certeza. Morta, não.

Foi ao embrulhar as garrafas de vinho no jornal que ele se deparou com a matéria. Ele não lia jornal, fora o *Paris-Turf*. Sempre teve medo de dar com aquela cara. Ele estava reclamando de ter que fazer uma besteira daquelas. Do que adiantava embrulhar as garrafas?

— Para proteger! — retrucou Mathilde.

— E o jornal vai proteger a garrafa?

Era como cauterizar uma perna de pau. Ela andava dando nos nervos dele.

— Você embrulha cada garrafa com três folhas, depois guarda tudo na adega.

Em vez de insistir, resolveu obedecer. Afinal, ela estava preparando um picadinho cheiroso, e ele nunca tinha comido tão bem quanto com ela. Logo ele, que já tinha passado fome. Uma, duas, três folhas de jornal. Umas trinta garrafas. Uma, duas, três. Na décima nona garrafa, uma página, a doze. No alto, à esquerda. Primeiro, o que chamou sua atenção foi "Gueugnon", fazendo-o parar o que estava fazendo. Ele conhecia. Tinha passado por lá, fazia muito tempo. Ele tinha passado por muitos lugares na vida, mas se lembrava do nome. Era um nome diferente. "Cemitério. Mistério. Anonimato." Coincidência? Era bom pensar. Gueugnon, Gueugnon... Não lhe vinha nada à mente. A menina já tinha nascido quando ele passou por lá? E a foto da morta na matéria. O rosto o assombrava, voltava à memória sem parar.

Ele tinha vivido sempre com base na intuição. E sentiu imediatamente que deveria ir para lá. Perguntar para entender. Nada o impedia. Desde 2004, ele se chamava Viktor Socha. Esse seria seu nome até morrer. Ele tinha mudado fisicamente, envelhecido, não existia mais o jovem Soudkovski. As últimas fotos da polícia ou dos jornalecos já tinham mais de dez anos.

Ao terminar de embrulhar as garrafas, deixou a matéria separada. Passou minutos analisando o retrato da morta com os jogadores de futebol. Encontrou outras fotos e outras matérias na internet. No arquivo do *Journal de Saône-et-Loire*, mencionavam muitas vezes o irmão dela, pianista. A cara dela. Mas não era *ela*. Disso, ele tinha certeza. Pensando bem, não só Blanche já estava nascida quando ele passou por aquelas bandas, como ele tinha chegado a voltar. Será que ela havia feito amizade com alguém? E ele? Teria se metido com alguma mulher, engravidado alguém?

A lembrança volta em rastros ínfimos: ele tinha dormido com mulheres que se ofereciam e forçado outras. Mas as cidades se confundiam em sua velha cabeça doente. Todas as praças onde montava a lona eram parecidas. Ele precisava entender. Então, se decidiu. Desligou o computador e pediu o carro emprestado para Mathilde. Tinha que fazer uma viagem, bate-volta. Era urgente. Um dia, dois, no máximo.

Ela estava botando a mesa. Virou-se para ele e respondeu, sem pestanejar:

— Tudo bem, mas eu vou junto.
— Nem pensar. É assunto particular. Não é da sua conta.

Ele conheceu Mathilde quando desembarcou em Valence. No começo, não deu atenção à vizinha. Depois, passou a desconfiar dela. Ele não entendia como tinha chamado a atenção daquela mulher. O que ela queria com ele? Era intrometida demais, rechonchuda demais, loira demais para seu gosto. Uma matraca de cabelo oxigenado. Por fim, ela cuidou tão bem dele que ele cedeu às investidas. Todo dia uma quiche, uma fatia de bolo, *boeuf bourguignon* ou um gratinado em um prato deixado no parapeito da janela. Depois de recusar ou adiar o milésimo convite, acabou atravessando a rua para tomar o aperitivo na casa dela, e por lá ficou. Ele não precisou se esforçar para seduzi-la, nunca tinha se esforçado com ninguém, e parecia agradá-la exatamente como ele era. Cachorro velho, quieto, a pele maltratada pelo trabalho e pela cadeia. Mas, apesar da idade, ele tinha bom porte. O corpo esguio e musculoso funcionava que nem uma máquina velha, bem-cuidada e lubrificada. O que dava defeito era a cabeça. Ele tinha passado anos atrás da esposa e da filha. A ponto de enlouquecer. *Onde tinham se metido aquelas duas vagabundas? Blanche tinha feito que nem a mãe, dado no pé... Duas safadas. Mãe e filha, fugidas.*

Mathilde tinha um computador. Ele aprendera a usar quando estava preso. Ela criou um perfil para ele, "Viktor", e ele passava muito tempo on-line. A internet era útil para encontrar pessoas, para investigar. Aquela geringonça fuçava tudo quanto era canto da França e de Navarra. Ele salvou alertas para duas identidades: Marie Madeleine Roman e Blanche Soudkovski. Mas não deu em nada. Parecia que elas nem tinham existido. Ou só apareciam as erradas. Ele encontrou inúmeras xarás de Marie Roman, e algumas matérias sobre o processo dele em Annecy. Mais nada.

Sabia que tinha metido a ex-mulher em uma cadeira de rodas e que ela vivia sob uma identidade falsa. Tinham repetido muito isso no tribunal. O advogado de Annecy que o defendeu antes da prisão o alertou: "A sra. Roman não vai comparecer ao julgamento e mudou de identidade." Fez também a recomendação que o exasperou: "Nem pense em procurá-la, é a pior ideia possível." É óbvio que ele começou a procurar assim que foi solto. Mas nada. Nem sinal dela. Ele entrou em contato com os hospitais, os asilos, os sanatórios, todo tipo de clínica, fingiu ser um parente, às vezes até um médico, nunca desistiu. Vasculhou as regiões de Savoie, de Haute-Savoie, os locais vizinhos. Tinha certeza de que aquela "puta" não havia saído da área onde nascera.

Por quê? Por que ele não a matara? Pelo menos, não teria sido preso à toa. Blanche o traíra, o denunciara. Sua vingança seria terrível. Contra as duas. Quando pensava nisso, e não parava de pensar nisso, sentia o ódio invadi-lo, os músculos tensionarem, a pele arder, e imaginava o que faria com elas. Elaborava as cenas mais macabras. Depois, ele se mataria. Era velho, só vivia para encontrá-las e partir com elas.

Fazia quatro anos que ele estava envolvido com Mathilde Pinson. Mas cada um na sua, pelo menos. Nunca se encontravam na casa dele, sempre na dela; três noites por semana, ele atravessava a rua. Eles tinham cada um a própria rotina, ele fazia pequenos consertos, navegava na internet, puxava peso e se alongava na garagem, apostava nos cavalos, lia o *Turf*. Ela, servidora pública aposentada, via novela, cozinhava e fazia palavra cruzada nas revistas que ele comprava. Ele folheava tudo antes de entregar para ela, por medo de que falassem dos "casos" nesses tabloides. Era completamente paranoico, como todo fugitivo. Até quando Mathilde ia ao médico, ele ia junto para garantir que a mulher não acharia nenhuma matéria comprometedora na sala de espera. Nunca falavam dele na TV. Ele havia estropiado as vítimas, mas, como elas não morreram, a grande mídia não se interessou. Depois do caso em Marselha, onde ele tinha enfeiado a "última piranha", ele havia escapado por pouco. E aí, a salvação... Em 2004, tinha encontrado aquele velho Socha, se refugiado na casa dele. Um "viajante", que nem ele. Depois de algumas semanas morando ali, para dar tempo de descobrir onde ficavam escondidos os documentos e as senhas do banco, ele se livrou do outro. Brincadeira de criança. Era a primeira vez que matava um congênere a sangue-frio. Antes, foi em rixas, e ele mal lembrava. Não tinha opção, a ocasião era perfeita. Envenenou o homem com monóxido de carbono. Colocou uma boa dose de soníferos na sopa, arrastou-o para a garagem, ligou o carro, fechou a porta. *Tchau, irmão, nos vemos no inferno.*

    Ele se mudou imediatamente. Queimou o carro e a placa. Ninguém ficaria surpreso com a partida de Socha, era um filho da mãe que os vizinhos não suportavam. Desses que envenenam gato e pegam raposa em armadilha. Soudkovski trocou de pele, mudou de identidade. Como foi fácil vestir a roupa de outra pessoa! Uma bênção, esse caro Viktor. A sorte grande. Ele recebia até a pensão militar, logo ele, que nunca nem tinha pisado na Argélia! Era Mathilde que cuidava dos seus documentos, fazia a declaração de imposto de renda, resolvia essa chatice toda. Ela faria tudo por seu querido Viktor.

    Os dias pareciam tranquilos. Só que faltava a filha. E ele nunca dormiria tranquilo se não a pegasse. Sabia que um dia seria diferente. Sempre soubera. Morta ou viva, ele a encontraria. Talvez esse dia estivesse chegando.

    Só que Mathilde, de mão na cintura, o encarava com um semblante engraçado, repetindo pela terceira vez que, se ele quisesse o carro, ela iria junto. Ele nunca havia encostado um dedo nela. Não tinha dado um tapa sequer. Tudo tinha uma primeira vez. Mas eram os outros que se comportavam mal, que decepcionavam, que traíam. Não era ele.

    — Quer que eu te dê um safanão? É isso que está pedindo?

    — Se encostar a mão em mim, eu ligo para a polícia e conto tudo.

    — Tudo o quê? — perguntou ele, cerrando os punhos, com uma cara séria.

— Que você nunca lutou na Argélia. E que para você mentir é que nem respirar... Já ouviu falar de histórico?
— ...
— É só usar o computador depois de você e ver o que você fuçou. Você tem culpa no cartório, meu pobre Viktor. Quer dizer, Viktor é só maneira de dizer, não é? Se você for embora, nunca mais vamos nos ver. E eu nunca suportaria isso... Então vou junto, e pronto. Agora senta. Não se desperdiça picadinho... Já cozinhou bem — acrescentou Mathilde, tirando o avental.

Se fosse outro dia, ele a teria degolado ali naquele mesmo instante. Sem nem pensar. Cortado a garganta. Como se faz com cordeiros, porcos, lebres. Teria acabado com ela, sem escrúpulos. Ele nunca tivera tempo para escrúpulos. Tinha que salvar a própria pele. Desde que havia nascido, agia como um cão de matilha, o que morde mais forte para se safar. Mas ele se sentou, estava com fome. Uma pergunta em especial o rondava. E ele precisava da resposta antes de ir embora.

— Onde você achou os jornais para embrulhar as garrafas? Não são os que eu costumo comprar.

Mathilde sorriu. Revelou os dentes amarelos que escovava todo dia, em vão, com pasta clareadora. O queixo duplo tremia, os dedos inchados estavam rosados. *Uma porquinha de vestido florido.*

— A sra. Pons trouxe ontem de Cluny. Com salgadinhos e caixas para arrumar as garrafas.
— A sra. Pons?
— A dona do brechó, sabe?

Lógico. A loja de quinquilharia de merda na esquina. Um monte de cacarecos vendidos por uma fortuna e expostos na vitrine porque tinham mais de cinquenta anos. Enquanto as pessoas de mais de quarenta anos são descartadas, os objetos ganham valor ao envelhecer.

Ele engoliu o picadinho e pensou que podia deixar o corpo refrigerado por quarenta e oito horas. O tempo de fazer a viagem. A adega serviria. Ou o freezer. Depois, resolveria o que fazer. Ele nunca tinha sentido dó. De ninguém.

Havia perdido a mãe aos quatro anos. Ela foi tirada dele. Restava apenas a lembrança do cheiro de leite, do calor, da doçura. O rosto e o sorriso dela, debruçados sobre ele. E, de repente, sua morte, como uma maldição. Um buraco escuro e fundo, gente chorando ao redor dele. Para ele, uma queda sem fim, um fluido gelado nas veias. Uma dor permanente. O pai louco de pedra. A vida sob a lona, a domesticação e a chibata desde que abriu os olhos para o mundo. Que merda colossal, esse mundo. Depois da morte da mãe, ele não sentiu mais a doçura de um carinho. Não suportaria se alguém tocasse sua pele com delicadeza. Nem Mathilde tinha direito de tocá-lo. Ele metia nela ou a mandava chupar, e depois pegava no sono de lado. Nunca dormia profundamente. Sono pesado era coisa de gente mimada, não era para ele. Para ele, a carne humana era medo e podridão. Que nem dos bichos e dos deficientes, que ele botava no mesmo saco, que serviam só para explorar ou devorar.

    Nada nem ninguém o impediria de encontrar a filha. Talvez a pista fosse falsa, aquela história de cemitério e de senhora morta duas vezes, uma senhora que era a cara de Blanche, mas tinha que verificar. Assim que acabasse de comer.

53

7 de novembro de 2010

— Ele esteve em Gueugnon no dia 1º de novembro. Temos certeza até de que ele entrou aqui.
— Aqui?
Aperto o braço de Paul.
— Nesta casa.
Eu me seguro nele para não cair. Nem penso, de tanto medo. Paul não diz nada. Parece irrequieto. Acaba de chegar à rua Fredins.
— Paul, você está de brincadeira?
— Francamente, patroa, tenho cara de quem está de brincadeira? Por que acha que estou aqui? Para você me olhar com esses belos olhos?
— Aqui, nesta casa?
— É. E vamos recolher impressões digitais.
— E ele deve ter vindo que dia?
— Dia 1º de novembro.
— Quando fui a Flumet com Lyèce.
— Ele foi ao cemitério pela manhã. Rampin colocou dois policiais na entrada para vigiar o túmulo de Colette Septembre, e um deles se lembra de ter visto um senhor idoso ao volante de um Twingo verde com placa de Drôme dar meia-volta às pressas. Ele pensou que o sujeito devia estar com a vistoria do carro atrasada. Só que o Twingo sem dúvida pertencia à última vítima de Soudkovski, Mathilde Pinson.
— Ele está procurando Blanche.
Paul confirma com a testa franzida.
— Tem mais uma coisa — acrescenta ele, pisando em ovos.
— O quê?
— Ele usou o telefone fixo daqui para ligar para o próprio celular. Para salvar o número. Faz muito tempo que ele utiliza um celular pré-pago,

que rastreamos graças a essa ligação. Acabamos de descobrir que ele comprava crédito de celular na banca da rua onde morava em Valence.

— Cacete, que pesadelo! Cadê ele, Paul? Cadê o Soudkovski?!

— Menor ideia. Depois de vir à sua casa, quer dizer, à casa da sua tia, temos certeza de que ele voltou a Valence. Depois, o perdemos de vista. Ele sabe muito bem passar despercebido. A essa altura, pode estar muito longe, ou bem aqui ao lado. E, hoje em dia, é um velho. Ninguém desconfia de um velho. Ninguém olha para os idosos... Você vai precisar se concentrar. Vamos vasculhar todos os cômodos para verificar se ele não roubou nada.

— ...

— Vou ficar aqui até a exumação — diz Paul.

— A exumação?

— Acabei de pedir ao procurador. É urgente.

— De Blanche?

— É. Precisamos proteger o corpo. Acho que ele é capaz de profanar o túmulo dela.

De novo, aquele calor sobe pelo meu corpo. Minhas forças se esvaem subitamente. Minha visão fica turva, pontadas perfuram minha cabeça, tento falar, mas não sai nada da boca, teto preto, um pânico abominável esmagando meu peito, e mais nada.

Devo ter perdido a consciência só por alguns segundos, e, ao abrir os olhos, encontro Paul mais incrédulo do que assustado.

— Tudo bem? Esse tipo de crise te acontece muito?

— Ultimamente, sim.

— O que é?

— Não sei. Muitas emoções, com certeza — respondo, com o pouco humor que me resta.

Eu me levanto, não quebrei nada, nada dói. Ando um pouco pela sala. Abro a mala e verifico a quantidade de fitas lá dentro. A conta parece fechar. De qualquer modo, eu tinha levado a mala para Flumet. Quando ergo a cabeça, vejo Paul, que me encara com uma expressão intrigada. Adivinho o que ele está pensando.

— Você acha que estou grávida?

Ele fica vermelho, envergonhado.

— Eletrocardiograma da minha vida amorosa? Uma linha reta — digo. — Morta há séculos.

E nenhum dos dois diz mais nada. Damos uma volta pela casa. Nada parece ter desaparecido. Na sala onde moro, minha mala não foi revirada; eu perceberia. No banheiro e na cozinha, tudo está em seu devido lugar. Ele não teria roubado dois copos velhos, nem quatro comprimidos de analgésico. Verifico no quarto de Colette que seus poucos pertences ainda estão guardados no armário. Na sala da máquina de costura, a coleção de futebol segue onde estava. As placas funerárias também.

— E a caixa de fotos?

Entro em pânico, procuro por todo canto. Tenho certeza de que guardei com a coleção.

— Que caixa de fotos, Agnès?

— Uma caixa rosa... É uma caixa de sapato, embrulhada em papel rosa. Colette usava para guardar fotos minhas. Desde bebê.

Congelo só de pensar que esse indivíduo roubou minhas fotos.

— Se ele entrou aqui, foi para procurar Blanche... Por que teria roubado minhas fotos?

Paul pega minha mão, com uma expressão de pesar.

— Ele é um obsessivo... Desses que vão até o fim, custe o que custar. Não tem lógica na cabeça dele.

— Mas por que roubar minhas fotos? E como ele descobriu o endereço de Colette?

— Ele certamente seguiu você.

SEGUNDA PARTE

1

Hannah Ruben
Um roteiro de Agnès ~~Dugain~~ Septembre

Cena 1

   Lyon, 1942. Apartamento burguês e grande. Piso de taco, sanca. Sala de estar e de jantar conjugadas, vastas, cujas paredes são inundadas pela luz de julho que vem das janelas amplas. Soldados alemães usam um carrinho de carga para deslocar um piano de cauda preto. Eles gritam, suam, parecem exaltados, nervosos, apressados.
   Alguns arrancam quadros, outros ensacam louças, dois faqueiros de prata na caixa, um chanukiá (castiçal de nove braços usado pelos judeus na celebração do Chanucá), duas luminárias Gallé, um espelho.

   Nota: planos fechados nas fotos da família. Pais, duas crianças, um bebê.

Cena 2

   Quarto. Plano fechado nos dedos de um homem que ri bem alto e revira gavetas, tirando delas lingeries, batons e pó de arroz Caron. Esse plano deve parecer um estupro. Outros soldados da SS revistam um armário de fundo falso. Roubam todas as joias (detalhar com produção de objetos) e a prataria, incluindo um copo de prata comemorativo do nascimento de um bebê, com o nome "Hannah" gravado.

Cena 3

Mesmo edifício. Plano geral externo. Passamos para o andar de baixo, onde mora a família Gravoin.

Enquanto isso, a pequena Hannah, de dois meses, a única que escapou da prisão que levou seus pais, seu irmão e sua irmã mais velhos no andar de cima, está no colo de uma senhora idosa, que canta a música "Insensiblement" em voz baixa:

De forma desapercebida, você entrou na minha vida,
De forma desapercebida, se alojou no meu coração,
Encontrei em você mais que uma amiga,
Mais que uma irmã,
Formamos harmonia,
O acorde maior.

Ao lado dela, Éléonore Gravoin, mulher de aproximadamente trinta anos, bonita, com uma expressão angustiada, escuta os passos dos soldados no andar de cima. Ela tira do pulso da bebê adormecida uma correntinha com o nome "Hannah" e troca por outra, com o nome "Marthe" gravado.

Fusão de imagens.

1952

Dez anos depois, a menina usa duas correntinhas no pulso, em uma está escrito "Hannah" e na outra, "Marthe". Éléonore, a mulher que rezava na cena anterior, tem quarenta anos, e a senhora que cantava está morta, à luz de velas. Diversas pessoas estão reunidas ao redor do leito onde ela repousa. Dentre elas, a jovem Hannah, com um violino na mão. Ela começa a tocar "Insensiblement" para a avó falecida. A menina está desvastada pelo luto. Toca a música com perfeição.

Fusão de imagens.

1962

Hannah tem vinte anos e ainda usa as duas correntinhas no pulso. Está diante de um bolo magnífico. Amigos da mesma idade, três moças, dois rapazes, tocam "Parabéns pra você" no violino em homenagem a ela. Éléonore e seu pai adotivo, Benjamin, estão perto dela.

Éléonore: Faz um pedido, meu bem.

Hannah fecha os olhos e sopra as velas. Todo mundo aplaude. É uma moça bonita de tranças castanho-claras, solar e tímida. Percebe-se que está muito comovida.

Hannah: Meus queridos pais, meus queridos amigos, faz vinte anos que a guerra roubou de mim meus outros pais, meu irmão e minha irmã. E "roubou" é o mínimo que posso dizer. Eles foram tirados de mim e exterminados. Restam algumas fotos deles, graças à mamãe (ela olha nos olhos de Éléonore), e às vezes sonho com eles. Eles me visitam em sonho, falam comigo e olham por mim de onde estão, como se tentassem me tranquilizar. Hoje não posso deixar de pensar neles, que não tiveram a minha sorte. A sorte de sobreviver, de ser amada e protegida pela família que me acolheu. Papai, mamãe, nunca falei de vocês como pais adotivos, e sim como meus outros pais. Se minha mãe biológica não tivesse me entregado à minha outra mamãe na véspera da invasão, eu hoje não estaria comemorando minhas vinte primaveras. Penso também, com carinho, em minha querida avó. (Ela levanta o pulso para mostrar a pulseira.) Agradeço a Marthe, que salvou Hannah das garras da loucura antissemita. Vou usar essas duas correntinhas no pulso sempre, para nunca esquecer. Agora, é hora da festa! Um brinde àqueles que eu amo e sempre amarei. Aos meus amigos do conservatório, e à vida bela!

Todo mundo aplaude, exclama "Parabéns!" em coro. Os amigos do conservatório tocam uma valsa alegre e convidativa no violino. Todos dançam.

8 de novembro de 2010

Meu celular toca, e atendo, porque é Lyèce.

— Tudo bem, Lyèce?
— Que voz estranha. Está fazendo o quê?
— Relendo anotações.
— Ah. Anotações de quê?
— Comecei um roteiro sobre a história da minha mãe.
— Que notícia foda!
— São só anotações, ainda não é um projeto.
— Que pena.
— Essa história toda que estou vivendo agora me deu vontade de mergulhar na vida de Hannah Ruben.
— Eu não sabia o sobrenome dela.
— Ela foi a única sobrevivente de uma batida nazista. Uma família católica, que depois a adotou, escondeu minha mãe... A família biológica dela nunca mais voltou.
— Você sabe o que aconteceu com eles?
— Temos o número do trem para Auschwitz. Minha avó, meu avô, minha tia e meu tio foram exterminados.
— Você nunca me contou essa história.
— Minha mãe nunca falava disso. Então eu também não.
— Você é judia, Agnès?
— Sou filha de mãe judia, então sou judia. Meu pai ia à missa quando voltava para Gueugnon, em memória do padre Aubry. A verdade é que os dois tinham fé, mas não eram praticantes. Nunca pisei em uma sinagoga.
— Você devia fazer um filme sobre isso.
— Lyèce, não quero mais fazer filme nenhum... Fiz uma reserva para as sete. Quero apresentar Paul para vocês.
— Onde ele está hospedado?
— No Monge, onde mais estaria? É o único hotel.
— Por que não está dormindo aí com você?
— Paul não é meu namorado! É um policial que sempre me ajuda em assuntos técnicos, e...

— Tá... A Line vai também — interrompe-a Lyèce.
— Line?
— De Flumet, a moça da prefeitura. Estou apaixonado, quero me casar com ela.
Eu caio na gargalhada.
— Para de rir. Estou decidido. A gente vai se casar, já falei que não tenho tempo a perder.
— Lyèce, você conheceu essa moça na semana passada.
— E daí?
— Daí, por que se casar?
— Porque sou romântico.
— Dá para ser romântico sem se casar.
— Acho que não.
— Sério? No fundo, você é um velho conservador.
— Rá, rá, rá. Até mais... Agnès?
— Oi?
— Você deveria fazer um filme.
Ele desliga.

Paul sentou-se ao lado de Adèle, e Hervé, ao lado de Line, que se sentou colada em Lyèce, de mãos dadas com ele debaixo da mesa, eu e Nathalie de frente para os cinco. Ao puxar a cadeira, pensei no meu primeiro filme, *O Banquete dos Anciões*. No lugar que escolhemos à mesa. Ou no que os anfitriões escolhem para nós. Sempre tive horror a lugares marcados. Eles têm algo de desagradável, uma coisa incômoda, que nem uma gola de lã que pinica. Outros decidindo por nós, nos infantilizando. Quem ficará na melhor posição? A seleção é feita por categorias, e não por afinidades. O convidado é cinco estrelas? Quatro? Ou só três?

Na Córsega, depois da gravação de *O Banquete dos Anciões* e do nosso casamento, acompanhei Pierre em um jantar muito badalado, em que celebridades da televisão e atores famosos se encontravam para as férias. Pierre e eu acabamos nos separando na chegada, e eu fiquei na mesa das crianças, entre duas menininhas e um adolescente simpático. Não sabiam o que fazer comigo, a cortesã ou fã que acompanhava o *imenso ator* Pierre Dugain. Ninguém me dirigiu a palavra. Ninguém sabia que tínhamos acabado de nos casar. Bebi muito champanhe para aliviar o desconforto e terminei jogando Uno com as crianças.

Alguns meses depois — meu filme já tinha saído e sido recebido com sucesso imediato —, encontrei de novo a anfitriã que tinha me enxotado para a mesa das crianças no jantar. Ela não tinha a mais vaga lembrança de mim. Branco total. Claro que eu não disse nada. Ela rasgou elogios ao meu trabalho e concluiu o monólogo com um convite para jantar na casa dela, em Paris, com alguns amigos "selecionados a dedo". Estávamos em um festival de cinema, não lembro mais qual. Respondi com a maior educação que precisava consultar minha agenda e que ligaria para ela.

Embora seja confidencial, Paul nos contou que a exumação de Blanche ocorrerá no dia 25 de novembro. Ou seja, dez dias após o velório de Colette. Já estou por aqui de cemitérios. Paul janta rapidinho. Ainda tem muito trabalho, diz. É simpático com todo mundo, se interessa pela profissão de Adèle, faz inúmeras perguntas sobre seu dia a dia de enfermeira: "Que horas você começa, quantos pacientes por dia, você deve ver de tudo..."

Ele nos revelou que Soudkovski, sem dúvida, foi a Gueugnon depois de ter visto a matéria de Nathalie, que repercutiu em todo o país. Deve ter ficado intrigado com a história... e, principalmente, com a foto no jornal. Senão, por que mais ele voltaria para cá? Nathalie fica confusa, devastada. Ele a tranquiliza. Ela não tem culpa. Não dá para controlar a loucura dos outros. Paul não menciona que o delinquente invadiu minha casa, nem que roubou minhas fotos, pois não sabe se já contei. E eu resolvi não tocar no assunto. Não tenho nenhuma desculpa. Esquecer-se de trancar a porta é uma burrice tremenda, ainda mais porque a casa era o refúgio de Colette. Se ela passou três anos escondida ali, foi porque se sentia protegida naquele lugar. E eu apareci e larguei a casa aberta para quem quisesse entrar. Paul informa que o cemitério de Gueugnon ficará sob vigilância até a exumação, pois a notoriedade de Soudkovski estourou depois do assassinato de Mathilde Pinson. Ele também é o principal suspeito do possível assassinato de Viktor Socha, cujo corpo foi encontrado enterrado no jardim e atualmente está em processo de autópsia. A polícia por enquanto não informa nada à imprensa. Tudo que ele nos conta deve ficar entre nós, nesta mesa.

— Citamos o assassinato de Mathilde Pinson, sem mais detalhes. Soudkovski não pode saber que é procurado sob a identidade de Socha. E, quando tiver certeza de que é a filha que está enterrada no cemitério, acredito que ele vá se matar.

Meus amigos ficam de queixo caído. De todos eles, quem parece mais perplexa é Adèle. Ela está branca que nem um fantasma. Por fim, pergunta se não estou correndo perigo. Paul faz que não com a cabeça e a tranquiliza. A obsessão daquele homem é Blanche Soudkovski e Marie Roman, que vive sob uma identidade falsa.

2

Fita número 53

Colette

1969. Começou com uma pinta no pescoço. Quando ele vestia a camisa, o colarinho roçava na pinta e incomodava. Por que o nome tão inofensivo de "pinta", se é uma lesão cutânea? Não entendo. Particularmente, odeio esses sinais na pele. "Tenho muitas, minha filha. É de família", resmungava ele, quando eu lhe dizia para ir ao médico.

Eu observava aquele negócio no pescoço dele, que acabei achando horrível, cada vez mais vermelho. E o negócio ia crescendo, enquanto Mokhtar não parava de emagrecer. Ele era lindo, Mokhtar. Ele era outro nível. Tinha um porte altivo, se orgulhava do trabalho. Seguia bons princípios, nunca falava mal de ninguém, mas não era ingênuo — quantas vezes não dirigia a mim seu olhar fervilhante, como se dissesse... coisas engraçadas, sem dizer uma palavra. Sobretudo quando um cliente desagradável ou arrogante jogava dinheiro no balcão ao buscar um par de sapatos. Ele era discreto e simplesmente elegante com a vida. Quando penso que ele acolheu Jean, gastou as economias com isso, depois de anos juntando dinheiro para "a viagem"... Que generosidade! Mas ele era mais teimoso que uma mula.

"Como é que vou no médico só para mostrar uma pinta?" Ele lambuzou de pomada aquele troço durante meses. "Isso desinfeta, resolve tudo."

Acabou indo ao médico a contragosto, e tarde demais. No fim, coçava tanto que resolvi tomar a decisão por ele. Pela primeira vez desde que tinha entrado na sapataria. Marquei a consulta e o acompanhei para garantir que ele iria. Na sala de espera, fiquei mal. Mokhtar fingia ler uma revista, mas dava para notar sua angústia. Ele nunca teria admitido. Homem que é homem não sente medo.

Labori, o médico anterior ao dr. Pieri, fez cara feia quando viu o tamanho e a forma do melanoma. Deixou que eu entrasse no consultório, e eu me sentei diante da mesa enquanto eles estavam na sala de exames. Não vi a cara do médico, mas escutei seu silêncio. Um silêncio muito longo. E sua voz, grave até demais: "Vamos remover isso imediatamente, sr. Bayram, vou ligar para o hospital." Quando eles voltaram, Mokhtar desviou o rosto. Ele tinha entendido. Era eu quem preenchia os cheques para ele assinar. Tive dificuldade de preencher aquele, minhas mãos tremiam, as lágrimas contidas me impediam de enxergar o que escrevia.

Na época, Jean tinha ido embora atrás do piano, e eu já sabia que, quando um artista está mergulhado na paixão, nós o perdemos. Eu não tinha mais notícias de Blaise, e me restava apenas Mokhtar, meu porto seguro, meu sol, meu mestre, minha vida. Hoje posso dizer que ele foi meu pai de verdade.

Três dias após a consulta, ele foi operado, mas já era tarde, os gânglios da garganta tinham sido afetados. O câncer tinha se espalhado. Propuseram um tratamento agressivo localizado para atacar a metástase. Um tratamento cavalar, como enfatizou o médico. Mas ele respondeu: "E eu lá tenho cara de cavalo?" Recusou tudo. E continuou trabalhando todos os dias, como se não fosse nada. Se eu mencionasse o câncer, ele se fechava. Primeiro, tomava aspirina para aplacar a dor, e era eu quem ia buscar o remédio na farmácia. Depois, passou para outros comprimidos, muito mais fortes. Ele ficou mais debilitado, mas continuou trabalhando. Foram nove meses entre a operação e o último dia. Toda manhã, eu o encontrava na sapataria, a gente comia ao meio-dia, ele tirava um cochilo no divã, escutava o rádio e sempre soltava palavrões na própria língua quando algum político falava no noticiário.

À noite, eu preparava o jantar. Mokhtar me dava instruções para "quando não estivesse mais aqui". Ele me pedia para anotar tudo, e eu registrava cada palavra em um caderno de escola. Até o fim, ele me acompanhou aos jogos de futebol e encontrou o padre Aubry para tomar café todas as manhãs.

Até que, certo dia, não se levantou. Não abriu a loja. Eu tinha uma cópia das chaves dele, as quais nunca tinha usado. Um primeiro cliente chegou e encontrou a porta fechada. Acredite se quiser, era o filho do proprietário da sapataria que tinha acabado de abrir pertinho da nossa, na rua Saint-Pierre. Um rapaz da minha idade. Ele trazia um saco de plástico branco com um par de botas pretas. Nós dois tínhamos vinte e três anos. Eu não chamei ninguém. Sentei no primeiro degrau da escada que levava à porta de Mokhtar e chorei. O rapaz veio se sentar ao meu lado. Ele era bonitinho, parecia ser muito gentil, com seus olhos grandes e azuis. Imediatamente me inspirou confiança.

"Qual é o seu nome?", perguntei.
"Louis."
"Você tem medo dos mortos?"
Ele ficou apavorado.
"..."
"Por favor, Louis, entre comigo."
Ele me seguiu, mas de longe. Abri a porta com dificuldade. Estava tremendo ainda mais do que no dia em que preenchi o cheque do médico. Louis ficou atrás de mim. Pedi que me esperasse na porta. Entrei sozinha... Vi um monte de remédios na mesa de cabeceira. Acho que ele pôs fim à própria vida, ou que aumentou a dose de analgésicos para não sofrer tanto, e seu bom coração, seu enorme coração, cedeu. Meu rei tinha falecido.

Ela não pausa a gravação, mas deixa minutos demorados se passarem antes de retomar a palavra. Não faz um som sequer. Deve ter ficado parada perto do gravador, sem dizer nada, sem se mexer.

Colette
Quando saí, me refugiei no abraço de Louis. No dia em que perdi Mokhtar, conheci Louis Berthéol. Eu ainda não sabia, mas, no dia em que achei que tinha perdido tudo, não perdi tudo.

Pedi dinheiro emprestado à marquesa para enviar o corpo de Mokhtar ao país dele. Queria que ele ficasse perto do irmão, da família. Passei dez anos pagando aquele empréstimo, até o último centavo, que foi quitado em 1979. Jean nunca soube. Ninguém nunca soube. É a primeira vez que conto isso para alguém.

O resto, você sabe. Aluguei a casa e a loja. Fui morar na casa de Mokhtar, essa de que você não gostava... Você fazia uma cara quando chegava...

Ela abafa o riso.

Colette
E cuidei da sapataria dele até 2007. Perpetuei sua memória. E, depois de mim, Louis, que herdou a propriedade dos pais, continuou alugando-a para sapateiros.

A família de Mokhtar o enterrou em Túnis, no cemitério de Djellaz. Em 1986, sua irmã me mandou uma foto do túmulo, cercado por toda a família. Você a encontrará na última página da minha coleção — no livro da tempo-

rada 1981-1982, dentro do caderno no qual anotei as instruções para quando ele não estivesse mais aqui.

Por favor, Agnès, quando eu me juntar a Jean e Hannah, inscreva "Colette Septembre Bayram" na nossa lápide.

Lista de coisas a fazer quando Mokhtar não estiver mais aqui:
Estou fingindo escrever. Estou fingindo escrever.

3

9 de novembro de 2010

— Ela fingiu escrever quando Mokhtar ditava os últimos desejos. Nunca vamos saber que desejos eram esses.

— É porque ela tinha medo da morte dele. Anotar teria materializado um pesadelo que ela se recusava a enfrentar. Não me surpreende. Nada que vem dela me surpreende.

— Colette passou três anos fingindo estar morta...

— Na véspera do enterro, ela me telefonou. Sabia que eu estava sozinho. E me disse: "Aimé, sou eu. Eu não morri. Não conte para ninguém, para ninguém mesmo." Acho que ela repetiu "para ninguém" dez vezes, no mínimo. E acrescentou "Eu te amo, sabia? Te levo comigo pra sempre", antes de desligar. Ela estava com medo. Escutei o medo na voz dela. Então não contei nada. Depois, nunca mais tive notícias. Foi perturbador. Achei que talvez tivesse sonhado com a ligação... ou que fosse um trote. Que a voz assustada de Colette, na verdade, era de outra pessoa, alguém que queria fazer mal à gente. Até ela ser descoberta, quinze dias atrás. E pensar que ela morava a duzentos metros de mim... e não havia o menor sinal disso.

— O velório vai ser semana que vem, em Lyon. Ela pediu para ser cremada e ficar perto dos meus pais. Essa informação vai sair amanhã no jornal, mas eu queria que você soubesse primeiro.

Aimé Chauvel não responde. Ele me observa. Seu cabelo está todo branco. Os traços, mais pesados. Parece imensamente triste. Por mais que eu me esforce, não consigo encontrar seu belo rosto. Aquela presença marcante que ele exibia nas fotos do time.

— Aimé, perdão por perguntar assim, tão... do nada, mas... qual era a relação de vocês?

Ele abre um sorriso triste.

— Eu a amava.

Caminhamos lado a lado, encasacados, ao redor do estádio Jean-Laville. Não tem nenhuma alma por perto. Talvez apenas a de Colette, com a gente. Liguei para ele e marquei de nos encontrarmos aqui, longe do centro e dos curiosos que poderiam questionar o que estaríamos fazendo juntos — ele, o ex-jogador, e eu, a cineasta.

— Colette falava muito de você... Ela morria de orgulho do seu trabalho. Adorava seus filmes. Quando passavam no Danton, ela ia a todas as sessões. Da noite e de domingo de tarde. Quando um filme seu estava em cartaz, não havia dúvida de que ela iria lá assistir. Então eu também ia.

Ele mal consegue pronunciar essas últimas palavras, afogado em emoção. Estamos os dois emocionados. Eu sabia que minha tia via meus filmes, mas não que ia a todas as sessões. Ela não me contava. Nunca fez um comentário sequer sobre isso.

Continuamos caminhando, sem dizer nada. Eu me permito dar o braço a Aimé. A dor dele me atravessa. Nossa dor se mistura para nos aliviar.

— Eu a amava. Sempre amei. Eu era jovem e desvairado quando a conheci. Ela já era madura, serena. Eu seria incapaz de dar em cima dela. Não sabia que a amava, que desejar estar o tempo todo com a mesma pessoa era estar apaixonado. Eu estava destinado a ficar com a moça mais linda de Gueugnon, não com a sapateira doze anos mais velha... Além do mais, a gente não paquerava Colette Septembre, e sim virava jogador de futebol para despertar o interesse dela. A gente se esforçava para ser bom em campo. Eu nunca teria a carreira que tive sem Colette.

Ele faz uma pausa demorada. Sopra nas mãos.

— Você mora na última casa dela, na Fredins? — pergunta, por fim.
— Moro.
— Vi seu Méhari estacionado na porta. Está sozinha?
— Estou.
— Encontrou a coleção dela do time?
— Encontrei, ela guardou.
— Podemos ir lá? Quer dizer, nós dois, agora?
— Claro.

Vamos cada um no seu carro. Ele me segue e estaciona em frente à casa. Depois de entrar no jardim, prestes a adentrar a sala, Aimé para de repente.

— É verdade que ela morreu na cama?
— É. Dormindo.
— A porta está fechada?
— A porta? Do quarto? Está.

Aliviado, ele me acompanha. Dá uma volta pela casa. Fica paralisado na frente do quarto. No cômodo da máquina de costura, mostro o armário de fórmica no qual está guardada a coleção, organizada pelos anos. Com os olhos marejados, ele passa a mão nos álbuns encapados de papel Kraft.

— Tem café? — pergunta ele, como se pedisse um tônico ou um digestivo.

— Comprei uma maquininha de espresso, porque a titia tinha só uma cafeteira velha, de filtro.

— Você a chamava de titia?

— Nunca. Chamava de Colette. E, quando falava dela, dizia "tia Colette"… Nem me lembrava mais disso. Você me fez lembrar agora.

Nós nos acomodamos no sofá da sala. Ele logo repara no colchão inflável no meio do chão, junto à mala velha.

— Estou acampando aqui… Vai ser difícil ir embora. Vou confessar uma coisa, Aimé… uma coisa estranha, mas é que… nunca estive tão bem quanto estou aqui. É um parêntese na minha vida que vai se fechar depois do velório, e que eu não esquecerei nunca. Vendo de fora, não parece nada animador. Mas na vida, enfim, na minha, é animador, sim.

Vou até a mala e a abro para mostrar todas as fitas numeradas.

— Na fita número 20, Colette fala do seu aniversário de dezoito anos. Do jantar no apartamento onde você morava, em cima do café Thillet.

Ele não diz nada. Não tirou o casaco. Como se estivesse pronto para ir embora. Para fugir daqui. Mantém a xícara colada à boca. Está presente e ausente, sinto que se sente atormentado pela situação e pelas lembranças, pela casa, pelos silêncios de Colette. Seu olhar me encoraja a continuar. Transborda de perguntas.

— Colette deixou fitas para mim, contando da vida dela. Uma espécie de testamento, ou de testemunho. Você sabia da existência desse gravador?

Como ele parece incapaz de responder, eu continuo:

— Era meu. Esqueci na casa dela. Nem sei o motivo, mas, um belo dia, Colette decidiu gravar fitas, falando comigo...
— Uma noite, cheguei na casa dela e a escutei falando. Achei que estivesse com Blanche... mas, na verdade, devia estar com você... em pensamento.
— Isso faz muito tempo?
— Uns cinco anos. Depois de me casar, eu sempre vinha a pé vê-la, à noite. Nunca de dia. Aqui, o povo fala demais. Só tem isso para fazer. Falar e trazer de olho.
— Trazer o quê?
— Trazer de olho. É uma expressão que os mais velhos daqui usam para "vigiar", e ela cai como uma luva.
— Você e Colette nunca deixaram de se falar?
— Por um tempo, eu morri de ódio dela. Por causa de uma história de chave. Mas acabei voltando... Eu sempre encontrava Colette tarde da noite. Mesmo depois de Blanche chegar.
Ele pega o chaveiro que deixou na mesinha.
— Sempre tive uma cópia. Fiquei com ela.
Aimé acaba de admitir que encontrava Colette de madrugada. Então, não tenho dúvida, eles eram amantes. Morro de vontade de perguntar se ele já vinha quando eu estava aqui de férias. Mas, por tudo que é mais sagrado, como é que eu ia imaginar que minha titia boazinha "recebia" um homem no quarto? Um homem casado! Como é que fui tão tapada e não notei sinais, barulhos, cheiros? Um cachecol esquecido, dois copos na mesa? Logo eu, uma cineasta cujo cotidiano é alimentado unicamente por observações visuais e sensoriais!
Aimé termina o café, percebe meu incômodo, ergue seu 1,88 metro e se dirige à mala. Ele se ajoelha para observar as fitas, uma após a outra, e acaba pegando uma e me entregando.
— Posso escutar, por favor?
Não tenho coragem de recusar. Abro o compartimento do toca-fitas e ponho para tocar. A voz de Colette o paralisa. Logo nas primeiras palavras. Alguns segundos depois, ele pede que eu pare a fita, levando a mão ao peito. E eu paro. Ele sai da sala, cambaleando. Escuto Aimé abrir a torneira do banheiro. Ele volta, com os olhos vermelhos. Senta-se no sofá outra vez.
— Pronto, estou pronto. Pode continuar.
Ele fecha os olhos, e eu deixo a fita tocar.

Colette

Naquela noite, na casa de Aimé, ao me ver no espelho, não sei se foi por causa do champanhe, da música, do batimento cardíaco dele no meu ouvido, eu rejuvenesci. Parecia ainda mais nova do que no dia em que fui virar aprendiz de Mokhtar. Molhei o rosto, a nuca. Na época, ainda tinha o cabelo um pouco mais comprido. Eu o tinha prendido para ir até a casa de Aimé. Soltei a presilha.

Depois disso, Colette passa dez minutos sem dizer nada. Aimé abre os olhos e aproveita o silêncio para se levantar. Está extremamente pálido. Demora um pouco a encontrar as palavras:

— Volto mais tarde, Agnès, ou amanhã. Enfim, vou voltar. Fico muito feliz de ter conhecido você.

Ele sai pelo corredor. Escuto a porta da casa se fechar. Na rua, o barulho do motor do carro se afasta. Na sala, fica o cheiro do perfume amadeirado. Sei que ele não vai voltar.

4

COLETTE

    As preferências não se explicam. É que nem o amor: por que ele, em vez daquele? Por que ela, em vez daquela? Passei anos me forçando a visitar minha irmã Danièle. Não queria saber dela. Nunca quis. Foi por causa dela que tive que interromper meus estudos. E, pensando agora, percebo que isso é horrível para ela.
    Depois da internação, ela parou de chorar à toa. Não é que tenha ficado mais interessante, isso não, mas ficou mais simpática. E, quando me via chegar, parecia contente. A gente acabou até sorrindo uma para a outra.
    Eu fazia o mesmo caminho de antes, mas sem Blaise. Sapataria, castelo, castelo, sapataria. Ele tinha me dado a bicicleta de presente, pelas costas do marquês, porque não precisaria dela aonde iria. Essa bicicleta era um tesouro para mim, o tesouro da liberdade. Eu podia ir aonde quisesse em Gueugnon e nos arredores.
    Tentei de tudo com minha irmã: ensiná-la a nadar, a cuidar de Bijou — meu cavalo que vivia uma aposentadoria tranquila entre o estábulo e o campo graças a Blaise e, principalmente, à marquesa —, a catar cogumelos, a identificar árvores, a ler livros, a costurar. Nada nunca a interessava. Mas eu insisti!
    "Danièle, vou ler uma história para você."
    Ela respondia "tá bom", se sentava ao meu lado, nunca no meu colo, me escutava por dois ou três minutos e ia se esconder nas saias da mãe.
    Pequena, Danièle vivia com um pano na mão para esfregar a prataria. Ela adorava. Quando ficou mais velha, se apaixonou pela caça e começou a acompanhar os lacaios do marquês. Em suma, minha irmã gostava de fazer faxina e de caçar.
    "O que você quer fazer, Danièle?"
    "Nada."
    "Vamos dar um passeio?"

"Nada."
Eu acabava rindo. De nervoso. Conforme crescia, ela ficava cada vez mais parecida com o pai... e se parecer com ele não era lá boa coisa.

Silêncio.

COLETTE
Que maldade a minha. Estou me escutando e me achando uma víbora. Você deve achar que sua tia era ciumenta e malvada com a irmã.

Silêncio.

COLETTE
Jean escrevia toda semana para Georgette, e eu lia a carta para ela aos domingos no fim do dia, quando ela já tinha terminado o trabalho. Eram sempre as mesmas coisas, de um tédio fatal: "Bom dia, mãe, estou bem, comendo bem, dormindo bem, estudando bem, a escola é do lado do apartamento, Lyon é uma cidade interessante, beijo para você e para minha irmãzinha." Vez ou outra, ele contava o que tinha comido na última refeição, ou descrevia um dos cômodos do apartamento. Nunca falava do piano, nem das aulas. Parecia que era tabu, proibido.
O que Georgette sentia? Ela ficava imóvel assim que eu lia as primeiras palavras. Eu tentava dar o tom certo, mas mandava mal, como dizem os jovens.

Silêncio.

COLETTE
Georgette não abria os envelopes de Jean. Ela guardava na gaveta e esperava minha chegada. Mas ela não era analfabeta. Seria por desinteresse? Vergonha? Pudor? Talvez tudo isso.

Silêncio.

COLETTE
No começo, Blaise me escreveu muito. Muito. Guardei as cartas dele em um dos álbuns da coleção, acho que de 1977-1978... Em 2007, quando

precisei sair de casa às pressas, escondi todos os documentos importantes na coleção. Você vai precisar folhear todos os cadernos. Sacudir todos eles, para ver o que cai de dentro. E, quando finalmente fizerem um museu da história dos gloriosos em Gueugnon, você pode doar minha coleção. Enquanto isso, guarde-a com carinho.

25 de novembro de 1961

Minha cara Colette,
Eu me sinto sozinho. Vivo tendo pensamentos sombrios. No internato, divido o quarto com três colegas. Odeio essa promiscuidade. Eles vivem olhando revista de mulher pelada. Solto umas risadas que não enganam ninguém e finjo adorar. Aprendi a imitar todos os gestos do garoto mais brigão da escola, um tal de Jean-Claude. Aqui, para se ofender, gritam viado toda hora. Sei que é paradoxal, mas odeio os garotos. Queria ser normal, Colette. A gente poderia se casar e ter filhos. Se você quisesse.

E você, como vai? E Mokhtar? E o padre Aubry? Sua última carta me deixou encantado. Ler você me deixa encantado. Me conte de Gueugnon, das pessoas, das fofocas. Volto no Natal. Prometi para minha mãe. Ela está cada dia mais infeliz com meu pai. Acho que vai acabar indo embora, mesmo que os Sénéchal não aceitem divórcio.

Domingo passado, fui visitar seu irmão. Almocei com ele e os Levitan. Élia e David não são de falar muito. Sempre foram assim. Depois de fazerem umas três perguntas, com um esforço extraordinário, ficam quietos. Vivem nos próprios pensamentos. Jean fica desnorteado. Eu entendo, deve ser difícil ter que suportar o silêncio dos anfitriões. Mas o destino dele decidiu isso. Jean ainda é muito novo. Nós também somos novos, Colette. Como é triste constatar que a infância é curta. Que temos quinze anos e já nos pedem para existir e viver como adultos. Sua infância não foi feliz, mas espero que guarde boas lembranças, porque você merece. Voltando a Jean, porque sei que é isso que te interessa: depois do almoço, fui passear com ele na margem do Rhône. Apesar de ele ainda ter dificuldade de acreditar em mim, expliquei que David Levitan é um dos melhores professores de piano do mundo, que cada professor tem seu método, que ele deve confiar no de Levitan. Espero ter sido convincente. Jean queria que o aprendizado fosse *mais rápido do que a música, mas é impossível, considerando o grau de excelência que ele pretende alcançar. Ele precisa aprender a ter paciência.*

Depois, Colette, levei seu irmão à sorveteria para devorar um pêssego em calda com sorvete delicioso. Você tinha que ver a cara dele! E contei para ele a história de Élia e David, que, por muito tempo, só minha mãe sabia. Depois da guerra, minha mãe foi morar em Lyon para ajudar a Cruz Vermelha. Registrar os deportados que voltavam dos campos, encontrar as famílias e reaver as propriedades delas, caso houvesse, abrigá-los, dar auxílio quando necessário. Foi assim que ela conheceu o casal. Seu irmão tinha que saber da verdade. Do motivo para o silêncio deles.

David e Élia se conheceram muito jovens, no conservatório, e se casaram em 1937. Eles foram presos em 1942, em Lyon. Élia estava grávida. Eles passaram algumas semanas em Pithiviers, onde havia um campo de prisioneiros, e ali ela contraiu tifo. Ela sofreu um aborto no comboio que os levou até Auschwitz. Essa tragédia sem dúvida salvou sua vida, pois ninguém se preocupava com as mulheres grávidas, os velhos e as crianças nos campos de extermínio.

Quando abriram as portas do comboio, Élia escapou e implorou ao primeiro SS armado que encontrou para matá-la. O soldado quebrou o nariz dela. David se meteu e recebeu o mesmo tratamento. Depois, eles foram postos em quarentena: David com os homens, e Élia, com as mulheres. Eles não foram exterminados porque eram músicos. David virou o pianista do refeitório dos soldados. E Élia entrou para a orquestra das mulheres, que tocava para os nazistas, as carcereiras e algumas detentas. Essa orquestra reunia polonesas, húngaras, belgas, ucranianas, gregas... Élia era a única cantora lírica. Pediam qualquer música, e ela cantava. Ela virou a "caixinha de música" do inferno. Viveu em condições melhores do que as outras e aliviou o pesadelo cotidiano das mulheres nos alojamentos.

Em 1944, foi deportada para Bergen-Belsen. Não sabia onde estava o marido. Na marcha para a morte, algumas mulheres pediram a ela que cantasse, e ela obedeceu. O canto de Élia Levitan foi um alento de potência inimaginável. Permitiu que ela resistisse. E que seus torturadores se apiedassem dela. Matavam mulheres, mas não rouxinóis. Daria azar fazer isso naquele horror.

Restavam sessenta mil sobreviventes quando os ingleses libertaram o campo em 1945, e Élia estava entre eles. Quando chegou a Lyon, não sabia se David ainda estava vivo. Foi minha mãe quem cuidou dela, em um prédio emprestado à Cruz Vermelha pelas autoridades francesas, um edifício no qual era possível se tratar, tomar banho, se vestir, dormir. Até encontrar a família.

Porém, David era sua única família. Élia só se alimentava quando minha mãe lhe dava comida na boca. Ela repetia sem parar: "Não morri em 1942, mas, agora que estou livre para morrer, me deixe ir, Eugénie." Minha mãe se apegou a ela. Não sei quantos dias se passaram até David ser também levado de volta a Lyon. Minha mãe assistiu ao reencontro deles. Élia não reconheceu o marido. Ele tinha envelhecido trinta anos em três, perdido mais de quarenta quilos. As autoridades restituíram o apartamento deles, que tinha sido apreendido pela polícia de Vichy, e David voltou para o piano, principalmente para dar aulas. Élia, por sua vez, nunca mais cantou.

Agora que Jean conhece o passado dos anfitriões, espero que entenda e aceite melhor o silêncio deles.

Estou escutando os outros voltarem. Tenho que esconder esta carta correndo. Colocá-la em um envelope. Se alguém encontrá-la, estou morto.

Não demore a me escrever.

Te amo,

Blaise.

Eu conheço a história de Élia e David Levitan. Meu pai me contou. E minha mãe por muito tempo se perguntou se seus pais e seus irmãos os encontraram em 1942, após serem presos. No entanto, ela nunca teve coragem de questionar o casal. Nem de mostrar fotos. Antes de morrer, ela me confessou que tinha medo das respostas. De saber que eles tinham sido torturados ou executados uns na frente dos outros. Quando temos um pesadelo, estamos sozinhos. Nos campos, o pesadelo era coletivo. Minha mãe nunca se iludiu quanto à família. Quando desceram do comboio, Rafael e Agnès traziam crianças no colo, e o pai dela tinha cinquenta e cinco anos.

Meu pai e eu estávamos juntos em casa. Eu devia ter quatro, cinco anos. É uma das minhas primeiras lembranças. Quando saí do quarto, ele estava chorando e tocando piano. Quando me viu, parou de tocar.

— Toda vez que Élia me olhava de frente — disse ele —, pensava no filho que perdeu. Se você soubesse o alívio que senti quando Blaise me falou deles, dela... Como se levantasse um véu escuro que cobria o casal.

Eu tinha onze anos, e ninguém falava dos campos de concentração. As primeiras imagens que vi foram na série *Holocausto*, quando passou na TV no fim dos anos 1970. Dez anos depois da libertação dos campos, saiu *Noite e Neblina*, de Alain Resnais, mas só fui ver muito mais tarde.

Ele chorou de soluçar.

— Raríssimas vezes sofri tanto quanto hoje.

Ele tinha acabado de saber que Élia falecera no hospital, em decorrência de uma embolia pulmonar. Por que me lembro tão precisamente dessas palavras? O que entendi do que ele me contou? Filho perdido, campo de concentração, Alain Resnais, Holocausto, raríssimas vezes sofreu tanto. Por que "raríssimas vezes", pai? Quando tinha sido a última vez que você havia sofrido? Estava falando comigo? Com outra pessoa? Com um fantasma, ou uma lembrança?

Hoje, me dou conta de que a única pessoa que cuidou mesmo do meu pai quando criança foi Colette. Minha tia. Amar também é mentir. Quando estudava em Lyon, sempre que meu pai telefonava para ela, na casa de Mokhtar, dizia que os anfitriões eram calorosos, animados, e que o levavam para todo lugar. A concertos, ao teatro, ao cinema. Élia só pisava na rua para ir ao médico. Quem fazia as compras era David, e ele nunca levava seu aluno a lugar algum.

5

Gueugnon — Lyon

*Agnès Septembre, sua sobrinha,
Ana Dugain, sua sobrinha-neta,
Jean Septembre (†), seu irmão, Danièle Septembre (†), sua irmã, Hannah Septembre (†), nascida Ruben, sua cunhada,
Louis Berthéol e Blaise de Sénéchal (†), seus amigos,
Mokhtar Bayram (†),
e o FC Gueugnon
comunicam com pesar o falecimento da*

*senhora Colette Septembre Bayram,
nascida Septembre,*

ocorrido no dia 21 de outubro de 2010, aos sessenta e quatro anos.
 Seu velório público ocorrerá no cemitério de Guillotière, em Lyon, no dia 15 de novembro, às 14h30.
 De acordo com seus desejos, Colette foi cremada. Suas cinzas serão dispostas no túmulo da família.
 Pêsames em registro.
 Esta nota serve de comunicação oficial.

10 de novembro de 2010

Praticamente só há mortos. Ana é a única que resta para ter filhos. Para notas de nascimento substituírem as de falecimento. Ana e a esperança.

Pronto. Um dia, tenho que escolher as palavras certas, as construções certas. Pensei muito em citar Georgette e Robin, mas acho que Colette odiaria que eles aparecessem em seu obituário.

Paul bate à porta e entra na casa. Ele fecha a porta imediatamente. Cheira a inverno, a fumaça de chaminé. Seu casaco está molhado de chuva.

— Acabamos de receber a lista das pessoas que se comunicaram com Colette neste telefone fixo nos últimos seis meses — diz ele depressa, sem nem ter me cumprimentado. — Identificamos quatro pessoas.

Quatro pessoas sabiam que Colette Septembre estava viva? Quem? Além do dr. Pieri e de Louis Berthéol?

Penso em Soudkovski. Quando entrou aqui, ele não sabia que Blanche repousava no cemitério. O que fez nesta casa, além de roubar minhas fotos e ligar para o próprio celular para salvar o número do fixo?

— Recolhemos três impressões digitais diferentes no aparelho. As da sua tia, as de Soudkovski. Temos que verificar se as terceiras são suas.

— Quer minha digital?

— Quero.

— Paul, a gente está vivendo uma história de livro policial.

— Eu sempre vivo uma história de livro policial, Agnès.

Ao me entregar a cópia da lista de números, Paul pede que eu me hospede no hotel enquanto isso. Leio a lista, e um número se destaca: o de Louis Berthéol. Eles se comunicavam várias vezes por dia. Todos os dias. Jacques Pieri telefonava pouco, visitava mais.

Soudkovski discou o número do celular no dia 1º de novembro, às onze da noite. E ligou para cá na manhã do dia 3. Os telefonemas repetitivos eram dele. Era a respiração dele que eu escutava do outro lado da linha.

— De quem é o quarto número?

— Ainda não tivemos tempo de verificar — responde Paul.

— Peraí, vou ligar.

— Não! Eu tenho que ligar primeiro! Você nem deveria ver essa lista. É confidencial.

— Mas, Paul, é minha tia, que acabou de deixar a história da vida dela para mim em fitas cassete.

— Se eu fosse um bom policial, deveria apreender essas suas fitas. Mas, com você, sou péssimo, bisonho... Quando Soudkovski telefonou, lembra o que falou com ele?

— Eu tinha voltado tarde no dia anterior. Deviam ser umas oito da manhã. Achei que fosse Marie Roman e Éloïse Cardine me ligando do asilo. Que talvez tivessem se esquecido de me dizer alguma coisa.

— Você falou o nome delas?

— Não o nome todo. Devo ter dito: "Marie, Éloïse, Amélie, é você?" E acho que escutei alguém falar bem baixinho "sim". Será que fiz besteira? Será que as coloquei em perigo?

Sinto que Paul está escondendo alguma coisa de mim.

— Soudkovski talvez tenha sido visto em Sallanches, rodeando o lugar onde Marie Roman morava.

Quando a frase dele atinge meu cérebro, consigo dizer apenas:

— Como assim, morava?

Paul muda de expressão e, enfim, murmura:

— Ela faleceu.

Imagino a cena perfeitamente, por poucos segundos, e sinto que o pesadelo se eterniza na minha alma. Soudkovski invade a residência, sobe os andares, com uma ou mais facas no bolso, e entra no quarto de Marie. Ela o vê e o reconhece, fica apavorada, paralisada, não consegue nem gritar por socorro, e ele a assassina a sangue-frio, após torturá-la. Por minha causa.

Quando abro os olhos, estou deitada em um caminhão de bombeiro a caminho do pronto-socorro de Paray-le-Monial. Paul segura minha mão e logo me tranquiliza:

— Marie Roman morreu de causas naturais.

Consigo fechar os olhos de novo.

Recobro a consciência em um consultório. Um jovem médico me pergunta um monte de coisas. Faz uma cara confusa para todas as minhas respostas. Principalmente quando falo de uma mulher enterrada no lugar de outra. Quando acabo contando que um assassino entrou na minha casa, ele aperta a caneta com mais força e começa a me olhar como se eu estivesse delirando. Contudo, meus batimentos cardíacos estão regulares, minha pressão, normal. E os exames provam que não tomei nenhuma substância ilícita.

Depois de analisarem todos os meus órgãos vitais, sou liberada. Conclusão do médico: estou fragilizada por uma situação traumática na vida pessoal. Ele me receita um leve antidepressivo, que não vou tomar, e me recomenda repouso. *Faz três anos que estou em repouso*. É hora de acabar com isso.

Paul me aguarda na sala de espera.

— Não estou grávida. Estou fragilizada por uma situação traumática na vida... Quando você soube que Marie Roman morreu?

— Fui informado a caminho da sua casa.

Imediatamente ligo para o Todos os Sóis para falar com Éloïse Cardine, e finalmente me passam para ela. Não reconheço sua voz apática.

— Bom dia, Agnès. Amélie faleceu ontem à noite, dormindo. Eu a encontrei hoje de manhã. O rosto dela estava em paz. A irmã dela está aqui. Sabe, a senhora que você conheceu no cemitério de Flumet.

— Sim, sei... Tem certeza de que...

— De que o quê?

— Nada, não. Obrigada, Éloïse.

Ela me diz que minha visita a tinha tranquilizado. Amélie se sentiu aliviada por saber que a filha estava em segurança, protegida pela minha tia. Ela não largava o documento de identidade e mostrava o retrato da filha para todos os funcionários.

Antes de desligar, peço a ela que me diga a data e o local do velório.

— Francamente — digo para Paul —, está começando a ficar suspeito isso de todo mundo morrer enquanto dorme, não acha? Minha tia, Marie, Blanche, há três anos. Em geral, as pessoas morrem de velhice, por causa de uma doença, ou de um acidente, uma queda, um ataque cardíaco, embolia, um tiro, suicídio, aneurisma, sufocamento, afogamento, um vírus, em um incêndio... As mulheres que eu conheço morrem todas enquanto dormem. Estou até com medo de ir para a cama.

— Quer dar um pulo na farmácia?
— Para quê? Não morrer enquanto durmo?
— Para comprar os remédios que o médico te receitou.
— Não, obrigada. Pode me deixar em casa, e eu sigo para o Monge no Méhari.
— Espero na sua porta enquanto você arruma a mala.
— Não precisa, Paul. Não vou ser assassinada.
— O celular de Soudkovski foi localizado ontem em Mâcon.
— Achei que ele estivesse em Sallanches.
— Anteontem. Ontem, o celular foi rastreado em Mâcon. Isso é uma ótima notícia para a gente. Ele não desconfia de que o celular dele está sendo rastreado. Estamos em vantagem. Ele errou feio ao ligar para o próprio celular usando o telefone fixo da sua casa. Sempre existe um momento em que o suspeito faz uma besteira. Basta esperar.

É meia-noite. Cheguei aqui no dia 22 de outubro. Em apenas três semanas, minha vida mudou. A mala de fitas repousa ao pé da cama. O gravador, em cima da mesa de cabeceira. No hotel, fui colocada no quarto 7. Número da sorte.

— Não esquece de trancar a porta.
— Pode deixar, Paul. Vou trancar a porta.

Foi o que fiz quando Pierre foi embora, há três anos: me fechei. E minha intenção é abrir tudo de novo. Vou precisar reinventar o futuro para que seja algo fora do normal. Para os desaparecidos se orgulharem de mim. Não vejo a hora de abraçar Ana.

Ela me encontrará na manhã do dia 15, com Cornélia e o pai, no cemitério. Tem um café ao lado, Les Passantes. "As passageiras", nome poético para um café bem ao lado de um cemitério. Vamos nos encontrar lá antes da cerimônia.

Fico me perguntando se haverá muita ou pouca gente ao redor do túmulo Septembre-Ruben. Eu me pergunto o que sentirei ao reencontrar Pierre, o que sentirei ao ver Pierre ao lado de Lyèce, Adèle, Hervé, Paul, Louis e todo mundo. Sem dúvida, sempre haverá um toque dos filmes de Claude Sautet na minha vida. Depois do enterro não de um corpo, mas de cinzas, irei diretamente para Paris. E Ana voltará às aulas.

Escuto o som de passos no corredor, o piso rangendo. Passos leves. É normal ir dormir à meia-noite. No hotel, é um vaivém a noite toda. *Não se esquece de trancar a porta.* Ao contrário dos outros, não sinto medo de Soudkovski, e não sei por quê. Eu sei, pressinto, que ele não vai me machucar. Por que tanta certeza? O que meu corpo e meu cérebro estão tentando me dizer? Por que passo mal toda hora, coisa que nunca me aconteceu? Por que não tenho medo desse louco furioso? Blanche e Marie fugiram dele a vida inteira.

Se ele estiver do outro lado da minha porta, melhor encarar. Entreabro a porta em silêncio e vejo Adèle entrar no quarto de Paul. Mas para quê? Trocar um curativo? Dar uma injeção? Tirar sangue? Dar pontos? Volto correndo para a cama para pensar nos dias que estão por vir.

6

Adèle. Do grupo de quatro, era ela quem vivia calada. Quem topava tudo. Quem seguia sem questionar. Quem cheirava a madressilva, e ainda cheira. Quem não mudou nada. A bela discreta. A boa aluna. A filha de comerciantes que ia nadar no mar com os pais quando menina. E que, nas três primeiras semanas de agosto, volta para o mesmo lugar com as filhas desde que elas nasceram. Saint-Palais-sur-Mer, na Côte de Beauté. Na margem do Atlântico. Munida de seringas, esparadrapos e tubos de ensaio, às seis da manhã ela está na casa dos primeiros pacientes em Pétaouchnok e, se tudo corre bem, às oito da noite está em casa. Só não trabalha aos domingos, se não estiver de plantão. Hoje ela fala um pouco, basicamente para dizer que não devemos perturbar os mortos, ou "cada um na sua".

Em 1986, Colette me deu uma filmadora de presente. Virou nossa principal distração. Lyèce, Adèle e eu escrevíamos histórias bobas enquanto Hervé arrumava a iluminação, ou seja, dois holofotes capengas que sobraram de uma loja velha. Improvisávamos esquetes do cotidiano ou noticiários falsos, e passávamos o dia nos filmando, nos olhando, começando de novo, gargalhando. Era a mais pura alegria. E quase sempre na casa bonita e espaçosa dos pais de Adèle. Hervé, Lyèce e eu adorávamos fazer palhaçada, enquanto Adèle ficava na dela. Com o tempo, comecei a dirigi-los, produzi-los. Adèle detestava atuar, então aceitava fazer qualquer coisa, desde que não precisasse falar.

De modo geral, as cenas todas giravam em torno de uma linda garota calada que assistia aos diálogos de dois garotos engraçados e bobos. Ela só ficava de cara fechada ou revirava os olhos. Criávamos "cenários" no quarto de Adèle, ou no corredor do segundo andar. Roubávamos maquiagem da mãe dela. E, antes de ir embora, encharcávamos algodão com litros de demaquilante. Eu nunca voltava maquiada para a casa da minha tia. Não porque Colette teria brigado comigo, ela nunca brigava, mas em respeito a ela. Eu odiaria que meus pais pensassem que minha tia me deixava fazer qualquer coisa.

Um ano depois disso, meu pai morreu. E levou com ele o verão dos meus quinze anos. Paramos de brincar com a filmadora e pulamos de nível, passamos a ir para baladas. Íamos ao Tacot, perto de Gueugnon. Os pais de Adèle nos levavam e iam nos buscar às duas da manhã. Nem um minuto de atraso, senão ficávamos de castigo, proibidos de sair. O mais engraçado era que eles levavam bafômetros e os erguiam como uma arma, e todos tínhamos que soprar naquilo, um de cada vez. "Cada um com o seu bafômetro", brincava Lyèce, o que sempre levava a crises de riso memoráveis. Em dois anos, os pais de Adèle sempre mantiveram esse mesmo ritual de controle. Quando viramos maiores de idade, porém, fomos liberados.

Não sei o que aconteceu com minha filmadora, com nossas fitas, nossos esquetes, nossas brincadeiras ao som de "Billie Jean", "Sweet Dreams", "Too Shy", "Mise au point", que nos uniram. Não me lembro de jeito nenhum. Larguei tudo em Gueugnon? Em Lyon, com minha mãe? No quarto que aluguei uns anos depois?

Nunca mais tinha pensado nisso. Basta uma noite em claro. Não consigo pegar no sono, e fico refletindo sobre minha filmadora e sobre Adèle. Minha amiga de infância, também esquecida por tanto tempo.

Não conheço as filhas dela, que são três ou quatro anos mais velhas do que Ana. Lembro que mandei casaquinhos coloridos e flores de presente quando elas nasceram. Vi a foto do pai das filhas dela no Facebook, acho que um ex-jogador de basquete.

É isso, tudo me voltou: Adèle jogava basquete, Lyèce, futebol, e Hervé, rúgbi. Agora eu lembro. Nas férias, nós nos encontrávamos depois do treino de todos, na frente do ginásio. Eu os esperava, sem ter mais nada para fazer. Às vezes, ficava batendo bola no muro da quadra de tênis que tinha ali do lado.

Adèle e Paul dormem juntos no quarto ao lado. Ela não foi embora. E o nome de uma cidade que vi no histórico do GPS de seu Citroën não sai da minha cabeça. Ao digitar o destino no navegador, não prestei atenção no nome.

O carro esquecido na garagem é o que Adèle usa nas férias, ou para levar as filhas a Dijon. No dia a dia, usa um veículo minúsculo para percorrer as ruas de Gueugnon e os arredores.

Anteontem, à noite, depois que Paul foi embora do restaurante, ficamos conversando. Nathalie perguntou algumas coisas para Line. Adèle, como sempre, ficou quieta. Achei que ela estivesse abalada com a história de Soudkovski, mas, na verdade, estava abalada por causa de Paul, sem dúvida. Não sei por quê, mas Charpie surgiu na conversa. Era óbvio que Lyèce já tinha contado toda a história para Line, pois ela nem demonstrou surpresa. "Infelizmente, ele é parte do meu DNA." Quando perguntei a Lyèce se tinha ficado aliviado de saber da morte do homem, ele respondeu que, para ele, Charpie já estava morto havia muito tempo.

— Mas todo dia eu luto contra o monstro que ele deixou para mim.
— Ele nunca mais fará mal a ninguém — argumentou Adèle.

Lyèce mudou de assunto, abanando a mão, e anunciou que tinha pedido Line em casamento. Ela sorriu e contou que tinha aceitado. Todos nós aplaudimos. Nathalie perguntou onde eles pretendiam morar. Em Sallanches? Gueugnon? Outro lugar? Não souberam responder. Ainda vão ver.

Eu, que sempre achei que seria uma burrice tremenda se casar assim, com alguém que você mal conhece, cheguei a lacrimejar. Existem esses casais, apaixonados, almas que se encaixam de uma maneira muito óbvia. Vejo a mim e a Pierre em Giverny. Com certeza, não combinávamos tanto assim.

Fecho os olhos, mas o sono ainda me escapa. Abro de novo, e o histórico do GPS de repente é projetado no teto do quarto. A lembrança salta como um relógio cuco:

DIJON
GUEUGNON
DIJON
SAINT-PALAIS-SUR-MER
GUEUGNON
CANNES
GUEUGNON
DIJON
GUEUGNON
DIJON

7

11 de novembro de 2010

Não morri enquanto dormia, fiz muito pior: sonhei com Pierre. Sonhei até que estava fazendo amor com ele. Abro os olhos no quarto de hotel. Desde que ele foi embora, todos os meus quartos são de hotel. O lençol é frio, as paredes são desconhecidas. Fico envergonhada e sinto que dei um imenso passo para trás em questão de horas. *Sai da minha vida, Pierre Dugain.* Tenho que aceitar. Ele nunca mais estará na minha vida, exceto pela relação com Ana, mas ele vai dar o ar da graça em certas noites. Nas noites fragmentadas.

Em 2007, foi tudo muito rápido. Quando Pierre anunciou que iria embora, eu não quis ficar nos Estados Unidos. Contratei uma advogada — uma fera — recomendada por uma amiga atriz, francesa, que morava em Los Angeles fazia anos. E pedi a ela que informasse Pierre da minha decisão de voltar para a França com nossa filha. Ele me ligou.

— Agora você está se comunicando por advogados? Chegamos a esse ponto?

— Cala essa sua boca — retruquei.

E desliguei. Talvez tenha também dito "vai se foder", mas não sei mais.

Minha tia faleceu no dia 11 de agosto. Ele anunciou que ia embora no dia 1º de setembro.

Eu me mudei para Paris no dia 1º de janeiro de 2008. *Feliz Ano-Novo, e muita saúde! Quem tem saúde tem tudo.* Nem preciso dizer que, se não tivesse Cornélia na minha vida, eu teria chegado ao fundo do poço. Foi ela quem encontrou o apartamento iluminado da Abbesses, a cama, o sofá, um piano novo para Ana, a louça para guardar na cozinha planejada, o difusor de ambiente... Foi ela quem me ressuscitou semana sim, semana não, para ir buscar Ana na escola, comer uma besteira rápida antes de voltar para casa, organizar festas do pijama, ver uma série com minha filha, ir com ela às festas de aniversário, às aulas de dança, ao dentista, fazer para ela um ou dois deveres de casa, "porque, sério, mãe, estou te implorando".

Seguiram-se as humilhações habituais: Pierre com a outra na capa da revista, os dois se agarrando mergulhados em uma água turquesa e, pesadelo muito pior, Pierre com a outra diante do novo apartamento parisiense no Marais. A mão dele por baixo do pulôver dela. Ficar horas travada, encarando o papel. Desintegrar a revista antes de jogá-la no lixo e descer chorando até o jornaleiro para comprar uma nova. Ver de novo a mão dele por baixo do pulôver dela, com os olhos arregalados. "Pierre Dugain: um homem feliz. A bela americana e nosso ator predileto. Por amor a ele, ela faz o sacrifício de ir morar em Paris." Trezentos metros quadrados em Saint-Paul com meu marido engraçado, espirituoso, inteligente, sensual, famoso. Que sacrifício! *Vida de merda.*

Como não sou atriz, e as colunas de fofoca se interessam por diretores tanto quanto por art déco, fui poupada de fotos da minha cara destruída e do meu queixo duplo — consequência do sobrepeso — tiradas enquanto eu fazia compras e tentava articular as palavras diante do olhar pasmo dos feirantes: "Um quilo de maçã vermelha para envenenar, por favor. Branca de Neve é a outra. Eu sou o espelho."

Como superar uma dor de cotovelo? Isso se supera? E por que superar? Não tenho resposta. O cúmulo do cúmulo, o que massacrou meu ego, foi quando eles fizeram a primeira aparição juntos na televisão. E não foi qualquer aparição. Não foi em um jogo de conhecimentos gerais para arrecadar dinheiro para a caridade. Não. Foi no jornal. Um do lado do outro, para apresentar o novo filme de François Ozon, cineasta pelo qual sou apaixonada, e Pierre sabia muito bem disso. Ozon tinha chamado os dois porque a descobrira e a adorara no meu último filme — isso, felizmente, eu só soube depois —, e fazia tempo que queria trabalhar com Pierre. Ela parecia que estava apenas lendo os lábios de Pierre. O câmera não parava de dar close nela, calada e sublime.

Alguém vem bater à minha porta. Minha vida virou uma cena de teatro. Pessoas abrindo as portas, fechando as portas, entrando pelas portas. Café da manhã? Não faz o estilo da casa. Soudkovski, vindo me matar? Vamos acabar com isso logo de uma vez. É Adèle, usando a mesma roupa do dia anterior. Calça jeans, suéter azul-marinho.

— Te acordei? — pergunta ela, constrangida.
— Não.
— Eu dormi aqui — murmura.
— Eu sei.

Nós sorrimos. Ela cora, olha para baixo. Como na época da filmadora.

— Vamos tomar café lá embaixo? — pergunto.

Adoto o tom mais leve que consigo, mas não consigo parar de pensar que ela foi a Cannes. Só penso nisso. Não estou nem aí para ela ter ficado com Paul.

— Pode ser. Hoje trabalho do meio-dia às dez da noite.

Adèle pede um café longo, e eu, um espresso triplo. A moça da trança comprida revira os olhos.

— A gente não faz isso.
— Então três cafés em três xícaras, um do lado do outro, por favor.

Ela não insiste, vendo que não estou de bom humor, e deixa na mesa uma cesta de pães.

As bochechas de Adèle estão rosadas. Será que um dia minhas bochechas voltarão a ficar rosadas?

— Me conta, Adèle, você esteve em Cannes recentemente?
— Não, por quê? — pergunta ela, mordendo um croissant. — Nunca estive nessa região. Quem sabe no ano que vem eu vá para lá, porque minhas filhas querem me levar a Menton, para a Festa do Limão.
— Mas...

Acho difícil ir direto ao ponto.

— Mas o quê?
— Vi que tinha Cannes no GPS do Citroën.
— Ah, deve ter. Eu empresto o carro para todo mundo.
— Ah, é?

Fico quase decepcionada.

— Para quem? — pergunto.
— Para as amigas das minhas filhas, por exemplo. As que já tiraram carteira.
— Achei que...
— Que o quê, Agnès?
— Que você estava envolvida no desaparecimento de Charpie.
Ela me encara com os olhos arregalados e um sorriso estranho.
— Está me investigando?
— Não é nada disso. Tive insônia e me lembrei desse detalhe. De madrugada, tudo vira uma obsessão. Lembrei que vi o nome da cidade no histórico do seu GPS, e é lá que Charpie morava, e onde morreu.
Ela devora o segundo croissant.
— Estou morta de fome, ontem não tive tempo de jantar.
— A noite foi boa? — arrisco perguntar, para aliviar o clima.
— Viu, está me investigando.
Eu começo a rir. Ela toma um gole demorado de café e pede um suco de laranja.
— Nathalie e Lyèce te contaram que o viram em Cannes, saindo do Palais des Festivals?
Fico surpresa por ela voltar ao tópico Charpie. Talvez queira mudar de assunto para não falar de Paul.
— Sim, contaram que o seguiram pela Croisette, que loucura... Que ele fugiu e...
Adèle me interrompe:
— Espero que você não esteja chateada comigo, por causa do Paul.
— Chateada por quê?
Ela morde o lábio.
— Você não estava... interessada nele?
Fico tão surpresa com a pergunta que meus olhos chegam a se encher de lágrimas. Adèle fica desconcertada. Seu rosto, todo vermelho. Confesso que adoraria me interessar por alguém, mas isso não acontece mais. Meu interesse por outras pessoas virou cinzas, como minha pobre tia. Ela pega minhas mãos.
— Foi mais forte do que eu — murmura, então suspira.
— Escuta, Adèle, se a noite foi boa, que ótimo. E você não deve nada a ninguém. Afinal, você mesma me falou, "cada um na sua".
Adèle de repente desaba.

— Adèle, está tudo bem? Sério, se você tiver se apaixonado por Paul, não tem problema.

— Eu queria matar ele.

De repente, imagino Paul em uma cama, no andar de cima, assassinado com a própria arma pela minha amiga de infância, logo aquela que vivia calada.

— Charpie — sussurra ela, levando a xícara à boca.

8

— Ano passado, quando voltaram para Nice, Lyèce e Nathalie foram me visitar em casa. Era tarde da noite, e eu estava vendo TV, quase pegando no sono, quando eles apareceram, lindos e bronzeados, mas abalados. O contraste entre a aparência deles e toda aquela seriedade me deixou preocupada. Achei que algo grave tinha acontecido... E tinha mesmo, porque eles viram Charpie. Estavam os dois estremecidos. Senti que Lyèce queria esquecer o assunto e seguir com a vida, e Nathalie respeitava essa decisão. Não entendi o motivo, mas fiquei arrasada. Achei uma injustiça sem igual aquele homem viver tranquilo, ao sol, sem ninguém incomodá-lo.

"Em Gueugnon, sabiam que ele tinha sido demitido pelo clube e corrido para o Midi com o rabo entre as pernas depois de ser pego por um diretor no vestiário do estádio acariciando um menino no chuveiro. Eu sabia que ele estava vivo, podia tê-lo procurado antes, mas o fato de Lyèce e Nathalie me falarem dele tornou tudo mais concreto. Mais real.

"Eu nunca deveria ter me casado com o pai das minhas filhas. Meu namoradinho de escola se chamava, ainda se chama, Christophe Delannoy. Era ele quem eu amava, e, ah, sei que é coisa de criança, mas não existe amor infantil, apenas amor. Nós tínhamos prometido ficar a vida inteira juntos. Eu seria médica, ele, jogador de futebol e comentarista esportivo, e teríamos uma casa de três andares, como a dos meus pais, só que melhor.

"Ele não se casou, não teve filhos, não comprou casa. Não estudou. Ele foi largado em uma escola vagabunda depois do oitavo ano porque era obrigatório estar matriculado e, depois dos dezesseis anos, o deixaram pra lá. Ele nunca se drogou, nunca bebeu, mas enlouqueceu. Sim, é possível enlouquecer. Lógico que existem outras palavras para isso, transtorno de comportamento, bipolaridade, depressão etc. Christophe não nasceu louco. Quem destruiu a alma dele, juro por Deus, foi Charpie. Mas isso só fui saber e entender muito depois.

"Ele foi com alguns amigos para um acampamento de futebol em Manosque quando a gente tinha uns dez anos. Quem coordenou essa viagem foi Charpie. Não sei o que ele fez, mas não preciso nem imaginar para entender. Quando meu namorado voltou, não era mais o mesmo. Ele foi de ônibus na quarta-feira, com um sorriso no rosto, e voltou no domingo seguinte parecendo ter sido morto e enterrado. Sim, eu demorei a perceber. Quando Christophe voltou, passei pela casa dele, como de costume, e ele estava agitado de um jeito estranho. Achei que fosse de empolgação, a alegria de ter jogado futebol com os amigos naquela espécie de colônia de férias. A gente entrou no quarto dele para conversar, como sempre, e eu queria que ele me contasse, mas não contou nada. Gaguejou. Nunca o tinha visto gaguejar. Achei que era porque estava muito cansado, exausto. Eu me lembro de algo muito específico, como se fosse ontem. Ele pegou todos os álbuns de foto para me mostrar retratos de quando era bebê, e não parava de dizer: 'Tá vendo, isso aqui foi antes.' Como é que eu entenderia o que ele queria dizer com 'antes'? Passamos a tarde toda no quarto dele, folheando os álbuns.

"A gente não fazia nada de mais, éramos bebês de dez anos. A gente se beijava na boca, dava 'selinho'. Só isso. Às vezes, a gente andava de mãos dadas na rua para imitar os adultos. Christophe era engraçado, fofo e bonito. Mas, na volta de Manosque, começou a ter essas fases em que ficava muito agitado, falava qualquer besteira, perdia a coerência e, de repente, ficava apático, sem reação. Ele deitava e passava horas sem se mexer. Vi a tristeza nos olhos dele, uma tristeza longa e terrível se instalar e se ancorar, se enraizar. Uma descida interminável ao inferno. Eu perguntava o que estava acontecendo, e ele não respondia. Depois de um ano, eu disse que ele tinha mudado. Que ele não era mais o mesmo. Até fisicamente, porque ele, que era tão magro, tinha engordado muito. Parecia que estava tomando cortisona. Insisti tanto para saber o que estava acontecendo que ele acabou me enxotando e me insultando, me chamando de burguesa, falando que eu me achava, me gabava das minhas notas altas, que eu queria controlar a vida dele. Isso também me deixou muito mal. Não tem nada pior do que perder alguém que não morreu, que só está ausente em si. E Christophe nunca voltou. Ele, que era tão gentil. Ele, que tinha um belo futuro pela frente. Quando passamos de ano, ele se isolou dos outros, não tinha mais amigo nenhum e parou de jogar bola, sendo que a vida dele era o futebol. Começou a andar de bicicleta e sumia por horas, atravessando a cidade a pedaladas que nem um doido. Ele virou motivo de chacota. Os colegas começaram a zombar dele, chamá-lo de 'Anta'. Anta pra cá, Anta pra lá. Riam dele pelas costas, e Christophe ia ficando cada vez menos coerente. Alguns professores foram uns baitas filhos da mãe, o chamavam de ignorante e de lerdo, e outros se preocuparam e recomendaram que ele fosse examinado por médicos. Era preciso fazer uma avaliação psicológica e psiquiátrica. Christophe morava só com a mãe. Ela recebia uma pensão de viuvez. Todo mundo achava que ele havia surtado por causa da morte do pai em um acidente na usina quando ele tinha cinco anos. Que essa tragédia o tinha fragilizado. Mas nunca acreditei nisso. Ele começou a passar certos períodos no hospital psiquiátrico e foi declarado pessoa com deficiência, mesmo que ninguém soubesse definir seu transtorno. Falavam de esquizofrenia, de crises psicóticas e de alucinação causadas pela perda do pai. Um dia, ele pulou do terceiro andar, acreditando que voaria. Foi salvo pelo toldo da vizinha do andar de baixo.

"Depois do oitavo ano, foi fazer técnico em carpintaria. Deve ter aguentado uns meses, só. Hoje, com a nossa idade, ele ainda mora com a mãe e nunca trabalhou.

"A vida nos faz esquecer nossas promessas de infância. Eu também o deixei pra lá. Deixei de amá-lo. Eu estudei, saí, paquerei, me casei, tive filhas, encontrei um emprego interessante, mas difícil. Às vezes, ainda esbarro com ele no mercado, ou no laboratório. A gente se abraça, sem nada para dizer um ao outro, mas se abraça mesmo assim. Sempre o mesmo papo, 'que dia bonito hoje', 'que frio', 'e sua mãe, está bem?'. Faço carinho no ombro dele e sigo meu caminho.

"Se ele tem que fazer algum tratamento ou tirar sangue, me liga. Ele não quer saber dos meus colegas. Vai ao laboratório e me espera que nem uma criança comportada. Senta e não se mexe. Eu o encontro do outro lado da porta. Toda vez, sinto uma vontade incontrolável de chorar, porque é um desperdício absoluto. Lyèce saiu dessa. Ele apanhou, mas conseguiu escapar. Já Christophe morreu em Manosque.

"Nada nele lembra o menino bonito da minha infância. Está inchado, abatido. Não parece infeliz. Vive sorrindo, graças à medicação. Se, por qualquer motivo, interrompesse o tratamento, seria outra história. Acho que, por enquanto, ele 'aguenta' porque tem a companhia da mãe. Tenho certeza de que, quando ela se for, ele vai junto.

"Então, quando Lyèce e Nathalie me falaram que viram Charpie, fiquei transtornada, tudo voltou à tona de uma vez, e fui investigar. Foi como se eles tivessem desenterrado alguma coisa escondida em mim. Sou enfermeira, não é difícil achar um endereço em um documento médico, com o número da Segurança Social. Em cinco minutos, eu sabia a rua onde Charpie morava. Esperei o fim de semana e fui. Cheguei de sexta-feira à noite. Fiz uma reserva num hotel perto da casa dele, Le Belle Vue.

"Era alta temporada. A praia, as ruas, os restaurantes, os bares estavam lotados. Acordei muito cedo no sábado de manhã. Você nem vai acreditar, mas eu nunca tinha visto o Mediterrâneo. Precisei encontrar o agressor de Christophe para ver o mar. Era bonito, azul, incrível. Mas eu não via beleza alguma. Estava mal. Não tinha nem levado maiô, estava em outro planeta. Não tinha a menor ideia do que faria. Queria encontrá-lo, talvez falar alguma coisa, dar um tapa na cara dele, xingar. Não sabia. Fiz que nem filme de espião, me escondi atrás de óculos escuros e esperei em um café embaixo do prédio dele.

"Ao meio-dia, depois de quatro ou cinco cafés e dezoito chás, quase voltei para o carro. Eu me perguntei o que tinha ido fazer lá. O sol começou a queimar. Fui à beira do mar para refrescar o pescoço. Fui me desviando das cangas, das barracas, dos corpos deitados, e pensei em ligar para ele, encontrar o número de telefone para confirmar se ele estava em casa e se valia a pena esperar. Observei o prédio onde ele morava. Cinco andares, com dois ou três apartamentos por andar. Varandas brancas e toldos azuis. Pensei no toldo que tinha salvado a vida de Christophe.

"No segundo andar, uma mulher regava as flores. À direita, outra limpava alguma coisa, um objeto na mão dela. No terceiro, à esquerda, um homem lia o jornal, sentado na cadeira de armar. Ainda no terceiro, um casal almoçava; no quarto, uma moça estendia roupa no varal; no último, um homem observava a praia, com um binóculo colado no rosto. Acabei entrando na água, de calcinha, para observar a fachada do prédio que ficava de frente para a praia. Acredite se quiser, mas, de meio-dia a uma e meia, o sujeito do último andar ficou imóvel, com o binóculo grudado na cara. Ele me deixou tão intrigada que eu também não me mexi. Nunca fiquei tão queimada de sol. Meus antebraços, meu pescoço e meu rosto queimaram sem eu nem sentir. Será que ele estaria esperando alguém? Admirando os barcos? Ele lembrava aquelas aves de rapina que fixam o olhar no alvo antes de disparar na direção dele. Todos os outros vizinhos entraram nos apartamentos, fecharam a janela, mas ele, não. Por volta de uma e meia, ele acabou entrando também. Fiquei esperando não Charpie, mas o homem do binóculo. Ele reapareceu por volta das três da tarde, e continuou. Uma estátua de binóculo grudado no rosto. Usava uma camiseta vermelha e uma bermuda azul-marinho. Pensei que não podia ser *ele*. Em Gueugnon, ele vivia de sobretudo bege, camisa e calça cinza. A febre me atacou por volta das cinco. Corri para uma farmácia, vermelha como um tomate. O farmacêutico me deu a maior bronca e recomendou que eu tirasse alguns dias de folga, mas eu disse que era impossível, já que eu era autônoma e, ainda por cima, enfermeira! Ele me vendeu toneladas de cremes e cataplasmas, me deu ordens de voltar para o hotel imediatamente e receitou um analgésico. Me deu também o número de um médico que atendia em casa se eu sentisse muita dor. 'Não pense duas vezes antes de ir ao pronto-socorro, você precisa acompanhar isso.'

"Voltei ao hotel para descansar e dormi que nem pedra até de manhã. Quando abri os olhos, às dez, meu corpo estava ardendo, minha boca, seca, meus olhos, molhados, e cem mil tambores tocavam na minha cabeça. Era domingo, e eu precisava ir embora. O céu tinha ficado cinza, um cinza-escuro que só deixava passar umas frestas de luz. O vento agitava as palmeiras, e a temperatura tinha caído uns dez graus. A multidão do dia anterior tinha sumido. Enchi a cara de analgésico e voltei à praia para ver se o homem de binóculo continuava lá no prédio. Vi apenas duas adolescentes fumando na varanda do terceiro andar.

"A praia estava quase deserta. Alguns mais corajosos nadavam, mas o mar estava agitado e tinham içado a bandeira vermelha. De repente, aquele homem apareceu na varanda, mas sem o binóculo. Ele olhou na minha direção. Deve ter se perguntado por que eu estava plantada na praia, sozinha, na frente do prédio dele, olhando para o último andar. Seria Charpie? Eu estava longe demais para confirmar, mas parecia. De qualquer modo, esse homem grisalho me encarava da varanda. Nesse momento, me dei conta de que fazia muito tempo que eu não o via. Que ele certamente teria mudado, e talvez eu não o reconhecesse. De perto, sem dúvida. E eu, será que tinha mudado? Estava longe o suficiente para ele não me reconhecer? Ele frequentava a casa dos meus pais, onde tomava aperitivo com outros membros do clube.

"Fiquei tão desconfortável que voltei para o hotel. O prédio de Charpie era grande, e podia ser coincidência, outro morador, um voyeur obcecado pelo mar, um homem entediado que ocupava os dias como podia.

"Eu me deitei de novo. Sem conseguir pegar a estrada, implorei ao recepcionista que prolongasse minha estadia. Vendo o meu estado, apesar do meu quarto estar reservado para outra pessoa naquela mesma noite, ele aceitou, ainda que a contragosto. Liguei para minha colega de trabalho mais próxima para dizer que estava doente e não poderia trabalhar na manhã seguinte. Fiquei largada na cama, tremendo e pensando no homem do último andar, em Christophe, nas horas passadas antes e depois de Manosque, em Charpie, em Lyèce, em seu olhar resignado quando tinha passado na minha casa com Nathalie na semana anterior. Acabei pegando no sono. Minha febre baixou durante a noite. Quando acordei, às quatro da manhã, uma tempestade tinha atingido alguns lugares da Itália e se dirigia para a bacia do Mediterrâneo. A chuva martelava o vidro, o vento estava furioso.

"Foi ele quem me encontrou. Deixou um envelope para mim na recepção. Imagino que tenha rondado por todos os hotéis do bairro. 'Olá, Adèle, te reconheci na praia. O que você está fazendo aqui? Por que está me observando? Semana passada foram seus amiguinhos, e agora você. Me liga para resolvermos isso de uma vez. R.' Com o número de telefone. Só a primeira letra do primeiro nome. Como se não quisesse deixar rastros. Então o homem de binóculo era ele mesmo. Eu me senti mal. O que ele estaria observando o dia todo? Ou melhor, *quem*?

"Não liguei para ele. 'Seus amiguinhos.' Essas duas palavras me abalaram. E o que ele queria dizer com 'resolvermos isso'? O que ele fez em Gueugnon ainda devia fazer em Cannes. Predadores não mudam. Mesmo em outro lugar, com a cabeça branca. Esses sujeitos sempre arranjam um emprego ou trabalho voluntário com crianças.

"Pensei que ele em algum momento desceria para fazer compras, caminhar, realizar alguma atividade, então me postei na porta do prédio dele às sete da manhã de segunda-feira. Fiquei parcialmente escondida, mas conseguia vigiar a entrada principal sem ser vista. Ele apareceu no saguão às dez. Eu o esperei se afastar e fui atrás. O calor voltou. O céu estava limpo. Puro azul. Em outras circunstâncias, com certeza a cidade me encantaria. Eu estava em um mundo de férias, mas não pertencia àquele lugar. A postura dele, os passos vigorosos, se destacavam em meio a todos, o queixo erguido, todo à vontade com a vida, confiante. Como na época em que eu era criança e adolescente e não sabia de nada do que ele fazia, pois ninguém falava do assunto. Eu o achava frio, paternalista. Mas não era assim com meus pais. Sempre que lidava com adultos, ele era caloroso.

"Ele andou até um laboratório médico, onde passou uns vinte minutos. Seria para um exame de sangue? Depois, comprou um jornal, uma baguete, e virou de volta para o apartamento. Era assim que isso ia acabar? Ele entrando em casa para ler o jornal? Eu pegando o carro e voltando para a minha vida, sem falar com ele sobre Christophe, Manosque e os outros?

"De volta ao hotel, tranquei a mala, chorando pela minha covardia e minha imbecilidade. Por que eu tinha ido? Quem eu achava que era? A Mulher-Maravilha? E fui embora.

"Eu me perdi na tentativa de pegar a estrada, dirigi em círculos, xingando, e várias vezes passei pela porta dele! Era como se tudo me levasse de volta àquele lugar maldito. Na terceira vez, urrei de raiva de mim mesma. E, de repente, vi uma placa indicando a direção de um estádio. Fiquei em choque. Tinha um estádio no bairro. Coincidência ou ironia do destino? Acho que se chamava Hespérides. O estacionamento estava deserto, e vi uma porta entreaberta. Cruzei com um homem apressado que me cumprimentou sem perguntar o que eu estava fazendo ali. Mudei de direção, percorri corredores, olhei para as fotos de jogadores famosos ou desconhecidos, os troféus nas vitrines, as flâmulas, os vestiários fechados, voltei para o corredor central, dei a volta no estádio enquanto refletia e, na tentativa de voltar para o carro, peguei o corredor errado e fui parar perto dos escritórios, que, na hora do almoço, estavam vazios. Ali, meu coração parou. É assim que se diz. Mas, na verdade, acho que meu coração bateu foi 378 vezes quando vi a foto de um jornal local. Uma matéria recortada e pregada em um quadro de cortiça em meio a documentos administrativos, folhetos e outras imagens. Charpie posava, todo sorridente, em meio a um grupo de adolescentes. "Quartas-feiras da esperança", dizia a manchete. Organizavam amistosos entre jogadores profissionais e adolescentes em situação de vulnerabilidade, e quem coordenava os encontros era Charpie.

"Passei muito tempo procurando, no olhar dos jovens que posaram para aquela foto, indícios que talvez nem existissem. Eu me sentei no chão para me recompor. Então, arranquei a matéria do quadro e a rasguei toda. Não consegui me conter. Como se o gesto fosse capaz de apagar anos de infelicidade.

"E eu liguei para ele. Ele atendeu no segundo toque. Nem frio, nem caloroso. Com o tom de quem trata de uma formalidade burocrática, apesar de nos conhecermos. Eu precisava de tempo antes de encontrá-lo. Queria esperar anoitecer. Não queria que fosse à luz do dia. Como se tivesse medo dele. Declarei que podia encontrá-lo a partir das oito horas, onde ele quisesse. Ele marcou comigo em um bar na Croisette. Um lugar frequentado, conhecido. Será que também tinha medo de ficar sozinho comigo?

"Passei a tarde vagando por um shopping antes de estacionar perto do bar. Cheguei horas antes do horário marcado. E, de novo, esperei. Dessa vez, no carro. Ao volante. Queria ser a primeira. Eu o vi chegar, me procurar com o olhar e se sentar a uma mesa na área externa.

"Minhas mãos estavam tremendo, meu coração, a mil. Ele pediu uma cerveja e me esperou. Por mais de uma hora. Anoiteceu, e ele olhou o relógio. Observando as pessoas nas mesas ao seu redor, os pedestres na calçada. Desconfortável. Ele sabia por que eu tinha marcado o encontro. Sabia do que eu ia falar. Dava para ver.

"Eu não saí do carro. Não o confrontei. Esperei que fosse embora. Ele andou até o estacionamento do porto. Dei a partida e o segui, devagar. Ele percorreu o cais à noite. Ao ver a sombra dele sob os postes de luz, vi de novo Christophe, seu sorriso, seu olhar perdido entre a infância e uma terra de ninguém.

"Quando Charpie foi atravessar a rua, acelerei e investi contra ele, berrando. Mas parei antes de acertá-lo. Ele me encarou. Com seu olhar gelado de réptil. Eu, que sonhava em jogá-lo na água para me vingar de Christophe, murchei. Tudo aconteceu muito rápido. Vi que ele me reconheceu. Dei marcha à ré e fui embora na maior velocidade.

"Fui a toda até um posto de gasolina em Lyon, pensando que a polícia estaria à minha espera em casa. Se Charpie prestasse queixa... mas por quê? Uma semana depois, soube pelo jornal que ele tinha sido encontrado, certamente afogado, em Cannes. E, depois, mais nada. Só silêncio. E mais silêncio. Será que ele se suicidou depois da minha 'tentativa de assassinato'?

"Queria declarar, em alto e bom som, quem ele era. Mas nunca fui de falar em público. Não disse nada para Christophe, nem para Lyèce. Eles não sabem que o vi. Eu fiquei quieta. Como sempre."

9

11 de novembro de 2010

— Alô?
É uma voz masculina.
— Quem fala?
— Perdão?
— Quem é?
— Foi a senhora quem me ligou.
— Você está na lista de pessoas que costumavam ligar para minha tia, Colette Septembre, nos últimos anos.
Silêncio.
— É a Agnès? Agnès Septembre?
Faz séculos que ninguém me chama assim. Agnès Dugain é como um resto de sabão ou detergente grudado na minha pele.
— ...
— Meus pêsames. Venha me visitar, estou em casa. Você sabe onde eu moro.
— Onde você mora?
— Na casa da rifa.

Antoine Été tem as mãos sujas de graxa e as unhas pretas. O cabelo cacheado e grisalho está todo desgrenhado. Ele usa uma calça jeans surrada e um suéter azul-escuro com três botões no ombro, um dos quais caiu. Ele está cheiroso. É mais forte do que eu: antes de cumprimentá-lo, pergunto que perfume usa. A pergunta é tão inesperada que ele murmura meio sem entender:
— Dior.

Ele fica mais interessado no carro do que em mim e dá a volta no Méhari que estou usando.

— É o do Lyèce?

— Você conhece Lyèce?

Ele sorri, gentil. O sorriso ilumina seu rosto. Seus olhos são de um preto profundo.

— Conheço. Somos amigos. Fui eu que vendi o carro para ele. Entre, vamos tomar um café.

1964

Jean entra na casa. O padre Aubry, Colette e Blaise o esperam lá fora. O sr. e a sra. Été têm o maior prazer em lhe mostrar a casa da rifa, toda mobiliada. Jean sorri, educado, porque é a este lar que deve seu destino. Ele não finge êxtase diante da mobília nova em folha, pois nunca soube agir assim. Conforme atravessa os cômodos, um atrás do outro, pensa nas partituras. Entre ele e o mundo, estão as partituras.

Jean veio de Lyon para passar o Natal com Colette, visitar a mãe e a marquesa de Sénéchal.

É a primeira vez que o garoto volta a Gueugnon depois de ir morar com os Levitan. Ele esconde as mãos nos bolsos para ninguém reparar que seus dedos estão agitados, impacientes. Ele só responde "sim" ou "não" para as perguntas que fazem sobre seus estudos e a prova do conservatório.

Faz dois meses que David Levitan abriu a gaveta.

— Você está pronto — disse o professor, entregando suas preciosas partituras.

David Levitan estava certo. O tempo inteiro. Jean nunca se sentiu tão livre ao piano. Como um pássaro que passou anos a fio trancado para aperfeiçoar as asas. Asas que o levam a uma altitude que ele nem imaginava que conseguia alcançar. Por pouco não chega às estrelas. Ele sente no fundo da alma, da carne, do sangue. O piano nunca o fez viajar tanto assim.

Subitamente, se dá conta de que está tendo o aprendizado mais extraordinário possível. Quase místico.

— O senhor não é normal, professor, é um pedaço de Deus.

David semicerra um pouco os olhos, sem sorrir.

— Você acredita em Deus, Jean?

— Acredito na minha irmã, em Liszt, Schubert, Chopin, Mozart e Bach. E, acima de tudo, acredito no senhor. Então devo acreditar um pouco em Deus.

— Acredite sobretudo no trabalho, no esforço. Deus está onde o homem não se deixa desanimar.

O preço é alto, no entanto, às vezes insuportável, um cotidiano congelado. Sem amor. Nunca um carinho ou um aperto de mão, nunca um abraço. Nunca um beijo, uma palavra afetuosa ou de incentivo. Nunca um olhar de admiração. Apenas o de Élia, cheio de lágrimas, que às vezes ele percebe. Três palavras por dia, no máximo. E o rigor intransigente de David, que não deixa nada passar, observa seus mínimos movimentos, não permite que ele adoeça, reclame ou tire notas que não sejam menos que excelentes.

Entretanto, Jean pensa em Colette, e é por causa dela que há três anos ele não volta. Por causa da culpa que o sufoca, por tê-la abandonado em um trabalho manual, difícil, enquanto ele é privilegiado. A culpa por se sentir solitário na casa dos Levitan, por se lamentar em silêncio, embora esteja exatamente no lugar onde deveria. Embora toda essa rispidez esteja ali apenas para possibilitar que ele acesse a beleza de sua arte, enquanto Colette só conserta sapatos velhos.

Em uma das visitas dela, ao acompanhá-la até a estação de trem, ele disse que, assim que começasse a viver de música, ele a levaria junto, e ela poderia retomar os estudos. Contudo, ele recebeu uma recusa categórica.

— Eu gosto do meu trabalho. Nunca irei embora de Gueugnon — declarou Colette.

Fazia um dia bonito, e Jean tinha levado a irmã mais velha ao parque de Tête-d'Or para comer sanduíche. Ele tinha fingido que os Levitan não estavam em casa, para que ela não os encontrasse. Colette teria ficado preocupada se visse aquela casa triste como um enterro, a solidão sufocante. Perceberia que eles viviam em uma ilha deserta e ficaria apreensiva. Sentados no banco, em dado momento a conversa enveredou para como seria o futuro deles. Um tão diferente do outro.

— Você tem seu piano, e eu tenho meu trabalho, Mokhtar e o futebol. Para ocupar minha vida.

— De qualquer jeito, você vai se casar — retrucou Jean.

— Não — respondeu a irmã, sem a menor hesitação.

— Mas vai ter filhos!

— Você vai ter, sim. Eu, não.

Ele não teve coragem de perguntar por que tamanha determinação. E nem cogitava a hipótese de que a irmã fosse diferente dos outros.

Da janela da cozinha, observo o terreno ao lado da casa e os vinte Méhari alinhados que nem brinquedos. É verdade, parece até um campo de flores. Tem brancos, verdes, laranja e de diferentes tons de azul: marinho, pastel, ciano. Foram todos restaurados e estão brilhando que nem prata lustrada. Apenas uma carroceria laranja está desmontada, "na mesa de cirurgia", um pouco afastada, com o motor no chão.

— Imagino que você conheça esta casa — comenta Antoine, interrompendo meu devaneio.

— Vim com minha tia quando era pequena — respondo. — Acho. Não tenho muita certeza. Ouvi falar tanto daqui que não tenho mais certeza é de nada. Às vezes eu passava em frente com Louis, Louis Berthéol, o melhor amigo de Colette, mas a gente ficava longe para não incomodar seus pais.

— Posso mostrar a casa, se você qui...

— Por que você falava com Colette por telefone? Ela estava morta... teoricamente.

— Eu cuidei de Blanche. No fim da vida.

— De Blanche?

Fico de queixo caído.

— Você sabe quem é Blanche? — pergunta ele.

— Agora, sim... Sei até demais.

— Li a matéria de Nathalie sobre a "segunda" morte de Colette. Eu sinto muito mesmo.

— ...

— Antes de ser mecânico, eu era médico. Mas parei. Mudei de área. Não dei atenção ao coração dela. Me equivoquei.

— Ao coração de quem?

— De Blanche.

Ele parece um gigante perdido em uma cozinha dos anos 1950, com eletrodomésticos recém-adquiridos. Lava as mãos com sabonete neutro e liga uma máquina "top de linha", como dizia meu marido no fim.

— Quer açúcar?

— Não, obrigada.
Ele puxa duas cadeiras e me chama para sentar à sua frente.
— Você mora sozinho?
— Moro.
A casa é bem cuidada, e eu me envergonho de ter perguntado. Como se um homem sozinho não soubesse cuidar da casa. Sem dúvida, é porque ele não parece cuidar muito de si mesmo, com a barba por fazer, as unhas pretas de graxa, enquanto lá dentro está tudo impecável. Sem fotos nas paredes. No entanto, há alguns quadros impressionistas de uma beleza ímpar. Dois deles são paisagens da praia de Sainte-Adresse, na Normandia. Nada combina com nada. Nunca vi uma mobília tão incongruente com quadros que eu esperaria encontrar em uma mansão, ou numa casa elegante.
— Em 2004, eu atendia na emergência de Chalon. Certa noite, sua tia apareceu. Eu a conhecia desde sempre. Por causa dos meus pais, e da sapataria, da qual éramos clientes. Cresci na "casa de Jean", do seu pai, o grande pianista. Ainda tenho os discos dele, em vinil. E... depois mostro uma foto. O destino das nossas famílias sempre esteve interligado, graças a esse famoso sorteio. Enfim: no hospital, Colette pediu para me ver. Ela disse que não estava sozinha, e não estava ali para se tratar, mas que eu precisava usar os documentos dela para atender a pessoa que a acompanhava, sua identidade e sua carteirinha do plano. No início, recusei. Mas, quando vi Blanche na sala de espera, acabei aceitando.
— Por quê?
— Porque ela estava apavorada. Estava na cara. Médicos reconhecem o olhar de uma vítima. Depois, ela me confessou que não estava fugindo do marido, e sim do pai. E me fez prometer que não contaria para ninguém. Enfim. Nessa noite, eu a atendi como se fosse Colette Septembre. As receitas também foram sob o nome da sua tia. Até hoje não sei o sobrenome de Blanche.
Ele espera uma resposta, mas não digo nada. Vidrada em suas palavras, espero que ele volte a falar. Além do mais, não sei nada a respeito dele. Não quero pronunciar o nome de Soudkovski sob esse teto. Sujar as paredes com a identidade de um assassino.
— Quando chegou ao hospital — prossegue ele —, Blanche estava com dor no peito, muita dificuldade para respirar, sufocamento. Pensei que fosse ansiedade. Eu tinha certeza de que ela estava sofrendo de um ataque de pânico violento, então não atentei ao coração dela. Blanche estava, sim,

sofrendo de um ataque de pânico, porque tinha acabado de encontrar no jornal uma matéria sobre o homem que a perseguia. Mas também sofria de uma má-formação cardíaca que deve ter se agravado com o tempo. Pedi um eletrocardiograma, mas deveria ter feito também um ecocardiograma. No eletro, nada de anormal, batimentos regulares. Procurei por qualquer sinal de um infarto e eliminei o risco de AVC, mas nem pensei em outras anomalias. Se fizesse um eco, o cardiologista veria a compressão da veia cava inferior.

Ele abaixa o rosto, limpa ou esfrega alguma coisa invisível na mesa. Parece muito abalado.

— E você manteve contato com ela? — pergunto, quebrando o silêncio.

— Com ela e com Colette. Vez ou outra, ia visitá-las na sapataria, e na casa do lado. Eu auscultava o coração de Blanche, aferia a pressão e receitava ansiolíticos para Colette, para ela dar a Blanche. Imagine meu choque quando soube que Colette faleceu em 2007. Imediatamente, pensei em Blanche. O que aconteceria com ela? Quem cuidaria dela? Apenas uma pessoa em Gueugnon sabia de sua presença na casa de Colette: Louis Berthéol.

E também Aimé Chauvel. Não relevo o fato. Se Aimé e Colette guardaram segredo a vida inteira, não é meu papel expor.

— Telefonei para Louis na mesma hora, mas ele não atendeu. Como Jacques Pieri assinou a certidão de óbito, liguei para ele. Jacques foi obrigado a me contar a verdade, visto que eu já sabia parte dos fatos. O plano de Colette me pareceu uma loucura. Pedi a Louis que me levasse até ela. Quando vi como sua tia estava angustiada, não insisti. Decidi que ela tinha seus motivos. Motivos que não eram da minha conta. Cada um faz o que pode.

— Você a visitou na casa da rua Fredins?

— Visitei.

— Como elas eram, juntas? Colette e Blanche, no caso.

— Muito íntimas. Como irmãs que se amavam. Sabia que Colette perdeu uma irmã quando era moça? Blanche talvez a tenha substituído um pouco.

— O drama de Colette é que ela nunca amou a irmã mais nova.

— Ela amava Blanche, isso dava para ver. Cuidava dela. Quando a perdeu, foi o fim do mundo. Sinceramente, achei que essa história de identidade falsa não se sustentaria por uma semana sequer, que alguém descobriria o segredo. Mas durou três anos.

— Ela explicou por que fingiu a própria morte?
— Não. Ela me disse que, quanto menos eu soubesse, melhor.
Eu me levanto automaticamente e encho um copo de água na bica. Sinto o olhar de Antoine nas costas. Eu me pergunto se os homens ainda me acham bonita. Trinta e oito anos. Nunca maquiada. Nunca penteada. Essa minha cabeleira que dava horror à minha mãe. Quantos litros de condicionador ela não jogou na minha cabeça?
— Você foi ver minha tia na funerária?
— Fui. Todo mundo me conhece por lá. Aqui ainda me chamam de "doutor" quando me encontram. Eu fui me despedir.
— Você ligava muito para ela.
— Eu me preocupava. Três anos sem dar um pio, sem existir. Ela lia, costurava, jardinava. Louis ia visitar. Mas mesmo assim... essa solidão me assombrava.
— Sobre o que vocês conversavam?
— Eu perguntava da saúde dela, da alimentação. Via se ela estava comendo bem. Pessoas isoladas costumam comer mal. E comentávamos as notícias e os jogos de futebol.
— Você acha que ela saía por Gueugnon?
Ele demora um pouco para responder.
— É possível. Ninguém vê os mortos.
— Só que os outros iriam perceber que era ela.
— Você diz isso pensando na sua tia em vida. Mas, depois de morta, talvez ninguém reparasse.
— Ela falava de mim?
— Ela se preocupava. Queria saber como você estava depois da separação.
O telefone dele toca. Ele atende na mesma hora. Escuto que o interlocutor procura um Méhari branco com capota azul.
— Tenho dois modelos — responde Antoine. — Pode passar no fim da tarde aqui na casa da rifa.
E desliga.
— O pessoal daqui chama mesmo sua casa de "casa da rifa"? — pergunto.
— Há cinquenta anos...
— A casa passou muito tempo desocupada, né?
— É, até eu me apropriar dela.
— ...

— No dia em que pedi para examinar o cadáver de Blanche, Jacques Pieri me acompanhou. Ela havia sofrido uma parada cardíaca. Foi nesse dia que entendi que não tinha dado a devida atenção a seu coração e, ainda por cima, tinha receitado uma medicação que, sem dúvida, levara a seu fim. Se ela tivesse família, poderiam me processar. Confessei para Colette, mas ela não me culpou.

— Foi por isso que largou a profissão?

— Por isso, e outros motivos. E também por covardia, para não acordar mais de madrugada por ter errado um diagnóstico. Minha nova profissão aqui é uma maravilha. Se um dos meus carros tiver uma pane, não é grave... E você? Está trabalhando em um filme novo?

Eu não esperava essa pergunta.

— Não. Assim como você, parei por covardia. Além do mais, perdi meu protagonista. Também não dei a devida atenção a seu coração.

Ele abre um sorriso indecifrável.

— Quer outro café?

— Não, obrigada. É estranho, você não comentou... É o único que não falou disso.

Ele me encara, sem entender.

— Da semelhança física entre Blanche e Colette.

— É verdade que elas eram parecidas, mas não vejo tanta importância nisso.

— Tem toca-fitas em algum dos seus Méharis?

— Por que a pergunta?

— Porque minha tia deixou fitas gravadas para mim.

— E você quer escutar em um dos meus carros?

— Estava só pensando numa coisa.

— No meu carro tem toca-fitas.

— Que carro?

— O meu.

— Está de brincadeira?

— Eu nunca brinco. Sou mais triste que um enterro.

Eu caio na gargalhada.

— Está rindo, é? Sou um triste senhor antiquado. Não tenho nenhum CD, só vinil. E guardei todas as minhas fitas. Barbara, Brel, Brassens, Téléphone, Mylène Farmer, Mireille Mathieu, Richard Clayderman. Todas.

Dou outra gargalhada.

— Você é a primeira pessoa que eu faço rir assim. Normalmente, sou meio sinistro.

Eu não acredito. Ele não tem nada de sinistro.

— E seu carro é qual?

— Um Renault 5 Alpine Turbo.

— ...

— Carburador duplo, chassi 1983, duas válvulas por cilindro.

Ele sai da cozinha, me deixando pasma, e volta com uma foto, que me entrega.

— Nesta foto, estou na barriga da minha mãe. Pode ficar com ela, eu tenho uma cópia.

Os pais dele posam na frente da casa da rifa, ao lado do meu pai, que deve ter uns quinze anos, de Colette, Blaise e do padre Aubry. Está nevando, e todos estão encasacados. Quem não sabe que ela está grávida na foto nem nota a barriga arredondada da mãe de Antoine.

— Nossos pais, lado a lado... Acho que foi a última vez que Jean esteve aqui.

— Ele parece triste.

— Meus pais me contaram que, na época, seu pai estudava em Lyon.

— É, com os Levitan... Foi complicado.

— Ele parece uma criança.

— Acho que meu pai sempre pareceu uma criança.

Viro a foto. No verso, está escrito à mão: "Os Septembre, um amigo, o padre Aubry e nós (grávidos de Antoine) — dezembro de 1964."

— Eu nasci no ano seguinte.

— E eu, sete anos depois — complementou ela.

— Meus pais venderam esta casa em 1993, e eu comprei de volta em 2007.

— Por quê?

— Porque ela dá sorte.

— Você é supersticioso?

— Que nada — retruca ele, com um toque de malícia no olhar.

— Tenho que ir. Marquei de encontrar o policial encarregado desse caso todo.

— Nos vemos no velório.

— Verdade. Quando é mesmo?

— No dia 15 de novembro, de acordo com a nota no jornal — responde ele, sorrindo.

— Daqui a quatro dias, que dia é?
— Sábado. Dizem que é o dia mais alegre da semana.
— Você acha que tem dias mais alegres do que outros?
— Depende da companhia.
— Então até sábado.
— Até sábado.

10

11 de novembro de 2010

Volto ao meu quarto no Monge. Paul ficou de passar para me dar notícias de Soudkovski. *Cadê você, seu velho assassino? Onde você se escondeu?* Adèle deve estar atendendo algum paciente. O que ela está fazendo com o paciente? Estaria o tranquilizando? O que será que ela sentiu depois de me contar aquilo tudo?

Como estou andando de um lado para outro no quarto, sem conseguir escrever o roteiro com a história da minha mãe, abro a mala de fitas e ponho uma aleatória para tocar. Faz dias que não escuto a voz de Colette. Todo mundo deveria gravar fitas como essas para alguém e assim se tornar um pouco eterno. No fim, ser cineasta é a mesma coisa, é se eternizar. E eu parei de me eternizar.

Meus pais fizeram isso gravando música. Por que essa família é obcecada por controlar o tempo? Muita gente me pergunta por que não escolhi ser musicista como meus pais. Sempre respondi: "Para ser diferente deles."

Cresci com dois adultos que viviam de mala feita. Passei todas as férias escolares com Colette. Quase não tínhamos momentos íntimos a três. O pai debruçado no piano todo santo dia, a mãe graciosa agarrada ao arco, com o violino encaixado no ombro. Pais belos, mas ausentes. Eu devia ter uns dez anos quando perguntei: "Por que vocês me tiveram? A música é muito mais importante para vocês do que eu."

Paralisados pela pergunta, eles se entreolharam como se fossem bichos silvestres diante do farol de um carro. Depois, minha mãe caiu no choro e me abraçou, murmurando mil pedidos de desculpa. "Toda vez que eu toco, é para você", disse meu pai. "Você vive em mim, minha filha, e eu te amo. Muito mais do que esse instrumento."

E eles nunca me inscreveram em nenhum curso de piano, nem de violino. Como se eu, a extensão deles, não fosse tocar música. Como se isso estivesse fora de cogitação. Como se eu fosse destinada a outra coisa. Fiz aulas de balé clássico e de desenho. Hoje, me parece uma loucura completa. Eles me deram esse gravador de presente porque sabiam do meu amor pelo espetáculo. E, mais tarde, Colette me deu a filmadora porque ainda cedo dei sinais de que, um dia, faria reportagens no mundo inteiro.

Meu pai não teve tempo para saber que eu viraria cineasta. Quando minha mãe e Colette viram meu primeiro curta, *Ao Piano*, ficaram comovidas. Colette sorriu durante a projeção inteira. Que nem uma menina vendo seu primeiro filme da Disney. Minha mãe cochichou ao pé do meu ouvido que estava orgulhosa de mim. Ela dizia coisas importantes assim, no ouvido. Nunca falou alto. Exceto quando meu pai morreu.

Colette

Foi dois anos antes de você nascer, Agnès. Uma bala perdida. Ela não teve tempo de sofrer. Morreu na hora. Que expressão estranha. É para tranquilizar os que ficam, os vivos. Para dizer que não houve sofrimento nem tempo de suspirar. Um ano após Mokhtar partir, minha irmã mais nova também se foi. Danièle tinha doze anos. Depois disso, minha vida parou. Quer dizer, parte dela. A mãe começou a me olhar pela primeira vez, mas não por arrependimento, nem remorso por não ter me amado. Não. Ela começou a me olhar como uma ladra. Como a que deveria ter morrido. A que deveria estar no lugar de sua filha, sua outra filha, sua filha de verdade, a adorada. Meu Deus! Essa, não! A outra! Você se confundiu. Foi um acidente.

Foi nessa época que a marquesa se separou do marquês. Largou o assassino de Danièle. E, por incrível que pareça, a mãe continuou trabalhando para ele, preparando sua comida e encerando o piso daquele que matou Danièle "sem querer". Ela sempre dizia: "Foi sem querer. Um acidente infeliz. O coitado não tem culpa." Ela o chamava de "coitado", e eu ficava quieta. Beliscava meu braço para não responder que "o coitado" andava sempre por aí com uma arma na mão. E, pior, depois desse dia infeliz, ele não parou de caçar. E a mãe continuou engraxando as botas dele, preparando a carne de caça para ele e os amigos.

Danièle se juntou ao pai no túmulo da família, presente dos Sénéchal, uma bela sepultura em mármore preto com um anjo magnífico para representá-la. Eles também pagaram pelo enterro. Jean e Blaise seguraram minhas mãos enquanto o padre Aubry realizava o sermão fúnebre. A mãe não se aguentava em pé, não parava de chorar. Um chafariz. Eu nem olhei, só ouvia os soluços. Foram os Sénéchal que a seguraram. O mundo do avesso.

Jogaram terra no caixão. E, depois do enterro, a marquesa contou que ia embora, ia sair de Gueugnon, e desejava doar seu Steinway para Jean. Era preciso encontrar um lugar para colocá-lo, e ela tinha conversado com o diretor da usina e com o prefeito. Até Jean terminar os estudos, o piano ficaria na prefeitura de Gueugnon.

Eu voltei ao local do acidente. A "clareira da Branca de Neve". Era como Blaise e eu chamávamos o lugar. Íamos lá para olhar as nuvens, e às vezes víamos uma corça. Foi lá que o corpinho da minha irmã foi abatido. A trezentos metros do lugar onde Sénéchal mirou e atirou em um cervo. A bala acertou de raspão a orelha do bicho e seguiu caminho. O marquês atirou de novo e, dessa vez, não errou. Uma bala entre os olhos. Foi depois da caçada que o marquês e dois capangas repararam na ausência da criança.

Ela tinha saído de fininho para fazer xixi na floresta, um lugar que conhecia como a palma da mão. Ela se agachou, e pronto. O primeiro tiro a atingiu na cabeça, por trás. A garota partiu para o reino dos céus, como afirmava o padre Aubry. O corpinho dela foi descoberto por um dos cães por volta das sete da noite. A marquesa se encarregou de dar a notícia à mãe. Sempre achei que Georgette estava apaixonada pelo marquês e que foi por isso que continuou lá depois da morte de Danièle. Por saber que viveria com ele, o veria todos os dias, respiraria sua presença entre as paredes de que cuidava. Que eram sua responsabilidade, ainda mais depois que Eugénie de Sénéchal foi embora. E que, penitente, o marquês a trataria com mais gentileza. Não acho que estou errada. Ela virou a dona da casa. Ela, a camponesa fadada a se casar com um homem de baixa renda. Um destino infeliz a fez subir de vida. Depois que a marquesa foi embora, Sénéchal contratou outra empregada para aliviar minha mãe. Aliviar do quê? Do luto que ele mesmo havia causado?

Nessa família Septembre, sempre existiram dois clãs: o pai, a mãe e Danièle de um lado; Jean e eu do outro. É por isso que nunca ficaremos juntos, nem após a morte. Não aceito a ideia de reencontrar a mãe, onde quer que seja. E lamento muito pela minha irmã. Tratei aquela menina como Georgette me tratou, com insensibilidade. E nunca superei isso. Foi por causa disso que nunca quis me casar, nem ter filhos. Por minha causa. Por uma insensibilidade dentro de mim que não consigo controlar. Como pude amar tanto você e Ana? Jean e Hannah? Mokhtar e Blanche? Blaise, Aimé e Louis? E ser tão fria com a minha irmã? Imagine, se eu tivesse um filho e não o amasse? Não. É tristeza demais, dor demais.

Um dia, meu pai me levou ao pequeno cemitério onde jazem Danièle, Robin e Georgette. Não entendi o que ele estava fazendo no túmulo daqueles desconhecidos que tinham nosso sobrenome. Eu me lembro do anjo na sepultura preta descrita por Colette. Naquela idade, nada realmente me interessava. Arrastei meu tédio entre as sepulturas, ajeitei vasos de flores caídos. Era a época em que eu fazia cara feia e revirava os olhos sempre que meus pais me dirigiam a palavra. Quando eu era criança, meu pai me contou que tinha perdido uma irmãzinha. Perguntei onde ele a tinha perdido, e meu pai me explicou que "perder" significa que ela havia morrido. E que isso tinha acontecido havia muito tempo, e ele mal a conhecera. Perguntei se, ainda assim, ele tinha ficado triste. "Lógico, é sempre triste quando uma menina desencarna."

Por que desencarnar? Por que ele falou disso, de repente? Que nem a família de Hannah. A tragédia de onde vinha minha mãe, a milagrosa, era um céu que cobria de nuvens os lugares onde ousávamos citá-la. Seria por isso que minha mãe fugia do cotidiano?

Às vezes eu encontrava minha avó paterna na espécie de asilo onde ela morava, ao qual eu odiava ir. O lugar me dava medo, cheirava mal. As pernas grossas dela viviam enfaixadas, e ela não sorria nunca, nos olhava com frieza. "Dá um beijo na sua avó", diziam meus pais. E eu prendia a respiração, porque achava que ela fedia. Eu me esqueci da morte dela. Como é possível? Não me lembro de nada.

Por outro lado, lembro que, quando eu era adolescente, meu pai anunciou que Colette tinha sido internada por causa do luto. Do luto pela perda da mãe. Não passei as férias de fevereiro com ela. Eles me mandaram para uma colônia de férias de inverno, onde comi o pão que o diabo amassou. Foi lá que descobri que odiava os esportes de neve e entendi como Gueugnon era legal, porque lá eu fazia o que queria e, acima de tudo, tinha Hervé, Adèle e Lyèce. Na Páscoa, encontrei Colette de novo. Não perguntei nada sobre o luto. Eu a observei discretamente. Sempre mal-ajambrada, não tinha emagrecido, nem engordado, e não chorava. Ela sorria para mim e trabalhava, como de costume. Achei que meu pai tinha mentido, inventado uma desculpa qualquer para me mandar esquiar.

Paul bate à porta. Parece contrariado.

— Tudo bem?

Ele me olha com uma cara estranha. Será que descobriu que eu sei da noite que passou com Adèle?

— Tem alguma coisa esquisita, Agnès.

Eu o observo, sem conseguir responder que está tudo "esquisito" desde que descobrimos que Colette não morreu em 2007.

— Acho que aconteceu algum erro no laboratório.
— Que laboratório?
— O que analisou as digitais no telefone fixo da sua tia.
— ...
— Tem as suas digitais, as da sra. Septembre e as de Soudkovski.
— E daí?
— Temos que repetir a análise.
— Por quê?
— Alguma coisa deu errado.

11

15 de novembro de 2010

— Nunca te chamei de titia. Isso nunca teria passado pela nossa cabeça, nem na minha, nem na sua. Acho que devemos sempre homenagear alguma alegria do falecido no enterro dele. Ana, você foi uma das alegrias de Colette. Seu nascimento abriu um novo mundo para ela, o mundo da luz. Uma pequena e imensa vida. Depois de todas as mortes, dos fantasmas que a cercavam, a vida, a sua, voltou aos eixos. Ela te olhava timidamente, você a impressionava. Depois, você cresceu e a fez rir. Você a chamava de Coco. Ninguém nunca a chamava assim, só o irmão, Jean, quando era pequeno. Ela te dava presentes meio antiquados, porque Colette nunca entendeu muito bem as regras do jogo, a menos que fossem as do futebol. Bonecas de porcelana cheias de renda, roupas fora de moda que você nunca usou, perfume e maquiagem que encontrava na feira de Gueugnon, cores que não combinavam com você. Ela colecionava para você as enciclopédias, inclusive as dos pássaros do mundo, que ocuparam muito espaço e pegaram muita poeira no seu quarto, e que você raramente abria, mas guardava como um tesouro. Você amava ver sua tia-avó, passar horas na sapataria, vendo-a trabalhar. E, principalmente, acima de tudo, tenho certeza de que foi por ela, e apenas por ela, que você começou a tocar piano. Nunca vou esquecer o olhar de Colette quando você soltou a mão dela para se sentar ao Steinway da prefeitura, tão pequenininha, e tocar as primeiras notas da *Toccata*. Você tinha cinco anos e meio. Não tocou para a gente, tocou para sua tia. "Escuta só, Coco!" Ela explodiu de alegria quando descobriu que você era talentosa. Então, Ana, você foi, sim, uma das maiores alegrias de Colette, uma luz na vida dela.

"Agora, tenho que falar dela. E apenas dela. Nunca entendi nada de futebol, mas, para minha tia, o esporte não tinha segredo. Ela dizia: 'A gente vive vendo estrelas do futebol. Para mim, não existe isso de estrela. É um exagero. Em toda a história do futebol, posso citar dez superjogadores, no máximo. Quando olhamos para o passado dos atletas de que falam na TV, a maioria fez carreira sempre no mesmo lugar. Se tivessem ido para outro canto, teriam a mesma trajetória? O mesmo desempenho? Não sei, não. Muitos brilharam em um clube e se perderam completamente em outro. Poderia citar inúmeros exemplos.' Era isso que Colette dizia, mas, infelizmente, nunca pedi os exemplos. Deixava minha tia discursar na cozinha.

"Uma vez, só uma vez, perguntei, em tom de censura: 'Mas do que você tanto gosta no futebol?' Ela respondeu: 'Qualquer moleque, em qualquer parte do mundo, pode jogar. É um esporte popular, e eu adoro isso. Adoro, Agnès.'

"Hoje é dia 15 de novembro de 2010, e, seguindo a vontade dela, suas cinzas vão repousar ao lado dos meus pais, Hannah e Jean.

"Agora vamos escutar Jean Septembre tocando o 'Concerto para piano número 1 em mi bemol maior', de Franz Liszt, com a Orquestra Filarmônica de Paris. Era uma das gravações prediletas de Colette. Que ela encontre os seus ao som da música. E pedirei aos torcedores do Gueugnon, e a todos nós, que aplaudam, em memória aos gols que os Forgerons já marcaram e ainda marcarão e que tanto a fizeram vibrar."

Guardo o discurso na bolsa.

— É isso que vou ler. Se improvisar, vou desabar. Ter um texto pronto é como segurar no corrimão. Normalmente odeio quem desdobra uma folhinha na hora de falar, me dá muito nervoso, acaba com toda a espontaneidade... mas no momento não tenho força para fazer de outra forma. Dá para entender?

— ...

— E Pierre vai estar lá.

— ...

— Acho que, se não fosse por você, eu nem iria.

— ...

— Não vai dizer mais nada?

— Você iria pela sua filha. E por Colette.

— Verdade. Mas Louis se viraria muito bem no meu lugar.

— Claro que não. Louis não é você.

— Você já foi casado?
— Não, mas tenho um filho de vinte anos.
— Não vi fotos na sua casa.
— Ficam no meu quarto. Não tenho vontade de expor o sorriso do meu filho na sala. Até porque quase todo mundo que entra lá é para comprar ou vender um carro.

Antoine se arrumou para o enterro. Está elegante e sóbrio. Até limpou as unhas. Não sei nem como, mas penteou o cabelo. Penso na música de Dalida: "Arrumei o cabelo, pintei um pouco mais os olhos... Ele riu." Eu não pintei os olhos, porque sei que vou chorar, porque quero morrer. Porque estou a 78 quilômetros de Lyon — uma placa dizia "Lyon, 80" há uns dois minutos, e, como o Renault 5 Alpine Turbo anda a 150 km/h e eu sou péssima em matemática, provavelmente estamos a 78 quilômetros do cemitério. Qualquer besteira serve para que eu não pense em Pierre, que vai estar lá.

A urna que contém as cinzas de Colette está no banco de trás, à direita, e Antoine a enrolou várias vezes no cinto de segurança, por precaução. O rabecão da minha tia será um Renault 5 Alpine.

Antoine Été é meu companheiro de viagem, pois pedi a ele que "nos" desse carona. Lyèce chegou à estação de trem de manhã cedo, porque estava com Line em Flumet. Adèle, Hervé, Nathalie e outros que não conheço vão de ônibus. Paul foi com Louis. Ele mandou vigiarem o cemitério de Lyon, assim como o de Gueugnon, para o caso de Soudkovski aparecer. Pensei em Antoine Été porque ele se chama Antoine Été, e não é possível ter um nome mais bonito do que esse. Antoine *Verão*. Alguém que não conheço, que mora na casa da rifa. Como é bom ter gente que não nos conhece, que nunca decepcionamos, irritamos nem traímos e que dirige um carro careta, com a mente ocupada com outros assuntos. Na verdade, queria saber no que ele está pensando. Não demoro a ter a resposta.

— Quando foi a última vez que você viu seu ex-marido?
— Em 2007, em Los Angeles.

12

A música sempre foi predominante na história que me conectou ao cinema e à vida. Por muito tempo, eu fui *a filha de músicos*. Meu filme predileto é *Amadeus*, de Milos Forman. Eu tinha doze anos quando passou no cinema. Vi com minha tia no Danton, em Gueugnon. Foi a única vez que fomos juntas ao cinema, e é impressionante que o único filme que vi com ela seja logo o meu preferido. Desde então, nenhum outro usurpou o trono. No meu coração, é a obra-prima por excelência, sou apaixonada por ele.

Não tenho nenhuma outra imagem da minha tia no Danton tirando esse dia, um dia de folga, ou seja, uma tarde de domingo. Apenas a arquibancada do estádio parecia capaz de levá-la para além do centro da cidade. Eu só queria saber de *La Boum: No Tempo dos Namorados*, então, da primeira vez, achei *Amadeus* legal e bem-feito. Colette saiu lívida, distante. Ela estava transtornada. Limitou-se a murmurar: "Acabar jovem assim na vala comum, que desgraça." À noite, o filme se gravou em mim, eu o vi de novo na memória. Eu o projetei em pensamento no teto do quarto, Mozart, seu riso, sua impertinência, sua dor, sua genialidade, o "Réquiem", a luz, as roupas, o palco, a loucura, o padre que escuta as revelações de Salieri, impotente. E a música, AQUELA música. E o plano-sequência do fim, no asilo…

Voltei ao Danton no dia seguinte para ver o filme de novo, com Hervé, Lyèce e Adèle. Hervé pegou no sono. Lyèce estava na fase Michael Jackson, então Mozart não o animou muito, e ele me disse que o filme lhe deu calafrios. Parece que Adèle gostou. E eu fiquei grudada na poltrona. Desde então, parte de mim ficou ali, naquele assento do Danton. Nem sei mais quantas vezes revi o filme, cheguei a memorizar as cenas e os diálogos. Há vinte e seis anos, eu o vejo várias vezes ao ano, sempre com a mesma alegria, o mesmo entusiasmo, o mesmo fascínio. Pierre me deu de presente a versão do diretor dois meses antes de me abandonar. Assim, vi o que Milos Forman cortou na edição logo antes de lançar o filme, minha melhor aula de cinema.

Sempre a Mesma Música é o nome do meu último longa-metragem. O último de uma famosa cineasta infeliz, traída pelo marido ator, um clichê lamentável. Previsível. O último filme. O fim do amor. Entretanto, é meu filme mais assumidamente romântico. E o que mais citam quando conversam comigo. Talvez por ser o último. "Foi o seu filme com o maior número de espectadores no mundo, Agnès!", dizem meus queridos produtores e amigos, Samuel e Victor. É uma história de amor, e talvez por isso tenha batido recorde de bilheteria. Porque o público quer ver histórias de amor no cinema, no teatro, na literatura, no museu. Eu escrevi o roteiro em 2005, filmei no início de 2006 e lancei no mesmo ano, em setembro. Foi o único longa que gravei inteiramente em estúdio, e nos Estados Unidos. E cujo enredo se passa do início ao fim em Nova York, de 1966 a 2006.

Lógico que escrevi para Pierre. Um magnífico herói franco-americano que, sempre que escuta a mesma música, tem a vida virada do avesso. Contratei uma criança e um adolescente parecidos com ele para o papel. E ele usou figurino sob medida. Nós o maquiamos, na prática e no digital, para rejuvenescê-lo quando seu personagem chega aos vinte anos.

O personagem dele, Zachary, tem sete anos quando escuta pela primeira vez aquela música no rádio. É 1966, e a mãe está ouvindo música na cozinha enquanto o filho comemora o aniversário na sala ao lado, com os amigos. Na mesma noite, ela desaparece. O casaco, a bolsa e os pertences dela, no entanto, estão no hall. Será que ela sumiu? Fugiu? Foi sequestrada? Ninguém sabe. Procuram por todo canto, mas ela evaporou.

Por volta dos doze anos, Zachary escuta a música de novo, em uma lanchonete, e não dá atenção. Só tem olhos para Michelle, cinco anos mais velha, mas o efeito é imediato. Amor à primeira vista, não tem igual. Ele só a encontra de novo dali a oito anos, quando escuta a música pela terceira vez, em uma festa. Desta vez, a melodia e a letra o perturbam, mexem com ele. A música é como uma lembrança, ou uma premonição. E, naquele instante, Zachary reconhece Michelle, que se destaca do restante vestida como Audrey Hepburn em *Bonequinha de Luxo*. Quando Zachary arrisca perguntar por que a escolha da roupa, ela diz que é para o caso de esbarrar com o ex. Para ele se arrepender. Zachary leva um baita banho de água fria.

— Você o ama tanto assim?
— Nem um pouco. Mas amo fazer os outros se arrependerem.

Ainda não sei como consegui convencer Jennifer Coolidge a fazer o papel de Michelle quando adulta. São desses encontros surpreendentes que sinto saudade. Chego a sonhar com eles. Ver uma atriz transformar cada gesto e palavra em obra-prima. Sem artifício.

Vemos Zachary envelhecer. Michelle e ele se separam, se reencontram quando ele escuta a música. Na penúltima vez, é o dia do casamento dele. Entre os convidados, está Michelle, com um sorriso triste, acompanhada do marido. A última vez que ele escuta a música é no cinema. Zachary sai às pressas da sala, vai parar em uma avenida, confuso. Uma mulher esbarra nele. Pede desculpas. Ele não responde. Ela parece a mãe dele, que desapareceu há quarenta anos. Sonho ou realidade?

A música se chama "That's All Right (Mama)". É como um feitiço. Como se o céu, a vida ou uma força misteriosa se dirigissem a ele, e apenas a ele. Qualquer que seja o intérprete, seja Arthur Crudup (o compositor), Elvis Presley, os Beatles, Rod Stewart, Johnny Hallyday, Paul McCartney, Tyler Hilton ou uma cantora desconhecida.

That's all right, mama, that's all right,
That's all right, now, mama, just anyway you do.

E então, ela surgiu no set de filmagem. Minha continuísta veio avisar que Audrey Tudor tinha chegado. Eu a encontrei se maquiando no camarim, seu cheiro de jasmim tomando conta do ambiente. Me abriu um sorriso, um amor. Todo mundo a achou um amor. Ela lembra, sempre lembrou, Audrey Hepburn em sua versão mais esplêndida. Não conheço outra versão de Audrey Hepburn. Ela havia trabalhado. Muito. Estava pronta.

Escolhemos juntas o figurino. Um vestido midi preto e barato. Ela interpretava uma cantora de bar que trabalhava duro para ganhar o pão de cada dia. Dei versões diferentes da música para ela escutar: do Elvis, de Arthur Crudup e de Rod Stewart, que acho incríveis. "Ouça todas, mas escolha sua versão preferida", pedi a Audrey.

No set, ela começou a cantar. Uma voz sedutora, grave, de jazz, que sobe para notas mais agudas com facilidade. Ela era magnética. Pensei que faríamos uma cena espetacular com aquela moça. Montamos as duas câmeras.

Na cena, Zachary devia ter quarenta e cinco anos, mais ou menos a idade de Pierre, então não havia necessidade de muita maquiagem. A versão dele nessa idade: irresistível. Ele devia entrar na boate um pouco bêbado, pedir uma bebida no bar, sem dar atenção à cantora até ela começar "That's All Right".

Plano fechado em Zachary. Quando escuta as primeiras notas, ele se vira para a moça, perplexo, e, por fim, furioso. "Quem mandou você cantar isso?", pergunta a ela. "A gente se conhece? Está pregando alguma peça, por acaso?" A trilha sonora continua. A cantora fica assustada. Com vergonha, ele pede desculpas e sai. Corta.

A gente fez um intervalo para almoçar. Fiquei sozinha, deitada no cenário da boate, pensando em como filmaria o beijo entre Zachary e a cantora. Quando retomamos a filmagem, não reparei se Pierre e Audrey haviam voltado juntos. Mais tarde, eu me perguntei sobre o que eles teriam conversado no almoço. Estavam em grupo, e não a dois.

Zachary volta à boate no dia seguinte, dessa vez de barba feita, e leva flores. Ele a espera descer do palco e as entrega, pedindo perdão. A cantora o reconhece e agradece, mas fica desconfiada.

— Desde sempre, quando escuto essa música, minha vida... Por isso reagi... que nem um babaca — explica ele.

Ela o encara.

— "That's All Right"?

— É — confirma ele, de um jeito infantil.

— Obrigada pelas flores.

Ela volta para as coxias, com o buquê na mão, depois sobe ao palco e canta "That's All Right" diante do olhar hipnotizado de Zachary. No final, ele aplaude. Ela, ao microfone, nem se mexe. Zachary se aproxima, sem parar de aplaudir. Ele a abraça e a beija. Um beijo de cinema. Depois, vai embora da boate.

No filme, ele nunca mais a vê. Mas na vida, sim.

13

15 de novembro de 2010

— Adorei seu último filme — disse Antoine Été, encarando a estrada.

Estamos parados em um engarrafamento no túnel de Fourvière, a uns dez quilômetros do cemitério de Guillotière, a urna ainda presa no cinto de segurança, como uma criança comportada.

— Eu, nem tanto.

— Por quê?

— Porque, depois da gravação, perdi o chão e meu marido. E ainda me mudei. Eu me arrependo.

— ...

— Minha filha sofreu me vendo em um estado tão lamentável.

— Do que você se arrepende?

— De ter sido infeliz.

— Mas não é sua culpa. Ninguém decide ser feliz ou infeliz.

— Decide, sim. Por que eu me agarrei a Pierre, à esperança de Pierre? Isso fez muito mal a Ana. Ela é sensível. Deve ter percebido que era ele que eu esperava atrás da porta quando ela voltava do fim de semana, não ela... Deve ter se sentido impotente diante de toda aquela minha tristeza. E eu fui covarde. Podia ter continuado a dirigir filmes, mas fiquei com medo de dar errado. Sendo que nunca me aconteceu. Todos os meus filmes deram certo. Sempre tem um filme que dá errado, enfim, não exatamente *errado*, mas é medíocre ou não atende tão bem à expectativa do público. Faz parte do trabalho, e eu preferi me esconder atrás da dor de cotovelo a enfrentar o futuro.

— Às vezes, dor de cotovelo é uma boa desculpa.

— Você se dá bem com a mãe do seu filho?

— Até que sim. Vou passar na casa deles depois da cerimônia. Meu filho mora com a mãe em Lyon. E você? Volta mesmo para Paris daqui a pouco?

— Volto, com Ana e Cornélia.
— Cornélia?
— É a mulher que cuida de mim.
— Ah, você tem uma cuidadora?
Ele consegue me arrancar um sorriso.
— É mais ou menos isso...
— Tem problema chegar com atraso no enterro? Já que Colette está com a gente...
Tiro uma fita do Coldplay do rádio e encaixo a que está no meu bolso desde que saímos do Monge. Antoine me observa e não diz nada.
Barulho de chuva batendo na vitrine da sapataria. Colette gravou os trovões e o dilúvio, sem dúvida em algum dia de verão. Antoine e eu fazemos silêncio, escutando religiosamente o que nos conta a tempestade. Enfim, a voz de Colette ressoa no carro.

COLETTE
Chovia canivete quando chegamos ao Stade de France. Meu ingresso estava tão encharcado que não deu para validar na catraca. Ilegível. Uma torcedora me ajudou, ela se chamava Bernadette. Gente boa... tão simpática. Nós duas costumávamos fazer essas viagens. Foi o futebol que nos permitiu sair de Gueugnon. Depois, me sentei na arquibancada e olhei para o gramado, para as torcidas, era imenso. Tinha jornalistas com microfones por todo lado.
E eu esperei. Nossos jogadores entraram em campo. Nós, da arquibancada dos Forgerons, os ovacionamos.
Depois, você sabe como foi, Agnès. Você viu na televisão. Não dá para explicar o medo, a alegria, a comunhão entre os jogadores e os torcedores, cada um no seu lugar, o técnico perfeito, a garra. Botamos duas bolas no gol. Bastou marcarmos dois gols, e o árbitro apitou o fim de jogo. Entramos para a história. Seremos sempre o clube de segunda divisão que ganhou a Copa da Liga Francesa em 2000. Quando eu era pequena e me falavam do ano 2000, eu imaginava discos voadores, portas que se abriam sozinhas e falavam, luzes em tudo quanto é lugar, coisas impossíveis no céu e nos pratos, mas não que ganharíamos a copa no Stade de France contra o PSG!

Ela começa a rir. Antoine me olha, comovido pela voz. Parece até que ela está com a gente, escondida na urna como se o objeto fosse uma lâmpada mágica.

Colette
Demoramos muito a sair do estádio. Até eu cantei como se tivesse bebido vinho! Eu, sua tia, cantei com a torcida organizada!

Ela começa a cantar baixinho:

Se só restar você,
E ainda tiver fé,
Nunca se esqueça de cantar
Pelas suas cores,
Pelo seu orgulho, avante, Gueugnon, avante, avante!
Se você tem orgulho das suas cores,
Vamos cantar todos juntos essa canção.
Gueugnon, lá, lá, lá!

Quando ela ri de novo, com sua risadinha toda contida, Antoine e eu nos emocionamos.

Colette
Até que eu a vi. Ela me esperava na frente do estádio. Havia milhares de pessoas ali, como ela tinha me encontrado? Devo acreditar no quê? No instinto de sobrevivência? Em Deus? No acaso? Nunca acreditei no acaso, isso não existe. Enfim, ela estava lá. Tinha visto na TV que o goleiro do PSG havia falado, uma semana antes do jogo, que o time dele esmagaria o Gueugnon. Gueugnon. Ao escutar o nome, ela levou um soco no estômago. Deram a data e o lugar. Ela pensou que, se eu estivesse viva, certamente iria. Não pensou que seria mais simples pegar o trem e ir se refugiar na minha casa de uma vez, nem me ligar. Eu estou na lista telefônica. Não. Quando ela escutou o nome da cidade, achou que era um sinal. Uma resposta. A vida colocou anos entre nós, mas ali estava ela, embrulhada em um casaco vermelho, com um cachorro no colo, um saco de lixo na mão, no meio da multidão que se atropelava para sair do estádio. Eu a reconheci na mesma hora. Mas eu estava meio esquisita, como se tivesse bebido vinho mesmo, e achei que estivesse vendo coisas. Fazia tanto tempo que eu não via Blanche. Ela estava com cinquenta e quatro anos, ela, a menina, minha amiga de infância. Da última vez que eu a vira, Blanche tinha vinte e seis. Mas era ela mesmo, e estava esperando por mim. Sei que muita gente nos confundia, mas eu não via meu reflexo ali, eu via Blanche.

Silêncio.

COLETTE
Não sou de abraçar ninguém. Não sou essa pessoa. Contudo, nesse dia, eu lhe dei um abraço muito apertado. Ela era tão magrela quanto eu. Uma coisinha de nada. Blanche tremeu e me disse: "Eu tinha que te ver antes de sumir de vez."

— Elas se reencontraram aos vinte e seis anos.
— Chegamos, Agnès.
Ergo o rosto e, à minha frente, está a grade do cemitério.

14

31 de outubro de 2010

A amante não sofreu. Não teve nem tempo de suspirar. Para que ela não sangrasse demais, ele a acertou com um golpe fatal na parte de trás da cabeça, logo depois de terminar de comer o picadinho. Ele a esperou tirar a mesa e limpar a pia. Um ambiente impecável nunca é suspeito. Mesmo se usarem luminol. Um só golpe, certeiro, com o taco de beisebol que Mathilde trouxe de lembrança da viagem aos Estados Unidos quando era adolescente. Ela havia se apaixonado por um jogador, um tal de Tim Hathaway, que lhe dera de presente o taco, autografado com caneta preta. Quando ela se lembrava disso, seus olhos se enchiam de lágrimas. Mas o taco acabou indo parar em uma prateleira do porão, perto dos potes de geleia.

Ele arrastou o corpo até o freezer do porão. Mathilde era pesada. Ela havia comprado um freezer horizontal na loja de eletrodomésticos. Prático. Ele levantou a tampa e a largou em cima das caixas de picolé e das bandejas de congelados, antes de fechar. *Blanche estava perto, a seu alcance.*

Ele voltaria a Valence dali a dois dias para esvaziar a casa antes que alguém se desse conta do sumiço de Mathilde. Ela não tinha filhos, ótimo. Havia se casado uma vez e estava divorciada fazia muito tempo.

Era fim de tarde quando chegou em Gueugnon. Quase noite. Estacionou na frente do cemitério. O portão estava fechado. Ele pulou. Ainda havia um resto de flexibilidade de seus tempos de circo, o corpo de atleta mantido por exercícios diários. Ele passou horas percorrendo os corredores, com uma lanterna na mão, a luz enfraquecendo por causa das pilhas. Quando decidiu que voltaria no dia seguinte, encontrou o túmulo de Colette Septembre.

Então, entendeu tudo. Sem dúvida, era Blanche enterrada ali. A matéria que tinha lido estava certa. Todas as suas facas tatuadas de repente perfuraram sua pele. Ele precisou se sentar no chão.

Ela havia morrido. Senão, quem teria deixado aquele par de sapatos no lugar da lápide da sepultura? Eram os sapatos da filha dele, que ela usava sempre, na época em que desapareceu. Ou talvez fosse uma armadilha para iludi-lo. Mas ele não acreditava que fosse o caso.

Voltaria no dia seguinte para desenterrar o corpo. Precisava tocá-la uma última vez. Mesmo morta, decomposta, ele precisava matá-la com as próprias mãos. Havia feito essa promessa quando ela o denunciara para a polícia. Ele pegou o Twingo e parou na praça para comprar uma pizza. Comeu no carro, parado na frente de um armazém abandonado, e cochilou, sentindo um vazio por dentro. Ela estava morta.

Na manhã seguinte, comprou no hipermercado um guindaste manual para tirar a sepultura, além de uns lanches para beliscar. Então, voltou ao cemitério. Sabia que não dava para fazer nada à luz do dia, mas queria ver os sapatos outra vez. Lá, levou um susto: o cemitério estava lotado. *Merda de Todos os Santos.* Havia dois policiais postados no portão. Será que alguém o tinha visto no dia anterior? Ele fugiu às pressas, praguejando, e estacionou na praça. Precisava pensar. Era a cara dele mesmo, aparecer ali bem no feriado de Todos os Santos! Levantou a cabeça. Que vontade de bater em alguém. Em qualquer pessoa aleatória, só para extravasar. A velhice não tinha acalmado em nada sua impulsividade.

Pessoas saíam da igreja, da missa, e ele as olhou sem de fato vê-las. Estava pensando no que fazer. Foi então que ela apareceu, a poucos metros. Entrava no bar diante da igreja. Estava acompanhada, mas ele só olhara para ela. De casaco preto, cabelo preso de qualquer jeito. O rosto, o olhar. Ela fez um gesto como se afastasse alguma coisa dos olhos, poeira, ou uma ideia, quem sabe.

Sensação desconhecida. Calor e luz o atravessaram como flechas atiradas à queima-roupa. Uma explosão interna que ele nunca tinha sentido.

Soudkovski sabia que tinha um coração de pedra. Nunca amara ninguém. Nem a si próprio. Incapaz de sentir empatia, vivia na sombra, no escuro da alma. Não se lembrava de ter chorado desde a morte da mãe. De que adiantava chorar, se a mãe não estava lá para consolá-lo? Não lembrava se já tinha rido de gargalhar. A felicidade era uma estranha para ele, a alegria, um mistério que nunca havia cruzado seu caminho. Ele tinha sentido prazer, às vezes, ao ejacular. No dia anterior, na quase certeza da morte da filha, sentira apenas amargura e o arrependimento de não ter sido ele a tirar a vida dela. Porque ela o largara, o abandonara, o deixara para trás.

Tudo isso para morrer jovem. Ele a havia renegado, alimentara um ódio sem fim por ela.

No entanto, ao ver aquela mulher na calçada, alguma coisa desconhecida o atravessou, penetrou sua armadura. Tudo veio à tona, como uma tampa de esgoto vazando.

Segurando o volante com firmeza, ele a esperou. E lhe veio a mesma sensação quando ela saiu do bar. Como se a pele dele derretesse. Cera em contato com a chama. Ela entrou em um carro velho, mergulhada nos próprios pensamentos. Ele a perseguiu por cinco minutos, mantendo distância. Ela estacionou em uma rua residencial. Meia hora depois, com uma mala no ombro, a mulher foi até a calçada, e um sujeito veio buscá-la de carro. Ela deu meia-volta de repente, entrou na casa de novo. *Ela não vai embora*, ele pensou. Ela saiu outra vez, porém, com uma mala velha na mão.

Ele decidiu esperar anoitecer. Pensou, ruminou, como os outros leem, veem televisão, passeiam ou escutam música no tempo livre. Quem era essa mulher? Como ela se chamava? Ele entendia por que ela lhe causava tal efeito, mas não *como* conseguia sentir "aquilo". Soudkovski não usava armadura, ele era a armadura em si. Ainda assim, ele ficara com vontade de chorar ao vê-la sumir rua afora. Inconcebível. Ainda mais para um homem como ele. Logo ele teria sua resposta.

Às oito, a rua estava deserta, e a maioria das janelas, fechada. Ele entrou no jardim e jogou umas pedrinhas nas janelas para confirmar que não tinha ninguém lá dentro. A mulher não havia trancado a porta, o que ele reparou quando se preparou para arrombar a fechadura. Soudkovski entrou na casa com a lanterna na mão. Vasculhou os cômodos. Nenhuma correspondência para os proprietários. Cheirou as roupas no armário do único quarto. Exceto pelo casaco verde e preto, eram só roupas de velha.

Ficou surpreso ao encontrar um colchão inflável no meio da sala, com cobertores jogados em cima. Algumas coisas espalhadas pelo chão. Duas calças, um pulôver. Um roteiro de Agnès Septembre, *Hannah Ruben*, escrito à mão. Ela tinha riscado o sobrenome Dugain. Por quê? Agnès Dugain.

A matéria de Nathalie Grandjean citava essa mulher, sobrinha de Colette Septembre. A filha do pianista, a cineasta. Era ela.

Ele devia estar no esconderijo de Colette Septembre. Foi ligando os pontos. Daí a *France Football* e os cadernos repletos de recortes. Então, deu outra volta pela casa, revirando tudo de maneira minuciosa, mas não viu nem sinal de Blanche. Até que se deparou com uma caixa de fotos. Da mulher cineasta em todas as idades.

    Ele nunca tinha entrado em um cinema. Quando se sentaria na frente de uma tela para ver a vida fictícia de algum personagem? O cinema era a maior concorrência do circo. Conforme as salas cresciam, os circos diminuíam, as tendas iam ficando mais precárias, até desaparecerem. Estavam inventando até circos sem animais, alegando que eles eram infelizes. Que bobagem. Os bichos existiam para servir ao homem.

    Por que ela estava morando ali? Na casa da tia? O que ela sabia de Blanche? Aonde ela fora? Por que não tinha trancado a porta? Estava esperando alguém? Ele ajoelhou no colchão e cheirou a fronha. E a sensação voltou, ainda mais forte, mais violenta. Um perfume familiar, o cheiro de uma lembrança desenterrada. Como era possível? As emoções dele tinham sido devoradas naquele incêndio de seus quatro anos.

    Ele passou muito tempo na casa, analisando as fotos, vasculhando as gavetas, o guarda-roupa, as coleções, os armários, a lixeira, que continha uma garrafa vazia de uísque. Tinha algum homem na vida de Agnès? Ele precisava vê-la de novo. Escutar a voz dela. Mais tarde, pesquisaria na internet. Se ela era cineasta, ele encontraria imagens. Antes de ir embora, telefonou para o próprio celular para salvar o número do fixo. Depois, amarrou no pescoço um cachecol de Agnès. Nunca havia feito nada parecido em toda a sua vida. Isso o desestabilizou imediatamente. Ele não conseguiu se convencer a deixar a caixa de fotos para trás.

    Logo saiu da cidade e voltou para Valence. Retornaria dali a alguns dias para desenterrar o corpo de Blanche e entender quem era aquela tal de Agnès Dugain, e de onde ela tinha vindo. Depois de arrumar a casa, e antes que o corpo de Mathilde fosse encontrado no freezer.

15

15 de novembro de 2010

Antoine Été estaciona um pouco afastado do portão do cemitério. Pego a fita e a guardo no bolso. Acabou. Daqui a uma hora, Colette terá se juntado aos meus pais, e vida que segue. Só me resta esta urna e, daqui a pouco, só me restarão as lembranças e a voz da minha tia. Ela terá morrido de vez.

É a primeira pessoa que vejo ao levantar os olhos. Reconheço de costas, de longe. Eu o filmei tanto, observei, devorei, amei. Por que chegou antes de mim? Ele se afastou de todos para falar ao telefone. A poucos metros, Cornélia e Ana estão de mãos dadas, na frente do bistrô Les Passantes. Quero correr até minha filha e abraçá-la, mas antes dou um beijo na bochecha de Antoine.

— Nunca vou esquecer o que você fez por mim, nem seu Renault 5 Alpine.

Ele passou perfume no pescoço.

— E não esqueça também — responde ele, lacônico — que suas coisas estão na mala do carro.

Minha mala de roupas, e a das fitas, que quero levar para Paris. Estou tremendo tanto que não consigo soltar o cinto de segurança que prende a urna. Antoine repara e me afasta para fazer isso por mim, e então sussurra:

— Vai ficar tudo bem, você é uma rainha, não se esqueça disso também.

Faz séculos que ninguém me diz palavras tão reconfortantes.

Um homem de terno preto, simpático, se apresenta como agente funerário e pega a urna das minhas mãos. Ele me lembra de que conversamos brevemente ao telefone. Será o mestre de cerimônias. A partir desse momento, no decorrer de todo o tributo, sinto como se estivesse fora do meu corpo. Sorridente e queimada de sol, Ana me abraça. Sorvo o cheiro dela para recobrar as forças.

— Mãe, quem é esse cara?
— Que cara?
— Aquele do carro esquisito! Você chegou com ele. Dá para ver que vocês se gostam.
— Que nada, é só um conhecido de Gueugnon. Da casa da rifa, depois eu conto.
— Eu conheço a casa da rifa, mãe, foi a que pagou os estudos do vovô, mas o que ele tem a ver?

Ela me lança um olhar desconfiado, com um sorriso curioso de malícia. Cornélia, que está a mesma de sempre, me dá um beijo e questiona:
— Conheceu alguém?
— Já falei, é só um colega... e...

Pierre se aproxima, com as mãos metidas nos bolsos do casaco azul. Mesma cor do que ele usava no dia em que foi me esperar na frente da livraria em Lyon. No dia em que perguntou minha idade. Ele está ainda mais bronzeado do que nossa filha e dá um beijo na minha testa. Não foi Judas que beijou Jesus assim, para apontá-lo para os romanos? Reparo na ruga entre as sobrancelhas dele, uma marca que não existia *na minha época*. Ele trocou de perfume. Antes, usava Eau d'Hadrien. Eu adorava o cheiro. Foi presente meu. Seu olhar me atravessa. Eu ainda o amo. E odeio ser louca por ele. Odeio perceber que, se agora, na frente do cemitério, ele perguntasse "vamos embora, só nós dois?", eu iria sem pensar duas vezes.

Meus amigos chegam, e me sinto menos fragilizada. Lyèce, Adèle, Hervé, Nathalie, o dr. Pieri, Louis e Paul. Paul, que parece de orelha em pé. Deve ter espalhado vigias à paisana por aí. Antoine se junta a eles. Minha comitiva.

Três miniônibus vindos de Gueugnon estacionam, e deles saem torcedores, jogadores, sócios do clube, antigos clientes, alguns dos quais reconheço. Várias gerações, lado a lado. Aimé Chauvel está entre eles, lívido. O amor secreto da minha tia me abraça. "Ela nos acostumou à sua morte, mas ainda é um dia triste."

Seriam os mesmos que apareceram em 2007, quando Colette partiu pela primeira vez? Em um instante, todos se reúnem no balcão do bar para pedir café. As pessoas se abraçam, o que agradaria Colette, porque o clima parece o de antes de um jogo, quando as torcidas se encontram, falam da classificação no campeonato, comentam os bons tempos, quando o time estava na primeira divisão, e como "a" Colette conseguia prever o número de gols. Onde será que ela escondia a bola de cristal? Foi assim que descobri que ela ganhou várias vezes o prêmio da loteria esportiva e doou o dinheiro ao abrigo de Gueugnon.

Somos pouco mais de uma centena a caminho do túmulo dos meus pais. O agente funerário conduz o grupo, com a urna nas mãos. Diante da lápide, foi instalado um amplificador, ligado ao microfone. O FC Gueugnon encomendou uma bola de mármore branco e preto, e Louis, uma placa com a inscrição "À minha amiga". Tem duas placas que não sei de quem vieram. E um coração branco que acredito ser de Aimé. Por fim, a nossa: "À nossa tia e tia-avó, que estará sempre em nosso coração." Aperto a mão de Ana mais forte. O discurso que preparei parece difícil de proferir. Se Pierre não estivesse aqui, seria diferente. Percebo, de novo, como dói estar sozinha. Não passar mais nenhuma "noite no ombro dele", como canta Véronique Sanson em "Une nuit sur son épaule".

— Estamos aqui reunidos para desejar um último adeus a Colette Septembre Bayram — começa o mestre de cerimônias. — Ela repousará junto ao irmão, Jean Septembre, e à cunhada, Hannah Ruben. Sua sobrinha e sua sobrinha-neta querem lhe prestar uma última homenagem. E escutaremos o saudoso Jean Septembre interpretar um concerto de Franz Liszt ao piano, acompanhando a irmã com sua música.

Eu não sabia que Ana faria um discurso. Ela solta minha mão e se dirige ao microfone. Sinto Pierre atrás de mim, Louis à minha direita e, junto a ele, Cornélia, atenta. Minha filha está de calça jeans, tênis pretos e casaco branco acinturado. Ela é de uma beleza de outro mundo, lembra cada vez mais meu pai. Passou uma maquiagem suave nos grandes olhos verdes. Sua voz cristalina atravessa a multidão aglomerada ao nosso redor.

— Minha Coco, eu adorava estar com você na sua sapataria, era como estar dentro de um livro infantil. Imaginava que todas as chaves abriam cofres secretos. E os sapatos, todos enfileirados... Você perguntava: "Imagina quantos passos tem essa loja?" Você me dava caixas de graxa como se fosse tinta, e eu enfiava os dedos e desenhava arco-íris nos cadernos de folhas grandes. Às vezes, você me levava para os jogos, mas eu olhava para você, e não para a partida. Os jogos eram mais interessantes nos seus olhos do que no campo. Eu te achava bonita e tímida. Eu te amava, e é graças a você que toco piano, a todos os discos do meu avô que escutamos juntas. Não te vi muito, não te conheci tão bem, mas não precisamos ver tanto uma pessoa para saber que a amamos e que ela é importante. O que conta mesmo é a presença dela quando está com a gente. Não a quantidade de vezes que nos vemos. E, quando eu chegava com meus pais na sua casa, você estava imediatamente presente. Comigo. Estávamos juntas. Obrigada, minha Coco.

Ana volta para meu lado. Pego a mão dela, que está tremendo. O mestre de cerimônias me chama com um gesto. Minhas pernas bambeiam. Eu me controlo, me obrigo a ficar mais calma. Se minha filha conseguiu, eu também consigo. Nem que seja apenas por elas, por Ana e Colette.

— Nunca te chamei de titia. Isso nunca teria passado pela nossa cabeça, nem na minha, nem na sua. Acho que é assim que começa o discurso que escrevi para você. Está aqui, na minha bolsa. Mas não vou ler agora. Volto a ele depois. Hoje, o mais importante é nosso adeus a você, a presença dos seus amigos, aqui, agora. Todos nós viemos até aqui por você, minha querida Colette. E eu quero agradecer. Graças à sua segunda morte, você me devolveu a vida. Um dia vou te explicar, vou vir contar quando estivermos só nós duas. Colette, toda vez que penso no meu pai, vejo você, sentada com ele e o piano, uma silhueta magra vestida no casaco grande demais, com sua bolsinha no colo, escutando-o religiosamente. A sombra do meu pai é você, Colette. Mas você não foi apenas uma sombra. Você foi. Você.

16

BLANCHE
Eu mal tinha três anos e já me equilibrava na bola para dar a volta no picadeiro. Saltos perigosos, mortal para a frente, para trás, malabarismo... Aprendi a andar na corda bamba aos cinco anos. Eu adorava ser equilibrista. E treinei a vida inteira. Como se me esperassem em outro circo. Na próxima vida, quero ser do Cirque du Soleil. É o meu sonho. O amor pelos livros veio depois. Aceitei minha condição de reclusa porque eu lia. Senão, teria desencarnado. Neste país, tem bibliotecas municipais em todas as cidades. Até nos vilarejos. Um tesouro nacional. Colette, quando você me mostrou pela primeira vez a biblioteca de Gueugnon, fiquei abismada. Ela fica em um castelo.

Silêncio.

BLANCHE
A partir dos anos 1960, Soudoro começou a ficar com medo, cada vez mais nervoso. Exibir "monstros" podia dar cadeia, e nosso circo estava fichado por condições de trabalho ilegais. É assim que as autoridades chamavam a exploração de pessoas vulneráveis... Precisávamos sempre ir a cidades desconhecidas, onde ainda não seríamos identificados. Para mim, nada mais de escola. Soudoro pendurou as chuteiras em 1970. Ele vendeu a tenda para uma família italiana, com Fabrizio, Nestor e nossa criatura divina, Noé.

Silêncio.

BLANCHE
Nós nos despedimos definitivamente em uma calçada. Eu tinha vinte e quatro anos, e minha única família de verdade, a que eu amava, estava ali, na

minha frente. Um homem com nanismo e um gigante aos prantos, abraçado a Noé. Todos de uma doçura e de uma sensibilidade sem igual. Eles prometeram me dar notícias. Mas como dar notícias para alguém que não tem endereço?

 Soudoro e eu fomos morar em um primeiro apartamento em Lyon, depois em um segundo, um terceiro, um quarto, como dois fugitivos. Nos primeiros anos, vivíamos indo de casa em casa. Acabamos nos mudando de vez para o centro. Meu quarto era anexo ao dele. Soudoro tinha que me escutar sair e entrar.

 Ele me colocou em um cabaré, o Cabaret des Oiseaux, no segundo arrondissement. Os proprietários, Arielle e Sam, conheciam Soudoro fazia tempo. Eu vivia próxima de Arielle, mas sempre desconfiei de Sam. Se meu progenitor havia me deixado com eles, era para lhe informarem cada passo que eu dava. O cabaré oferecia jantares com espetáculo. Eu trabalhava na recepção, na venda de cigarros e um pouco nas tarefas gerais. Nada de acrobacia, mas usava vestidos de lantejoula, como sempre gostei. A equipe era jovem e tinha sido formada em escolas de circo. Eu, para eles, vinha da rua. Foi com eles que continuei a treinar para manter o corpo de atleta. Cuidar desse meu único espaço de liberdade interior. Os artistas formavam uma família à qual eu me apeguei, mas nunca tanto quanto tinha me apegado a Natalia, Fabrizio e Nestor.

 Vou tentar resumir trinta anos de vida em poucas palavras. Não é muito difícil quando os dias são todos idênticos. Soudoro fazia um bico aqui e outro ali, e vivíamos que nem um casal que não dorme junto. Nunca falei de ir embora, não tinha direito de abandoná-lo. Era uma proibição implícita. Eu pertencia a ele. Era impensável conhecer um rapaz e me casar, por exemplo. Ele recebia meu salário inteiro e ia comigo às lojas, ao mercado, ao médico, me esperava no caixa ou na recepção dos lugares, com os bolsos cheios de dinheiro vivo. Nunca tinha talão de cheque nem cartão de crédito nas nossas gavetas. Eu não tinha direito à privacidade. Ele nunca me tocou nem me bateu. Mas eu sempre soube que, se fosse embora, Soudoro me encontraria e me mataria. Às vezes, ia me buscar no trabalho. Do nada, sem aviso. Para demonstrar o poder que tinha sobre mim.

 Em 1980, ele acabou aceitando comprar uma televisão para mim, mas vigiava os programas que eu via, com medo de que enchessem minha cabeça de ideias. Que ideias? Ele devia achar que eu não sabia nada de amor. Coitado dele. Nunca disse que me amava, nunca falou, nunca me abraçou. Eu nunca disse que o amava, nunca falei, nunca o abracei. Existe por todo lado gente que não se fala. E acho que são muitas.

Tive amigos, amantes passageiros, e o cabaré era um alento. Mas nunca acordava nos braços de outra pessoa. Eu fingia ser alguém que não queria se apegar, sendo que, simplesmente, vivia encarcerada. Eu fazia amor muito rápido, rápido demais, entre o fim do serviço e a hora de voltar para casa. Era tudo cronometrado. Uma vez, me apaixonei. Uma vez, mas para sempre. Um amor impossível. Como seria diferente, com a espada de Dâmocles pendurada acima de mim?

Silêncio.

Blanche
Soudoro era um manipulador. No meu aniversário de vinte e cinco anos, me deu o presente que eu mais queria: um cachorro. Véra. Uma fêmea, cruzamento de salsicha com cocker spaniel. Nesse dia, ele soube que eu nunca tentaria fugir. Ele ficava com ela quando eu ia para o trabalho. Mas eu passeava com ela antes de ir ao cabaré, e, quando eu voltava, Véra me esperava na porta. Eu a pegava e dormíamos juntas.

Todo mês, Soudoro ficava fora do dia 19 ao 23. Ele sumia com Véra. Eu berrava, chorava, implorava, mas ele nunca a deixou comigo. Quando voltavam, ela não parecia ter sido maltratada, nem mal alimentada. E eu sempre me perguntei aonde ele ia. Que lugar era esse? Nunca encontrei nenhuma passagem de trem ou de ônibus nos bolsos dele. Nenhuma pista. Soudoro passou três anos sumindo durante esses dias. Até que ele parou de fazer isso, sem dar explicação.

Passei trinta anos prisioneira. O cárcere tinha sido montado pacientemente desde que eu nasci. Graças à sua filha única, Soudoro tinha uma empregada doméstica e uma renda regular. Pensei em matá-lo. Pensava muito nisso. Em empurrá-lo da escada. Envenená-lo. Sufocá-lo. Mas nunca tive coragem. Tinha muito medo do que ele faria comigo se não desse certo. E não tenho vocação para assassina.

Continuamos sem nos falar. Envelheci diante dos olhos dele. Ele envelheceu diante dos meus. Não saí do Cabaret des Oiseaux. Com o tempo, virei responsável pelas reservas e pelo caixa. Por mais incrível que pareça, juro pela sua vida, Colette, que eu nunca recebi um centavo, minha renda nunca foi declarada. Sam dava meu salário na mão de Soudoro, acreditando que era tudo depositado em uma conta em meu nome na Rússia, país natal do meu pai. E, quando Arielle me perguntava, eu confirmava a história. Eu era cúmplice do meu carrasco.

Quando Véra morreu de velhice no meu colo, Soudoro voltou na mesma hora com outro cachorro. Um filhote de Jack Russell. Ele tinha uma boa intuição e pressentiu que ia me perder. Eu estava desamparada, devastada a ponto de querer fugir de tudo. Do trabalho, da minha vida. Véra era insubstituível. Entretanto, aos poucos, o olhar bonito e a energia do cão me conquistaram. Eu o batizei de Lancelot. É o único cavaleiro que salvou minha vida. Esses dois cães são tudo que já me pertenceu. De resto, nunca tive nada além da sua amizade, Colette.

17

15 de novembro de 2010

Foi armação de Cornélia. Sem dúvida. Ela é inteligente, então só pode ter sido de propósito. Quero matá-la, mas, como estou exausta, vou poupá-la. Por enquanto. Ela reservou quatro lugares juntos no trem. Eu me sentei na frente de Ana. Cornélia do meu lado, e Pierre na frente dela. Como é que ela teve a audácia de comprar nossos lugares juntos? Pierre com a gente. É a volta para Paris, são cinco e meia da tarde, e Colette reencontrou meus pais para toda a eternidade. Guardei a mala de fitas debaixo do assento.

Ana fala sem parar. De Colette, da sapataria, das férias, da exumação de Blanche, pergunta se estarei presente, do barco de onde viu golfinhos, do mar. Conta que, no hotel, tinha um piano de cauda, e ela tocou todos os dias, que o patrão deixava, embora fosse proibido. O instrumento é reservado para os músicos da noite. Tento me concentrar, escutar, responder às perguntas dela, mas estou lutando contra a vontade de virar a cabeça de leve para observar Pierre, que nem tirou o casaco. Sempre parecendo estar de saída.

Uma passageira vem pedir autógrafo para ele. Pierre lhe dá atenção, educado e sorridente. Agradece quando ela conta que adora todos os filmes dele, especialmente *O Banquete dos Anciões* e *A Janela*. "Deu sorte, a diretora está bem aqui", responde ele, apontando para mim. Sinto uma pontada de irritação na voz dele. De repente, uma falsa gentileza. Devem associá-lo a mim com frequência. A passageira abre um sorriso gentil para mim. "Ah, parabéns, sra. Dugain, adoro seus filmes! Está preparando alguma coisa nova com seu marido?" É evidente que ela não lê as colunas de fofoca. Sinto meu rosto arder e me escuto gaguejar: "Estou terminando um roteiro." Entusiasmada, Ana se pronuncia: "Meus pais se separaram, mas minha mãe está mesmo trabalhando em um filme novo." Pierre e eu olhamos com um sorriso bobo para a passageira, sem saber o que dizer.

Quando ela vai embora com os dois autógrafos, Pierre se vira para mim.
— Está em pré-produção?
— Estou finalizando o roteiro de *Hannah Ruben* — minto, sem nem pestanejar.
Vejo que ele fica intrigado.
— Vai fazer um filme sobre a sua mãe?
— Vou.
— Ah, mãe, que máximo! Posso fazer uma ponta?
— Se você quiser, meu bem, escrevo um papel para você.
— Pode ser de pianista?
— Pode. Ótima ideia.
— Seu discurso para Colette foi maravilhoso — elogia Pierre, pegando a mão de Ana.
Será que está tentando mudar de assunto? Ana parece feliz. Ela acha que retomei o caminho da criação. Eu a observo, e as palavras simplesmente saem da minha boca. É mais forte do que eu. Eu gostaria de dizer isso para ela a sós, mas palavras que ficaram presas por muito tempo às vezes escapam sem que consigamos impedi-las. A emoção não tem mestre.
— Peço perdão, meu amor — digo.
Ana franze a testa. Adoro quando ela faz isso, fica ainda mais parecida com meu pai.
— Peço perdão pelo mal que causei — repito.
— Como assim, mãe?
— Eu mergulhei na tristeza, e, por minha causa, você sofreu. Não vai mais acontecer. Nossa vida vai mudar.
— Eu adoro nossa vida, mãe. Não quero que nada mude... E todo mundo tem o direito de sofrer. Você só estava com a maior cara de enterro nos últimos anos, mas agora, olha só, arranjou um namorado e está escrevendo um filme.
Que bom que estou sentada. Sinto um misto de vergonha e perplexidade. Pierre olha para mim, cheio de malícia.
— Conheceu alguém? Que bom.
Seu tom condescendente, de quem distribui estrelinhas, me irrita profundamente. E, o cúmulo do cúmulo, ele acrescenta:
— Quem é o ator? Eu conheço?
Começo a rir e solto:
— Não, obrigada, já estou cansada de atores. Meu amigo é médico.

Segunda mentira. Sinto que Cornélia olha para Ana, que olha para Cornélia. Elas estão satisfeitas. Sorridentes. Traidoras. Não sabem de nada.

— Qual é a especialidade dele? — quer saber Pierre.

— Méharis.

A cara dele. Que engraçado. Se não estivesse voltando de um enterro, sem dúvida seria um dos melhores momentos da minha vida. Ele faz uma cara realmente intrigada. Por quê? Porque estou trabalhando em um filme sem ele? Ou porque um novo homem ocupou seu lugar? Um lugar que ele abandonou, vazio e gelado. Ele não diz mais nada, finge ler o jornal que comprou na estação. Abre o caderno de política, coisa que ele odeia. "O novo governo de Nicolas Sarkozy proposto por François Fillon." Vejo o reflexo das manchetes nos óculos dele. Óculos escuros para não ser reconhecido. Que otário! É, estou achando Pierre Dugain um otário, logo ele, que já foi meu rei. Minha vida. Meu amor. Aquele com quem eu teria fugido se ele pedisse. A vida se resume a isso, então? Fora nossos filhos, todo mundo é um otário em potencial... Como diz a música de Léo Ferré: com o tempo, tudo se vai.

Ele deve estar pensando que meu novo filme não vai vingar, já que não contará com sua presença, e que eu lhe devo meu sucesso. Tenho certeza de que está convicto disso. Fiquei numa alegria só quando soube da bilheteria do último filme dele, um fracasso monumental. Além do mais, "a outra" também estava no elenco. Não vou mentir: não importa a profissão, ninguém deseja o melhor para o outro quando o relacionamento chega ao fim. Mesmo desejando boa sorte em voz alta, isso é *bullshit*, como diria Ana.

— Mãe, qual é a sua primeira lembrança de Colette?

Ana me arranca do devaneio. Pierre ainda finge ler. Cornélia cochila. Eu penso, busco na memória.

— Não tenho uma lembrança exata. São cheiros de couro e graxa. E uma imagem, de Colette vindo na minha direção na rua Jean-Jaurès, em Gueugnon. Fico feliz de vê-la. Meus pais sem dúvida estavam comigo, mas não me lembro deles. Colette acaba de chegar sabe-se lá de onde. E eu fico feliz de encontrá-la na calçada. Eu era bem pequena.

— Você escutou as fitas?

— Não todas.

— Posso escutar com você?

— Pode. Você vai ver, Blanche também fala. Tem momentos de silêncio, barulho de chuva, pássaros cantando. Colette gravou de tudo.

— Isso também daria um filme do cacete.
— Sim, do cacete...
— Vamos ver o *Harry Potter* novo hoje, mãe?
— Se você quiser.
— Não está muito cansada?
— Não. Pelo contrário. Vai ser bom distrair a mente.
— Tem uma pré-estreia no Studio 28. E depois a gente pode comer na Villa des Abbesses?
— Combinado.
— Cornélia, quer vir com a gente?
— Hoje não posso.
— Tem um encontro?
— Ana — digo —, isso é assunto dela.
— Não. Os assuntos da Cornélia são meus também. Pai, quer vir com a gente?

Minha filha perdeu o juízo?

— Aonde? — pergunta Pierre, fechando o jornal com um gesto seco.
— Ver o novo *Harry Potter*. Audrey não está em Paris. Assim você não fica sozinho. Você se incomoda, mãe?

Pierre olha para mim. Estaria esperando meu consentimento? Não sei o que espera.

— É uma boa ideia, sim.

Quero morrer. Minha filha e Cornélia estão tramando algum complô, e não sei o que querem. Agora, aqui estou. O que é que eu faço com esse roteiro? Passo meses trabalhando? Nunca imaginei gravar a história da minha mãe e do romance com meu pai. Registro suas lembranças. Costumo fazer filmes sensíveis e, apesar de me inspirar em observações do dia a dia, histórias dos jornais, relatos, nunca escrevi sobre minha família.

Pierre se levanta para ir ao bar e pergunta o que queremos beber. O que se bebe na volta de um enterro? Depois de mentir? Em um trem em movimento, sentada com seu ex? E, pior, correndo o risco de passar o restante da noite com ele?

— Um uísque puro, por favor.
— Trezentos anos? — retruca ele, sem pestanejar.
— Seria perfeito, obrigada.

E caímos na gargalhada. Como antigamente. A gente vivia rindo. A gente estava sempre sintonizado na mesma frequência. Mas isso era antes.

— Água está bom, obrigada.
— Ok.

Ana quer ir com ele. Cornélia também. Acabo ficando sozinha. Vejo os três saírem andando. Que nem antes. Que nem em Los Angeles, quando eles iam fazer compras para me deixar escrever em paz.

Ana vai ficar decepcionada se souber que menti em relação ao roteiro. Estou fora de combate, a anos-luz de voltar. Contudo, é mais forte do que eu: começo a pensar em quem poderia interpretar o papel da minha mãe. Ela era tão linda, tão esguia. Uma ligeira rigidez naqueles belos olhos verdes. Quando a conhecíamos um pouco mais fundo, dava para perceber que era engraçada. Não sei mais quem foi que falou: "Não me sacuda. Estou cheio de lágrimas." Minha mãe era o contrário. O que a gente escutava era seu humor devastador. Ela era feminina, sofisticada. Com mãos magníficas, pele clara, nariz pequeno e reto. Lábios finos. Sempre senti que eu era o dobro da minha mãe, com meu tamanho e meu cabelo, minha boca carnuda, meus olhos pretos e meus tênis eternamente nos pés, enquanto ela só usava salto. Minha mãe não era de tocar nas pessoas. Doce e gentil, mas não carinhosa. Antes de meu pai morrer, ela me cumprimentava com beijos no ar, como se eu fosse uma amiga. Depois, ficou muito mais afetuosa. Eu sempre toco nas pessoas que amo, como se minhas mãos tivessem uma necessidade visceral de me conectar com elas. E acho que sufoquei Ana de tanto beijo. Ainda hoje, não consigo ficar perto dela sem abraçá-la, sem beijá-la. Minha filha é que nem eu. Transmiti para ela a doença do amor sensorial. De repente, uma lembrança me vem à mente. Uma pergunta que fiz: "Por que o papai está sempre triste?" Minha mãe me deu uma resposta totalmente inesperada: "Não é tristeza, é melancolia. Um dia, Colette te conta. Quando e como, não sei, mas ela vai contar." Ana, Cornélia e Pierre voltam, rindo, carregados de bebidas, doces e salgadinhos. E agora, eu faço o quê?

18

Hannah Ruben
(*Continuação*)

Cena 3a
1942

    Os alemães foram embora. Éléonore Gravoin sobe devagar e empurra a porta entreaberta do apartamento de cima. Tem que ser rápida. Algum vizinho poderia reparar. O apartamento dos Ruben foi saqueado. Contendo as lágrimas, Éléonore recolhe o máximo possível de fotos da família, de retratos emoldurados, alguns quebrados, e volta com pressa para o apartamento de baixo.

Cena 4a
1942

    A zeladora do prédio, sra. Gauthier, instala os novos moradores no apartamento dos Ruben. A família Gravoin, desconfiada, nina a menina, de colo em colo, para ninguém escutá-la. O pai, Benjamin, a avó e Éléonore acalmam a menina com o olhar e cantarolando baixo.

Cena 4b

    Éléonore encontra os novos moradores na escada. Ela os cumprimenta timidamente.

Cena 4c

Éléonore entra no apartamento. A avó brinca com Hannah, com blocos de madeira que espalhou no chão.

Éléonore: Acabei de cruzar com os Thénardier na escada.
A avó: Não vão levá-la para o céu.
Éléonore (*apontando para a pequena Hannah com o olhar*): Mãe, onde estão os pais dela?
A avó (*cochichando*): No inferno.
Éléonore: Dizem que eles trabalham nos campos.
A avó: Há quem compare homens cruéis com animais. Quem diga que eles se comportam que nem bichos. Animal nenhum cometeria os horrores de alguns homens.

Nesse instante, a torre de cubos desmorona. Éléonore e a avó reagem cheias de ânimo para Hannah. "Cabum!", exclamam em uníssono para a criança, que acha graça.

Julho de 1943

Dia bonito. Os Gravoin abriram as janelas para deixar o sol entrar. Hannah está prestes a fazer um ano e começa a andar pelo apartamento, rindo. Éléonore pede a ela com delicadeza que faça menos barulho.

Benjamin: Cansei de mandá-la cochichar e brincar de esconde-esconde. Vou levá-la ao parque!

Desesperada, Éléonore implora ao marido que não faça isso. A avó começa a choramingar: "Jesus amado, vão pegá-la! Vão tirá-la de nós!" O pai insiste que ninguém os incomodará, que ele tem os documentos novos da menina. E quem deteria uma criança acompanhada do pai, médico e católico, que todo dia salva vidas no hospital de Grange-Blanche?

Éléonore: Eu vou junto.

Descem os três, a menina no colo de Benjamin. Ao passar na portaria, ele chama a zeladora.

Benjamin: Bom dia, sra. Gauthier, esta é a filha do meu irmão. A mãe dela está doente e não pode cuidar dela no momento.
Éléonore: Ela se chama Marthe. Marthe Gravoin. Diga oi para a sra. Gauthier, Marthe.
Gauthier, a zeladora: Bem que eu pensei ter escutado uma voz de criança no apartamento.

Ocupada demais distribuindo a correspondência nos escaninhos, ela não dá atenção à família.

Gauthier, a zeladora: Desejo melhoras à mãe dela.
Benjamin: Nós também. Obrigado. Bom dia para a senhora!
Gauthier, a zeladora: Bom dia, doutor.

Eles saem para a rua, aliviados.

Benjamin: Pronto, meu bem, esta é Lyon. Você vai ver, é uma cidade linda, e ainda por cima tem o rio Rhône, onde tomamos banho. Por muito tempo, foi uma zona livre, mas agora acabou. Neste momento, estamos em guerra. Tem uns homens malvados que não parecem malvados. E umas moças malvadas que não parecem malvadas. Tem umas pessoas corajosas que resistem. As guerras acabam morrendo sozinhas. Sufocadas. Como é tudo perigoso, vamos tomar cuidado enquanto esperamos. Vamos fingir nos comportar.

A menina sorri. Não entende uma palavra do que Benjamin conta, mas está feliz de descobrir o mundo lá fora, de que foi privada desde que nasceu.

Cena 5a
8 de dezembro de 1943 — dia da Festa das Luzes em Lyon.

Apesar da guerra e da recessão crônica, os moradores de Lyon puseram velas e candeias no parapeito das janelas em homenagem a Nossa Senhora.

Em uma pracinha, Éléonore Gravoin toca violino para os pedestres, acompanhada por um acordeonista. Eles tocam uma sonata de Mozart, a "K. 304", composta para piano e violino. Dentre os espectadores, Benjamin, com Hannah no colo, e a avó. Uma centena de desconhecidos a escutam, inclusive alguns alemães fardados. Todo mundo parece comovido pela música, especialmente a pequena Hannah.

Cena 6
Primavera de 1945

Hannah, com quase três anos, entra sozinha na sala onde Éléonore em geral pratica violino. A menina tira o instrumento do estojo, põe no colo e tenta fazer algum som nele com o arco.

Cena 7
Verão de 1945

Todos os dias, Éléonore e Benjamin vão à Cruz Vermelha, na esperança de conseguirem notícias da família Ruben. Eles consultam as listas e fotos dos sobreviventes. Voltam de mãos abanando. Será que as duas crianças ainda estão vivas, em um lar temporário?

Cena 7a

>Ext. rua, Lyon
>O casal Gravoin caminha lado a lado

Éléonore (*para Benjamin*): Nunca me senti tão triste. Se eles faleceram, Hannah nunca vai encontrar os pais e os irmãos. E, se eles voltarem, teremos que nos separar dela.
Benjamin: Sempre soubemos disso.
Éléonore: Existe um abismo entre saber e viver.

1946

Hannah, aos quatro anos, começa a estudar violino com um professor. No mesmo ano, os Gravoin recuperam o apartamento dos Ruben, requisitado pelos alemães, para devolvê-lo a Hannah.

Nota: Hannah nunca voltará a morar lá. Ela venderá o apartamento quando atingir a maioridade.

1947

Rafael, Agnès, Sasha e Myriam Ruben são declarados mortos pelo governo. Benjamin e Éléonore iniciam o processo de adoção de Hannah. Ela manterá o sobrenome de nascimento, Ruben.

Cena 8
1952

Int. Apartamento.
Hannah, aos dez anos, observa os retratos dos pais e dos irmãos. Reconhecemos as fotografias que Éléonore recuperou após o saque dos alemães no apartamento dos Ruben.

Nota para produção de objetos: utilizar os retratos de verdade.

19

16 de novembro de 2010

Eu guardei os retratos. Ana pediu para pendurá-los no quarto dela na rua Abbesses. Tem uma foto do casamento de Rafael e Agnès, uma de Sasha com a irmãzinha Myriam no colo, e uma das duas crianças, aproximadamente aos oito e quatro anos. E, por fim, uma foto de Hannah recém-nascida, dormindo no colo da mãe. Eles foram deportados poucos meses depois.

Não sei como nem por que Agnès sentiu que deveria entregar a caçula aos vizinhos amigos. Por que não os três filhos? Por que não tentar fugir com todos? Será que achava que não conseguiria cuidar de um bebê nos campos "de trabalho"? Mas como cuidaria dos dois mais velhos?

Observo nossos antepassados nas paredes do quarto, procurando semelhanças. Eles são nossos fantasmas mártires. Fazem parte da memória coletiva. Ana os chama de "nossos anjos da guarda". Seus nomes estão registrados na parede do Memorial da Shoah em Paris. Estiveram no comboio número 42, que partiu de Drancy em 6 de novembro de 1942, às 8h55. Quando chegaram a Auschwitz, em 8 de novembro, 145 homens foram selecionados para trabalho forçado e tatuados com números de 74021 a 74165, e 82 mulheres, com os números de 23963 a 24044. Foram mil deportados nesse comboio, incluindo 217 crianças, e 639 morreram assim que chegaram, nas câmaras de gás. Nem Agnès, nem Rafael chegaram a ser tatuados. Estavam entre os 639 exterminados pelo gás, assim como os dois filhos. Imagino que Agnès tenha morrido com os filhos. Muitas vezes rezo para que o pequeno Sasha não tenha morrido com o pai, entre os homens, e sim com a mãe. Não sei por quê, mas desejo que ele tenha partido de mãos dadas com a mãe. Eu nunca saberei. Deste comboio, apenas quatro sobreviveram. Todos homens.

Não me lembro de ver esses retratos no apartamento de Lyon, quando era criança. Não sei onde ficavam. Mas, após a morte do meu pai, eles reapareceram no quarto da minha mãe. Quando vi, entendi quem eram. Será que meu pai se recusava a vê-los? Não sei, ele vivia no mundo da lua. Minha mãe não queria expô-los? Teria escondido dele? Teria escondido de nós? Quando perguntei por que eu me chamava Agnès, ela respondeu que esse era o nome da mãe dela, desaparecida na guerra. E não disse mais nada. Muito depois, ela me contou da Shoah. E estudamos no colégio. Quando o professor de história perguntou se alguém entre nós tinha algum parente deportado ou sobrevivente dos campos, eu não levantei a mão, e escondi meus avós e seus filhos em uma redoma de silêncio. Ao voltar para casa, senti uma vergonha insuportável por ter ficado calada. Por tê-los exterminado de novo. Ainda hoje, me envergonho de ter sentido vergonha de levantar a mão.

Minha filha começou a ler meu roteiro. Ela disse que, ao fazer um filme sobre os Ruben, eles existirão para sempre. Respondi que o roteiro existiria para sempre caso alguém dirigisse o filme. Mas que não seria eu. Se tiver que falar deles, escreverei um livro.

No mundo dos vivos, foi Colette quem ocupou o espaço todo. Do lado da minha mãe, meu tio e minha tia foram enviados para um campo de concentração. Do lado do meu pai, a pequena Danièle faleceu muito nova. Sem querer, Colette ficou com o título de única tia. Penso nela, que agora jaz em Lyon.

Não tive notícias de Paul desde a cerimônia. Portanto, não tive notícias de Soudkovski.

Um SMS de Antoine Été: "Chegaram bem?"

Resposta: "Chegamos, sim."

Um telefonema de Lyèce:

— Pronto, marcamos o casamento! Vai ser em junho do ano que vem. Nathalie topou ser minha testemunha, você aceita ser testemunha de Line?

— Eu mal a conheço, ela com certeza tem uma melhor amiga, uma madrinha, sei lá.

— Ela disse que, se for você, vai dar sorte pra gente.
— Lyèce, eu lá tenho cara de quem dá sorte?
— Parece que sim. Então estamos combinados? Você pode ser testemunha da minha esposa?
— Ok.

Ana volta às aulas amanhã, e hoje foi sair com uma amiga. Ontem à noite, a pré-estreia de *Harry Potter* no Studio 28 estava lotada. Mas nós duas fomos jantar no Villa des Abbesses, e Pierre inventou uma desculpa para voltar correndo para casa. Um trajeto Lyon-Paris cara a cara comigo deve bastar para os próximos dez anos. Eu o verei novamente quando Ana, aos trinta anos, se casar com um príncipe, que espero não ser exageradamente encantado. Se for só um príncipe, já está bom.

20

2 de novembro de 2010

Soudkovski chegou a Valence por volta de uma da manhã. Ele parou em um posto de gasolina na altura de Mâcon para sacar setecentos euros com o cartão de Mathilde, cuja senha ele sabia. Precisava de dinheiro vivo para não ser rastreado. E respeitou o limite de saque para não correr o risco de o cartão ser bloqueado. Ele sacaria o mesmo valor na semana seguinte, depois o destruiria. Já usava o de Socha para receber a pensão militar todo mês, e, paranoico como era, lhe parecia inconcebível utilizá-lo para qualquer coisa além do saque quase integral da pensão. Ele deixava cem euros na conta corrente de Socha para o débito automático da conta de luz. O restante ficava no bolso.

Não tinha ninguém na casa de Mathilde. Sinal de que não haviam comunicado o desaparecimento dela. Ele não havia fechado as persianas, para não chamar a atenção da vizinhança, e deixara uma luz acesa. Estacionou o Twingo na vaga de sempre.

Voltou para esvaziar o armário. Viktor Socha estava de mudança outra vez. Soudkovski tinha pouca coisa, apenas roupas, sapatos, uma caixa de ferramentas, halteres e alguns documentos. Jogou fora todos os jornais. Em menos de uma hora, recolheu o pouco que tinha na garagem e limpou o quarto e a sala com água sanitária do chão ao teto. Parecia um apartamento modelo para venda de imóveis na planta.

Ele foi a pé ao estacionamento da estação de trem e deu uma volta para avaliar os veículos. Os modelos mais novos eram mais complicados de arrombar. Maldita modernidade. Ele reparou em um Honda cuja porta traseira estava destrancada. De 1993. Forçando a trava e fazendo ligação direta, seria brincadeira de criança. Desde a infância, ele tinha roubado e abandonado muitos carros. Como abandonara Marie Roman em um bordel perto de Estrasburgo. Teria sido melhor matá-la. Além do mais, tinha sido por causa dela que ele foi preso e perdeu o rastro de Blanche.

Ele voltou para casa ao volante do Honda, encheu a mala do carro e o escondeu na garagem. Tinha que ir embora antes que amanhecesse.

Deviam ser cinco da manhã quando ele entrou escondido na casa de Mathilde para apagar o histórico do computador. Todas as pesquisas sobre Blanche e Marie Roman. Ninguém deveria poder conectar aquilo a ele, que sumira do radar depois da situação em Marselha. Ninguém fizera a ligação entre ele e Viktor Socha.

No entanto, assim que se sentou diante do computador, ele não se controlou e pesquisou "Agnès Dugain". Ela apareceu, toda sorridente, dos vinte anos até os dias atuais. Na rua, em sets de cinema, dirigindo atores de que ele nunca tinha ouvido falar. No tapete vermelho, com vestidos pretos e compridos, sempre acompanhada pelo mesmo homem. Era ela mesmo. E, de novo, esse calor estranho, esse bem-estar curioso que ele sentia ao vê-la.

Soudkovski não tinha a menor cultura. Ele só entendia de turfe, de consertos, de alongamentos, de pequenos contrabandos de todo tipo, de cadeia. A internet só servia para pesquisar, investigar, não para aprender. Sentiu, porém, certo orgulho diante da ideia de que Agnès era cineasta. Indicava que ela gostava do espetáculo. Ser cineasta ou domador envolvia seduzir o público. Ela com a câmera, e ele com a chibata e a privação de alimento. Ao fazer os bichos passarem fome, dava para fazer o que quisesse. Eles dois deviam domar aquilo que confrontavam, usar projetores para a luz dançar. Como ele, Agnès era do mundo do espetáculo.

Ele passou a saber o ano de nascimento dela, 1972. E que Agnès era filha do pianista Jean Septembre e da violinista Hannah Ruben. Que era roteirista e diretora e, por quase quinze anos, tinha ganhado prêmios pelo mundo todo. Que tinha uma filha, Ana, nascida em Paris, em 1995. Que tinha se casado com Pierre Dugain e se divorciado em 2008. Que morava em Paris. Que não lançava nenhum filme desde 2006. Deste ano em diante, não aparecia mais nada. Como se ela tivesse morrido. Ele lembrava o nome dos filmes dela, mas não tinha visto nenhum. Depois, encontrou um link que mostrava o ex-marido nos braços de uma tal de Audrey Tudor. Mas Soudkovski não estava nem aí para isso. Apenas Agnès lhe interessava.

Clicou em um vídeo para escutar a voz dela. Uma gravação do Festival de Cannes de 1995, na qual ela apresentava *A Janela*. Estava grávida. Filmada em close. Maquiada, usava uma blusa vermelha com decote arredondado e estava bronzeada. Era bonita. E mais nova do que quando ele a viu sair do bar. Soudkovski não escutou uma palavra sequer da entrevista, vidrado nos lábios dela, no sorriso, no nariz, no olhar, em como olhava para cima ao pensar, no timbre da voz, nas mãos sem joias, nas unhas sem esmalte. Estava totalmente subjugado pela mulher. Um fantasma que vinha assombrá-lo.

Ele tinha que ir embora. Eram quase seis e meia. Na pressa, apagou os rastros no computador e saiu da casa de Mathilde sem olhar para trás. Jogou a cópia das chaves no fundo de uma lixeira cheia. Depois, fez a ligação direta no Honda e dirigiu rumo a Lyon. Lá, encontrou um hotelzinho perto do estacionamento da praça Célestins. Ele ficaria poucas noites ali, só para pensar. E, principalmente, entender. Agnès tinha nascido em 1972. Blanche e ele moravam juntos em Lyon na época, disso ele tinha certeza. Ele havia vendido o circo em 1970. Era esse o ponto de virada da vida dele, 1970. Dividia sua existência sinistra ao meio. Antes e depois.

Do quarto de hotel, ligou para o número da casa onde Agnès morava em Gueugnon. Tocou, tocou, sem ninguém atender. Até que ela atendeu. Ele desligou imediatamente. Ligou de novo. Sem dizer nada, apenas para escutar sua voz.

— Marie? É a senhora?

Marie. Marie. Marie. Marie. Marie. Marie. Marie. Ela falou de Marie. Agnès estava ligada a Marie Roman. As pontas soltas começavam a se amarrar. Ele ainda não sabia o que elas significavam, mas, quando ela pronunciou o nome, ele entendeu que segurava o cabo do detonador de dinamite. Ele sussurrou "sim".

— Foi Éloïse quem deu esse número para a senhora?

Ele desligou. Quem era essa tal de Éloïse? E ligou de novo. Ela atendeu outra vez. Ele respirou, ofegante, no aparelho. Para ela continuar a falar, achar que alguém tentava dizer alguma coisa. E funcionou.

— Alô? Marie? Perdão, Amélie? É a senhora?

Ele telefonou três vezes seguidas, mas Agnès não disse mais nada. Ele deixou o celular na cama com cautela, como se ainda contivesse as palavras de Agnès. Do lado da caixa de fotos. Faltava apenas montar o quebra-cabeça: Marie, Amélie. Ela havia mudado de identidade. O advogado avisara. Portanto, devia agora se chamar Amélie. Primeira coisa. Pena que ele não soubesse seu sobrenome novo. Segunda coisa: tinha uma tal de Éloïse metida na história. Devia ser a cuidadora dela. Ele tinha deixado Marie na cadeira de rodas, e ela certamente estaria morando em uma instituição. Disso ele tinha certeza fazia anos. Quando ele a espancara, ela morava em Annecy. Não devia ter ido para muito longe. Aquela imunda nunca tinha ido para muito longe. Ele havia cuspido isso na cara dela antes de enchê-la de porrada. Sallanches. E a vagabunda da irmã dela morava em Flumet. Era preciso pegar a lista de asilos nas regiões de Savoie e Haute-Savoie para encontrar alguma Éloïse entre os funcionários. Éloïse não era um nome tão comum. Depois, teria que ligar para todos os lugares, um atrás do outro. Pensar na fala perfeita para não levantar suspeitas.

"Bom dia, aqui é da delegacia de Annecy. Estou ligando em nome de Agnès Dugain e gostaria de falar com Éloïse, por favor."

Se respondessem "quem?", desligar.

Se respondessem "quem fala?", encontrar o nome de algum policial na ativa.

Se respondessem "a respeito de quê?", dizer: "Do indivíduo que foi preso por ter agredido gravemente uma de suas residentes, Marie Roman. Ela atende pelo nome de Amélie. A sra. Dugain nos informou que é Éloïse a responsável por ela em seu estabelecimento, mas não lembra o sobrenome."

Não dizer mais nada. Agnès era conhecida. Se a vissem visitar uma paciente, saberiam quem era.

Na mala do Honda, ele tinha a lista dos asilos, com os números de telefone. Todos com que já havia entrado contato, mas sem obter resultado. Ele recomeçaria do zero. Ligaria para um atrás do outro e acabaria encontrando. Ele sabia. Sabia que, ao ir a Gueugnon depois de ler a matéria daquela tal de Nathalie Grandjean, encontraria alguma pista. O princípio de algo que certamente o levaria longe. Sua intuição não se enganava.

21

BLANCHE
 Soudoro nunca falava da mãe. Nem da dele, nem da minha. Perdemos muito cedo o que define as bases da vida, tínhamos isso em comum. O cheiro da minha mãe era o de Natalia, que eu achava linda, mesmo que tivesse um rosto feio, que parecia esmagado, e coberto pela barba comprida. Ela sempre raspava para crescer mais espessa e forte. Cuidava da barba como um jardineiro cuida das árvores. Sem esse atributo, sabia que Soudoro a repudiaria. Natalia tinha cheiro de primavera, de lilás. Até hoje, sempre que sinto esse perfume, ela me vem à mente. Natalia me amava como uma filha. Cuidou dos meus machucados, me ninou, me aqueceu em seus braços grossos. Quando pequena, eu vivia no colo dela. Eu tinha treze anos quando Soudoro a largou na beira da estrada. Um golpe sorrateiro, na calada da noite, típico dele. Quando acordei, não dei falta dela. Nesse dia, viajamos até tarde. Na hora de dormir, ela sempre vinha me dar um beijo. Perguntei para Soudoro por que a luz do trailer de Natalia estava apagada. "Ela está doente que nem um cachorro velho. Deixa ela dormir em paz." Levei dois dias para entender que ela tinha desaparecido e que seu trailer estava vazio. No começo, Soudoro disse que tinha fugido. Eu não acreditei. Ela nunca iria embora sem mim. Soudoro riu da minha cara. "Claro que ela foi sem você, ela arranjou um namorado." Cresci com a convicção de que ninguém me queria. De que não merecia afeto. Onze anos depois, quando Soudoro vendeu o circo, Fabrizio me contou que ele tinha se livrado de Natalia, mas não sabia como nem onde. Quando perguntei por que ele não tinha me avisado, ele respondeu que morria de medo do que Soudoro poderia lhe fazer. O que aconteceu com ela? O que ela viveu longe de nós? Foi ridicularizada, humilhada, sem dúvida. Mas fiquei aliviada de saber que ela não havia simplesmente me abandonado. Diferentemente da minha mãe, que morreu depois de me largar, como se tivesse sido um castigo divino. Quanto a Soudoro,

ele não tinha coração porque havia sofrido profundamente na infância. Parece que crianças maltratadas quase sempre defendem os pais. O tempo passou.

Falavam muito do ano 2000. Até que chegou o 31 de dezembro de 1999. Acordei com Lancelot dormindo do meu lado, pensando no fato de que entraríamos em um novo século. Como seria o próximo? Quanto tempo eu continuaria vivendo assim?

Um silêncio muito demorado. Escuto alguém murmurar palavras inaudíveis. Colette está com ela.

Fazia trinta anos que eu trabalhava no Cabaret des Oiseaux, e eu não tinha salário, nem documento. Oficialmente, eu nem existia. Vivia tutelada, como uma criança. Em 1999, eu tinha cinquenta e três anos! Cinquenta e três! Todo mundo dizia: "Você não aparenta ter sua idade! Tem cara de moça!" É. De moça velha. Soudoro foi embora às pressas no dia 30 de dezembro e voltou de madrugada. Não levou Lancelot. Ele tinha ficado sabendo de alguma coisa, mas do quê? Eu não sabia de nenhum de seus trambiques.

Fiz o café e saí para passear com o cachorro. Na volta, dei de cara com ele. Estava com a cara arranhada, mas nem dei bola. Fiz uma faxina rápida, e foi aí que encontrei: a calça e o suéter dele, manchados de sangue, na máquina de lavar. Eu me perguntei quem ele tinha matado. Me perguntei mesmo. E peguei o suéter para lavar à mão, antes de ser tomada por uma sensação esquisita. Uma intuição. Enfiei o suéter em um saco plástico, sem lavar, liguei a máquina e pendurei as roupas no varal. Fim da história.

Chegou o réveillon. O cabaré estava lotado. Oferecemos um cardápio excepcional, um espetáculo com os artistas de costume e acrobatas na corda bamba. Era a terceira geração de artistas com a qual eu convivia. Estava cercada apenas de jovens. Eu adorava aquele trabalho. Sentia que ali era meu lugar. Era um momento de luz no meu cotidiano. E eu gostava de trabalhar à noite.

Nessa noite, ganhei 1.500 francos de gorjeta, que escondi no fundo do saco de ração de Lancelot. No dia seguinte, acordei tarde. Soudoro tinha saído para dar uma volta. Liguei a televisão e dei de cara com o telejornal local de Rhône-Alpes. Uma reportagem leve sobre o Ano-Novo, com fogos de artifício e pessoas dando beijos umas nas outras. Alguns dias antes, uma tempestade tinha dizimado uma grande extensão de floresta na França. As imagens de alegria e devastação se alternavam. O famoso bug do milênio, porém, morreu antes de nascer. Foi no fim do jornal que chegou a informação. Uma mulher encontrada em estado grave na própria casa. Tinha sido espancada, esfaqueada diversas vezes, e corria risco de morte. Era natural de Flumet e fugia do marido havia décadas. Ele tinha acabado reencontrando a mulher. A agressão ocorrera na região de Annecy. O indivíduo era procurado. "Risco de morte." Essas três palavras me deixaram desnorteada. E "Flumet", onde minha mãe tinha nascido.

    Não podia ser coincidência. Não, não podia ser, porque eu sempre soube que Soudoro era capaz de matar as mulheres que o abandonavam. Eu estava em posse do suéter do assassino, manchado de sangue, e o sangue sem dúvida pertencia à minha mãe. Eu sabia que ela se chamava Marie Roman. Comecei a tremer como nunca na minha vida. Minha mãe não tinha morrido. Ela tinha fugido. E ele acabara a massacrando.

    Nas semanas seguintes, depois do cabaré, liguei para os hospitais de Annecy e acabei encontrando onde a paciente Marie Roman estava internada, em coma. Declarei minha identidade: "Eu me chamo Blanche Soudkovski, sou filha de Marie Roman." Ainda me lembro da surpresa da enfermeira: "Eu não sabia que ela tinha filha." Quase respondi: "Eu não sabia que tinha mãe." Eu não estava enganada, o sangue era dela. E, portanto, meu.

    Quatro meses depois, ela foi transferida para outro lugar, por segurança. Eu precisava me apresentar à polícia. Tinham aberto a investigação, e eu queria saber onde ela estava. Quase perguntei para Soudoro como minha mãe tinha morrido, mas ele era tão esperto que teria percebido que eu sabia de alguma coisa.

    Naqueles quatro meses, continuei seguindo os hábitos de sempre, mesmo sabendo que ia fugir. Todo dia de manhã, eu o observava tomar café e pensava que aquele homem era um assassino. Até que em abril, mais precisamente no dia 7, no noticiário nacional, enquanto cozinhava, escutei Benoît Duquesne falar de um jogo decisivo. Um time pequeno de futebol ia enfrentar o maior de todos. O Gueugnon jogaria contra o PSG no Stade de France. O Gueugnon! Vi aquilo como um sinal do destino. O céu estendia a mão para mim. Colette. Colette Septembre. O jogo seria no dia 22 de abril. Eu tinha quinze dias para planejar minha fuga. E eu não planejei foi nada.

    No dia 22 de abril, enfiei correndo um vestido, uma calça, o suéter ensanguentado, minhas gorjetas e minha identidade velha em um saco de lixo. Vesti o casaco e desci para passear com Lancelot, com mais um saco de lixo na mão. Deixei tudo igual no quarto. Absorto na leitura do Paris--Turf na cozinha, Soudoro não estranhou nada. Eu o deixei para trás sem dizer uma palavra. Sabia que nunca mais o veria. Pelo menos, era o que esperava. Pois, ao ir embora, estava assinando minha sentença de morte. Corri muitos riscos. Tinha toda a certeza de que Colette estaria no Stade de France. Se ela não estivesse, seria o meu fim, mas era melhor tentar a sorte do que voltar para um assassino que me manteria presa até eu morrer. Por mais louco que pareça, chorei muito ao ir embora. Com medo do desconhecido. É vertiginoso abandonar seu carrasco. Cresci sob o olhar dele, sentindo o cheiro dele, ouvindo a voz dele. Uma vida inteira com ele. Desde que eu me comportasse, não corria riscos. Dava para respirar quase normalmente. Ele nunca me bateu. O medo e a ameaça eram subentendidos. Entretanto, a partir do momento em que desobedecesse, não teria mais paz. Nunca esquecerei a escada que tive que descer, embora descesse aqueles degraus todos os dias. Nem as ruas a caminho da estação. O tempo. O céu. As pessoas. Em Lyon-Part-Dieu, peguei um trem para Paris.

Ao chegar, já tinha aprendido de cor o trajeto da linha RER D sentido Creil. Às nove da noite, estava na frente do estádio. O jogo já tinha começado. Esperei na chuva, com o cachorro no colo. Um senhor perguntou se eu precisava de ajuda, e eu respondi: "Estou esperando uma pessoa." Ele disse: "O jogo acabou de começar." Lembro que comprei um cachorro-quente para Lancelot. E me lembro também dos gritos da torcida. Não vi nada do jogo, mas escutei tudo. Nunca vou esquecer as comemorações, enquanto eu esperava Colette. O estádio era imenso, com inúmeras saídas. Eu confiei na vida. Pela primeira vez, a vida me trataria bem, pois o time de Colette estava ali. E eu me arrependi dessa decisão muitas vezes. Porque, ao reencontrar Colette, eu a tornei cúmplice. Ao reencontrá-la, impus a você o terror, o meu terror. Eu contaminei você com a pior das doenças: viver sob a ameaça de Soudkovski.

Ana e eu escutamos Blanche sem pausa, como quem toma um xarope num gole só. Quase não respiramos. Fim da fita. Silêncio. Olho para o relógio: onze da noite!

— E depois, mãe, o que elas fizeram? — questiona Ana, agitada pelo que acabou de ouvir.

Preciso preencher as lacunas. Responder a suas dúvidas.

— Acho que Colette desapareceu por alguns dias, antes de voltar para a sapataria. Não sei aonde elas foram depois desse famoso jogo.

Esquentamos lasanha congelada e comemos no pote mesmo para voltar o mais rápido possível ao toca-fitas. Nem deu tempo de botar a mesa.

Depois de engolir três garfadas, Ana seleciona uma fita nova entre as dez que nos restam e a encaixa no tocador. Desde que voltamos, colocamos post-its em todas, indicando quem fala e o assunto. Os nomes, os anos. Ana é curiosa, cheia de entusiasmo. Temos o fim de semana inteiro para terminar de ouvir. A voz de Colette nos possibilita encaixar as peças de sua vida, mas também as dos outros, inclusive as da nossa.

22

Abril de 2000

Ao encontrar Blanche no Stade de France, Colette pensou no padre Aubry, no órgão que o irmão tocava, na casa da rifa, em Aimé, em Deus, nos sapatos azuis que levaram Blanche a ela. Elas caminharam lado a lado, o cachorrinho indo na frente. Parou de chover. As duas silhuetas magras sob a luz dos postes. Encontraram um hotelzinho em Saint-Denis, mas antes entraram em uma mercearia para comprar comida e champanhe. Quando o vendedor perguntou que marca elas queriam, não souberam responder. A última vez que Colette tinha comprado champanhe fora para o aniversário de dezoito anos de Aimé, então quem escolheu foi Blanche.

Antes de brindarem em taças de plástico, Blanche passou uma gota de champanhe atrás da orelha de Colette. "Dá sorte. Os clientes do cabaré vivem fazendo isso." As duas tinham vitórias a comemorar. A do Gueugnon e a de Blanche, que havia fugido. Depois, deitaram-se na cama, com Lancelot no meio, e Blanche contou tudo para a minha tia. Até o suéter ensanguentado no fundo do saco de lixo. Colette escutou, ofegante, encarando o teto, com os dedos afundados nos pelos do animal.

— E você, Colette, o que fez nesses anos todos? Vinte e oito anos sem te ver, pensando em você dia e noite.

Colette respirou fundo.

— A mãe morreu cinco anos antes de Jean — respondeu. — Eu poderia falar de muita coisa, de muita gente que me trouxe alegrias e tristezas, mas a morte dessa mulher me derrubou. Eu passava para vê-la na hora do almoço, antes de abrir a sapataria, e levava frutas, roupa limpa, jornais. Ela me olhava sem dizer nada. Com ódio nos olhos. Me recriminando por eu não ter morrido no lugar da minha irmã mais nova, Danièle. Isso só piorou com os anos. No início, ela foi atrás de Sénéchal no sanatório, uma espécie de hospício de luxo, porque o marquês tinha ficado desmiolado. De dia, ela ia ao quarto dele para ajudá-lo a comer, e ralhava com as enfermeiras se elas se atrasassem para administrar a medicação. Isso durou alguns anos. Eles viviam como um casal que se despedia à noite para dormir em quartos separados. Depois, quando o marquês se foi, a mãe se fechou no silêncio e no ódio por mim, por tudo. Eu me dispus a procurar um apartamentinho para ela. "Para você vir me envenenar?" Foram suas últimas palavras! Dois meses depois, ela pulou do sexto andar. Quem morreu nesse pulo fui eu. Não conseguia mais me levantar, chorava o tempo inteiro. A cabeça cheia de ideias mórbidas. Queria acabar com tudo. Louis e meu irmão não sabiam mais o que fazer. O médico me internou. Me deram injeção e tudo. Minha loja ficou fechada… Quando os pais morrem, não importa se foram bonzinhos ou malvados, carinhosos ou violentos, a dor é muita. A morte da mãe é a coisa mais terrível que já me aconteceu. Porque, ao se suicidar, ela tentou me matar. Me dar o golpe da misericórdia. Ela decidiu que eu não sobreviveria. Nunca suportou que eu respirasse… E ainda teve a culpa que ela me fez sentir quando mataram Danièle. Sendo que foi o homem que ela venerava, a quem serviu até os últimos dias de vida como uma serva, que assassinou a única filha que ela amou… Quem pagou por essa injustiça fui eu… Até que, um dia, uma luz se acendeu dentro de mim. Voltei a ter gosto pela comida, a apreciar a música de Jean, a ver os jogos.

Blanche segurou a mão de Colette, e elas acabaram pegando no sono, lado a lado. Blanche sonhou com Soudoro, que a procurava, ensandecido, por todo canto. Lancelot as despertou na manhã de domingo. Elas saíram com ele e tomaram café na rua. "O que as xerox vão querer?", perguntou o garçom. Elas não entenderam que ele se referia à semelhança entre as duas. Blanche tremia ao menor ruído, tinha dificuldade de respirar.

No dia seguinte, pegaram o trem na Gare de Lyon. Colette nunca tinha andado de metrô. Blanche, por sua vez, estava acostumada. Pareciam irmãs separadas na maternidade. Uma com uma cara mais esperta, a outra, mais assustada. Assim que chegou a Annecy, Blanche foi à delegacia. Colette a esperou na margem do lago, com Lancelot. Ao ver aquele lago pela primeira vez, pensou que o mar devia ser parecido. Era um dia bonito, com um sol de primavera que aquecia a rua e refletia na água. Colette tinha saído de Gueugnon no sábado, e ninguém sabia onde ela estava.

Na recepção, Blanche se apresentou e explicou que estava ali para falar de um caso de agressão. Que tinha provas. Ela foi recebida pelo investigador de polícia Perret, um homem simpático. Blanche entregou a ele o saco plástico e explicou que o sangue na roupa sem dúvida pertencia a Marie Roman, sua mãe, agredida no dia 30 de dezembro de 1999, em Annecy, por Levgueni Soudkovski, que residia no bairro Lyon 3, na avenida Maréchal-de-Saxe, 54, quarto andar, porta à esquerda. Quando o investigador perguntou como entrar em contato com ela, Blanche respondeu:

— Eu telefono para o senhor. A partir de hoje, não existo mais. Esse homem é meu progenitor e vai me procurar em todos os lugares para fazer comigo o que fez com minha mãe.

— Podemos colocar a senhora sob proteção da polícia.

— Ninguém pode me proteger dele.

— A senhora deveria confiar na gente.

— Eu não confio em ninguém. Apenas em Colette.

— Quem é Colette?

— Minha única amiga.

Blanche pediu ao investigador que a levasse às escondidas ao lugar onde sua mãe estava internada. Ela precisava vê-la mais uma vez antes de partir.

— Vou fazer cinquenta e quatro anos e não tenho nenhuma lembrança dela. Levgueni Soudkovski sempre me disse que ela estava morta. Ele nos separou quando eu tinha dois anos.

O investigador prometeu se informar e pediu a ela que retornasse à delegacia às nove horas da manhã seguinte.

Blanche foi encontrar Colette. Elas comeram um sanduíche na margem do lago.

— Você sabe nadar?

— Sei, Blaise me ensinou.

— O grandão que sempre te defendia na escola!

Elas dormiram em uma pequena pousada afastada do centro da cidade. Colette comeu fondue pela primeira vez. Dois dias de um interlúdio surreal, inebriante. Blanche voltaria para casa com ela. Elas nunca mais se separariam. É comum dizer de uma pessoa de quem gostamos que ela seria uma boa companhia de férias. Afinidade não se explica. Nesses dois dias em Annecy, Colette decidiu que passaria férias com Blanche no andar de cima da sapataria por muito tempo.

23

9 de novembro de 2010

Ela sabe que ele está aqui, que a encontrou. Sente sua presença, sente que está chegando, subindo a escada, se aproximando dela como um bicho que farejou a presa que sempre perseguiu. Ela sabe que ele abrirá a porta a qualquer momento. Pela primeira vez, não sente medo dele. Ela se vai. Quando ele entrar neste quarto, ela já estará longe. Lá onde ele não terá mais como atormentá-la. Nem nesta vida, nem nas próximas. Marie Roman adormece segurando o retrato da filha.

Marie gostaria que Agnès voltasse. Gostaria de contar que, depois de morar escondida no estoque da livraria, foi embora de Sallanches em 1990 e se mudou para Talloires, onde morou em um pequeno apartamento a poucos quilômetros do lago de Annecy. Foi sua irmã quem encontrou o apartamento, que registrou com seu nome de casada: Jeanne Mons. Marie tinha sessenta e um anos e nunca na vida havia baixado a guarda. Por nove anos, mantivera o terror afastado, pensando sempre na filha. Será que ela morava na França? Será que havia tido filhos? Se casado com uma boa pessoa? Sua irmã pedira a um amigo policial que investigasse Blanche, mas era impossível achar qualquer rastro dela após a venda do circo em 1970. Ela parecia não existir. Não tinha certidão de óbito, nem número da Segurança Social, nem endereço, nem empregador. O policial sugeriu publicar um alerta de busca, mas Marie se opôs categoricamente. Esse tipo de iniciativa poderia botar a filha em perigo, caso ela tivesse conseguido se salvar das garras do monstro.

Nove anos de vida quase normal. Que nem um exílio, uma trégua na dor causada pelo medo. Fora o mercado, ela ia acompanhada de Jeanne a todos os lugares, nunca sozinha. Às vezes, tomava banho de lago, e esses dias eram os mais belos da vida de Marie.

Até o 3 de outubro de 1999, em que, sem saber, ela cruzou caminho com Viktor Socha em uma calçada de Talloires. Eles tinham se encontrado várias vezes, quarenta anos antes. Como é que ela reconheceria aquele homenzinho de feições ingratas tanto tempo depois? Ele foi atraído pela postura dela. Algo no porte que lhe era familiar. Ele detestava os velhos, temia a velhice. Entretanto, aquela mulher atraíra seu olhar. Viktor Socha era analfabeto, mas um fisionomista excepcional. Tinha um senso de orientação acima da média e guardava detalhes como poucos. Ela tinha envelhecido, mas não tinha mudado. Mesma aparência, mesma silhueta, mesmo rosto.

Em outra vida, ele teria feito qualquer coisa por ela, mas aquela mulher tão linda era intocável, por ser casada com um louco daqueles. Socha nunca conhecera alguém mais violento do que Soudkovski. Aquele homem bronco não tinha medo de nada. E, um dia, a mulher dele havia desaparecido. Entre os viajantes, dizia-se que Soudkovski a tinha matado, até descobrirem que ele estava à sua procura. Havia décadas. Encontrá-la era uma obsessão, e ele prometia uma recompensa importante para quem lhe desse alguma informação útil.

Ela se chamava Marie. Socha tinha certeza. Maria, como a Nossa Senhora, para quem sua mãe orava toda noite em Varsóvia. Por isso, ele gritou, sem pensar, como uma súplica, mas não na direção dela, como se chamasse outra pessoa: "Marie!"

E ela se virou. Em seguida, foi embora a passos rápidos. Socha a seguiu, mantendo certa distância, e gravou na memória o endereço: um edifício branco de quatro andares, bem ao lado de uma padaria de fachada amarela e de uma praça com um pinheiro-manso de mais de dez metros. Ele nem pensou duas vezes.

Sabia que, ao avisar Soudkovski, decretaria a pena de morte daquela mulher. Não sentiu um pingo de dó. Pelo contrário, ela nunca nem olhara para ele na época, como se ele fosse invisível. E, no momento, ele tinha o destino dela nas mãos.

O pior era que Socha nem deveria estar em Talloires. No dia anterior, um sujeito de Urmatt lhe havia oferecido quinhentas pilas para transportar umas dez carteiras da escola que tinha acabado de fechar até o albergue do Père-Bise. "Boa mercadoria", dissera o homem. "Oitocentos quilômetros, ida e volta. Passamos por Bâle. O cara que ia me acompanhar ficou doente. A gente se reveza no volante."

De volta à Alsácia, Socha levou semanas para chegar a Soudkovski, que não tinha telefone. No fim de dezembro, o dono de um ferro-velho em Bron acabou dando o recado a Soudkovski pessoalmente: Viktor Socha estava atrás dele, era urgente. Soudkovski ligou para ele e foi verificar a informação. Eram três da tarde quando ele chegou à casa dela. Não precisou arrombar nada, nem pular o muro na calada da noite. Bastou tocar a campainha. Sem olho mágico para verificar, Marie abriu a porta com toda a ingenuidade. Passaram-se vários segundos de silêncio, tempo de ele travar a porta com o pé e de ela perder o ar. Lívida, Marie entreabriu a boca, mas não conseguiu pedir socorro. Ao sair do apartamento, meia hora depois, ele tinha certeza de que a matara.

Na primeira facada, ela berrou, pensando na filha. Um grito desesperado, antes de desabar. Foi por causa desse grito que a vizinha chamou a polícia e que ela foi socorrida a tempo.

Adeus, Levgueni. No fundo, você sempre quis me destruir, porque eu nunca te amei.

Antes de morrer, Marie se lembra da voz de Blanche, de suas palavras quando ela estava em coma: "Sou eu, Blanche. Eu denunciei Soudoro para a polícia. Sei que foi ele quem fez isso. Não se preocupe comigo, eu tenho uma amiga. Vou morar com ela. Estamos salvas, mamãe."

Ela a chamou de "mamãe". Marie lembra que escutou outra voz, de uma mulher que acompanhava Blanche.

Eu sabia que minha filha era protegida por alguém. Mas não sabia por quem.

Marie Roman já está morta quando Soudkovski empurra a porta do quarto no Todos os Sóis. São quatro da manhã. Ela está inerte, segurando a identidade da filha. Ele não pega o documento. Para quê? É uma prova.

Agora, pensa, *só me resta cheirar a pele de Agnès e ir embora.*

24

COLETTE
Blaise desapareceu entre 1965 e 1969. Ele escapuliu de Lyon sem avisar ninguém: me mandou um cartão de feliz Ano-Novo em 1965 e, sete dias depois, sumiu de vista. Li e reli o cartão, procurando alguma pista ou indício nas palavras escritas com caneta-tinteiro: "Querida Colette, que este novo ano te traga alegrias e felicidades." Alegrias e felicidades, no plural. E só.
No dia 7 de janeiro, o diretor do internato ligou para a mãe dele e comunicou sua ausência. Blaise tinha esvaziado os armários do quarto e ido embora. Não dissera nada para os colegas.
Até hoje, não sei que tipo de relação eu tinha com Deus, mas acendi velas na igreja de Gueugnon, rezando para nada de ruim acontecer com ele. E tem aquele anjo, no fundo, na esquerda, que lembra ele. Eu falava com o anjo, implorando para que protegesse Blaise.

Pauso a gravação. Ana se sobressalta, surpresa por eu interromper a tia-avó.
— Eu já vi essa escultura. O anjo tem um rosto de garoto. Parece o *Davi* de Michelangelo... Já viu alguma foto de Blaise?
— Acho que não — responde ela, franzindo a testa.
Vou buscar a foto que Antoine Été me deu, na qual aparecem Blaise, meu pai e os pais de Antoine na frente da casa da rifa.
— É ele.
— Que elegante! Você o conheceu?
— Não. Sei que Colette o visitou no dia em que ele morreu. Mas tudo às escondidas. Quando falava dele com Eugénie de Sénéchal, mãe de Blaise, ela cochichava ao telefone. Tinha uma foto dele no quarto, na mesa de cabeceira.

— Ah, eu lembro! Quando era pequena, perguntei para Colette se era o marido dela. Ela me disse que nunca tinha se casado. Então perguntei por quê. Ela deu uma resposta engraçada, que não era preciso se casar para amar...

— Que loucura, todos os mistérios que ela escondeu da gente.

— Eu gosto. Não tem muita gente que deixa fitas e mistérios para trás depois de morrer. Isso mostra que Coco era diferente.

— É verdade. Vamos continuar?

Ana faz que sim, tomando o chá gelado de canudinho. Dou play.

Colette
Em uma manhã de 1969, no dia 6 de maio, ele estava me esperando na porta da sapataria. Blaise não quis entrar, apesar de Mokhtar insistir. "Vou esperar aqui fora, aproveitar o sol que está fazendo hoje." Demorei a reconhecê-lo quando o vi, sentado em um dos canteiros de pedra, de terno quadriculado e camisa verde, olhos fechados, rosto virado para o céu. Blaise tinha "crescido". Não consegui dizer uma palavra, a gente não era do mesmo mundo. Antes, eu já sabia disso, mas ali essa constatação ficou muito nítida. Ele se levantou, sorrindo, e me entregou um livro.

"É a primeira impressão. É para você, minha Colette."

Minha Colette. Eu ainda era a primeira, a importante, a amiga. Olhei para a capa. A eternidade, romance, Blaise de Sénéchal.

"Você escreveu um livro?", perguntei, boba, apesar de ter passado a infância prevendo que ele escreveria dezenas de obras.

"Escrevi."

Ele respondeu como se tivéssemos nos visto na véspera. Parecia cansado, abatido e envelhecido, embora só tivesse vinte e três anos. Quando me dei conta de que era mesmo ele ali, com o primeiro livro nas mãos, eu o abracei. O cheiro dele tinha mudado, era de sótão, um misto de cera, madeira e pó. Ele me entregou um envelope.

"Para você ler quando eu for embora."

Mokhtar saiu da loja e ia me dar o dia de folga para eu aproveitar a companhia do meu amigo. Mas Blaise respondeu que não precisava, que ele já estava de partida. Ele fora até ali para levar o livro, mas tinha um compromisso em Paris. Lembro que pensei: olha só, ele mora em Paris. Ele tocou os lábios nos meus de leve, apertou a mão de Mokhtar e virou a esquina. Gritei o nome dele, e ele voltou.

"Você vai embora assim mesmo? Vai me deixar sozinha?"
Eu nunca tinha gritado com tanta força, nem nos jogos de futebol. Ele abriu um sorriso triste, me deu mais um beijinho e murmurou:
"Blaise morreu."
Chocada, não respondi nada. Eu tinha virado água.
"Tire o dia de folga, minha filha, por favor", insistiu Mokhtar, com tristeza, logo ele, que nunca ficava triste.
Mokhtar, que saudade.
"Suba lá em casa e fique lendo isso."
Ele apontou para o envelope e o livro nas minhas mãos. Hesitei, porque ele já estava doente e fraco, mas, diante da insistência de seu olhar, obedeci.

Escutamos Colette abrir um envelope e desdobrar a carta.

Colette
"1º de maio de 1969
"Querida Colette, querida mamãe,
"Morri de saudade de vocês duas. Peço perdão. Em Lyon, conheci um homem que administrava uma casa de jazz em Paris. Um cara tão sedutor que nem pestanejei quando ele me convidou para acompanhá-lo. Achei que tinha tirado a sorte grande. Um engano... Sorte é não depender de ninguém. Fui morar com ele e virei pianista da casa. Logo me desencantei, mas fiquei com vergonha de ter fugido na calada de noite, de ter abandonado vocês. Eu era muito novo e levei tempo para me desvencilhar das garras dele. Felizmente, uma das musicistas da casa me botou debaixo das asas dela e me abrigou. Comecei a escrever A eternidade. Uma história que eu carrego desde o dia em que você botou um cordeiro no meu colo, minha Colette. Levei três anos para escrever. Essa história de amor foi inspirada por você, pelos sentimentos que nutro por você. Sem dúvida, não há nada pior para um garoto do que amar uma garota e saber que nunca poderá ficar com ela.
"Neste livro, imaginei nossa vida, ano após ano, se eu pudesse fazer amor com você, me casar com você, acordar e dormir a seu lado. Fazer filhos com você. Imaginei como teríamos crescido e envelhecido juntos. Como seria nosso cotidiano, onde teríamos morado, em que cidade, em que rua, em que casa, qual seria a cor das cortinas. O rosto dos nossos filhos, os nomes, a escola, os padrinhos e as madrinhas, os gostos deles. Sonhei com nossos jantares, nossas ceias de Natal, nossas férias com Jean, e com o jeito que dois amigos de infância

reinventaram seu amor, dia após dia, por décadas. Escrever me permitiu sentir o que não fui capaz de viver.

"Quando terminei o manuscrito, enviei para uma dezena de editores, mas só um me respondeu. E ele quis me publicar. Dedico esse livro a vocês duas, Colette e mamãe, porque são e sempre serão as duas figuras femininas que salvaram minha infância. Sim, vocês salvaram minha infância, e eu nunca as esquecerei. Saibam que moram no meu coração, e que eu amo vocês.

"Com carinho,
"Blaise."

COLETTE
Eu nunca li A eternidade, Agnès... Quando vi "Para Colette S. e minha mãe" na primeira página, fechei o livro. Só ouvi a história por meio de Aimé, e isso porque permiti que ele me contasse. Eu queria saber se ele tinha usado meu nome, mas a protagonista se chama Tess, que nem no livro de Thomas Hardy. Não quis que ele lesse trechos para mim... Acho que, se ele tivesse lido, teria sido como fazer uma cirurgia de peito aberto sem anestesia. Encontrei Blaise um ano depois, quando Danièle foi assassinada pelo pai dele, o pai de quem ele tinha medo. Foram Blaise e Jean que me deram as mãos no cemitério. Blaise telefonou e escreveu para mim após o falecimento de Mokhtar. Quando minha irmã morreu, porém, ele voltou pessoalmente. Dormiu na minha casa, se recusando a voltar para o castelo, para a "cena do crime". E ele nunca mais voltou. Foi a última noite que passamos juntos. Ele no divã, e eu, no quarto. Foi embora no dia seguinte ao enterro. Eu o reencontrei quando Jean recebeu o primeiro prêmio no conservatório. E anos depois... É estranho como Blaise preencheu minha infância, como aqueles cadernos que você coloria quando era pequena, Agnès. Lembra? Eu comprava no jornaleiro. Tinha silhuetas nas páginas, que você preenchia de canetinha. Blaise fez a mesma coisa, me encheu de cor. Ele será sempre o garoto que botou dinheiro no meu bolso no dia da mala vazia, no dia em que a mãe nem me viu partir para ser aprendiz de Mokhtar.

Blaise ficou em Paris. No começo dos anos 1970, com o dinheiro que ganhou com o livro, virou sócio de um sujeito duvidoso para abrir uma boate na rua Campagne-Première. Um desses lugares da moda, frequentados por atores, cantores, gente da televisão, onde a droga corria solta... Foram Jean e Louis que me contaram.

Um dia, aconselhei que ele continuasse a escrever, e ele respondeu:

"Para quê, Colette? Nem você leu meu livro."
"Li, sim, e é muito bom."
Ele me chamou de mentirosa. E estava certo. Então, gritou no telefone: *"Muito bom é a pior coisa que você podia falar!"* E desligou na minha cara. Eu o decepcionei. Não estive à altura da nossa amizade. Não fiz nada para ajudá-lo. Por muito tempo pensei que, se fosse o contrário, ele teria me estendido a mão.

Colette passa alguns minutos sem falar. Ana e eu nos entreolhamos, em silêncio.

Colette
Jean me levou a Paris em 1973 para encontrá-lo. Blaise estava só pele e osso. Nós três almoçamos juntos no bairro da boate. Ele estava nervoso, fedendo a álcool. Fingindo tudo. Fingindo nos escutar, nos responder. Era tudo falso. Sua alegria por nos encontrar, suas palavras. Parecia que estava respondendo a uma lição de casa. Ele comeu com pressa, para não demorar. Foi nesse dia que entendi que parte dele tinha morrido fazia tempo. Restava apenas a tristeza. Era um sobrevivente mergulhado na tristeza. Quando perguntei se ele tinha conhecido alguém, retrucou: "E você, Colette?" E não respondeu à pergunta.

25

19 de novembro de 2010

É a primeira vez que entro no prédio. Normalmente, deixo Ana na porta e vou embora. Código 1925B. Sei que ele mora no último andar. Que eles moram no último andar. Que a vista é extraordinária. Foi Ana quem me contou. Entro no elevador. Meu coração bate rápido, normal. Não sei se Pierre está em casa, mas sei que "a outra" não está, porque foi gravar na Espanha. Não telefonei, não anunciei minha vinda. Chego ao oitavo andar, duas portas no corredor. O nome deles na porta esquerda. Ana, Audrey, Pierre. Se tivesse lido essas três palavras, lado a lado, há pouco mais de um mês, teria desmaiado. Obrigada, Colette.

Toco a campainha. Escuto passos. Ele abre. Olhar furtivo para trás de mim. Percebe que estou sozinha. Ele está de calça jeans e suéter preto.

— Entra.

Vejo um casaco vermelho e um lenço florido pendurados no cabideiro, e isso me faz travar. Chego até a dar um passo para trás. Por que vim até aqui, aos móveis deles, à decoração deles, às fotos deles, aos cheiros deles, às luzes deles?

— Talvez seja melhor a gente descer para o café — digo.

— Tem certeza?

— Tenho.

— Tá.

Ele pega um casaco, e cá estou de novo no corredor, com ele, esperando a porta do elevador se abrir.

— Tudo bem? — pergunta ele.

— Tudo. Ana e eu acabamos de ouvir as fitas de Colette... Acabamos ontem à noite.

— E aí?

— Aí... é uma vida.

É tudo em que consigo pensar para responder. Uma vida. Como o título do livro de Maupassant.

Não dizemos mais nada até chegarmos ao café. Faz tanto tempo que não andamos juntos. Lá dentro, escolhemos um canto vazio. Peço um espresso duplo curto, e ele, um longo. Ele me encara, espera que eu fale.

— Eu queria saber do que vocês falavam no telefone, você e Colette.

— Ela praticamente só falava de você. Perguntava coisas. Queria saber como você estava, o que andava fazendo. Saber dos seus projetos, se estava sorrindo, se estava bem. Parecia uma detetive me interrogando.

— Está falando sério?

— Estou.

— Mas eu falava com ela toda semana... Ela podia ter me perguntado isso tudo.

— Ela achava que você mentia para não deixá-la preocupada.

— É o sujo falando do mal lavado! Ela passou a vida toda escondendo coisas absurdas da gente! Fingiu até a morte dela.

Ele demora um pouco para responder. Procura as palavras certas.

— Acho que Colette sabia de alguma coisa relacionada a você. Alguma coisa que tinha medo de você descobrir.

— Para, Pierre, você está me assustando.

— É só isso que eu sei.

Eu o encaro, como se ele estivesse mentindo.

— Juro, Agnès.

— Jura pela Ana?

Ele suspira.

— Juro pela Ana.

Paramos de falar. Ele passa a ponta dos dedos na mesa e me pergunta se estou bem.

— Estou bem.

— Não vou filmar nada até março. Enquanto isso, vou aproveitar a companhia da Ana.

— Como ela vai passar a semana com você, devo voltar para Gueugnon.

— Para ver seu namorado?

Eu coro que nem uma adolescente.

— Estou querendo comprar uma casa lá.

— Para quê?

Ele perguntou com uma pontada de agressividade. Como se fosse loucura.

— Para ficar lá durante uma parte do ano.
— Mas por quê?
— Por que não?
— Então a coisa é séria — zomba ele.
— Que coisa?
— Seu namorado.

Se ele soubesse como estou sozinha. Se soubesse... Volto ao que me interessa, o motivo de eu ter vindo até Saint-Paul.

— Por que você acha que Colette tinha medo de eu descobrir alguma coisa?

— É só uma sensação minha. Ela falava cheia de dedos... O que Agnès anda fazendo, aonde ela tem ido, tem falado com quem... Acho que ela não gostava do fato de morarmos longe... Dizia que ficava mais tranquila ao me escutar... Eu gostava muito de Colette, você sabe.

— Eu sei.

— Pensando bem, parecia que ela ficava receosa por você. Ainda mais depois que sua mãe faleceu. Foi depois do enterro de Hannah que começou.

— Que começou o quê?

— Antes, eu ligava para ela vez ou outra. Depois de Hannah falecer, Colette me pedia notícias toda semana.

— Mas por que você não me contava que falava com ela?

— Foi ela quem pediu. Não queria deixar você preocupada.

— Mas, Jesus amado, eu falava com ela no telefone toda terça. Vamos combinar que isso é estranhíssimo.

Ele tira um cigarro eletrônico do bolso. Arregalo os olhos. Ele dá um bom trago antes de dizer:

— Um dia, ela me perguntou uma coisa esquisita, se nossa casa era vigiada, algo assim... Achei que ela estava ficando paranoica.

— Pierre, você sabia que ela não tinha morrido em 2007?

— Lógico que não...

Ele parece estar dizendo a verdade. Eu fico em silêncio. Não tenho mais nada a dizer para ele. Tento me lembrar de minhas conversas com Colette quando eu morava em Los Angeles. Pierre me traz de volta dos meus pensamentos.

— Quer beber mais alguma coisa?

— Uma água mineral, por favor.

Ele chama o garçom pelo nome. Observo Pierre levantar a mão, chamar, cumprimentar dois desconhecidos que sorriem — está acostumado a ser o centro das atenções. Ele é bonito. Estou condenada a achá-lo bonito até o fim dos tempos.

— Está olhando para quê? — pergunta ele.

— Para você. Estou olhando para você. Ana não se parece com a gente. Ela se parece com meu pai.

Pierre sorri.

— Ela te contou que quer estudar no conservatório, que nem ele?

— Claro. Apesar da idade, ainda escuto bem. Ana passa horas ao piano, que nem meu pai.

— E o roteiro sobre a sua mãe?

— Estou quase no final.

Ele me observa com curiosidade. Como quando estávamos juntos e ele me esperava contar a história do meu próximo filme, que ele protagonizaria.

— Vai contar a vida inteira de Hannah?

— Até ela conhecer meu pai. Na verdade, o que é mesmo curioso na vida dos meus pais foi como eles se conheceram.

— Qual vai ser o meu papel?

Eu baixo os olhos.

— Nenhum.

— ...

— Pierre, eu não vou produzir esse filme. Nem esse, nem nenhum. Vou largar o cinema.

— ...

— Vou terminar esse roteiro para transformá-lo em um livro. Por enquanto, essa é a única forma de expressão que serve para mim. Vou aprender a escrever, como aprendi a operar uma câmera. Quando chegar ao fim da história, que nem ao fim de uma viagem, transformarei as cenas em capítulos, mantendo as situações e os diálogos.

— Você vai virar escritora de livros?

— Vou tentar.

— Vai conseguir.

— Tomara.

— Com certeza vai.

— ...
— É por minha causa?
— Por sua causa?
— Que você vai largar o cinema?
— É por causa da vida. Do tempo que passou. Quero escrever, mas não voltar para o set. Quero viajar, trabalhar em qualquer lugar, e a escrita possibilita isso. Ando fervilhando de ideias.

Percebo que ele está abalado. Com os olhos cheios de lágrimas. Isso é raro. Pierre tende a engolir as emoções, menos quando está diante das câmeras fazendo papel de outra pessoa. *Outro homem, outra chance.*

— Preciso te contar uma coisa — murmura ele.
— ...
— Mas prometa que não vai comentar com Ana. Quero contar para ela.
— Prometo.

Agarro o banquinho sob minhas coxas com as duas mãos.

— Vou ser pai de novo. Audrey está grávida.

26

Hannah Ruben
(Continuação)

1970

Hannah tem vinte e oito anos quando recebe um telefonema de Jean. Ele tem vinte.
— Quem fala é Hannah Ruben?
— Sim.
— Bom dia, eu me chamo Jean Septembre.
Ela já ouviu falar de Jean. Todos os músicos sabem que Jean Septembre é um pianista superdotado, formado em primeiro lugar no Conservatório Nacional de Lyon em 1968.
— Do que se trata?
Ela está sem fôlego. Espera que ele esteja entrando em contato para criar uma composição. Um dueto de piano e violino. Espera que ele também já tenha ouvido falar dela.
— Eu gostaria de encontrá-la. Tenho uma coisa muito importante para entregar a você. Não posso contar pelo telefone.
— Onde você mora?
Ela escuta uma risada constrangida antes de ele responder:
— Com Élia e David Levitan… meus professores… Não consigo abandoná-los.
— Então, em Lyon.
— É… quando não estou tocando. Eu sou pianista.
— Eu sei. Você vai estar em Lyon no fim de semana?

— Na segunda. Chego a Lyon na segunda.
— E eu já terei ido embora.
— Ah.
— Vou tocar em Paris a partir de segunda. Em uma gravação dos *Concertos de Brandemburgo* no estúdio Davout. Passarei a semana que vem inteira em Paris.
— Você é musicista?
Ela fica ofendida. Ele não sabe quem ela é. Hesita em responder e, irritada, acaba soltando:
— Violinista.
— Que maravilha.
A resposta surpreende.
— Proponho que nos encontremos em Paris — continua ele. — Espero você sair do estúdio Davout na terça à noite, se você estiver livre.
— Combinado.
E eles desligam sem marcar hora, e sem ela perguntar o que era tão importante.

Na terça-feira, ele está esperando quando ela sai do estúdio, às sete da noite. Estava esperando havia três horas, sentado em um banco, congelando de frio. Paralisado feito uma estátua, branco que nem um floco de neve. Ela o reconhece, ao passo que ele não faz ideia de como ela é.
— Eu sou a Hannah Ruben — diz ela, ao se aproximar.
Ele não estava preparado. Ela é extremamente bonita. É essa palavra que lhe vem à mente: *extremamente*. Usa um laço azul-celeste no cabelo, que lembra a primavera, embora seja inverno, e carrega o estojo do violino na mão direita. Ela o olha sem sorrir. Jean se levanta. Ele é alto e fica ali parado, encarando-a em silêncio.
— Vem — convida ela. — Está frio. Tem um café na esquina... Ah, na verdade, estou com fome. Você me convida para jantar?
— Convido. — E então acrescenta: — Com o maior prazer. Perdão, não estou acostumado a isso. Fora do piano, acho difícil saber como me portar. Faz um ano que a procuro. Você nem imagina quanto a procurei, Hannah Ruben.

* * *

O restaurante, na rua Auguste-Chapuis, enche aos poucos. Como chegaram cedo, eles foram os primeiros a serem servidos.

— Hoje, servimos chucrute e riesling à vontade — anunciou o garçom.

Hannah devora o prato. Jean se pergunta como uma mulher magra daquele jeito pode comer tanto. Parece que ela não come nada há dias.

— Perdão — diz ela, por fim. — Quando eu toco, só como à noite. Durante o dia, prefiro trabalhar de barriga vazia. Por que me procurou tanto, Jean Septembre?

E, como se temesse o que ele está prestes a dizer, ela continua. Ele não consegue soltar uma palavra. Jean nunca jantou a dois com uma mulher. Como ela já está na segunda taça de vinho, e deve pesar quarenta quilos, certamente está trocando as pernas. É Colette quem usa a expressão "trocando as pernas" quando fala de um jogador ou torcedor que bebeu demais depois do jogo.

Hannah mostra as duas correntinhas que usa de pulseira, com os nomes Hannah e Marthe.

— Mandei ajustar ao meu tamanho.

Ela conta que o segundo nome salvou sua vida durante a guerra. Que também estudou no Conservatório Nacional de Lyon e se formou em segundo lugar, mas foi antes dele, porque é mais velha, e que é uma pena eles só estarem se conhecendo agora, porque ela se casará dali a um mês. Ela hesitou em aceitar o pedido, pois ainda está em luto pelos pais adotivos, que eram pessoas maravilhosas.

— Meu pai, Benjamin Gravoin, era médico no hospital de Grange-Blanche, e minha mãe, Éléonore Gravoin... foi uma grande violinista.

Jean aquiesce. É claro que já ouviu gravações dessa intérprete. Em um fluxo desenfreado, Hannah explica que é duplamente órfã. Que seus pais biológicos morreram em um campo de concentração, e os adotivos, em um acidente de avião.

— Sabe, no Caravelle Béarn n. 244, matrícula F-BOHB... O voo Air France 1611 Ajaccio-Nice-Côte d'Azur do dia 11 de setembro de 1968, no dia 11 de setembro — repete ela. — Era um dia bonito. Eles estavam voltando de férias. Tinham decidido passar a noite no centro histórico de Nice antes de voltar para Lyon. Mas, meia hora após a decolagem, o piloto anunciou um princípio de incêndio na fuselagem. Que ele precisava aterrissar com urgência... Havia 95 pessoas naquela geringonça desgraçada. Uma hora após o sinal de socorro, os destroços foram encontrados na superfície da água. Dizem que foi por causa de um aquecedor do banheiro, ou porque alguém jogou um cigarro mal apagado em um recipiente... E o fogo se alastrou. Como uma coisa dessas foi acontecer com pessoas tão boas quanto meus pais? Vou te falar, Jean, nunca mais piso em uma igreja, nem em uma sinagoga. Nunca. A não ser que seja eu que dê azar. Meus pais foram exterminados duas vezes, em sequência... Uma vez em Auschwitz, e outra, no céu. Dez dias depois do acidente, exatamente no dia 21 de setembro, um jornalista declarou que o avião talvez tivesse sido alvo de um míssil durante exercícios militares. Um acidente...

Hannah para de falar. Ela mistura o repolho e a mostarda. Jean é incapaz de pronunciar uma palavra que seja. Eles ficam em silêncio, em meio ao alarido que os cerca. *Como anunciar o que vim dizer, depois do que ela acabou de me contar?*, pensa. Ele queria estar na frente de um piano para tocar o que traz em seu coração. Ela é musicista, entenderia um pouco melhor do que qualquer outra pessoa. Ele não consegue contar que tudo começou há um ano, quando deveria apresentar um concerto para os moradores de Gueugnon. Um concerto gratuito, em agradecimento a todos que participaram da rifa.

Jean chegou ao salão no início da tarde, com Colette. Ele ficou transtornado ao encontrar o piano que tocava quando criança. Um afinador deveria chegar de Autun por volta das três da tarde. Colette sentou-se no canto. Jean sentou-se ao piano. Ele perguntou para a irmã o que ela gostaria de escutar. "Qualquer sonata de Chopin, por favor", respondeu ela. Ele tocou. Colette estava nas nuvens. Ele se lembrou do que seu professor, David Levitan, dizia sempre: "Seja incondicionalmente músico. Não se inicia uma peça se não estiver em fusão com o piano." Assim que pensou nisso, uma tecla travou. Jean terminou de tocar a sonata mesmo assim. Pianos detestam viajar. Eles nos levam ao sublime, mas têm pavor de se deslocar, de mudar de temperatura. "Pianos são caseiros", David Levitan insistia. Aquele ali não devia ter gostado de sair do castelo para ir ao salão da prefeitura. Jean abriu a tampa para estudar o esqueleto do piano Steinway. Então descobriu que um pedaço de papel encaixado debaixo de um fá estava travando a tecla, embora tal problema nunca tivesse se manifestado. Jean demorou a decifrar os sinais escritos em tinta preta. No início, cogitou ser alguma brincadeira de infância de Blaise, ou uma anotação do afinador. Até lembrar que o piano tinha chegado ao castelo durante a Ocupação, levado por alguém do alto escalão alemão em 1942, e fora abandonado pelo Reich no fim da guerra. Eugénie de Sénéchal sempre dizia que não sabia de onde o instrumento tinha vindo.

Ele mostrou o papel para Colette, e eles voltaram à sapataria. Colette pôs o papel debaixo da luminária e o estudou por um bom tempo. Em um caderno, tentou reproduzir cada símbolo, só que maior. Fora a data, tudo lhe era desconhecido:

1942. רובן אחנו יוצאים ליעד לא ידוע. אם תמצא את המילה הזו זה אומר שאני לא אחזור. הפסנתר הזה שייך לילדי חן ורפאל.

Jean reconheceu a língua materna de Élia e David Levitan. Élia lia apenas livros em hebraico, que começavam pelo final, da direita para a esquerda. Já David lia em francês e inglês. Quem tinha escrito aquele bilhete? Os antigos proprietários do piano? Um funcionário do lugar onde ele foi fabricado?

— Onde é que se fabricam pianos bonitos como esse? — perguntou Colette.

— Em Hamburgo. Os da Europa vêm todos de Hamburgo.

À noite, Jean deu um concerto de duas horas. Ele selecionou várias peças de Beethoven, Chopin e Mozart. Enquanto tocava, esqueceu o bilhete guardado na carteira, que deixara no guarda-volumes.

No entanto, quando voltou para Lyon e, à mesa, disse aos Levitan "por sinal, vejam só o que encontrei debaixo de uma tecla do Steinway que eu tocava quando era criança", seu velho professor pegou o papel, enquanto Élia foi buscar a lupa e traduziu aquelas palavras em voz alta:

— "1942. Partimos para um destino desconhecido. Se encontrar este bilhete, é porque não voltarei..."

Ela parou de ler por alguns segundos, antes de continuar:
— "Este piano pertence aos filhos de Agnès e Rafael Ruben."
Seguiu-se um longo silêncio. Um daqueles que Jean conhecia de cor, aos quais ele se apegara. Ele acabara aprendendo a se sentir bem naquele silêncio. Na efusão contida deles, no amor calado, nos olhares profundos e carregados de sentido. Contudo, nessa noite, o silêncio foi mais pesado do que de costume.

O bilhete foi escrito por Rafael. Soubemos disso muito depois. Como encontrar Rafael e Agnès? Como chegar a eles? O piano podia ter vindo da França ou de algum país vizinho. Os Levitan ligaram para Eugénie de Sénéchal para descobrir alguma pista do paradeiro dos Ruben. Torceram muito para que estivessem na França. De que nacionalidade seriam? Se franceses, moravam em que cidade? Foram deportados? Se sim, onde foram detidos? 1942 foi quando ocorreram as grandes batidas. Quais eram os nomes dos filhos mencionados? Quantos filhos seriam? Ainda haveria alguém vivo na família? Algum deles teria se salvado? Se sim, onde estaria?

Com o auxílio das listas da Cruz Vermelha, Eugénie localizou centenas de Rubens na França nos anos 1940, que então estavam espalhados pela Europa inteira. Um ano de busca, um ano de passos em falso, um ano de dúvida, um ano com a cara enfiada nas listas de famílias dizimadas. Números, rostos nas fotografias. E comboios da morte que partiam lotados, sem trazer ninguém de volta. Havia Rubens demais para que fosse possível encontrar Agnès ou Rafael. Muitos homônimos. Desanimada, Eugénie teve a ideia de questionar o piano. Como não tivera essa ideia antes?

Ela telefonou para Colette, pedindo a ela que encontrasse o número de série. Sem dúvida estaria na parte interna, na estrutura ou sob a tábua harmônica. Colette ligou de volta uma hora depois, ofegante: "289019!" Foi assim que Eugénie acabou descobrindo que o Steinway tinha sido comprado no cais Romain-Rolland, no quinto *arrondissement* de Lyon, em 1937, por uma tal de Germaine Rouve. O registro de compra continha um endereço para entrega. A sra. Rouve repassara o piano dois anos após a compra a uma família que residia em Lyon. Ela não sabia o nome deles nem o endereço, mas tinha certeza de que moravam em Lyon e de que eram judeus.

— Por que a senhora acha isso? — perguntou Eugénie.
— Pelo sotaque e pelo tipo — respondeu Germaine.
— Pelo tipo?
— O tipo dele, muito israelita, se é que a senhora me entende.

Eugénie não entendia, mas ficou tão aliviada de saber que o Steinway ficara em Lyon que só faltou dar um beijo na mulher.

Havia sido Rafael Ruben quem testara o piano. Ele dissera que era presente de aniversário para a esposa. Depois da compra, ele próprio arranjou um meio de levá-lo para casa. Germaine Rouve lembra que ele afirmara morar bem ao lado. Essa informação permitiu que a marquesa os identificasse com tranquilidade na lista de enviados aos campos fornecida pela Cruz Vermelha. Agnès, Rafael, Sasha e Myriam Ruben tinham sido detidos pela Gestapo no dia 16 de outubro de 1942 — ou seja, quatro meses antes da grande batida da rua Sainte-Catherine —, sob comando de Klaus Barbie. Nenhum dos membros da família Ruben voltara. Apenas a caçula, uma bebê de dois meses, fora salva por dois Justos — pessoas que ajudavam judeus a escaparem da perseguição nazista —, Benjamin e Éléonore Gravoin. Eram vizinhos e amigos aos quais Agnès entregara sua filha recém-nascida. Um ano de investigação para identificar e localizar Hannah Ruben, nascida em 15 de agosto de 1942.

Eugénie tinha conseguido. Sem saber, tinha vivido por décadas com um piano roubado de inocentes. E o mesmo instrumento revelara o talento de outro inocente, Jean. *Obrigada, Rafael, obrigada por esconder este bilhete debaixo de uma tecla.*

Eugénie encontrou Jean certa noite, após um concerto, e entregou para ele um bloco onde se lia "Hannah Ruben, nascida no dia 15 de agosto de 1942, adotada em 1947 pela família Gravoin", com um endereço e um número de telefone.

Jean levou algumas semanas para decidir telefonar para a tal Hannah. E agora ela estava ali, na frente dele, naquele lugar tomado pelo cheiro de repolho e vinho, olhando nos olhos dele, esperando-o resolver falar.

Jean, que nunca ingeria álcool, se serviu de uma taça de vinho para criar coragem. E só conseguiu pronunciar uma frase:

— O piano que salvou minha vida é seu.

27

20 de novembro de 2010

— No dia do enterro de Marie Roman, exumarão a filha dela... É isso que você está me dizendo, Paul?
— Sexta-feira, às nove da manhã.
— E o enterro de Marie será na sexta-feira, às três da tarde.
— Quer acompanhar a exumação de Blanche Soudkovski na sexta?
— Eu posso?
— Normalmente, não poderia. Mas você está envolvida, visto que é a sepultura da sua tia, de quem é a única descendente além da sua filha. Posso conseguir uma liberação.
— Mas... não quero estar por perto na hora de abrir o caixão.
— O caixão nunca é aberto no cemitério, a não ser nos casos em que é preciso transferir ossos antigos para o ossuário. O corpo irá diretamente para Dijon, onde será identificado. Temos o DNA de Jeanne, a tia dela, de Marie Roman e de Soudkovski, seus pais.

Ele está prestes a acrescentar alguma coisa, mas para no meio, engolindo as palavras.

— Tudo bem, Paul?

Ele abre um sorriso triste. Parece estar de mal com o barbeador desde que chegou a Gueugnon. Ou talvez seja Adèle que o faça passar as noites em claro... Acho o rosto dele abatido. Estamos no restaurante do Monge. Acabei de chegar a Gueugnon. São onze da manhã. Chorei a noite toda e peguei o trem hoje cedo. Eu me pergunto como Ana reagirá quando Pierre lhe der a notícia.

— Até prendermos Soudkovski, não vai ficar tudo bem. Depois de passar por Sallanches, ele desligou o telefone. Depois, apareceu em Paris.
— Em Paris?

Ele assente.

— Onde?

— Ainda não sabemos precisamente onde.

— Posso voltar para a casa da rua Fredins?

— Prefiro que você fique no Monge por enquanto. Vai passar muito tempo aqui?

— Sete dias. Vou embora no domingo de manhã para buscar Ana. Ela vai passar a semana com o pai... Estarei no cemitério na sexta.

— Você não vai desmaiar?

— Vou tentar.

— Você está com uma cara, Agnès...

— Chorei a noite toda. Me fez bem.

— ...

— A nova moçoila de Pierre Dugain está grávida.

— ...

— Não faz essa cara, Paul. Já passei pelo meu luto por Pierre... É isso que dizemos quando não esperamos mais que alguém volte para nossa vida e que só sonhamos com a pessoa noite sim, noite não. Por outro lado, não sei como Ana vai reagir.

— Foi por isso que você chorou?

— Foi. Chorei porque sou filha única. E porque teria adorado que meus pais tivessem me dado um irmão ou uma irmã. Eu implorei. Mas nada. Eles viviam ocupados com suas paixões, suas viagens. E Colette teria que aturar dois pirralhos nas férias, em vez de uma só... Não tinha nem espaço para isso, coitada da Colette...

Derrubo a xícara na mesa. Derramo café para todos os lados. Eu me levanto para buscar uma esponja atrás do balcão. O salão está vazio. De tanto vir aqui, fico à vontade.

— Perdão, Paul — digo, secando a mesa. — Como eu não queria que Ana fosse filha única, desejei ter outro filho com Pierre, mas ele nunca quis. Com essa mulher, não recusou nada... No fundo, o que deu errado na nossa relação foi que éramos nós o casal.

Lyèce aparece. Dá para ver que estava no trabalho e que não dormiu. Mandei mensagem para ele me encontrar aqui.

— Fiz o turno da noite, mas pronto, fim de semana. Line chega hoje à noite.

Ele cumprimenta Paul e me dá um beijo na cabeça.

— Que cheiro bom! Parece camomila... Você andou chorando?

— É o meu xampu de peônia... E aí, senhor noivo, como anda o casamento?
— Bem! Estou apavorado. Feliz e apavorado.
— Continua apaixonado?
— Serei sempre apaixonado por Line. Eu sei disso.
— Onde vocês vão morar?
— Acho que ela vai se mudar pra cá... Foi o que ela disse. Já mandou até currículo para a prefeitura.
— Ela vai deixar para trás aquela serra maravilhosa?
— Ela é que nem você, odeia a serra... É verdade que você vai comprar a casa da rua Fredins?
— Se Ana concordar, vou. Também vou vir morar aqui com vocês. No começo, semana sim, semana não, depois eu vejo como fica.
— Line recebeu seu documento. Obrigado por ser testemunha. Caí para trás quando vi que você nasceu em Gueugnon! Tinha certeza de que você era de Lyon.
— Minha mãe deu à luz na casa de Colette, em cima da sapataria. Das primeiras contrações até o parto, foi coisa de meia hora. Eu estava com pressa para nascer.
— Que engraçado, minha irmã mais nova também nasceu em casa. Minha mãe também não teve tempo de chegar à maternidade...
— É que Zeïa e eu estávamos ansiosas para te conhecer.
Lyèce gargalha.
— Por que você chorou? — pergunta ele.
— Pierre Dugain vai ser papai de novo.
— Livramento. Você finalmente vai poder superar.
Fico irritada, como quando meu pai ligou para minha mãe pela primeira vez, sem saber que ela era musicista.
— Eu já superei, Lyèce.
— Não o suficiente. Bom, pessoal, vou dormir. Tenho que estar bem hoje à noite. Quanto tempo vai ficar aqui, Agnès?
— Uma semana.
— Vamos jantar com o pessoal?
— Vamos. Vou ficar no Monge. Paul não quer que eu volte para a casa na rua Fredins antes de prenderem Soudkovski.
— Caramba, desde que você chegou em Gueugnon parece que estamos em um romance policial!

— Está falando isso para mim ou para Paul?
— Para os dois!

Eu me acomodo no quarto 1. Lá fora, está frio e seco, bem como eu gosto. Pedi um sanduíche na recepção e saio para uma caminhada longa. Trouxe na mala uma das fitas de Colette e o walkman de Hervé. Não foi uma fita qualquer: escolhi a que Ana etiquetou com um post-it azul que diz "Aimé e Blanche".

Quero escutar de novo. Mergulhar de novo na voz da minha tia. Acho que é minha fita predileta. Assim como a gente tem filme, livro, música prediletos. Vou escutar e andar até o castelo de Sénéchal. Ao redor da construção, tem trilhas de natureza espetacular, mesmo em pleno inverno.

No caminho, atravesso o rio pela passarela das minhas férias, depois sigo pelo muro do estádio e pelo abrigo. Talvez, na volta, eu passe lá para adotar um cachorro. A adoção é um projeto. A adoção é um compromisso. Já passou da hora de eu me procurar lá fora.

Colette
Hoje é dia 19 de outubro de 2010. É minha última fita. Depois dessa, acabou.

Silêncio.

Colette
Estou de saco cheio de estar morta de mentirinha. Acho que gostaria de reencontrar meus fantasmas. De cuidar de Danièle. Ensiná-la a ler e a gostar das árvores. Será que a gente recupera o tempo perdido quando morre de verdade? Será que tem árvores e passarinhos aonde a gente vai quando morre de verdade?

Ela interrompe a gravação.

Colette
Agnès, você vai fazer trinta e oito anos, tão jovem. Só oito anos a mais do que eu quando conheci Aimé. Eu não gostaria que você fizesse que nem eu, que deixasse algo ou alguém passar assim. Imagino que você não esteja bem. Espero estar enganada. Louis me disse que você está morando em Paris. Que voltou

para a França com Ana no ano em que eu morri. Peço perdão. Não posso te ligar. Tenho medo dele. De que ele faça mal a você. Espero que, quando você me escutar, e escutar Blanche... espero que entenda que eu precisava protegê-la mesmo no túmulo. Que precisava proteger seu túmulo. Desde que Blanche foi enterrada no meu lugar, moro em uma casa que você não conhece.

Silêncio.

COLETTE
Sabe, nessa casa, eu saio para o jardim, vejo televisão, escuto rádio. Louis vem me visitar, traz trabalhos de costura, livros da biblioteca e jornais. Minha maior saudade é de falar com vocês, você e Ana. Quando eu estava viva, a gente se falava toda terça. Na terça, quando eu abria os olhos, pensava: hoje à tarde, Agnès vai me ligar. Eu estranhava o fuso horário. Era manhã para você e fim de tarde para mim. Você estava tomando café com Pierre e Ana, e eu, no inverno, esquentando a sopa. Nunca gostei muito de você longe assim, e não estava nem no mesmo fuso que eu.

Silêncio.

COLETTE
Vi em uma revista uma foto de Pierre com uma moça, uma atriz. Eu a reconheci do seu último filme. Primeiro, me desesperei por você e por Ana. Depois pensei: isso que é prova, ele com uma menina de maiô. Traição é traição. Todo mundo é capaz de fazer isso. Eu traí Aimé. Não sei se você já o terá conhecido quando estiver escutando essa fita.

O telefone toca, e ela atende sem pausar a gravação: "Bom dia, Antoine. Tudo bem, estou gravando uma fita para Agnès. É. É a última. Depois, acabou. Está bem. Obrigada. Até mais." Escuto Colette voltar ao gravador como se eu estivesse na sala e ela viesse acabar de tomar um chá comigo.

COLETTE
Você já ouviu a fita em que eu contava sobre o aniversário de Aimé? Os dezoito anos dele, ABBA, champanhe e ravióli... O calor que começou a fazer à meia-noite, as janelas escancaradas. Eu de camiseta, inteiramente outra pessoa. Dizem que o hábito não faz o monge, até parece. É que nem

quando chamam uma gaveta bagunçada de gaveta de sapateiro. Eu nunca fui bagunceira. Aquela noite foi o fim do meu vestido de baile datado, presente de Blaise, dos meus trapos grandes demais, passados e vestidos às pressas. Eu dancei com um rapaz imenso, dancei descalça, de cabelo solto, de olhos fechados, vestida com uma camiseta comprida. Dançamos a noite inteira, sem dizer nada. No fim de cada vinil, Aimé ia até o toca-discos, pegava outro ao acaso e voltava para dançar. A gente fazia os mesmos movimentos, fosse a música lenta ou rápida, bem devagarinho. Um colado no outro. Minha mãozinha na dele, a outra mão dele nas minhas costas. Quando voltei para casa, já estava amanhecendo. Os pássaros cantavam a plenos pulmões nas castanheiras da escola Pasteur. O dia seguinte era domingo. Meu telefone tocou por volta das dez da manhã, e Aimé falou: "Colette, estou indo te buscar." Dez minutos depois, ele estava estacionado na frente da sapataria, ao volante de um DS que outro jogador lhe emprestou. Nem sei dizer aonde a gente foi. Dirigimos por uma boa hora, mesmo que ele ainda não tivesse carteira. Fizemos algum lanche cheio de fritura em uma barraquinha na beira da água e tomamos limonada. Em vinte e quatro horas, eu fiz, aos trinta anos, o que nunca tinha feito na vida: dançar a noite toda com um rapaz e comer a sós com ele. Pensei que essas vinte e quatro horas bastariam para preencher minha vida com lembranças felizes. Que não valia a pena ir além. Como eu estava enganada, Agnès. Sabe, eu nunca tive medo de ficar em silêncio com Aimé. Nunca tive medo de não saber o que dizer. A gente sempre tinha alguma coisa para contar. E a gente nunca ficava com medo do silêncio. Entre nós, era tudo evidente, exceto por mim. Eu só fui burra e covarde. Morria de vergonha do que os outros iam achar. Por causa da minha idade. Mas que diferença faria o que os outros iam achar? A ideia de ficar com um rapaz tão bonito e talentoso me deixou inibida. Eu era a sapateira de Gueugnon, uma solteirona de trinta anos, e ele, uma estrela, um jovem incrível de dezoito. Eu era uma minhoca apaixonada por uma estrela. Enfim, foi isso que pensei. Assim que o técnico o botou na defesa, ele virou o destaque do time. E eu queria que ele tivesse alguém muito melhor do que eu. Eu decidi por ele. Semeei uma maldade que acabou germinando, e pedi ao destino que Aimé conhecesse outra pessoa, que terminasse comigo. Depois de um jogo, em uma viagem, no domingo, durante as férias... Mas ele aparecia sempre na minha porta à noite, como um clandestino. Eu fui malvada... Quanta maldade da minha parte. Às vezes, eu não abria a porta. Ele ia embora sem entender nada.

A voz dela falha. Silêncio demorado. Não escuto nada, nem a respiração.

COLETTE

A resposta bateu à minha porta em um fim de tarde de terça-feira. Uma resposta no corpo gracioso de uma moça de dezessete anos, com cabelo loiro da cor de trigo. Os pais de Isabelle eram clientes antigos. Era a terceira geração atendida por Mokhtar. Apenas sapatos de luxo. O pai acho que era engenheiro, e a mãe tinha uma boa situação em Mâcon. Era juíza, alguma coisa assim. Eu adorava cuidar dos sapatos e das bolsas daquela família. Isabelle era, ainda é, linda de morrer, gentil, doce, sensível. A mãe nunca estava presente, e, até onde eu sei, Isabelle não se dava bem com os pais. Ela queria fugir da casa da família. Não me parecia um capricho. Parecia o diabo fugindo da cruz. Com lágrimas nos olhos, ela me perguntou, ao deixar um par de sapatos de salto no balcão, se eu sabia de alguém que estivesse alugando uma quitinete, ou até um quarto. Pensei na mesma hora no quarto de Mokhtar no fundo do prédio. Uma reformazinha e uma pintura, com a ajuda de Louis, daria para o gasto... mas não falei nada. Quando fui pronunciar as palavras, alguma coisa me impediu. O olhar da mãe, da minha, que nunca me olhou. Como não acreditar que o mundo está repleto de pessoas melhores do que eu, se minha própria mãe não me amava?

Tive uma ideia. Agnès, me doeu muito colocar essa ideia em prática. Discar o número dos Thillet, diante do belo olhar de Isabelle, me forçando a conter o choro. Pensei na quitinete vazia no andar de Aimé, vizinho de porta. Ele tinha me falado de um jovem jogador do time que pretendia ir morar ali. Expliquei a situação da moça ao sr. Thillet, com urgência, e ele respondeu: "Mas é claro, Colette, sendo recomendação sua." Desliguei sorrindo, embora a minha alma inteira berrasse de dor, e falei para Isabelle que ela teria um apartamento mobiliado e com desconto, que já estava combinado, que era terça-feira e ela podia se mudar no mesmo dia. Ela me abraçou e disse que nunca esqueceria o que eu tinha acabado de fazer. Eu também nunca esquecerei. Pus a futura esposa de Aimé no caminho dele, na frente da porta dele. Como você escolheu a atriz de Pierre e a entregou na porta dele, sem saber. Mas eu, Colette Septembre, sabia. Joguei Isabelle na frente de Aimé como se joga uma garrafa no mar. Foi uma estupidez. Por que fazer uma coisa dessas, sendo que eu o amava?

Uma hora depois, Isabelle voltou à sapataria com uma mala pendurada no ombro. "Perdão, sra. Septembre, não peguei o endereço." Eu passei para ela: praça Forges, 3, logo ao lado do café. Entreguei a chave e acrescentei: "Porta vermelha, primeiro andar, quer dizer, só tem um mesmo." Ela pareceu surpresa por eu ter a chave, até olhar para minha máquina laranja e sorrir. Ela devia achar que eu tinha cópias das chaves de todos os moradores da cidade. Ela foi embora, deixando para trás um perfume com cheiro de talco, Anaïs Anaïs. Eu me lembro perfeitamente do cheiro, você também usou, Agnès. Uma noite, você estava indo para o Tacot, Lyèce te esperava na porta, e você estava toda maquiada e perfumada. Reconheci o cheiro, que me transportou para o passado. Nunca esqueço cheiros, nem música. O que me fizeram sentir. Depois de Isabelle Émorine ir embora, eu sentei. Estava com as pernas bambas.

Aimé passou semanas sem falar comigo. Quando ele se deparava comigo depois dos jogos, baixava a cabeça.

Silêncio.

Colette
Nessa tarde, eu sabia que ele não estava no treino. Sabia que estaria em casa. Ela tentou a chave, sem saber que eu tinha dado a de Aimé. Deu de cara com ele e pediu desculpas. Gaguejou que tinha se atrapalhado, que estava procurando o apartamento novo. Aimé disse que devia ser o da frente. Eles acharam que talvez a mesma chave abrisse as duas fechaduras, mas não era o caso. Os dois foram até o café lá embaixo e pediram a chave correta aos proprietários, depois subiram juntos. Aimé viu Isabelle entrar em casa. Antes de fechar a porta, ela perguntou: "Será que é melhor eu devolver a chave para a sra. Septembre?" Foi aí que ele entendeu. À noite, ele passou um bilhete por baixo da minha porta: "Se quiser se livrar de mim, ao menos o faça direito." Ele ainda me tratava com certa formalidade. Só depois passou a ser mais informal.

Vizinhos, eles viraram amigos. "Tem manteiga? Acabou meu café. Licença, a luz acabou aí também? Acabou. Entra, tenho vela. Não precisa ficar no escuro. E o futebol, como vai? Tem marcado gol? É só ir a um jogo para ver. Ah, está estudando para as provas? Vou prestar atenção no volume da música, deixar mais baixo. Professora de francês? Que legal. E você, tem namorada? É meio complicado. Ah, é? Por quê? Ela é casada? Não, nem é, mas é complicado. E você, namora? Namoro. Bonita assim, imaginei. Digo o mesmo de você. Quantos anos você tem? A sua idade. Pareço mais velho. Tchau, até mais. Sábado umas amigas vêm aqui, vamos tentar não fazer tanto barulho. Não precisa esquentar a cabeça, vou estar viajando, vamos jogar em Mônaco..."

Aimé foi embora em 1978. Ele foi comprado por outro clube, onde foi muito infeliz. Sempre no banco de reserva. O time não era coeso. Sentia saudade de Gueugnon. Sentia saudade de tudo. Do time, da vida, de mim. Ele me falou. Me pediu em casamento, e eu não recusei, fiz pior. Fingi não escutar e mudei de assunto. Eu tinha certeza de que era coisa passageira, que ele estava apegado porque eu não dava trela. Eu me afastei para que ele amasse outra pessoa, tivesse filhos com outra pessoa. Ele voltou a jogar no Gueugnon em 1980 e nunca mais foi embora. Isabelle tinha terminado com o namorado. Sabe, Agnès, ela esperou por ele. Durante a semana, ela estudava em Dijon, mas todo fim de semana voltava para o apartamento em cima do café Thillet. E pouco a pouco, de convite em convite, entre aperitivos e cafés juntos... Como você sabe, eu moro a cem metros da igreja. Nunca vou esquecer o dia em que os sinos tocaram por causa do casamento deles. Mesmo que uma doença me fizesse esquecer tudo sobre Aimé, eu não esqueceria esses sinos. Eu tinha merecido minha perda.

Passamos dois anos sem nos ver fora dos jogos. Ele me cumprimentava, educado. Eles foram morar em La Pépinière, um bairro a cinco minutos do meu, em uma casa bonita, branca, de três andares, do lado de outras casas bonitas, brancas, de três andares. Tiveram a primeira filha, Nadège, depois a segunda, Edwige. Duas crianças lindas, de cabelo escuro que nem o do pai, mas com a pele clara e os olhos azuis da mãe. Isabelle as levou até a sapataria para eu conhecer. Ela sempre foi um amor comigo.

Ela interrompe a gravação.

COLETTE
Nadège e Edwige cresceram e passaram a trazer sozinhas os sapatos dos pais. Elas tinham menos de um ano de diferença de idade, pareciam até gêmeas. "Bom dia, sra. Septembre, aqui os sapatos do papai!" Quando eu pegava os sapatos de Aimé, era como se o abraçasse. Como quando dancei com ele em seu aniversário de dezoito anos. Era Isabelle que costumava vir buscá-los, e eu sempre os devolvia mais bonitos do que no dia em que o marido tinha comprado o par. Com o tempo, eles acabaram fazendo como todo mundo, comprando um par de sapatos por estação dessas marcas de loja de departamento. O tipo de calçado que a gente doa depois de usar para logo comprar um par novo. Primavera, verão, outono, inverno.

Dois anos depois do casamento deles, minha mãe morreu e quase me levou junto. Aimé soube, por Louis, que eu estava internada. Ele conseguiu me visitar porque conhecia um médico da clínica. Conseguiu dez minutos comigo. Pensei que estava alucinando quando abri os olhos. Ele estava ali, do meu lado. Estava triste porque eu tinha sido amarrada e me soltou. Eu só pensava em fazer o que minha mãe fez, em me jogar da janela. Eu era um perigo para mim mesma. Primeiro, ele beijou meus pulsos. Não consegui dizer nada. Eu não tinha mais palavras. Eu nos vi de cima, minha alma saiu do corpo que nem um balão de hélio, e eu nos vi ali naquele quarto, ele jovem, muito jovem, e eu velha, muito velha. Escutei a mãe cochichar no meu ouvido: "Você me faz passar vergonha até o fim, apaixonadinha por esse garoto."

Ele encostou a cabeça no meu peito e disse: "Escuto seu coração, te amo, vou te amar para sempre."

Fiquei sem reação de tão emocionada. Aimé disse que eu o tinha "arrebatado" quando me viu pela primeira vez. Perguntou aos outros jogadores quem eu era, e eles responderam: "Ué, é a Colette Septembre." Como se fosse óbvio. Ele falou: "Na primeira vez que te vi, precisei parar. Parei tudo para te olhar. Hoje, me arrependo de não ter dito isso antes. Eu cruzava com você de propósito, mas você só pensava em futebol, e era reservada demais. Eu te achei linda. Um dia, comentei com o fisioterapeuta: 'Como é linda essa Colette Septembre.' Primeiro ele pareceu surpreso e, ao notar que eu estava falando sério, riu, como se fosse um comentário estranho. Mas eu nunca ri de você, Colette."

Foi nesse dia que Aimé começou a ser mais informal comigo. Ele disse: "Nada nem ninguém vai me impedir de te ver, muito menos você, então trate de sair daqui logo."

Passaram-se os dez minutos. Ele levantou e me deu um beijo na boca, e eu quis vomitar, berrar, arrancar minha pele e meus olhos, de tanto ódio que eu sentia por mim. Eu me sentia nojenta. Levou uns dias para as palavras dele bloquearem o processo de destruição em massa que a mãe havia deflagrado em mim quando Danièle morreu. Ele me dissera palavras de amor. Palavras que acabaram adentrando minha pele, limpando meu sangue. Que nem o cheiro de vetiver dele, que impregnou minha blusa de algodão. Fiquei com ela até sair de lá.

Abri a sapataria de novo, terminei o trabalho que havia ficado abandonado, atendi os clientes. Por dois meses, só vi Aimé no estádio. Até que uma noite ele bateu na minha porta e entrou na minha casa como se fizesse isso sempre. Tomamos um chá, conversamos à vontade. Ele estava de calça jeans, e eu, de saia preta e plissada. Ele tirou minha saia. Assim como você, ele detestava minhas roupas, e cochichava, sorrindo, que preferia me ver sem elas. Ele voltou várias vezes. Eu não ficava esperando visitas dele. A gente não combinava. A gente nunca falou de morar juntos. Aimé amava Isabelle e as filhas, e eu, a solidão. Quando a solidão é sua melhor amiga, ela não é triste, nem sofrida, é uma escolha. Eu dizia para Aimé: "Eu sou seu amor de reserva." E ele respondia: "Não, você é meu outro amor, meu amor outro." Ninguém nunca soube. Boto minha mão de sapateira no fogo, o pé direito de Aimé também. Louis talvez tenha desconfiado de alguma coisa, mas nem isso eu garanto. Ninguém nunca imaginaria que Colette Septembre e Aimé Chauvel tinham um caso. Ninguém nunca imaginaria que eu era amante de alguém. Até a imaginação tem limites. Também acho que é por isso que, até o fim, eu me vesti mal. Para ninguém ver em mim nada além de Colette Septembre, solteirona, torcedora, que conserta sapatos e cintos. Que vende graxa e cadarços e faz cópias de chaves.

Ela interrompe a gravação.

Colette

Quando voltei para casa com Blanche em 2000, fazia dezoito anos que Aimé tinha tirado minha saia preta e plissada. Dezoito anos de amor clandestino. Ele era casado com Isabelle, e eu, com a independência. Éramos livres. Ele nunca vinha à minha casa sem me ligar para avisar. Tive certo medo de ele se apaixonar por Blanche. Nas duas primeiras semanas depois de voltarmos de Annecy, ignorei o telefone. Aimé acabou indo à sapataria para deixar um par de mocassins, que tirou sabe-se lá de onde. Nem eram do tamanho dele.

"Por que você sumiu depois do jogo? A gente te procurou por todo canto!"

Fechei a sapataria e o mandei vir comigo. Eu nunca tinha feito isso. Ele nunca tinha entrado na minha casa de dia. Foi a única vez que isso aconteceu.

"Vou te apresentar uma pessoa. Ela é muito importante para mim. Mas você não pode contar para ninguém. Só Louis sabe. Vocês serão os únicos a saber que estou morando com alguém."

Aimé ficou desconcertado. Percebi que ele achava que eu tinha acabado de me casar, alguma coisa assim. Ele parou na porta.

"Acho que não quero conhecê-lo." Ele se sentou no degrau. "Não estou pronto, Colette", insistiu.

"Ela se chama Blanche."

Ele se levantou e veio comigo. Estava na contraluz. Ele se virou para o sol. Lembro perfeitamente, porque pensei: ele continua tão lindo, os anos não o envelhecem, ele é meu lindo amor, e que sorte eu tenho. Quis dar um abraço nele. Claro que não dei. Sempre tive medo de tocar nas pessoas, menos em Jean, quando ele era pequeno. Com meu irmão, eu era carinhosa.

Blanche estava na cozinha. Fazia o almoço e cantarolava. Levantou a cabeça. Antes de cumprimentá-la, Aimé disse:

"Você tem uma irmã, Colette?"

"Não. A gente só é parecida. Eu já te falei muito de Blanche."

"Ah, é você!"

Aimé sabia quem era Blanche. Ela se aproximou e deu um abraço nele.

"É um prazer conhecê-lo. Como vai?"

Então, voltou para a torta de maçã, e eu, para o trabalho. Tinha alguém esperando na porta, o sr. Berry, um cliente que eu adorava. Ele comentou:

"E aí, sra. Septembre, deu uma escapadinha?"

Aimé estava comigo, e eu disse que estava comemorando a vitória do Gueugnon com o sr. Chauvel. Ele sorriu. A cidade ainda não acreditava que tinha ganhado a Copa da Liga Francesa. Eu falei para Aimé:

"Aqui o recibo dos mocassins. Ficam prontos semana que vem."

Começaram sete anos de convivência com Blanche. Sete anos podem parecer muitos. São sete ceias de Natal, sete primaveras. Muitas vezes senti que vivia em um conto de fadas. Que escondia uma princesa perseguida por um monstro. Eu, que amava a solidão acima de tudo, nunca me incomodei com a presença de Blanche. Ela era independente, leve, nunca dava a impressão de precisar de mim o dia inteiro. Entretanto, dividíamos sessenta e dois metros quadrados. Não é muito espaço. Mas Blanche não fazia barulho, em nenhum sentido. E ela se alegrava com tudo.

Qualquer um acharia que Gueugnon não é muito interessante. Qualquer um pensaria: fazer o quê aqui? Qualquer um diria que é uma cidade industrial sem o menor charme. Qualquer um. Mas Blanche não era qualquer uma. No primeiro dia, ela entrou no pequeno quintal que tinha nos fundos e ficou maravilhada com a árvore que tem lá. A única árvore. Uma tília velha, que não servia para fazer chá.

Quando Blanche chegou à minha casa com Lancelot e encontrou meu apartamento de dois quartos, com um só para ela, o seu, Agnès, um quarto que você não ocupava fazia muito tempo, no fim do corredor, sem ninguém para vigiar suas noites, ela ficou muito animada: "Tenho um quarto todo para mim!" Que nem uma menina que não é mais obrigada a dividir o quarto com os irmãos.

Quer chovesse ou fizesse sol, Blanche se acomodava lá atrás no quintal, olhava para o céu e sempre ficava maravilhada.

Se eu fosse resumir todos os anos que passamos juntas, diria que Blanche me ensinou a ver a beleza de um galho de mimosa em um vasinho azul. A dançar aquela "Don't stop" sei lá o quê, do Michael Jackson. A admirar o trabalho de uma flor pintada à mão nos pratos de porcelana do meu bufê. A caminhar na direção do sol tocando as águas do Arroux, a seguir a sombra dos pescadores e pescadoras, que nos últimos anos eram majoritariamente tailandesas. Elas acenavam, discretas, sem saber quem era eu, quem era Blanche, e faziam carinho em Lancelot. Com elas, ficávamos à vontade. Elas eram que nem Blanche, vinham de outro lugar. Quando morava sozinha, eu não dava bola para o que comia. Com Blanche, descobri nossos pratos prediletos. Dividimos nossos gostos. Quando Aimé vinha, nos encontrava como duas irmãs que moravam sob o mesmo teto.

Blanche saía uma vez por dia. Pela manhã. Subia a estrada de Digoin para passear no hipermercado. Ela chamava só de "hiper". Lá, ninguém dá atenção a ninguém. Diferente da mercearia, onde teriam feito perguntas. Fora isso, ela vivia escondida. Ela nunca ia à sapataria. Soubemos que o pai dela tinha sido preso em Lyon dez dias depois de nossa passagem por Annecy. Que tinha sido julgado e condenado a cinco anos de prisão. Cinco anos de liberdade para ela. Alguma coisa se libertou no corpo dela. Foi nesse momento que Blanche começou a sair pela manhã. No início, para se distrair, ela me perguntou se eu poderia lhe ensinar meu ofício. Era como me pedir que ensinasse uma vida. Então preferi contar de Mokhtar, e ela me contou do Cabaret des Oiseaux, dos artistas e dos amantes. À noite, a gente passava bastante tempo conversando, compartilhando nossas leituras. O único lugar onde ela fingia ser eu era a biblioteca municipal. Ela pegava livros no meu nome.

Em 2004, nossa rotina mudou radicalmente. Soubemos que o monstro havia saído da cadeia em 2002. Que tinha agredido uma mulher em Marselha no ano seguinte. Uma amiga minha leu uma matéria em uma revista. Ela não sabia que Blanche morava comigo, mas sabia quem ela era. Fez a conexão entre minha amiga de infância, a menina do circo e o sinistro Soudkovski de que a matéria falava. Foi então que vi pela primeira vez o retrato daquele homem desprezível. E foi também então que Blanche começou a sofrer. Ela ficou com medo. Fazia dois anos que ele estava livre! Dois anos! Ela, que o imaginava enclausurado, começou a tremer, a ter dificuldade para respirar. Sentia medo o tempo inteiro, por muito tempo. O rosto e o corpo destruídos de Marie Roman no hospital tinham ficado gravados em sua memória. A mãe que tinham roubado dela, em coma por causa dele. Ela perderia parte dos movimentos do corpo. Como prova do que aquele monstro era capaz de fazer. Blanche ficava revoltada com o destino reservado aos agressores. Ela chorou na frente da televisão quando o cantor Bertrand Cantat foi liberado três anos após assassinar Marie Trintignant, com quem tinha um caso. Ela repetia: "Três anos! Três anos de prisão entre o julgamento e a liberdade condicional! Nenhuma vítima tem direito a liberdade condicional no caixão!"

Em 2004, tive que ligar para Louis e pedir a ele que levasse Blanche ao hospital. Achei que ela fosse morrer no meu colo no banco de trás do carro. Eu a levei a Chalon porque Antoine Été, o dono da casa da rifa, atendia no pronto-socorro de lá. Implorei a ele que cuidasse dela fingindo que era eu. Blanche estava associada ao seguro de saúde público do pai e poderia deixar rastros. A gente precisava pensar em tudo. O tempo inteiro. Na trinca da porta, na luz que deveríamos apagar, na cortina que deveríamos fechar quando anoitecia. Antoine era minha última esperança. Ele aceitou. A casa da rifa só trouxe sorte à nossa família, Agnès. Até em seu morador. Antoine continuou cuidando de Blanche. Ele vinha à nossa casa. Ele sabe que eu não morri no dia 11 de agosto de 2007. Ele me liga com frequência e vem me visitar. Você precisa encontrá-lo antes de voltar para Paris. Tenho medo de uma coisa: que você nunca mais volte para cá quando eu tiver partido de vez.

Ela interrompe a gravação.

COLETTE

Certa noite, depois do jantar, Blanche caiu em seu sono eterno. Ela estava exausta. Três dias antes, tinha perdido o sorriso, a luz, como se os tivesse esquecido em algum lugar. Ela foi se deitar. Passei pelo quarto para ver como ela estava se sentindo por volta das dez. E o fim havia chegado. Acariciei o rosto dela e prometi que mais ninguém viria procurá-la. Ela sempre me dizia que tinha pavor de Soudkovski fazer mal a ela até no túmulo, e também de morrer depois de mim. Por isso, decidi morrer com ela. Ao desaparecer, eu perdi você e Ana. Mas Blanche finalmente teria paz. Vocês duas estavam distantes, tinham suas vidas. Nossos caminhos tinham se separado a ponto de ficarmos em fusos horários diferentes. Liguei para o dr. Pieri, sempre generoso, que aceitou assinar minha certidão de óbito. Quando Louis ligou para você, eu estava com ele. Ele disse que ia cuidar de tudo, que você não precisava vir. Só estava lendo as frases que eu tinha escrito... Coloquei as sapatilhas cor-de-rosa em Blanche, de dança, para ela continuar a dançar aonde quer que fosse. Até seus últimos dias, ela fazia seus exercícios de alongamento. Na volta do mercado, e antes de cozinhar, ela empurrava a mesa da cozinha para se alongar. Muitas vezes, eu deixava meus sapatos de lado para subir e observá-la um pouquinho. Como ela era linda, minha irmã do coração.

A voz dela falha de novo. Ela para a gravação. Colette e sua mania de impedir que eu escute sua tristeza.

Colette
Escolhi um vestido vermelho como sua última roupa. Amarrei fitas no cabelo de Blanche, como quando ela andava na corda bamba. A funerária a pôs no caixão na presença de Louis, que estava aos prantos, como se fosse eu mesma. Estava apaixonado por Blanche, era óbvio como dois e dois são quatro. Ele ficava vermelho que nem um garotinho quando a via. Blanche atraía os homens. Ela tinha uma coisa... (ela procura as palavras) ... um magnetismo. Tinha o poder de seduzir sem querer, só de se mexer, de respirar, de existir. Quer quisesse, quer não.

Dois dias depois do enterro, fui ao cemitério para deixar seu par de sapatos azuis. Fui na hora do almoço, quando não tem ninguém. Que emoção ler meu nome e sobrenome no túmulo. Era agosto, estava todo mundo de férias ou morto. Eu voltava com frequência para buscar as homenagens e os bilhetes destinados a mim. Estão todos no armário, com minha coleção do Gueugnon, acho que a essa altura você já deve ter encontrado. Guardei para minha morada final em Lyon. Eu engraxava os sapatos azuis e ia embora. Nunca encontrei ninguém no cemitério, como se, ao meio-dia e quinze, todos fossem embora e abrissem espaço para mim. À uma, eu já tinha ido embora. Por três anos, andei pelas ruas, não do centro, claro, mas pelas transversais do bairro baixo, pelas ruas Amsterdam, Prague, Madrid, Lisbonne, Varsovie, Rome, Paris. Era que nem dar a volta ao mundo. Às vezes, ia até o rio onde tomava banho com Blaise. Ninguém nunca prestou atenção em mim. Eu levava uma sacola de compras para não parecer estar a passeio. Quando você veio visitar meu túmulo, sei que perguntou para Louis de quem eram os sapatos azuis. Era o par que Blanche estava usando naquela noite no Stade de France, e que usou até morrer. Ela os adorava, dizia que representavam sua fuga. Nos sete anos em que morei com ela, comprei roupas para Blanche, que escolhia tudo oposto a mim nos catálogos. Vestidos coloridos, lenços. Guardei apenas um casaco verde e preto dela para não ser reconhecida. Mas quem reconhece uma morta? Viu, Agnès, o hábito faz outro monge. Lancelot morreu no meu colo em 2002. Graças a Blanche, conheci a alegria de ter um cachorro e, por causa dela, vivi o que temia: a perda. Enterramos Lancelot na manta, debaixo da tília que não serve para chá. Às vezes, Blanche ia falar com ele. Blanche falava com as estrelas, os pássaros, as abelhas, o céu. Blanche falava com o universo. Sinto saudade dela. Esses sete anos com ela foram um sonho. Como os rastros de luz que observamos no céu, as estrelas cadentes. Apesar da ameaça do pai, dos pesadelos, dos acessos de pânico quando ela tinha certeza de tê-lo visto na rua, da janela, a gente riu. A gente se divertiu como duas mulheres, duas meninas que não tiveram mãe, não tiveram infância. No começo dos anos 2000, vocês passavam o Natal todo ano comigo. Você, Pierre e Ana. Blanche me esperava em casa enquanto a gente ia comer no Vezant... mesmo que Georges não estivesse mais entre nós. Blanche ficava no seu quarto quando vocês chegavam. Fazia tempo que você não entrava lá. Você levaria um susto se abrisse a porta: Blanche tinha forrado o interior com papel de parede florido e pintado a porta, a janela e o rodapé de rosa. Ela escutava a voz de vocês e, da janela, nos via andar na rua. Eu sabia que ela nos observava, e que ficava feliz.

Desta vez, a interrupção é por minha conta. Mesmo que já tenha escutado a fita várias vezes, sempre imagino Blanche nos observando. Saber que ela estava perto de nós, escondida nas sombras, é uma experiência sem igual. Paro um momento, tiro o fone de ouvido e me sento em uma pedra grande. O sol fraco de inverno ilumina a fachada do antigo castelo de Sénéchal, que foi comprado por um desconhecido depois da morte do marquês. A construção continua bonita como sempre. Na parte baixa, a fazenda onde meus avós moravam está abandonada. A casinha de Georgette, anexa ao castelo, virou uma moradia charmosa. Foi reformada, e todas as pedras, limpas. As janelas novas têm esquadria vermelha. Imagino Colette e Blaise entrando no castelo e encontrando meu pai ao piano.

Eugénie de Sénéchal enterrou Blaise no Père-Lachaise, em Paris. Ela mora em um prédio bem ao lado do cemitério e bota flores no túmulo do filho toda semana. Eu ligo para ela uma vez por ano para desejar feliz Ano-Novo. Como ela passa os anos? Sei que ela investe muito tempo como voluntária no Vestiaire, um grupo que ajuda migrantes, lhes fornecendo roupas, sapatos, sacos de dormir, produtos de higiene, cadernos e calor humano.

COLETTE
Quando a gente voltava, às onze da noite, subia até a cozinha para ver os cadernos que eu tinha escondido antes de ir embora. Vocês se despediam depois de tomar um chá e voltavam ao hotel para dormir. Blanche reaparecia, e a gente passava o restante da noite juntas. Eu não tinha mais fome. Ela dizia: "Não tem problema, mas me conta." Blanche exigia detalhes. Ela fechava os olhos quando eu começava a descrever a noite, suas palavras, nossas conversas, seus projetos, o que vocês tinham escolhido para comer, entrada, prato, vinho, sobremesa. E, enquanto eu falava, ela imaginava.

Longo silêncio.

COLETTE
Às vezes, Blanche brincava de "quando ele morrer". Quando ele morrer, vamos ver o mar. Quando ele morrer, vamos pegar um avião e ir para a Itália. Quando ele morrer, vamos voltar ao lago de Annecy, ver um jogo no Stade de France, admirar os artistas no Cabaret des Oiseaux. Eu vou sair a qualquer hora e gritar: "Eu me chamo Blanche Roman e estou liiiiiivre!" Quando ele morrer, vou usar o sobrenome da minha mãe e vou levá-la para morar comigo. Quando ele morrer, vou dançar pela calçada. Vou arranjar um trabalho. Vou sair para ver as modas. Vou me sentar na área externa dos cafés para tomar sol e ler jornal. Vou fazer trabalho voluntário no abrigo para andar com os cachorros e fazer carinho nos gatos. Vou aparecer na televisão, participando de jogos ridículos. Quando ele morrer, terei meu próprio documento e uma caixa de correio presa em um portão azul, e, atrás do portão, estará minha casa, toda rosa. Quando ele morrer, vou plantar hortênsias e árvores no jardim. Quando ele morrer, você será minha vizinha, e vamos jantar juntas todo dia. Vou te ligar e te chamar para tomar o chá das cinco, que nem na Inglaterra. E, o mais importe, Colette, quando ele morrer, nós vamos ver golfinhos.

Fim da última fita.

28

25 de novembro de 2010

Nove horas. Cemitério de Gueugnon. Só estamos aqui eu, Paul, Cyril Rampin, dois coveiros, um marmoreiro, dois agentes funerários, um médico-legista e quatro policiais. O cemitério está fechado. Acho que Blanche e eu somos as únicas mulheres aqui presentes. "As exumações ocorrem sempre antes do horário de abertura do cemitério, a não ser que seja inverno, quando a luz natural não permite", explicou Paul. Ele também acrescentou que o médico-legista nem sempre comparece, mas que esse caso é grave o bastante para exigir a sua presença.

Com auxílio dos coveiros, os agentes retiram a placa de mármore, abrem o túmulo e descem cordas até o caixão para içá-lo. Quando ele aparece, fecho as mãos, que estão dentro dos bolsos. Sou inundada por uma emoção incontida. Imagino Blanche com roupa de apresentação, menina, artista na corda bamba. Penso que não tenho nenhuma foto dela, e que talvez encontre alguma se procurar lá no Cabaret des Oiseaux.

O pequeno caixão de carvalho é posto no chão congelado. Fui eu que o escolhi, lá dos Estados Unidos, porque muitos pianos Steinway são de carvalho. Eu disse isso para Louis. Acho que pensei que seria menos triste repousar num tipo de madeira que serve à música. Pergunto a Paul onde estão os sapatos azuis, e ele diz que o par vai se juntar às provas. Ele garante que o caixão está devidamente selado. Em seguida, dois agentes o transportam até o rabecão da funerária. A operação toda não durou nem meia hora. Fico triste por saber que vamos perturbá-la. Mais uma vez. É necessário, porém, e até Colette sabia disso. O que ela não teve como imaginar era que, apesar da brincadeira de "quando ele morrer", Soudkovski está mais vivo do que nunca. Vejo o veículo preto e os carros de Paul, dos policiais e do delegado Rampin sumirem no fim da rua.

Fico parada na beira do túmulo vazio. Não consigo me mexer. O marmoreiro retira a lápide na qual o nome de Colette Septembre está gravado em letras douradas. Esta cova será liberada a partir de hoje. Blanche nunca voltará para cá. É sua tia Jeanne quem decidirá onde seu cadáver repousará eternamente. Sem dúvida, perto de Marie, em Flumet. Fico me perguntando o que ela desejaria. Estar com a mãe ou com Colette? Na volta até o portão, cumprimento o padre Aubry, que repousa sob uma lápide coberta de conchas. Na descida da encosta, encontro Antoine Été, ao volante do Renault. Fico feliz de vê-lo. Ele é como um raio de sol abrindo caminho no céu de chumbo.

— Vim te buscar.
— Que gentileza.
— Não é nada. Acabei de cruzar com o rabecão e os policiais.
— Eles estão indo para Dijon.
— É, eu sei, para o Instituto Médico-Legal. Tudo bem com você?
— Tudo. O que vão fazer com Blanche?
— Não sou legista, mas já acompanhei esse tipo de procedimento. Quer mesmo saber?
— Quero. Estou com a impressão de que, desde o começo dessa história, estão escondendo alguma coisa de mim. Até Paul parece estar mentindo.
— Paul é o delegado?
— É, Paul Serran. Eu o conheci quando estava trabalhando em *Os Silêncios de Deus*. Nunca imaginei que fosse recorrer a ele para um caso da vida real... E parece que ele está tentando guardar para si algumas informações... para me proteger. Ele não me olha mais do mesmo jeito. Então quero saber, sim.
— Ok. Tem planos para hoje?
— Não.
— Perfeito.

Antoine pega o caminho da casa da rifa, mas faz um desvio e sai de Gueugnon. Ele liga o aquecedor do carro antes de falar. Como se as palavras que está prestes a dizer fossem me dar calafrios.

— No Instituto Médico-Legal, um médico-legista vai abrir o caixão na presença de Paul Serran, e muito provavelmente de Cyril Rampin e de algum policial do departamento forense. São os agentes encarregados da investigação que dirigem o relato ao magistrado responsável pelo caso. Primeiro, vão tirar fotos do caixão e verificar mais uma vez que está devidamente selado. Depois, vão abrir e retirar os tecidos. Na única vez que assisti a esse procedimento, a cientista forense tirou fotos do caixão e do corpo. Quando possível, fazem uma avaliação radiológica do corpo... depende do instituto e dos equipamentos disponíveis. O de Dijon é ligado a um centro hospitalar. Sem dúvida levarão o cadáver hoje à noite bem tarde, ou amanhã de manhã bem cedo, para verificar se não apresenta fraturas ou outros traumatismos. De qualquer modo, será antes ou depois do horário de atendimento aos pacientes. Os exames dependem do estado do corpo. Após três anos, a carne sofre alterações variáveis, dependendo do modo de inumação e dos cuidados administrados ao defunto pelos profissionais de tanatopraxia. Em seguida, o médico prosseguirá para a autópsia clássica, de modo a confirmar que Blanche faleceu de morte natural, e recolherá fluidos e tecidos para identificar o perfil genético. O DNA será encaminhado para um laboratório que vai traçar a identidade genética de Blanche. Depois, o DNA será comparado com o das pessoas mais próximas. Vão procurar laços de filiação. E, acima de tudo, vão confirmar que é mesmo ela.

— Vão achar Jeanne, a irmã de Marie Roman. Marie Roman é a mãe de Blanche. Ela vai ser enterrada daqui a pouco.

— Como assim? Quem vai ser enterrada?

— Marie Roman, a mãe de Blanche... vai ser enterrada hoje, em Flumet.

Antoine fica chocado e em silêncio.

— Também vão comparar o DNA de Blanche com o do pai, Soudkovski.

— O doido?

— O próprio.

— Onde é que ele se meteu?

— Menor ideia. Está sendo procurado. Matou duas pessoas. Tentou assassinar Marie Roman em 1999, deixou a coitada na cadeira de rodas e aterrorizou Blanche a vida inteira. Chegamos a achar que ele podia profanar o túmulo.

De repente, me vem um pensamento. Ligo imediatamente para Paul, que atende na mesma hora.

— Paul, é a Agnès. Blanche está de vestido vermelho e sapatilha rosa. Você me liga para confirmar?

Ele concorda e desliga. Não está sozinho, e eu já sei demais. A placa com a inscrição Toulon-sur-Arroux indica a entrada de uma cidadezinha.

— Aonde você está me levando, Antoine?
— Para visitar uma casa.
— Virou corretor imobiliário, por acaso?
— Ainda não. Estou querendo comprar, mas gostaria da sua opinião.
— Vai vender a casa da rifa?
— Não.
— Vai ficar com duas casas?
— Vou. Uma para passar férias e a outra para passar a vida.
— Férias não são vida?
— Não de verdade.
— Não aguento mais cemitérios, separações, boas mulheres engravidando... então vou gostar de visitar sua casa nova!
— Depois da visita, vamos ao Meridiano.
— Que meridiano?
— É um restaurante ótimo em Toulon.
— Ótima ideia... Antoine?
— Pois não?
— Para encerrar de vez esse assunto da morte... Depois disso tudo... o que vai acontecer com Blanche?
— O corpo dela será posto em um caixão novo. E a família deve esperar a ordem do juiz, que vai ou não liberar o corpo para o enterro, de acordo com o resultado da investigação. O juiz vai entrar em contato com os herdeiros por direito para saber em que lugar ela deve ser enterrada.
— Eu me pergunto se Blanche tinha alguma religião. Não faço ideia de qual seria. Colette não falou disso nas fitas.

Após atravessar a cidadezinha, cruzamos uma bela ponte e seguimos até o rio. Então, pegamos uma estrada rural, que à esquerda dá em uma linda floresta de carvalhos e, à direita, em pradarias ondulantes. Antoine estaciona na frente de uma casa feia, mal-ajambrada, que na verdade parece duas. Moderna de um lado, antiga do outro. Uma mistura infeliz. Quero tanto rir que belisco a mão para me conter. Antoine parece tão decidido que vou atrás dele, de cabeça baixa.

— Trouxe a chave?
— Trouxe, um amigo me deu.
— Falando em chave, sabia que Colette e Aimé Chauvel se amavam?

— Não. Mas é uma boa notícia.
— Por quê?
— O amor é sempre uma boa notícia.
— Mas não conta para ninguém.
— Prometo.

Ele abre uma porta de vidro na lateral da casa. Quando entramos, fico hipnotizada com a beleza das paredes de pedra, das pinturas, da *boiserie* natural, das aberturas. É tudo magnífico, bem iluminado. Uma escada industrial leva à cozinha e aos quartos. Essa casa esconde bem o jogo. Em um segundo, estou apaixonada pelo lugar. Em silêncio, andamos pelos cômodos que nem um casal recém-casado que encontrou o futuro lar. A vista do campo de todas as janelas é de tirar o fôlego. Não consigo nem imaginar quão lindo aqui deve ficar na primavera. Por outro lado, não tem mar. Antoine pronuncia uma única frase durante a visita:

— Tem um rio a duzentos metros daqui. Dá para tomar banho no verão.

De volta ao carro, ele murmura:

— E aí? Compro?
— Sim!

— Escritora?
— Talvez. Vou tentar.
— É um belo projeto.

No Meridiano, bebemos nosso terceiro café. Todos os outros clientes foram embora. Restam apenas dois homens, debruçados no balcão e parecendo estar de saída. Nós dois continuamos no salão, sem conseguir nos mexer. Depois do serviço, a garçonete disse que não tinha problema ficarmos ali, pois eles não fechavam à tarde.

— Já começou a escrever?
— Escrevi o roteiro da história dos meus pais, que estou transpondo para um livro. É como se eu estivesse traduzindo um texto estrangeiro, porque a língua do roteiro não é a mesma da literatura. E você, Antoine? Quando vai voltar ao hospital?

— Quando ficar doente, o mais tarde possível. Ou para visitar um amigo.
— Mas estou falando de trabalhar como médico. Você não sente saudade?

— Sinto saudade dos pacientes, mas não do medo de deixar passar uma doença.

— No fundo, você é meio covarde.

— Sou. Como você, que largou o cinema porque o ator principal da sua vida foi embora.

— Verdade. Estamos quites. Viva a covardia!

Ele levanta o copo.

— Um brinde à covardia!

29

25 de novembro de 2010

Estou no Monge, e Ana dorme encostada em mim. Cornélia e ela pegaram o trem sem me avisar e me fizeram uma surpresa. Cornélia está dormindo no andar de cima. Eu inspiro o cheiro da pele da minha filha, sinto sua nuca quente, escuto a respiração vacilante de sono. Beijo de leve sua cabeça para não despertá-la.

Quando era criança, eu gostava de ficar doente, porque minha mãe dormia comigo. Quando minha febre passava, ela voltava para o meu pai. Por isso, eu fingia que estava com uma dor aqui, outra ali, só para ela continuar ao meu lado. Eu dormia muito com Ana, mesmo antes de me separar do pai dela. Dizem que não é bom fazer isso, mas ruim seria não aproveitar a presença dela. Minha única filha. No ano que vem, ela entrará no ensino médio e passará a dormir na casa das amigas, em vez de comigo.

Ana brigou com o pai quando ele lhe contou da gravidez de Audrey. Ela jogou na cara de Pierre que achava que ele não era tão burro assim. Que ela não ia crescer com aquela criança, porque tinha mais idade para ser mãe dela do que irmã, e ele, mais idade de avô do que de pai. Pierre não gostou nada de ouvir isso. Ana foi embora batendo a porta. Ele deve ter me xingado, dito que ela tinha a minha personalidade. É sempre culpa da mãe.

Ana correu para os meus braços quando chegou ao Monge. Eu estava no quarto, jantando sozinha, quando bateram à minha porta. Achei que seria Adèle, vindo me revelar sabe-se lá o quê sobre as noites com Paul ou suas viagens a Cannes. Quando vi minha filha, não consegui conter a alegria. Que surpresa maravilhosa!

Vai dar tudo certo. Quando Ana conhecer a irmãzinha ou o irmãozinho, vai se apaixonar perdidamente. A vida é assim.

Ana perguntou por que eu estava ficando no hotel, em vez de na famosa casa que eu queria comprar, e que ela quer "muito ver, mãe, por favor!".

Expliquei que era por causa do pai de Blanche, mas não dei detalhes para que ela não ficasse com medo. Entretanto, esconder qualquer informação de uma adolescente que faz trinta e seis perguntas por minuto e não larga o osso até chegar aos mínimos detalhes é uma batalha perdida. Acabei admitindo os crimes de Soudkovski. Fui eu que me confessei no lugar dele.

Ela abriu a janela do quarto, se esticou para fora, observou a rua Jean-Jaurès deserta, iluminada apenas pelas vitrines, e declarou:

— Ele pode estar de olho na gente agora.

— Não, da última vez que rastrearam seu celular, ele estava em Paris — repliquei, tranquilizando-a.

— Em Abbesses?! — exclamou ela.

— Não — menti —, bem mais longe do centro. E eu não tenho nada a ver com Blanche. Acho que é exagero de Paul.

Consulto o celular, nada de mensagem de Antoine. A última faz mais de duas horas: "Foi um ótimo dia, obrigado por me ajudar na decisão sobre a casa, boa noite." Cá estou, que nem uma moça sentimental, esperando notícias de um homem.

Escuto passos se aproximarem. Meu quarto é o último do corredor. Os passos param. Como nos filmes de terror, percebo uma sombra por baixo da porta. Eu me lembro imediatamente de *As Diabólicas*, de Georges Clouzot. Só que não estou em um filme, e sim em Gueugnon, escondida, porque é o melhor a fazer. A pessoa fica imóvel do outro lado da porta. Deve ser uma ou duas da manhã. Penso em Cornélia no outro andar, mas não consigo pronunciar uma palavra. Talvez seja Paul, voltando, ou Antoine, achando que estou sozinha. E se for um fantasma? De Blanche? Meu coração bate descontroladamente. Será que tranquei a porta direito? A moça da recepção subiu com um misto-quente para Ana por volta das dez, e eu repasso a cena mentalmente. Ela bateu na porta, entrou, nós trocamos algumas palavras, procurei um trocado na bolsa para dar de gorjeta, e na mesma hora meu celular apitou com a mensagem de Antoine. Na pressa de ler, não voltei para trancar a porta quando a moça saiu, e Ana já estava atacando o misto à mesa. Como é possível? Como me esqueci de trancar? Alguém empurra a porta. Nem Paul, nem Cornélia, nem Antoine entrariam no meu quarto sem bater. A luz do corredor destaca a mala de Ana, caída no chão. Enxergo a silhueta de um homem à contraluz, fechando a porta ao passar. Eu o escuto virar a chave por dentro. O barulho me paralisa. Finjo dormir, mas o vejo se aproximar da cama, que contorna para chegar mais perto de mim. Ele emana um cheiro de terra molhada de chuva. É *ele*. Um cheiro de cemitério. É *ele*. Como é que ele entrou no hotel? O que ele quer? O que está procurando? Será que acha que sei alguma coisa que ele não sabe? Fico inerte como se tivessem me dopado com GHB, a droga que paralisa as vítimas, da qual falei em *Os Silêncios de Deus*. Tento levantar o braço para alcançar Ana, mas não consigo me mexer. Não consigo pedir socorro. Estou trancafiada em um escafandro de gelo. Ele se debruça em mim, fareja meu cabelo e meu pescoço como um bicho faria, e sinto sua respiração, seu hálito. Tento reunir as forças para me jogar nele, mas meu corpo não reage. Será que estou morrendo, como as mulheres da minha família? Será que sou a última da lista?

Cai uma gota no meu rosto. Outra. Como se começasse a chover em mim. Escuto um carro passar na rua, um rap muito alto irrompendo de dentro veículo. Demoro para entender que o invasor está chorando. Ele passa muito tempo curvado sobre mim, ainda cheirando a terra molhada. Minhas lágrimas de pavor se misturam às dele no meu rosto. Vou morrer por causa da tristeza dele. Por quê? Por que morrer pela tristeza dele? O toque do meu celular me arranca daquele estado de paralisia.

Finalmente, consigo berrar:

— Por que vou morrer pela sua tristeza?!

Assustada, Ana acende as luzes. Estamos só as duas no quarto. No entanto, a presença do invasor me assombra. Não vejo o rosto tenso da minha filha, que me observa, amedrontada. Não a escuto dizer:

— Mãe, foi só um pesadelo.

Não consigo responder que não, que *ele* está no quarto. Que *ele* está escondido debaixo da cama.

— Ana, corre até a porta! Vai! Corre! Corre! — grito.

Ela não se mexe. Eu corro até a porta, que não está mais trancada, abro, volto para pegar minha filha pela mão e a arrasto até o quarto de Paul, gritando:

— Socorro!

Paul aparece antes de eu bater na porta, com o celular na orelha.

— Agnès, acabei de te ligar e...

Os hóspedes dos quartos vizinhos saem, atordoados, alguns furiosos, outros assustados, um casal acha que há um incêndio no hotel e todos me olham como se eu tivesse enlouquecido.

— Paul! Por que eu vou morrer pela tristeza de Soudkovski?

— ...

— Paul! Ele está no meu quarto! Debaixo da cama! Olha debaixo da cama! Ele está chorando! Não para de chorar!

Paul verifica só para me tranquilizar. Sai do quarto.

— Não tem ninguém, Agnès.

— Você olhou no armário?

— Não tem ninguém no armário, Agnès. Deve ter sido um pesadelo.

Nós três voltamos para o quarto. Peço desculpas a todos os hóspedes de pijama, camisola ou camiseta que me observam, descalços ou de pantufas.

— Perdão, tive um pesadelo.

Paul volta para o banheiro e para o quarto. A janela está fechada. O armário, vazio.

— E não tem ninguém debaixo da cama.

Ana está pálida, eu a assustei.

— Desculpa, meu bem. Desculpa por ter acordado vocês — digo para Ana e para Paul. — Mil desculpas.

— Eu não estava dormindo — responde ele —, estava te ligando.

— Ah, é, verdade... Me ligou por quê?

— Tinha uma fita cassete nas mãos de Blanche.

30

Levgueni Soudkovski nasce em 1928. Seus pais, que eram da Rússia, saíram do país dois anos antes do nascimento do filho e foram morar na França. Em 1927, sua mãe, treinada por acrobatas de Riga, na Letônia, é contratada pelo Circus Elliott. O auge do espetáculo é o número final, em que a mãe de Levgueni é a primeira mulher a fazer um salto duplo perigoso no trapézio, antes de ser pega pelo parceiro.

O pai trabalha com transporte de carga. Ele frequentemente pede licença nas cidades onde o circo vai passar para colar os cartazes de dois metros por três, estampados com o belo rosto da esposa. São essas ausências regulares, a estrada solitária, que semeiam a dúvida nele, instilam o ciúme. Enquanto ele trabalha, ela está agarrada a outro homem, recebendo aplausos. Ele vê o olhar maravilhado da plateia. O que ela estaria fazendo quando ele não está presente?

Um mês antes do parto, ela ainda rodopia pelo ar, com a figura comprimida por um corpete, e volta ao trapézio quando Levgueni está com duas semanas. O bebê passa o dia no colo da mãe ou no carrinho, no canto do picadeiro. Assim que abre os olhos, já vê a paisagem mudar e a mãe voar com figurinos cintilantes. Um nenenzinho amamentado à vontade, coberto de beijos, ninado pelas canções que a mãe entoa. Ninguém nunca o escuta chorar, a não ser quando o pai tem acessos de fúria terríveis, a ponto de bater na esposa. Levgueni dá os primeiros passos na serragem, vendo a mãe voar pelo céu do circo. Ele estende os braços para ela descer e vir buscá-lo. Quando a mãe pula da plataforma acima da rede, ele a vê como um pássaro. Aos três anos, chama-a de "mamãe noiva", porque ela só veste musselina de seda branca.

Toda vez que ela chega perto, ele estica as mãozinhas, puxa o peito para sorver o leite materno e fecha os olhos de felicidade. Levgueni cresce embalado pelo prazer de ter uma mãe que voa e tem cheiro de colônia de flores, que ela passa no corpo todos os dias. Aos três anos, ele sabe fazer malabarismo e se equilibrar na corda bamba. Seis meses depois, ela o ensina o volteio e a saltar de um trapézio para o outro, em trapézios que ela colocou a um metro do chão. Uma vida de sonho para a criança, exceto pelo pai ignorante, que nunca nem olha para ele. Uma vida sincronizada à da mãe. Eles respiram juntos. Quando faz quatro anos, Levgueni executa seu primeiro exercício acima da rede: um salto-mortal. O menino vê nos olhos dela que está maravilhada. Levgueni só tem um sonho: voar com a mãe.

De repente, porém, sua vida vira do avesso. O pai a espanca demais, e a mãe, apática e coberta de hematomas, tem que ficar de cama. Levgueni fica deitado com ela. O pai se envolve em uma briga tão feia com os proprietários do circo que obriga a esposa a pedir demissão. Eles se mudam para um quarto e sala insalubre em Caluire-et-Cuire. Acabaram as paisagens variadas, os momentos de alimentar os elefantes, a música, os palhaços, o cheiro de palha e de estrume.

O pai pega à noite na usina, e a mãe não pode mais sair. Ele a acompanha para todo lado, até nas compras, e deixa o filho sozinho e desamparado em casa, plantado na frente da porta, prendendo a respiração até os dois voltarem. Então, ele corre para as pernas da mãe. Ela não dá um passo no apartamento sem o garoto ir atrás.

Para passar o tempo, eles treinam juntos, fazem exercícios na cozinha minúscula, trombam um no outro, levam topadas e caem na gargalhada. No entanto, essa alegria superficial é efêmera. O menino vê sua bela ave-do-paraíso pregada no chão, definhando, humilhada, calada. Obediente como um bicho adestrado, ela não tenta fugir, não encontra a porta da jaula. Antes, ela se entregava aos espectadores, mas agora Levgueni a tem só para si. As emoções se misturam em sua alma jovem. Ele sente que ela está infeliz, mas se tranquiliza por saber que está reclusa com ele, dedicada inteiramente à sua pessoa. O pai nunca está em casa. Ele acorda às onze, fica no bar até as três da tarde, volta para comer e tirar um cochilo embriagado, faz um lanche e vai trabalhar. Só volta às cinco da manhã.

Para animar o dia a dia enfadonho, a mãe inventa histórias de circo, de equilibristas, trapezistas e acrobatas, sem nunca perder a doçura. Um dia, ela promete que eles apresentarão espetáculos extraordinários. *Mas, pensa o menino, ir embora seria mais uma separação. Ela voltaria para os outros, não seria mais minha. Eu não teria mais suas mãos, sua maciez, sua beleza e seu colo só para mim.* À noite, Levgueni gruda na mãe, se aninhando no calor e no perfume dela. De madrugada, ela o leva para a cama dele. Então, o pai ocupa o lugar ainda aquecido pelo filho, que é proibido de entrar no quarto conjugal quando há barulho.

Certa manhã, enquanto o pai dorme ao lado dela, o menino dá a volta na cama para entrar debaixo da coberta. A mãe não se mexe. O menino pega a mão dela e chora em silêncio. Ele pensa no dia anterior, quando ela se recusou a preparar um segundo chocolate quente e o menino teve um acesso de fúria louco, socou ela, bateu nas pernas, na bunda, na barriga. Assustada, ela o olhou e começou a gritar em russo; ela, que sempre falava com ele em francês. Ele não entendeu todas as palavras. Só que usar a violência era a pior coisa que se poderia fazer na vida. "Perdão, mamãe, perdão, mamãe", disse, porque a mãe estava chorando muito. Era a primeira vez que ele via lágrimas dela por sua culpa. "Perdão, mamãe."

Pela manhã, o corpo da mãe está frio. Ele escuta a respiração do pai, que dorme tranquilo, mas a da mãe se foi. Os olhos dela estão fechados, com olheiras escuras, o rosto pálido, quase azul, mas diferente do céu. Um azul apavorante. Glacial. Como quando ela está com frio. Ela foi embora sozinha. Sem ele. Porque ele foi um menino malvado. Tem marcas escuras no pescoço dela. Só ele vai reparar nisso. Quando o pai acorda, não parece surpreso com a morte dela, e a observa com uma expressão vagamente contrariada. O que ele vai fazer com ela?

Levgueni pensa de novo nas palavras da mãe: "Sabe, meu amor, quando eu conheci seu pai, ele não era assim." Por que alguém fica "assim"? "Quando o conheci, ele era engraçado, carinhoso, vivia cantando. A gente fugiu juntos porque meus pais não queriam que a gente se casasse, achavam seu pai muito imaturo."

O pai coloca um suéter de gola rulê e uma calça na morta antes de chamar um médico para declarar às pressas que ela morreu por ter exagerado na dose de remédios. As marcas de estrangulamento não serão mencionadas na certidão de óbito. Levgueni tem quatro anos e seis meses quando sua vida para, convencido de que a mãe se foi por sua culpa. Uma ruptura indescritível. Ele perde a alma sob a pressão do frio que se espalha em seu corpo como veneno. Eles dividiam um só coração, que ela levou embora. Ele escuta uma palavra que não conhece, que não entende, "suicídio". "Ela deveria ter pensado no menino, pelo menos", comenta a vizinha, baixinho.

Os vizinhos se reúnem para oferecer uma cerimônia digna à "moça bonita do quinto andar, que a gente quase não via". O caixão é de pinho. Quando fecham a tampa sobre o rosto da mãe, o menino sente uma chuva ácida devorar seu corpo até desmaiar. Ele acaba de ser cortado à faca, separando duas entidades coladas. Volta à consciência sob os tapas do pai e o olhar assustado do papa-defunto.

"Pai, por que chamam ele de papa-defunto?" "Porque ele come cadáver, idiota."

Não haverá placa de mármore, nem lápide. Ela é enterrada em um canto do cemitério de Caluire. Longe dos outros túmulos, das outras famílias cujos retratos brilham ao sol. Apenas uma coroa de rosas brancas de pano é apoiada na cruz de madeira onde foi gravado seu nome: "Liouba Rozov, Soudkovski por casamento". A cruz projeta uma sombra na terra revirada. O menino, que não sabe ler, assiste ao enterro sem que ninguém lhe dê a mão. Ao fim do sermão, do qual ele não entendeu uma palavra, uma moça faz carinho no ombro dele, e ele a empurra com violência. "Coitadinho, é a tristeza." O pai funga, mas não chora. *Coitado*.

De volta ao apartamento, os socos que o homem dava na esposa agora são destinados ao filho. Levgueni quase fica aliviado com o que o destino lhe reserva. Agora, sua mãe não vai mais sofrer, é ele quem receberá tudo. *Perdão, mamãe*.

O pai rapidamente vende os talentos do filho para o proprietário do circo Alcaraz et Frères. Levgueni vira um dos equilibristas mais novos da França. Ele trabalha nas barras paralelas sem folga, dia e noite. De 1934 a 1938, as pessoas vêm de longe para ver, admiradas, o menino fazer malabarismo e se equilibrar na bola, na corda, no cavalo. Mas ele nunca sorri. E só responde por Soudoro. Levgueni Soudkovski, filho de Liouba Rozov, não existe mais.

A guerra eclode. O circo Alcaraz se desloca para as bandas de Albertville, com uma caravana de andarilhos que cultivam a terra. Eles têm alguns lotes e um belo curral. Todos vivem do contrabando, ninguém mais se apresenta. Na fazenda, Levgueni aprender a ler e a escrever, graças à "anciã". É o nome que dão a uma mulher que trabalhava como professora até fugir com um circense. Ela dá aula para ele todo dia por sete anos, mas ensina apenas francês: leitura, gramática, conjugação. Nada de aula de história, nem de matemática. Nesses anos de guerra, Levgueni aprende a arremessar facas. Primeiro com o alvo a um metro, depois dois, três. Ele adquire perseverança e precisão. Após anos de prática, decide treinar com um alvo humano. Será Leïla, a neta da "anciã", que confia nele. Ela se apaixonou por ele. Levgueni arremessa as facas ao redor dela, respeitando os quarenta centímetros de segurança. Eles montam uma apresentação juntos, que esperam exibir quando a guerra acabar. E incrementam o número, amarrando Leïla a uma roda. Leïla é três anos mais velha do que ele e não tem medo de nada. Depois das facas, ela quer ensinar para ele o amor. Ele aceita, mas com uma condição: ela não pode tocá-lo nunca. Ela fica com as mãos amarradas atrás das costas, e não o beija, nem o acaricia. No início da estranha relação, Leïla acha graça. Ela gosta do garoto bravio e misterioso. Após vários meses, porém, acaba dando um beijo na cabeça dele e leva um tapa. "Se fizer isso de novo, vai morrer com uma facada no coração." Chocada pela violência, Leïla o rejeita e termina com ele no mesmo instante. "Não quero mais te ver. Nem para as facas, nem na cama. Acabou." Ele enlouquece e a espanca. *Ninguém abandona Soudoro.*

 Ao fim da guerra, o pai anuncia que é o novo proprietário do circo Alcaraz, e tem os documentos para comprovar. Como ele conseguiu? Levgueni não sabe. Ele tem dezoito anos e conhece Marie Roman. Seu pai morre no dia 20 de janeiro de 1946, dia em que o general De Gaulle renuncia ao governo. Uma queda fatal de uma das plataformas do picadeiro. Em vez de enterrá-lo em Caluire, Levgueni o joga na vala comum do cemitério de Albertville. *Vá para o inferno, velho assassino.*

Em 1950, ele manda instalarem um túmulo em mármore branco para a mãe. Branco que nem as roupas que ela usava. Ele paga em espécie. Uma fortuna. Exige que gravem o nome dela em letras douradas: Liouba Rozov. Quando lhe perguntam qual será o epitáfio, ele não sabe responder. Apresentam várias opções, e ele acha todas ridículas. Acaba escrevendo em russo, para ninguém entender: "À minha mãe trapezista, que ela me leve junto."

31

26 de novembro de 2010

Ana veio à casa da rua Fredins. Viemos a pé do Monge. Ela não tem coragem de me dizer que achou o lugar feio, mas consigo escutar seu pensamento. Ela finge examinar os armários da cozinha e murmura "legal", mesmo que ache o contrário, e vai se desanimando ao longo da visita. Quatro cômodos no total. Enfim, diante da porta fechada do quarto, ela solta:

— Sou contra. Coco morreu aqui, dentro desse quarto onde você se recusa a entrar, mãe... E não quero que você compre essa casa. Pode ir achando outra. Sei que você passou umas duas, três semanas bem loucas aqui, escutando as fitas, e que reencontrou seus melhores amigos, e até o Été, mas agora é hora de devolver essa casa para Louis... Não é um lar, é um necrotério. Eu já vou ter um irmão, então, por favor, quando vier te visitar no interior, melhor eu curtir... Se fosse comprar a sapataria, eu entenderia, é o canto de Colette, a gente poderia dar um jeito. Mas aqui, não.

Ela me olha em súplica.

— Quer saber? — continua. — Vamos procurar imobiliárias na internet. Vamos achar um lugar!

Eu me escuto responder "tudo bem". Ana olha para mim, incrédula.

— Você não vai ficar chateada?

— Você está certa. A gente deveria dar mais ouvidos aos filhos.

— À sua filha.

Sorrio para ela e me dirijo à coleção de Colette no armário, que vou pegar para ler em Paris. Até agora, só fiz folhear, virar páginas a esmo e parar nas fotos de Aimé Chauvel.

— Quando é que a gente vai pegar a fita que estava com Blanche? — questiona Ana.

— Menor ideia. Paul disse que a fita iria para o juiz. Vai demorar...

— Paul acha que dá para escutar?

— Acha. A fita estava protegida por plástico filme e dentro de um saco. Ficaria intacta por mais cem anos.
— Que loucura...
— Mal consigo acreditar.
— Com o que você sonhou ontem, mãe? Nunca te vi assim... nem quando meu pai foi embora.

Puxo a válvula e murcho o colchão, pisando nele. O ar escapa em uma lamúria estranha e demorada. Será que ele está decepcionado por eu desmontar o acampamento?

— Levgueni Soudkovski estava perto de mim, no nosso quarto. Ele estava respirando. Quer dizer, me cheirando. Senti a respiração dele no pescoço. Ele cheirava a terra molhada. No começo, fiquei paralisada. Achei que ele ia me matar, como matou a mulher com quem estava se relacionando e Viktor Socha... mas ele estava procurando alguém através de mim. E a tristeza dele era abismal, passava dele para mim, de mim para ele... As lágrimas dele pingavam no meu rosto que nem chuva. Senti sua angústia, e não sua fúria assassina. Quando Paul me ligou, o toque do telefone me acordou... mas demorei para despertar de todo aquele sofrimento. Ainda acho difícil acreditar que Soudkovski não estava lá.

— Mãe, ele foi encontrado. Estava já bem longe ontem.
— Eu sei, mas... ele estava lá.

Diante da imobiliária da rua Jean-Jaurès, lemos os anúncios na vitrine, o tamanho dos imóveis, analisamos as fotos dos jardins. Ana quer no mínimo três quartos. Um para ela, um para Cornélia e outro para mim. Penso na casa que visitei com Antoine. Quando estou prestes a dizer que ontem encontrei a casa perfeita, meu celular vibra no bolso.

— Ele está em coma — informa Paul, sem nem me cumprimentar.

Ele foi embora hoje cedinho, informando que tinham acabado de localizar Soudkovski. Que o celular dele estava no mesmo lugar havia horas. A ligação cai. Aperto o braço de Ana e cochicho: "Soudkovski está em coma." Ana, de cara colada na vitrine, se vira e arregala os olhos. Paul liga de novo.

— Paul, tem certeza de que é ele? E se ele botou o celular e os documentos no bolso de outra pessoa?

— É ele, Agnès. Ele foi encontrado caído em cima do túmulo da mãe.

— Da mãe?
— É.
— Onde?
— No cemitério de Caluire.
— Por que ele está em coma?
— Overdose de opioides.
— Ele tentou se suicidar?
— Com certeza. Não mostra nenhum sinal de resistência.
— Será que ele conseguiria estar em Gueugnon ontem à noite?
— O sinal de telefone dele foi localizado em Caluire a partir das três da manhã.

O inconsciente dele boia em um mar de incerteza. O céu. Acima do picadeiro. Ele sobrevoa um vilarejo, a praça central, os trailers alinhados. É uma noite em que o pai saiu para colar cartazes. Ele está no colo da mãe. Ela está relaxada, e ele, dormindo. Escuta o coração dela bater.

Vozes e barulhos de máquina. Ele não sente frio nem calor. Boia em uma espécie de torpor, uma sensação agradável. Nada dói. Ele sente, cheira, escuta, mas está fora desse mundo. É a primeira vez que para. Que não está alerta. Está à mercê dos outros. Entre a vida e a morte. Ainda sente o cheiro de terra. A lama e o húmus que cobrem a mãe há setenta e oito anos.

Lembra-se o tempo todo do pior dia de sua vida, como se tivesse sido ontem. Esperava encontrar uma sepultura decadente, abandonada, neste canto do cemitério. O sobrenome apagado pelo tempo. Apenas o L ou o A de Liouba ainda aparentes. O começo e o fim. Ele tinha esquecido que mandara erigir uma sepultura magnífica. Como esqueceu?

Não diferencia mais dia e noite. Nesse momento, aqui onde está, ele não é nem assassino, nem um sujeito elegante.

Apenas uma criança que poderia ter sido como a mãe, mas escolheu ser como o pai.

— Mãe, hoje é sábado, 26 de novembro, dez da manhã, e a gente não tem mais nada para fazer!

— Tudo bem.

Entramos na imobiliária e marcamos três visitas. Ao sair de cada casa, penso apenas naquela que vi ontem com Antoine. Acabo comentando com a jovem corretora.

— Sei exatamente qual é, sim. São poucas as casas restauradas assim nessa região. Fui eu quem cuidou da venda há alguns anos. Não sabia que tinha voltado para o mercado... Se me permite a indiscrição, quem fez a oferta?

— Antoine Été.

A moça começa a rir.

— Acho que houve um mal-entendido. Na verdade, Antoine Été é o proprietário. Pode ser o vendedor, mas certamente não é o comprador... E eu não sabia que ele queria se mudar.

Ligo para Antoine na mesma hora. Ele atende, bem-humorado.

— Antoine, estou vendo imóveis com Ana, porque a casa da rua Fredins é muito pequena. E... enfim. A que a gente viu ontem é sua?

Contrariada, falo alto demais. Por que ele me levou a acreditar que a casa estava à venda?

— É.

— Você vai vender?

— Vou.

— Mas eu achei que...

Ele não me deixa terminar a frase:

— Vou passar no Monge à uma da tarde para buscar vocês e levar as duas para uma visita.

Está um breu. Como na despensa onde ele se escondia em Caluire quando o pai chegava em casa totalmente bêbado. Ele se sentia seguro lá. Consegue distinguir sons, vozes. Homens falando de DNA. Também escuta: "Ele vai de mal a pior." Escuta e esquece. Às vezes, alguém levanta sua pálpebra, e a luz ofusca a visão. Nesse sol artificial, ele enxerga a silhueta da mãe, que salta, agarrada ao trapézio, se solta, gira e se segura em mãos firmes: as dele. "Te peguei, mamãe." Ele se lembra dos últimos dias. As lembranças do que aconteceu antes são vagas. Apenas sensações, impressões. Uma só pessoa surge com nitidez no pensamento, Agnès. Essa desconhecida o conecta a seu amor infantil.

Em Paris, ele passou dias a seguindo. No último, ela entrou em um edifício e saiu com um homem. O ator dos filmes dela. Ele viu todos os filmes de Agnès, mas não se interessou, porque ela não atua em nenhum. Ele prefere as entrevistas. Eles entraram em um café para conversar. Ele ficou em um canto para observar sem ser notado. Depois, Agnès foi embora. Pegou o metrô. Ele a seguiu pelo vagão. De pé na composição lotada, com a testa encostada na parede, apertando a barra, ela começou a chorar. Ele estava tão perto que conseguiria tocá-la. Queria puxar o colarinho do casaco e inspirar o cheiro dela, encontrar "o" perfume. Por um milagre, na estação Madeleine, ele foi jogado contra ela, com o nariz no cabelo preso em um coque bagunçado. Ele soltou um "opa, desculpa" bem baixinho, que Agnès nem escutou. Pareceu natural tratá-la com informalidade. Ela não reagiu. Os passageiros se irritaram, "para com esse empurra-empurra!", mas ele queria que o instante nunca acabasse. A presilha dela se soltou, escorregou pelo pescoço. Logo antes de cair, ele a pegou e fechou a mão. Olhou ao redor, ninguém prestava atenção neles. Estavam todos sufocados, irritados, quietos, resignados. Agnès tinha fechado os olhos, com a testa no vidro. Parecia dormir. No que estaria pensando? Por que parecia tão triste? Lembrava a mãe dele quando vivia reclusa no apartamento de Caluire.

Ele soube que nunca mais teria a oportunidade de estar tão perto dela. Fechou também os olhos até a estação de Saint-Lazare e não se mexeu mais. Dessa vez, tinha certeza de que não podia ser coincidência. Verbena fresca. Apenas sua mãe tinha esse cheiro tão peculiar. E Agnès tinha esse mesmo perfume. Quatro minutos mergulhado na memória da pessoa em quem ele nunca mais pensara, por medo de morrer subitamente. Até que ela se virou, pediu licença várias vezes enquanto abria caminho pela multidão e saiu do vagão. Ele permaneceu em pé, imóvel, ainda segurando a presilha.

Mais tarde, quando voltou à rua Abbesses, viu a luz acesa no apartamento dela. Estava frio. Ele não podia dormir na rua, então entrou no beco nos fundos de um restaurante de frente para a casa dela. O vapor da cozinha emanou calor por várias horas. Por volta das cinco, ele acordou por causa do frio e se refugiou em um bistrô da rua Lepic. Quando tomou um café e voltou para o prédio, viu Agnès pegar um táxi, sozinha. Foi nessa manhã que ele a perdeu.

Antoine nos espera na calçada, um sorriso estampado no rosto, quando chegamos ao Monge.

— Por que você não me contou que a casa estava à venda?

— Porque só está à venda para vocês duas.

Ana e eu nos entreolhamos, espantadas. Então, começamos a rir.

São oito e meia da noite. Formamos uma mesa barulhenta no restaurante do Monge. Lyèce, Line, Hervé e o filho de dezesseis anos, Nathalie e sua cara-metade, Adèle e as duas filhas, Antoine, Ana e eu. Hoje é noite de paella e rosé para todo mundo. Menos para os jovens, que, intuitivamente, se reuniram em um canto da mesa para fofocar e tomar chá gelado. Nossa conversa passa por inúmeros assuntos que não têm nenhuma relação, mas "Soudkovski, Colette, Blanche, o casamento, a música, o DJ, os bem-casados, sem religião, escolheu o vestido, certidão de casamento, placar do jogo" voltam sem parar. Paul chega, com a cara abatida.

— Soudkovski está na UTI. Ele não deve passar dessa noite.

Sou acometida pela presença dele no quarto do hotel. As lágrimas também voltam. Ele estava lá. "Ele não deve passar dessa noite." Blanche esperou essas palavras por tanto tempo. Estou prestes a perguntar de novo para Paul se Soudkovski não podia mesmo estar em Gueugnon ontem, mas eu o vejo puxar uma cadeira e se sentar do lado de Adèle, dar um beijo na cabeça dela. Esse gesto de intimidade absoluta à vista de todos me deixa arrepiada e momentaneamente sem palavras. Nathalie, que parece menos ingênua do que eu, pega o bloquinho de jornalista.

— Relaxa, não vou publicar nada sem sua autorização... mas posso dizer que tinha uma fita cassete no caixão de Blanche? Você escutou? Quem está falando na gravação?

Antoine não para de me olhar, eu não paro de olhar para Antoine. Vou comprar a casa dele.

No fim da tarde, passei na casa de Louis Berthéol enquanto Ana tomava banho ao som de Lady Gaga. Para Louis, admiti pela primeira vez a sensação que tenho e que acho que está no cerne desta história toda. E como não tenho mais ninguém para responder às minhas dúvidas. Nem meus pais, nem Colette, nem Blanche.

— Na rua Fredins — disse ele —, em frente à casa de Colette, tem uma mulher. Atravesse a rua, bata na porta dela. Ela vai ter respostas.

— A mulher que fez sopa para mim?

— Talvez ela faça sopas.

— Como é que ela se chama?

— Sra. Aubert.

— Conheci um sr. Aubert no bar. Ele se lembrava de Soudkovski e da filha. Ele trabalhava na prefeitura e foi chamado porque um bicho fugiu do circo.

— Essa vizinha é filha do sr. Aubert.

Aqui, todo mundo se conhece.

— Você sabia que Blanche foi enterrada com uma fita?

— No dia anterior ao enterro, Colette me entregou um saco plástico azul. Estava superprotegido, todo embrulhado em plástico filme. Achei que fosse um radinho para escutar música, mas nem tive coragem de perguntar. Colette pediu para eu botar o saco no caixão. Apesar da aparência, Colette estava longe de ser uma mulher simples. Além do mais, era cheia de segredos. Até comigo.

Após ir embora da casa de Louis, segui para a da vizinha, empurrei o portão, bati à porta, chamei, mas ninguém atendeu. Era noite, fazia frio.

Voltarei amanhã cedo, antes de ir para Paris.

32

19 de janeiro de 1972

É aniversário de um cliente no Cabaret des Oiseaux, à noite. O espaço foi reservado para umas cem pessoas. Blanche e duas outras funcionárias tiveram que chegar mais cedo para ajudar a arrumar o salão, a decoração e supervisionar a organização: os artistas que vão se apresentar, o bolo, as surpresas. Soudkovski a trouxe até a porta para confirmar que não era mentira. "Quatro da tarde é muito cedo."

Lá dentro, alguém se sentou ao velho piano que posicionaram no centro do palco para a ocasião. Ele improvisa sobre as "Variações Goldberg". Blanche não conhece a música, nem a pessoa ao teclado. Em pé, de costas para o bar, não consegue se mexer. Nunca escutou uma música assim. "Ele tem Deus nos dedos", cochicha com uma colega, que não entende patavinas.

Quando o músico se levanta, ela fica surpresa com sua aparência jovem. Não são só velhos que tocam assim? O pianista a vê, imóvel à sua frente, a poucos metros, e se dirige a ela. Ele é imenso. De repente, ele para e a encara com os olhos claros e arregalados, com tanta intensidade que ela tem a impressão de que a está tocando. Blanche se permite ser observada sem dizer uma palavra.

— Você parece alguém — murmura ele. — Mas é diferente. Qual é o seu nome?

— Blanche.

— Que nome bonito, Blanche. Significa branca. Uma nota branca vale dois tempos. Sabe onde consigo um copo de água?

Depois de beber, ele volta ao piano, e ela, ao trabalho.

Às seis e meia, a equipe se reúne para jantar às pressas antes de os convidados chegarem. O pianista fica com o grupo e se senta ao lado de Blanche como se a conhecesse, mas não lhe dirige uma palavra sequer. Ao longo da noite, ela descobre que ele se chama Jean e que apresenta concertos pelo mundo inteiro. *Pelo mundo inteiro*, pensa Blanche. *O que ele está fazendo logo aqui, em um cabaré?*

O aniversariante, Alain Terzieff, é diretor do Conservatório de Lyon, onde o pianista estudou. Jean preparou uma surpresa para ele.

A surpresa é para mim. Essa frase ecoa na cabeça dela sem parar.

Quando Alain Terzieff chega ao cabaré, todos os seus amigos já estão lá. Começa a festa. Jean, ao piano, toca uma valsa polonesa para recepcioná-lo. Feliz, ele o abraça. Blanche fica surpresa com a demonstração de afeto. *Quanta gente bonita*, pensa. *Não fazemos parte do mesmo mundo. Eles são livres, vão aonde quiserem, tocam música, são poetas. Eu nunca receberia um presente como esse. Não tenho amigos para comemorar comigo. Meus aniversários são dias comuns. Antes, quando eu tinha Natalia, ela trazia um bolo bonito com velas para mim. Todo ano, Soudoro dizia a ela: "Cuidado, balofa, do jeito que você é besta, vai queimar a barba." Ele tinha ciúme do amor que eu nutria por ela.*

Há uma apresentação de acrobacia, um mágico, balões e um creme bávaro gigantesco. Blanche recolhe as cinquenta velas apagadas. Desde pequena, ela furta pequenos objetos e fica maravilhada com pouco. Como aqueles que não têm nada.

Tem presentes: uma viagem para a praia, uma caneta-tinteiro dourada, livros, um cachecol, garrafas de vinho, uma gravura antiga. Ela observa a chuva de presentes com fascínio e cobiça. Ela se pergunta o que gostaria de receber de presente se pudesse ganhar um, fora a liberdade.

Um amor tão belo quanto o pianista.

Normalmente, Jean teria ido embora com os outros depois da festa. Normalmente, Blanche voltaria correndo para casa, antes de *ele* acordar e dar falta dela no quarto ao lado. Mas *ele* estava longe. Blanche e Jean foram transportados pela mesma vontade, no mesmo momento, de desobedecer à vida. Ela o esperou. Ele sabia que ela esperaria. Ela o abraçou e disse que seu tempo estava contado. Ele achou que ela fosse morrer. Eles passaram por um clube e entraram. Foi Jean quem a pegou pela mão. Quando os outros músicos foram embora, eles se sentaram juntos ao piano, ela apoiou os dedos nos dele e seguiu seus movimentos. Ele tocou um adágio, entre 66 e 76 batimentos por minuto.

Assim que o viu ao piano, Blanche soube que aquela noite seria a mais importante de sua vida. Uma intuição que superava todas as outras. Uma noite diferente de qualquer outra.

Os dois se despediram por volta das sete da manhã. O apartamento estava silencioso. Véra e *ele* tinham ido embora no dia anterior. *Ele* tinha deixado "dinheiro para comer" na mesa da cozinha. Era dia 20 de janeiro.

Quando o progenitor voltou, dois dias depois, *ele* não desconfiou de nada. Nem que ela tinha amado, nem que tinha passado a noite com alguém, nem que nunca esqueceria.

É assim que imagino as coisas. É assim que teria filmado o encontro se continuasse no cinema. Não sei como os fatos se desenrolaram. Como eles se conheceram. Mas eles se conheceram e me conceberam. Eu sou filha de Jean Septembre e Blanche Soudkovski. Hannah Ruben não me carregou na barriga. Paul me contou isso ontem, após o jantar de paella e vinho. Às duas da manhã. Todo mundo tinha ido dormir. Estávamos só nós dois no segundo andar do Monge, e aproveitei o momento para dizer que ele estava diferente. Que não olhava nos meus olhos. E que era horrível a sensação de não ser olhada. Como se eu tivesse feito alguma coisa errada. Perguntei se eu o havia magoado de alguma forma. Foi então que Paul falou, aliviado por finalmente desabafar:

— Sabe, na casa da rua Fredins, no telefone, encontramos digitais. As suas, as da sua tia e as de Soudkovski. Seu DNA ser semelhante ao de Colette Septembre é normal. Tios compartilham aproximadamente 25% dos genes com os sobrinhos. Mas...

— Mas?

— Soudkovski e você têm os mesmos genes.

Eu me chamo Agnès, que nem minha avó. Hannah Ruben é minha mãe. Foi ela quem dormiu ao meu lado quando eu tinha febre. Fui eu quem segurou sua mão quando ela foi levada pela doença. Foi minha mão que ela apertou no dia do enterro do meu pai. Foi para mim que ela deixou seu violino. Foi ela quem pôs um vestido lindo para o meu casamento. Que era desajeitada, que não sabia o que dizer ou fazer em tantas ocasiões. Que me olhava como se não me conhecesse quando, adolescente, eu batia as portas, indignada. Era com ela que eu queria parecer quando criança, quando ela subia no palco com o violino.

Foi para ela que mostrei meus filmes pela primeira vez. Para ela que eu ligava à noite e contava da vida, do dia anterior, e do dia anterior a este, do dia, do amanhã... No papel, sou Agnès Septembre, filha de Jean Septembre e Hannah Ruben. Não é seu sangue que corre em minhas veias, e sim seu universo. Minha vida toda, quando gritei "mamãe" sem pensar, com medo de alguma coisa, estava chamando Hannah. Foi dela que senti saudade quando Pierre me largou. Foi ela que me acompanhou no dia do parto de Ana, e que ficou emocionada por minha filha herdar seu nome.

"Agnès, tudo que você faz é sempre cheio de graça", me disse ela um dia.

33

Hannah Ruben
(Continuação)

1970

Eles estavam entre aqueles que não voltaram. Os espíritos de que pouco se falava. Aqueles cujos restos mortais nunca seriam recuperados. Monumentos seriam erguidos, nos quais seus nomes seriam gravados, e documentários e comemorações seriam realizados. Visitas do inferno seriam organizadas em memória a eles, mas nunca mais seria possível tocá-los. "Onde estão seus pais?" "Morreram na guerra." Uma guerra que não devolveu seus desaparecidos. Uma guerra sem túmulos. *Morreram na guerra*, quase uma formalidade. E então mudavam de assunto. Hannah nunca dava detalhes, mesmo transbordando de dúvidas. Myriam, Sasha, Rafael e Agnès seriam eternamente fantasmas de Hitler, entre os milhões de fantasmas.

Hannah estava ali, diante do piano. Jean e Colette, a seu lado. Jean, especialmente. Colette tinha ficado lá atrás, na porta. Deixando os dois quase a sós, lado a lado.

O piano. Prova material da passagem deles pela Terra. Ainda mais do que as fotos resgatadas *in extremis* após a passagem dos alemães pelo apartamento e o saque. Hannah não tinha coragem de se mexer, nem de se encostar no instrumento de madeira preta.

Jean Septembre tinha marcado de encontrá-la na estação de trem, uma semana após o primeiro encontro. Eles fizeram a viagem em silêncio. Hannah não sabia o que pensar daquele piano ressuscitado, mas já sabia o que pensava do pianista.

— Por favor, Jean, pode tocar? — pediu ela, diante do instrumento.

Jean obedeceu e perguntou a Hannah se ela queria ouvir alguma música em especial. Ela fez que não.

Estavam os três no salão da prefeitura, o piano Steinway em destaque. Uma beleza que contrastava com a decadência daquele edifício. Colette observava de longe. Hannah também se colocou a certa distância quando Jean selecionou uma sonata de Chopin.

Hannah imaginou Rafael e Agnès ao teclado. A mãe ao piano, Rafael atrás dela, com as mãos nos ombros da esposa, um beijo na nuca. Os irmãos brincando com as teclas, esperando impacientemente terem idade de tocar também. Agnès devia ter tocado quando estava grávida dela. Hannah devia ter escutado as notas de dentro da barriga. O que restava desses instantes? E ela, Hannah, escolhera o violino, como a mãe adotiva. Herdara outra forma de expressão.

O que ela faria com aquele piano? O Steinway lhe pertencia, mas não pertencia mais a Jean e Colette Septembre? Àquela cidade, aos habitantes que permitiram que o filho prodígio tivesse acesso ao estudo da música? Aos vivos? O que os pais desejariam se voltassem? Ficariam contentes pelo piano ter mudado o destino de uma criança? Uma criança que crescera, e pela qual ela, Hannah, se apaixonara à primeira vista, diante de um prato de chucrute e uma taça de vinho. Que ironia da vida...

Nesse dia, Hannah ficou mais deslumbrada com Jean e Colette do que com o piano desconhecido. Ele também era um dos fantasmas de Hitler. Ela ficou abalada pelo amor delicado que unia os irmãos, pela admiração de Colette quando Jean tocava. Ele era seu ídolo, era inegável.

Os três almoçaram no restaurante antes de ela e Jean irem embora. À mesa redonda, não sabiam o que dizer. Os irmãos quietos, tímidos. Cada um em seu mundo, onde reinava o mesmo silêncio. Palavras contidas. Eles não falavam à toa. E seus silêncios nunca eram sufocantes. Eram agradáveis, como um descanso à margem do lago. Hannah estava perdida. Não sabia o que fazer com o piano, mas desejava conectar seu destino ao dos Septembre.

No trem de volta, ela pronunciou uma única frase: "Vou anular meu casamento." Sem questionar, Jean a encarou com os olhões claros e sorriu como uma criança que sorri para a vida. Para a sorte que sempre teve.

Foi Hannah quem deu o primeiro passo em uma noite de fevereiro de 1971, após um concerto. O acaso os reuniu em Praga. Eles se encontraram debaixo do relógio astronômico. Debaixo do calendário, da lua e do sol. *Praga é o lugar perfeito para beijar o homem que eu amo*, pensou ela. Esperou o relógio entrar em ação às onze da noite. E eles estavam tão ocupados se beijando, às onze e um segundo, que não viram a marcha dos apóstolos, as esculturas no mostrador do relógio, perseguidas pela estátua da morte. Depois do beijo lânguido, ela propôs que esticassem a noite. Jean a acompanhou. Em vez de ser um último copo, foi o primeiro compartilhado, de tantos outros.

Em dezembro de 1971, Jean saiu da casa dos Levitan para morar com Hannah no prédio da frente, no terceiro andar. Da nova cozinha, via Élia Levitan espanar o pó da sala. Ele foi do apartamento do professor ao da futura esposa em questão de segundos. Não teve transição entre a infância e a idade adulta, apenas uma rua a atravessar. Foi a partir desse período que Hannah e Jean viveram sempre de malas prontas para ir embora de um dia para o outro.

Em janeiro de 1972, Hannah não pôde ir à festa surpresa de Alain Terzieff. Ela havia assumido o posto de terceira solista na grande orquestra de Viena, uma consagração. Uma turnê de seis meses, que terminou após um ritmo desenfreado.

Nesse ano, eles se encontravam quando podiam. Depois da festa em que Jean tocaria para o amigo, ele confessou para Hannah que tinha passado a noite com outra mulher. Jean não sabia mentir. Hannah preferiria que ele soubesse. Mas não se mente para as pessoas que amamos. Do contrário, é sinal de que não as amamos de verdade. Ele nunca mais encontrou a desconhecida. Que nem Cinderela, ela desapareceu sem dar nome ou endereço, sumindo ao dobrar a esquina. Ele poderia voltar ao cabaré, mas não fez isso. Por Hannah, por medo, por timidez. Hannah perdoou Jean, e eles nunca mais tocaram no assunto. Às vezes, quando um dos silêncios de Jean se estendia demais, ela se perguntava se ele estaria pensando na moça do cabaré.

O Steinway permaneceu na prefeitura. Em uma placa de latão, na entrada da sala multiúso, se lê: "Este Steinway foi o primeiro piano tocado por Jean Septembre (1950-1987). O instrumento foi concedido à cidade de Gueugnon pela família Ruben, vítima da fúria nazista."

34

28 de novembro de 2010

Estou saindo do cinema quando vejo que tenho um recado de Paul.

Tento ver, e às vezes rever, filmes no cinema. Sempre gostei das salas de cinema. Principalmente na primeira sessão. Sem barulho de pipoca, nem de saco de bala, sem a luz fria do celular do vizinho. De manhã, tem pouca gente. Gosto da telona, dos trailers e das propagandas. Quando vejo as vinhetas das produtoras e dos estúdios, meu coração acelera.

Sinto a necessidade de acompanhar o panorama de cineastas do mundo inteiro, de qualquer idade e origem. De entender por que passaram anos produzindo, escrevendo, convencendo, iluminando, filmando uma história. Não se dirige um grande ator ou uma grande atriz, se dosa. Eu amo e sempre amarei essa dosagem. Pierre está entre os Stradivarius dos atores. Minha mãe adorava que eu descrevesse meu marido assim. Lembrava seu instrumento.

Hoje, no Studio 28, estavam comemorando os dezessete anos de *O Piano*. Não dez, nem vinte. Perguntei ao gerente por que dezessete. "Porque é um número da sorte." Como a sorte resistiria a Jane Campion? Penso nela enquanto desço a rua Tholozé, com o celular na mão, adiando a hora de escutar o recado de meu amigo policial. Penso no meu pai, que teria adorado o filme. Jane e Jean se encontram em meu pensamento, faz frio, mas o sol ilumina o bairro.

"Você tem um novo recado. Hoje, às onze e dez: 'Oi, Agnès, é o Paul. Me liga, por favor, beijo... Inclusive, voltei para Paris.'"

A última notícia que tive foi que Soudkovski, que não deveria sobreviver à noite, já sobreviveu a duas. Não estou com vontade de ligar para Paul. Prefiro passar mais alguns minutos com Harvey Keitel e Holly Hunter na praia da Nova Zelândia. O cinema é para isso.

Entro no Villa des Abbesses para tomar um café. Bebo a xícara toda antes de discar o número. Meu coração está apertado. Acho que não quero saber mais nada. A morte de Colette me jogou em um precipício sem fim. Contei para Ana. Quando ela despertou ontem de manhã, nem cheguei a abrir a cortina antes de, na penumbra, murmurar:

— Meu amor, Blanche é minha mãe biológica.

Um precipício sem fim. Ana não estava preparada para receber essa notícia cataclísmica. Ela me deu um abraço apertado. Sem que ela me perguntasse, acrescentei:

— Meu pai e Blanche se conheceram. E eu não sabia.

Na rua de la Liberté, compramos croissants e seguimos para o Jade, o bistrô na frente da prefeitura de Gueugnon. Imaginei meu pai ali trinta e oito anos antes, registrando meu nascimento. Ana se acomodou na parte com vista para a rua. Pediu um chocolate quente.

— A casa do Antoine é ótima. É realmente feita para você, mãe. — E acrescentou, sem me dar tempo de responder: — Mãe, se você não fosse minha mãe, você me contaria?

— Meu bem, eu te gerei, te carreguei, te amei. Não houve intermediário entre nós.

— Eu sei. Nunca duvidei.

— Minha intuição me diz que Blanche me entregou a Hannah para me salvar. Para me libertar. Para me dar uma vida diferente da dela... Mas Hannah será sempre minha mãe e sua avó.

— Se eu tiver uma filha um dia, o nome dela vai ser Blanche. Assim, fechamos o ciclo...

Peguei as mãos dela, as belas mãos de pianista, e passamos longos minutos sem dizer mais nada. Nossos respectivos fantasmas giravam ao nosso redor.

— Você acha que a Coco sabia?

— Colette respeitou o silêncio do irmão. Sem dúvida por medo de Soudkovski... Ele de novo... Sempre ele...

— Soudkovski é podre.

Eu achei graça. E Ana continuou:

— Cacete, mãe, ele é seu avô!

Nós nos entreolhamos, pasmas, antes de rir. Fazer o quê?

— Um psicopata... Só me faltava essa — repliquei.

— Ai, que horror...

— Colette abrigou Blanche por sete anos. A amizade delas ultrapassou tudo que poderíamos imaginar.

— Mas e você, como está se sentindo com essa bomba?

— Minha mãe me falou tanto dos pais adotivos, Benjamin e Éléonore. Ela os amava. Dizia sempre que não é o sangue que une as pessoas... Falando deles, sem dúvida estava falando de nós.

— Pois é, e a mãe de Colette era um monstro — disse Ana.

— Era um monstro mesmo. Minha tia quase morreu... Coitada... Que bom que Mokhtar a amou como um pai. Sabe, meu bem, quando uma criança nasce, sempre é uma maravilha. Você vai ganhar um irmãozinho ou uma irmãzinha, e essa notícia é importante e bonita. Pode acreditar. Eu teria adorado não ser filha única.

Ana fez cara feia, mas acabou assentindo.

Saímos do Jade. Ana me deu o braço. Há séculos que ela não fazia esse gesto. Tínhamos três horas pela frente antes de pegarmos o trem, e ela queria me acompanhar até a rua Fredins para conhecer "a vizinha que faz sopa e sabe das coisas". De que coisas? Eu já não sabia o suficiente? Acho que, nesse momento, percebi que não queria mais montar o quebra-cabeça. Preferia só guardá-lo no armário. Eram os outros que queriam saber por mim.

A sra. Aubert estava no jardim. Ela enchia de sementes uma casa de passarinho que ficava pendurada na árvore. Era a primeira vez que eu a via de perto, e não pela janela. De cabelo curto, seu sorriso bonito me lembrou o da atriz Josiane Balasko. A simplicidade e os olhos cheios de malícia também. Nesse instante, percebi que seu rosto não me era estranho. Ela era cliente da sapataria.

— Bom dia, Agnès. Louis me avisou que você passaria aqui. É sua filha?

— Sou. Ana, muito prazer.

— Bem-vinda, Ana. Você é igualzinha ao seu avô. Também toca piano que nem ele?

— Toco. Estou estudando para entrar no conservatório.

— Ah, que bom, meu bem. Agnès, podemos conversar na frente da sua filha?

— Podemos.

— Venham comigo. Não vamos ficar aqui fora, que está muito frio.

A casa dela lembrava a de Louis. Muitas casas, por fora e por dentro, são parecidas nessa região. Casas das quais ninguém vai embora. Projetadas pelas mesmas construtoras, erguidas no mesmo período, a maioria entre 1950 e 1975, as mesmas janelas, tetos, chapiscos, subsolos, móveis, eletrodomésticos embutidos, estofamentos, cortinas, papéis de parede.

Assim como Louis, ela me ofereceu um café coado. Ana tomou um suco de laranja de garrafa. A sra. Aubert puxou duas cadeiras e botou uma caixa de biscoitos amanteigados em cima da toalha de mesa de plástico. Um clichê: a toalha de plástico, a caixa de metal, o relógio dos anos 1960 na parede, crianças — sem dúvida agora já adultas — sorridentes à beira-mar nos porta-retratos, os copinhos, o açúcar em outra caixa menor.

Em vez de esperar qualquer pergunta minha, a sra. Aubert começou imediatamente um longo monólogo, que nem eu, nem Ana interrompemos. Daria para escutar até uma mosca devido ao silêncio absoluto que fazia quando ela parava de falar para refletir e buscar as memórias mais precisas, embora não fosse época de moscas.

— Eu nasci em Gueugnon na época da guerra, em 1940. Sou seis anos mais velha do que Colette. Eu a conheci quando ela virou aprendiz de Mokhtar, porque meus pais eram clientes da sapataria. Eu adorava Colette. Ela era um amor. Sempre soube que ela era uma amiga muito próxima da menina do circo. Blanche e Colette eram muito parecidas. Quando elas se conheceram na escola, em 1953, eu já estava no colegial. E, quando Blanche voltou para a Pasteur em 1956, eu era monitora. Ainda consigo vê-las almoçando juntas no banco na frente da escola. Pareciam gêmeas. Um dia, meu pai foi ajudar uma mulher porque um dos bichos tinha fugido do circo. Eu fiquei morrendo de medo... Eu estava saindo com um membro do circo, e estávamos no trailer quando vi meu pai aparecer no picadeiro. Achei que ele estivesse indo me buscar. Me levar para casa.

"Meu namorado se chamava Nestor. Ele era imenso e divino. A gente nunca fez nenhuma maldade, ele sempre me respeitou. Era quinze anos mais velho do que eu, mas eu estava perdidamente apaixonada. Às vezes, me arrependo de ter sido tão comportada... Nesse dia, lembro como se fosse ontem, estávamos nos despedindo. Nestor ia embora, e eu estava chorando nos braços dele. Vimos uma briga entre meu pai e o de Blanche. Eu me tremi toda de medo. Se meu pai me visse, eu teria levado uma bronca daquelas, e nem os 2,10 metros de Nestor botariam medo nele. Sua filha menor de idade com um circense tão mais velho teria enlouquecido o coitado do meu pai. À noite, ele contou para mim e para minha mãe a experiência da manhã. O bicho que fugira, os gritos da sra. Fernandez, em cuja casa o pobre animal tinha se escondido, o sujeito horrível que administrava o circo, e a filha pequena dele, de quem sentira pena. Ele não parava de dizer: 'Estou te falando, uma menininha que não tem mais cara de menininha, porque a mãe morreu.' Nestor me contou que a mãe da menina se chamava Marie Roman e era de Flumet. 'Eu acho é que ela está escondida', acrescentou ele. 'Nada prova a morte dela. Ela já fugiu outra vez. Eu a conhecia quando Blanche nasceu. Ela viajou com a gente por dois anos, e só vendo para acreditar em como aquela mulher era infeliz com ele. Nunca vi um homem maltratar tanto uma mulher.'

"Meu pai estava se sentindo culpado por não poder fazer nada para ajudar a menina. E eu não podia admitir o que sabia. Por isso, comprei um cartão-postal na banca. Escolhi uma foto da igreja de Gueugnon, pensando que Deus podia dar uma mãozinha para a menina. E escrevi em letras maiúsculas, com a mão esquerda: 'A mãe da menina está viva. Ela nasceu em Flumet e se chama Marie Roman.' Enderecei o cartão ao meu pai e deixei na caixa de correio da prefeitura. Fiz isso para ele tentar localizar essa tal de Marie Roman, mas não deu em nada. E Nestor e o circo nunca voltaram.

"Anos depois, conversei com Colette e contei a história toda, inclusive minha paixão por Nestor, de quem ela lembrava. Blanche dissera a ela que a mãe havia morrido. O pai devia ter mentido. Colette não tinha notícias da amiga de infância, mas não tinha esquecido a garota. Por muito tempo, eu não soube o nome de Soudkovski. Nestor o chamava de Soudoro. Vou admitir uma coisa: passei anos esperando que meu amor circense voltasse. Por muito tempo, sonhei que ele voltaria e se casaria comigo, mas enfim me conformei. A praça de Gaulle ficou vazia que nem meu coração. Um tempo depois, me casei com outro, com quem tive dois filhos lindos. Nessa época, também comecei a trabalhar na prefeitura de Gueugnon, em vários departamentos. Agora estou aposentada. Mas dou aulas voluntárias de francês. E nunca vou parar. Ainda tenho pai, mas perdi meu marido."

Ela se levantou para ir à sala ao lado e voltou, triunfante, com uma garrafa de vinho do Porto e duas taças de cristal. Sem perguntar, me serviu. Não eram nem onze da manhã, e eu não estava com a menor vontade de beber. Ela me encarou.

— Agora, vou entrar na parte pesada. No que diz respeito a você, Agnès. Essa tacinha não será suficiente. Nem para você, nem para mim.

Ela uniu o gesto à fala e tomou um gole demorado. Senti que Ana estava morrendo de vontade rir.

— Vou começar com Jean, que veio registrar seu nascimento no cartório da prefeitura no dia 23 de outubro de 1972. Ainda me lembro de tudo. Era segunda de manhã. Deviam ser umas dez horas quando ele apareceu. O dia estava tão bonito que parecia até primavera, e eu tinha aberto a janela da sala. Jean me entregou os documentos de identidade próprios e os da sua mãe e disse: "Agora sou papai de uma menina." E acrescentou: "Hannah não teve nem tempo de ir à maternidade, a bebê nasceu em questão de minutos. Três semanas prematura." Surpresa, perguntei quem trouxera a menina ao mundo. Ele respondeu, com os olhos cheios de lágrimas: "Minha irmã."

"Colette? Não era raro que mulheres dessem à luz em casa, mas isso não acontecia mais desde os anos 1960. Em 1972, apenas duas crianças nasceram em Gueugnon, incluindo você. Os outros bebês nasceram todos na maternidade de Paray-le-Monial.

"'Viemos passar dois dias de folga com Colette, e a menina nasceu.' Eu não sabia que a esposa de Jean estava grávida. Eu encontrava Colette com frequência, e ela não tinha dito nada. Tudo bem que ela não era lá muito tagarela, mas, quando o assunto era o irmão ou o futebol, ficava mais falante.

"Perguntei para Jean se Hannah tinha sido atendida por um médico. Ele respondeu que o dr. Labori tinha passado lá, e que a mãe e a filha estavam bem, mas, na pressa, ele havia se esquecido de preencher o certificado do parto. Colette levaria o documento para mim ainda naquela semana. Jean parecia transtornado. Obviamente, achei que era natural um pai de primeira viagem se sentir daquele jeito. Emiti a certidão de nascimento, apesar do documento que faltava. Pode ver, quem assinou fui eu.

"Depois de preencher os documentos, perguntei seu tamanho e seu peso, por hábito. Vi que ele não fazia ideia. 'Ela é pequenininha... mas está mamando bem.' E, quando o abracei e lhe dei os parabéns, ele desabou nos meus braços. Estávamos sozinhos no cartório, e me lembro de ter pensado que os artistas eram mesmo sensíveis. Passei um café, que ele tomou com o olhar perdido antes de ir embora.

"Não parei de pensar no que ele tinha dito e comecei a desconfiar. Você nasceu na madrugada do dia 20 de outubro. De sexta para sábado. E Jean esperou até segunda-feira para registrar seu nascimento. Liguei para o dr. Labori, por via das dúvidas. Ele era muito próximo de Colette, pois tinha tratado de Mokhtar Bayram. No fim, ele passava lá todo dia. A secretária me disse que ele não estava no consultório. Fazia uma semana que ele estava viajando. Por que Jean tinha mentido? O que escondia aquele parto que o fizera chorar nos meus braços?

"Sete dias depois, Colette foi me entregar o certificado assinado por Labori, como se ele tivesse feito o parto de Hannah. Quando falei que ela poderia ter sido parteira, ela implorou que eu não contasse a ninguém.

"Para ser sincera, Agnès, no começo, achei que Colette era sua mãe e que, por alguma história triste, tinha entregado você para o irmão e a cunhada. Então, eu perguntei. Como me conhecia bem, Colette sabia que eu não largaria do pé dela até obter uma resposta, e que guardaria segredo. Eu sei tudo de todo mundo dessa cidade, mas ninguém sabe de nada pela minha boca. Colette sentou, me deu até pena. Ela me contou que, no dia 20 de outubro, Jean tinha aparecido na casa dela com duas mulheres: a esposa e Blanche Soudkovski. Primeiro, achou que era uma surpresa, que eles tinham encontrado sua amiga de infância! No entanto, diante das expressões sérias, ela desanimou. Quando Blanche tirou a cinta, a gravidez ficou evidente. Jean contou para a irmã que era o pai da criança, sem dar satisfação do encontro. Nada. E, como Jean estava com Hannah, Colette achou que Blanche fosse uma barriga de aluguel. Jean implorou a ela que os ajudasse a trazer o bebê ao mundo. De início, Colette recusou, disse que não sabia fazer aquilo. Jean retrucou que ela já tinha feito aquilo mil vezes e prometeu que, em caso de complicações, ligaria na mesma hora para um médico. Que eu me lembre, Colette nunca negou nada ao irmão. Blanche, por sua vez, a via como sua única amiga, um milagre em sua vida. O tempo da pobrezinha estava contado, ela tinha que voltar para Lyon dali a três dias, senão Levgueni Soudkovski a mataria. Eles tinham apenas três dias para livrar a criança de um destino desgraçado. Como ela usava cinta, o sujeito não tinha desconfiado de nada. Foi então que Colette entendeu a situação. Ela me contou especificamente que Hannah não só não parecia triste nem furiosa, como também deu a mão para Blanche quando começou o trabalho de parto, com gestos carinhosos e reconfortantes. Eles jantaram tarde, e Blanche confessou que vivia reclusa, mas que trabalhava. Na cozinha apertada de Colette, foi decidido que o segredo desse nascimento jamais deveria ser revelado, para que a criança pudesse viver em paz. Colette e Blanche dormiram juntas. O que ela contou sobre a relação com Jean? Não sei, e nunca ousei perguntar. Quando alguém te confia um segredo, é bom ficar quieta.

"Então chegou a hora de Blanche dar à luz. A coitada tomava litros de chá de flor de framboesa desde o dia anterior para abrir o colo do útero, porque tinha ouvido falar que acelerava o parto. O plano teria dado certo graças a esse remédio tradicional, ou porque, com Colette, ela baixou a guarda e relaxou? Por volta de uma da manhã, a bolsa estourou. E foi mesmo Colette Septembre quem trouxe você ao mundo... Hannah cortou o cordão umbilical. Elas descobriram juntas o sexo da bebê. As três.

"Blanche amamentou você durante os dois dias que ela teve de folga. E suas duas mães velaram você, lado a lado. Vocês dormiram juntas, todas grudadas. Você nasceu do amor, Agnès. Jamais duvide disso."

Terminei minha taça de vinho. Ana chorou no meu colo. Por que tive que saber das circunstâncias do meu nascimento na casa desta desconhecida, ao lado da minha filha? Tinha que ter um motivo. Colette me trouxe ao mundo...

Não havia nenhum sinal do "acontecimento" nas fitas que minha tia deixou para mim. Por quê? Por medo de as fitas acabarem indo parar nas mãos erradas? O que elas cochicharam para mim durante aqueles dois dias? Elas se revezaram para me pegar no colo? Cantaram cantigas de ninar? Fechei os olhos. Apoiei os punhos na toalha de mesa e imaginei minhas mães debruçadas sobre mim. Meu pai e a irmã indo e vindo do quarto para deixar as duas mulheres em paz com a recém-nascida. Qual das duas escolheu meu nome? E como foi para a minha querida Colette, que nunca foi mãe, viver essa experiência louca? Nem tenho coragem de imaginar a despedida. Quando Blanche precisou ir embora, olhou para trás? Pediu notícias minhas? De Colette, dos meus pais? Da minha mãe ou do meu pai? Quando vínhamos à casa da minha tia e ela escutava minha voz, a voz da minha filha, o que sentia? Quando me viu na televisão, ou meus filmes, o que pensou? É *a minha filha* ou é *a Agnès*? E, quando soube da morte do meu pai no jornal, ligou para Colette ou para Hannah? Mais respostas trazem mais perguntas.

— Em 2004, eu estava em uma sala de espera, folheando uma revista velha — continuou Cécile Aubert, me tirando dos meus devaneios —, quando um nome me saltou à vista. Soudkovski! Procurado pela polícia de

Marselha! Corri para alertar Colette. Ela achava que ele estava preso, então ficou lívida ao ler a matéria. Fechou a sapataria na mesma hora e voltou para casa. Foi então que entendi que ela ainda mantinha contato com a amiga de infância. E que temia por você. Eu não sabia que elas moravam juntas. Só fui entender isso três anos depois. Imaginem minha tristeza quando soube do falecimento de Colette. E meu espanto quando via Louis Berthéol visitar a casa da frente todo dia depois da minha mudança. Eu nunca atravessei a rua para questionar Colette. Eu a vi sair, eu a reconheci, mas nunca fui lá fazer perguntas para ela. Deixei que vivesse a morte tranquilamente. Sabia que era uma situação peculiar. Inclusive, eu nunca teria contado para você se aquele velho nojento não estivesse em coma... Se o pai de Blanche soubesse da sua existência, teria feito como fez com as outras, prendido ou matado você. Graças ao silêncio do seu pai, de Colette, de Hannah e de Blanche, você cresceu livre... assim como a sua filha.

— Colette contou como foi minha separação de Blanche?

Foi a única pergunta que fiz.

— Colette não estava presente nesse momento — respondeu ela. — Os três foram embora de carro, com você em um cestinho. Colette me disse que, em quarenta e oito horas, ela foi do céu ao inferno. Ao nada, ao vazio. Sentada na minha frente, pobre coitada, ela terminou de contar aquela história inacreditável. Senti tanta pena que, desse dia em diante, comecei a visitá-la com frequência. E vi você crescer. Você passava férias com Colette. Com seus amigos. Inclusive meu querido Lyèce, que tanto amo.

Ao me levantar, eu mal me aguentava em pé. Cécile Aubert nos deu abraços calorosos. Perguntei se, por acaso, ela tinha alguma foto de Blanche, mesmo que criança, visto que andava com Nestor. Mas não tinha. Perguntei também por que ela tinha atravessado a rua apenas para deixar sopas, em vez de falar comigo. Ela respondeu que nunca teria me contado a história se eu não perguntasse. Ana me deu o braço mais uma vez.

Voltamos ao hotel para fazer as malas. Vez ou outra, interrompíamos o silêncio, soltando palavras ou frases confusas. Pensei naquela música de Alain Souchon, "Chanter, c'est lancer des balles": "Você acha que Jean e Blanche foram apaixonados?" "É bizarro ter um caso com uma mulher que parece sua irmã." "Louis diz que elas não tinham o mesmo estilo." "Será que durou muito entre eles?" "Colette, né." "Meus documentos médicos com a assinatura de Labori." "A gente devia acabar com esse velho, é tudo culpa dele." "Aconteceu em Lyon." "Ir ao Cabaret des Oiseaux." "Marie

Roman." "Ele largou Natalia como se ela fosse um cachorro." "A mulher barbada criou ela." "Você cantava 'Le temps qui court'." "Eu pesava 2,4 quilos e media 42 centímetros." "Vem, vamos para o hospital desligar os aparelhos dele, que nem em *House*." "Por que Nestor não voltou?" "Será que, se aquele desgraçado não existisse, Jean teria ficado com Blanche em vez de Hannah?" "Assassino." "Cécile Aubert talvez amasse o marido." "Tudo bem, mãe? Tem certeza?" "Tudo bem, elas morreram, minhas origens repousam em paz debaixo da terra." "Você está apaixonada por Antoine?" "Quase quero responder: felizmente."

35

28 de novembro de 2010

Em vez de ligar para Paul, prefiro ir diretamente à delegacia. Toda vez que entro aqui, penso no filme *Crime em Paris* e em Louis Jouvet, o protagonista... que nunca deve ter colocado os pés neste lugar. Pediram que eu esperasse Paul voltar e me deixaram na sala dele. As paredes estão cheias de números de centrais de atendimento: para violência doméstica, vícios, efeitos da maconha, violência sexual. Números mágicos para discar e solucionar o indizível. Penso em Lyèce e nas outras vítimas de Charpie. Quantas foram? Se, na época, Lyèce pudesse discar esse número de telefone mágico, sua história teria sido diferente? Charpie teria sido julgado? E, se sim, teria sido condenado a quantos anos de prisão? Mas ninguém faz um telefonema desses aos sete anos. Uma ligação dessas pesa toneladas. Aos sete anos, não contamos que um moço autoritário nos machucou, ficamos com vergonha, nos sentimos sujos, porque não fizemos nada para impedir. Não ousamos chorar no colo da mãe, nos calamos. Todos nós conhecemos vítimas, e também predadores. Apertamos a mão deles, perguntamos como eles estão. O silêncio que cerca os algozes e suas presas é vertiginoso.

O telefone na mesa de Paul toca, e eu tomo um susto. Morro de vontade de atender. Seria o hospital de Caluire? Será que um desses algozes do mundo morreu? Ou seria o juiz encarregado da investigação de identificação de Blanche?

— Você está aqui? — constata ele, surpreso, ao aparecer atrás de mim.

Desta vez, não vim perguntar nada para filme nenhum, e sim para ouvi-lo falar da minha história. Pergunto por Soudkovski. Ele ainda está vivo? Paul diz que sim. Questiono se não tem como ele estar fingindo o coma, se é mesmo impossível ele fugir.

— Ele está num coma de grau 3, profundo.

Conto em linhas gerais o que soube do meu nascimento pela boca de Cécile Aubert, funcionária aposentada da prefeitura.
— Isso corrobora o DNA.
— Corrobora, sim... Você escutou a fita do caixão?
Ele assente e destranca a gaveta.
— Toma. Aqui uma cópia.
Eu o encaro, sem acreditar.
— Eram duas fitas — diz ele. — A primeira, de 1985, quando você ganhou o gravador. A outra é mais recente. Numerei as duas, um e dois.
— E você pode me dar isso?
— São só cópias. E eu não poderia, não. Mas, como têm a ver com você, estou infringindo a lei. Por você, não seria a primeira vez, Agnès.
Não tenho coragem de pegá-las.
— São suas.

Jean

Um, dois, três. Acho que funcionou. Funcionou, sim. Antes de embrulhar o presente, Hannah pediu que eu botasse as pilhas e testasse o aparelho. Vim me esconder no quarto da minha irmã. Dá para escutar Hannah, Agnès e Colette conversando na cozinha. Hoje é véspera de Natal, e vamos comemorar. O décimo terceiro Natal da minha filha. Hannah e eu vamos dar um gravador de presente para ela. Foi o que ela pediu. Estou sozinho, sentado na cama. Aqui, onde você deu à luz nossa Agnès. Sinto sua falta desde que você a deu à luz. Sou um homem solitário sem você, testando o brinquedo da nossa filha. E não vou apagar esta gravação. Também não escutarei de novo. Estou vendo que está funcionando, tem uma luz vermelha indicando que minha voz foi gravada. Vou entregar essa fita a Colette para que ela entregue a você se um dia te encontrar por aí. Sempre achei que você voltaria. Para Colette, para mim ou para Agnès. Hannah me disse que te mandava retratos de Agnès através de uma caixa postal em Lyon. Sempre me perguntei como você conseguia buscar os envelopes, sem carteira de identidade. Sem existir, por causa dele, mesmo que exista tanto para quem te ama. Já pensei muito em maneiras de te libertar. Pensei até em pagar uma fortuna para mandar matá-lo, porque sou covarde e não tenho alma de assassino. Mas não tive coragem, por causa de Agnès, de Hannah e de Colette. Sempre acabam localizando quem encomendou a morte, e não posso nem ima-

ginar viver separado delas. Percebo o que estou dizendo, sou um idiota mesmo. Você vai escutar minha idiotice. Não sei o que significo para você, além de uma noite que entrou para a eternidade por ter nos dado Agnès. Um idiota que não soube te proteger. Desde que ela nasceu, é por ela que eu toco. Toco por vocês, por você, por Hannah e Colette. Ainda mais quando toco Bach. Ele me lembra sistematicamente de vocês. Sempre incluí minha irmã na nossa história. O que aconteceria sem ela? É engraçado, quando eu te conheci, em um primeiro momento achei que fosse ela, mas, no decorrer da noite, deslizando como em um tapete voador, você ia se afastando completamente de Colette. A aparência não é nada, são os movimentos que importam. Exatamente como em uma sinfonia. Sinto sua falta no quarto de Colette e me pergunto o que diria se você estivesse aqui comigo: "Obrigado. Senti saudade. Sentirei saudade. Estou de coração partido." É possível, sim, amar duas mulheres na mesma intensidade. É possível, acredite. Eu poderia me convencer que mal conheço você, que nos conhecemos apenas por poucas horas. Contudo, uma hora pode conter o mundo. Nós nos conhecemos para fazer Agnès. Nosso passado, presente e futuro pertencem a ela.

 Quando cheguei na casa dos Levitan com nossa filha de dez dias no colo, aconteceu um milagre. Lembro que, durante nossa noite, falei de David e Élia Levitan, da deportação, dele e do piano, dela e da voz que se apagou na volta. Ninguém nunca mais escutou Élia cantar. O rouxinol de Auschwitz tinha morrido. Ela estava sozinha e quieta na cozinha, que fedia a repolho, como sempre. Entrei no apartamento dizendo "sou eu", porque sempre tive as chaves, inclusive após a morte deles. Quando ela me viu com a bebê no colo, arregalou os olhos e murmurou alguma coisa em iídiche. Nós nos encaramos por alguns segundos, e, sem lhe dar escolha, estendi minha menina para o colo dela. "Esta é minha filha. Ela se chama Agnès. Meu tesouro, esta é Élia, minha amiga."

 Ela não me perguntou nada, mesmo sabendo que Hannah nunca tinha ficado grávida. Em vez disso, puxou uma cadeira e se sentou com Agnès no colo. David não estava. Éramos só os três em casa. Agnès dormia, com as mãozinhas fechadas. Usava um casaquinho de lã bonito. Estava toda de branco, que nem em um batizado. Deixei as duas se conhecerem e fui para o piano. Toquei as primeiras notas do "Concerto número 23", de Mozart.

 Depois de alguns minutos, escutei vozes. Seriam dos vizinhos? Ou estariam vindo da rua? Parei de tocar.

 A cozinha.

 Élia, que era calada como o peixe que nos servia todo sábado, estava cantando para minha filha. Eu me escondi atrás da porta e vi Agnès, de olhos *arregalados, escutar atentamente a desconhecida que conversava com os anjos ao niná-la. "Belle nuit, ô nuit d'amor", de* Os contos de Hoffmann, *de Offenbach. O que mais me impressionou foi a voz de Élia. Não combinava com ela. Uma revoada de aves agitadas na garganta. A cara de um almirante velho em fim de carreira. Uma dicotomia incompreensível.*

Nessa manhã de 1º de novembro de 1972, dia em que celebramos os mortos, assisti à ressurreição de Élia Levitan, que tinha morrido na Polônia. Fiquei escondido. Que nem agora, no quarto de Colette. Não quis interromper o momento delas. Pensei em você nesse instante, um pouco mais do que de costume. Não sei quantos anos ainda vou viver, nem se um dia te verei de novo. Nunca mais passei na frente do Cabaret des Oiseaux. Evito até o bairro. É estranho sonhar e temer a mesma coisa. Encontrar você. O que nos aconteceria se, por sorte ou azar, nos esbarrássemos? Da nossa noite, me restará eternamente sua sinfonia. Quando contei da minha infância, você entendeu que eu era irmão de Colette, a menina da escola que era parecida com você, que te dava comida, então você segurou meu rosto e disse: "O irmãozinho que ela tanto amava." E suas mãos eram gentis como os primeiros raios de sol da primavera. Fechei os olhos, me lembro disso, eu fechei os olhos, e você deixou as mãos em mim. E eu te beijei. Eu nunca tinha tomado a iniciativa de beijar ninguém. Você foi meu primeiro passo. Abri os olhos e vi os seus, profundos. Alguma coisa em você recuava. Minha intuição me disse que tudo que vivíamos seria passageiro. Que você não permaneceria. Que eu já tinha perdido você antes mesmo de encontrá-la.

Alguém bate à porta e entra. Reconheço a voz de Hannah.

"Vamos, Jean?"
"Já vou."
"Tudo bem. E aí, funcionou?"
"Funcionou."
"Está fazendo o que aí?"
"Nada. Já vou."

Fim da gravação.

36

29 de novembro de 2010

Todo mundo vive mais ou menos as mesmas coisas. Claro que existem imprevistos, golpes do destino, sorte e azar, fortuna e pobreza, conflitos, religiões, mas, em suma, todo mundo está fadado a viver mais ou menos as mesmas coisas. Construir uma relação com nossos pais, irmãos, amigos, vizinhos. Aprender a ler quando somos crianças; imagens; poesia; história e geografia; a tabuada; a conjugação dos verbos ser e estar; nadar, pedalar, conhecer, escolher, trabalhar, viajar, tentar construir a vida com alguém; ter filhos; cuidar dos mais velhos, se um dia se tornarem dependentes; tentar encontrar certo equilíbrio; não crescer pensando só no próprio umbigo; compartilhar e escutar o melhor possível; ajudar os outros; sentir prazer; às vezes se achar um idiota, muitas vezes ingênuo, e mesmo assim sorrir e se incentivar. Acima de tudo, dançar.

Adoro aquela música de Alain Souchon, "Foule sentimentale". Ela resume tudo. É engraçado como Souchon tem me vindo à mente tantas vezes nos últimos tempos. É minha referência do presente.

Enfim.

Estamos todos fadados a viver mais ou menos as mesmas coisas, é o que une a humanidade. Temos todos mais ou menos os mesmos projetos, os mesmos sonhos. No entanto, há uma frase que nunca, em toda a minha existência, imaginei que escutaria: "Agnès, sendo a única descendente de Soudkovski, a equipe hospitalar de Caluire deseja seu consentimento antes de desligar os aparelhos."

Eu aceitei, com duas condições: vê-lo antes e que Paul me acompanhasse. Um bate e volta de carro, durante o dia. É legal viajar com um policial — no engarrafamento, ele liga a sirene, e a gente pode estacionar onde bem entender.

Encontro um velho morto, mas com a caixa torácica ainda em movimento. Faz quarenta e oito horas que não há sinal de atividade cerebral. Não reconheço o homem da foto que Louis me mostrou. A imagem registrada por Mathilde Pinson, do pedestre puxando um carrinho pela rua. Observo seu perfil, a forma dos olhos fechados, e não vejo semelhança alguma com minha família.
— Tem certeza de que é ele?
O médico e a enfermeira me olham com desconfiança. Eu não encostei nele. Eu me recuso a sentar a seu lado. Esse homem é um desconhecido sombrio que torturou a esposa e a filha. Que matou Mathilde Pinson e Viktor Socha, espancou até a morte as suas vítimas.
Um lençol cobre o corpo conectado a máquinas surreais. Estou muito desconfortável. Observo sua pele, o hematoma da perfusão. Ele está amarelado que nem cera.
— É por causa dos medicamentos. O fígado não suportou, foi como se tivesse sido envenenado. Os órgãos vitais foram todos afetados.
E os órgãos vitais das mulheres que ele assombrou viraram pó.
É um dos piores momentos da minha vida. Lembra a execução de Ceaucescu. O segundo morto que vi, mas esse na televisão. Não ganhamos nada. Nem alegria, nem glória. No máximo, um alívio, a vingança popular. Mas qual, neste caso? Marie e Blanche estão enterradas. Essa morte chegou com muito atraso.
Esperam meu consentimento para oficializar. Eu, que não sou ninguém para ele; ele, que não é ninguém para mim. Não escuto o médico, que se dirige a mim como se eu conhecesse o espectro inerte deitado na maca. Escuto apenas que o estado dele é de morte cerebral. Que acabou. Ele não ouve, não sente, não respira mais sozinho. Enfim, me perguntam se tenho alguma dúvida. Nenhuma. Quero questionar de novo se é ele mesmo, mas não tenho coragem. Paul é quem responde por mim:
— Há poucos dias, a sra. Septembre nem sabia que este indivíduo era parente dela.
Não sei por quê, mas o médico parece duvidar. Saímos do quarto, pedem que eu assine um documento. Será nosso único vínculo, o de sua morte. Um documento em que nossos nomes estão unidos. Antes de sair do

hospital, me entregam uma bolsa contendo os pertences dele. Sinto que sou uma usurpadora em um filme de péssima qualidade. Voltamos para o carro.

— Tudo bem? — pergunta Paul.
— Tudo. Você acha que... desligaram ele?
— Acho que sim.
— ...
— Eu queria te contar: Liouba Rozov, mãe de Soudkovski... Ela foi trapezista. Morreu quando o filho tinha quatro anos e meio.
— ...
— Ele cresceu com o pai, um homem ignorante e cruel.
— ...
— Ele foi encontrado deitado no túmulo da mãe.
— Ele precisa ser enterrado com ela. Eu pago. Que diferença faz mais um enterro? Ganhei tanto dinheiro no cinema que agora pago enterros... Eu não deveria ser sido cineasta, e sim agente funerária.
— ...
— Você pode cuidar disso para mim, Paul?
— Claro, patroa. Mas tem outra coisa.
— O que agora? Sempre tem outra coisa...
— Soudkovski fez muitas pesquisas sobre você nas últimas semanas. Ele apagava o histórico sistematicamente, mas nosso pessoal de TI conseguiu escavar o computador dele.
— ...
— Olhe.

Paul aponta para a bolsa que o hospital me entregou e que joguei no banco de trás. Ainda estamos parados no estacionamento.

— Você acha que ele queria me matar?
— Não, acho que é outra coisa.

Ele não diz mais nada. Calço as luvas antes de pegar a bolsa. Não quero encostar em nada que pertenceu a esse homem. É um modo de me manter distante. Lá dentro, encontro uma calça cinza e um suéter preto envoltos em plástico. As peças têm cheiro de queimado. Reconheço meu cachecol vermelho em outra embalagem. Fico sem voz até entender que ele o roubou no dia em que invadiu a casa de Colette. Procurei este cachecol por todo canto, achei que tinha esquecido em algum lugar. Paul murmura que ele estava usando o cachecol quando foi encontrado, desacordado, no cemitério. Por que usaria meu cachecol? O que ele sabia de mim? Será que tinha desconfiado da gravidez de Blanche? Começo a sentir aquele calor me invadir, aquele mal-estar. Aquele calor fulminante. Sufocante.

Enfim, encontro uma carteira velha, esfarrapada, quase toda rasgada. Colette teria gostado de mexer naquilo, debruçada na mesa da sapataria. Ela adorava trabalhar em couro. Dizia que se sentia como uma ourives.

Estou cada vez mais quente. Cada vez mais tonta.

— Pedi para jogarem fora os sapatos e o casaco dele, que estavam podres. — Escuto Paul dizer.

Inventário sem pé nem cabeça: uma calça, um suéter, um cachecol roubado, uma carteira.

— Era tudo que ele tinha? — pergunto, com a voz abafada.

— Ele roubou um carro na estação de Valence, que encontramos aqui perto. Lá dentro, achamos roupas, um cofre com dinheiro em espécie, jornais, halteres, um monte de tralha e, o principal, um computador na mala. Foi tudo para o laboratório.

— E minha caixa cor-de-rosa? Encontraram?

— Não.

— E minhas fotos?

— Nada. Nem a caixa, nem as fotos.

Abro a carteira, tentando conter o tremor. Não contém nada além do retrato em preto e branco de uma mulher. Está intacto. Ele cuidou bem daquela foto. Deve ser dos anos 1920 ou 1930. Uma mulher de cabelo escuro sorri para a câmera. Até meu cérebro processar a informação, analisar, entender, compreender, sufocar, rejeitar, até eu detalhar o cabelo, os olhos, o nariz, as maçãs do rosto, a boca, o sorriso, o vestido elegante, o corpo, o quadril, as pernas expostas, de meia-calça cintilante... Até... Sinto que estou desmaiando. Eu me recuso a perder a consciência, eu me proíbo. Fecho os olhos e aperto a cabeça no encosto. Queria murmurar para Paul: "Diz que estou sonhando." Mas não consigo falar, pronunciar uma palavra sequer. Escuto minha respiração. Escuto a sirene de um caminhão de bombeiro ou de uma ambulância ao longe. Escuto a voz dele. "Respira." Eu respiro. Abro os olhos. Vejo o retrato outra vez. Eu me viro para Paul. "Que loucura." E ele responde: "Loucura total."

São oito da noite. Estou sozinha no meu apartamento. Paul me deixou aqui no fim da tarde. Cornélia deixou uma sopa na geladeira. Ana foi jantar com o pai, para fazer as pazes. Acabo de pesquisar Liouba Rozov na internet. Levei uma hora para encontrar apenas duas linhas em um site especializado em circos antigos: "Trapezista nascida na Rússia. O Circus Elliott (França) a contratou em 1927. Primeira mulher a executar um salto-mortal duplo." Essas palavras me deixam abalada. Ela existe. Existiu. Ela dava saltos-mortais duplos. Nenhuma foto. Faz horas que meus olhos ardem de tanto contemplar a nossa semelhança. Parece até que estou vendo a mim mesma em outra vida. Ou que me caracterizaram para um filme de época. Não vejo a hora de mostrar essa foto para Ana. É estranho ver o próprio rosto em um antepassado. Lembra as histórias de reencarnação que eu, Lyèce, Adèle e Hervé contávamos para botar medo uns nos outros.

Eu tenho o rosto de uma russa e não sabia. Já comentaram que eu tinha traços eslavos, e eu sempre expliquei que meus avós maternos vinham de uma colônia judia do Leste Europeu. Será que Liouba era judia, ou teria sido ortodoxa? As lágrimas de Soudkovski foram verdadeiras ou um sonho? Ele entrou no meu quarto no Monge? Sem dúvida, nunca saberei. Mesmo se Paul descobrisse que o celular dele foi localizado em Gueugnon naquela noite, prefiro não saber. Eu avisei para ele. Não quero saber de mais nada. Vou pesquisar Liouba para encontrar mais informações sobre sua origem. E, quem sabe, outras fotos. Mas não quero saber mais nada do filho dela. Morro de medo dele. Nunca me senti tão próxima de Blanche quanto no pavor que ele causa em mim. Seria porque o sangue dele corre em minhas veias? Porque tenho em mim parte do seu mal? Seu mal e sua dor?

Falta escutar a última fita do caixão de Blanche. Quem será que fala? Blanche? Colette? Minha mãe? As três? Estou com a fita nas mãos. Quando escutá-la, vou guardá-la com as outras e farei o possível para conservá-las pelo tempo que der. Elas contêm nossa memória, nossa história.

Quando ouvi a voz do meu pai se dirigindo a Blanche, pensei em como é extraordinário registrar vozes. Mais do que as imagens. A imagem se impõe. A voz se eterniza e reinventa o rosto. Parece que a gente tem sempre a mesma voz. Será que foi essa primeira fita que deu a Colette a vontade de continuar? Com certeza. Colette deve ter descoberto quando encontrou meu gravador. Eu a imagino entregando a fita para Blanche em 2000. "É de Jean. Ele deixou para você", deve ter falado.

Sou filha de múltiplas histórias. De histórias poderosas. Tenho o dever de continuar contando-as.

Dou uma olhada na correspondência empilhada na minha mesa e reparo em um pacote. Meu endereço está escrito à mão. Foi postado no oitavo *arrondissement* de Paris. Não reconheço a letra. Abro o embrulho e encontro a caixa cor-de-rosa contendo todas as minhas fotos.

BLANCHE
Minha querida Agnès, eu não queria. Porque acho que não existo. Que não devia existir. Que isso é tudo um delírio. Hoje é dia 30 de março de 2007, Colette está comigo. Ela sempre esteve comigo. Felizmente ela, sim, existe. Acabamos de escutar as "Variações Goldberg" interpretadas pelo seu pai. Essa beleza toda me deixou desnorteada. Então, Colette me pediu que falasse com você, porque...

Silêncio.

BLANCHE
... porque falo de você com ela sem parar, mas nunca falo com você.

Silêncio.

BLANCHE
"Fale de você", insiste ela. "Conte", insiste ela.
Sem ela, eu nunca teria coragem. Você é uma mulher importante. Eu me sinto que nem um ratinho que deu à luz uma montanha. Passei uma única noite com seu pai.
Pensei em não dizer nada. Em ficar aqui com o gravador sem falar uma palavra, para você ouvir meu silêncio, o vazio deixado por você, por nós. Esse vazio todo que mora em mim desde o dia em que eu a deixei no colo de Hannah, no banco de trás do carro.

Silêncio.

BLANCHE
O barulho do motor. Jean deu a partida depois de me beijar. Escutei o carro ir embora.

Silêncio.

BLANCHE
Se fosse para falar com você um dia, preferia que fosse de verdade. Mas ele ainda está vivo. Ele está escondido. Ele está me procurando. E, se ele me encontrar, tenho medo que encontre você.

Silêncio.

BLANCHE
O silêncio nunca salva ninguém. Pode até chegar a matar. Então é isso. Entendi que você estava comigo muito tempo depois da concepção. Grávida de cinco meses, senti como se houvesse bolhas na minha barriga. Seus primeiros movimentos. Sua presença. Eu não tinha engordado um grama, nem menstruado... mas, como era raro eu menstruar, não entendi o que estava acontecendo de verdade. Ao saber que você estava em mim, ao entender, senti ao mesmo tempo uma felicidade imensa, uma alegria universal e uma angústia absoluta. Nunca pensei em ficar com você, Agnès. Soube imediatamente que precisaríamos nos separar. Que eu precisava tirar você desse círculo do inferno. Se ele soubesse, me mataria, e você seria ameaçada, ou ele ficaria com você. Ele transformaria você em um objeto, que nem eu, uma alma capturada, fragilizada, isolada. Existem seres que torturam mesmo. Mais do que se imagina. De fato, existem famílias mártires, que vivem sob o controle de um tirano. Mais do que se imagina.
   Não procurei Jean, procurei sua mãe, Hannah. Era assunto de mulher. Eu a esperei na saída de um concerto, na rua Tables-Claudiennes, em Lyon. Encontrei a foto dela com outros músicos em um panfleto. Jean tinha falado dela na nossa noite juntos. Perguntei muitas coisas. Ele me contou do encontro deles. Do bilhete no piano. Dela, violinista. Da história da família enviada para o campo de concentração, da adoção. Eu pensei: Meu filho será de um pianista e de uma violinista, e não de alguém como eu. Nunca nem concebi que ele botasse os olhos em você. Se Hannah recusasse, eu teria parido escondido e me matado depois. Eu sobrevivi porque, uma noite, conheci Hannah Ruben. Chamei a atenção dela por causa da semelhança. Ela veio até mim e perguntou, incrédula: "Você é...? Colette tem uma irmã? Jean tem outra irmã?" Baixei os olhos. Eu não sabia se Jean tinha falado de mim. Da nossa noite. Nunca senti tanta vergonha na vida. Não me lembro exatamente das palavras que eu

disse, mas sei que contei tudo na rua mesmo, ali na calçada. Eu tinha pouco tempo. Precisava voltar ao cabaré. Havia pedido para dar uma saidinha, algo que nunca fazia. Achavam que era um encontro amoroso. Era verdade, mas diferente do que eles imaginavam. E Hannah me olhava com espanto, com o violino na mão. Como ela era linda... Pelo olhar dela, entendi que Jean tinha falado de mim.

Falei com sua mãe no dia 21 de junho de 1972. No dia do início do verão, dia em que, quinze anos depois, Jean faleceu. Ela poderia ter me dispensado ali mesmo, duvidado de mim. Mas Hannah me escutou sem me julgar. Acho que ela entendeu meu pavor e a urgência de salvar sua vida. Ela pegou minha mão, pois é, pegou minha mão e jurou que me ajudaria. Ela era tão grande, tão nobre, que eu me senti miserável, deplorável e uma imunda digna de pena. Mas não estava mais sozinha. Ela amava tanto o seu pai que aceitaria tudo dele, até a filha que ele fizera com outra mulher.

Passei a noite do dia 19 de janeiro com Jean Septembre, então bastava somar nove meses para estimar a data da sua chegada ao mundo. Hannah perguntou como poderia entrar em contato comigo. Era impossível. Peguei o número de telefone que ela anotou em um pedaço de papel. Falei que ligaria a partir do dia 19 de outubro. Hannah me perguntou o que eu faria se o bebê nascesse prematuro, mas eu tinha plena certeza de que você ficaria comigo até a hora certa.

"Vou tirar quatro dias de folga, mas, se vocês me delatarem, nunca mais poderei voltar a trabalhar aqui", avisei no cabaré. Eu me arrisquei. Sam, meu patrão, relatava tudo que eu fazia. Mas a esposa dele, Arielle, me acobertou. Eu me arrisquei, mas não tinha opção. Hoje percebo que o fato de o seu nascimento ter sido sigiloso assim foi um milagre.

Tive quatro meses para preparar você para nossa separação, sem nunca falar dela. Pensei que tínhamos quatro meses para viver juntas. Durante o dia, eu escondia você, enfaixando a barriga, e, de noite, fazia carinho. Murmurava poemas e canções para ele não me escutar do outro lado da parede.

Na quinta-feira, 19 de outubro de 1972, ele disse que ia passar quatro dias fora, como costumava fazer. Jogou umas roupas na bolsa e levou minha cadela, Véra. No começo, fiquei desconfiada. Ele sempre viajava nessa data, mas ainda achei que alguém do cabaré poderia me denunciar. Fiquei sentada, esperando ouvir os passos dele na escada, por vinte e quatro horas. Nada. Eu não dormi. Ele não voltou. No dia 20 de outubro, liguei para Hannah. Nós nos encontramos no mesmo lugar da primeira vez. Entre minha casa e o ponto de encontro, olhei para trás mil vezes para confirmar que ele não me seguia. Jean e Hannah me esperavam no carro. Achei que me levariam a algum médico em Lyon, mas eles saíram da cidade. "Vamos à casa da minha irmã, ela vai saber o que fazer", disse Jean. A irmã dele... Colette, que me dava comida na escola, fingindo que tinha levado lanche demais.

Peguei no sono no banco de trás do carro. Foi a voz de Colette que me despertou. Colette, que não nos esperava. Quando me viu, me reconheceu. "É você, Blanche?" Colette não tinha mudado nada. Acho que nem eu. A casa dela cheirava a graxa.

Libertei meu corpo, tirando a cinta sufocante. Neste instante, permiti que você chegasse. Jantamos em silêncio, os quatro. Colette nunca foi de fazer perguntas. Passei a noite sem coragem de olhar para Jean. Eu estava com vergonha da situação e com uma culpa imensa em relação a Hannah. Eu era apaixonada por ele... perdida e assustadoramente apaixonada. Dolorosa e perdidamente.

Hoje, tenho sessenta e um anos, nunca mais o vi depois de outubro de 1972, a não ser pela TV, e ainda o amo. Como Colette ama Aimé, e Aimé ama Colette. Essas coisas são raras. Há sete anos, quando reencontrei Colette e me mudei para o seu quarto, Agnès, ela me deu a fita que Jean gravou em 1985, no Natal... A fita está gasta, de tanto que escutei. Não sei se você já terá escutado quando me ouvir aqui, mas é como se Jean tivesse costurado um buraco no meu peito trinta e cinco anos após nosso encontro.

Na noite do dia 20 de outubro, fomos dormir muito cedo. Colette perguntou se podia tocar na minha barriga.

"Vou ser tia."

"A criança vai te chamar de titia."

"Prefiro que me chame de Colette."

Nós dormimos de mãos dadas. Eu estava exausta. Antes de fechar os olhos, contei da noite que passei com o irmão dela, resumida em quatro palavras: piano, encontro, deslumbre, amor. Dizem que o diabo se esconde nos detalhes, e posso dizer que, na minha única noite com seu pai, quem não se escondeu mais foi Deus.

Entrei em trabalho de parto enquanto sonhava que estava de mãos dadas com Jean, e não com Colette. Assim como seu pai, eu queria que fosse Colette a trazer você ao mundo. Eu sabia que ela saberia o que fazer. Por mais louco que pareça, o parto não doeu. Eu estava com pressa de trazer você à liberdade, a uma vida que eu não teria. Eu estava quebrando a maldição dos meus antepassados.

Meu progenitor nunca falou da mãe dele. Vivia com a foto dela. Ninguém podia olhar dentro da carteira. E ninguém desobedecia. Só eu. Eu ainda tenho o rosto da minha avó gravado na retina. É quase uma doença. Quando fecho os olhos, vejo minha avó como vejo o mundo ao meu redor.
 Você nasceu em menos de três horas. Longe da violência, cercada de amor. Colette soube fazer o parto, e Hannah não saiu de perto. Eu estava olhando para Colette quando escutei seu primeiro choro. Jean ficou mais afastado. Quando ele viu você pela primeira vez, parecia até que era ele a criança. E é claro que quem ele beijou foi Hannah, e não a mim.

 Silêncio.

BLANCHE
No dia 23 de outubro, Jean entrou na casa de Colette com sua certidão de nascimento. Agnès Septembre, filha de Jean e Hannah. Você estava salva. Poderíamos ter passado dias assim, juntas. Mas eu tinha que voltar antes de anoitecer.

 Silêncio.

BLANCHE
Jean e Hannah me levaram de volta para Lyon. Pedi a eles que me deixassem longe do apartamento, para o caso de ele já estar em casa. Eles me abraçaram. Hannah chorava tanto que molhou meu rosto. Jean estava quieto, atordoado. Dei um último beijo na sua bochecha. Você estava dormindo. Melhor assim. Não me viu ir embora. Eu andei sem pensar, subi a escada sem pensar. Abri a porta. Ele não tinha voltado. Eu me troquei. Segundo meus cálculos, ele chegaria à noite. Era segunda, o cabaré estava fechado. Descasquei batatas. Por volta das sete, ouvi Véra subir a escada, ele abriu a porta e não me cumprimentou, a cadela fez festa, e nós jantamos em silêncio. Tirei a mesa, lavei a louça e passeei com Véra por uns quinze minutos. De repente, lá fora começou a fazer frio. Meu corpo era só dor, minha cabeça estava vazia. Eu me sentei em um banco. Véra apoiou o focinho na minha coxa e me olhou com uma tristeza infinita, como se me perguntasse por que eu estava sofrendo. Eu não soube responder.
 Eu precisava fingir que nada tinha acontecido. Se ele soubesse que eu havia acabado de dar à luz, não pararia nunca de procurar por você. Como ele procurava minha mãe, obsessivamente.

A vida voltou ao normal. Uma quase vida. Uma vida sob vigilância. Com alguns momentos de luz, no cabaré. Apenas Colette, Jean, Hannah e eu sabemos que você nasceu na madrugada do dia 21 de outubro, e não do dia 22. No começo, eu ligava para Hannah, mas era doloroso demais para nós duas. Eu me afastei, mas antes dei para Hannah um número de caixa postal. Ela me enviou fotos até os seus vinte anos. A última vez que falei com ela foi em 1987, após a morte de Jean. Eu precisava dizer quanto pensava em vocês duas.

Silêncio.

BLANCHE
No dia 23 de dezembro de 1981, eu vi vocês na rua Chartreux. Eu estava com ele, saindo de uma loja. Ele tinha me vestido como se eu fosse uma criança. Eu tinha trinta e cinco anos. Na calçada do outro lado, reconheci Hannah e, de mãos dadas com ela, uma menininha linda. Você estava de casaco vermelho e presilhas coloridas no cabelo. Estava saltitando. De longe, abracei sua alegria. Hannah não me viu. Eu acompanhei vocês com o olhar. Ele perguntou o que eu estava fazendo, e eu respondi: "Nada, só olhando aquela menininha." Ele resmungou alguma coisa. Eu não me mexi até vocês sumirem de vista. Depois, vi você na televisão. Como você é linda e inteligente. Você é uma artista. E seus filmes são um espetáculo. Eu vi todos, como se você os tivesse feito para mim.

Silêncio.

BLANCHE
Colette me mostrou fotos da sua filha, Ana, que se parece com Jean. Ela é pianista... Você conseguiu fazer sua vida e a dela darem certo, Agnès. Obrigada. Não quero parar de falar. Por isso não queria nem ter começado. Mas você nunca precisou de mim. Seus pais são os pais de verdade. Eu sou só o vento.

Fim da gravação.

37

Hannah Ruben

23 de dezembro de 2004

    Ela prepara chá de jasmim para Agnès. Comprou *mont-blancs* de castanha, sua sobremesa predileta. Pierre, Ana e Agnès vieram de Los Angeles para as festas de fim de ano. Amanhã, como pede o Natal, vão dar uma passadinha em Gueugnon para cear com Colette. Agnès toca a campainha e entra em casa. "Mãe?" Toda vez que escuta a voz da filha, Hannah vibra. Ela vai até o corredor para recebê-la. As duas não se veem desde maio do ano passado, faz um ano que eles se mudaram para os Estados Unidos. Hannah abraça a filha alta, a cabeça na altura do queixo dela. "Nossa, ela é grandona, a sua filha", comentavam. "Puxou ao pai." Resposta que não muda há anos.
    No começo, Hannah achava difícil ser carinhosa. A cada carinho, sentia que roubava o amor da filha de outra pessoa. Ela chegava a sentir medo de Agnès. O afeto acabou por impregná-la no decorrer dos anos, ainda mais depois de ela virar avó. Quando Ana nasceu, caiu um muro, e ela se sente legítima no papel de mãe.
    Hannah acha que Agnès parece cansada. Está com a aparência abatida. "Não foi nada, é só o fuso." Hannah acha que a filha não está bem nos Estados Unidos. Ana se joga no abraço da avó. "Mamana!" Uma junção de "mamãe" e "Hannah" que a menina inventou para chamar a avó. Ela chama a neta de "menina dos olhos", porque a menina tem exatamente o mesmo olhar de Jean. Ana tem nove anos. Era a idade de Agnès em 1981, quando Hannah viu Blanche na

calçada da rua Chartreux. Depois, ela nunca voltou lá. Blanche estava acompanhada do homem louco. Baixo, seco, severo, com o rosto marcado pelo tempo, pelas rugas, como o de operários que trabalham ao ar livre. O contrário de Blanche, que sempre foi belíssima. Como ela conseguiu conservar esse lado solar tão típico dela, mesmo vivendo um cotidiano infernal? Para Hannah, isso era um mistério. Nesse dia, ela pensou que esse sujeito horrendo fora quase uma bênção para si própria. Se ele não existisse, Jean e Blanche certamente viveriam felizes para sempre. Foi ele quem os impediu de se conhecerem de verdade. Hannah ficou constrangida com esse pensamento. Foi uma vergonha venenosa que a acompanhou por muito tempo.

Ao entender que, com certeza, aquele era o pai de Blanche, e que era preciso andar sem olhá-los, por medo do perigo, ela segurou a mão de Agnès com um pouco mais de força e apertou o passo. Em pânico, achou que Blanche ia gritar: "Me devolva minha filha!" Esse temor a atravessou por um milésimo de segundo. Ela sentiu o olhar de Blanche e não ergueu o rosto. Hannah sabia que, um dia, o encontro aconteceria. Quando e onde, ela não imaginava, o acaso iria decidir. Eles moravam na mesma cidade. Uma cidade de quinhentos mil habitantes, mas, ainda assim, a mesma.

Por anos, Hannah temeu que Blanche aparecesse e pedisse Agnès de volta. Tinha sempre o mesmo pesadelo: entrava no quarto da filha e encontrava a cama vazia, pois a criança havia sido levada pela mãe. A mãe de verdade. Anos depois, quando Agnès apareceu grávida na casa de Hannah, empinando com orgulho a bela barriga redonda para surpreender a mãe, ela quase admitiu a verdade: *não tem nenhuma foto minha grávida nos álbuns e nas caixas da sala porque eu não carreguei você*. Até que ela se lembrou da recomendação de Blanche: "Nunca conte nada, Hannah. Se meu progenitor souber da existência dela, pode machucá-la. Ele é louco de verdade."

Hannah nunca esqueceria a angústia que a invadiu e a assombrou entre a noite em que encontrou Blanche pela primeira vez e o telefonema do dia 20 de outubro. Ela ia virar mãe da criança de uma desconhecida. Isso a levara de volta à própria história, aos Gravoin, que a tinham acolhido, a amado como se ela fosse filha deles. Graças a eles, não apenas havia se salvado, como tivera uma infância feliz e privilegiada. Sua avó adorada que cantava "Insensiblement" e sempre dizia: "Não tenha medo de nada, faça só o que quiser." Na noite do nascimento de Agnès, ela tirou as pulseiras com os dois nomes. Ao virar mãe, deixava sua história para trás e começava a escrever uma nova.

Na noite do dia 21 de junho, ela voltou ao apartamento em que morava com Jean havia alguns meses. Ele tinha chegado naquela tarde de Roma, onde tocara no Grande Auditório. Havia voltado cansado, mas feliz. E à noite, comendo pera e queijo, Hannah lhe dissera: "A moça com quem você passou a noite depois da festa no cabaré está grávida de cinco meses. Ela não vai poder ficar com o filho, porque tem uma vida muito complicada. Ela vive sob o jugo de um homem perigoso, então somos nós que vamos criar a criança. Estou grávida de você, sem estar. É outra mulher que está carregando a nossa criança na barriga."

Ela pronunciou as palavras de uma só vez, como um monólogo de teatro que aprendera de cor. Jean conseguiu apenas murmurar o nome dela: "Blanche?" Ele se lembrava do nome. Não era, então, uma mera aventura de uma só noite. Ninguém se lembra do nome da pessoa com quem teve uma aventura.

No dia seguinte, Jean a interrogou: "Onde você a encontrou? O que ela disse exatamente? Onde ela vai ter a criança? Ela está bem?"

Ela estava bem? Não, pois precisava parir sem que ninguém soubesse e abandonar o filho. Um filho que ele fizera nela sem tomar a menor precaução para protegê-la. Hannah refletiu. Onde encontrar um médico ou uma parteira que aceitaria o inaceitável? Como pedir, até às pessoas mais íntimas, que ajudassem uma mulher a dar à luz em sigilo, sem colocar os pés em um hospital? Foi assim que Colette surgiu como única solução para Jean. Que nem quando eram crianças. Afinal, sua irmã cuidava das cabras, e, quando o cordeiro tinha dificuldades, o pai dizia: "A menina ajuda." Hannah exclamou: "Mas uma mulher não é um bicho, meu amigo!" Foi a primeira vez que ela elevou o tom de voz, tomada por uma fúria contida. *Meu amigo*. Pela primeira vez, duvidou do amor por ele. Ela sentia raiva da traição. Ela, no turbilhão de uma turnê com a qual nem ousara sonhar, e ele, enquanto isso, nos braços de outra. Quantas vezes ele ainda a trairia? Como seu belo marido poderia ser tão imaturo? Ter uma ideia tão absurda? Pedir à irmã sapateira que fizesse um parto? Vivia tão fora da realidade assim? Ele vivia em outro mundo, mas não estava no mundo da lua quando engravidou uma desconhecida.

    E Jean contou para ela. Blanche não era uma desconhecida. Era amiga de Colette. Elas tinham perdido contato, mas se conheciam da escola. É claro que Colette saberia o que fazer e, se houvesse qualquer complicação, ligaria para o dr. Labori, que era seu amigo.

    A partir do dia 1º de outubro, Hannah cancelou todas as viagens, alegando precisar de descanso. Depois, ela diria que tinha dado uma pausa porque sua gravidez já estava no fim. Diante da provação que os aguardava, mentir seria o de menos. Enquanto Jean viajava para seus concertos, ela ficava colada no telefone. E se Blanche não ligasse? E se ela tivesse sofrido um aborto espontâneo? Ou encontrado outra solução? Se ela tivesse mudado de ideia? Ou, pior, confessado tudo para o pai? E se o pai tivesse descoberto a gravidez e a matado? E se ela conhecesse outro homem e acabasse fugindo? E se, e se, e se. Hannah se sentiu sozinha. Muito sozinha. Mas não tanto quanto Blanche, que precisava disfarçar a gravidez. Não era uma prerrogativa das mulheres, a solidão? Hannah nunca guardou rancor de Blanche. Nunca. Hannah amou Blanche sinceramente.

O chá perfuma a sala. Depois da morte de Jean, Hannah continuou no mesmo apartamento, com as fotos nas paredes, o quarto de Agnès, o piano. Ela nunca se separaria do piano de Jean. A pequena Ana senta ao instrumento para mostrar à mamana seu progresso. Agnès ajusta a altura do banco e se junta à mãe para saborear a sobremesa enquanto escuta a filha tocar a "Sinfonia número 21", de Mozart. Ao constatar como a menina evoluiu desde a última primavera, ao ver seus dedinhos tocarem as teclas com uma destreza que lembra a de Jean, Hannah sabe que sua neta será uma profissional se continuar estudando com afinco. Ela já tem o nível de uma futura concertista. Hannah conhece os músicos, circula entre eles desde muito nova, graças a Éléonore.

Como ela amou acompanhar Jean pelo mundo inteiro, tocar, alcançar o sublime em uma sonata com ele. O cheiro empoeirado das salas, a comunhão no palco, as noites no hotel, os aviões, os trens. Venerar certos maestros, encontrá-los como se encontra Deus ou a sorte. Temer outros, detestáveis ou furiosos. A música em conjunto. A alegria imensa proporcionada por uma partitura que, embora saibamos de cor, sentimos redescobrir cada vez que tocamos. A ressonância interna que faz o corpo vibrar. Ter o dom da música é ser agraciado com parte do divino. E Jean tinha o céu.

De manhã, ele estudava o piano, e ela, o violino, na sala ao lado. Às vezes, parava de tocar para ouvi-lo. Agnès sempre rejeitou a ideia e a vontade de ser musicista. "Porque vocês nunca estavam aqui", criticou ela um dia. "Para mim, a música é a ausência." Essa frase a devastou, deu a ela a impressão de ter traído uma promessa feita a Blanche. Hannah, porém, tem que admitir que sempre preferiu Jean ao mundo inteiro. Quando ele a deixou, aos trinta e sete anos — trinta e sete anos não é idade de morrer —, ela achou que nunca mais se recuperaria. E nunca se recuperou. Ele fez de Hannah uma viúva de quarenta e cinco anos, uma mulher desesperada. Ela tomou esse sinal como castigo divino por ter amado demais o marido e se esquecido dos outros. Inclusive de sua única filha.

Agnès preferia recortar imagens para colar em cadernos, escrever histórias, se gravar e, depois, filmar com a câmera. Será que Agnès é uma contadora de histórias sem igual porque carrega um segredo que desconhece? Por meio dos roteiros, procura uma resposta que, no inconsciente, lhe faz falta?

Amanhã será a última ceia de Natal. Hannah não dirá nada para Agnès antes de ir embora. Não quer estragar a festa e a alegria do reencontro. Contará depois. Ela vai fazê-la voltar dos Estados Unidos quando sentir que chegou o fim. Não tem medo da morte. Vai reencontrar Jean. E proteger Ana e as pessoas que ama. Ela atribui aos mortos a função de anjos da guarda. Seu câncer se espalhou, e é tarde demais para considerar um tratamento. Um amigo oncologista prometeu ajudá-la a partir com dignidade. Por enquanto, ela atenua as intensas dores nas costas com comprimidos de ópio. *Uma drogada de verdade*, pensa. Continua tocando violino todo dia, mantém o prazer da música. Restam a ela algo entre seis e nove meses, é difícil saber, disseram. Ela espera ver mais uma primavera.

Hannah pega o violino e acompanha Ana. A "Sinfonia número 21" é uma de suas prediletas. Agnès sorri. Ela tira foto das duas no celular. Agora, são telefones que tiram fotos.

No dia seguinte, elas se encontram na estação de trem de Lyon-Part-Dieu. Pierre pegará o trem mais tarde, porque marcou de encontrar o agente francês, que quer lhe apresentar a um diretor importante. Hannah nunca soube bem o que achar de Pierre. Ele é engraçado e charmoso, mas ela não sabe se isso basta para fazer Agnès feliz. Com os anos, Hannah a acha cada vez mais inquieta. Ela tenta bater recordes, mas não por si, e sim pelo marido. No trem, Ana fica com ela, enquanto Agnès se isola, a três fileiras das duas, escrevendo o próximo roteiro.

Louis vem buscá-las na estação de Creusot. Agnès, Pierre e Ana ficarão hospedados no hotel do centro, e Hannah, com Colette. Ela avisou por telefone: "Nunca fizemos assim, mas gostaria de dormir na sua casa este ano." Para Colette, Hannah contará tudo. Sabe que pode confiar nela, que ela não conta nada para os outros, que escuta sem julgar.

O almoço é alegre. Colette fica feliz em recebê-las, e fecha a sapataria no dia 24. "Os sapatos e as chaves podem esperar", diz ela.

Após a refeição, Agnès e Ana vão tirar um cochilo e esperar Pierre. Hannah volta para casa com Colette. Elas entram na cozinha minúscula, fazem um chá. Colette pede perdão porque não tem um "chá muito bom". Hannah observa os retratos de diferentes jogadores e técnicos de futebol na parede. Elas ouvem passos. Hannah toma um susto. No início, acha que está vendo um fantasma, que é efeito colateral dos remédios que anda engolindo que nem bala. Blanche, na porta, com um vestido roxo e vermelho. Fora o cabelo, ela parece uma versão colorida de Colette.

— Eu moro aqui há quatro anos. Fugi quando soube que *ele* tinha quase matado a minha mãe. Denunciei. Achei que *ele* estivesse preso, mas foi solto, e deve estar me procurando em todo canto.

— Blanche, é você... Que alegria vê-la. Você teve coragem de fugir...

Blanche e Hannah se abraçam por um bom tempo sob o olhar de Colette, que não diz uma palavra.

Hannah Ruben falece no dia 13 de junho de 2005, no hospital Pompidou, acompanhada por Agnès e Colette. Ana teve permissão de ver a avó um dia antes e lhe deu um beijo. Blanche mandará colocar uma placa no túmulo: "Hannah, que seu repouso seja leve, como seu coração foi bom." No velório, vão tocar "Fantasia para violino e piano", de Franz Schubert, uma peça que Hannah e Jean adoravam tocar juntos e que faz parte de um álbum que fizeram em 1982 para a gravadora Deutsche Grammophon. Na capa do disco, eles posam, orgulhosos, à contraluz do estúdio, ela com o violino encaixado entre o pescoço e o ombro, e ele, atrás do piano.

Um dia, Agnès viu o vinil com Colette na loja da sra. Bedin e comentou: "É curioso como não pareço com meus pais." "Graças a Deus, nem eu", respondeu Colette, bem-humorada.

Blanche se juntará a Jean, Hannah e Colette no cemitério de Guillotière, em Lyon, no dia 3 de fevereiro de 2011, com o nome de Blanche Roman. Seus sapatos azuis serão colocados sobre a sepultura.

38

21 de junho de 2011

— Minha Line, neste dia abençoado, dou a você dois presentes questionáveis: primeiro, meu sobrenome. Antes de assinar, quero que saiba que, de hoje em diante, se não houver uma foto sua ao lado do novo nome, muitos vão franzir a testa. Segundo, eu nunca vou poder tomar um uisquezinho com você. Viveremos de amor e água fresca. Quem sabe café, chá, refri... Mas garanto que posso consertar coisas, construir sonhos, casas, jardins, móveis e alamedas para você.

"Não sei se você tirou a sorte grande quando me conheceu. O lado relativamente bom é que não gosto de religião, mas posso me converter para o que você quiser, ainda mais se for para idolatrá-la. Acho que Deus me abandonou quando eu tinha sete anos, e no ano passado ele caprichou para se redimir. Nossa Senhora, por sua vez, nunca me abandonou. Ela não se chama Mariam, nem Maria, mas sim Nathalie. Ela nunca soltou minha mão e sempre acreditou em mim. Devo a ela tudo, antes de você. Nathalie significa nascimento. Nat, hoje, tudo é graças a você.

"Gostaria de homenagear meus pais. Imagino minha mãe comentando com meu pai, lá em cima, 'como é bonita essa esposa do nosso filho', sem ter prestado atenção no que eu disse antes, não porque não quer, mas porque não consegue.

"Homenageio também minhas queridas irmãs, Zeïa e Fatiha, que são o orgulho desse bando de árabes que é a nossa família. Duas cabeçudas pra compensar minha cabeça de vento. Isso que é irmão, hein!

"Agradeço a todos que estão presentes, e a todos que já partiram.

"Para finalizar, peço aos meus sogros que fiquem tranquilos. Não se enganem com as aparências, mesmo que em teoria eu não pareça lá essas coisas. Farei tudo que estiver ao meu alcance para fazer Line feliz. E uma pessoa tão apaixonada como eu tem até superpoderes.

"Line, meu amor, espero que a gente tenha um filho e que ele puxe a você. Obrigado por confiar em mim, eu não achava que ninguém mais conseguiria me animar desse jeito. Na verdade, nem sabia que ainda poderia me sentir assim."

— Lyèce, meu amor, aceito seus dois presentes questionáveis. Aceito você por inteiro. E seu sobrenome me orgulha tanto que vou sair escrevendo meu nome completo por aí. Vou pichá-lo em todos os muros de Gueugnon. O povo vai poder dizer: "Lá vão esses árabes, aprontando outra vez."

"Espero que a gente tenha no mínimo três filhos, que podem puxar a quem eles quiserem, desde que puxem ao nosso encontro, que tenham a luz que você tem quando confia em si mesmo. E não vou tomar nenhum uisquezinho, com ou sem você, porque quero aproveitar você estando bem sóbria. Eu te acho lindo demais para perder meu tempo ficando alta. Pretendo encher a cara de você até o fim dos meus dias e das minhas noites, de olhos bem abertos. Quero você como naquela segunda-feira em que te vi entrar na prefeitura de Flumet com Agnès, porque você me fez passar a amar as segundas-feiras para sempre. Obrigada a Agnès, que aceitou ser minha testemunha. Queria que fosse você porque achei que fosse a esposa de Lyèce na primeira vez em que vi vocês… E você desmaiou na minha sala. Então, você não será a esposa dele, e sim a testemunha da esposa dele. Muita gente me perguntou: 'Line, mas por que se casar tão rápido?' É simples: porque Lyèce é uma obviedade. Porque não temos tempo a perder.

"E saibam que ficaremos velhinhos e caquéticos juntos. Temos grandes projetos: viver dias simples aqui, na Borgonha. Reparei que muita gente daqui enrola o "r", então prometo que vou me dedicar ao sotaque!

"Obrigada a todos por terem vindo. Obrigada a Zeïa e a Fatiha pelo acolhimento e pelo carinho. Sou filha única, então hoje estou ganhando um marido e duas irmãs. Obrigada a você, Lyèce, meu amor, por confiar em mim."

— Em nome da lei, declaro o sr. Lyèce Otmane Mansour e a sra. Line Catherine Auzière unidos pelo matrimônio. Pode beijar a noiva.

Nathalie e eu nos levantamos juntas para assinar o documento. Estamos com as pernas bambas e o rímel borrado. Damos um beijo nos noivos no caminho. Eles estão incrivelmente lindos.

Ana se senta ao piano e toca "Ya Rayah", de Rachid Taha, com quatro outros músicos: dois instrumentos de corda e dois de percussão. O cantor tem a voz (quase) tão bonita quanto a de Taha. A diversidade das harmonias lembra a dos noivos. A pedido de Line, faz dias que Ana ensaia essa apresentação musical às escondidas com os cúmplices.

Os convidados todos se levantam, beijam e abraçam os noivos. Fatiha, Zeïa, Nathalie e os pais de Line dançam juntos. Adèle, as filhas, Paul, Hervé e o filho, Antoine e eu dançamos e batemos palmas. Lyèce e Line se juntam ao nosso grupo. Demoramos a sair do cartório. Por mim, esse instante seria eterno.

O dia hoje está bonito. A vida parece um turbilhão de alegria. Quase uma comédia romântica. A noiva está de branco, e o sol brilha, elegante. O noivo parece estar em pânico, mas abre seu lindo sorriso.

Nunca esquecerei o que Lyèce me falou na volta de Flumet, quando nada tinha acontecido com Line ainda: "O mais difícil quando a gente conhece alguém é contar do passado. É passagem obrigatória, que não dá a menor vontade de encarar. Por isso nunca me comprometi com nenhuma mulher, para não ter que dizer nada. Mas... acho que, com Line, vou me comprometer pra caramba."

Na praça em frente ao cartório, a vizinha da rua Fredins, Cécile Aubert, está entre os convidados. Vejo-a conversar com Ana, que usa um lindo vestido preto. Ela passou maquiagem nos olhos grandes e claros. Minha filha é sublime. A festa é no salão municipal, que os noivos reservaram para uma centena de convidados. Caminhamos até lá, e Antoine roça a minha mão, pergunta se "a testemunha se comportou". Eu aperto o braço de Louis.

— Está sonhando, Louis?

— Estou contente por Lyèce.

Na rua Pasteur, a sapataria está aberta. Louis não precisa passar lá para pensar em Colette, mas sei que, toda vez que passa, sente um aperto no peito.

— Colette também ficaria contente. Ela gostava muito dele.

— Pois é.

O Steinway do meu pai ainda reina no salão, e a placa que minha mãe pôs na entrada perdeu o brilho.

O tempo passa tranquilamente até a noite. As pessoas conversam, se apresentam, comem em pé, sentadas, as portas ficaram escancaradas, os fumantes entram e saem. Os que não fumam fazem o mesmo.

Eu me isolo um pouco lá fora para escutar a algazarra, dá para ouvir as gargalhadas de longe. A praça de Gaulle fica na frente do salão, mergulhada no escuro, o lugar onde o circo de Soudkovski montou o picadeiro duas vezes muitos anos atrás. Imagino Blanche e Colette subindo a rua Saint-Pierre, a caminho da escola.

Fatiha vem me encontrar e me arranca do devaneio. Nunca convivi muito com as irmãs de Lyèce. Fatiha era velha demais para se interessar pela gente, e Zeïa, nova demais para nos interessarmos por ela.

— Lyèce te contou de Charpie?

Fico surpresa de ela falar disso comigo e de saber o nome dele. Não sei o que mais ela sabe, o que Lyèce contou. Fatiha é oito anos mais velha do que o irmão, era adolescente quando ele sofreu os abusos. Achei que Lyèce nunca tivesse se aberto com a família. Fiquei, inclusive, muito espantada por ele mencionar a situação no discurso. *Deus me abandonou.*

— Ele me contou, sim, quando voltei para tratar da morte da minha tia. Quando eu era adolescente, não.

Ela reflete por alguns segundos.

— Quando tive meu filho, Sohan, meu irmão ficou felicíssimo. Ele é um supertio. É carinhoso, brinca com ele, enche de presentes. Como a gente mora em Fontainebleau, só se encontra umas três, quatro vezes ao ano, mas toda vez é muito legal. Só que, conforme Sohan foi crescendo, Lyèce começou a se comportar de um jeito bizarro. Me ligava várias vezes ao dia para saber como ele estava, o que estava fazendo, se não estava muito isolado. Coisas absurdas. Eu dizia: "Lyèce, mas por que ele estaria isolado?" "Tá, mas ele chora quando vai ficar com a babá? O que ele está fazendo quando você vai buscá-lo?" Enfim. Acabei parando de atender ao telefone. Certa noite, jantando na casa de uns amigos, começamos a falar de família. Eu contei, achando certa graça, do comportamento do meu irmão superprotetor, das perguntas incessantes que eu achava ridículas. Uma psicóloga que estava lá me escutou com atenção. No fim do jantar, ela me falou discretamente que talvez meu irmão tivesse sido vítima de abuso e que estivesse transferindo o trauma para o sobrinho. Daí o medo e as perguntas incessantes. Eu não quis acreditar. Uma coisa dessas não podia acontecer em uma família que nem a nossa. Foi isso que eu achei. E nunca toquei nesse assunto com Lyèce. Por vergonha, ou medo de ele ficar incomodado.

    Fatiha tira do bolso um maço de cigarros e me oferece um. Percebo que é a primeira vez que conversamos. Nós nos encontramos muitas vezes quando éramos bem novas e nos cumprimentávamos porque éramos unidas por Lyèce. "Oi, tudo bem?" "Tudo, e você?"

    — Ano passado, acabei escutando uma conversa de Nathalie e Lyèce. Estava com Sohan na casa dos meus pais. Estava quente, e tarde, todas as janelas abertas. Eles tinham acabado de voltar de férias em Nice. Não sei por quê, mas passaram lá para buscar alguma coisa. Antes de ir embora, Nathalie se sentou no quintal para fazer carinho no gato do vizinho que vivia lá. Do quarto, escutei a voz deles. Primeiro, Nathalie disse: "Charpie tinha um cachorrinho, lembra?" E continuei escutando-a dizer: "Jovens, tímidos, só meninos, você..." Cada palavra de Nathalie para o meu irmãozinho foi como um tiro de metralhadora em mim. Eu sabia perfeitamente de quem ela estava falando, porque tinha estagiado no departamento de informática da usina. E era *ele* que administrava. A primeira coisa que pensei foi: *será que ele sabia que eu era irmã do menino que ele assediou naquele mesmo ano?* A resposta estourou na minha cabeça, explodiu mesmo, uma bala de fuzil no cérebro: *óbvio que sabia*. Não tem nem quarenta pessoas com o sobrenome Mansour em Gueugnon. E Lyèce e eu somos parecidos. Entendi que eles tinham acabado de reencontrar aquele homem em Cannes. Me bateu um ódio, um ódio sem filtro, sem distância. No instante em que ouvi Nathalie falar com meu irmão, parei de pensar. Charpie estava no registro da companhia aérea em que eu trabalho, com endereço e telefone. Eu o encontrei em dois tempos. De qualquer forma, ele nunca nem se escondeu. Nunca tentou sumir, apesar do que fez. Estava até na lista telefônica. Ele simplesmente deu no pé de Gueugnon depois de algo que aconteceu, eu não sabia exatamente o quê. E pronto. Nunca ninguém incomodou o homem... Ele não merecia ter uma morte tranquila na cama. Eu sou vegetariana, não aguento ver sangue, sou contra a pena de morte, sempre votei na esquerda, menos em 2002, quando a gente tinha que escolher entre Chirac e Le Pen. Mas decidi que ia matar esse lixo humano. A gente trai nossa convicção num piscar de olhos, mesmo. Em minha mente, me vi de novo trabalhando no departamento dele, aquele homem debruçado atrás de mim para me mostrar as fórmulas no computador. O perfume, as camisas, a boca, o nariz, a posição social dele, santo do pau oco. Pensei que, naquele ano, ele estuprou meu irmão de sete anos, e que não tive como protegê-lo. Comprei uma passagem de Paris para Nice para a semana seguinte. Minha intenção era bater na porta dele. Fingir que o assassinato era suicídio. Que método eu usaria? Arma de fogo? Remédios? Defenestração? Eu não fazia ideia. Nunca peguei o voo. O corpo dele foi encontrado dias depois em Cannes. Ele não foi assassinado pela estagiária que teve em 1979. Senti muita raiva quando li a matéria relatando seu fim no jornal, com a foto dele ao lado. Ele, sorridente. Um retrato no estádio, em uma noite de jogo, provavelmente quando o time ganhou. Passei horas vendo mapas de Cannes, e ele não tinha como se suicidar, é tudo reto, sempre dá pé, ele não tomou medicamentos, não tem falésia nem ponte no mar. A não ser que o mar tenha vindo puxá-lo na orla ou em um píer. Em pleno julho, é difícil. Senti vergonha, Agnès, vergonha de não ter feito o trabalho sujo. De ele ter morrido antes de eu encontrá-lo, de ter morrido sem nunca enfrentar julgamento. Foi um belo dedo do meio na nossa cara.

Ela apaga a guimba com o salto e guarda para jogar fora.

— Vamos dançar?
— Vamos dançar.

Zeïa nasceu três anos depois de Lyèce. O primeiro sorriso dela foi para ele. Para o irmão carinhoso que dizia: "Espera, vou te ajudar a construir o castelinho. Está com frio, neném? Se alguém encher seu saco na escola, é só me contar, tá?" Ele sempre mediava a relação dela com a irmã mais velha, que a exasperava porque queria estar sempre no comando.

Com a justiça no sangue, Zeïa virou advogada penal para defender o que parecia indefensável aos olhos do senso comum. Era o que a motivava. Filha de imigrantes, lutou com unhas e dentes para tirar as melhores notas na escola, recusando-se a acreditar que havia um destino inevitável para ela. No início dos anos 2000, foi a única mulher a escolher o direito penal, e não o civil, na cidade de Mâcon, onde foi morar. Os réus desconfiavam das mulheres, não achavam que elas estavam aptas a defendê-los, preferindo ser representados por homens. Por muito tempo, ela trabalhou com pequenos delitos, na defensoria pública. As coisas mudaram no caso de homicídio de um policial. O acusado foi absolvido, por provas insuficientes, graças à defesa de Zeïa. Uma defesa justa e brilhante. Ao longo do processo, que durou três dias, ela interveio nos debates com maestria e semeou a dúvida no júri, que preferiu não botar atrás das grades um possível inocente. Três meses depois, o verdadeiro culpado foi detido. Desde então, a região inteira queria ser representada pela dra. Mansour.

Zeïa sempre quis defender e representar quem não podia ou não sabia ter voz. Ela nunca entendeu por que o irmão tinha parado de jogar futebol de repente, sendo que ele era o melhor jogador, com potencial para ser profissional. Quando ela perguntou, ele abriu um sorriso triste. "Eu vou embora. Pode ficar com meu quarto...", foi sua única resposta. Quando Lyèce saiu de casa, ela sentiu como se houvesse fracassado e passou semanas chorando.

Em 2009, ela estava no antigo quarto de Lyèce quando escutou o irmão e Nathalie conversarem no quintal sobre o encontro infeliz em Cannes. Estava preparando relatórios à luz da lanterna para não atrair mosquitos. Com as palavras de Nathalie, Zeïa entendeu a origem do mal.

No colégio, uma amiga dissera a ela que o irmão se drogava, que o tinham visto comprar droga com um sujeito barra-pesada. Zeïa tinha respondido: "Você deve estar enganada, não tem como ser ele. Aqui, acham que todos os argelinos são iguais." Ela entendeu que ele tinha ido embora para se entregar ao vício.

Depois de ter escapado da polícia por um triz, Lyèce não queria ser pego com droga, por causa dos pais. Mas ninguém poderia fazer nada com ele por causa de fosse lá qual garrafa com fosse lá qual bebida. Estava dentro da lei. O álcool alimenta a dor.

Com os anos, Zeïa acabou admitindo para si mesma que ele ficava péssimo em certas noites e todo final de semana. Ela via a cara dele no almoço de domingo na casa dos pais. Ele se escondia nas folgas para encher a cara. Queria permanecer um filho impecável. Lyèce sempre fingiu.

Nessa noite de julho de 2009, ao escutar Nathalie, Zeïa imediatamente entendeu que se tratava do antigo chefe da irmã no departamento de informática. Ela se lembrava de Charpie. Já tinha escutado histórias nojentas sobre. Um amigo o vira no carro com um garoto muito novo, "namorado dele", brincara. As palavras de Nathalie a paralisaram. Ela passou a noite em claro. Imaginando o que o irmão tinha sofrido. Insuportável. No dia seguinte, domingo, ela ligou para o serviço de telefonia e pegou o endereço e o número de telefone do sujeito em Cannes.

Passou o dia pensando. Foi visitar o irmão. Ele ficou surpreso de encontrá-la na porta.

— Bom dia, doutora.
— Está fazendo o quê?
— Vou tomar banho de lago em Montceau com uns amigos da Nat, quer ir com a gente?
— Não, vou passar uns dias fora, queria vir te dar um beijo.
— Ah, é? Vai aonde?
— Não sei. Estou pensando em ver o mar... Nice foi legal?
— Foi ótimo.
— Show.

Zeïa lhe deu um abraço um pouco mais apertado do que de costume e foi embora. Ela sentiu o olhar do irmão nas costas. Ele estava sóbrio, tinha parado de beber. Parecia mais estável, embora não mais feliz. Por muito tempo, ela acreditara que Lyèce e Nathalie namoravam. Por muito tempo, esperou que ele conhecesse alguém.

Na noite de segunda-feira, em Cannes, quando o antigo diretor saiu do prédio, Zeïa estava ao volante. O que estava fazendo ali? Ia agir como os réus que defendia? Que ela e a sociedade julgavam? Estava estacionada naquele endereço fazia horas.

Dava para reconhecer aquele homem em meio a todas as pessoas. Ela ficou subitamente enjoada ao vê-lo, teve que abrir a porta para vomitar na sarjeta. Quando levantou a cabeça, ele já estava longe. *Merda*. Ela deu partida e o perseguiu a certa distância, no carro. Ele andou até a Croisette e se sentou na área externa de um café.

Ela conhecia o lugar. Já tivera um encontro ali, três ou quatro anos antes. Não lembrava mais. Sempre esquecia datas. Naquele exato momento, ela se perguntou se gostava de mulheres porque o irmão tinha sido agredido por um homem. A questão nunca teria resposta.

Ele esperava alguém. Olhou o relógio várias vezes. Ela estacionou na contramão, observando os pedestres, os garotos de short e as garotas de vestidinho. A guarda municipal parou perto dela e mandou que ela circulasse. Zeïa quis dizer: "Em vez de encher meu saco, melhor ir falar com aquele sujeito ali, que vive em paz como se respeitasse todas as regras." Mas ela calou a boca e obedeceu. Não podia chamar atenção. Acabou achando uma vaga, um baita milagre. Saiu do carro. Ele continuava sentado ali. Be-

bericando. Depois de uma, duas horas, foi embora. Zeïa perdeu a noção do tempo. Seguiu os passos dele. Na altura de um estacionamento, um pouco mais afastado, enquanto andava na penumbra em direção à orla, um carro disparou sabe-se lá de onde, mirando bem no homem. Assim que notou, ela recuou e se escondeu atrás de uma van. O carro parou a um centímetro do alvo. Zeïa pensou no irmão na mesma hora. Talvez fosse ele, de volta ao volante de um Citroën com placa 71. Ou seja, uma placa referente a Sâone-et-Loire. Não podia ser coincidência. Ela não conseguiu ver quem era o motorista. Por que o irmão teria parado no último momento, deixado o predador ali, sozinho e chocado? O coração de Zeïa começou a bater em um ritmo estranho, que nem uma arritmia. O carro sumiu noite afora, deixando os dois ali. A irmã e o estuprador.

Ela andou até ele a passos decididos. O homem ainda não tinha se recuperado do que havia acabado de acontecer. *O que acabou de acontecer com você não é nada comparado com o que você fez com os outros. Para você, são os outros, para nós, são nossos irmãos.* Zeïa tirou da bolsa de praia um ferro de passar. O ferro de passar da mãe, que tinha levado ao sair de casa. Premeditação.

Ele fez uma cara estranha, semicerrando os olhos, sem entender a presença daquela desconhecida e o objeto esquisito que ela empunhava. Ele, com o rosto um pouco deformado de surpresa. Uma coisa meio Picasso, só que malfeito. Uma coisa que não existe.

— Aos sete anos, meu irmão se queimou com um ferro de passar. Ele disse que tinha sido um acidente, mas não foi.

Zeïa acertou a cara dele. Com uma força inimaginável. Um barulho apavorante. Ela nunca tinha dado uma pancada assim. Nunca tinha batido em ninguém, na verdade. Ele caiu no chão. O mar murmurava a poucos metros. O Mediterrâneo. O Mediterrâneo dela. Ela o arrastou. *Plof! É seu. Leve ele embora.* A água escura o engoliu. Assim como a arma do crime. A mãe procuraria o ferro por todo canto. Não saberia como um objeto desses teria desaparecido. Uma tempestade cairia dali a algumas horas, como se o mar fosse cúmplice. O corpo seria encontrado longe dali.

Zeïa vira o irmão se queimar. Ele tinha sete anos, e ela, quatro. Ela vira o gesto, vira o menino encostar o objeto ardente na coxa magra, com um short azul de futebol. Os olhos pretos e atordoados observando a placa quente afundar na pele em silêncio. Ele não gritara. Quem berrara havia sido ela. Os pais correram para o hospital. Lyèce, como se ausente do próprio corpo, no banco de trás, desmaiara no caminho. Fatiha ficara cuidando de Zeïa. E Zeïa guardara o segredo: não tinha sido um acidente. Ainda assim, uma autoflagelação é incompreensível para uma menina de quatro anos. Ela achou que se tratava de uma brincadeira perigosa e proibida. *Uma besteira de menino.*

Quando ouviu Nathalie falar no quintal, a lembrança dolorida lhe veio na mesma hora.

Lyèce conversou com as irmãs depois de conhecer Line. Resumiu, como se elas sempre houvessem sido ausentes de sua vida, seus tratamentos e suas lutas, seu tempo em Garches que o salvou, graças a Nathalie e a uma força interna que ele nem sabia que tinha, e talvez também para que aquele homem podre não o apodrecesse mais. Ele finalmente tinha a intenção de viver.

Zeïa não falou nada do que tinha acontecido em Cannes. Não falaria disso com ninguém. Acima de tudo, ela continuaria defendendo as pessoas, em nome da inocência.

39

"Quand j'serai KO"
"L'Amour à la machine"
"La vie ne vaut rien"
"La Ballade de Jim"
"S'asseoir par terre"
"Foule sentimentale"
"Allô Maman bobo"
"J'ai dix ans"
"Poulailler's Song"
"Bidon"
"Jamais content"
"Le Bagad de Lann-Bihoué"

Como bebi um pouco demais, não sei mais a ordem em que escutamos essas músicas de Alain Souchon. Só a última, "Le Bagad de Lann-Bihoué". Título estranho, que ninguém nunca lembra. Para falar dessa música, a chamamos sempre de "Tu la voyais pas comme ça ta vie", parte da letra. Depois da festa de casamento, fomos à casa da rifa. Eram quatro da manhã.

Antoine falou que queria conectar o celular à caixa de som para escutar música. Ele foi buscar o cabo em uma caixa de tralhas. Enquanto isso, vi um monte de músicas correrem pelo celular dele, faixas aos montes, era só escolher. Coloquei na fila apenas músicas de Alain Souchon. Fazia questão de começar cantando "Quand j'serai KO" e "L'Amour à la machine". As outras foram se encadeando em uma espécie de ordem necessária. Como eu sabia tudo de cor, Antoine comentou: "Você sabe todas de cor. Queria que você me conhecesse tão bem assim também." E eu repetia alguns versos, explicando para Antoine que Alain Souchon é o maior gênio do século, mesmo que Jacques Brel fosse ficar louco com isso. Depois, brincamos de encontrar A pérola em cada letra, e deu no seguinte:

Quando eu for apenas um cantor de chuveiro
Para encontrar o rosado inicial da sua face pálida
Ele colocou "Jeux interdits" para os amigos adormecidos, que nostalgia
Com ela, ele queria um bebê, sem brincadeira
Temos vertigem nessas pernas altas
Para amanhã, nossos filhos pálidos, uma melhora, um sonho, um cavalo
Eu queria era sair do porto a vela, à noite velejar nas estrelas
Vivo nas esferas onde os adultos não têm nada a ver
Mas entenda, a jelaba não serve para nosso clima
Ela achava que eu era cantor, viajante anônimo, turnês, gravações, mulheres chorando, admiração
Construir torres de papelão azul, para os menininhos guardarem os brinquedos
Eu também sonhei com gaitas de foles. Agora acabei, me conta o que te diverte?

Antoine e eu concordamos com todas as pérolas. Em "Le Bagad de Lann-Bihoué", em meio a

Você não via a vida assim,
Tapioca, sopa e cercefi.
Vamos todos iguais, médio, médio,
A grande aventura, Tintim...

nós nos beijamos.
E foi bom.

Eles bebiam do mesmo copo,
Sem nunca deixar de se olhar.
Rezavam a mesma prece,
Para serem sempre, sempre felizes

Entre os escombros sorriam
Nesse bailinho que se chamava
Que se chamava
Que se chamava
Que se chamava

De Souchon a Bourvil.
E foi bom.

40

21 de outubro de 2010

Na noite em que Blanche faleceu, antes de o dr. Pieri chegar, Colette tirou todos os retratos de Agnès que Blanche tinha pregado na parede do quarto e os guardou na caixa original. Uma caixa de sapatos que Blanche forrou com papel cor-de-rosa. Ela a guardou junto da coleção e fechou a porta do armário.

Colette guarda o gravador e as fitas na mala. A voz de Blanche e a dela vão viajar para o mais belo destino, para Agnès e Ana. Depois, ela liga para Louis: "Amanhã de manhã, venha buscar minha mala para Agnès, quero que fique com você, e que você entregue para ela quando eu morrer." Louis retruca: "Mas, Colette, você não está pra morrer." E ela responde: "Estou, sim."

Esta noite, fará trinta e oito anos que ela botou Agnès no mundo. Que virou tia. Que a viu pela primeira vez, que a embrulhou na manta e a entregou para Blanche e Hannah, mesmo que quisesse ficar com ela para si. Isso, ela nunca contou para ninguém. Faz trinta e oito anos que ela viu Jean virar pai, se curvar diante da menina como se fosse uma santa para beijá-la.

Ela pega o dicionário debaixo da televisão, com a garrafa de uísque do dr. Pieri. É a primeira vez que abre o dicionário no verbete "tia". Normalmente, ela usa para ajudar nas palavras cruzadas. "Tia: substantivo feminino, irmã do pai ou da mãe de uma pessoa em relação a esta; mulher do tio, em relação aos sobrinhos deste; tratamento genérico que se dá a mulher pouco conhecida; modo carinhoso de as crianças se dirigirem a professoras, a amigas dos pais e a mães dos amigos. Titia (familiar): ver *tia*, em linguagem infantil." Colette sorri e fecha o dicionário.

Ela volta para a mala, confirma que a fechou bem, espana a poeira com um gesto mecânico e a deixa em cima da mesa da cozinha, em evidência. Foi com esta mala que ela largou a mãe há cinquenta anos e foi morar com Mokhtar. Esta mala representa Blaise, que pôs dinheiro em seu bolso quando ela passava necessidade.

No dia 17 de setembro de 1986, Blaise se encontra na ala dos moribundos de um hospital parisiense. Ele está em isolamento, como se fosse um assassino. Com dinheiro e assinaturas de responsabilização, Eugénie de Sénéchal consegue transferi-lo para casa, de modo que ele possa falecer com dignidade, na própria cama. Na França, chamam a aids de "a peste rosa". Colette, que conversa regularmente com Eugénie, entendeu a urgência de encontrar Blaise. Ela não o vê desde 1973. Jean costuma visitá-lo, quando vai tocar em Paris. Às vezes, eles ligam juntos para Colette. "Vou passar para Blaise", diz o irmão. "Tudo bem, Colette?" "Tudo, e você?" "O tempo está bom em Gueugnon?" "Mais ou menos." "E o time? Está indo bem no campeonato?" "O de sempre." "Fui ao concerto de Jean, foi estonteante. Beijo." "Beijo."

O fio se rompeu porque Colette nunca leu *A eternidade*, o primeiro romance de Blaise. No domingo, 18 de setembro, Aimé, que ficou de acompanhá-la, vai buscá-la às sete da manhã na sapataria. Na França, estão começando a entender que a doença de Blaise é transmitida unicamente pelo sangue e pelas relações sexuais, mas muita gente ainda se recusa a chegar perto dos doentes.

Quando Colette vê que o amigo de infância está só pele e osso, coberto de manchas marrons e roxas, ela o aperta, como se fosse segurá-lo, ou ir junto. Blaise é puro sofrimento. Está recebendo doses de morfina na veia. O quarto está empesteado por um cheiro de putrefação insuportável. Aimé toca no ombro de Colette para reconfortá-la.

Blaise abre os olhos e a reconhece, esboça um sorriso. Vira-se para Aimé. Colette os apresenta. "Que bonito esse seu marido", murmura Blaise. Aimé ruboriza. Colette levou *A eternidade*, que tira da bolsa.

— Quer que eu leia para você? — pergunta ela, sorrindo.
— Por favor — responde ele, baixinho.
Ela se senta ao lado dele, e Aimé, em uma cadeira, perto dos dois. Colette lê o romance em voz alta. Blaise ora adormece, ora abre os olhos, pede a Colette que lhe dê a mão. Nos últimos capítulos do livro, Eugénie se junta a eles, dá a volta na cama e pega a outra mão de Blaise.

"A pessoa adorada" são as últimas palavras do romance. Quando Colette as pronuncia, Blaise se foi. Ao irem embora, confusos e atordoados na rua, Aimé diz para Colette:

— Vou te levar para ver o mar.

Eles não dizem nada na estrada. Começa a anoitecer.

Eles dormem no hotel Flaubert de Trouville. No dia seguinte, acordam à beira-mar, com o céu azul, límpido. A maré baixa.

A maré sobe e os alcança por volta de uma da tarde. Colette toma banho de mar de calcinha. Foi Blaise quem a ensinou a nadar. Colette nada nas ondas, murmurando: "A pessoa adorada, a pessoa adorada, a pessoa adorada..." Suas lágrimas se misturam à água salgada.

Aimé e Colette passam a tarde deitados juntos na areia, embrulhados em cobertas que compraram no supermercado do cais Fernand-Moureaux.

Ela guardou as cobertas, que agora estende na cama. Colette vai deitar. Está fazendo frio. Ela se cobre. O aquecedor do quarto está com defeito, tem que avisar isso a Louis.

Ela fecha os olhos e convoca uma lembrança. Sempre a mesma: 19 de julho de 1976. Ela sai do banheiro, a nuca e o rosto molhados. Aimé a espera na sala. Ela está com a camiseta dele, de cabelo solto. Aimé, prestes a encostar a agulha no vinil do ABBA, interrompe o movimento ao vê-la e pronuncia estas palavras: "Como você é linda, Colette."

41

31 de outubro de 2011

Sentada ao sol do terraço, olho para o campo que esboça as primeiras cores do outono, ainda sem conseguir acreditar na beleza surreal desse lugar. Na minha sorte. Na minha casa na Borgonha. Eu a comprei de Antoine no verão. Era dia 22 de julho, e chovia copiosamente.

Ana acabou de sair com ele, a caminho da estação de trem. Amanhã, vou encontrá-la em Paris. Estou estendendo meu tempo aqui e, acima de tudo, tenho um compromisso.

Passei o fim de semana com minha filha. Encontrei um piano de 1889 de segunda mão, que mandei restaurar por completo. Ela ensaiou como meu pai fazia: Chopin, Mozart, Liszt e Bach se abrigaram aqui por horas. E a frase de Pascal Amoyel, concertista e prodígio que dá aula de música para Ana, me veio à mente de repente: "Faz trinta anos que toco, e é sempre um mistério. Bach é o infinito na ponta dos dedos."

A vida também. Fazemos o que queremos com nossa vida, sem saber que a possuímos infinitamente. Até a morte. Exceto se somos compositores. Pintores. Escultores. Cineastas. Escritores. Garimpeiros. Charlie Chaplin vive para sempre.

Como a casa é muito isolada, vejo e escuto todos os carros que aparecem no local, onde quatro famílias, inclusive a minha, compartilham hectares e mais hectares de pasto, floresta, trilha e rio.

Vejo o Méhari de Lyèce subir a estrada. *Ele chegou bem na hora.* Um ano atrás, no Petit Bar, marcamos este encontro. Era para nos encontrarmos lá, mas isso foi antes da minha casa nova. Lyèce preferiu "cumprir o contrato" aqui.

Guardei meu romance em um envelope. Ainda não enviei para nenhuma editora. Espero por Lyèce. Para saber a quantas ele anda. Quero que demos partida juntos. Que nem quando crianças, apostando corrida a partir de uma linha de giz. Ele sempre ganhava. Depois vinha Hervé. Adèle e eu empatávamos em último lugar. Ele sai do Méhari de mãos abanando. Disfarço a decepção com um sorriso.

Ele sobe a escada até onde estou e me dá um beijo. Levanta o suéter: escondeu o manuscrito encaixado no cós da calça jeans.

— Você devia ter visto sua cara quando eu saí do carro!

Eu grito de alegria. Ele me entrega. Está encadernado. Eu abraço o livro como abraçaria uma criança pequena.

— Acabou?
— Acho que sim.
— Quero muito ler! Qual é o título?
— O dia amanhece. *Le jour se lève*... Que nem a música de Grand Corps Malade.
— Adoro essa música. Também é o título original de *Trágico Amanhecer*, o filme de Marcel Carné.

Ele sorri.
— Com Jean Gabin.
— Isso, Jean Gabin... E Arletty.
— Tudo bem?
— Tudo.
— E a Line?
— Maravilhosa... Eu achava que não dava para existir alguém assim, como ela.
— Quer um café?
— Aceito. E o seu? Acabou?
— Acho que sim...

Entrego o envelope a ele.
— Conforme prometido.
— Ainda se chama *Hannah Ruben*?
— Não. Mudei de ideia.
— Mudou de título?
— Mudei.
— Qual é?
— *Querida tia*.

Agradecimentos

Obrigada a meus leitores e leitoras — vocês me dão forças.
Obrigada a Mocktar, sapateiro da rua Abbesses, por sua graça.
Obrigada a Bernadette Degrange pelo futebol e pela infância.
Obrigada a minha amiga e violinista preferida, Anne Gravoin, pelos conselhos sábios e pela ideia do bilhete preso na tecla.
Obrigada a Pascal Amoyel, pianista genial de coração imenso, por tudo que me trouxe.
Obrigada a Nadia Farès e aos Estados Unidos.
Obrigada a Nathalie V., Daniel F., Christophe D., Thierry D., Sylvie B. e Éliane B. por me confiarem a memória *dele*.
Obrigada ao mestre Denis Fayolle.
Obrigada a Stéphane Baudin, ao cartório de Gueugnon e a Johan Martin pelos arquivos e pela ajuda preciosa.
Obrigada ao papai. A Michel Chaussin e a Christophe Trivino por me ensinarem sobre a história do futebol, dos jogos, da usina que faz bater o coração da cidade da forja há três séculos.
A coleção de Colette realmente existe, mas foi criada pelo sr. Georges Pichard.
Obrigada a todos que honraram o FC Gueugnon.
Obrigada à doce "Madeleine", que perambulava pelas ruas, sem dúvida murmurando poemas.
Obrigada às famílias Berthéol, Michel, Soussand, Chaussin, Bedin, Laroche, Bresciani, Courault, Vezant, Humbert, Carnat, Jean, Berry, Larand, Dantas, Petitjean, Carré, Bondoux, Charles, Degrange, Bernard, Lopes de Lima, Dollet, de Chargères, Duclos.
Obrigada a Marie, do La Pomme d'Amour, e a Nathalie e Éric, do Monge. "Enxertei" vocês.

Obrigada aos meus queridos pais, Francine e Yvan Perrin, que administraram a loja Shopping, na rua Jean-Jaurès (entre outras).

Obrigada aos antigos sapateiros da rua Pasteur, cujo nome desconheço.

Obrigada a Joseph Fasoli pelas pizzas da praça de l'Église, e a Vincent Surace pelos cafés do Petit Bar.

Obrigada a Éloïse Cardine.

Obrigada a Frédérique Favre e Marc Bonnetain pela documentação sobre o padre Pierre Aubry, de que tanto gostei.

Obrigada aos doutores Isabelle Sec, Jacques Pieri, Frédéric Saldmann e Thomas Battini.

Obrigada a todos os meus vizinhos e amigos de Armecy.

Obrigada a Alain Souchon; você me encantou durante a escrita deste romance, e a vida toda. E a Vincent Delerm. Como dita a tradição.

Obrigada a Glenn Gould, France Gall, ABBA, Elsa Lunghini, Clara Luciani, Damien Saez, Alain Bashung, Grand Corps Malade, Léo Ferré, Étienne Daho, Rachid Taha, Véronique Sanson, Marie Laforêt, Bourvil, Daniel Auteuil, Peter Falk, Mathilde Seigner, Jennifer Coolidge, Patrick Dewaere, Guillaume Schiffman, Sempé, Guy de Maupassant, Pierre Bellemare, Lyèce B. e David Foenkinos.

Obrigada à equipe do Villa des Abbesses e do Nazir.

Obrigada a Samuel e Victor Hadida.

Obrigada a Agnès Jaoui, que encontrei um dia no campo. De repente, tudo mudou.

Obrigada a Marcel Carné, Claude Sautet, François Ozon, Milos Forman, Krzysztof Kieslowski, Henri-Georges Clouzot, Jean-Jacques Annaud, Gérard Krawczyk, Jane Campion e tantos outros.

Obrigada a Catherine, Carol e Micka, para quem ligo (quase) todo dia para perguntar alguma coisa.

Obrigada a Loup Lardot e Nathalie Marchandeau.

Obrigada às minhas damas de honra. Obrigada a Amélie pelo almoço.

Obrigada aos meus filhos, enteados, netos, titias e titios.

Obrigada à minha sobrinha Emma, que me chama de titia.

Obrigada ao meu clã na Albin Michel, pela confiança indefectível desde sempre. Maëlle, amo os soluços na sua voz.

Obrigada ao meu clã na Livre de Poche, pela presença extremamente essencial.

Obrigada ao Secours Populaire, à Cruz Vermelha francesa, ao Secours Catholique e ao Exército da Salvação, todos citados na versão original deste livro.

adpa-refuge.annieclaudeminiau

Vestiaire Solidarité Saint-Bernard, Paris 18e
solidaritesaintbernard@gmail.com

Peço perdão às vítimas. Nunca faremos o suficiente para protegê-las.

1ª edição	JUNHO DE 2025
impressão	IMPRENSA DA FÉ
papel de miolo	HYLTE 60 G/M²
papel de capa	CARTÃO SUPREMO ALTA ALVURA 250 G/M²
tipografia	ADOBE JENSON PRO